송시의 선학적 이해

송시의 선학적 이해

| 선禪, 송시를 밝히다 |

박영환 著

이 저서는 2011년 정부(교육부)의 재원으로 한국연구재단의 지원을 받아 수행된
연구(NRF-2011-812-A00168)를 수정 보완한 것임.

추천사

회통화성會通化成의 송시와 선사禪思

사학가 진인각陳寅恪은 일찍이 "중화민족 문화는 수천 년의 진보를 거쳐 송나라 때 최고에 이르렀다."라고 말한 적이 있다. 송대 역사 연구가인 등광명鄧廣銘도 "송대宋代의 물질문명과 정신문명이 도달한 고도高度는 전무후무하다고 말할 수 있다."고 하였다. 바꿔 말하면, 송대는 문화의 진보가 최고에 이르렀고, 문명의 성취도 공전절후에 이르렀다는 말이겠다. 이렇게 두 명의 대사학자로부터 나온 송대에 대한 추앙은 결코 과분한 칭찬이 아니다.

그리고 혹 '어떤 요소가 송대 문화를 최고봉으로 만들고 송대 문명의 번영과 번창을 촉진하였는가?'라고 묻는다면, 그것은 바로 송형문화宋型文化의 작용이라고 말할 수 있다. 송형문화는 하나가 아니다. 회통화성(會通化成: 문화가 서로 회통하고 융합되어 이루어진 것)은 그중에서 제일 주요한 것이자, 가장 보편적인 부분이며, 문학과 예술에 두드러지게 표현되어 쉽게 볼 수 있다.

송대 "회통화성"의 문화특색은 영역과 분야를 초월하여 표현되어 특별히 사람의 주목을 끈다. 예를 들면 시가와 회화의 회통화성으로 "시중유화詩中有畵"의 산수시山水詩와 제화시題畫詩가 있으며, "화중유시畵中有詩"의 시의화詩意畫가 있다. 공간예술의 그림과 시간예술의 시가 회통화성과 신기한 조합으로 진행되어 창의성이 무한하게 발휘된 것이다. 자아의 본위를 뛰어넘는 것은 물론이고 적극적으로 인근 분야와 교융회통交融會通하였으며, 그리하여 포용으로 광대해지고 모양을 변화시켜 새로운 풍격을 이루었다. 이러한 현상을 전종서錢鍾書는 『중국시와 중국화』에서 출위지사(出位之思: 스스로의 위치를 벗어나 인근의 다른 예술의 창작으로 진입하는 사고)라고 칭하였다.

송대 문학의 "출위지사"는 시가와 회화에만 머문 것은 아니었다. 확대되어 시가와 종교철학에까지 이르렀는데, 예를 들면 이선입시以禪入詩, 이선유시以禪喩詩, 이선논시以禪論詩, 이선사위시사(以禪思爲詩思: 선적 사유가 시적 사유가 되는 것) 등이 있다. 그리하여 철리의 사변과 문학의 미감이 회통화성會通化成되어, 결국에는 독특하고 참신하며 깊이 있고 의미심장한 무성한 내면을 이루었다. 송시가 능히 당시와 대등한 지위에 있으며, 시가 당·송의 진영으로 나누어져 있는 것은 이러한 출위出位, 이식移植, 회통會通, 화성化成과 큰 관련이 있다.

90년대 초반 박 군은 타이완 국립성공대학 역사언어연구소에서 석사반 공부를 하며 『소식선시연구』로서 문학석사 학위를 취득하였다. 나는 당시 지도교수였다. 타이완 유학 이전에 그는 이미 다년간 불교와 선종을 접하였고, 이해하는 바가 있었다. 또한 소동파의 시를 좋아하여 당시 개설한 「송시전문주제연구(宋詩專題硏究)」 과정을 수강하면서 송시에 대한 지식을 습득하였고, 결국 '소식의 선시 연구'라는 주제를 선정한 것이다. 이리하여 이전의 그에 대한 걱정이 단번에 사라지고, 탄복과 기대가 대신하였다.

그렇게 송시를 이해하고, 좋아하고, 즐겼기에 그의 석사논문의 성과는 훌륭하였다. 중국사회과학출판사의 호감으로 저서로 출판되었고, 백척간두 진일보하여 다시 베이징대학 중문과에 합격하여 박사학위를 취득하였다. 배움을 마치고 모교로 돌아가서 현재까지 재직하고 있으면서 다년간 다양한 국제학술회의에 지속적으로 참여하였고, 강연과 교류를 통하여 논문발표를 단절한 적이 없었다. 특히 「불교와 문학」 방면으로 한국에서 수차례 국제학술회의를 개최하여 탁월한 성과를 거두었다. 현재에 이르기까지 내가 지도한 박사, 석사 연구생이 60여 명이 된다. 학술적인 성취와 국제적인 명성과 인망을 논하면, 박 군은 제자 중에 뛰어난 인재라고 칭할 수 있어 기쁘고 위안이 된다.

박 군의 학술적인 흥미는 매우 넓다. 송시와 선종 외에도 초사학, 민난閩南문화, 한류문화에 대해서도 많은 관심을 가지고 있다. 그러나 심혈을 기울이는 부분은 여전히 송시와 선종이다. 시가와 선종은 큰 차이가 있으나, 상호간에 서로 교류하여 피차 융합하였다. 소식 선시에 대한 연구 이래 박 군은 줄곧 학과와 학문적인 영역을 초월하여 다른 영역과의 결합을 통한 연구를 진행하여 복잡도와 난이도에서 단순한 시가詩歌 탐구의 수준을 뛰어넘었다. 박 군은 어려움을 알면서도 굴하지 않으며, 자주 즐겁게 해결하여 그의 연구성과는 다른 사람이 이르지 않는 곳에 도달하고 있다.

이 책 『송시의 선학적 이해』는 주로 선학의 각도에서 바라본 송시에 대한 연구이다. 문자선·간화선·묵조선을 강령으로 삼고, 송시의 대가들을 맥락으로 하여 구양수·범중엄·왕안석·소식·황정견·강서시파·육유·양만리·범성대 등등, 송대 시가사의 대략적인 맥락을 갖추었다.

그들의 시작詩作과 논시論詩를 보면, 모두 선종과 밀접한 인연이 있음을 알 수 있다. 『불조통기』에 보면 장방평과 왕안석의 대화가 있다. "유문이 담박하여, 수용할 수 없어 모두 불문으로 귀의하는도다!" 북송, 남송대 시인들의 선에 대한 애호를 볼 때 선풍과 불교의 영향을 알 수 있다. 송대 문학과 송형문화의 "회통화성會通化成"은 모두 "출위지사出位之思"에 힘쓴 결과임을 이를 통해서도 알 수 있다.

출간에 즈음하여, 위의 몇 마디 말을 기록한다. 박 군이 한층 더 분발해서 시사詩思와 선사禪思의 연구에 노력을 기울여, 체계적인 사유로 주제식의 논술을 진행할 것을 격려한다. 근본이 확립되면 도가 생겨나 대부분을 이해할 수 있을 것이다. 박 군은 그러한 생각이 있는지요?

국립성공대학國立成功大學 명예교수

장고평張高評

추천사

폭넓은 시야, 창의적 견해를 담은 선문화 저작

박영환 교수와 내가 서로 알고 지낸 지는 상당히 오래되었다. 그가 나에게 준 인상은 소박하고 겸손하면서도 유능하며, 배움을 좋아하여 학식이 풍부하고 심후하였다. 송시와 선과 관계된 이 저서는 학문적인 시야가 넓고 창의적인 견해가 적지 않아 송시연구나 혹은 선종연구 모두에 공헌을 할 수 있는 저작으로 일독할 가치가 있다.

개인적으로 선종의 연구에 대부분을 보냈기에 이러한 과제의 어려움에 대해 잘 알고 있다. 선종의 전적典籍이 바다처럼 넓고, 게다가 '교외별전教外別傳'이라, 왕왕 무설無說이면서도 설說함이 있는, 독특한 사상과 언어 체계를 갖추고 있어 진정으로 이해하는 것은 쉽지 않다. 나의 전공은 고전문학 영역이라서, 송시의 연구 상황에 대해선 많이 알지 못한다. 중국고전문학에 대한 전반적인 연구로 보아 송시의 연구는 상대적으로 박약한 편이다. 송시와 선종과의 관계에 대한 연구성과도 많지 않다. 이것은 송시와 선의 관계라는 이 과제가 특별히 도전성이 풍부하기 때문인데, 하물며 외국학자에 있어서야 말할 필요도 없을 것이다.

그러나 박 교수는 다년간 송시와 선종의 연구에 종사하여 연구성과가 풍성하였다. 또한 그의 중국어 능력은 모어인 한국어만큼 유창하여 선종언어에도 익숙하였다. 그러므로 그는 선과 송시와 관계된 영역에서 체계적으로 이 분야의 창작을 순조롭게 만들어 낼 수 있는 둘도 없는 인물이다.

이 책은 "시야가 폭넓다"고 말했는데, 단지 책의 목록만을 보아도 분명하게 알 수 있다. 이전 혹은 현재의 송시와 선의 관계에 대한 연구를 보면, 기본적으로 소식과 왕안석·황정견 등 대가들에게만 집중되어 제한적이다. 그러나 박 교수의 저서에서 언급하고 있는 범위는 크게 확대되어 있다. 위로는 송대 전기의 범중엄, 구양수, 왕안석, 아래로는 남송의 육유, 양만리, 범성대, 강서시파 등 전반적으로 송시의 대가들을 모두 포함하고 있다.

그의 창의적인 견해에 대해서 말하자면, 저서 속의 어떤 내용은 학계에서 거의 연구하지 않은 분야이다. 예를 들면 남송시인과 간화선, 묵조선의 관계인데, 이 부분에서는 개인적으로 과문한 탓인지 모르겠지만 상세히 연구한 사람은 거의 없는 것으로 알고 있다.

박 교수는 자주 먼 길을 마다 않고 중국에 와서 중국의 학자들과 토론, 협의하여 중국과 한국간의 학술교류를 촉진하였다. 이 방면에 공들인 그의 노력이 우수한 학술성과를 취득할 수 있었던 중요한 원인 중의 하나라고 생각한다.

나는 박 교수와 다년간의 친구로 이 저서의 출판에 즈음하여 기쁨을 배로 느끼고 있다. 동시에 학계와 독자들에게 진지하게 추천한다. 이 저작이 멀지 않아 중국어로 번역되어 중국의 독자들에 의해서 읽히고, 도움을 주고, 높이 평가받는 행운이 있기를 기대한다. 선어에 보면 "백척간두에서 진일보해야 한다."고 말하고 있다. 박 교수의 학술

생명은 아직 젊은 편이다. 그가 장차 끊임없이 새로운 것을 얻고, 더욱 큰 학문적 성취를 얻을 수 있으리라 예상할 수 있다.

중국 남개대학南開大學

손창무孫昌武

머리말

포전인옥抛磚引玉, 하나의 벽돌(磚)을 던지다

지금 생각해보면 까마득한 80년대 후반, 타이완 국립성공대학으로 유학길에 올라 장고평張高評 선생님과의 인연으로 '소식蘇軾의 선시禪詩 연구'를 주제로 석사학위를 취득하였다. 그리고 이 한 편의 평범한 논문은 나에게 적지 않은 행운을 가져다주었다. 90년대 초반, 북방외교로 요동치는 동아시아의 역동성 속에 베이징대학으로 발을 딛게 된 것도, 이 논문이 가져다준 행운이었다. 베이징대학 비교문학연구소 악대운樂黛雲 소장님이 논문에 대한 호평과 함께 선뜻 초청장을 보내주셨던 것이다. 1994년, 과분하게도 이 논문은 중국사회과학원 황심천黃心川 선생님의 추천과 황하년黃夏年 선생의 도움으로 『소식선시연구蘇軾禪詩硏究』로 출판되었다. 당시 중국국가도서관 관장이셨던 임계유任繼愈 선생님은 친히 졸저를 읽으시고, 박사 지도교수 저빈걸褚斌杰 선생님과 함께 서문으로 격려해 주신 감격은 평생 잊지 못할 광영이다.

90년대 후반 동악에 온 이후, 교학의 필요성에 따라 한중문화교류와 중국문화학 및 동아시아 지역학에 관심을 가지게 되면서 불교문학 분야는 뒷전으로 잠시 밀려나게 되었다. 그러다가 선시문학에 대한 연구의 축적이 전무하다시피 한 국내 중문학계에서 이 분야에 대한 전문적인 연구의 필요성과 함께, 더 이상 연구를 미룰 수 없다는 개인적인 간절함에 이 책의 저술을 발원하기에 이르렀다. 학문적인 능력 부족도 실감하면서 머뭇거림이 없지는 않았지만, 벽돌을 주고 옥을 취하는 '포전인옥抛磚引玉'을 위해 출간을 결심하게 되었다.

독자들의 이해를 돕기 위해 본 저술의 핵심내용과 관련된 창작배경을 세 방면으로 간략히 소개하면 다음과 같다. 본 저서에서 담고 있는 중국 송대는 융합과 회통의 시대이다. 유학을 빌려 선종의 정통성을 확보하려는 '원유증선援儒證禪'의 유행과 그 영향으로 문자선文字禪과 간화선看話禪이 출현하였다. 더불어 선종을 빌려 유학의 사상적인 깊이를 추구한 '원선입유援禪入儒'의 사조는 성리학을 탄생시키는 데 중요한 역할을 하였다. 이러한 유불 간의 융합과 회통은 송대 문자선, 간화선, 묵조선의 발흥에 영향을 미치면서 송대 선종은 전성기를 맞이하게 된다.

'물극필반物極必反'이라는 말이 있다. 당시 선종에도 이런 현상이 두드러졌다. 예컨대 언어·문자를 부정하던 당대의 '불립문자不立文字'의 선禪이 송대에 와서는 '불리문자不離文字'의 선풍으로 바뀌었다. 당대의 '방할'과 '기봉' 위주의 선풍이 송대에 이르러 문자에 의지하여 깨우침을 추구하는 문자선을 중시하는 분위기로 변환되었던 것이다. 다시 문자선에 대한 반발로 간화선이 흥성하게 되었으며, 동시에 조동종의 묵조선이 간화선의 용이함에 반대하면서 전통적인 수행방식을 강조하였던 것이다.

문학은 그 시대의 생명을 담는다. 송대 시가는 유·불·도 회통會通이라는 시대적인 특징을 반영하고 있다. '유가들의 선종화(儒者禪化)'가 두드러졌으며, 한편으로는 생존을 위해 '선승들의 유가화(禪者儒化)'도 적극적으로 이루어졌다. 당시 시인들에게 '선禪'이라는 '절옥도切玉刀(옥을 자르는 칼)'가 있었기에 '이선입시以禪入詩', '이선유시以禪喩詩'로의 원용이 가능하였다. 그러므로 송시는 북송 초기부터 선종의 입세화 및 문자선의 경향과 밀접한 관계를 유지하면서 발전하였다. 통섭通涉의 대가였던 소식과 황정견은 두말할 필요도 없다. 불교배척을 강력히 주창했던 구양수, 일세의 개혁가인 왕안석 등도 선풍의 영향에서 벗어나지 못하였다. 이러한 선적인 사유로 지혜로움이 원활해져 상규에 얽매이지 않고 새로운 혁신을 추구했기에 그들은 당시唐詩와는 다른 새로운 송시宋詩의 특징을 만들어낼 수 있었다. 북송과 남송 교체기에 이르러서도 마찬가지다. 강서시파의 대부분의 구성원들이 시창작론에 있어 당시에 유행하던 문자선 혹은 간화선, 조동선의 사유를 활용하고 있다. 특히 세간법世間法과 불법佛法의 동일성을 일관되게 강조하던 종고宗杲선사의 영향력은 이학의 대가인 주희뿐만 아니라, 육유·양만리 등 남송의 시단과 시가창작론에 지대한 영향을 미쳤다. 선과 시 회통會通, 즉 시가로써 선취를 표현하고, 동시에 선적 사유의 시가창작에 대한 영향력은 당시 시단에서는 보편적인 인식이었다.

이번 졸저를 완성하면서 '의욕은 넘치지만, 능력이 부족함(心有餘, 力不足)'을 절감하였다. 향후 남송시단을 중심으로 이를 보완하여 보다 충실한 내용으로 진일보 완성하고자 다짐해 본다. 탈고에 즈음하여 학문의 길을 열어 주신 장고평張高評, 저빈걸褚斌杰 지도교수님과 학문적으로 성장할 수 있도록 도움 주신 임계유任繼愈, 낙대운樂黛雲, 황심천

黃心川, 손창무孫昌武 선생님께 진심으로 감사하다는 말씀을 드린다.

아울러 졸저의 출간에 도움 주신 절강대 도연陶然 교수, 산동대 이해도李海濤 교수의 한자 교정과 자료 보완에 진심으로 감사한다. 강석근 교수, 김화진 선생, 곽미라 박사생의 원고 교정, 황인규 교수, 류정일 선생의 조언에도 감사한다. 출판계가 어려운 상황에서 졸고의 출판을 응낙해주신 운주사 김시열 대표께도 깊이 감사드린다. 운주사의 발전을 진심으로 기원한다. 책의 출간에 대해 기뻐하실 부모님 영전에 재정진할 것을 다짐한다. 오랜 저술 과정에 도움을 준 전도원 교수와 리지나 등 가족과 친지, 학생들의 격려와 응원에도 감사한다.

Ⅳ. 간화선과 남송 시단 431

대각국사 의천과 관련이 있는 중국 절강성 항주 고려사(혜인사) 터에서 1996년도에 발굴된, 소식(1037~1101)으로 추정되는 석상이다. 현존하는 소동파의 석상 중에서 고대에 만들어진 유일한 석상으로 보고 있다.

I

유불융합과 송초 시단

제1장 유불융합과 서곤체, 백체, 만당체

1. 서론

역사적 측면에서 볼 때 새로운 국가의 건립은 정치 사회적으로 적지 않은 변화를 초래한다. 다만 건국 초기 문학영역의 변화는 상대적으로 미미하고, 오히려 전대의 시풍詩風과 문풍文風이 상당 기간 동안 계승되는 사례는 중국 문학의 전체 흐름을 통해서 누차 확인되었다. 초당 시기 제량齊梁의 궁체시풍宮體詩風과 변려문騈麗文이 지속적으로 유행하였고, 송대 초기에도 역시 만당오대의 시풍과 문풍이 지속되었던 것이 좋은 사례라 할 수 있다. 관습적으로 이전 왕조의 문화와 단절하는 것이 쉽지 않지만, 아마도 개국 초기 통치자들이 문학영역에 대해 변혁을 주도할 여력이 없었던 것이 주요한 이유가 아닐까 한다.

송초 시단에도 중만당中晩唐의 시풍이 광범위하게 지속되었다. 대표적인 유파로는 만당晩唐의 이상은李商隱을 학습했던 양억(楊億, 974~

1020), 전유연(錢惟演, 977~1034), 유균(劉筠, 971~1031) 등의 '서곤체西崑體'가 송초宋初 시단을 풍미하였다. 이외에도 중당의 백거이白居易를 학습하는 '백체白體'가 있었는데, 왕우칭(王禹偁, 954~1001), 서현(徐鉉, 916~991), 이방(李昉, 925~996) 등이 중심이다. 마지막으로 가도賈島, 요합姚合을 학습했던 '만당체晩唐體'도 있었는데, 그 대표적 인물은 구승九僧과 구준(寇準, 961~1023), 임포(林逋, 967~1028), 위야(魏野, 960~1019), 반랑(潘閬, ?~1009) 등이다.[1] 흥미로운 것은 각각의 시파를 대표하는 인물인 양억과 왕우칭, 그리고 가도와 가장 핍진하다는 만당체의 대표 구승九僧들은 모두 선종과 밀접한 관계를 유지했었다는 사실이다. 주유개는 송초 시단과 선종과의 상관관계를 다음과 같이 언급하였다.

> 송초의 시풍은 기본적으로 만당오대의 연속이었다. 태조, 태종, 진종 세 왕조 때의 시가는 기본적으로 백거이와 가도 및 이상은의 영향 하에 검은 구름으로 뒤덮여 있었다. 시단에 유행한 백체와 만당체와 서곤체, 세 파의 시인은 모두 선종과 관계가 있었다. 그러나 시에는 선미禪味와 선취禪趣가 농후하지 않았고, 단지 만당체에서 가끔 승려기운(蔬笋氣)을 나타내면서 방외의 본색을 어느 정도 가지고 있었다.[2]

---

1 방회方回는 「나수가 시의 서문에 부친다(送羅壽可詩序)」에서 다음과 같이 말하고 있다. "송초에는 오대의 구습이 있었는데, 시에는 백체와 서곤체, 만당체가 있었다. …… 만당체 중에서 구승이 가장 핍진하였다(宋初五代舊習, 詩有白體, 昆體, 晩唐體. …… 晩唐體則九僧最逼眞)."(方回, 『桐江續集』 卷32)

2 周裕鍇, 『中國禪宗與詩歌』, 上海人民出版社, 1992, p.79.

송초에 유행했던 백체와 만당체와 서곤체시파들은 모두 선종과 밀접한 관계가 있었는데, 이 중 만당체 시가에서 비교적 선종의 색채가 두드러졌다는 설명이다. 이후 서곤체의 부염浮艶한 시풍을 비판하며 시문혁신운동을 추구했던 구양수(歐陽修, 1007~1072)는 대표적인 배불논자였지만 당시 유명한 선사들과 교유했으며, 선종과 일정한 관계를 유지했었다는 점도 널리 알려진 사실이다. 송초에 성리학이 흥성하기 시작했지만, 그와 더불어 선종도 문인 사대부들에 상당한 영향력을 발휘하였다. 본 장에서는 아래의 세 관점을 구체적으로 논하고자 한다.

첫째, 송대 초기 선종은 이전 시대와는 어떠한 차이 혹은 변화가 있었는지, 다시 말해서 송초 선종이 가진 내면적 특징이 무엇인지에 대해 살펴보고자 한다.

둘째, 송초에 이르러 선종이 크게 발전한 이유와 원인에 대해 시대적인 배경을 중심으로 살펴보고자 한다.

셋째, 송대 초기 선종의 흥성과 송초 시단과의 관계에 대한 보다 정치한 규명이 필요하다. 이 문제에 대해서는 각 시파의 발전과 연계해서 논할 예정이다.

2. 문자선文字禪의 흥기와 유불융합

송초의 선종은 크게 두 가지의 특징을 구비하고 있다. 하나는 분양선소(汾陽善昭, 947~1024)와 설두중현(雪竇重顯, 980~1052)의 노력으로 문자선이 흥성하기 시작했다는 것이다. 또 다른 하나는 송초 통치자들에 의한 적극적인 선종의 수용과 유불융합 및 삼교융합의 조류가 광범위하게 유행했다는 것이다. 이러한 사항을 구체적으로 적시하면 다음과 같다.

첫째, 송의 개국(960)에서부터 인종(仁宗, 1010~1063) 시대까지는 송대 선종의 특징이 확립된 시기이다. 이 시기의 선종은 두 가지 특징을 구비한다. 하나는 선종의 '오가五家' 중에서 위앙종潙仰宗과 법안종法眼宗이 쇠락하는 대신, 임제종臨濟宗에서 양기파楊岐派와 황룡파黃龍派로 분파됨에 따라서 '오가칠종五家七宗'이 확립된 시기다. 이후부터 선종의 각 분파는 점진적으로 통합했는데, 소위 말하는 '임제종의 천하와 조동종의 한 지역(臨天下, 曹一角)'의 국면으로 변화가 시작된다. 임제의현臨濟義玄에서 시작된 임제종은 송초에 들어와 수산성념(首山省念, 926~993)을 거쳐 분양선소(汾陽善昭, 947~1024)와 석상초원(石霜楚圓, 986~1039)에 이르러 선풍이 크게 진작되었다. 석상초원 때에 임제종은 이미 전국적으로 영향을 미쳐 선종의 핵심 종파로 우뚝 일어섰다.[3] 초원 선사의 문하에서 다시 황룡혜남(黃龍慧南, 1002~1069)과 양기방회(楊岐方會, 992~1049)가 종지宗旨를 발전시킴에 따라서 양기파楊岐派와 황룡파黃龍派로 분파되었다. 다시 말해서 송의 개국(960)에서부터 진종(眞宗, 968~1022)과 인종(仁宗, 1010~1063) 때까지는 임제종이 극성한 시기였다.

이와 연관된 것으로, 이 시기 선종의 또 다른 특징은 이전의 '불립문자不立文字'의 선종이 '불리문자不離文字'로 방향을 전환한 시기였다. 다시 말해서 선사는 언어문자로 가르침을 개시開示하고 배우는 학인은 언어

---

3 閻孟祥, 『宋代臨濟禪發展演變』, (北京)宗教文化出版社, 2006, p.103 참조.

문자에 대한 개인의 체오體悟를 통하여 깨우침을 얻는 방식이다. 처음으로 문자선을 발전시킨 승려는 분양선소이다. 그는 제자들을 깨우침으로 이끌기 위해 운문韻文을 활용하여 이전 선종의 '공안公案'에 대해 찬양성의 해석을 진행한다. 이에 따라 '송고頌古'를 핵심으로 하는 문자선이 흥성하여 유행했던 것이다.[4] 특히 그는 역대 조사의 공안 백칙에 대해 송찬頌讚을 진행하여 선문학의 백미라고 평가받는 『송고백칙頌古百則』[5]을 만들어 유행시켰다. 이후 그의 법맥을 이은 석상초원 및 황룡혜남과 양기방회 모두가 문자선의 종지를 받들어서 진작시켰다. 이 시기 문자선의 유행에 있어서 간과할 수 없는 또 한 명의 선사가 있다. 운문종雲門宗의 3대 제자인 설두중현(雪竇重顯, 980~1052)이다. 그는 운문종 사상을 기초로 『송고백칙』을 지었는데, 이전 분양선소의 『송고백칙』을 계승하는 동시에 원오극근의 『벽암록碧巖錄』의 탄생에 결정적인 역할을 하였다. 송대에 이르러 중국 역사상 최초의 '구승九僧'이라는 승려시파 출현의 배경에는 바로 이러한 송고문화의 광범위한 유행이 직간접적으로 영향을 주었다고 판단한다.

둘째, 송초 선종은 황제를 비롯한 통치자의 적극적인 애호와 지원, 이에 따른 사대부와 문인 등 상류층의 적극적인 참여가 또 다른 특징이다. 그 예로 송태조(927~976)는 사원으로 자주 행차하여 공양을 올리는 한편, 서역으로 승려들을 파견하여 경전을 취하는 것을 중시하였다.

---

4 송대 초기와 중기의 문자선 흥성에 관한 상세한 내용은 다음 장을 참고하기 바란다.

5 선리의 깨우침을 문자언어로부터 설명하고 추구한 것이 『송고백칙』의 특징이다. 에둘러서 선의 경지를 표현하는 이런 특징은 함축적인 의경, 현묘한 언어, 아름다운 어휘의 확대에 상당한 영향력을 발휘하였다.

개국 초기였던 건덕乾德 4년(966)에 승려 행근行勤 등 150인을 서쪽 인도로 파견했는데[6], 이는 중국 역사상 가장 대규모의 관선 파견이었다.[7] 태종(939~997)은 스스로가 평소 불교를 숭상하였다(素崇尙釋教)[8]고 말할 정도로 불교에 관심이 깊었다. 또한 "불교는 정치에 도움이 되며, …… 짐은 이 도에 대해 세밀하게 종지를 탐구한다."[9]는 진술에서도 불교에 대한 그의 적극적인 수용 의지를 확인할 수 있다.

태종은 태평흥국 5년(980)에 대규모의 역경원을 창건하여 역경사업을 활발히 펼쳤으며, 재상 및 조정대신들을 역경사譯經使나 혹은 윤관潤官의 역할을 담당하게 하였다. 태종의 뒤를 이은 진종(眞宗, 968~1022)도 "불교 계율의 서적은 주공, 공자, 순자, 맹자와 가는 길은 다르지만, 도는 같은 것이다. 요지는 사람에게 선을 권하고, 악한 행위를 금한다."[10]라며 유불융합의 관점에서 평가하고 있다. 또한 진종 경덕 원년(景德元年, 1004)에 조서를 내려 도원道元이 편찬한 『경덕전등록景德傳燈

---

6 "僧行勤等一百五十人請游西域, 詔許之." 李燾, 『續資治通鑒長編』 卷七 乾德四年三月癸未, 卷九開寶元年十二月乙醜. (北京)中華書局, 1990年.

7 이밖에도 건덕 3년(965)에 송태조는 사문 도원道圓이 인도를 유람하고 돌아왔다는 소식을 듣고, 편전으로 불러서 만나 서쪽의 풍속에 대해 물었고, 승복과 예기인 옥기와 비단을 하사하였다고 한다. 魏道儒, 『宋代禪宗文化』, 中州古籍出版社, 1993, p.34 참조.

8 태종의 불교숭상에 관해서는 郭朋著의 『中國佛教思想史』下(福建人民出版社, 2012, p.3)에서 상세히 다루고 있다.

9 "浮圖氏之教, 有裨政治, …… 朕於此道, 微究宗旨." (宋)李燾, 『續資治通鑒長編』 卷24, 中華書局點校本, 1992, p.554.

10 『佛法金湯編』 卷11: "釋氏戒律之書, 與周孔荀孟跡異而道同. 大旨勸人爲善, 禁人爲惡." CBETA, X87, No.1628, p.417, a11-12.

錄』을 대장경에 편입시키고 유통시켜 선종의 사회적인 영향력을 확대하였다. 진종의 뒤를 이은 제4대 황제 인종(仁宗, 1022~1063)은 천성天聖 9년(1031)에 남화사에 있는 육조六祖의 의발을 황궁으로 모셔와 공양을 올리는 한편, 병부시랑 안수晏殊로 하여금 『육조의발기六祖衣鉢記』를 짓도록 하였다.[11] 동시에 그는 경성에 선종사원을 건립하여 선종의 새로운 포교기지를 열었으며, 또한 명망 있는 선사들을 중용하여 사원의 주지로 임명하여 남방 중심의 선종을 북방지역으로의 발전으로 촉진시켰다. 이처럼 북송 선종은 황제들의 적극적인 지원과 도움 속에 신속한 발전을 이루면서 송대 불교의 주류로 발전하게 되었다. 이러한 정책이 선종의 사회적 지위를 제고하고, 사대부들에 대한 선종의 영향력을 확대하는 데 중요한 역할을 담당했다는 견해에 대해서는 이론의 여지가 없다.

송초 통치자들의 선종에 대한 적극적인 애호에 힘입어, 당대부터 점진적으로 심화되어온 유불도 삼교의 융합적인 추세는 더욱 심화되어 갔다. 이런 추세는 사대부 문화와 사원 문화의 융합을 촉진시키는 데 상당한 영향력을 발휘하였고, 또한 사상적인 측면에서 '유가들의 선종화(儒者禪化)'나, '선승들의 유가화(禪者儒化)'를 촉진시키는 데 적지 않은 영향을 끼쳤다. 특히 육조혜능의 남종선은 마조馬祖 선사에 이르러서 '평상심이 도(平常心是道)'임을 강조하였고, 이로 인하여 남종선은 갈수록 세속화(入世化)와 평민화된 사상으로 변용되었고, 복잡

11 仁宗於天聖九年(1031)下詔: "韶州守臣詣寶林山南華寺, 迎六祖衣鉢, 入京闕供養, 及至奉安大內淸淨堂. 敕兵部侍郎晏殊, 撰『六祖衣鉢記』." 魏道儒, 『宋代禪宗文化』, 中州古籍出版社, 1993, p.35.

다양하던 선종의 계율은 갈수록 간략화되는 추세로 전환되었다. 예를 들면 선종의 1대조인 달마 대사가 추구하던 '응주벽관凝住壁觀'의 선법은 개인의 수행방식으로 일상생활 속에 자리 잡게 되고, 이에 따라서 선종사상은 산림으로부터 점진적으로 도시로 유입하게 되었다. 후일 마조馬祖의 홍주선洪州禪이 남종선의 주류를 이루면서 당대부터 대표적인 사대부 문인들은 선종과 밀접한 관계를 유지하였다.[12] 대표적인 인물로 방온龐蘊, 배휴裴休, 백거이白居易 등을 포함하여 유명한 시인인 왕유王維, 유종원柳宗元, 유우석劉禹錫 등이 당대 '유가의 선종화(儒者禪化)'에 적극 동참한 전형적인 인물이라고 말할 수 있다.

사회 환경 측면에서 보면, 당시 유불도 삼교의 융합추세로 인하여 승려들은 산림에만 있었던 것은 아니었다. 사회 각 영역에서 자주적으로 활동하였다. 자력으로 생계를 도모하며, 세속적인 일에도 적극 참여하며 시작詩作을 통해 세상의 불합리함을 비판하기도 하였다. 심지어는 시승詩僧들은 관료사회, 문단과도 밀접하게 연계되었기에 개인적인 포부도 작품을 통해서 표현하는 경우도 적지 않았다. 그 대표적인 승려로는 영철靈澈, 관휴貫休, 제기齊己 등을 들 수가 있다. 이런 현상에 대해 명나라 호진형胡震亨과 같은 사대부들은 시로써 세상사에 참여하는 당대의 승려들을 비판했지만,[13] 송대 초기의 선종과

---

12 홍주선의 흥성은 남종선의 발전에 새로운 생기와 활력을 불어넣었고, 생동감, 활발함, 소박함을 특징으로 한 홍주종의 새로운 선풍은 중만당 시단에도 영향을 주었다. 적지 않은 저명한 시승詩僧과 시학 이론가를 배출했으며, 동시에 유자선화儒者禪化, 선자유화禪者儒化의 경향을 촉진시키는 계기가 되었다. 박영환, 「洪州禪與中晩唐詩壇」, 『普門學報』(30期, 2005, 11) p.29.

13 『唐音癸籤』 卷29, 「談叢五」.

사대부들과의 밀접한 관계는 바로 당대의 유불융합이라는 현상의 기초 위에서 발전된 것이라 할 수 있다.

송대 초기의 유불융합이라는 사조 이면에서는 원유증선援儒證禪과 원선입유援禪入儒의 주장이 적지 않은 역할을 하였다.[14] 즉 송대 초기에 이르러 선종이 크게 발전을 이루자 유가들은 선종의 세력화에 비판을 진행한다. 그 대표적인 사람은 '송초 삼선생'이라 불리는 호원, 손복, 석개를 비롯한 유가들과 구양수 등이다. 이에 대해 선종 중심의 당시 불교계에서는 스스로의 생존과 보호를 위해 불학이 유학과 다르지 않다며 유가들의 반불적인 공세를 차단하기 위해 적극 노력하였다. 구체적인 예로 계숭契嵩의 삼교합일 주장을 들 수 있다. 그는 『보교편輔教編』을 지어서 불교의 오계五戒를 유교의 오상五常에 대입시켜 유가들의 배불론을 적극적으로 반박하였다.[15] 물론 유가의 입장에서도 '유문이 담박하여, 학자들을 받아들일 수 없다(儒門澹泊, 收拾不住)'[16]는 단점 때문에, 심오한 학문적, 사상적인 깊이를 추구하기 위해 불교를 적극적으로 수용하지 않을 수 없었다.

---

14 원유증선援儒證禪이란 유학을 빌어서 선종이 유학과 다르지 않다는 것을 강조하는 것이며, 원선입유援禪入儒란 선종의 심오한 사상을 빌어서 유학의 사상적인 깊이를 추구하는 것을 말한다.

15 상세한 내용은 "제2장 유불융합과 구양수, 범중엄" 참고.

16 "儒門淡泊, 收拾不住." 『佛法金湯編』, CBETA, X87, No.1628, p.420, c21-22.

3. 서곤파의 영수 양억과 선종

송대에는 이학의 흥성으로 유가의 도통道統과 문통文統의 재건을 소리 높여 강조한 시기다. 하지만 앞서 언급한 바와 같이 송나라 초기 황제들은 여러 정치 사회적인 이유로 '삼교합일三敎合一'의 융합정책을 중시하였다. 따라서 유불도는 상호간에 서로 보완과 융합을 거듭하게 되었고, 사회적으로도 문인 사대부들은 비교적 용이하게 선종에 접근할 수 있는 여건이 조성되었다.

송대에 이르러 선종은 당대와는 달리 다량의 선종등록과 선종어록들을 탄생시킨다. 특히 북송 초기에 이르러 선승들이 『어록』으로 선을 가르치는 하나의 방편으로 삼았다. '불립문자不立文字'를 강조하는 혜능의 남종선이 '불리문자不離文字'의 '문자선' 시대로 전환되는 과정에 이르렀음을 의미한다. 북송 초기에 '문자선'이 황금시대를 열게 됨에 따라서 문인 사대부들은 선사들과 교유하면서 각종 선종 『어록』과 『등록』들을 접할 수 있는 기회가 많았다. 심지어는 그들이 직접 『어록』과 『등록』을 편찬하는 일에 참여하게 된다. 문자선 출현과 더불어서 선종과 사대부와의 돈독해진 관계를 잘 설명해주는 대표적인 사례가 양억(楊億, 974~1020)이 『경덕전등록景德傳燈錄』의 간삭刊削에 참여한 일이다. '한 시대의 문장가', 그리고 시단에서는 서곤파의 영수로 추앙받았던 양억은 당시에 유행하던 선종사상뿐만 아니라, 천태종에도 능통하였다.[17] 게다가 광혜 선사廣慧禪師 등 당시 고승대덕들과 널리

17 『武異新集』 卷18: "修天台之止觀, 專曹溪之無念."(「答史館査正言書」)

교유하면서 그들과 함께 선법과 불법을 논하였다.

원래 『경덕전등록景德傳燈錄』은 동오의 승려 도원道原이 편찬한 것이다. 양억 등이 진종의 명에 따라 개정 간행하여 『대장경』에 편입, 유통시켜 후일 다른 등록의 편찬에 지대한 영향을 미쳤다.[18] 양억은 「경덕전등록서景德傳燈錄序」에서 "선사들의 유력한 족적은 이미 승사에 기록되어 있다"고 하고, 등록燈錄은 반드시 "묘명한 깨우침을 받들고, 불법의 심오한 이치를 조술해야 하는 것"[19]이라며, 개정 간행한 목적을 명백히 설명하고 있다.

그러므로 『경덕전등록』은 일반적으로 역사성을 중시하는 사전史傳의 성격이 약화되고, 기봉, 방할, 염고, 송고, 대어 등 선사들의 『어록』을 중심으로 선어나 문자에 대한 윤색이 강화된 전등록이 되었다. 당시 유행한 등록들은 선승들이 선을 가르치는 방편으로 활용하는 교재의 성격도 있었다.[20] 기봉, 방할, 염고, 송고 등은 일정한 문학성을 지니고 있었기에 선종에 흥미를 가진 문인이나 사대부들이 쉽게 접근할

---

18 『경덕전등록景德傳燈錄』 원래의 명칭은 『불조동참집佛祖同參集』이다. 송나라 경덕원년景德元年(1004) 동오의 승려 도원道原이 『보림전寶林傳』과 『조당집祖堂集』을 참고하여 편찬한 것으로 역대 선종의 52대 1,701인의 전등법계를 기록한 책이다. 1029년 인종 때 이준욱李遵勖이 편찬한 『천성광등록天聖廣燈錄』과 명대에 편찬한 『속전등록續傳燈錄』의 저술에 지대한 영향을 끼쳤다.

19 楊億, 「景德傳燈錄序」: "開示妙明之眞心, 祖述苦空之深理", "專敘參遊之轍跡, 此已標於僧史", 「景德傳燈錄序」, CBETA, T51, No.2076, p.196, c26-28.

20 송초에 유행한 문자선으로 대표적인 것이 설두중현(雪竇重顯, 980~1052)이 지은 『송고백칙頌古百則』이다. 선리의 깨우침을 문자언어로부터 설명하고 추구한 것이 『송고백칙』의 특징이다. 그러므로 『송고백칙』 속의 '송고'들은 선종 '송고'의 전범이자, 아울러 선문학의 전범으로 평가받았다.

수 있는 여건이 되었다. 이 기풍으로 인하여 송대는 당대와는 달리 선종등록과 선종어록을 대규모로 편찬하는 문자선의 황금시대를 열게 되었다.

『등록燈錄』의 편찬에 대한 양억의 참여는 후대 선종 『등록』 저자들의 귀감이 되었다. 뿐만 아니라 '문자선'을 중시하는 송대 선종의 경향은 선종의 사회적 영향력 확대에 도움이 되었고, 문인 사대부들의 유불융합에도 일정한 영향을 미치게 되었다. 예를 들면 천성天聖 7년(1029) 인종 때 이준욱李遵勖이 『천성광등록天聖廣燈錄』을 편찬한 것도 양억의 영향이라 할 수 있다. 게다가 송대 초기의 대표적인 시인의 친불적인 경향과 유불융합의 추구는 송대 시가의 특징, 즉 철리성이 강한 문인 선시의 출현과 송대 시학 이론의 정립에도 일정한 영향을 주었을 것으로 추정할 수 있다. 당시 상당수의 사대부들은 '외유내불外儒內佛'적인 경향을 가지고 있었고, 이에 따라 불선佛禪을 좋아하는 사대부 문인들의 등장에 "관리가 되는 것이 부처가 되는 것보다 못하다(選官不如選佛)"[21]라는 말이 유행할 만큼 출가는 송대의 시대적인 조류였다.

---

21 이 말은 『오등회원五燈會元』에서 나온 것이다. "단하 선사는 본래 유학을 공부하였으며, 장안으로 과거에 응시하러 갔다. 우연히 만난 한 선사가 '인자께서는 어디로 가십니까?'라고 물었다. 대답하기를 '관리로 뽑히기 위해서 갑니다.' 선사는 '관리가 되는 것이 어찌 부처가 되는 것에 비기겠습니까?'라고 대답하였다. '부처가 되기 위해서는 마땅히 어디로 가야 합니까?'라고 물으니, 선사는 '오늘 강서에 마조 대사가 세상에 나왔으니, 그곳이 부처가 될 수 있는 장소입니다.'라고 말하였다. 그리하여 단하 선사는 곧바로 강서로 달려갔다."(丹霞天然禪師, 本習儒業, 將入長安應擧. 偶遇禪者曰: "仁者何往?" 曰: "選官去." 禪者曰: "選官何如選佛." 曰: "選佛當往何所?" 曰: "今江西馬大師出世, 是選佛之場." 遂直造江西), 『五燈會元』 卷5.

1) 불학 연원과 불문과의 교유交遊

구양수는 일찍이 『육일시화』에서 다음과 같이 말하고 있다. "전 왕조 때 양억과 유균의 풍채는 천하에 크게 떨쳤는데, 오늘날에 이르기까지 사람들로 하여금 생각을 기울이게 한다."[22] 장방평도 「양대년집후에 제하다」에서 "순수한 법도로 고인을 추종하며, 반듯함이 「주남」에 부합되네."[23]라며 양억의 시가가 『시경』 법통을 계승하고 있음을 칭찬하고 있다.

물론 비판의 목소리도 있다. 예를 들면 인종 때 석개石介는 유가도통이라는 면에서 불가와 도가의 소극적인 부분과 피세避世를 강력히 비판하며, 시부로써 취사取士하는 과거제도에 대한 불만을 표시하는 관점에서 양억의 서곤체를 비판하고 있다. "(오늘날 양억은) 온갖 아름다움을 다 표현해내는데, 달과 바람으로 장식하고, 화초를 표현하니, 지나친 기교와 사치로 겉만 화려한 붉은 색의 천과 같다."[24]

『송사宋史』의 「양억전楊億傳」에 보면 "(양억은) 천성이 총명하며 뛰어나다. 어려서부터 세상을 떠날 때까지 붓과 종이를 떠나지 않았다. …… 불교의 경전과 선종의 학문에 마음을 두었다."[25]라고 기록하고 있다. 오처후吳處厚의 『청상잡기靑箱雜記』에서도 양억은 "성리性理에 깊이가 있고, 선종에 깨우침이 있다"[26]고 평가하고 있음으로 보아 양억

---

22 歐陽修, 『六一詩話·答蔡君謨詩』: "先朝楊劉風采, 聳動天下, 至今使人傾想."

23 張方平, 「題楊大年集後」: "典純追古昔, 雅正合『周南』"

24 "窮姸極態, 綴風月, 弄花草, 淫巧侈麗, 浮華纂組."(「怪說」中篇)

25 「楊億傳」: "(楊)億天性穎悟, 自幼及終, 不離翰墨 …… 留心釋典禪觀之學." 『宋史』 卷305, (臺北)鼎文書局, 1987, p.10083.

26 吳處厚, 『靑箱雜記』: "深達性理, 精悟禪觀"(卷10) 『全宋詩』 卷122, (北京)北京大學

은 스스로가 유불의 융합을 적극 추구했으며, 동시에 선종, 천태 등 불교경전과의 인연도 상당히 깊어 보인다. 그렇다면 양억의 불학 연원은 언제부터 시작된 것일까? 지리적인 환경, 가풍과 친인척의 영향, 고승대덕과의 교유, 개인적인 인생역정이라는 측면에서 그의 불학의 연원과 교섭과정에 대해서 구체적으로 살펴보자.

양억의 고향은 복건성 건주建州이다. 이곳은 만당오대 시기에 선종이 크게 유행한 지역이다. 유명한 설봉의존雪峰義存이 바로 이 지역 출신이다. 그는 복건성 설봉산에서 40여 년을 지내면서 수많은 제자들을 길러내었다. 소위 선종의 '오가칠종' 중에서 '운문종'과 '법안종'이 그의 문하에서 탄생하였다. 설봉의 제자인 운문문언雲門文偃이 운문종을, 설봉의 제자 현사사비玄沙師備, 나한규침羅漢桂琛, 법안문익法眼文益에 이르러 법안종을 창립하였던 것이다. 현사와 나한은 줄곧 복건성에서 불법을 전하였다. 당시 이 지역의 상황에 대해 양억은 『양문공담원楊文公談苑』에서 다음과 같이 기록하고 있다.

> 나의 고향 건주는 산수가 아름답다. (중략) 지역 사람들이 사찰을 많이 건립하여 도처에서 서로 마주보고 있다. (중략) 오늘날 관할하는 6개 현을 보면, 건안에는 351개, 건양에는 257개, 보성에는 178개, 숭안에는 85개, 송계에는 41개, 관례에는 52개 등 일천 개의 사찰에 이르고 있다. 두목의 「강남절구」에 보면 '남조 사백팔십 개의 사찰'이라고 기록하고 있는데, 육조 수도 지역의 사원이 어찌

出版社, 1995, p.1410.

많다고 할 수 있겠는가?[27]

위의 기록으로 보아서 당시 양억의 고향 건주는 불교, 특히 선종이 크게 성행하고 있었음을 알 수 있다. 최근 고증에 의하면 양억의 집안 배경과 성장환경도 불교와 밀접한 관계가 있었다. 예를 들면 그는 어렸을 때 고향에 있던 능인사에서 공부하였고, 그의 조부인 양정지楊徵之는 신심이 깊은 불교도로 양억에게 많은 영향을 주었다고 한다. 사실 양정지는 이방李昉과 함께 『문원영화文苑英華』를 편수했는데, 이로 보아 문학적 소양도 뛰어났음을 알 수 있다.[28] 이뿐만이 아니다. 그의 장인 장계張洎는 참지정사를 역임했는데, 송초의 불경번역 때 최초로 윤문관으로 참여하였다. 장계의 불교경전에 대한 박학다식함도 양억에게 상당한 영향을 미쳤으리라 추정된다.[29] 『송사宋史』에는 장계張洎를 "불교와 도교에 관한 서적에 해박하고, 선적과 허무의 도리를 꿰뚫고 있다."[30]라고 평하는 것에서도 장계의 불교에 대한 해박한 지식을 알 수 있다.

양정지의 불교에 대한 돈독한 신심은 양억의 행장에도 기록이 있다. 양정지는 '명리를 논하는 것을 좋아하고, 전고를 많이 알고 있다'. '부처와 불교경전을 숭상하고, 인과를 깊이 믿었다. 매일 5번의 북이

27 李裕民輯校, 『楊文公談苑』, 『宋元筆記小說大觀』, 上海古籍出版社, 2001, p.549.

28 馮國棟, 「楊億佛門交遊考」, 『佛教研究』, 2007, 제2기, pp.88~89.

29 앞의 책.

30 「張洎傳」: "文采清麗, 博覽道釋書, 兼通禪寂虛無之理, 終日清談." 『宋史』 卷267, (臺北)鼎文書局, 1987, p.9215.

울리면 일어나 세수를 하고 『금강경』을 독송하였다. 이렇게 30년을 행하면서 한 차례도 멈춘 적이 없었다.'(「양억행장楊億行狀」) 가학의 영향과 장인의 불교에 지식과 윤문의 전통이 직간접적으로 양억에게 큰 영향을 미쳤을 것이다.

양억의 행적을 볼 때, 불문佛門과의 교유에 있어서 두 가지 점에서 유의할 점이 있다. 하나는 진종眞宗 대중상부大中祥符 7년(1014) 여주汝州로의 폄적이다. 폄적되기 이전과 이후로 나눌 수 있는데, 폄적 이전에는 뛰어난 문장력으로 인하여 진종의 극진한 총애를 받아왔던 시기였지만, 대중상부大中祥符 6년(1013) 진팽년陳彭年과 왕흠약王欽若 등이 진종황제에게 무고한 뒤 진종은 양억을 점차 멀리하게 된다.

구양수의 『귀전록歸田錄』에 다음과 같이 기록이 있다.

> 양문공은 문장으로써 천하에 알려졌는데 성격이 강직하고 다른 사람과 어울림이 모자라, 그를 싫어하는 자들이 참언을 하였다. 양대년이 학사원에 있는 어느 날 밤, 황제께서 궁중 깊숙한 곳에 있는 작은 누각으로 불렀다. 알현한 뒤 차를 하사하고 여유롭게 질문을 하였다. 오랜 시간이 흐른 뒤, 문장을 담은 궤를 가지고 와서 양억에게 보여주며 질문을 하였다. '경은 짐의 필적을 알지요? 문장은 모두 짐이 기초한 것이지, 신하에게 명령하여 대신 작성한 것이 아니오!' 양억은 황공스러워 어떻게 답해야 할지를 몰랐다. 고개를 숙이고 두 번 예를 차리고 나왔는데, 비로소 다른 사람이 무고했다는 것을 알게 되었다.[31]

---

31 李一飛, 『楊億年譜』, 上海古籍出版社, 2002, p.185.

위 내용은 양억이 황제가 작성한 문장을 황제가 직접 작성한 것이 아니라는 말을 했다고 진팽년陳彭年과 왕흠약王欽若이 진종에게 무고했고,[32] 이 말을 전해들은 진종이 나중에 양억을 불러서 본인이 직접 기초했다는 것을 확인시켰다는 것이다. 이후 진종과 양억은 사이가 나빠지게 되었고, 대중상부大中祥符 7년(1014) 8월, 41세인 양억은 수도를 떠나서 여주로 폄적된다.

오처후吳處厚의 『청상잡기青箱雜記』에는 여주로 폄적된 이후의 상황에 대해 다음과 같이 기록하고 있다. "공(王旦)은 양문공의 공문空門의 벗이었다. 양공이 여주로 폄적되었을 때 공은 때마침 요직에 있었다. 매번 소식을 주고받을 때 다른 일은 언급하지 않고, 오직 불법의 진리만 논할 뿐이었다."[33] 양억이 낭시 불법을 본격적으로 수용한 것도 수도를 떠나 여주로 폄적된 이후였음을 알 수 있다.[34]

또 하나 유의할 점은, 앞서 언급한 대로 송대에 들어와서 선종은 문자선의 방향으로 큰 발전을 이룬다. 이로 인하여 산림불교가 도시불교로 전환되면서 세간의 사대부들과 밀접한 관계를 유지하게 되는데, 양억도 당시 송대 문자선을 크게 유행시킨 선승들과 비교적 밀접한 관계를 유지하였다. 예를 들면 북송 시기 문자선을 일으킨 분양선소와

32 田況, 「儒林公議」. 李一飛, 『楊億年譜』, 上海古籍出版社, 2002, p.187.

33 李一飛, 『楊億年譜』, 上海古籍出版社, 2002, p.194.

34 양억은 여주로 폄적된 이후, 여러 고승대덕들과 교유를 하였다. 예를 들면 폄적된 다음 해인 대중상부大中祥符 8년(1014)에 양억은 스승 광혜원련 선사廣慧元璉禪師를 처음 만나게 되었고, 그 다음해인 대중상부 9년에 당명숭 선사의 소개로 석상초원石霜楚圓를 만났으며, 보응법소寶應法昭와 선종의 기어機語로 문답을 주고받은 것도 바로 이때 이루어진 것이다.

의 교유관계를 들 수 있다.

분양선소(汾陽善昭, 947~1024)는 산서山西 태원太原 사람이다. 수산성념首山省念의 제자로, 산서 분주汾州의 태자원太子院에서 불법을 전파하였다. 계율을 엄격히 준수해서 30년 동안 속세와 왕래가 없었으며, 설법을 잘하여 '서하의 사자'라고 불렸다. 문헌기록으로 보아, 두 사람 간에 직접적인 대면은 없었던 것 같다. 다만 여주로 온 이후에 서로 서신을 왕래한 기록이 있다. 『양억년보』에 근거하면, "분주汾州 대중사大中寺 태자선원太子禪院의 승려 분소善昭가 무덕선사어록을 완성한 뒤, 양억에게 승려를 보내 서문을 부탁해서, 이에 서문을 작성하였다."[35] 라고 기록하고 있다.

양억의 기록에 근거하면 그는 광혜원련廣慧元璉 선사로부터 가장 많은 영향을 받은 것으로 보인다. 『천성광등록天聖廣燈錄』[36], 『오등회원五燈會元』[37]에는 양억이 광혜 선사의 제자로 기록되어 있다. 아울러 양억 자신도 벗인 이유李維[38]와의 서신을 통해서 자신이 불법을 받아들인 시말에 대해 설명하면서 스스로가 광혜 선사의 제자임을 밝혔다.[39]

---

35 李一飛, 『楊億年譜』, 上海古籍出版社, 2002, p.194. 「汾陽善昭禪師」, 『五燈會元』 卷11, 中華書局, p.685. 「분양무덕선사어록서」(『全宋文』 卷295)는 분양 선사의 요청에 의해서 양억의 나이 41세에 작성한 것을 알 수 있다.

36 『天聖廣燈錄』 卷18, 「양억장楊億章」: "오늘날 불법을 지속하는 인연은 실제로 광혜 선사의 지시 때문이다(今繼紹之緣, 實囑於廣慧)."

37 『五燈會元』 卷12, 『廣慧璉禪師法嗣·文公楊億居士』.

38 이유는 양억과 함께 『경덕전등록』 편수에 참가하였다. 『宋史』 卷282, 列傳41에 「李維傳」이 기록되어 있다.

39 李一飛, 『楊億年譜』, 上海古籍出版社, 2002, p.197.

광혜원련 선사는 복건福建 천주泉州에 있는 진강晉江 사람인데, 임제 의현 계열인 수산성념(首山省念, 962~993)으로부터 법을 전수받았다. 양억은 진종 경덕 원년(1004) 여주汝州의 광혜원에서 불법을 전수받았다. 『오등회원』에 보면 두 사람이 처음 만났을 때의 상황을 다음과 같이 상세히 기록하고 있다. "문공 양억 거사 …… 비서감에서 여주로 나아가서 처음으로 광혜를 만났다. 광혜가 접견한 뒤에 공이 질문을 하였다. …… 공이 광혜에게 일백 개의 질문을 하면서 대답을 요구했는데, 광혜는 하나하나 모두를 대답하였다."[40]고 기록하고 있다. 이로 보아 양억과 고승대덕들과의 교유도 적지 않았지만, 아무래도 가장 큰 영향을 미친 사람은 광혜 선사로 보인다. 두 사람 간에 있었던 선법의 전수과정에 관해 『오등회원』에는 다음과 같은 기록도 있다.

> 비서감에서 여주로 부임하여 가장 먼저 광혜 선사를 알현하였다. …… 밤이 되어도 두 사람은 토론을 이어갔다. 광혜 선사가 물었다. "비서감은 일찍이 누구와 불도에 관한 이야기를 나눈 적이 있습니까?" 공이 대답하기를 "저는 일찍이 운암에 있는 양 선사諒禪師께 '두 마리의 짐승이 싸우면 어떠합니까?'라고 질문하였습니다. 양 선사는 '하나의 합한 형상으로 나타난다.'라고 대답하였습니다. (내가) 말하기를 '나는 단지 보기만 하였을 뿐' 자세히 살피지 않았는데, 그렇다면 도는 얻은 것입니까?" 광혜 선사가 이르길 "여기는 그렇지 않습니다." 공이 말하였다. "스님께서 가르침을 주시지요?" 광혜 선사는 손으로써 코를 잡아당기는 형세를 취하면서 "이 짐승은 더욱

---

40 『五燈會元』 卷12, 「文公楊億居士」.

> 날뛰고 있습니다."라고 말하였다. 공은 이 말을 듣고 홀연히 의혹이 사라져 깨우침을 얻었다.[41]

밤이 깊도록 두 사람이 토론하면서 두 마리의 호랑이가 다투는 모습에 대해 질문하자, 광혜 선사는 자기 코를 잡아당기는 자세로 짐승이 날뛰고 있다고 표현했다는 것이다. 이는 바로 집착을 비유하는 행동인 것이다. 그러므로 일체의 상相을 추구하지 말 것을 당부하는 의미, 즉 집착을 물리치고 일체 인연과 자연의 순리에 따르라는 의미를 파악하고서 양억이 깨우침을 얻었다는 기록이다.

『오등회원』에 의하면, 분양선소의 제자로 문자선을 크게 홍성시키며 전파하였던 석상초원(石霜楚圓, 986~1039)도 양억과 밀접한 관계를 유지하였다.[42] 석상초원은 당명숭唐明嵩 선사의 제자인데, 숭 선사의 소개로 초원 선사가 양억을 찾아와 만났다고 한다. 대중상부 9년(1016) 양억 나이 43세일 때의 일이다.

> 당명숭唐明嵩 선사가 초원에게 이르기를 '한림학사 양대년은 식견이 풍부하고, 불법이 건실하니 자네가 만나지 않을 수가 없네.' 이리하

---

41 『五燈會元』 卷12: "及由秘書監出守汝州, 首謁廣慧. 慧接見" …… 慧曰: "秘監曾與甚人道話來?" 公曰: "某曾問雲岩諒監寺, '兩個大蟲相咬時如何?' 諒曰: '一合相.' 某曰: '我只管看.' 未審, 恁麼道還得麼?" 慧曰: "這裏卽不然." 公曰: "請和尙別一轉語." 慧以手作拽鼻勢, 曰: "這畜生更蹦跳在." 公於言下, 脫然無疑. 宋·普濟著, 『五燈會元』, (北京)中華書局, 1990, p.726.

42 초원 선사 아래에서 바로 양기방회와 황룡혜남이 나와 문자선을 발전시키며, 소위 말하는 '오가칠종'을 이루게 된다.

여 초원 선사가 양억을 찾아가서 만났다.[43]

두 사람은 "아침부터 저녁까지 질의하며 지혜를 증명(日夕質疑智證)" 하였고, "늦게 만난 것을 탄식하였다(恨見之晩)"고 기록하고 있다.[44] 아울러 양억은 초원 선사를 이준욱李遵勖에게 소개해주어 세 사람은 함께 불문의 벗이 되었다고 기록하고 있다.[45]

보응법소寶應法昭도 양억의 주된 불문의 벗이다. 효영曉瑩의 『나호야록羅湖野錄』에 의하면, 양억이 여주에 있을 때 선사들과 주고받은 선종의 기어機語를 염拈, 송頌, 대代, 별別로 분류하여 『여양선회집汝陽禪會集』 13권이라는 문자선과 관계된 서적을 편찬했는데, 당시 기록한 대부분의 기어는 자신과 광혜원련, 보응법소寶應法昭와 문답을 주고받으며 응대한 것이라고 전하고 있다.

앞서 언급했지만, 이들 선사는 모두가 문자선의 성행과 관련된 인사들이다. 그러므로 당시 문자선의 유행이 직접적으로 사대부들과 불교 간의 교유를 촉진하는 중요한 역할을 했음을 알 수 있다. 이외에도 『오등회원』에 근거하면 양억은 안 선사, 양 선사 등 선사들과도 교유가 있었음을 알 수 있다. '안 선사'에 대한 생평은 알 수 없으나, '양 선사'와 함께 양억에게 선학을 전수해준 것으로 보인다. 두 사람은 여산의 귀종사와 운거사에서 온 법안종의 선사임을 알 수 있다.[46]

---

43 「石霜楚圓禪師」, 『五燈會元』 卷12, (北京)中華書局, 1990, p.700.

44 앞의 책.

45 "師於是黎明謁李公(遵勗) …… 自是往來楊李之門, 以爲法友." 앞의 책.

46 "또한 벗인 안 대사는 매번 인도해 주었다. …… 또한 양공 대사를 만나 초야를

선종 승려들과의 교유 이외에 양억은 천태 등 다른 종파, 심지어 해외의 승려들과도 광범위한 교유도 있었다. 예컨대 천태종의 사명지례(四明知禮, 960~1028), 자운준식(慈雲遵式, 964~1032), 흥국유기興國有基, 법사지환法師智環 등과도 교유를 하였다. 이외 일본 승려와의 교유도 있었는데 적조(寂照, 962~1034)가 대표적인 인물이며, 각칭覺稱이라는 천축天竺국의 인물도 보인다.[47]

이처럼 송초 문인 사대부들과 불문과의 교유에 있어서 가장 대표적인 인물로 양억을 들 수 있다. 그는 주로 문자선을 유행시킨 선사들과 친밀한 관계를 유지했지만, 어느 한 종파에만 구애되지 않고 천태종을 비롯하여 해외 승려 등 다양한 고승대덕들과 교유를 진행했음을 알 수 있다. 이는 양억의 불교에 대한 해박한 지식을 반증하는 동시에 불교계에 대한 그의 영향력을 가늠하는 중요한 판단기준이 될 수 있을 것이다. 아울러 유불도의 교섭과 융합, 특히 유가의 선종화, 불교선종의 세속화 등, 이학과 불교의 융합이라는 시대적인 사조와도 밀접한 관련이 있다. 송초 시단에서의 그의 이러한 행보는 뒷날 왕안석, 소식과 황정견 등에게 계승되었다.

선사나 승려 등 불교계 인사들과의 교류 외에 양억은 문인들과도

방문하였다. 양 대사의 종지는 때마침 안 대사와 궤를 같이했는데, 모두 여산의 귀종사와 운거사에서 왔으며, 모두 법안의 후예들이다(又故安公大師, 每垂誘導. …… 又得諒公大士, 見顧蒿蓬. 諒之旨趣, 正與安公同轍, 並自廬山歸宗, 雲居而來, 皆是法眼之流裔)"『五燈會元』卷12, 中華書局, p.727.

47 풍국동馮國棟은 「楊億佛門交遊考」 문장에서 양억과 불문과의 교유에 대해 비교적 상세히 설명하고 있다. 『佛教研究』, 2007, 제2기, pp.88~89.

불법을 토론하고 교유했는데, 대표적인 인물로는 이유李維와 이준욱李遵勗 등을 들 수 있다.

①이유(李維, 961~1031). 이유는 양억楊億, 왕서王曙 등과 함께 진종眞宗의 명을 받들어『경덕전등록』편수에 참가한 경력이 있다. 여러 사료에 근거하면 양억이 불법에 관한 여러 가지 지식을 습득함에 있어 이유가 상당한 도움을 준 것으로 보인다.[48]『양억연보』에 근거하면, 양억의 나이 42세인 대중상부 8년(1015)에 다음과 같은 기록이 있다. "여주汝州에서 자주 예불을 올렸다. 이유李維에게 서신을 보내, 그가 불법을 배우기 시작한 시말에 대해 서술하고 있다."[49] 이러한 기록을 통해서 불법을 매개체로 한 두 사람의 밀접한 관계를 알 수 있다.『오등회원』에도 다음과 같은 기록이 있다.

> 문공 양억 거사, 자는 대년이다. 어려서 신동으로 불렸으며, 성장하면서 글재주로 이름을 알렸지만, 불교에 대해서는 지식이 없었다. 하루는 동료가『금강경金剛經』을 읽고 있는 것을 보고, 비웃으면서 나무랐다. 동료가 매우 태연자약하게 읽는 것을 보고, 의문이 나서 물었다. "설마 이것이 공맹께서 숭상한 것에서 나온 것인가? 어찌 이렇게 심하게 빠져 있는가?" 이로 인하여 수차례 읽어본 뒤 의혹됨

48『宋史』卷282,「李維傳」: 이유는 진종 때의 재상인 이항李沆의 동생으로 호부원외랑戶部員外郞, 중서사인中書舍人, 병부원외랑兵部員外郞, 한림학사승지翰林學士承旨, 사관수찬史館修撰 등 직을 역임하였고, 일찍이『眞宗實錄』,『續通典』,『冊府元龜』의 편수에 참가했으며, 윤문관을 역임하였다.『宋史』, (臺北)鼎文書局, 1987, p.9541.

49 李一飛,『楊億年譜』, 上海古籍出版社, 2002, p.197.

> 이 비로소 사라지게 되었고, 그것을 믿고 존숭하게 되었다. 후에 한림 이유를 만나 열심히 좇아 불법에 대해 학습하였다.[50]

양억 자신이 불교를 받아들이는 과정에 대한 설명이다. 양억도 초기에는 일반적인 유가들과 마찬가지로 유가경전만을 추종했고, 불교서적을 배척했음을 알 수 있다. 양억은 우연히 『금강경』에 익숙한 동료를 만나게 되었고, 처음에는 비웃고 책망했었지만 본인도 『금강경』을 읽은 뒤 불교를 받아들이게 되었으며, 후일 이유李維를 통해 더욱 불법에 대해 정진할 수 있었다는 설명이다. 이와 더불어 양억은 서신을 통해서 이유와 함께 선법의 전승과정과 특징에 관해서 매우 상세히 토론하였다.[51]

> 옛날의 선덕들을 생각해보면 대체로 여러 차례 가르침을 추구한 적이 있었다. 예를 들면 설봉은 동산을 아홉 차례 찾아갔으며, 투자에게는 세 차례 찾아갔었고, 결국은 덕산의 제자가 되었다. 임제는 대우에게 법을 받았으나, 결국에는 황벽을 계승하였다. 운암은 도오종지 선사의 가르침을 받았으나, 결국은 약산유엄의 제자가 되었다. 단하는 마조에게서 인가를 얻었지만, 석두의 후손이 되었다. 옛날에는 여러 차례 추구함이 있었지만 도리에 어긋남이 없었다. 오늘날

---

50 "文公楊億居士, 字大年. 幼學神嬰, 及壯負才名而未知有佛. 一日過同僚, 見讀金剛經, 笑且罪之, 彼讀自若. 公疑之曰: '是豈出孔孟之右乎? 何佞甚!' 因閱數板, 懵然始少敬信. 後會翰林李公維, 勉令參問." 『五燈會元』 卷12, (北京)中華書局, p.726.

51 "大年嘗書寄內翰李公維. 敘師承本末 …… 大年所敘, 詳悉如此." 宋·惠洪 『禪林僧寶傳·大覺璉禪師』.

내가 계승한 인연은 실제로는 광혜에 속한다. 나를 이끌어주고 격려해준 것은 실지로 이유(鼇峰)로부터 나온 것이니, 기쁘고도 다행스런 일이다.[52]

고대 뛰어난 선사들은 한 스승에만 의존하지 않고, 여러 스승을 찾아가서 배웠다는 것과 자신의 법맥은 광혜원련이라고 설명하고 있다. 오봉鼇峰은 이유李維를 가리킨다. 양억에게 선법을 깨우치게 해준 사람이 이유이며, 이것이 자신이 선을 배움에 있어 이것이 큰 행운이라는 것이다. 양억의 선종 학습에 대한 이유의 영향력을 가늠할 수 있다. 또한 양억은 남종 선맥의 흐름에 대해서도 이해가 적지 않음을 알 수 있다. 이밖에도 다른 인물로는 부마도위駙馬都尉 이준욱李遵勗을 들 수 있다.

② 이준욱(李遵勗, ?~1038). 자字는 공무公武이고 문무에 능통하다고 기록하고 있다. 진종 대중상부(大中祥符, 1008~1016) 연간에 진종의 여동생인 만수공주萬壽公主를 부인으로 받아들였고, 부마도위駙馬都尉에 제수되었다. 문사에 뛰어났으며 경론에도 통달했다고 한다. 선학에도 이해가 있어 곡은 선사谷隱禪師[53]에게서 법을 얻었다. 또한 이준욱은

---

52 "重念先德, 率多參尋. 如雪峰九度上洞山, 三度上投子, 遂嗣德山. 臨濟得法大愚, 終承黃檗. 雲巖蒙道吾訓誘, 乃爲藥山之子. 丹霞蒙馬祖印可, 而作石頭之裔. 在古多有, 於理無嫌. 病夫今繼紹之緣, 實屬於廣慧. 而提激之自, 良出於鼇峰也. 欣幸欣幸." 『五燈會元』 卷十二, (北京)中華書局, p.726.

53 "양억은 광혜 선사에게 선을 배웠고, 이준욱은 석문에게서 깨우침을 얻었다(楊億內翰參透廣惠, 李遵勗太尉見石門大悟)." 『禪苑蒙求』 目錄卷上. 여기에서 '석문'은 바로

양억과 함께 석상초원石霜楚圓 선사의 벗이었다. 곡은 선사谷隱禪師와 양억의 스승인 광혜 선사는 모두 임제종 수산성념首山省念의 제자이다. 임제종의 항렬로 따지만 이준욱과 양억은 모두 임제의 6세손이다. 이준욱은 아울러 『경덕전등록』의 뒤를 이어 세상에 나온 선종의 어록인 『천성광등록』 30권을 편찬하였다.[54]

기록을 보면, 이준욱과 양억은 자주 선어로써 교유를 하였다. 둘 사이에 주고받은 선기문답禪機問答의 수준은 상당히 높은 편이다. 예를 들면 『경덕전등록』에는 다음과 같은 기록이 있다.

> 시랑인 양억이 부마인 이준욱에게 질문하였다. "석가가 6년 동안 고행하여 이룬 일은 무엇인가?" 이준욱이 대답하였다. "짐을 내려놓는 것을 보니 땔감이 무거운 것을 알겠네." 양억이 물었다. "한 명의 맹인이 여러 맹인을 이끌 때 어떻게 해야 하는가?" 이준욱이 대답한다. "맹인이 되어야 한다." 양억이 말하였다. "분명하게 보인다." 이준욱은 곧 그만두었다.[55]

양억이 제기한 석가모니께서 6년간 수행한 결과에 대한 질문에 이준욱은 직접적으로 대답하지 않는다. 단지 땔감이 무겁다는 말로

谷隱蘊聰(965~1032)을 가리킨다.

54 이외 이준욱은 『간연집閒宴集』과 『외관방제外館芳題』 등을 남기고 있다.

55 "侍郎問李駙馬: 釋迦六年苦行, 成得什麽事? 尉云: 擔折知柴重. 問: 一盲引衆盲時如何? 尉云: 盲. 侍云: 灼然. 尉便休." 宋·李遵勖編, 『天聖廣燈錄』, CBETA, X78, No.1553.

깨우침을 이끌어야 할 책임감이 무거움을 표현하고 있는 듯하다. 한 명의 맹인이 여러 사람의 맹인을 이끈다는 문제에 대해, "맹인이 되어야 한다."는 대답도 매우 흥미롭다. 왜냐하면 앞에서 인도하는 사람이 선을 알지 못하는데, 뒤에서 따라가는 사람도 당연히 엉터리라는 것이다. 이에 대해 양억은 "분명하게 잘 보인다."라고 대납하고 있다. 이는 앞에서 이끄는 사람이 선에 대해 '진정한 탁견'을 가지고 있다고 칭찬하는 것이다. 이러한 선기문답을 통해서 보면, 그들의 선종에 대한 이해가 상당히 깊음을 알 수 있다. 아래의 문장을 통해서 두 사람의 친밀한 관계를 파악할 수 있다.

> 시랑(양억)이 임종 하루 전에 친히 게송을 지어 가족들에게 주면서 다음날 부마 이준욱에게 전달할 것을 지시하였다. 게송에 이르기를 "덧없는 태어남과 덧없는 사라짐의 두 법은 본래 같은 것이다. 진정하게 귀의할 곳을 알고 싶은데, 조주는 동쪽 정원의 서쪽에 있다." 이준욱이 게송을 받고 이르기를 "태산의 묘안에서 지전을 태운다."라고 말하였다.[56]

『금강경』에 보면 "일체 모든 법은 마치 꿈, 환영, 거품, 그림자이니라."[57]라며 인생이 꿈과 같은 것임을 강조하고 있다. 『능엄경楞嚴經』에

---

56 "侍郎臨終前一日, 親寫一偈與家人, 令來日送達李駙馬處. 偈曰: '漚生與漚滅, 二法本來齊. 欲識眞歸處, 趙州東院西.' 尉接得偈云: '泰山廟裏賣紙錢.'" 宋·李遵勖編, 『天聖廣燈錄』, CBETA, X78, No.1553.

57 『金剛般若波羅蜜經註』 卷下: "一切有爲法, 如夢幻泡影." CBETA, X24, No.461,

서도 큰 바다 속에 흘러가는 물방울을 인생에 비유한다. '진眞'은 바로 '영혼'을 지칭하는 것이다. '조주동원趙州東院'은 바로 당나라 때 조주종심 선사趙州從諗禪師가 주석하던 관음원觀音院[58]을 가리킨다.

양억이 강조한 것은 바로 불교의 "제법이 공상이며, 불생불멸의 상태이다(諸法空相, 不生不滅)"와 "일체의 모든 것은 공(一切都是空)"의 경계임을 강조하고 있다. 즉 생과 사는 본래 다른 것이 아니며, 스스로가 진정으로 귀의할 곳은 바로 사원이라는 깨우침을 이준욱에게 보낸 것이다. 이준욱은 양억의 게송을 보고서 양억이 곧 세상을 하직할 것을 예상하고 "태산에서 지전을 태운다."라고 대답한 것이다. 이처럼 두 사람이 도달한 선의 경지는 선승의 수준에 버금갈 정도의 수준이라고 해도 과언이 아니다.

③재상을 지낸 왕단(王旦, ?~1017)도 양억의 불문의 벗이다.[59] 불교에 대한 그의 신앙심은 매우 돈독했던 것으로 보인다. 재상을 역임했던 대표적인 유학자가 세상을 하직하기 전에 '이법夷法'으로 불리는 불교식 예법인 '화장'으로 후사를 부탁한 것을 보면, 불교에 대한 신앙심이 어느 정도인지를 추정할 수 있다. "본성이 불교를 좋아하여 임종 때 유언으로 머리를 깎고 승복을 입히고, 관에는 금과 옥을 넣지 말고,

p.564, c22.

58 『景德傳燈錄』 卷10: "師出院路逢一婆子, 問 '和尙住什麽處?' 師云: '趙州東院西.' 婆子無語." CBETA, T51, No.2076, p.277, b15-16.

59 태평흥국 5년 진사로 『文苑英華·詩類』 편찬에 참여하였고, 구밀원사, 참지정사를 역임하였다. 성상省常 선사가 서호 옆에 『화엄경華嚴經·정행품淨行品』을 중심으로 백련결사를 만들자 왕단이 앞장섰다고 기록하고 있다.

다비의 화장법을 실행하고, 탑을 세우고 무덤을 만들지 말 것"[60]을 요구하였다고 한다. 『상산야록湘山野錄』에서도 유사한 기록이 있다. 왕단은 당시 자신의 병이 위중해지자 양억을 집으로 초청하여 양억에게 후사를 부탁했다고 기록하고 있다.

> 나는 번뇌를 매우 싫어하고 불교경전을 흠모하였습니다. 내세에서는 비구가 되길 원합니다. 산에서 참선하고, 마음의 사事와 이理를 관찰하는 것을 즐거움으로 삼았습니다. 장차 장례를 지낼 때 그대가 나를 위해 머리를 깎아주고, 좋지 않은 옷을 입히고, 금은 등 귀금속은 관 속에 넣지 마세요. 불교의 다비화장으로 해주시고, 선영 옆에 뼈를 묻고, 하나의 허름한 탑을 세워 소원을 보답하게 해주세요. 내가 비록 아이들에게 깊이 말했지만, 습속을 따를 것을 두려워하여, 당신이 아들에게 일러줄 것을 재삼 부탁합니다.[61]

종법제도를 중시하는 유교사회에서 장례식은 매우 엄격하면서도 복잡하다. 따라서 불교식의 화장법은 유가사회에 대한 하나의 도전으로 볼 수 있다. 송대 사대부들이 불교식 장례를 극력 배척한 것은 당연한 것이었다. 하지만 왕단은 아들에게 불교식 후사를 부탁한 것도 모자라 친구를 불러서 유언을 지켜달라고 재삼 부탁까지 한 것이다.

---

60 司馬光, 『涑水記聞』 卷7.

61 『湘山野錄』: "吾深厭煩惱, 慕釋典, 願未來世得爲比丘, 林間宴坐, 觀心爲樂. 將易簀之時, 君爲我剃除須發, 服坏色衣, 勿以金銀之物置棺內. 用茶毗火葬之法, 藏骨先茔之側, 起一茅塔, 用酬夙愿. 吾雖深戒子弟, 恐其拘俗, 托子叮嚀告之." 『佛祖統紀』 卷40.

왕단은 평소에도 불교경전을 좋아했다고 한다. 뿐만 아니라 내세에는 비구가 되어 참선하는 즐거움을 수행하기 위해서 후사를 불문의 규율에 따를 것을 원했던 것이다. 하지만 양억은 이에 동의하지 않았다.

> 후사를 감히 모두 실천할 수 없습니다. 이렇게 머리를 깎고 삼의를 하는 일은 따르기가 힘들 것입니다. 공은 삼공이므로 만약 운명하시면 폐하께서 반드시 왕림하셔서 임하실 것입니다. 염을 할 때 삼공의 의복으로 해야 하는데, 어찌 승려의 방법을 따를 수 있겠습니까?[62]

왕단이 재상의 높은 관직을 역임했기에 불문의 의식을 따를 수는 없으며, 유가의 예제에 의거하여 행해야 한다는 주장이다. 왕단이 세상을 떠난 뒤 양억의 말대로 황제가 친히 와서 장례에 임하였다. 이로 보아 양억 주위의 상당수의 사대부 관료들도 선종과 깊은 관계를 유지했음을 알 수 있다. 그들도 양억과 마찬가지로 유불도의 융합이라는 시대의 조류, 특히 선종의 세속화와 유가의 선종화라는 흐름 속에서 선승들과 직접 교유했던 것이다.

이로 보아 양억은 고승대덕 및 불교를 수용한 동료들과의 빈번한 교유를 통하여 관직에서의 번뇌를 없애고, 청정한 자성을 추구하는 선적 사유를 수용하였다. 개인적인 인생역정의 부침에 따라 정신적 구속을 탈피하고, 심성의 해탈을 강조하며 수연자적하는 선종의 정취를 시가작품 속에 반영했기에 송대 시가의 철리성을 강화하는 데 일조하

---

62 “餘事敢不一一拜教, 若剃發三衣之事, 此必難遵. 公, 三公也. 萬一薨奄, 鑾輅必有祓禨之臨, 自當斂贈公袞, 豈可以加於僧體乎?”(『湘山野錄』)

였다.

2) 선전禪典의 간삭과 불경의 번역

양억이 고승대덕 및 사대부 문인들과도 밀접한 관계를 유지한 것 이외, 그는 황제의 교지를 받들어 송대 이후 선종 등사燈史 중 가장 뛰어나다고 평가받는 『경덕전등록景德傳燈錄』의 편수에 참가했고, 새로 번역된 불경에 대한 윤문작업도 시행하였다.

『경덕전등록』은 모두 30권으로 이루어져 있다. 선종의 사법嗣法을 정리하여 전승관계를 중심으로 기사와 기언을 주요 내용으로 하는 선종어록이다. 도원이 처음 완성했을 때는 『불조동참집佛祖同參集』이라 불렀다. 도원은 책을 완성한 후에 양억에게 서문을 부탁했고, 이에 양억은 「불조동참집서序」에서 다음과 같이 말하고 있다.

> 동오 지방의 도원 선사는 불교의 용상이다. 그는 다른 사람이 없는 안목을 갖추고 있었으며, 조사들의 법통과 순서가 상세히 기록되지 않았음을 탄식하였다. 규봉 초당사의 종밀이 편집한 『선원제전집』에서도 법통에 대해 소홀히 하였다. …… 가섭으로부터 법안의 후손에 이르기까지 법통과 근원을 추구하고 심지어 어구의 응답(對酬)과 기연의 결합에 이르기까지 포함하지 않음이 없었고, 빠트림이 없을 정도로 부지런히 편찬 작업을 하여 20권을 이루었다.[63]

---

63 「佛祖同參集序」: "東吳道原禪師, 乃覺場之龍象, 實無人之眼目. 慨然以爲祖師法裔, 頗論次之未詳. 草堂遺編『禪源諸詮集』, 亦嗣續之孔易. …… 自飮光尊者(迦葉), 迄法眼之嗣, 因枝振葉, 尋波討源, 乃至語句之對酬, 機緣之契合, 靡不包擧,

도원이 『불조동참집』(『경덕전등록』)을 편찬한 이유에 대해 설명하고 있다. 도원은 종밀이 지은 『선원제전집』 등 이전 선종 역사서의 단점으로 역대조사에 대한 법통의 전승관계 기술이 지나치게 간략하다고 파악하였다. 따라서 이를 보완하기 위해 황제와 조정의 적극적인 지지 하에 『불조동참집』을 편찬하게 되었다는 것이다. 가섭에서부터 시작하여 달마 이후의 동쪽 역대 조사 법안문익의 법통인 장수법제長壽法齊에 이르기까지 광범위하게 역대 선사들의 인연과 어구를 치밀하게 수록하여 20권을 이루었다고 설명하고 있다. 이에 양억은 도원 선사를 칭찬하여 "선사의 마음은 술이부작에 있다(禪師之用心, 蓋述而不作)"[64]며, 도원 선사가 저술을 통해서 새로운 것을 정립하기보다는 이전의 내용을 정리하는 데 방점을 두었다는 것이다.

도원은 완성된 『불조동참집』을 진종에게 봉정하면서, 표제를 『경덕전등록』이라고 바꾸었다. 이에 따라서 진종은 양억 등 3인에게 새롭게 간삭刊削하여 편수編修할 것을 지시하였다. 이와 관련된 내용이 양억이 지은 「경덕전등록서」에 잘 나타나 있다.

> 동오승 도원은 선의 기쁨에 전심전력을 기울인다. 선종의 세심한 도리를 밝히고, 대대손손 법통을 나타내기 위해 여러 방면으로 『어록』을 채집하고, 원류를 순서대로 정리하고, 어구를 교차하고 종합하였다. 과거칠불에서부터 법안의 법통에 이르기까지 모두 52대 1,701인을 모아 30권을 이루고, 표제를 '경덕전등록'이라고 하였다.

無所漏脫, 孜孜纂集, 成二十卷."(『武夷新集』 卷7)

64 『武夷新集』 卷7.

대궐의 천자께 봉정하고 유포되기를 희망하였다. 황제는 불법의 외호와 승려들의 부지런한 업무를 칭찬하고 마음으로 신중하게 생각하고 오랫동안 사고한 뒤, 마침내 한림학사좌사간지제고신 양억과 병부원외랑지제고신 이유, 태사승신 왕서 등으로 하여금 간삭할 것을 명하여, 이것을 편찬하게 되었다.[65]

표제를 『불조동참집』에서 『경덕전등록』이라고 개칭한 이유에 대한 상세한 설명은 없다. 다만 전후 사정과 맥락으로 본다면 양억의 건의에 의해서 바뀌어졌을 확률이 높아 보인다. 양억을 비롯한 3인이 『경덕전등록』을 어떠한 방향으로 수정했는지에 대해서는 양억의 서문을 통해서 그 윤곽을 알 수 있다.

개략적으로 세 방향으로 나누어서 설명할 수 있다. 첫째, 문장에 대한 정확한 서술을 추구하고 있다. 양억은 다음과 같이 말하고 있다. "사실과 자료, 현실의 기록은 반드시 뛰어난 서술에 기인해야 한다. 언어가 멀리 이르도록 하려면 문장이 없을 수 없는 것이다. 그곳에 있는 표제와 기록, 경과를 상세한 궤적으로 설명해야 한다. 혹은 어떤 경우에는 어휘항목의 혼란함, 어떤 경우에는 언사에 흔적을 남기는 비루한 습속에 대해 간삭해야 한다."[66] 다시 말해서 문장에 대한 윤색과

---

65 『景德傳燈錄』 卷首: "有東吳僧道原者, 冥心禪悅. 索隱空宗, 披弈世之祖圖. 采諸方之語錄, 次序其源派, 錯綜其辭句. 由七佛以至大法眼之嗣, 凡五十二世, 一千七百一人, 成三十卷, 目之曰景德傳燈錄. 詣闕奉進, 冀於流布. 皇上爲佛法之外護, 嘉釋子之勤業, 載懷重愼, 思致悠久, 乃詔翰林學士左司諫知制誥臣楊億, 兵部員外郎知制誥臣李維, 太常丞臣王曙等, 同加刊削. 俾之裁定." 「景德傳燈錄序」, CBETA, T51, No.2076, p.196, c01-09.

정확한 서술을 하기 위함으로 보인다. 둘째, 역사적 사실에 대한 정확한 기술이다. "유가와 거사의 문답에 있어서 작위와 성씨를 분명하게 해야 하며, 시간과 달력에 대한 교감으로 오류를 없애며, 사적에 대한 편차와 오류를 줄여야 한다. 모두 산거함으로써 자료에 대한 믿음을 전해야 한다."[67]라고 기록하고 있음에 그 의도를 파악할 수 있다. 셋째, "묘명한 깨우침을 받들고, 불법의 심오한 이치를 조술하고, 즉 어떤 방식으로의 서술이 전등의 비유에 부합되는지"[68]에 대한 고심을 표출하고 있다. 이 부분은 기존의 저술이 주로 승사사전 부분 중심이기에 이것을 수정하기 위한 의미로 보인다.

이밖에도 양억은 여주에 있을 때 수집한 선사들의 『어록』을 합쳐서 『여양선회집汝陽禪會集』 13권을 편집하였다. 광혜 선사와 법소 선사 두 선사 간에 주고받은 선어를 주로 기술하고, 양주 곡은사 소원과 옥천사 수진, 백마 영악, 보녕사 귀도, 정경사 혜영, 녹문산 혜소 등의 『어록』을 기록하고 있다.[69] 양증문楊曾文 선생도 양억은 여주에

---

66 "事資紀實, 必由於善敘; 言以行遠, 非可以無文. 其有標錄事緣, 縷詳軌跡, 或辭條之紛糾, 或言筌之猥俗, 並從刊削." 「景德傳燈錄序」, CBETA, T51, No.2076, p.196, c20-22.

67 "至有儒臣居士之問答, 爵位姓氏之著明, 校歲曆以愆殊, 約史籍而差謬, 鹹用刪去, 以資傳信." 『景德傳燈錄序』, CBETA, T51, No.2076, p.196, c23-25.

68 "開示妙明之眞心, 祖述苦空之深理, 卽何以契傳燈之喩?" 「景德傳燈錄序」, CBETA, T51, No.2076, p.196, c26-27.

69 효영曉瑩의 『나호야록羅湖野錄』에 의하면 양억이 여주에 있을 때 『여양선회집汝陽禪會集』을 편집했는데, 당시 기록한 대부분의 기어는 자신과 원련, 법소 스님과의

폄적되었을 때 매일 광혜원련 선사를 찾아가 불법에 대해 질문했고, 염拈, 송頌, 대代, 별別을 묶어서 『여양선회집』을 편집했다고 고증하고 있다.[70] 양억이 기록한 송대 문자선에 관한 중요한 사료이나, 안타깝게도 이미 실전하여 전해지지 않는다. 앞서 언급한 대로 문인 사대부와 당시 고승대덕 간의 교유에 있어서 송대 문자선의 성행이 중요한 역할을 하였음을 이를 통해서도 알 수 있다.[71]

이외에도 송대는 역대 역경전통의 기초 위에서 역경사업을 규격화하고 제도화를 진척시켰다.[72] 조정에서는 역장譯場을 설치했을 뿐만 아니라, 관원을 파견하여 윤문관과 역경사를 담당하게 하였다. 역경사업 초기에는 단지 중앙조정의 관원이면 모두 윤문관을 담당하게 하였다. 하지만 진종 후기부터 조정의 고위관료들이 "역경사겸 윤문관"직을 담당하게 되는데, 이는 역경이 종교와 관련된 신성한 작업이기에 담당하는 자의 지위도 제고된 것으로 보인다. 역경원의 개설에서부터 전후 윤문관을 담당한 관리는 탕열湯悅, 양려楊礪, 주앙朱昂, 양억楊億 등이 있었다.

문답으로 응대한 것이라고 전한다.

70 楊曾文, 「北宋文學家楊億和佛教」, 『覺群』 제2집, 商務印書館, 2002, p.11. 『五燈會元』 卷12에서도 양억이 광혜 선사에게 100개의 질문을 했는데, 광혜 선사는 하나하나 모두를 대답했다고 기록하고 있다.

71 상세한 내용은 '문자선의 성행과 송대시단'을 참고.

72 "宋太祖非常重視西行取經, 太宗也十分重視譯經事業. 比如他在太平興國五年(980)建立譯經院, 開創了宋代的譯經事業. 到眞宗朝來華的外國僧人更多了, 他們都受到眞宗的禮遇." 魏道儒 著, 『宋代禪宗文化』, 中州古籍出版社, 1993, p.34.

윤문관으로서 양억은『대중상부법보록大中祥符法寶錄』21권(줄여서 "상부록祥符錄"이라 칭한다)의 편수에 참여하여, 태종과 진종 두 왕조 때 번역한 대소승 경율론과 서방성현집전 222부 413권의 목록과 역자, 내용, 제요와 번역에 대한 연기緣起 등을 기록하였다. 또한 송 태종과 진종 등의 저작을 포함한『동토성현저찬東土聖賢著撰』의 목록도 기록하고 있다. 이로 보아 선종『등록』과『어록』의 편찬과 역경사업 방면에 있어서 송대 사대부들의 노력과 공헌이 적지 않았음을 알 수 있다. 더욱이『경덕전등록』은 이후 선종『등록燈錄』저작들의 효시가 되었을 뿐만 아니라, 송대 초기 문자선의 성행과 매우 밀접한 관계가 있으며, 송대 선종의 성행에도 일정한 역할을 수행하였다.

『경덕전등록』이외에 송대에는 4부의『등록』이 있다. 이준욱李遵勗이 편찬한『천성광성록天聖光聖錄』및 운문종雲門宗 유백惟白이 편찬한『건중정국속등록建中靖國續燈錄』, 그리고 임제종臨濟宗의 오명悟明이 편찬한『연등회요聯燈會要』, 운문종雲門宗 정수正受가 편찬한『가태보등록嘉泰普燈錄』등이 그것이다. 이로 보면 송대는 선종『등록』과『어록』의 편찬이 성행한 문자선의 황금시기라고 할 수 있다. 불교계의 문자선이라는 새로운 선풍의 대두와 황제 등 통치계층의 적극적인 애호와 비호, 양억 등 사대부들이 불경과 선전의 편수에 적극적으로 참여한 영향이 주요한 이유가 아닐까 싶다.

3) 이선입시以禪入詩의 선시

다른 상당수의 문인들과 마찬가지로 선종의 인생관에 매력을 느꼈던 양억은 관직에 있어서의 모순과 갈등, 인생의 유한함과 무상함을 자각하면서 작품을 통해서 꿈과 환상(如夢如幻)을 노래하고, 인연 중시의 '수연자적隨緣自適'을 강조한 면모를 볼 수 있다. 그러므로 그의 시문 속에는 선종의 '성공性空' 사상을 바탕으로 '수연隨緣', '조계曹溪', '미천彌天' 등과 같은 불교선종의 각종 전고典故도 적지 않게 활용하고 있다.

불교와 선종은 양억의 정신적인 의탁처였다. 중년 이후 지방으로의 폄적, 관직생활에 대한 염증 등 인생의 도로상에 노정된 복잡한 모순과 갈등을 치유하는 도구로 적극 활용하였다. 송대 초기 시단의 대표자로서 선종에 대한 적극적인 수용 태도는 이후 송대 시인들의 선종 수용에 상당한 영향을 미쳤을 것으로 판단된다. 작품 속에 투영된 그의 선종적인 시각을 살펴보자.

① 일체개공一切皆空

세상의 모든 인생들은 생로병사를 면할 수 없다. 이는 바로 인생의 무상성無常性을 의미하는 것이다. 그러나 일상적으로 사람들은 무상無常의 특징을 파악하지 못하고, 의식 혹은 무의식적으로 모든 사물에는 자성과 실체가 있다고 여긴다. 선종에서는 이러한 관점이나 속박을 벗어나야만 비로소 청정한 해탈의 경지에 이를 수 있음을 강조한다. 그래서 항상 "제법이 공하다(諸法空相)"는 것을 강조한다. 왜냐하면 우리를 포함한 모든 사물의 본성을 공으로 파악하고 있기 때문이다.

양억은 「위 상인威上人」이라는 시에서 다음과 같이 말하고 있다.

五蘊已空諸漏盡	오온이 이미 공이니 모든 번뇌 멸하였고
塚間行道十年餘	산중에서 도를 행한 지 십여 년이 되었네

吟成南國碧雲句	남쪽 나라의 '벽운' 구절 읊조리고
讀遍西方貝葉書	서방정토의 불경을 다 읽는다
淸論彌天居士伏	미천 거사의 거처함을 청론하고
高情出世俗流疏	고아한 정취 출세간에 있어 세속을 멀리하네
問師心法都無語	스님에게 심법을 물으니 대답이 없고
笑指孤雲在太虛	웃으면서 하늘에 걸린 구름을 가리킨다

해탈의 관문은 공空에 있다. 만약 우리들이 제법이 공하다는 것을 분명히 인식할 수 있다면 일체의 번뇌도 철저히 해결할 수 있다는 것이다. 『금강경』을 축소한 『반야심경』에 보면 '오온개공五蘊皆空'이란 말이 나온다. 겉으로 보기엔 물질, 색色이지만, 지혜로 비추어 살펴보면 오온의 본질이 모두 공하다는 것이다. 우리의 몸엔 고정불변의 실체가 없기에 본질이 공하다는 것이다. 그래서 『반야심경』에서는 "색즉시공, 공즉시색"이라고 하는 것이다. 소유와 집착을 버려야 마음에 현현顯現하는 희로애락 등의 각종 정서적인 반응도 우리 자신에게 영향을 줄 수 없게 된다. 위 상인이 약 10여 년 동안 수행의 길을 걸어와 이미 오온이 공한 경지에 이르러 모든 번뇌를 멸하였다고 설명한다. 미천彌天이란 동진불교의 중심인물인 도안道安을 가리킨다. 즉 도안의 고행을 생각하면서 탄복하지 않을 수 없었다는 것이다. 마지막 구절에서 위 상인에게 심법에 대해 물었으나 대답 없이 웃으며 '하늘(太虛)'에 걸린 흰 구름만을 가리켰다는 것이다. '하늘(太虛)' 그 자체는 원래 변화가 없다. 구름이 없다고 해도 '하늘(太虛)'이고, 구름이 있다고 해도 '하늘(太虛)' 자체는 변하는 것이 아니다. '하늘'에 구름이 있고 없는 것은

자신의 자생자멸이다. '하늘(太虛)' 자체는 변화가 없는 것이다. 다시 말해서 번뇌는 바로 보리요, 보리는 바로 번뇌인 것이다. 미혹과 깨침은 다르지만, 보리심은 본래 변화가 없는 진리인 것이다.

「총도인과 이별하고 진운으로 돌아가다(別聰道人歸縉雲)」라는 시의 후 4구는 다음과 같이 묘사하고 있다. 제목 아래에 "총도인이 나를 별장까지 송별해주었다(聰送予至別墅)."라고 기록하고 있는 것으로 보아, 2년 동안 괄창성栝蒼城에서 생활한 후, 총도인과 이별하는 장면이다.

心猿已伏都無念　어지러운 마음 안정되어 무념 상태에 이르니
海鳥相逢自不驚　바닷새들 서로 만나도 놀라지 않는다
送別秋郊豈成恨　가을 교외에서 송별이 어찌 한이 되겠는가
白雲青嶂是歸程　흰 구름과 푸른 산이 돌아가는 여정이네

혜능은 무념위종無念爲宗을 강조하였다. 그의 제자 신회는 '무념'은 불성을 깨우치는 방편이며 돈오성불의 관건이라 강조하고 있다. 사실 '무념'은 바로 망념과 집착의 마음이 사라짐을 가리키는 것이지 생각이 없다는 것은 아니다. 무념법을 통하여 수양을 한다면 자성이 공적함을 깨우쳐, 진정 자재로운 해탈을 실현할 수 있다는 것이다.

이런 이론의 기초 위에 마조도일은 무심설을 제기한 것이다. 시인이 2년 동안 총도인과 교유하면서 이미 경박하고 불안한 마음이 사라졌고, 망념이 사라진 청정심에 이르렀다는 것이다. 집착과 망념이 사라진 무념의 경지에서는 만남과 이별이 있어도 놀람이 없다. 『조당집』 권3에

는 "푸르른 대나무는 모두가 진여법신이요, 울창한 들꽃은 반야지혜가 아님이 없다."[73]라는 구절이 있다. 깨우침이 다른 곳에 있는 것이 아니라, 바로 생물계에 보편적으로 존재한다는 의미이다. 총도인聰道人과 이별할 때 눈앞에 보이는 흰 구름과 푸른 병풍 같은 산들도 모두가 무념무상의 경지, 선 존재의 보편성을 표현한 것이리라.

다시 「대명부 대안각의 주인(大名府大安閣主道者)」이라는 시 후 4구는 다음과 같이 묘사하고 있다.

衣惹天香親御座	어좌 옆의 향기로운 향 옷에 물들이고
閣成雲構倚晴虛	높다란 누각이 세워지며 허공에 기대었네
浮生自恨猶貪祿	무상한 인생에 스스로 탐한 녹을 원망하고
未得同翻貝葉書	다함께 불경을 읽지 못함을 후회한다네

소위 말하는 덧없는 인생은 바로 실체가 없고 무상한 인생이라는 것이다. 세상에 존재하는 모든 사물의 본질은 공이며, 인생도 예외가 아니다. 『금강경』은 성공性空학설을 주장하는 대표적인 경전이다. 경전에서는 "일체의 모든 현상계의 사물은 마치 몽환과 같고 거품과 같다. 마치 이슬 같고 번개 같은 것이다. 반드시 이렇게 보아야 하는 것이다."[74]라고 인생을 정의하고 있다. 일체의 법과 일체의 모든 상이 환유幻有라

---

73 宗杲集幷著語, 『正法眼藏』: "靑靑翠竹, 盡是法身, 鬱鬱黃花, 無非般若." 『正法眼藏』, CBETA, X67, No.1309.

74 『金剛般若波羅蜜經註』 卷下: "一切有爲法, 如夢幻泡影, 如露亦如電, 應作如是觀." CBETA, X24, No.461, p.564, c22.

는 것이다. 양억은 꿈같고 번개 같은 짧은 인생의 덧없음을 깨우치지 못하고, 오로지 탐록貪祿에만 집착해온 것을 원망한다. 그러기에 함께 불경을 읽으면서 세속에서의 해탈을 추구하지 못했음을 후회한다고 말하고 있다. 다시 「역경총지대사 치종이 사상 예탑에 가다(譯經惣持大師致宗之泗上禮塔)」란 시 속에 나타난 유사한 사상에 대해 살펴보면 다음과 같다.

早傳心印得衣珠　일찍 전한 불심의 인가로 불성을 얻었고
不學聲聞證有餘　성문을 학습하지 않으니 증명함이 남는다
(중략)
隨順世緣無所住　순조로이 따르니 세속 인연에 걸림이 없고
經行宴坐自如如　경행을 돌고 좌선하니 스스로 여여하다

'총지 대사'는 금총지金惣持, 즉 보륜 대사寶輪大師를 가리킨다. '의주衣珠'라 함은 바로 '옷 속의 보물(衣中寶)', 불성을 가리킨다. 모든 사람은 모두 불성을 갖추고 있음을 비유하는 것이다. '심인心印'이란 불심의 인가이다. 내심의 실증을 인가하는 것으로 해탈과 성불의 강조이다. '성문'이란 '깨달음에 이르고자 교설에 따라 수행은 하지만, 자기 혼자만 해탈하는 것을 목적하는 소승의 길을 가는 불제자를 말한다.' 고로 여기에선 소승의 길을 가지 않고, 오진증투悟盡證透를 추구하는 대승의 길을 가기에 증명함이 남는다는 것이다.

양억은 마지막 두 구절에서 『금강경』의 '응무소주이생기심'[75]구를

75 "應無所住而生其心", 『金剛般若波羅蜜經』, CBETA, T08, No.235, p.749, c23.

원용하고 있다. '마땅히 머무는 바 없이 그 마음을 일으켜라'라고 해석된다. 반드시 모든 집착과 구속에서 벗어나 자연스럽게 마음을 활용하라는 의미이다. 모든 사물이 공空하기 때문에 집착할 필요가 없고, 집착 없는 마음 상태로 마음을 쓰라는 것이다. 순조로이 따르니 세속 인연에 걸림이 없고, 경행을 하고 좌선을 하니 스스로가 여여한 경지에 이르렀다는 것이다. '경행經行'이란 행도行道라고도 하는데, 좌선 중에 졸음을 막기 위해서 일정한 장소를 도는 일을 말한다. "기러기 하늘을 지나니 그림자는 고요한 호수에 잠긴다. 기러기는 자취를 남길 뜻 없고 호수는 그림자를 받아들일 마음 없다네."[76]의 경지에 이르렀다. 어디에도 걸림이 없는 초연물외超然物外, 물아양망物我兩忘, 자유자재自由自在의 표현이다. 임종하기 하루 전에 지었다는 아래의 게송에서 유사한 경지를 묘사하고 있다. 도가에서 말하는 유有와 무無의 동일성을 강조한 것과 유사하다.

漚生與漚滅	덧없는 태어남과 덧없는 사라짐
二法本來齊	두 법은 본래 같은 것이라네
欲識眞歸處	진정하게 귀의할 곳을 알고 싶은데
趙州東院西	조주는 동쪽 정원의 서쪽에 있다

76 "譬如雁過長空, 影沈寒水, 雁無遺蹤之意, 水無留影之心." 『禪林僧寶傳』 卷11, CBETA, X79, No.1560, p.515, c04. 이러한 경지는 "대나무 그림자가 뜰을 쓸거니와 티끌도 움직이지 않고, 달은 연못 속에 떨어지건만 물은 여전히 흔적이 없네."의 경지와 유사하다. 淸·通旭集, 『普陀列祖錄』: "竹影掃堦塵不動, 月穿潭底水無痕." CBETA, X786, No.1609.

'구漚'는 물방울, '수포水泡'이다. '구생漚生'은 '부구浮漚'로 실체가 없는 환상이며 무상한 인생을 지칭하는 것이다. '일체의 법은 몽환이며 거품과 그림자'라고 『금강경』에서 말했지만, 『능엄경楞嚴經』에서도 망망대해에서 움직이는 물거품을 인생에 비유하고 있다. 조금도 소유하지 않은 본질을 불교에서는 "일체의 법이 허상(諸法空相)"이라고 말하고 있다. 현세의 세계를 미워한다거나 혹은 극락세계를 추구한다는 생각을 막론하고 이 모두가 존재하지 않는 공이라는 것이다. 모든 법은 불생불멸不生不滅, 불구부정不垢不淨, 부증불감不增不減하기에 '두 개의 법은 본래 같은 것(二法本來齊)', 즉 '색즉시공色卽是空'이라고 정의한다. 그러므로 본인이 진정 귀의할 곳은 조주 선사가 주석하였던 백림사라는 것이다.

이처럼 양억의 시 속에는 부생浮生, 부구浮漚, 이공已空, 무념無念, 무소주無所住, 포환泡幻 등 불교적인 세계관을 표현한 어휘를 활용하여 스스로의 인생관을 '거품'과 '그림자'로 표현한 작품이 적지 않다.[77] 이러한 표현 자체가 본인의 인생체험에서 얻어진 결과로 보이는데, 선종의 '반야공관'이 양억의 인생에 끼친 영향을 파악할 수 있다. 앞서 양억이 불교에 대해 본격적으로 학습하지 않은 상태에서도 이미 『금강경』에 대해 익숙함과 경앙심을 표현했음으로 보아, 양억의 일생에 대한 『금강경』의 영향이 어느 정도인지 가늠할 수 있을 것이다.

---

77 "浮漚一念歸心起, 本寺房前見偃松."(「廉上人歸天台」), "讀遍龍宮七佛書, 一塵無念得衣珠."(「贈文照大師」) 등이 그러하다.

②선종의 어휘와 전고 활용

'조계曹溪'는 광동성 소관시韶關市 남화사 뒤편에 있는 하나의 작은 시냇물이다. 육조혜능이 구족계로 비구 자격을 얻은 후에 조계에 있는 보림사를 홍법의 기지로 삼았다. 혜능은 이곳에서 약 30여 년 간을 주석하였기에 '조계대사曹溪大師'라는 칭호가 주어졌다. 이로부터 남화사는 남종선종의 출발점이 되는 원찰이 되어 세상에 널리 알려졌다. '조계수曹溪水'나 '조계일적曹溪一滴'은 모두 남종선법에 비유한다.[78] 양억은 남종선을 적극 수용하며 본인 스스로가 자주 참선과 설법도 행하였다. 남종선 선승들과도 친밀한 관계를 유지했기에 그의 시문에는 자주 '조계曹溪'의 전고를 활용하고 있다. 예를 들면 「현 도인의 벽에 제하다(題顯道人壁)」라는 시를 살펴보자.

心似寒灰不復然	마음은 차가운 재 되어 다시 타지 못하고
尋常談論卽彌天	자주 담론하는 것은 바로 광대한 도리라네
門臨潁水多年住	문 앞에 영수가 있는 곳에 다년간 지내고
法自曹溪幾世傳	선법은 조계로부터 몇 대로 전해졌는가
儒士誰同翻貝葉	유가 중에 누구와 함께 불경을 보는가
都人長見施金錢	경도 사람은 금전을 시주하는 것을 자주 보네
翰林詩版分明在	한림의 시판이 분명히 존재하는데
曾與吾家有舊緣	일찍이 나와 옛 인연이 있었다네

78 아울러 '조원일적曹源一滴'도 '선법'에 비유하고 있다. 왜냐하면 선종 육조가 여기에서 주석하여 남종선법을 열었기에 조원曹源이라고 불리게 된 것이다.

현 도인이 만수현에 있는 사원에서 20여 년 지낸 후[79]에 '마음이 차가운 재(心似寒灰)'가 되었다는 것이다. 선종에서는 '무심無心'의 경계를 자주 '심재心灰'에 비유한다. 그러므로 모든 세상사를 초탈한 상태이기에 평소에 담론하는 것은 '광대한 도리(彌天)'라는 것이다. 앞부분에서는 '무심'의 경계에 이른 현 도인이 광대한 도리를 담론하면서 20년간 절에서 주석했다고 찬양한다. 그가 조계의 법맥을 잇고 있기에 육조혜능의 남종선 법맥이 끊이지 않고 있다는 것이다. 후반부에서는 현 도인의 뛰어난 법력을 찬양하고 있다. 양억을 비롯하여 유가들이 현 도인을 찾아가서 불경을 논하는 등 일찍부터 인연이 있었음을 강조한다. 또한 경도 사람들은 현 도인의 사원에 금전을 시주하는 것을 자주 목격했다는 설명이다.

아래의 시구들은 모두 '조계'를 활용하여 '남종선'에 비유하고 있다. 육조의 남종선에 대해 경앙지심을 가지고 능숙하게 활용하고 있음을 알 수 있다. 아래의 시를 살펴보자.

曹溪衣鉢何年得　조계의 의발은 언제 얻으며
廬阜香燈幾日歸　여산의 장명등 어느 때 돌아오나?
-「체주로 가 왕 공부를 알현하는 스님을 보낸다(送僧之棣州謁王工部)」

韶石閒尋張樂地　소석산에서 연주할 곳 한가로이 찾고
曹溪首訪悟空人　조계에서 깨우친 사람 처음 방문한다
-「십육 형이 소주에 종사하기 위해 가다(十六兄赴韶州從事)」

79 題注: "住萬壽縣精舍二十年矣."

曹溪嫡嗣多參見　　조계의 적자를 자주 참배하고
碧落仙卿徧往還　　선계의 높은 관리와 자주 왕래하네
-「월로 돌아가는 스님을 보낸다(送僧歸越)」

麟殿九旬談妙法　　기린전에서 구순이 되어 묘법을 담론하고
曹溪一滴渡迷津　　조계 한 방울 물로 어리석음을 넘어선다
-「영은 장로가 옛 산으로 돌아가다(靈隱長老歸舊山)」

조계적자, 조계일적, 조계의발 등은 모두 남종선법을 가리킨다. 선종은 만유제법萬有諸法 모두를 가상假相으로 본다. '본래 하나의 사물도 없는 것(本來無一物)'이기에 한 물건에도 집착할 것이 없는 것이다. 집착이 없는 마음의 상태로 마음을 쓰라는 것이다. 그러므로 남종선은 『금강경』의 '응무소주이생기심'[80]구를 강조한다. 육조혜능이 이 구절을 읽다가 "일체의 모든 법이 자성을 떠나지 않음(一切萬法, 不離自性)"을 깨우쳤다고 전하기 때문이다. 수행의 관건이 사람의 '인식認識'이 심성에 있다고 본 것이다. '마땅히 머무는 바 없이 그 마음을 일으켜라'라는 의미로, 모든 집착과 구속에서 벗어나 자연스러움에 따르면 걸림이 없고, 스스로가 여여한 경지에 이르게 된다는 것이다. "푸르른 대나무는 모두가 진여법신이요, 울창한 들꽃은 반야지혜가 아님이 없다."[81]라며 선의 보편성을 강조한 '조계일적'은 그야말로 온 세상을 적시고 있다.

80 "應無所住而生其心", 『金剛般若波羅蜜經』, CBETA, T08, No.235, p.749, c23.
81 宗杲集并著語, 『正法眼藏』: "青青翠竹, 盡是法身, 鬱鬱黃花, 無非般若." 『正法眼藏』, CBETA, X67, No.1309.

육조혜능六祖慧能의 남종선의 핵심은 '심성心性'에 대한 수행을 강조한다. 선의 보편성을 강조하기에 '나무하고 물을 깃는 행위(搬柴運水)'도 불도의 수행이 되도록 해야 한다. 선이 다른 곳에 있는 것이 아니라, 바로 생물계에 보편적으로 존재한다는 의미이다. 오로지 속박이나 얽매임에서 벗어나야 비로소 '인연에 따르며 사물에 응대하고, 어디에도 걸림이 없는 무애한 삶을 살 수 있는 것(隨緣應物 任運無礙)'임을 주장하고 있다. 양억도 자주 시문을 통해서 얽매임이 없는 '무소주無所住'의 인연을 따라야 한다는 '수연隨緣'을 강조하고 있다.

千燈續焰知無盡　　천 개의 등에 이어지는 등불이 끝이 없고
一錫隨緣信自由　　하나의 석장 인연 따르니 자유롭다네
-「해인 대사가 영가로 돌아가다(海印大師歸永嘉)」

隨順世緣無所住　　순조로이 인연 따르니 걸림이 없고
經行宴坐自如如　　경행을 돌고 좌선하니 스스로가 여여하다
-「역경총지대사 치종이 사상 예탑에 가다(譯經惣持大師致宗之泗上禮塔)」

中林宴坐赤髭繁　　산중에 참선하는 도승은 붉은 수염 가득하고
水月禪心出世間　　강물과 달 같은 선심은 출세간에 있다네
說法音同海潮震　　설법의 소리는 바다 해조의 소리와 같고
隨緣身比嶽雲閑　　인연 따르는 몸은 산 구름보다 한가롭네
-「월로 돌아가는 스님께 보내다(送僧歸越)」

一乘了義刳心學　일승의 진실한 요체는 잡념을 제거함에 있고
三藏眞文盥手開　불경의 경문을 손을 씻고 열어본다
跡似孤雲本無滯　족적은 구름처럼 막힘이 없고
飄飄新到帝鄕來　바람처럼 새로이 경도에서 돌아오네
-「월주로 돌아가는 스님께 보내다(送僧歸越州)」

이외에도 양억의 시가 중에 나타나는 독특한 점은 자주 동진 도안道安 승려의 전고를 활용하고 있다는 점이다. 12세에 출가한 도안은 총명함과 부지런한 천성으로 경론에 통달하여 뛰어난 식견을 갖추었다고 전한다. 불경의 번역에 힘을 기울였던 그는 여러 경전의 서문을 짓고 주석을 달았다. 그는 습작치와 더불어서 "사해에는 습작치(四海習鑿齒)"가 있고, "미천에는 도안승(彌天釋道安)"이라고 호칭될 정도로 높은 평가를 받았다. 아래에는 양억이 활용한 '미천彌天' 전고에 대한 시구이다.

淸論彌天居士伏　미천 거사의 거처함을 청론하고
高情出世俗流疏　출세간에 유행하는 논소를 좋아한다
-「위 상인威上人」

彌天談論降時彦　고명한 담론은 당시 명사를 뛰어넘고
結社因緣背俗流　결사의 인연으로 속됨을 멀리하네
-「동계 경 도인이 경도로 돌아가다(洞溪慶道人歸上都)」

心似寒灰不復然　　마음은 차가운 재이니 다시 타지 못하고
尋常談論卽彌天　　자주 논하는 것은 바로 광대한 담론이네
-「현 도인의 벽에 제하다(題顯道人壁)」

聞有道安雖未識　　들어왔던 도안은 비록 알지 못하지만
定應談論已彌天　　응당히 담론하는 것은 광대한 불법이라네
-「신 도인이 서경으로 돌아가다(信道人歸西京)」

여기에서 양억이 도안의 전고를 자주 활용한 이유를 단정할 수는 없지만, 아마도 도안의 불경 번역과 양억의 『경덕전등록』의 간삭과 깊은 관련이 있을 것으로 추정된다. 주지하는 바와 같이 도안은 일생 동안 불경의 번역에 큰 힘을 기울였다. 여러 경전의 서문을 작성하고 경전에 대한 주석을 달면서 경전을 서분序分, 정종분正宗分, 유통분流通分 등의 세 과(三科)로 나누어 분류했는데, 이러한 분류법은 오늘날까지 활용되고 있다. 불교경전의 정리에 적지 않은 공헌을 한 도안의 경험을 빌어서 양억 자신도 선종사서에 대한 편찬과 불경 번역에 적극 참여하는 동력으로 삼았던 것 같다. '고명한 담론은 당시 명사를 뛰어넘고', '자주 논하는 것은 바로 광대한 담론이네', '응당히 담론하는 것은 광대한 불법이네' 등의 구절 속의 "미천"은 표면상으로는 '광대한 담론'이나 '고명한 담론'을 말하는 듯하지만, 내면적으로는 도안의 전고를 활용해 도안 승려의 불법의 심오함을 비유했다고도 할 수 있다. 이외에도 불교의 각 종파와 선종에 대한 해박한 지식을 구비하였기에 양억은 그의 시에서 이시설선以詩說禪이나, 이선입시以禪入詩의 방법으로 선

종 사유를 적극적으로 표현했던 것이다.

결론적으로 양억은 황제의 명을 받아 『경덕전등록』을 간삭하여 대장경에 편입시켜 유통시켰다. 송초 『등록燈錄』의 편찬에 대한 양억의 참여는 후대 선종 『등록』 저자들의 귀감이 되었다. 뿐만 아니라 그는 사대부의 신분으로서 송대 문자선에 관한 중요한 사료인 『여양선회집』을 편집하였다. 송초 선종의 『등록』과 『어록』이 편찬되는 황금시기를 여는 데 일조했던 것이다. 그의 시가에는 '수연자적'과 '일체개공'의 불교선종의 인생관, 선종의 '성공性空' 사상을 활용, '조계'와 '미천' 등의 선종의 어휘나 전고를 시에 활용하여 이선입시以禪入詩의 선시를 다량으로 창작하였다. 이로 보아 양억은 서곤파의 영수로 송초 시단을 대표하는 시인이자, 동시에 송초 거사불교의 대표자로 봐도 무방하다. 그의 선종에 대한 중시와 원용은 송대 문인 사대부계층에 선종의 보급에 중요한 역할을 수행하게 되었으며, 이러한 경향은 후일 소식과 황정견 등에게 계승되었다.

4. 백체파 왕우칭의 선시

'백체시白體詩'파의 대표자 왕우칭(王禹偁, 954~1001)은 송초 시문 혁신운동의 기반을 다진 인물이다. 그는 강직하며 소박한 성품으로도 유명해 당시 조정의 사치스런 풍조에 대해 신랄하게 비판하였다. 태종 단공端拱 연간(988~989)에 그는 황제에게 「단공잠端拱箴」이라는 글을 바친다.

"하나의 모피 옷 비용은 일백 명이 입을 비용이며", "한 사람이 먹는 비용으로 일천 명의 배를 해결할 수 있다."[82]

이와 같이 통치자의 호화스러움과 사치에 대해서 군자의 도가 아니라고 신랄하게 비판하였다. 또한 「처재 상인에 답하다」를 통해서 "군왕과 재상들은 서로 의지하는데, 세속을 비웃으며 누가 감히 비난하리."[83]라며 관료들의 부패와 통치자들의 부도덕함을 직설적으로 비판하였다. 결국 그는 상주商州, 제주滁州, 황주黃州 등지로 유배되어 그곳에서 생을 마감하였다. 소식은 왕우칭의 이러한 행적을 높이 평가하여 「왕원지 화상을 찬하는 서문」에서 "웅장한 문장과 곧은 도는 당대에 홀로 우뚝 서있다."[84]며 높이 찬양하였다. 청나라의 오지진吳之振은 『송시초宋詩鈔』에서 시에 있어 "원지(왕우칭)는 송의 기풍을 열었다."[85]라고 높은 평가를 하였다. 그는 평이하면서도 현실을 반영하는 문학을 강조하였다. 강직하면서도 곧은 성품을 가졌지만, 여느 문인들과 마찬가지로 불교를 수용한 흔적이 드러난다. 「잠(睡十二韻)」이란 시에서 다음과 같이 읊었다.

滯寂通禪理　　적정의 고요함은 선리와 통하니

82 「단공잠端拱箴」: "一裘之費, 百家衣裳", "一食之用, 千人口腹." 游國恩等, 『中國文學史』(三), 人民文學出版社, 2002, p.19 재인용.

83 「酬處才上人」: "爲君爲相猶歸依, 嗤嗤聾俗誰敢非."

84 蘇軾, 「王元之畫像贊序」: "以其雄文直道獨立當世."

85 淸·吳之振, 『小畜集鈔·序』: "元之獨開有宋風氣." 『宋詩鈔』, 中華書局, 1986年排印本.

無何等道人	얼마 뒤에는 도인과 같아지리라
曲肱高勝枕	팔베개함이 베개보다 높고
藉草軟於茵	풀 위에 앉음이 방석보다 부드럽네
吟苦魂初瞑	고음으로 정신은 처음 혼미하고
杯酣味更珍	통쾌한 술맛에 잠은 더욱 달콤하네
覺知身是幻	몸이 허황된 것임을 깨닫노니
靜與死爲鄰	고요함과 죽음은 이웃이라네
(중략)	
功成歸展轉	성공이란 반복으로 귀속되는 것이니
先兆自嚬呻	스스로의 신음을 예견할 수 있다네
不入榮名客	영광된 명객으로 들어가기보다는
還宜放逐臣	방축된 신하가 더욱 어울린다네
東窗一丈日	동창에 해가 열 척이나 떠오르니
且作自由身	잠시나마 자유의 몸이 되었네

이 작품은 그의 유배지에서의 생활을 묘사하고 있다. 선사의 해학적인 면모를 보는 듯하다. 고요한 생활이 선리와 통하니, 스스로가 마치 도인의 생활과 같다는 것이다. 베개보다는 팔베개, 방석보다는 풀자리가 좋다는 말은 수연자적하는 시인의 마음을 잘 표현하고 있다. 몸이 허황된 것임을 자각하였고, 고요함과 죽음이 이웃이라는 말에서도 대승불교의 공사상이 드러난다. 그러므로 성공이라는 것은 영원한 성공이 아니라는 것이다. 항상 변화하는 것이기에 광영된 명성이 있는 객보다는 방축된 신하가 더욱 어울린다고 하였다. 이를 통해 인연을

따르는 시인의 정서를 잘 표현하고 있다. 「처재 상인에게 답하다(酬處才上人)」의 시 일부분을 소개하면 아래와 같다.

上人來自九華山	구화산에서 온 (처재) 상인
叩門遺我瓊瑤編	나를 찾아와 주옥같은 시를 남겼네
錚錚五軸餘百篇	뛰어난 5축 백여 편의 시문
定交仍以書爲先	교유함에 글로 먼저 사귀었네
書中不說經	책에는 유가경전을 말함이 없고
文中不言佛	문장에는 부처를 말함도 없지만
有心直欲興文物	마음으로 직접 이르니 문물이 흥성하네
感師自遠來相親	멀리서 찾아온 선사에 감사하고
爲師畫卦成同人	선사 위해 괘를 보니 동인의 순조로운 괘
出門無咎非群分	문밖에 잘못 없어 구분할 필요 없고
袈裟墨綬何足云	승려와 관원에 무슨 구별이 필요하리

구화산에서 온 처재 상인과 시인과의 관계를 파악할 수 있게 하는 작품이다. 그에게 100여 편의 시를 주었다는 것에서 처재 상인은 뛰어난 문학적인 소양을 갖춘 승려로 보인다. 멀리서 온 처재 선사와 친하게 되었고, 선사를 위해 괘를 보니 동인同人의 순조로운 괘가 나왔다는 부분에서 두 사람의 친밀도를 가늠할 수 있다. '동인'이란 『역경(易)』의 괘명으로 '사람과의 조화로움'을 의미하는 길상의 괘이다. 한 사람은 조정의 관리이고, 한 사람은 출가한 선사로서 가는 길과 포부가 다르지만, 굳이 서로 구분할 필요가 없다는 것이다. 만법이 평등한 불가의

입장에서 보면 승려와 관료의 구분이 더욱 필요하지 않다.

불교문헌 기록을 보면 왕우칭 이외의 송초 백체파의 주요 구성원들도 당시의 유명한 승려들과 밀접한 관계를 유지하였다. 예컨대 송나라 지반志磐 대사가 지은 『불조통기佛祖統紀』[86]에서는 왕우칭王禹偁, 서현徐鉉 등 백체파 시인들과 『송고승전宋高僧傳』을 편찬한 찬녕 선사(贊寧禪師, 919~1001)와의 관계를 상세히 언급하고 있다.

> 오월왕 전숙이 명을 받들어 영토를 송으로 귀속시키기로 하였다. 승통인 찬녕으로 하여금 석가사리탑을 받들고 자복전으로 들어가 알현하게 하였다. 상이 그의 명성을 예부터 들었기에 하루에 일곱 차례 불렀다. 통혜대사라는 법호를 하사하였고(찬녕은 양절 지방의 승통이었는데, 호를 명의 종문대사라 불렀다.) 한림학사 도곡과 같은 항렬로 제수하였다. 어떤 사람이 '호화스런 궁중에 어찌 이런 사람을 용납하겠는가?'라고 하며 그를 비난하였다. 서로 대화를 할 기회가 있었는데 대사는 경전과 역사서를 인용함에 막힘이 없었다. 그를 비난한 자는 경복당하여 대사를 따르게 되었다. 학사 왕우칭과 서현은 매번 의문이 있으면 바로 그에게 질문을 하였다. 모두 몸을 숙여 예를 표했는데, 스승의 예로써 받들었다.[87]

---

86 『불조통기佛祖統紀』는 석가모니 본기로부터 시작하여 남송 말기 1269년까지의 중국불교의 대표적인 역대조사의 전기傳記를 기록한 책이다. 중국 역사상 가장 뛰어난 백과전서식의 불교사서로 평가받고 있다. 주로 천태종의 전법관계에 대해 비교적 상세히 기술하고 있다.

87 "吳越王俶奉版圖歸朝. 令僧統贊寧奉釋迦舍利塔入見於滋福殿. 上素聞其名, 一日七宣, 賜號通慧大師(寧在國爲兩浙僧統. 號明義宗文大師)除翰林與學士陶穀同列.

오월왕 전숙이 영토를 송으로 귀속시키기로 한 것은 태종 태평흥국 3년(978)의 일이다. '경사를 인용함에 막힘이 없다'라는 평가와 더불어서 왕우칭·서현 등이 의문이 있으면 찾아가서 질문하고, '모두 스승의 예로써 대하였다'는 구절에서 백체파 시인들과 찬녕 선사의 관계를 추정할 수 있다. 또한 찬녕 선사는 일찍이 『통론』을 저술하여 동중서·왕충·안사고 등의 관점을 비판했고, 유가 성현의 도를 밝히려고 노력하였다. 이에 대해 왕우칭도 찬녕 선사가 입적한 뒤 다음과 같이 극찬하였다.

> 사관들이 좌우가승록 찬녕의 입적에 관해 편찬하였다. 학사 왕우칭이 서문에서 다음과 같이 말하였다. 대사의 나이 82세에 보고 들음이 쇠약하지 않았다. …… 대사가 저술한 내전 기록이 150권이며, 외학집은 49권이다. 그 문장을 보면 그 도를 알 수 있다. 대사가 일찍이 『통론』을 지어서 동중서를 반박하였고, 왕충을 힐난하고, 안사고를 비판하였다. 채읍을 실증하고 『사통』을 반대하였다. 우칭은 그의 주장에 탄복하였다. …… 양묵을 비난하고 주공과 공자를 존숭한 사람이 없는 것은 아니지만, 이렇게 역대의 여러 학자를 비판하고 성현의 도를 밝힌 자를 나는 본 적이 없다.[88]

或誚之曰, 靑瑣朱楹安容此物. 及與之語, 師援據經史袞袞不已. 誚者爲之畏服. 學士王禹偁徐鉉, 每有疑則就質之, 皆爲下拜, 事以師禮."『佛祖統紀』卷43, CBETA, T49, No.2035, p.397, c05-11.

88 "史館修撰左右街僧錄贊寧亡. 學士王禹偁序其文曰. 師年八十二. 視聽不衰. …… 師所述內典錄百五十卷. 外學集四十九卷. 覽其文知其道矣. 師嘗著通論, 有駁董仲舒, 難王充, 斥顔師古, 證蔡邕, 非史通等. 禹偁見之大服其說. …… 至於斥楊墨而尊姬孔, 不無其人. 如此歷詆諸家丕顯聖道者, 吾未之見也."『佛祖統紀』卷44,

왕우칭은 찬녕 선사의 주장에 탄복하였기에 「찬녕 대사에게 증여하다(贈贊寧大師)」와 「찬녕 상인에게 보내다(寄贊寧上人)」 등의 시를 통해서 찬녕 선사의 인품을 극찬하고 있다. 「찬녕 상인에게 보내다」란 시를 보면 다음과 같은 주석이 있다. "당시 상인이 새롭게 편수한 『고승전』을 진상하니, 입궐하라는 조서가 있었다(時上人進新修高僧傳, 有詔赴闕)." 시의 내용은 아래와 같다.

支公兼有董狐才	지돈에다 동호의 재주도 겸하였으니
史傳修成乙夜開	사전史傳을 완성하여 이경에 간각刊刻하네
天子遠酬丹詔去	천자는 멀리서 조서를 보냈으나
高僧不出白雲來	고승은 흰 구름에서 나오지 않는구나
眉毫久別應垂雪	이별이 오래되어 눈썹은 하얗게 되어 있을 터
心印休傳本似灰	마음으로 전하는 법 전할 필요 없다네
若念重瞳欲相見	만약 천자를 그리워해 만나려 한다면
未妨西上一浮杯	서쪽으로 올라와 술 한 잔 띄움도 무방하리

선종에서는 문자와 언어를 내세우지 않고서 스스로의 깨우친 마음을 통해서 전법함을 강조한다. '심심상인心心相印'이라는 것이다. 그러므로 남종선은 '명심견성', '견성성불'을 강조한다. 불성이 다른 곳에 있는 것이 아니라, 바로 사람의 마음에 있다는 것이다. 중생이 성불하지 못한 것은 미혹에 빠져 있기 때문이다. 세속의 집착과 번뇌를 떠난 경지, '만념구회萬念俱灰'의 경지에 이르면 명심견성하고, 안과 밖으로

CBETA, T49, No.2035, p.402, b02-13.

대오大悟해서 성불의 경지에 이를 수 있는 것이다. 게다가 세상의 모든 것은 실체와 자성이 없는 것으로 잠시 인연에 의해서 나타난 것이기에 모든 것은 '공'이고 '한 줌의 재(灰)'이다. 본래 한 줌의 재이기에 전할 법도 없다는 것이다. 이별이 오래되었다는 부분에서 왕우칭의 찬녕 선사에 대한 그리움을 엿볼 수 있다. 유가의 경세제도를 강조한 왕우칭도 개인적으로는 선종에 대한 해박한 지식을 갖추고 선사들과 적극적으로 교유하였음을 알 수 있다.

주숙가가 편집한 불학논집에는 다음과 같은 고사도 전한다. 왕우칭이 장주長洲 지방의 현령으로 있을 때 설당정 선사雪堂淨禪師가 시승의 자격으로서 방문하려 하였다. 왕우칭이 "시승이 어디 감히 왕후를 알현하려 하는가?(詩僧焉敢謁王侯)"라고 농을 하였다. 이에 정 선사淨禪師는 "결국 큰 바다는 작은 물줄기를 받아들인다. 어젯밤 호구산에서 하늘을 바라보니, 하나의 밝은 달이 소주를 비추었네(大海終須納細流, 昨夜虎丘山上望, 一輪明月照蘇州)."라고 대답하였고, 이후 두 사람은 매우 친밀한 관계를 유지했다고 전한다.[89] 이 전고는 마치 큰 바다와 밝은 달처럼, 설당정 선사가 왕우칭의 포용력을 강조한 것이다. 「가을날 그윽한 흥이 있는 곳에 살다(秋居幽興)」의 첫째 시와 셋째 시를 살펴보자.

圍棋知日影　바둑을 두니 해 그림자를 알 수 있고
理髮見霜華　이발을 하니 흰머리가 보이는구나

89 周叔迦, 『周叔迦佛學論著集』 上集, (北京)中華書局, 2004, p.101 참조.

向曉兒童喜　　새벽녘에 아이들이 좋아라 하고
溪僧遺晩瓜　　계곡의 스님은 노과를 버린다네
(『秋居幽興』 其一)

謫居人事慵　　귀양살이에 교제가 게을러지니
幽興與誰同　　그윽한 정취를 누구와 함께하겠는가
僧到烹秋菌　　스님이 오셨기에 가을 버섯을 끓이는데
兒啼索草蟲　　아이는 울면서 풀벌레를 달라 하네
(『秋居幽興』 其三)

왕우칭의 상당수 작품들은 폄적생활 속에 느낀 일상생활의 소소한 감정을 기록한 것이다. 담담하면서도 세속을 초월한 듯 담박한 정서를 표현한 작품들인데, 귀양살이지만 마치 인생을 관조하는 듯 느낌을 주는 시작들이다. 가을날의 그윽한 감흥을 담박한 필치로 표현하고 있어 회재불우한 관리가 귀양살이를 표현한 것 같지 않다. 초암 선사에게 증여한 시 「초암 선사께 드리다(贈草庵禪師)」의 칠언절구시를 보면, 그는 평상심으로 선을 대하고 있음을 강조하고 있다.

陽山山下草庵深　　양산의 산 아래 초암이 깊고
寂寂香燈對遠岑　　적적한 등불은 먼 산을 비춘다
莫怪相看總無語　　마주보며 말없음을 탓하지 마세요
坐禪爲政一般心　　좌선과 정치는 같은 마음이라네

시인의 관점에서 보니, 사원에서 하는 좌선과 조정에서의 정치가 둘이 아니라 하나라는 것이다. 분별의 마음이 사라진 경지는 어느 자리에 어느 위치에 있든지 깨우침의 마음은 하나로 똑같다는 것을 말하고 있다. 평상심이 도라는 이치를 깨닫게 된다. 이밖에도 「월파루에서 읊조리다(月波樓詠懷)」란 시에서는 『금강경』을 원용하고 있는데, 마치 세속을 달관한 듯한 승려의 모습을 보는 듯하다.

身世喩泡幻　　우리의 몸은 물거품 같은 것이요
衣冠如贅瘤　　의관은 마치 군더더기 같은 물건

『금강경』에서는 "일체의 모든 유위법은 마치 봉환, 거품, 그림자와 같으며, 이슬과 같고 번개와 같다. 반드시 이처럼 봐야 한다."[90]라고 기록하고 있다. 선종에서는 우리의 인생이 인연에 따라서 생기고 인연에 따라 사라지는 변환이 무상한 현상세계라고 정의하고 있다. 일체가 '유위'에 의해서 생기는 것임을 가리키는 말이다. 시인은 남종선의 핵심경전인 『금강경』을 원용하여 우리의 인생을 불교의 공관의 관점에서 바라보고 있다.

---

90 『金剛般若波羅蜜經註』 卷下: "一切有爲法, 如夢幻泡影, 如露亦如電, 應作如是觀." CBETA, X24, No.461, p.564, c22.

5. 구승九僧과 만당체晩唐體의 선시

송초 시단에 백체시파가 성행하고 수십 년이 지난 뒤, 중당中唐 시기의 가도賈島와 요합姚合을 학습하는 새로운 시파가 출현하였다. 중국 시가사적인 흐름에서 보면, 만당에 이르러 상당수의 시인들이 중당 가도의 시풍을 모방하였다.[91] 이러한 풍조는 송초에 이르러서도 지속되었는데, 이러한 가도의 시풍을 모방하는 송초의 시인들을 만당체시파라고 칭하였다. 구성원들 중에는 유일하게 재상을 지낸 구준寇準도 있었지만, 그를 제외한 대부분의 인사들은 강호에 거주하던 은사나 승려 및 하층관료들이었다. 반랑潘閬, 위야魏野, 임포林逋, 구승九僧 등이 대표적인 인사였다. 특이한 점은 중국 시가사에 있어서 승려들만으로 구성된 구승九僧이라는 시가 단체가 처음으로 시단에 등장했다는 사실이다.

다른 시파의 시인들과는 달리 만당체 시인들은 세속을 벗어나 개인적인 공명심을 버리고 산림 속에 은거하던 문인들답게 주로 산과 강, 구름, 눈, 비, 석양, 꽃, 새, 짐승 등의 대자연을 소재로 노래하면서, 맑고 차갑고 적막함(淸冷凄寂)을 특징으로 하는 가도의 시풍을 추구하

91 사실 만당 시기부터 가도의 시풍을 학습하는 분위기가 크게 유행하였다. 남송의 엄우嚴羽가 『창랑시화滄浪詩話』에서 가도의 시체를 "가랑선체賈浪仙體"라고 별도로 분류한 것에서도 이를 알 수 있다. 청나라에 이르러 이회민李懷民의 「중만당시의 주객도를 새롭게 정립하다(重訂中晩唐詩主客圖)」에서 가도 시풍의 영향을 받은 만당 시인 20여 명의 명단을 나열하고 있다. 이를 통해서 만당 시단에 가도 시풍의 영향력이 상당하였음을 알 수 있다. 李建崑, 「論賈島之詩風及其在中晩唐詩壇之地位」, 『國立中興大學文史學報』(第28期, 1998年 6月), p.1.

였다.

본 장에서는 가도 시풍과 송초에 유행한 만당체 시풍의 상관관계에 있어 선종이 사상적으로 중요한 역할을 하였다는 측면에서 살펴보고자 한다. 사실 송초에 이르러 만당의 여풍이 지속적으로 흥성한 원인에 대하여 국내외의 적지 않은 연구자들이 관심을 가져왔다. 예를 들면 허총許總은 『송시사宋詩史』에서 송초에서 만당체의 출현은 당시에 유행한 백체파의 천속淺俗하고 평이平易한 시풍에 대한 반발, 그리고 송초 시단에 광범위하게 유행한 수창증답酬唱贈答 기풍의 영향,[92] 중당에서 만당오대를 거쳐 송초까지 이어온 가도의 창작심리 및 심미의식과 정취의 고착화[93]로 인한 것이라고 분석하고 있다. 이러한 견해는 어느 정도 당시 현실을 반영한 합리적인 분석으로 추정된다.

다만 한 시파의 흥성이 어떠한 시풍에 대한 반발, 혹은 심미의식의 고착화라는 패턴에 의한 요인이라기보다는 당시의 정치 사회적인 환경이나 사상적인 배경, 이러한 인과관계로 시인 개인의 심미적인 성향에 대한 영향 등 복합적인 요인이 작용을 하였다고 판단된다.[94] 개인적인 생각으로 가장 직접적인 원인은 송초에도 여전히 만당과 유사한 사회적인 불안요소가 있었다. 정권교체시기에 나타날 수 있는 사회적 혼란

92 許總, 『宋詩史』, 重慶出版社, 1992, pp.57~58 참조.

93 위의 책, p.70.

94 수창酬唱과 창화唱和의 기풍은 확실히 송초 만당체 시풍의 형성에 일정한 영향을 준 것은 사실이다. 다만 이것은 송대 초기에만 나타난 독특한 현상이 아니며, 이전 당대에서도 친밀한 교유관계를 유지하는 인사들 사이에 광범위하게 유행하였다. 이것이 만당체 시인들이 자연산수를 노래한 직접적인 원인으로 보기에는 논거가 부족하다.

상황, 한 왕조에 대한 옹호와 반대의 주장이 서로 대립하는 사회적 모순과 갈등을 벗어나기 위한 가장 좋은 방법은 문인들이 사회적인 이슈로부터 잠시 벗어나는 방법을 선택하는 것이다. 당시 정치사회적으로 불확실한 집단적인 이슈에 관여하기보다는 대자연과 함께하며 개인 심성의 깨달음을 추구하고, 인연을 따라서 자기의 몸과 마음을 두는 선의 정취에 관심을 가졌기 때문으로 보인다. 정권교체기의 과도기적인 정치적인 흐름과 거리를 두면서 명철보신의 효능과 더불어 개인의 가치를 높이기 위한 방안으로 탈속적인 고고한 인품을 추구함에 있어 당시 유행하던 선종의 사유가 하나의 대안이 될 수 있었다. 게다가 당시 유불도 융합의 추세로 유가들의 선학 수용과 더불어서 선승들의 유학 수용으로 유불 상호간의 교류와 융합이 보편적으로 이루어졌음을 위에서도 설명한 바가 있다. 이런 시대적인 조류의 영향으로 선종의 심미적인 정취가 풍부했던 가도 시풍이 만당을 거쳐 송초까지 지속되는 가도 학습 현상의 연속적으로 지속될 수 있었다. 마지막으로 위에서 언급한 바와 같이 송초 선종의 또 다른 특징은 이전의 개인의 깨우침만을 중시하던 선종이 송대에 들어와서는 언어문자로 가르침을 개시開示하는 '불리문자不離文字'로 방향을 전환한 시기다. 다시 말해서 북송의 송고문화 등 문자선의 유행에 따른 선종 사유가 송초 구승과 만당체시파의 흥성 및 발전과 밀접한 관계가 있다고 할 수 있다. 다음부터는 구승의 시가를 우선적으로 감상하기로 한다.

1) 승려시파 구승九僧의 선시

송초에 만당체를 추종하는 시인들 중에서 만당체와 가장 비슷하다는 평가를 받는 시인은 구승九僧들이다.[95] 구양수는 『육일시화六一詩話』에서 다음과 같이 말하고 있다.

> 본 왕조에 이르러 승려 중에서 시명으로 유명한 9명이 있었다. 당시 시집이 있었는데, 『구승시九僧詩』라고 하였다. 오늘날 실전되고 전해지지 않는다. 내가 젊었을 때 많은 사람들이 칭송하는 것을 들었다. 그중에서 한 사람은 혜숭惠崇인데, 나머지 8인의 이름을 잊어버렸다. 나도 그의 시에 대해 대략으로 아는데, 구절을 말하면, …… 그들의 시집은 이미 실전되어, 현재 사람들은 소위 구승의 존재도 알지 못한다.[96]

송대 시문혁신운동을 추진했으며, 당시 시단의 영수였던 구양수는 구승의 시에 대해 많은 사람들이 칭송하는 것을 들었다며 높은 평가를 내리고 있다. 동시에 당시 시인들이 구승의 존재를 모른다며 아쉬워하고 있다. 사실 중국 문학사를 종관해서 보더라도 구승 같은 승려단체가 어떤 특정한 시기의 시단이나 시파를 대표한 적은 없었다. 그런 측면에서 구승의 출현은 흥미로운 현상이 아닐 수 없다.

물론 구승의 문학적인 소양이나 재능이 가장 큰 영향을 미쳤겠지만, 필자의 견해로는 송초라는 특수한 시대적, 종교적인 상황과 밀접한

---

95 方回, 『瀛奎律髓』 卷1: "有九僧體, 即晚唐體也." 元·方回選評, 李慶甲校點, 『瀛奎律髓匯評』, 上海古籍出版社, 2005, p.18.

96 "國朝浮圖以詩名于世者九人, 故時有集, 号『九僧詩』, 今不復傳矣. 余少時, 聞人多稱之. 其一曰惠崇, 餘八人者, 忘其名字也. 余亦略其詩, 有云 …… 其佳句多類此. 其集已亡, 今人多不知有所謂九僧者矣."

관련이 있었던 것으로 판단된다. 특히 만당오대 이래 유불도 등 삼교융합의 조류 아래 '선자유화禪者儒化'와 '유자선화儒者禪化'의 경향[97]과도 연관성이 있다. 요컨대 승려들의 적극적인 사회참여의식이 반영된 것으로 송초 선종에서 유행하기 시작한 문자선의 영향과 밀접한 관계가 있다고 판단된다. 구승의 생평에 대한 자료 미비로 정확한 판단을 내릴 수 없지만, 분양선소(947~1024)와 설두중현(980~1052)이 송고 창작을 강조하면서 문자선이 북송에서 유행하기 시작한 시기는 서곤파의 영수 양억(974~1020)과 만당체시파의 구준(961~1023), 구승의 일원인 혜숭(?~1017)이 생활한 시기와 거의 일치한다.

그러므로 중국 역사상 최초의 승려시파인 구승 출현의 배경에는 바로 이러한 송고문화의 보급과 유행이 상당한 영향을 미쳤을 것으로 판단된다. 문자선의 유행은 두 가지 특징을 수반한다. 하나는 현실참여의식의 제고이며, 또 다른 하나는 문자선의 핵심인 송고의 창작이 시가 창작의 방법과 거의 같다는 점이다. 특히 설두중현의 '송고'는 본인의 관점과 감정적인 색채를 농후하게 드러낼 것을 강조했다는 점, 그리고 경전의 인용을 중시했는데, 불교경전뿐만이 아니라, 유교경전에 대한 인용도 적극 권장하며, 문사文詞에 대한 화식華飾과 아름다운 시어를 요구한다는 점이 그러하다.[98] 요컨대 선사들 사이에 유행한 문자선은 당연히 구승이라는 시파의 출현을 촉진시켰고, 동시에 사대부들이 문자선을 적극적으로 받아들이는 하나의 중요한 통로가 되었다

---

97 朴永煥, 「洪州禪與中晚唐詩壇」, 『普門學報』第30期, 佛光山文教基金會, 2005, pp.65~83 참조.

98 黃夏年主編, 『禪宗三百題』, (上海古籍出版社, 2000), pp.198~199.

고 추정할 수 있다.

소위 구승九僧이라고 하면 검남희주劍南希晝, 금화보섬金華保暹, 남월문조南越文兆, 천태행조天台行肇, 옥주간장沃州簡長, 청성유봉青城惟鳳, 회남혜숭淮南惠崇, 강남우소江南宇昭, 아미회고峨嵋懷古 등이다. 특히 이들 시풍은 눈앞에 펼쳐진 대자연의 풍경을 매우 세밀하게 묘사하는 것이 특징이다. 그러기에 시의 의경은 좁고 협소하며, 시풍은 맑고 차가우며, 적막하고도 쓸쓸한 특징을 가진다는 평가를 받는다. 예를 들어 혜숭惠崇의 「양운경의 회상 별장을 방문하다(訪楊雲卿淮上別業)」를 살펴보자.

地近得頻到	가까운 곳이라 사주 올 수 있기에
相攜向野亭	서로 동반하여 야외의 정자로 나가네
河分崗勢斷	강의 흐름은 언덕 따라 둘로 나누고
春入燒痕青	봄기운 쥐불 놓은 곳 파랗게 물들인다
望久人收釣	한참을 바라보니 사람들 낚시 거두고
吟餘鶴振翎	시를 읊조리니 학도 날갯짓 하네
不愁歸路晚	돌아갈 길 늦는 것 걱정할 것 없음은
明月上前汀	앞 모래섬 위로 밝은 달 떠오르기 때문이네

만당체의 시인들은 봄과 여름의 풍경을 노래해도 차갑고 적막함을 지니고 있다.[99] 혜숭의 시도 표면적으로는 봄을 노래하고 있지만 어떠한 만물이 소생하고 녹음으로 짙어져가는 과정을 생동감 있게 묘사하고

99 許總, 『宋詩史』, 重慶出版社, 1992, p.67.

있지는 않다. 회상의 별장에서 바라본 대자연의 풍광을 담담하면서도 세밀하게 묘사하고 있는 것이 특징이다. 시에는 적막, 초연, 은일, 자재, 유유자적 등을 특징으로 하는 선적인 분위기가 충만하다. 마치 일상 속의 대자연의 모습을 그대로 옮긴 듯하다. 그래서 자연스럽게 평상심이 도라는 선의 정취와 연결된다. 산수를 유람하고 대자연 속에 소요하면서 나타나는 유유자적한 정취와 자연산수 등 일상의 경치에 대한 상세한 묘사가 뛰어난 것이 구승 시풍의 공통된 특징으로 보인다. 보섬保暹의 시 「가을 길(秋徑)」과 같은 작품을 살펴보자.

杉竹青陰合　삼나무와 대나무의 푸른 그늘 하나 되고
閑行意有憑　한가로이 걸으나 생각은 의지할 곳 있다네
涼生初過雨　차가움이 생긴 것은 막 비가 내린 후이고
靜極忽歸僧　정적이 극에 이른 것은 스님이 돌아간 뒤
蟲跡穿幽穴　벌레의 족적은 그윽한 굴로 통하고
苔痕接斷稜　섬돌 위의 이끼는 끊어진 모서리로 이어진다
翻思深隱處　깊이 은거할 곳을 반복으로 생각하니
峰頂下層層　산봉우리 아래에 은거할 곳 있다네

선의 세계는 언설로써 표현할 수 없다. 그 일상은 '유有'와 '무無'의 상대적 사유를 초월한 일상이며, 그것은 곧 평상심이며 무심인 것이다. 다시 말해서 일체의 경계나 집착이 없는 무심無心의 본질이다. "차가움이 생긴 것은 막 비가 내린 후이고, 정적이 극에 이른 것은 스님이 홀연히 돌아간 뒤. 벌레의 족적은 그윽한 굴로 통하고, 섬돌 위의 이끼는 끊어진 모서리로 이어진다." 이 모두가 무심한 일상적인 이야기로 자유자재한 선의 정취가 가득한 작품이다. 마치 도연명의 「음주」 시 '동쪽 울타리 밑에서 국화를 꺾다가 그윽이 바라보는 남산, 산 기운이 석양에 아름답고 나는 새들도 무리지어 돌아간다. 이 가운데 있는 참뜻 있으니, 말하려고 하나 이미 말을 잊어버렸네.'의 경계와 유사하다. 봄을 노래한 희주希晝의 「광남 전운 진학사 장원을 생각하며(懷廣南轉運陳學士狀元)」 시도 이와 유사한 경지이다.

極望隨南斗	남두성 따라 저 멀리 바라보니
迢迢思欲迷	아득하여 생각이 미혹에 빠져든다
春生桂嶺外	계령 너머로 봄은 돋아나건만
人在海門西	사람은 바다 입구의 서쪽에 있네
殘日依山盡	석양은 산에 기대어 기울어져 가고
長天向水低	끝없는 하늘은 강물 따라 낮게 드리웠네
遙知仙館夢	아득히 도관의 꿈을 알고 있으니
淸夜怯猿啼	고요한 밤 원숭이 울음소리 겁이 난다네

이 시도 마찬가지로 봄을 노래하고 있지만 앞의 시보다는 처량함과 적막함을 더해주고 있다. 산과 강, 하늘과 바다, 종소리나 동물들의 울음소리 등은 만당체 시인들 작품 속에서 거의 빠지지 않는 소재라고 할 수 있다. 여기에서 서산에 지는 저녁노을, 끝없이 펼쳐진 하늘, 원숭이의 울음소리 등이 맑고 적막함, 그리고 처량함과 적막한 경계를 나타내주고 있음을 알 수 있다. 다시 행조行肇「교외에 살며 노래하다(郊

居吟)」를 살펴보면,

靜室簾孤捲	고요한 방에 주렴 홀로 걷혀 있고
幽光墜露多	그윽한 빛 아래 떨어지는 이슬 많구나
徑寒松影轉	차가운 길에 소나무 그림자 바뀌어가고
窓晩雁聲過	저녁 창문으로는 기러기 울며 지나가네
茗味沙泉合	차는 사천沙泉의 물맛과 어울리고
鑪香竹靄和	향로 향은 대나무밭 노을과 조화롭네
遙懷起深夕	아득한 생각이 깊은 밤에 일지만
舊寺隔滄波	옛 절은 푸른 물결 저 너머에 있다네

고요한 방, 빛과 이슬, 차가운 길, 저녁노을, 기러기 울음소리, 깊은 밤의 사유 등이 바로 위의 시들과 유사하게 일상적인 경계를 무심하게 묘사하고 있다. 여기에는 어느 곳에도 속박이 없는 대자연에 소요하는 자유자재한 선의 정취가 가득하다. 도는 추상적이고 요원한 세계가 아니라 아주 일상적이고 비근한 곳에 있는 것이다. 전반적으로 시적 경계가 차갑고 적막함에 이른 듯한 느낌을 주고 있다. 협소한 의경, 맑고 적막한 풍격, 쓸쓸하면서도 처량한 심정으로 구성되어 있는 것도 가도의 특징을 계승한 것이라고 할 수 있다. 그러므로 후세에서 "만당체는 구승이 가장 비슷하다(晩唐體則九僧最逼眞)"[100]라고 주장하고 있다.

최근 들어 송초 만당체시파의 시풍을 새롭게 조망하는 연구가 있었다. 구승을 비롯한 만당체시파의 시풍이 고사苦思와 고음苦吟, 자구를

100 陳振孫, 『直齋書錄解題』 卷15, 『總集類』, 허총 앞의 책, p.56 재인용.

추고推敲하는 가도의 풍격과 유사한 점도 있지만, 시불 왕유의 선은시禪隱詩 시풍의 영향도 보인다는 주장이다. 예컨대 보섬保暹의 「초가을 우소에게 한가로이 부치다(早秋閑寄宇昭)」는 대자연의 호흡에 대한 감각과 적료寂寥, 동정動靜의 영오穎悟함이 뛰어난 작품으로 판단하고 있다. 간장簡長의 「운수 선사에게 부치다(寄雲水禪師)」는 심성수양과 산림 속의 고상한 격조를 반영한 것으로 왕유의 시풍을 반영한 대표적인 작품들이라는 설명이다. 만당체 시인들이 가도의 시풍을 제창했지만, 그러나 가도 시풍과의 가장 큰 차이는 그들 작품에서는 가도의 '고한苦寒' 기풍을 찾아볼 수 없다는 점이다. 오히려 마음의 감응과 언어의 전달방식이 왕유와 유사하다는 것이다. 그러므로 송시의 특징인 정세精細함, 정미精微함, 세밀한 묘사는 이미 구승 및 만당체 시인들에 의해서 드러나고 있으며, 이들이 송시의 제재를 개척했다는 주장이다.[101]

이러한 주장과 송초 시단에서 구승의 시가가 주목받은 이유로 북송의 송고문화 등 문자선의 유행에 따른 선종 사유와 밀접한 관계가 있다는 필자의 주장과 유사하다. 그러므로 송초 만당체시파의 흥성은 가도 시풍에 반영된 불교적인 이미지에 대한 추종도 있었지만, 무심한 일상에 대한 세밀한 묘사로 한가롭고 자유자재한 선의 정취를 반영한 것이 오히려 시불 왕유의 시풍과 가깝다는 주장도 일리가 있다. 게다가 송시의 특징이라 할 수 있는 내적인 수렴과 세밀한 묘사가 구승을 비롯한 만당체 시인들로부터 시작되었다는 주장도 긍정적으로 평가할 만하다.

101 王樹海, 『禪魄詩魂』, (北京)知識出版社, 2000, pp.344~355.

2) 기타 만당체의 선시

①사원, 승려에 대한 묘사

송초 가도賈島 시풍의 연속에는 가도 작품의 불교적인 특징과 매우 밀접한 관계가 있다. 불교선종과 관련된 가도 시가의 특징을 두 가지 관점으로 개괄할 수 있다. 오늘날 전하는 『장강집長江集』에 약 390여 수의 가도의 시가 수록되어 있다. 그중에서 승려와 관련된 시가만 90여 수로 전체 수량의 4분의 1에 해당된다. 이들 관련 시가는 주로 증여시, 송별시, 사원에 대한 기록, 고승의 입적에 관한 작품들이다.[102] 또 다른 하나의 특징은 세속을 초월하여 세상사에 대한 담박한 마음의 표출과 무사無思와 무위無爲를 추구하고 있다.[103] 이것은 불교의 가도에 대한 영향과 밀접한 관계가 있다. 그러므로 혹자는 가도의 시를 평하여 "승려의 기운을 종신토록 없애지 못했다,"[104] "승려의 본색이다."[105]라고 평가하고 있다.

흥미로운 현상은 송초 만당체시파의 시인들에게도 이와 유사한 현상이 나타나고 있다는 점이다. 만당체 시인들은 가도처럼 승·속간의 증여시나 사원 혹은 승려에 대한 기록을 반영한 시가들이 적지 않다.

---

102 李建崑, 「論賈島之詩風及其在中晚唐詩壇之地位」, 『國立中興大學文史學報』(第28期, 1998年 6月), p.2.

103 "시정의 맛을 얻지 못하니, 생각은 고향의 산으로 향한다네(不得市井味, 思鄉吾巖阿)."(「遣興」), "산에 누워 꿈을 꾸고, 한가로움이 마음에 있네(有山來枕上, 無事到心中)." (「南齋」), "몸이 일 없음을 좋아하니, 마음은 사명산을 향한다네(身愛無一事, 心期往四明)."(「宿姚合宅寄張司業籍」), 앞의 책, p.3.

104 "衲氣終身不除", 陸時雍, 『詩鏡總論』.

105 "衲子本色", 王夫之, 『薑齋詩話』.

만당체 시인으로 분류되는 시인 중 가장 높은 관직에 오른 구준寇準의 예를 살펴보아도 마찬가지이다.[106] 그는 혜숭惠崇과 위야魏野, 임포林逋 등 재야문인이나 승려들과의 교유를 통하여 평안하면서도 고요한, 일종의 청정하면서 평화스러운 인생정취와 예술경지를 형성했다고 할 수 있다.

먼저 구준(961~1023)의 작품을 살펴보자. 그가 진사급제 후 얼마 뒤 파동주관巴東主管으로 있을 때 파동사 사원을 배경으로 지은 「파동사에 쓰다(題巴東寺)」라는 시이다.

寺在猿啼外	절간은 원숭이 울음 밖에 있고
門開左澗涯	문을 여니 왼쪽은 험준한 계곡
山深微有徑	깊은 산속 오솔길 희미하고
樹老半無枝	오래된 고목이라 가지도 없다네
望遠雲長暝	멀리 바라보니 황혼이 물들고
談空日漸移	선을 논함에 해가 점점 기운다네

106 『송사·구준전』에 의하면 구준도 참지정사 등 중앙의 요직도 오랫동안 역임한 적이 있었지만, 말년에는 지방으로의 좌천과 유배의 연속이었음을 알 수 있다. 구준은 순화淳化 2년(991)에 추밀부사樞密副使에 임명되었고, 또다시 동지추밀원사同知樞密院事, 다시 참지정사로 임명되었다. 그러나 지속적인 시기질투 및 권력암투로 인하여 조정에서 쫓겨나 앞뒤로 청주青州, 등주鄧州, 하양河陽, 동주同州, 풍상鳳翔, 협주陜州, 하남부河南府, 영흥군永興軍 등을 거쳐 상주相州, 안주安州, 도주사마道州司馬, …… 뇌주사호참군雷州司戶參軍으로 있다가 마지막으로는 인종仁宗 천성 원년天聖元年(1023)에 유배지에서 세상을 떠났음을 알 수 있다. 『송사宋史·구준전寇準傳』 卷281, (臺北)鼎文書局, 1987, p.9527.

恐朝金馬去　　혹시나 조정을 향해 가버린다면
還失白蓮期　　백련결사 기약을 잃어버릴 것이네.

이 시는 표면적으로는 단순히 불교사원에 대한 풍경을 묘사한 것 같지만, 실지로는 선종의 선리를 이야기하고 있다. 앞의 네 구절은 파동사 주위의 환경과 경치에 대한 묘사이다. 기련起聯에서는 절이 위치한 장소가 험준한 계곡으로 원숭이 울음소리조차도 들리지 않는 속세와는 단절된 곳에 위치하고 있음을 설명하고 있다. 승련承聯에서는 산의 정상에서 바라본 절의 풍경을 묘사하고 있다. 산이 깊어 절과 속세를 통하는 모든 길은 단절되어 있다. 희미한 오솔길만이 유일하게 연결되는 통로이다. 사원에 있는 고목은 유구한 역사를 설명하듯 풍상에 모든 가지가 떨어져 나가고 본체만 남았다. 파동사는 마치 속세와의 모든 인연을 단절한 곳에 위치하고 있다는 것이다. 전련轉聯에서는 불교의 선리를 직접 말하고 있다. 담공談空이란 바로 '세상의 모든 사물은 실체가 없는 것이다(諸法無實性)'라는 불교선종의 핵심인 공空사상을 가리키는 것이다. 선을 논하는 중에 하루의 시간이 흘러감을 묘사한 것이다. '금마金馬'란 한림학사나 혹은 한림원 등 조정에서 벼슬하는 것을 비유한 것이다. 동진 시기 혜원慧遠 법사가 여산廬山 동림사東林寺에서 승려와 유생 등 123명과 함께 아미타신앙 결사체를 만들어 수도한 것을 '백련결사'라고 하였다. 당시 절 안에 많은 백련白蓮을 심어 이곳을 백련사白蓮社 혹은 연사蓮社라고도 칭하였다.[107] 마지막

107 『석씨요람釋氏要覽』: "그 사원에는 백련을 많이 심었으며, 또한 미타국에서는 연화를 구품의 순서에 따라 나누어 받아들이니, 고로 연사라 칭하였다(彼院多植白

연에서 만약 시인 스스로가 조정으로 나아간다면 혜원의 백련결사에 참여할 수 없다는 것이다. 벼슬길과 불가의 길 사이에서 고민하는 젊은 시인의 갈등하는 심정을 묘사하고 있다. 구준의 또 다른 증여시 「위야 처사에게 보내다(贈魏野處士)」에는 이러한 정서가 잘 나타나고 있다.

人間名利走塵埃	사람들은 명리를 좇아 속세를 헤매어 다니지만
惟子高閑晦盛才	오직 그대만이 한가로이 재주를 감추고 있네
欹枕夜風喧薛荔	베갯머리에서 밤바람에 흔들리는 벽려 소리 듣고
閉門春雨長莓苔	인적이 끊긴 곳 봄비에 이끼만 자란다네
詩題遠岫經年得	시제는 멀리 산봉우리에서 일 년 내내 얻고
僧戀幽軒繼日來	스님들은 유심한 정자를 좋아해 날마다 찾아오네
卻恐明君徵隱逸	다만 두려운 건 군왕이 은둔한 그대를 찾는 것이니
溪雲誰得共徘徊	계곡의 구름 아래를 누구와 함께 거닐 수 있겠는가

이 시는 누가 보아도 재상을 역임한 사람이 지었다고 생각되지 않을 정도로 세속의 모든 명리를 초월한 마치 방하착放下着한 선사의 담담한 심경을 노래하고 있는 듯하다.[108] 남보다 뛰어난 재주를 가지고 있지만, 명리를 버리고 대자연 속에서 유유자적하게 지내는 위야의 고결한

蓮, 又彌陀國以蓮華分九品次第接之, 故稱蓮社)."

108 같은 만당체 시인인 위야魏野가 구준에게 증시한 작품에서도 이러한 명리를 부정하는 탈속적인 특징이 잘 나타나 있다. "관직이 재상의 지위에 이르렀지만, 누각을 지을 땅조차도 없다네(有官居鼎鼐, 無地起樓臺)."

인격을 높이 평가하고 있다. 베갯머리에서 벽려 소리 듣고, 인적이 끊긴 자리 봄비에 이끼만 자란다는 표현은 인연을 중시하는 선가 평상심의 또 다른 표현이다. 세상 모든 사람이 개인적인 공명에만 얽매여 분주히 뛰어다니지만, 위야만이 세속의 욕망을 버리고 대자연과 더불어 살아가고 있음을 찬양하고 있다. 당연히 위야와 왕래하는 이들은 고관대작이 아니라 고승들이며, 시의 제재도 역시 세속을 벗어나 대자연에서 취하고 있다고 높이 평하고 있다. 불가의 선적 정취가 듬뿍 느껴지는 정경들이다. 마지막 구절에서 계곡의 구름 아래를 위야와 함께 거닐고 싶은 시인의 정감을 토로하고 있다. 시인이 두려워하는 것은 군왕의 부름으로 위야가 세속으로 나아가는 것이다. 위야에 대한 시인의 정감, 대자연과 함께하는 시인의 동경과 애착심을 느낄 수 있다.[109] 구준寇準의 아래 작품은 봄날 누대에 올라 고향을 그리워하는 내용이다. 「봄날 누대에 올라 고향을 생각하며(春日登樓懷歸)」라는 시를 살펴보자.

高樓聊引望　　높은 누대 올라 멀리 바라보니

109 권력암투 속에서의 정치권력의 무상함, 특히 자기의 문하인 정위丁謂의 모함에 의해 뇌주雷州로의 유배는 구준으로 하여금 많은 것을 생각나게 하였을 것이다. 또한 국가의 굴욕적인 화평을 강력히 반대했으나, 결국 그의 뜻과는 반대로 요나라와 치욕적인 "전연지맹澶淵之盟"을 체결하게 된다. 재상을 지낸 그로서는 나라운명에 대한 걱정과 근심으로 고뇌하지 않을 수 없었을 것이다. 당시의 혼란스런 정치·사회적인 모순과 그의 개인적인 번뇌와 무력감은 나라를 위해 공업功業을 세우겠다는 인생의 가치관에 변화를 가져와, 시인으로 하여금 산수자연 속에 자기의 고뇌하는 심정을 기탁하게 하였으리라 추정할 수 있다.

杳杳一川平	아득하게 강물이 펼쳐져 있네
野水無人渡	들판의 강에는 건너는 사람 없고
孤舟盡日橫	외로운 배는 종일토록 놓여 있네
荒村生斷靄	황량한 마을에는 안개 피어오르고
古寺語流鶯	절에서 들려오는 꾀꼬리 울음소리
舊業遙淸渭	고향은 멀리 맑은 위수 변에 있고
沉思忽自驚	깊은 생각 잠겼다 홀연히 놀란다네

누대에 올라 바라본 풍광에 대한 묘사이다. 넓고 넓은 들판에 강물이 유유히 흘러가고, 건너는 사람 없는 강물과 들판의 한적한 모습. 그곳에 외로운 배 한 척이 흐르는 강물에 이리저리 흔들린다. 사람 드문 황량한 마을에 소리 없이 안개만이 피어오른다. 그때 갑자기 옛 절에서 들려오는 꾀꼬리의 울음소리. 이 모든 것이 고향의 풍경과 유사하기에 시인의 생각은 고향으로 달려간다. 꾀꼬리 소리는 적막한 넓은 들판에 봄날의 생기발랄함을 전해주는 동시에 시인을 현실로 돌아오게 만들었다. 현실로 돌아온 시인은 고향이 아님을 알고 스스로 놀랐다는 표현에서 고향을 그리는 강렬한 향수를 느낄 수 있다. 봄날 누대 위에서 고향 생각하다 문득 깨어난 시인의 모습이 바로 눈앞에 있는 듯하다.

여기에서 꾀꼬리 울음소리는 전형적인 이성사정以聲寫靜, 혹은 이성친정以聲襯靜의 수법을 활용한 것이다. 꾀꼬리 소리를 활용하여 고요한 정경을 더욱 두드러지게 돌출시키는 수법이다. 이것은 주로 선취가 농후하다는 왕유의 「녹채鹿柴」나 「조명간鳥鳴澗」 시가에 자주 나타나는 수법이다.[110] 전종서 선생은 구준 시집에 서문을 지어준 범옹范雍의 주장을 인용하여 구준의 시가를 왕유와 위응물의 시에 비유하고 있다. "동시대인 범옹이 그(구준)를 위해 시집의 서문을 짓고서 말하기를 '평소에 왕우승과 위소주의 시를 굉장히 좋아하였다.' 그의 명작인 「봄날 누대에 올라 고향을 생각하며(春日登樓懷歸)」에서 전해지는 '들판의 강에는 건너는 사람 없고, 외로운 배는 종일토록 놓여 있네(野水無人渡, 孤舟盡日橫)'라는 구절은 단지 위응물의 「제주서간滁州西澗」의 '들판에 강 건너는 이 없이, 배만 스스로 흔들린다(野渡無人舟自橫)'라고 한 구절을 확대하여 하나의 연聯으로 만든 것이다."[111] 사실 만당체의 종주인 가도의 작품도 이러한 수법을 활용한 적이 있다. '퇴고'의 고사로 유명한 「이응李凝의 유거幽居에 제題함」이란 시에서 "새는 연못가의 나무에서 잠들고, 달빛 아래 스님은 문을 두드린다(鳥宿池邊樹, 僧敲月下門)"라는 구절도 역시 동일한 이성사정以聲寫靜의 수법을 활용한 것이다.

위야魏野의 「혜숭 상인에게 보내다(贈惠崇上人)」 작품은 마치 선승의 해학적인 게송을 보는 듯하다.

張籍眼昏心不昧　　장적의 눈은 어둡지만 마음은 밝고

---

110 『녹채鹿柴』 시를 보면, "빈산에 사람은 보이지 않고, 오직 사람 소리만 들려오네. 해질 무렵 석양이 깊숙이 들어와, 푸른 이끼를 다시 비추네(空山不見人,但聞人語響. 返景入深林, 複照青苔上)." 다시 『조명간鳥鳴澗』 시를 보면, "인적이 드문 곳 계화꽃이 떨어지고, 밤은 고요한데 봄 산이 비어 있네. 달이 나오니 산새가 놀라, 때마침 봄 계곡에서 지저귄다(人閑桂花落, 夜靜春山空. 月出驚山鳥, 時鳴春澗中)."

111 錢鍾書, 『宋詩選注』, 人民文學出版社, 1994, p.9.

崇師耳聵性還聰　　숭 스님 귀는 어두우나 성정은 또렷하네
是非言語徒喧世　　언어의 시비는 헛되이 시끄럽게 만드니
贏得長如在定中　　오랫동안 선정 중에 빠져들게 만드네

장적[112]은 세속의 명리를 거부하고 악부시로써 사회적인 모순을 비판하면서 백성들의 고통을 묘사하고 동정하였기에 백거이의 추앙을 받게 된다. 그는 일찍이 눈병을 얻어 실명의 위기까지 이른 적이 있었는데, 맹교는 그를 "가난한 장님 장태축(窮瞎張太祝)"이라고 불렀다고 한다. 위야는 장적의 이런 면을 높이 평가하여 눈은 어두웠지만, 마음은 밝았다고 극찬하고 있다. 시인은 장적의 사례를 빗대어 혜숭 스님은 귀가 어두워 오히려 세속의 언어로 인한 시비심에서 벗어날 수 있어 참선하기에 좋다는 것이다. 온갖 잡념을 제거한 정묵靜默의 상태, 바로 선정禪定을 유지하는 상태를 해학적인 표현으로 설명하고 있어 해취諧趣가 넘쳐난다. 또한 「백련당의 윤 스님에게 쓰다(書潤師白蓮堂)」의 시를 보자.

野人禪客合相陪　　야인과 선객이 모여 서로 함께하니
漸老詩心亦共灰　　점차 늙어감에 시심도 사라지네
朱草階前容不去　　섬돌 앞 주초는 변함없이 자라는데

112 張籍(約 767~830)은 한유의 문하로 스승의 추천으로 수부원외랑水部員外郎 등을 역임했지만, 출신이 빈한하고 관직이 낮았다. 홍매洪邁의 『용재수필容齋隨筆』에 의하면, 당시 번진 이사도李師道가 그의 인품과 학식을 높이 평가하여 그를 불러 막후에 두려고 하였으나, 장적은 완곡하게 거절했다고 한다.

白蓮堂上喜頻來　　백련당에 기쁜 소식 빈번히 전해오네

'야인과 선객이 함께 생활하며, 점차 늙어가며 시심도 같이 사라진다'는 표현은 선승과 함께 생활하게 되면서 시인도 선승처럼 집착에서 벗어날 수 있게 되었고, 심지어 시 창작에 대한 집착조차 사라져버렸다는 것이다. 찾아오는 사람이 없으니 섬돌 앞의 풀들이 변함없이 자라며, 이런 한적한 곳에 기쁜 소식이 빈번하게 온다는 표현에서 세속을 벗어나 수연자적하는 인생태도와 낙관적이며 여유로운 시인의 정감이 드러나고 있다. 이런 정서는 충담한일沖澹閑逸의 정취를 가져와 평담平淡하면서도 맑으며, 고요하면서도 청원淸遠한 시풍을 이루는 시적 요소가 되고 있다. 다음으로 임포林逋가 단 상인에 대해서 지은 「고산사 단 상인의 방에서 바라보고 적다(孤山寺端上人房寫望)」란 시를 살펴보자.

底處憑闌思渺然　　난간에 기대어 멀리 볼 수 있는 곳 어디인가?
孤山塔后閣西偏　　고산 탑의 뒤쪽 편 누각의 서쪽에 있다네
陰沉畵軸林間寺　　그림 같은 흐릿한 숲 사이 절이 보이고
零落棋枰葑上田　　바둑판같은 고근밭이 여기저기 보이네
秋景有時飛獨鳥　　가을 풍경 속 외로운 새 간간이 날아가고
夕陽無事起寒煙　　석양은 고요한데 차가운 연기 피어오르네
遲留更愛吾廬近　　한가히 머물면서 나의 집 가까워 좋아하고
只待重來看雪天　　오로지 다시 와 설경 감상할 날을 기다리네

만당체 시인들이 대부분 오언율시에 능하여 많은 작품을 남기고

있지만, 임포에게서 적지 않은 칠언시를 찾아볼 수 있다. 이 작품은 칠언율시의 대표적인 작품으로 뒷날 많은 시인들에 의해 애송되어졌다고 한다.[113] 세속과는 단절된 고산사 스님의 방에서 적은 시이다. 첫 연에서 문답체를 사용하여 고산사 탑 뒤편, 스님의 방이 멀리 바라다보일 수 있는 좋은 위치라는 설명이다. 흐릿한 숲속으로 바라보이는 절의 풍광은 마치 액자 속의 그림 같다. 멀리 드문드문 물 위에 보이는 고근밭은 마치 바둑판처럼 펼쳐져 있다. 전련轉聯에서는 하늘 풍경을 묘사하고 있다. 가을 저녁 석양 비치는 하늘에 간간이 외로운 새 둥지를 찾아 날아가고, 건너편 하늘에는 밥 짓는 연기가 피어오른다. 적막한 절, 고요한 밭, 외로운 새, 밥 짓는 연기를 볼 수 있는 곳은 고산사 스님이 사는 방으로 세속과는 단절된 곳이다. 깊고 고요(幽深)하고 맑고 한적(淸寂)한 환경 속에 있어 공적空寂하면서도 담박淡泊한 의경意境을 이루고 있다. 세속과 단절되어 잡념과 망상이 사라진, 평안하고 고요한 심경으로 대자연을 벗 삼아 유유자적이 지낼 수 있는 곳이기에 은일隱逸을 낙으로 삼는 시인에게 있어서는 더욱 떠나고 싶지 않은 곳이다. 마지막 연에서 고산사의 풍광에 매료되어 차마 떠나지 못하는 심경을 표출하고 있다. 다행인 것은 나의 집이 고산사와 가까이 있다는 것이다. 겨울이 되면 설경이 뒤덮인 풍광을 감상할 수 있기를 고대하고

---

113 특히 많은 시인들이 이 시의 "음침陰沉" 두 구절을 모방하거나 칭찬하고 있다. 예를 들면 명나라 정가수程嘉燧의 「聞等慈師在拂水有寄」 시에 보면 "古寺正如昏壁畫" 구절과 황정견黃庭堅의 「題安福李令朝華亭」 시 "田似圍棋據一枰" 등이 모두 임포의 시에서 나온 것으로 평가하고 있다. 그러므로 왕어양王漁洋은 『池北偶談』에서 이 구절을 "경치의 묘사가 가장 정교하다(寫景最工)"라고 평하고 있다.

있다.

이와 같이 송초 만당체 시인들은 가도의 시처럼 세속을 등진 은사들과 주고받는 증여시, 혹은 사원에 대한 기록이나, 승려에 대한 묘사 등을 소재로 삼고 있다. 가도라는 시풍의 영향 이외, 당시 유불도 삼가의 융합과 더불어서 송초 만당체가 선종의 흥성과 관계가 있기 때문일 것이다. 그러므로 작품들은 세상사에 소극적이면서 피세의 경향과 더불어서 청정하면서도 고요함을 추구하며, 자연의 뜻에 따르는 유유자적하는 인생의 흥취를 이루고 있다. 전반적으로 시가는 평담심원平淡深遠한 풍격과 의경을 나타내고 있다.

②수연자적隨緣自適의 즐거움

가도 시의 또 다른 특징은 세속을 초월하여 세상사에 담박한 마음과 청정무위淸淨無爲의 경계를 추구하고 있다는 점이다. 앞서 언급한 시가들도 대부분 이러한 유형에 속한다. 가도의 시가 "승려의 본색"을 드러낸 것처럼, 만당체시파의 작품들도 세속의 명리에 대한 부정과 수연자적하는 정취가 두드러지는 특징을 가지고 있다. 몸과 마음이 구속됨이 없이 고요하고 평온한 자연 그대로의 상태를 종종 추구하고 있다.

예를 들어서 위야는 일생 동안 관직에 나아가지 않고 초야에서 은거하였다. 그가 얼마나 세속과의 단절을 추구했는지에 대한 결심은 진종眞宗이 사람을 보내 그를 불렀을 때 위야가 "문을 잠그고 담을 넘어 숨어버렸다"[114]고 한 기록을 통해서도 알 수 있다. 그가 살았던 거처도 "맑은

---

114 "閉戶逾垣而遁", 『宋詩紀事』 卷10.

물이 구비치고, 옆으로는 운산을 마주하고 경치가 그윽하고 단절된 곳"[115]으로 진정한 은사의 풍모를 갖추고 있었다. 그러므로 그도 세속의 공명을 초월하여, 유유자적하고 은일한 삶을 사는 것에 대해 매우 만족하고 있음이 그의 작품을 통해서 드러나고 있다. 예를 들어 「친구 집의 벽에 쓰다(書友人屋壁)」란 작품을 살펴보자.

達人輕祿位	달인이 재물과 지위를 가벼이 여겨
居處傍林泉	거처하는 곳도 숲과 냇가 옆이라네
洗硯魚呑墨	벼루를 씻으니 고기가 먹을 삼키고
烹茶鶴避煙	차를 달이니 학이 연기를 피해가네
閑惟歌聖代	한가롭게 태평성내를 노래하고
老不恨流年	늙어도 세월을 미워하지 않는다네
靜想閑來者	조용히 한가로이 온 사람 생각하지만
還應我最偏	그래도 내가 가장 외진 곳에 있네

이 시의 또 다른 제목이 「은일하는 유태중의 집 벽에 적다(書逸人兪太中屋壁)」이다. 유태중이라는 은사가 속세를 벗어나 한적하고 고요한 생활을 영위하고 있음을 알 수 있다. 시인은 벗의 유유자적하고 안일한 심경을 시를 통해서 묘사하는 동시에 시인도 친구의 삶과 똑같은 은일한 생활을 추구하고 싶다는 심정을 나타내고 있다.

첫 두 구절에서 은자의 사는 환경을 설명하고 있다. 세속의 명예와

115 『宋史·隱逸傳』 卷457: "淸泉環繞, 旁對雲山, 景趣幽絶", (臺北)鼎文書局, 1987, p.13430.

부를 멀리하고 산수와 벗 삼아 살고 있는 고고한 친구의 생활을 설명한 것이다. 3, 4구에서 그 구체적인 생활의 모습과 정취를 말하고 있다. 물고기와 학을 친구로 삼고, 벼루와 차를 반려자로 삼아 글을 짓고 차를 마시며, 세속의 모든 번뇌를 잊고 은둔의 즐거움을 향유하는 벗의 유유자적한 모습은 바로 선사들의 모습과 다름이 없다. 속세에 물들지 않은 달인의 청정한 마음, 인연에 따라 대자연의 흐름에 몸을 맡기는 여유, 몸은 이미 늙었으나 세월에 대한 유감도 없다. 일체 모든 것을 인연에 따르는 수연자적이요, 평상심이 도라는 선의 정취와 일치한다. 마지막 부분에서 친구도 외진 곳에서 살고 있지만, 자신이 친구보다 더 외진 곳에 살고 있다고 말한다. 세속의 명리와 인연을 단절하고, 그윽한 대자연 속에서 살기를 원하는 시인의 정취와 희열의 감정을 표현한 것이다. 결론적으로 이 시는 자연산수를 제재로 하여 평이한 언어로 담백하면서도 선의 정취가 풍부하고, 평담한 시풍을 이루고 있다. 유사한 내용의 「겨울 저녁 교외에 묵으며(冬暮郊居)」라는 시를 살펴보자.

村落欲黃昏	촌락에 황혼이 깃들려 할 때
寒雲片片凝	찬 구름이 조각조각 모여든다
隔城鐘似磬	건너편 성의 종소리 다한 것 같고
遠岫燒如燈	멀리 산봉우리 위 노을은 등불 같네
名利堪彈指	명예와 이익이 일순간에 불과하니
林泉但枕肱	숲속 물가에서 팔을 베고 누울 뿐
何由遂閑散	어찌하여 한가함을 따르는가

自喜本無能　　본래 나는 무능함을 좋아한다네

시의 전반부에서는 교외의 풍경을 묘사하고, 후반부에서는 불교와 선종의 언어를 활용하여 수연자적을 행하는 시인이 구도자적인 삶을 즐기고 있음을 말하고 있다. '명리名利'는 『법화경서품』에 나오는데, '명문이양名聞利養'[116]과 같은 의미이다. 명성이 널리 퍼지게 하고, 이로써 재부財富와 이익을 탐구貪求한다는 것이다. 탄지彈指[117]라는 선종의 용어를 사용하여 성 안의 종소리가 일순간에 불과하듯이 속세의 명성과 이익도 일순간에 불과한 것이라는 말이다. 이러한 일순간의 존재(有)에 얽매이지 않고 명리를 초월한 곳, 산봉우리 위의 저녁노을을 등불로 삼고, 산림 및 냇물과 교유하며 자연산수와 더불어 한가로이 살고 싶다는 정서를 표현하고 있다. 한가함을 좇는 이유가 무능함을 좋아하기 때문이라는 표현에서 수연자적과 임자연任自然을 추구하는 시인이 자신의 정감을 해학적으로 잘 표현하고 있음을 알 수 있다.

만당체 시인 중에서 비교적 문학적 성취가 높다는 임포(林逋, 967~1028)는 평생 영리를 멀리하고 빈한한 생활을 영위하였다. 『송사·은일전』에 보면 "성격은 고요하고 담박하며 옛것을 좋아하였다. 영리를 추구하지 않았고, 가정은 빈한하여 옷과 음식이 부족하였지만 편안하고 한가로웠다."[118]라고 기록하고 있다. 이처럼 그는 평생 출사도 거부하

---

116 '명문이양名聞利養'이란 용어는 『법화경』 권5에 나온다. 『佛光大辭典』, 佛光出版社, p.2262.

117 탄지彈指라는 것은 일탄지一彈指 혹은 일탄지경一彈指頃이라고도 이른다. 『佛光大辭典』, 佛光出版社, p.6002.

였고 결혼도 하지 않고 매화와 학을 반려로 삼았기에 그를 '매처학자梅妻鶴子', 즉 '매화를 처로 삼고, 학을 아들로 삼는 사람'이라고 칭하였다. 사실 그의 시풍도 이러한 그의 성격과 비슷하였다. 「호숫가 마을에서의 저녁 감흥(湖村晚興)」이라는 시를 살펴보자.

滄洲白鳥飛　　차가운 물가에 흰 새가 날아들고
山影落晴暉　　산 그림자 속으로 밝은 해가 떨어지네
映竹犬初吠　　비치는 대나무 사이 개 짖기 시작하고
弄船人合歸　　배를 저으며 사람들과 함께 돌아오네
水波隨月動　　물결은 달빛 따라 움직이고
林翠帶煙微　　푸른 숲 주위로 희미한 연기 피어나네
寺近疏鐘起　　절이 가까우니 드문드문 종소리 들려오고
蕭然還掩扉　　여유롭게 돌아와 문짝을 닫는구나

봄을 눈앞에 둔 겨울 저녁을 묘사한 작품 「산촌의 겨울 저녁(山村冬暮)」이라는 시를 살펴보면,

衡茅林麓下　　산기슭 아래의 누추한 초가에도
春氣已微茫　　봄기운이 벌써 희미하게 찾아든다
雪竹低寒翠　　눈 쌓인 대나무 밑엔 푸르름이 돋아나고
風梅落晚香　　바람에 떨어지는 매화 향기가 전해오네
樵期多獨往　　나무하는 날에는 대부분 혼자 가고

---

118 『宋史』 卷457, 「林逋傳」, (臺北)鼎文書局, 1987, p.13432.

茶事不全忙　　차 가꾸는 일 바쁜 것 아니라네
雙鷺有時起　　한 쌍의 백로가 때때로 솟아올라
橫飛過野塘　　들판의 연못을 가로질러 날아가네

위의 두 시는 모두 저녁마을의 풍경을 묘사한 작품으로, 단지 차이가 있다면 위의 시가 호숫가의 마을을 묘사하고 있는 반면에 아래의 시는 산촌의 풍경을 묘사하고 있다. 그러나 두 작품 속에는 똑같이 세속의 명리를 초월한 시인의 담박한 심정을 표출하고 있다. 어디에도 구속됨이 없이 몸과 마음이 고요하고 평온한 자연 그대로의 상태에서 대자연을 관조하는 듯한 경지는 시인의 인품을 투영하고 있는 듯하다.

'창주滄洲'란 주로 은일자가 거주하는 곳, 시인이 거처하는 곳을 가리킨다. 앞서 말한 대로 일상은 평상심이며 곧 무심이다. 호숫가 마을에 저녁이 찾아오니 석양은 산 아래로 기울고, 새들은 날아든다. 동물들도 대자연의 섭리를 알아차리듯 사람 사는 마을도 일상에 따라 움직이는 것이다. 마을로 배와 사람이 들어오니 개가 짖는 것은 당연하다. 저녁 무렵 달이 동산 위로 떠올라 호수를 비춘다. 물결은 달빛따라 흔들리고, 마을 주위로 연기가 오른다. 산사의 저녁에는 저녁예불을 알리는 종소리가 시작되고, 사람들은 자유자재로 문짝을 닫는다. 이 모두가 무심한 일상적인 이야기이자, 인연을 따르는 행위이다. 대자연 속에서 수연자적하는 은일자의 정취가 충만하게 나타나고 있다.

아래의 「산촌의 겨울 저녁(山村冬暮)」이라는 시도 같은 경계를 묘사하고 있다. 시인이 거주하는 산기슭 아래의 누추한 초가에도 봄기운이 벌써 희미하게 찾아들었다는 것이다. 도는 추상적이고 요원한 세계가 아니라 아주 일상적이고 비근한 곳에 있다. 눈 쌓인 대나무 밑엔 푸르름이 돋아나고, 바람에 떨어지는 매화에서 향기가 풍겨온다. 봄을 알리는 향기이자 대자연의 섭리인 것이다. 봄이 되면 인간사도 바빠진다. 그래서 나무도 하고, 차 가꾸는 일도 시작한다. 초가집, 봄기운, 푸르름, 매화향기 모두가 있는 그대로의 빛과 소리이다. 그곳에 대립이 없이 동화된 시인의 모습이 투영되고 있다. 마치 한 쌍의 백로가 때때로 솟아올라 들판의 연못을 가로질러 날아가는 것처럼, 말 그대로 자유자재로운 선의 정취가 가득하다. 세속의 명리에 속박된 사람들은 절대로 이를 수 없는 대자연과 하나가 된 시인의 자유자재하고 수연자적하는 경지이다. 고로 『사고전서총목제요』에서는 다음과 같이 평가하고 있다. "그의 시는 맑고 고요하며, 고아하고 안일하여 마치 그 사람 됨됨이와 비슷하다."[119]

중국 문학사상 많은 시인들이 비록 자연 산수를 노래해왔지만, 그러나 그들은 단순히 표면적인 자연산수의 형상만 묘사한 것은 아니다. 시인들은 대자연이라는 사물에 직간접적으로 시인의 충만한 감정과 사유, 시대의 정신을 투영해왔다. 송초의 만당체시파에 의한 자연산수시 흥성 배경에도 그러한 역사적인 배경과 시인의 심미적인 정취, 개인적인 낭만성이 복합적으로 작용하고 있다.

앞서 살펴본 바와 같이 중당의 가도를 종주로 하는 송초 만당체의

---

119 『四庫全書總目·別集五·和靖詩集』에서 임포에 대해서 다음과 같이 설명하고 있다. "其詩澄澹高逸, 如其爲人."

홍성은 정권교체기의 불안정한 사회적인 환경 이외, 대자연을 소요하는 시인의 심미정취, 융합이라는 시대적인 흐름에 따른 '선사들의 유가화' 및 '유가들의 선종화' 등의 유불교섭과 이로 인한 선종의 세속화, 송고 중심의 문자선 성행이 복합적으로 작용한 것으로 보인다. 만당체 시인들은 내면을 향하여 수렴하는 시대정신을 표출하며, 일상생활에 대한 깊은 사색을 통하여 심오하면서도 세심하며 맑고 고요한 시적 경계를 나타내었다. 그러므로 이들 작품은 자연산수 속에서 고고孤高하고 한적閑寂한 정취情趣를 표현하면서 수연자적하는 은일자의 담박한 심정과 심미를 시적인 경계로 묘사하고 있다.

결론적으로 보아 만당체 시인들은 선종사유의 수용 아래, 가도의 청고淸苦, 심원深遠하고, 고음苦吟과 고사苦思를 추구하는 시적 정취를 받아들여, 고고孤高, 한적閑寂, 유심幽深한 탈속적인 경계를 표현하고 있다. 이외에 왕유가 선시에서 자주 표현하는 자연에 대한 적료寂廖함, 대자연의 동정動靜에 대한 영민한 깨우침, 이것을 수용하여 은일隱逸의 정취情趣를 추구하는 은사의 심정을 적절하게 묘사하고 있다. 이들은 세속의 시류에 영합하지 않고, 고고孤高한 삶을 견지하면서 자연산수에 개인적인 심성을 투영하고 있다. 동시에 삶의 지혜와 방법까지도 자연에서 배우고 있다는 긍정적인 측면도 보인다. 시가의 제재는 대부분 일상생활과 관련이 있으며, 주위환경을 세밀하게 묘사하여, 시가 정치精致하며 정미精微하다는 특징도 갖추고 있다.

6. 결론

송대에 들어와 발전적인 추세를 유지하였던 남종선은 송고와 대별을 중심으로 하는 문자선이 유행하면서 선종 내부에 충만한 활력을 가져왔다. 사회 전반적으로도 선종의 세속화와 유가의 선종화를 촉진하는 계기가 되었다. 분양선소에서 시작된 문자선은 석상초원을 지나 황룡혜남과 양기방회에 이르러 크게 성행하였다. 운문종의 설두중현은 시문의 형식으로 조사의 공안을 송찬하는 것을 특히 강조하였다. 그는 운문종 사상을 기초로 『송고백칙頌古百則』을 만들었는데, 이것은 이전 분양선소의 『송고백칙』을 계승하는 동시에 원오극근의 『벽암록碧巖錄』의 탄생에 결정적인 역할을 하였다.

중국 문학사상 최초의 구승九僧이라는 승려로 구성된 시파詩派의 출현배경에는 이러한 『송고백칙』 등 송고와 대별 중심의 문자선 유행과 밀접한 관계가 있을 것이다. 아울러 송대 유불융합의 추구와 삼교합일의 사상정책은 유불도 삼가사상의 교류과 합일을 추동하였을 뿐만 아니라, 사대부와 선종의 교류를 진일보 촉진시키는 자연스런 환경을 조성하였다. 송초 선종은 황제를 비롯한 통치자의 적극적인 애호와 지원, 이에 따른 사대부와 문인 등 상류층의 적극적인 참여를 얻고 있는 것도 또 하나의 특징이다. 이러한 북송 초기 상황 아래, 일대의 문호로 평가받던 서곤파의 영수인 양억은 광혜 선사 및 분양선소, 초원 선사 등 문자선과 관계있는 고승대덕들과 광범위하게 교류하였다. 이외 백체파의 왕우칭도 고승들과의 교유 및 시가 작품에 선종의 사상을 투영시키고 있다. 구승을 비롯한 구준, 위야, 임포 등 송초 만당체시파의 구성원들도 시대사조의 영향으로 선시를 통한 증여와 화답 등 다방면으로 교류하였음을 확인할 수 있다.

제2장 유불융합과 구양수, 범중엄

1. 서론

소식蘇軾은 일찍이 "구양자歐陽子는 오늘의 한유韓愈이다."[120]라고 평가한 적이 있었다. 구양수(歐陽修, 1007~1072)는 한유의 문장을 전범典範으로 삼아 일생 동안 시문혁신운동을 강력히 추진하였고, 결국은 한유韓愈의 문학적인 성취를 뛰어넘었다는 평가를 받았다. 다른 한편으로, 한유의 '숭유배불崇儒排佛' 관점을 계승하여 반불反佛의 정책 기조를 적극적으로 추진하였다. 특히 유가의 도통道統과 문이재도文以載道를 강조한 한유의 관점을 철저히 계승하였기에 그에게는 배불排佛의 이미지가 강하게 남아 있다. 구양수가 『신당서新唐書』를 편수하면서 불교관련 기록 일천여 항목을 삭제한 것도 대표적인 반불의 사례로 볼 수 있다. 이에 따라 송대 시문학과 관련된 서적을 보면, 대부분 구양수를

---

120 "歐陽子, 今之韓愈也."(「六一居士集序」)

대표적인 배불론자로 기록하고 있다. 하지만 구양수도 송대 다른 문인들과 마찬가지로 선종과 밀접한 관계를 가졌음을 여러 문헌기록을 통해서 파악할 수 있다.

앞 장에서 언급한 바와 같이 송대에 들어와 '송고頌古'를 주요 내용으로 하는 '문자선文字禪'의 유행은 승속의 융합을 촉진시키는 중요한 작용을 하였다. 송대 문인 사대부들이 선종에 용이하게 접근할 수 있는 하나의 통로가 되었던 것이다. 당시 황제들의 적극적인 지지와 친불교적인 정책을 토대로 선종은 송대 불교의 주류로 부상하였다. 이런 정책은 선종이 사회적인 영향력을 확대하는 계기가 되었고, 회통과 융합의 시대정신은 송대 사대부 문화와 선종사원 문화 간의 결합을 가속화시켰다.

송대 초기 사회·사상적인 배경 아래 구양수도 만년에 가까워질수록 선종을 적극 수용하는 경향을 보였다. 그는 여러 고승대덕들과의 단순한 교유뿐만 아니라, 승려들의 시를 호평하면서 그들의 시문집에 서문을 증여하였다. 구양수는 호를 '육일거사六一居士'라고 칭하였고, 『화엄경』 등 불교경전을 송독하였다는 점에서 배불론으로 대표되는 정치적인 주장과는 달리 개인적으로는 불교와 선종을 적극 수용하는 태도를 보였다.

본 장에서는 불교문헌을 비롯하여 각종 문헌기록과 구양수의 작품을 통하여 구양수와 선종과의 상관관계를 분석해보고자 한다. 특히 이 글에서는 그가 반불을 주장함으로써 불교를 배척했던 상황에서부터 불교를 받아들인 원인과 과정에 대한 분석, 특히 구양수와 당시 대승고덕들과의 상호교유관계, 불교 및 선종에 대한 평가, 그의 시가에 나타나는 이선입시의 사례를 살펴봄으로써 불교와 구양수와의 관계를 검토하고자 한다. 마지막 부분에서는 송대 대표적인 유학자인 범중엄과 불교의 관계에 대해서도 살펴보자 한다.

2. 문자선과 선종의 입세화入世化

구양수를 비롯한 북송 문인들이 선사상을 적극 수용한 원인을 사회·사상적인 배경, 특히 선종의 발전과정을 중심으로 설명하고자 한다. 이런 작업은 구양수를 비롯한 송대 문인들이 선적 사유를 수용하게 되는 배경에 대한 이해와 더불어 당시 선종의 특징과 흐름을 이해하는데 도움이 될 것이다. 앞 장에서 문자선의 흥기와 유불융합에 관해 개괄적인 설명을 하였기에 여기에서는 선종의 흥성과 송초 시단의 관계에 대해 보완 설명하면서 궁극적으로는 선종과 구양수와의 관계를 중심으로 논하고자 한다.

첫째, 당의 선종과는 달리 문자선의 유행으로 송초의 선종은 입세화入世化를 지향하였다. 육조혜능이 남종선을 제창한 이후, 선종의 불성사상은 갈수록 간략화簡略化, 입세화, 평민화의 길을 가면서 끊임없는 변화하고 발전해왔다. 다른 한편으로 임제, 위앙, 조동, 운문, 법안종의 오가五家는 송에 들어와 임제 문하에서 다시 양기와 황룡 두 파로 분파되었고, 이에 따라서 소위 '오가칠종'으로 분화되었다. 특히 '송고頌古'를 주요 내용으로 하는 '문자선' 창작방식의 유행은 문인 사대부들에게 선종에 관심을 가지게 하였고, 선종이 산림농경에서 벗어나 도시불교로 변해가는 계기가 되었다.

『선종종파원류禪宗宗派源流』에서는 이런 점을 다음과 같이 설명하고 있다.

> 도시를 멀리 벗어나 산림에 은거하는 것이 본래 달마 이래의 선문의 조류였다. 그러나 이러한 분위기는 만당 이후 점차 사라지고, 오대와 송초에 이르러 분양선소가 '내호외호內護外護'를 개창한 이후, 총림은 곧 권력 있고 지위가 높은 사람에게 의지하는 것을 능사로 삼았으며, 산림에 은거하는 분위기는 완전히 사라지고 존재하지 않게 되었다. 혜남의 황룡종 이후에 이러한 분위기는 바뀌게 되었다. 그들도 권력과 지위가 높은 사람들과 교류하였지만, …… 그들과 사대부들의 교류의 원칙은 '의미가 통하면 천리라도 가서 응대하고, 통하지 않으면 수십 리를 떨어져 있더라도 왕래하지 않았다.'[121]

'문자선'의 출발점이라고 할 수 있는 분양선소(汾陽善昭, 947~1024) 때부터 적극적으로 고관대작에 의탁하면서 선종의 입세화를 추구하였다. 황룡혜남黃龍慧南에 이르러서는 비록 입세화를 견지하였지만, 선가가 가지고 있는 허정虛靜함과 선승의 자존심을 유지하면서 교유하였다. 당시 선사들은 백가의 사상에 능통하였고 속학을 편람하면서 선종의 입세화入世化, 혹은 '선자禪者의 유자화儒者化' 경향이 두드러졌다. 이로써 상당수의 사대부들과 교유를 확대하면서 문인 사대부들도 자연히 '문자선'을 수용하였다. 특히 '송고頌古' 중심인 문자선의 창작방식이 시가 창작방식과 유사함에 따라서 문인 사대부들의 적극적인 호응을

---

121 吳立民主編, 『禪宗宗派源流』, 中國社會科學出版社, 1998, p.278.

얻게 되었다.[122] 당시에 비록 신유학이라 불리는 이학理學이 당시 사상계의 주류로 부상하고 있었지만, 그러나 선종 각파의 흥성과 선풍禪風의 다변화는 선종 내부에 새로운 활력을 불러왔으며, 이로써 문단과 시단에 광범위한 영향을 끼치게 되었다.

둘째, 송대 초기의 황제를 비롯한 통치자들은 불교와 선종을 적극적으로 지지하고 숭상하는 자세를 견지하였다. 그래서 선종도 하나의 통치 이데올로기로서의 역할을 담당하게 되었다. 예를 들면 태조는 실용적인 측면에서 불교를 정치적으로 활용하는 한편, 불교선종을 보호하는 정책을 적극적으로 실행하였다. 예컨대 건덕乾德 4년(966) 4월, 하남부의 진사 이애李靄가 『멸사집滅邪集』을 지어 불교를 폄하하고 비방하였다. 이에 승려들이 상소를 올리자 그를 장형에 처하고 사문도로 유배 보냈다.[123] 송 태종의 선종 보호정책도 이와 유사하였다. "석가모니의 종교는 정치에 도움이 된다. 비록 방외의 주장이나 역시 볼만한 것이 있으니, 경들도 시험 삼아 읽어보시오."[124]라며 적극적인 지지의사를 표명하였다. 오대산, 아미산, 천태산 등지에 사원을 건립하였고, 상당한 규모의 역경원을 창건하였다.[125] 게다가 조정대신에서

---

122 대표적인 것이 분양선소와 설두중현(雪竇重顯, 980~1052)이 지은 『송고백칙頌古百則』이다. 에둘러서 선의 경지를 표현하는 특징은 함축적인 의경, 현묘한 언어, 다채로운 어휘의 확대에 영향력을 발휘하였다. 그러므로 『송고백칙』 속의 '송고'들은 선종 '송고'의 전범이자, 아울러 선문학의 전범으로 평가받았다. 선리의 깨우침을 문자언어로부터 설명하고 추구한 것이 『송고백칙』의 특징이다.

123 姚瀛艇, 『宋代文化史』, 河南大學出版社, 1992, p.115.

124 (宋)李燾, 『續資治通鑒長編』 卷24, 太平興國八年十月甲申, 中華書局點校本, 1992, p.554.

재상에 이르기까지 비중 있는 관리를 파견하여 역경사譯經使나 혹은 윤관潤官의 역할을 담당하게 하였다. 이러한 송태조와 태종에 의한 불교 제창과 보호정책은 역대 황제들에게도 계승되었다. 도교에 매우 심취하였던 진종眞宗조차도 친히 불경에 주를 달았고, 「숭석론崇釋論」을 지어서 불교와 유교는 가는 길이 다르지만 추구하는 궁극적인 도는 동일하다고 주장하였다.[126] 조서를 내려 승려 도원道元이 편찬한 『경덕전등록』을 양억 등으로 하여금 산각하게 하였을 뿐만 아니라, 대장경에 편입하여 유통시켰다. 인종仁宗은 1031년에 남화사에 있는 육조의 의발을 황궁으로 모셔와 공양하게 하는 등, 선종은 이들 황제들의 적극적인 지지와 숭상 속에 빠른 발전을 이루면서 송대 불교의 주류로 발전하게 되었다. 이러한 통치자의 적극적인 지지와 운용정책은 선종의 사회적인 지지를 제고하는 데 매우 중요한 역할을 하였다.

이런 점들은 사대부들에 대한 선종의 영향력이 확대되는 중요한 계기가 되었음은 불문가지이다.

셋째, 송초의 회통會通과 융합融合의 시대정신에 기인한다. 당대부터 이어온 유불도 삼가의 융합 아래 남종선의 흥성과 성리학의 성립, 도교의 발전, 이 세 가지는 거스를 수 없는 거대한 사상적인 조류였다. 홍수평은 당시의 융합사조를 다음과 같이 설명하고 있다.

송대 이학은 유학의 부흥과 불교, 특히 선학의 사상과 방법을 다방면

---

125 제1장 "문자선의 흥기와 유불융합" pp.21~24 참조.

126 "석가모니 계율의 서적과 주공, 공자, 순자, 맹자는 행적은 다르지만 도는 같은 것이다."『續資治通鑒長編』卷45, 咸平二年八月丙子.

으로 흡수하고 이용하였다. 이학의 창시자와 송대의 이학가 중에서 양간楊簡과 진덕수眞德秀 등 소수를 제외하고는 대부분 반불의 경향을 가졌다. 그러나 그들 대부분은 불교선학의 깊은 영향을 받았다. "여러 사상을 받아들이고, 노장과 불교에 출입하였다." 이정二程이 말하길 "오늘날 사람들은 배우지 않으면 모르지만, 만약 배운다면 선으로 귀결되지 않음이 없다."고 하였다. 주희도 분명히 말하였다. "오늘날 선학을 배우지 않는 자는 그렇게 깊이 도달할 수가 없다. 비로소 깊은 곳에 도달한 자들은 반드시 선에 들어간 자들이다."[127]

여기에서 알 수 있듯이 유가의 경세제도를 실천하려는 사대부의 입장에서 자신이 지니고 있는 정치철학과 지향점이 개인의 사유나 행동과 반드시 일치하는 것이 아님을 알 수 있다. 다시 말해서 사회윤리나 정치·경제적인 측면에서 불교를 적극 비판하는 경향을 보이지만, 개인 학문의 완성도를 높이기 위해서는 불교나 선종의 사유를 적극적으로 수용하였다. 특히 대표적인 이학가인 정호, 정이 형제와 주희의 언급을 보더라도 당시 이학가들의 선종 수용 양상을 쉽게 이해할 수 있을 것이다.

당시 불교 내부의 융합도 또 다른 하나의 사상적인 특징이다. 예를 들면 선종과 교종의 융합으로 천태선, 화엄선이라는 용어가 등장하였다. 가장 대표적인 것으로 법안종의 제자인 영명연수(永明延壽, 904~975)가 화엄종의 대표경전인 『화엄경』의 사상에 의거하여 선종의 종지

127 洪修平, 『禪宗思想的形成與發展』, (上海)江蘇古籍出版社, 2000, pp.362~363.

를 해석한 『종경록宗鏡錄』을 들 수가 있다. 그는 일생을 통해서 선종과 교종의 단점을 보완하기 위해 '일심一心'사상에 근거하여 선교합일을 적극 주창하였다. 이밖에도 앞서 언급한 것처럼 송대에 이르러 황제를 비롯한 통치계급의 적극적인 지지와 옹호는 직접적으로 송대의 사대부 문화와 선종사원 문화와의 결합을 가속화시켰다. 소위 '유가들의 선종화(儒者禪化)'와 '선사들의 유가화(禪者儒化)'의 현상이 보편화되었던 것이다.

송대 초기 회통과 융합을 추구하는 사회·사상적인 조류 아래에 정치·사회적으로 적극적인 배불론자였던 구양수도 선종과 불가분의 관계를 유지하였다. 구양수의 문학적·사회적·정치적인 위상으로 보아 그의 선종에 대한 긍정적인 태도는 후대의 왕안석, 소식, 황정견 등 북송대의 대표적인 시인들에게도 직간접적으로 영향을 미쳤으리라 추정할 수 있다. 정도의 차이가 있겠지만, 상당수의 사대부들은 구양수처럼 '외유내불外儒內佛'이라는 사상적인 경향을 답습하였다.

3. 구양수의 반불과 친불

만년에 불교에 침잠하여 호를 "육일거사"라고 칭하였던 구양수는 청장년 시절에는 북송고문운동의 영수로서 한유의 문장과 사상을 전범으로 삼아 유가도통의 계승과 배불을 적극 강조한다. 「본론本論」에서 한유의 억불관점을 계승하여 불교의 단점에 대해 신랄하게 비판하였다. 불교 문헌인 『불조통기佛祖統紀』에도 구양수의 배불 기록은 남아 있다.

구양수는 한유가 불교와 노장을 배척하는 것을 흠모하여 「본론本論」 세 편을 지었다. 약술하면 다음과 같다. "불법은 천여 년 동안 중국의 근심이었다. 미혹되지 않은 훌륭한 역량을 가진 사람들이 불교를 제거하려고 노력하지 않음이 없었다. 그러나 쇠퇴했다가 다시 결집하니 결국에는 어쩔 수 없는 상황에 이르렀다. 요순삼대 때에는 왕정이 밝고 예의지교가 천하에 충만하였다. 당시에는 비록 불교가 있었지만 들어올 방법이 없었다. 삼대가 쇠약해지게 되고, 정치가 부족하게 되고 예의가 폐해지자, 이후 200년간 불교가 중국으로 유입되었다. 불교가 나의 근심인 까닭은 정치가 부족하고, 예의가 폐해진 틈을 타서 들어왔기에 이것이 근심의 뿌리인 것이다. (유교) 예의라는 것은 불교를 이기는 근본이다. 수렵과 혼인, 상제喪祭, 향사鄕射의 예의를 모두 모아서, 백성들을 교화함에 갖추어지지 않음이 없게 한다면 불교는 들어올 수 없는 것이다." 또한 이르기를 "오늘날 불법은 간사한 것이라고 할 수 있다." 또한 이르기를 "천년 동안 불교와 노장이 중국을 해쳤다."[128]

이 인용문을 통하여 구양수가 평소에 가졌던 불교에 대한 관점을

128 「法運通塞志」 十七之十二: "歐陽修慕韓愈斥佛老, 著'本論'三篇. 其略曰: '佛法爲中國患千餘歲, 世之卓然不惑而有力者, 莫不欲去之. 已去矣而復大集, 遂至於無可柰何云云. 堯舜三代之際, 王政脩明, 禮義之敎充於天下. 於此之世, 雖有佛無由而入. 及三代衰, 王政缺, 禮義廢, 後二百餘年而佛至乎中國. 由是言之, 佛所以爲吾患者, 乘其缺廢之時而來, 此其受患之本也云云. 禮義者勝佛之本也, 蒐狩昏姻喪祭鄕射之禮, 凡敎民之具無不備, 則佛無由而入.' 又曰: '今佛之法可謂姦邪.' 又曰: '千年佛老賊中國.'"(『佛祖統紀』 卷45, 『卍新纂續藏經』 第88冊)

파악할 수 있다. '불법은 간사한 것'이고, 노장사상과 더불어서 '중국을 해치는 것'이라며 격렬하게 비판하였다. 불교가 유입된 이후, 천년 동안 중국의 근심이 되어왔다는 것이다. 그의 관점에 의하면 불교가 중국에서 흥성한 이유는 정치가 부족하고 예의가 쇠락한 때문으로 보고 있다. 만약 유교의 예의지교가 충만했다면 불교의 중국 유입은 불가능하였고, 반대로 예의지교가 쇠퇴하거나 실종되었기에 그 틈을 타서 불교가 유입되었다는 논리이다. 구양수가 「본론本論」 3편을 지은 목적도 (유교)예의의 부흥을 통해 불교를 배척하기 위한 것이라는 설명이다.

『불조통기佛祖統紀』의 기록에 의하면, "구양수와 송기 등이 『신당서新唐書』를 편수하였을 때 『구당사舊唐史』 안에 있던 불교와 관련된 항목을 모두 삭제하였다."라고 기록하고 있다.

> (경력) 5년, 서역의 승려 지길상智吉祥 등이 조정에 와서 범어로 된 경전梵經을 바치니, 황제가 자복紫服(조정의 높은 관리들이 입조할 때 입는 관복)을 하사하였다. 구양수에게 조서를 내려서 송기, 범진 등과 함께 『당서』를 편수하게 하였다. (구양수는) 고승 현장과 신수 등 여러 고승전과 방기전(의술, 점성) 및 전사를 위하고 사원을 건립할 때 지은 천복문을 삭제하였다. 정인자각 선사가 처음 사마광에게 학문을 배울 때 일찍이 다음과 같은 말을 들은 적이 있었다. "영숙(구양수)이 불교를 좋아하지 않아 『구당사』의 불교와 관련된 부분을 삭제하였다. 일찍이 두 판본을 취하여 대조해 보았는데, 삭제한 것이 일천여 항목에 이르렀다." 정인 선사가 이르기를 "성명性

> 命과 도덕의 공담을 논한 것이 한유의 문장이요, 난세를 다스리고 성공과 실패의 실효적인 것을 없앤 것이 『신당서』이다." 범조우范祖禹가 사마광의 말을 듣고서 『당감唐鑑』을 다시 저술하여 『신당서』의 부족한 부분을 보충하였다.[129]

여기에서 두 가지 사실을 알 수 있다. 먼저 구양수가 현장玄奘과 신수神秀 등을 기록한 고승전 및 불교와 관련된 기록을 삭제한 주된 이유는 "불교를 좋아하지 않기(不喜佛)" 때문이라는 것이다. 둘째, 구양수의 이러한 역사기술 태도에 대해 범조우范祖禹가 『당감唐鑑』을 통하여 『신당서』의 부족한 부분을 보충하였다는 것이다.

구양수의 '불교에 대한 반감'이라는 배불적인 관섬에 대해서 당시 송대 불교계도 적지 않은 반감을 가진 듯하다. 아래 문장을 보면 한유와 구양수의 관점에 대해 신랄하게 비판하고 있다.

> 사람은 학식이 넓지 못하면 불교를 충분히 알 수 없는 것이다. 한유는 불교를 배척하였고, 구양수도 역시 그러하였다. 태종은 소역간蘇易簡이 부처를 오랑캐라고 지칭하여 그를 싫어하였다. 자고로 군왕 중에 태종과 같이 학식이 폭넓은 사람은 없었다. 부처는 성인이며,

129 「法運通塞志」 十七之十二: "(慶曆)五年, 西天沙門智吉祥等來朝進梵經, 賜紫服. 詔歐陽脩同宋祈, 范鎭修唐書.如高僧玄奘, 神秀諸傳及方技傳乃至正觀爲戰士建寺薦福之文, 並削去之.有淨因自覺禪師, 初學於司馬光, 嘗聞其言: 曰永叔不喜佛, 舊唐史有涉其事者必去之. 嘗取二本對校, 去之者千餘條. 因曰, 駕性命道德之空言者, 韓文也, 泯治亂成敗之實效者, 新書也. 范祖禹聞光言, 乃更著唐鑑, 陰補新書之闕."(『佛祖統紀』 卷45, 『卍新纂續藏經』 第88冊)

다섯 하늘이 모두 중국이다. (부처가 있던) 이곳은 바로 다섯 하늘 중 동쪽인 것이다. 오늘날 중국을 칭하는 자, 스스로를 높이 받든다. (동서남북) 네 지역을 오랑캐라고 칭하는 자, 아마도 네 경계를 밖으로 두고서 논하는 것이다. 유가들은 폭넓은 학식이 부족하며 단견으로써 말을 하니 실언이 많다. 만약 소식과 황정견 등 여러 공들이 이를 알았다면, 능히 다시 말했을 것이다.[130]

한유와 구양수가 주장하는 배불의 관점이 송 태종의 견해에도 미치지 못한다고 비판하고 있다.[131] 기록에 의하면 태종 단공端拱 2년(989) 개보사영감탑이 완성되어 태종이 대표적인 유신儒臣인 소역간蘇易簡에게 비문을 작성하게 했는데, 비문 중에서 불경을 오랑캐의 언어라고 폄하하다가 태종으로부터 미움을 받았다. 태종은 문신 주앙朱昂이 홀로 불교를 폄하한 흔적이 없어 다시 조서를 내려 그로 하여금 비명을 작성하게 했다고 한다.[132] 불교계에서는 유가들의 단견과 좁은 학식

---

130 「法運通塞志」 第十七之十: "人無通識不足以知佛, 故韓愈夷其佛, 歐陽脩亦夷其佛. 太宗以蘇易簡指佛爲夷而惡之. 自古人君莫如太宗之有通識也. 佛聖人也, 五天中土也, 此方卽五天之東境也. 今稱中國者, 此方自稱尊也. 稱四夷者, 且約此方四境之外論之也. 儒家乏通識, 卽目睫以言之, 故多失言. 若蘇黃諸公則知之, 復能言之也."(『佛祖統紀』 卷43, 『大正新脩大藏經』 第49冊 No.2035)

131 태종 때에 內典에 저명한 儒臣으로는 楊徽之(921~1000), 朱昂(925~1007), 蘇易簡(958~996), 李沆(947~1004) 등이 있었다. 그중에서도 楊徽之는 "불교경전을 높이 받들고 인과를 독실하게 믿었다. 매일 오경이면 일어나서 세수를 하고 『금강경』을 낭송했는데, 이렇게 한 지가 30년 동안 한 번도 멈춘 적이 없었다(崇奉釋典, 酷信因果. 每五鼓卽起, 盥漱, 誦金剛經. 如是者三十年未嘗暫廢)." 楊億 『武夷新集』(商務影印文淵閣『四庫全書』本) 卷11, 「楊徽之行狀」, pp.22~23.

때문에 불교를 이해하지 못한다고 비판하며, 한유와 구양수를 소식과 황정견에 견주어서 비판하고 있다.

구양수의 일생에 대한 기록을 살펴보면, 그가 불교를 배척만 한 것은 아님을 알 수 있다. 불교문헌에 의하면 구양수는 젊었을 때부터 불교에 적지 않은 관심과 지식을 가지고 있었다. 아래의 글은 구양수와 화엄수옹華嚴脩顒 선사와의 대화이다.

> 구양수가 일찍이 낙양에 거주할 때 숭산을 유람하였다. 하인을 돌려보내고 혼자 자유롭게 유람하면서 산사에 이르렀다. 긴 대나무가 가득한 정자가 있었고, 여러 사물들이 매우 아름다웠다. 구양수가 대웅전에서 쉬는데, 옆에는 노승이 자유롭게 경전을 읽고 있었다. 구양수가 물었다. "무슨 경전을 읽습니까?" "『법화경』을 읽습니다." 구양수가 이르기를 "옛날의 고승들은 생사에 임했을 때, 대개 모두 담소하며 고통을 벗어나는데, 어떠한 도의 힘입니까?" 대답하길 "정혜定慧의 힘 때문입니다." 또 묻기를 "오늘날에는 왜 적요함이 없습니까?" 노승이 웃으며 말하길 "옛사람들은 시시각각 정혜의 힘이 있어 임종에 이르러서도 혼란함이 없었습니다. 오늘날의 사람들은 생각마다 산란하니 임종에 어찌 정혜를 얻겠습니까?" 구양수가 진심으로 감복하였다.[133]

---

132 "詔直學士院朱昂撰塔銘. 謂曰: '儒人多薄佛. 向中竺僧法遇乞爲本國佛金剛座立碑(卽菩提樹下金剛土臺也), 學士蘇易簡爲之指佛爲夷人. 朕惡其不遜, 遂別命製之, 卿宜體此意.'" 『佛祖統紀』 卷43, CBETA, T49, No.2035, p.400, b11-15.

133 『中國禪學思想史』: "脩嘗居洛時遊嵩山, 卻僕吏, 放意往至一寺, 脩竹滿軒, 風物鮮美. 脩休於殿內, 旁有老僧, 閱經自若, 脩問: '誦何經?' 曰: '法華經.' 脩云: '古之

위의 글은 구양수가 숭산을 유람할 때 우연한 기회에 화엄수옹華嚴脩顒 선사를 만나서 불법에 관해 토론한 내용이다. 이 대화는 구양수의 나이 26세인 명도 원년明道元年(1032) 9월에 있었다고 기록하고 있다. 옛날 고승들의 생사의 경계를 능히 초탈할 수 있었던 것은 '정혜定慧'의 힘[134] 때문이라는 것이다. 즉 일체의 모든 잡념이 사라져 내심이 요동하지 않는 경지인 '선정禪定'과 진리를 깨쳐 외연을 따라 관조할 수 있는 반야지혜인 '지혜知慧'의 힘이 있었기 때문이라는 설명이다. 오늘날의 사람들이 그런 경지에 이르지 못함은 바로 '정혜定慧'의 힘이 없기 때문이라는 것이다. 관건은 바로 '정혜定慧'의 존재 여부에 있다는 것이다.[135]

구양수의 불교수용에 가장 큰 영향을 미친 사람은 조인 선사(祖印禪師, 1010~1071)이다. 운문종 승려로 여산원통거눌조인선사廬山圓通居訥祖印禪師라고 칭한다. 기록에 근거하면, 구양수는 조인 선사와의 만남으로 인하여 불교에 대한 부정적인 인식을 바꾸었다고 한다. 구양

高僧, 臨生死之際, 類皆談笑脫去, 何道致之?' 曰: '定慧力耳.' 又問: '今何寂寥無有?'曰: '古人念念定慧, 臨終安得散亂. 今人念之散亂, 臨終安得定慧.' 脩心服." 忽滑穀快天著, 朱謙之譯, 『中國禪學思想史』, 上海古籍出版社, 1994, p.430.

134 불교에 '三學'이라는 것이 있는데, 바로 戒定慧를 가리킨다. '戒學'은 바로 불교도들이 지켜야 할 행동규범와 수칙을 말하는 것이다. '定學'이라는 것은 禪定 혹은 靜慮, 즉 일체의 잡념이 사라진 경지를 말한다. '慧學'이라고 함은 우주인생의 眞相을 깨우친 반야지혜를 말한다. 이것은 불교수행의 근본이자 수행자가 해탈을 얻음에 있어서 가야 할 길이다.

135 『법화경法華經·서품序品』에 보면 "불자는 반드시 정혜를 갖추어야 한다(佛子定慧具足)."라고 기록하고 있다. 「添品妙法蓮華經序」, CBETA, T09, No.264, p.136, a25.

수가 범중엄의 경력신정의 실패에 연루되어 경력 5년(1045) 제주滁州로 좌천되었을 때 다음과 같은 기록이 있다.[136]

> 다음 해에 장차 여릉으로 돌아갈 때 배가 구강에 정박하였다. 여산에 기탁하여 유람하기 위해 동림 원통사에 들어가 조인 선사 거눌을 방문하여 도를 논하였다. 조인 선사는 여러 사상을 왕래하면서 불법으로 절충점으로 삼았다. 구양수는 숙연한 마음으로 감복하고, 피곤한 것도 잊고서 경청하였다. 밤이 늦어서도 멈출 줄 모르고, 묵묵히 수긍했는데, 평소 가졌던 배불의 마음이 사라지게 되었다. 머뭇거리면서 열흘이 넘어도 차마 떠나지 못했는데, 어떤 사람은 이것을 한유가 대진大顚 선사를 만난 것과 유사한 것이라고 말하였다.[137]

---

136 忽滑穀快天著, 朱謙之譯, 『中國禪學思想史』, 上海古籍出版社, p.429. 『佛祖統紀』에 의하면 당시 구양수가 개보사의 영감탑을 중건하는 것을 반대하다가 결국은 慶歷 5年(1045) 滁州로 좌천되었다고 기록하고 있다. 「法運通塞志」十七之十二: "六月開寶寺靈感塔災, 勅中使取塔基所藏舍利塔入內供養, 將事再建, 諫臣余靖力諫. 上不說. 諫議歐陽修爲言事者所中, 下詔獄窮治, 左遷滁州."(『佛祖統紀』 卷45) 하지만 『宋史·歐陽修傳』의 기록에 의하면, 구양수는 경력신정의 실패로 인하여 경력 5년(1045) 8월 滁州로 좌천되었다고 기록하고 있다. 忽滑穀快天은 『宋史』의 기록을 따르고 있다.

137 「法運通塞志」十七之十二: "明年將歸廬陵, 舟次九江, 因託意遊廬山, 入東林圓通謁祖印禪師居訥, 與之論道. 師出入百家而折衷於佛法, 修肅然心服, 聳聽忘倦, 至夜分不能已, 默默首肯, 平時排佛爲之內銷. 遲回踰旬不忍去, 或謂此與退之見大顚正相類."(『佛祖統紀』 卷45, 『卍新纂續藏經』 第88冊, No.1661)

그러니까 경력 6년(1046), 불혹의 나이인 구양수는 여릉廬陵으로 가면서 배로 구강九江을 지나가다 여산으로 들어가 원통거눌圓通居訥 선사를 방문하여 불도에 관해서 논하였다는 것이다.[138] "묵묵히 수긍하면서 평소에 있었던 배불의 마음이 사라지게 되었다."는 표현에서 거눌 선사가 구양수에게 끼친 영향을 확인할 수 있다. 아래에 두 사람이 토론한 주요 내용을 소개하면 다음과 같다.

구양수가 도착하자 선사가 읍을 하고 자리에 앉고서 이르기를 "귀하께서는 멀리서 오셨습니다. 서천축국 성인의 도가 마음과 통하는 면이 있는지요?" 구양수는 성대한 기세로 대답하였다. "저는 공맹지도를 수학하는 사람으로 불교와 노장을 배척하는 한퇴지를 흠모합니다. 서천축국의 법이 취할 만한 것이 있겠습니까?" 선사가 정색을 하고 힐난하였다. "한퇴지가 불교를 배척하면서 스스로 맹자가 양묵을 비판하는 것에 견주었습니다. 부처와 노자는 성인으로 어찌 양주와 묵적에 비유하며, 퇴지는 (맹자에) 견줄 수가 없습니다. 하물며 오늘날 그를 흠모하는 자가 있습니다. 옛날 문중자(왕통)는 부처를 성인이라고 했습니다. 그러나 한유는 '이귀夷鬼'라고 했는데 대단히 오만한 말입니다." 구양수가 대답하였다. "학자들은 (문중자가 지은) 『중설中說』을 폐하고, 사가들은 기록하지 않았으며, 한유

---

138 張兆勇은 「歐陽修與佛禪關係簡述」의 문장에서 구양수가 圓通居訥을 방문한 것에 대해 긍정하지만, 방문한 시간은 경력 5년이 아니라, 景祐 3년 5월 구양수가 夷陵 현령으로 좌천되었을 때로 보고 있다. 張兆勇, 『前沿』(2011年 第11期), p.21.

는 입 닫고 칭찬하지 않았습니다. 오늘 선사께서 그의 말을 원용하여 부처를 성인이라 하시니 천하 누가 그것을 좇겠습니까?" 선사가 대답하였다. "문중자는 순수한 유가이며 태종을 보좌하는 직위를 얻었으니 삼대의 정치에 부끄럽지 않습니다. …… 한유가 현인을 은폐하고 칭하지 않는데, 어찌 천하의 공평한 마음이라고 하겠습니까?"[139]

구양수는 한유의 배불 관점을 계승하고 있음을 알 수 있다. 거눌 선사는 한유의 배불 관점에 대해 역사적인 사실을 예로 들어 단호히 비판하고 있다. 한유가 자신의 배불 주장을 맹자의 반양묵(양주와 묵적)의 관점에 비유하여 설명하는 것에 대해, 거눌 선사는 부처를 양묵에 비교하고, 맹자를 한유 자신에 비유함은 잘못된 비유라며 반박하고 있다. 게다가 수나라 왕통王通(호가 文中子임)이 전형적인 유가였지만 부처를 성인에 비유하고 있음을 예로 들어 부처를 "오랑캐 귀신(夷鬼)"이라고 주장한 한유의 관점에 대해 "오만한 말"이라며 비판하고 있다. 부처를 성현으로 공인하지 않는 한유의 관점은 천하 사람들의 공인된 마음이 아니라는 것이다.

---

139 修初至, 師揖就座曰: "足下遠臨豈以西竺聖人之道有合於心乎?" 脩盛氣以答曰: "脩學孔孟之道, 竊有慕於韓子之攘斥佛老者. 西竺之法何所取焉." 師正色而詰曰: "退之排佛老, 自比孟子之距楊墨. 佛老大聖, 非楊墨比, 退之尙不可排. 況今欲慕之者. 昔者文中子之言佛聖人也, 而退之斥爲夷鬼. 此大慢之言也." 脩曰: "學者廢『中說』史家不立傳, 退之絶口而弗稱. 今師援之謂佛聖人者, 天下孰從之乎." 師曰: "文中子醇儒也, 其得佐太宗, 當不愧三代之治 …… 退之蔽賢而弗稱, 豈天下之公心."(『佛祖統紀』 卷45, 『卍新纂續藏經』 第88冊)

후일 인종황제, 황우 원년(皇佑元年, 1049), 조정에서 시방정인선원十方淨因禪院을 건설했는데, 당시 구양수와 정사맹程師孟의 적극적인 추천으로 인종은 거눌居訥 선사를 주지로 임명하였지만 거눌 선사는 병을 핑계로 승낙하지 않고, 대각회련大覺懷璉 선사에게 양보한다.[140] 이런 기록을 통해서 구양수와 거눌 선사와의 친밀한 관계를 이해할 수 있으며, 두 사람의 밀접한 관계는 여러 불교문헌의 기록을 통해서도 파악할 수 있다.

이로 보아 두 가지 측면에서 생각해볼 수 있다. 첫째, 구양수는 한유의 관점을 계승하여 정치적으로 배불의 주장을 견지하고 있지만, 개인적으로 불교를 수용하고 있는데, 특히 뛰어난 고승대덕들과의 교류가 적지 않았다는 사실이다. 둘째, 구양수의 불교수용에 가장 많은 영향을 끼친 사람이 거눌 선사라는 사실이다. 그와의 접촉으로 인하여 구양수는 평소 가지고 있던 불교에 대한 배타적인 관념이 사라지게 되었고, 불법을 점차 긍정적으로 수용한 점이 기록으로 나타나고 있다.[141] 위의 기록으로 보아도 거눌 선사는 경륜과 학식이 뛰어날 뿐만 아니라, 유가경전에도 정통한 승려로 파악된다. 한유가 대전 화상大顚和尙을 만나면서 배불적인 관점이 다소 변화가 있었듯이, 구양수와 거눌 선사와의 만남도 역시 비슷한 상황으로 발전하였음을 알 수 있다. 구양수와 다른 선사들과의 관계에 대해서는 아래 문장을 통해서 좀

---

140 同上. "以汴京第宅創興禪席, 因賜額爲十方淨因. 上方留意空宗, 詔求有道者居之. 歐陽修等請以圓通居訥應命. 訥以疾辭, 因擧懷璉以爲代."(『佛祖統紀』卷45, 『卍新纂續藏經』第88冊)

141 박영환, 「歐陽修與禪宗」, 『中國學論叢』23輯, 2007, pp.56~60.

더 구체적으로 살펴보자.

4. 구양수와 불문의 교유

앞서 언급한 바와 같이 구양수가 생활한 1007년부터 1072년 사이는 송대의 문자선이 성행하기 시작되던 단계였다. 이 시기는 북송 문자선의 시발점이 된 분양선소(汾陽善昭, 947~1024)의 『분양송고백칙汾陽頌古百則』이 이루어진 시기(998~1022)이며, 설두중현(雪竇重顯, 980~1052)의 『설두송고백칙雪竇頌古百則』이 중국의 강남 강북으로 유행하기 시작하던 때였다. 아울러 1034년에 왕수王隨가 『전등옥영집傳燈玉英集』 30권을 편찬하였고, 경우景祐 3년(1036)에는 이준욱李遵勗이 『전등록傳燈錄』을 증보增補하여 『광등록廣燈錄』, 즉 『천성광등록天聖廣燈錄』을 편찬한 시기이다. 1061년에는 삼가융합三家融合을 강력히 주창한 운문종의 계숭契嵩 선사가 『전법정종기傳法正宗記』 9권과 『전법정종론傳法正宗論』 2권을 편찬하였다. 또한 선종 "오가칠종"의 마지막 분파인 양기파와 황룡파의 조사인 양기방회(楊岐方會, 992~1049)와 황룡혜남(黃龍惠南, 1002~1069)이 문자선 중심의 선종을 발흥시키고 입적한 때가 바로 이 시기였다. 당연히 이 두 선사도 모두 어록을 남기고 있다. 다시 말해서 구양수가 생활한 시기는 송초 문자선이 발흥에서 최고의 유행단계로 진입한 시기이며, 수많은 어록과 등록들이 편찬되었던 시기임을 알 수 있다. 당시 사대부와 선사들의 교류가 자연스러우면서도 빈번하게 이루어질 수 있었던 환경이었다. 소식의 『동파지림東坡志林』에 보면 다음과 같은 기록이 있다.

구양 문충공이 일찍이 이렇게 말한 적이 있다. "어릴 때 어떤 승려가 나에게 관상을 보고서 이르기를 '얼굴에서 귀가 희니 천하에 이름을 떨칠 것이요. 입술이 이빨과 나란히 이어지지 않으니 억울하게 모함을 당할 상이다.' 이 말은 매우 영험이 있었다." 얼굴에서 귀가 희다는 것은 여러 사람으로부터 눈에 잘 띄는 것이다. 입술이 이빨과 나란히 이어지지 않는다는 것에 대해 그것이 어떠한 것인지에 대해 나는 감히 공에게 질문할 수 없었다.[142]

구양수가 어렸을 때 한 승려가 그에게 관상을 봐주었다고 한다. 승려의 말이 매우 영험했다고 구양수가 소식에게 말했다는 것이다. 어렸을 때부터 승려와의 교류가 있었음을 반증해주는 기록이다. 이외에도 어린 시절 구양수와 불교와의 인연에 대한 기록도 있다. 작자 미상인 『도산청화道山淸話』에 의하면 구양수가 어렸을 때 '승가僧哥'라고 불렸다는 기록이다. 송宋 왕벽지王辟之의 『승수연담록澠水燕談錄』에도 비슷한 기록이 있다. "공이 어렸을 때 다른 이름이 화상이었다(公幼子小名和尙)"라는 기록이다.[143]

이로 보아 정치적으로 반불과 배불을 적극 주장하던 구양수의 이미지와 실제 그의 개인적인 행적과는 어느 정도 차이가 있음을 알 수 있다. 일반적으로 유학자들이 불교를 배척하는 이유가 불교 자체에 대한 거부감보다는 불교가 사회경제적으로 미치는 해악과 방대해진 불교세력이 유학의 지위에 위협을 준다고 생각했기 때문이다. 특히 구양수는

142 蘇軾撰, 趙學智校注, 『東坡志林』, 三秦出版社, 2003, p.164.

143 『澠水燕談錄』 卷10, 『談謔』.

불교의 흥성이 정치가 부족하고 예의가 쇠락한 때문으로 진단한 적이 있었다. 따라서 중년 이후의 사회를 바라보는 관점의 변화에 따라 불교를 바라보는 관점의 차이가 생길 수 있다. 만년으로 갈수록 당쟁으로 인한 관직에 대한 실망감, 가족의 병사 등 개인적인 불행, 이에 따른 은거에 대한 갈망 등으로 점차 불교를 바라보는 관점에 변화가 있었을 수도 있다.

아래에서는 구양수와 교류를 가졌던 승려들에 관해서 살펴보고자 한다.

1) 거눌居訥과 연璉 선사

구양수는 만년에 이르러 '육일거사'라고 칭하고 임종 때에는 『화엄경華嚴經』을 빌려 읽었다는 기록을 통해서도 불교에 상당히 침잠하였음을 알 수 있다. 그의 이러한 친불적인 경향에 가장 많은 영향을 미친 사람은 앞서 언급한 대로 거눌 선사이다. 『중국선학사상사中國禪學思想史』에는 거눌 선사와 육왕회련育王懷璉 선사에 대해서 다음과 같이 기록하고 있다. "운문종의 후손 중에는 인재가 부족하지 않다. 예를 들면 원통거눌과 육왕회련은 모두 조야에서 존숭 받는 선사들이다. 사상적인 면에 있어서는 특별한 다른 부분은 없으나, 그러나 어디에도 치우치지 않는 '중정中正'의 오묘함을 잃지 않고 있다."[144] 이런 기록들은 당시 거눌 선사와 회련 선사의 명성을 가늠하게 해준다. 구양수와

---

144 "雲門之兒孫雖不乏其人, 如圓通之居訥, 育王之懷璉, 則朝野之所崇敬. 至其思想雖別無出格之分, 卻有不失中正之妙." 忽滑穀快天著, 朱謙之譯 『中國禪學思想史』, 上海古籍出版社, 1994, p.428.

거눌 선사의 관계는 앞에서 언급하였기에 간단히 약술하면 다음과 같다. 구양수가 만년에 취했던 '육일거사'라는 칭호가 거눌 선사와 직간접적으로 관계가 있다.

> (희녕 원년熙寧元年) 기술하여 이르기를, '거사'는 서천축국에서 부처를 배우는 사람을 칭하는 것이다. 구양수가 조인 선사를 만나 배불의 마음이 사라지게 되었고, 마음이 종지와 합해졌다. 그리하여 능히 거사로 자신의 호를 취할 수 있었고, 또한 문집의 이름을 취하니, 확실히 도에 대한 돈독함을 여기에서 볼 수 있다. 그러나 전하는 '육일六一'이라는 것은 다섯 개의 물건과 그 사이에 있는 하나의 이 늙은 몸을 말하는 것이다. 다섯 물건은 몸 밖의 남는 물건이니, 어찌 여러 도를 충분히 기탁하겠는가?[145]

희녕 원년(1068)은 구양수의 나이 61세가 되던 해이다. '육일'이란, 장서 1만 권, 금석문 1천 권, 거문고 1개, 바둑판 1개, 항상 두고 있는 술 한 병, 그 사이에 있는 하나의 늙은 몸을 지칭하는 것이다.[146] 거눌 선사와의 만남이 있었기에 불교를 배척하는 마음이 사라지게 되었고,

---

145 「法運通塞志」 十七之十二: "熙寧元年述曰, 居士者西竺學佛道者之稱. 永叔見祖印, 排佛之心已消, 故心會其旨, 而能以居士自號, 又以名其文集, 通道之篤於玆可見. 然其傳六一, 謂以一身老五物之間. 五物者身外之餘物, 豈足以寓諸道." (『佛祖統紀』 卷45, 『卍新纂續藏經』 第88冊)

146 "吾集古錄一千卷, 藏書一萬卷, 有琴一張, 有棋一局, 而常置酒一壺, 吾老於其間, 是爲六一." 郭預衡主編, 『唐宋八大家散文總集』 卷10, 蘇轍, 『歐陽文忠公神道碑』, 河北人民出版社, 1996, p.7528.

이에 따라서 "육일거사"라고 칭하면서 문집 명칭으로도 사용했다는 것이다. 박학다식한 거눌 선사의 영향을 받았던 구양수는 회련 선사와의 관계도 밀접한 편이었다. 혜홍이 지은 『냉재야화冷齋夜話』에 의하면, 구양수는 대각회련 선사의 시를 높이 찬양했다고 한다.

> 대각련 선사는 학문 이외 시에도 뛰어났다. 서왕이 어렸을 때 그와 교유를 했는데, 일찍이 그의 시를 구양수에게 보여주었다. 구양수가 "이 도인이 '간과 만두'를 지었습니다."라고 말하자, 서왕이 농담을 이해하지 못하고 의미를 물었다. 이에 구양수는 "여기에는 조금의 요리기운(통속적인 기운)이 없습니다."라고 말하였다. 대각련 선사는 인종으로부터 높은 평가를 받아서 동경의 정인선원淨因禪院에서 오랫동안 머물렀다.[147]

당시 시단과 문단의 영수였던 구양수의 평가로 보아 대각 선사의 시는 상당한 수준임을 알 수 있다. 구양수가 대각 선사의 시를 평하면서 '시 속에 조금의 요리기운이 없다'고 한 것은 '속된 기운이 없다'는 뜻이다. 대각 선사에 대한 시가 이외에도 송초 만당체 시인으로 분류되는 '구승九僧'에 대한 평가도 상당히 높다.[148] 승려들의 문학적인 소양이

---

147 『冷齋夜話』 卷6: "大覺璉禪師學外工詩. 舒王少與遊, 嘗以其詩示歐公曰: '此道人作肝臟饅頭也.' 舒王不悟其戲, 問其意. 歐公曰: '是中無一點菜氣.' 璉蒙仁廟賞識, 留住東京淨因禪院甚久." 『宋詩話全編』, 江蘇古籍出版社, 1998, pp.2449~2450.

148 『육일시화六一詩話』에는 다음과 같이 기록하고 있다. "송 왕조에 불제자 중에서 시로 유명한 이가 9인이 있었다. 시집으로 「구승시九僧詩」가 있었으나, 오늘날에

뛰어나고, 시가 높은 평가를 받는 이유는 송대 선종의 입세화入世化로 산림불교에서 도시불교를 지향한 점, '송고'와 '대별'의 창작 등 문자선의 유행 등과 밀접한 관계가 있을 것이다.

2) 혜근惠勤

소식은 「납일에 고산을 유람하며 혜근과 혜사 스님을 방문하다(臘日遊孤山訪惠勤惠思二僧)」란 시를 남기고 있다. 희녕 4년(1071)에 항주 통판으로 부임하면서 지은 시이다. 그가 조정을 떠나 임지로 부임하기 이전, 구양수로부터 문장과 시가 뛰어나다고 소개받은 승려가 항주 고산에 거처하던 혜근 스님이다. 소식이 항주에 부임한 지 3일 만에 혜근과 혜사 두 스님을 방문하고 그 즐거움을 이 시를 통해서 표현한 것이다. 여기서 일부분을 감상해보자.

물이 맑아 돌이 보이고 고기도 헤아릴 만하고
숲이 깊어 사람은 없고 새만 서로 지저귄다

는 전하여지지 않고 있다. 내가 어렸을 때 사람들이 그들에 대해 칭찬하는 것을 많이 들었다. 그중에 한 명이 혜숭惠崇이라고 칭하였고, 나머지 8인의 이름은 잊어버렸다. 내가 그 시에 대해서 개략적으로 말하면 다음과 같다. …… 그 아름다운 구절은 대부분 이러하다. 그 시집이 오늘날에는 실전되었는데, 오늘 많은 사람들이 구승이라는 시인들을 알고 있지 못하니 안타깝다." (淸)何文煥, 『歷代詩話』上, 2011, 中華書局, p.266. 『영규율수瀛奎律髓』 卷1: "구승체가 있었는데, 즉 만당체이다(有九僧體, 卽晩唐體也)." 方回著, 李慶甲評校點, 『瀛奎律髓匯評』, 上海古籍出版社, 2005, p.18. 상세한 내용은 제1장 "유불융합과 송초 시단" 부분을 참고하기 바람.

납일인데 집에 가 처자와 함께 지내지 않고
도인을 방문하는 핑계로 스스로 즐긴다네
도인은 어느 곳에 거처하는가?
보운산 앞길이 굽어진 그곳이라네
고산이 외로워서 누가 살려고 하겠냐만
도인은 도가 있어 외롭지가 않다네[149]

혜근 선사를 방문하는 즐거움으로 납일임에도 집에 돌아가지 않았다. 고산이 외로운 곳이지만, 도인이 도가 있어 외롭지 않다는 표현에서 시인의 혜근 선사에 대한 높은 평가를 추정할 수 있다. 소식에게 혜근 선사를 소개해준 구양수도 혜근 선사에 대해 다음과 같이 높이 평가하고 있다.

> 불제자 혜근은 여항 사람이다. 어려서 부모를 여의고, 장대해서도 처자가 없이 의식을 불문에서 해결하였다. 경사에서 20년간 왕래했는데, 사람 됨됨이가 총명하고 재지才智가 있었다. 또한 일찍이 현사와 대부들로부터 학문을 배웠다. …… 나는 그가 일찍이 나에게 배움이 있어 칭찬하였으며, 그의 행위에 대하여 「산중의 즐거움」 3장을 지었다.[150]

---

149 "水清石出魚可數, 林深無人鳥相呼. 臘日不歸對妻孥, 名尋道人實自娛. 道人之居在何許, 寶雲山前路盤紆. 孤山孤絶誰肯廬, 道人有道山不孤."

150 「山中之樂·幷序」: "佛者慧勤, 余杭人也. 少去父母, 長無妻子. 以衣食於佛之徒, 往來京師二十年. 其人聰明才智, 亦嘗學問于賢士大夫 …… 予嘉其嘗有聞於吾人也, 於其行也, 爲作「山中之樂」三章."

혜근이 총명하고 재지가 있는 승려라는 설명이다. 구양수와 20년간 왕래했다는 점, 현사와 대부들로부터 학문을 배웠다는 점에서 구양수가 일찍부터 불문과의 교유가 있었고, 동시에 선사들의 유가화(禪者儒化)라는 유불융합이라는 시대사조를 읽을 수 있다. 소식은 혜근 선사 시집에 서문을 지었는데, 여기에서 구양수와 혜근 선사의 관계에 대해 다음과 같이 서술하고 있다.

> 공(구양수)은 불교와 도교를 좋아하지 않았다. 그 무리들이 『시』와 『서』를 배우고, 인의의 이론을 학습하는 사람이 있으면 반드시 이끌어주고 추천하였다. 불자인 혜근은 공을 따라서 30여 년 간 교유하였다. 공은 항상 그가 총명하고 재능과 지혜, 학문이 있으며 특히 시에 뛰어나다고 칭찬하였다. 공이 여음에서 세상을 떠났는데, 내가 그의 집에서 곡을 하였다. 그 후 그를 만나 공에 관해 언급할 때마다 눈물을 흘리지 않은 적이 없었다. 혜근은 본시 세상에서 추구하는 바가 없었고, 또 구양수 공은 혜근에게 은덕이 있었던 것도 아닌데, 그가 눈물을 흘리며 울면서 잊지 못하는 까닭이 어찌 이익 때문이겠는가? 나는 그런 일이 있은 뒤에야 더욱 혜근이 현명함을 알게 되었다. 만약 혜근이 사대부들 사이에 끼어서 공명을 좇아서 종사했다면 구양수공의 바람을 배반하지 않았을 것이 확실하다.[151]

---

151 「錢塘勤上人詩集敘」: "公不喜佛老, 其徒有治詩書, 學仁義之說者, 必引而進之. 佛者惠勤, 從公游三十餘年, 公常稱之爲聰明才智有學問者, 尤長於詩. 公薨于汝陰, 余哭之於其室. 其後見之, 語及於公, 未嘗不涕泣也. 勤固無求於世, 而公又非有德於勤者, 其所以涕泣不忘, 豈爲利也哉. 余然後益知勤之賢. 使其得列于士大夫之間而從事於功名, 其不負公也審矣." 『蘇軾文集』 卷10.

이 글을 통해서도 구양수와 혜근의 깊은 친분 관계를 알 수 있다. 30년 넘게 쌓아온 긴 세월을 통한 교분뿐만 아니라 구양수와 함께 학문을 논하고 시를 짓는 벗으로서도 깊은 관계를 가졌음을 알 수 있다. 소식과 대화하면서 구양수를 떠올릴 때마다 눈물을 흘리는 혜근 선사의 모습을 보고 소식은 그의 인품을 높이 추앙하며, 설사 속세의 관직에 있었더라도 훌륭한 학문을 이룰 사람으로 평가하였으니, 혜근 선사의 훌륭한 인품과 학문의 깊이를 짐작할 수 있다. 이를 통해서 구양수와 불문 승려가 교유한 단면 및 그들의 끈끈한 인간적인 유대관계를 엿볼 수 있다.

3) 비연秘演과 유엄惟儼

구양수는 중국 최초로 『시화詩話』체를 만든 장본인이다. 앞서 언급한 회련 선사와 '구승'에 대한 평가 이외, 구양수가 선사들의 시문과 관련해서 서문을 써주는 방식으로 교류한 기록도 적지 않다. 예를 들면 「석비연시집서釋秘演詩集序」, 「석유엄문집서釋惟儼文集序」 등에서 알 수 있듯이 경력 초년 구양수의 나이 30대에 승려들이 지은 시문집에 서문을 써주었다. 특히 비연秘演 승려의 인품과 시를 상당히 높이 평가하였다.

승려 비연은 만경과 교류를 오랫동안 지속해왔다. 능히 세속을 버릴 수 있으며, 지조와 절개가 높았다. 두 사람이 서로 즐기며 교유하는데 조금의 차이도 없었다. 만경은 술에 은거하였고, 비연은 불교에 은거하였으니 모두 기이한 남자들이다. 그러나 시를 짓는 것으로 즐거움으로 삼았고, 그들이 통음하고 대취하였을 때, 노래하고 웃으며 천하의 즐거움에 다다르니, 그 얼마나 호방한가! 일시에 현사들이 모두 그들과 교유하기를 원하였고, 나 또한 때때로 그들의 거처에 들렀다.[152]

구양수는 벗 만경을 통해서 승려 비연을 알게 되었다. 구양수는 두 사람의 지조와 절개를 높이 평가하였다. 특히 그들의 시작을 높이 평가하면서 걸림이 없는 그들의 호방함을 좋아하여 자주 그들의 처소로 들렀다는 것에서 구양수와 그들 사이의 친분관계를 알 수 있다. 구양수는 비연의 시가를 상당히 높이 평가하였다.

무릇 만경의 시어는 청신하며, 특히 비연의 작품을 칭송했는데, 우아한 가운데 풍골이 있어 시인의 의경을 갖추었다고 생각하였다. 비연은 웅장한 호걸의 모습이며, 가슴에는 호연지기를 품고 있다. 이미 부처를 따랐기에 재능을 발휘할 곳이 없지만, 오직 시만은 세상에 전한다. 그러나 그는 작품을 소중히 다루지 않았다. 그가 노쇠한 뒤, 그의 시를 묶은 보자기를 펴보니 3, 4백 편의 시를 찾을 수 있었다. 모두 좋아할 만한 작품들이었다.[153]

---

152 「釋秘演詩集序」: "浮屠秘演者, 與曼卿交最久, 亦能遺外世俗, 以氣節自高.二人歡然無所間. 曼卿隱于酒, 秘演隱於浮屠, 皆奇男子也, 然喜爲歌詩以自娛. 當其極飮大醉, 歌吟笑呼, 以適天下之樂, 何其壯也! 一時賢士, 皆願從其遊, 予亦時至其室."(『全宋文』 卷716)

153 "夫曼卿詩辭清絶, 尤稱秘演之作, 以爲雅健有詩人之意. 秘演狀貌雄傑, 其胸中浩然, 旣習於佛, 無所用, 獨其詩可行於世, 而懶不自惜. 已老, 胠其橐, 尙得三四百篇, 皆可喜者."(『全宋文』 卷716)

비연이 비록 승려이지만, 웅장한 호걸의 모습이며 강직한 호연지기를 품고 있다는 설명이다. 게다가 시에 뛰어나 그의 시는 우아한 가운데 풍골이 있어 시인의 풍격을 갖추고 있다는 칭찬이다. 노쇠한 그가 남긴 3, 4백 편의 시는 전부가 좋아할 만한 높은 수준의 작품이라는 것이다. 비연 스님의 인품과 시가에 대한 구양수의 긍정적인 평가와 칭찬을 통해 송초에 적지 않은 승려들이 문학적인 소양을 갖추고서 유학자들과 밀접하게 교류해왔음을 알 수 있다. 구양수가 문집에 서문을 써주었던 유엄 승려도 유학의 사장지학을 갖추었다.

「석유엄문집서釋惟儼文集序」의 앞부분에 보면 유엄惟儼에 대해서 다음과 같이 말한다. "유엄의 성씨는 위씨이다. 어렸을 때 경사에서 30여 년을 유람하였다. 비록 불교를 배웠지만, 유교에 통달하였으며 사장辭章을 좋아하였다. 나의 벗인 만경과 매우 친한 교유관계를 가졌다."[154] 다시 말해서 유엄 승려는 유불교섭을 충실히 실행한 인사로 사장지학을 좋아하고 만경과 매우 가까운 관계였음을 알 수 있다.

위의 기록을 통해 적어도 두 가지 사항을 파악할 수 있다. 첫째, 앞서 언급한 구승九僧에 대한 구양수의 높은 평가 및 비연과 유엄에 대한 긍정적인 평가로 보아 당시 승려들의 시문 창작 수준이 상당히 높은 경지에 이르렀음을 알 수 있다. 더욱이 송대 시문혁신운동의 영수였던 구양수의 평가라는 점에서 더욱 그러하다. 둘째, 유불융합과 삼교합일이라는 시대의 조류 속에서 진행된 유가와 선사들 간의 '이문회우以文會友'의 교유현황은 송초의 '선사들의 유가화, 유가들의 선종화

154 「釋惟儼文集序」: "惟儼, 姓魏氏, 杭州人. 少遊京師, 三十餘年. 雖學於佛, 而通儒術, 喜爲辭章. 與吾亡友曼卿交最善."

(禪者儒化, 儒子禪化)'의 특징을 단적으로 보여주고 있다. 이러한 두 가지 특징의 핵심적인 배경에는 앞서 언급한 '송고' 중심의 문자선이 광범위하게 유행한 것이 주된 까닭이다.

유대괴劉大櫆는 구양수가 작성한 두 승려의 서문에 대해 높은 평가를 하고 있다. "구양공이 쓴 시문집 서문 중에서 비연과 강린기의 것이 가장 뛰어나고, 유엄과 소자미의 것은 그 다음이다."[155] 또한 유대괴는 "두 「석집서」는 모두 만경이 기획한 것이다. 이 편篇은 비연의 물안개에 미치지 못하지만, 그러나 홀연히 일어나고 홀연히 떨어져 스스로 기이한 기세가 있다."[156]라고 말하고 있다. 구양수는 두 승려의 시문집 서문을 작성함에 있어서 적지 않은 노력과 공을 기울여서 작성하였음을 알 수 있다.

4) 계숭契嵩

계숭은 당시 운문종의 대표적인 승려이자, 송대 불교계의 대표적인 '삼교합일'의 주창자이다. 『보교편輔教編』, 『정조도定祖圖』, 『정종기正宗記』 등의 저술을 통하여 강력하게 삼교합일을 주장하였다. 한유를 적극적으로 비판했던 그는 구양수와 적지 않은 교류가 있었다. 이에 관한 기록은 『냉재야화冷齋夜話』에 상세히 언급되어 있다.[157]

---

155 『諸家評點古文辭類纂』評語卷8: "歐公詩文集序當以秘演, 江隣几爲第一, 而惟儼, 蘇子美次之." 洪本健編, 『歐陽修資料匯編』, 中華書局, 1995, p.916. 재인용.

156 『諸家評點古文辭類纂』評語卷8: "兩「釋集序」俱以曼卿相經緯. 此篇雖不及秘演之煙波, 而忽起忽落, 自有奇氣." 앞의 책.

157 『佛祖統紀』 卷45에도 유사한 내용이 기록되어 있다.

> 상(인종)이 '도를 위한 것이지, 명성을 위한 것이 아니며, 불법을 위한 것이지 일신을 위한 것이 아니다.'라는 구절을 읽고서 정성스러움에 찬탄하였다. 이에 "명교대사"라는 호칭을 하사하고, 계숭 선사의 저서를 대장경에 편입시켰다. 중서성에 책을 보낸 후, 당시 위국공 한기가 그의 책을 읽고 나서 구양 문충공에게 보여주었다. …… (구양수는) 문장을 읽은 뒤에 위국공에게 이르기를 "의외로 승려 중에서 이런 사람이 있군요. 내일 해가 밝으면 만나고 싶습니다."라고 말하고 함께 만나러 갔다. 문충공은 계숭 선사와 하루 종일 토론한 뒤, 크게 기뻐하였다. 이로써 공의 이름이 전국으로 유명하게 되었다. 결국 배를 사서 동으로 내려가 영안정사에서 거주하면서 여생을 보냈다.[158]

위의 언급대로 인종의 명으로 그의 저작인 『전법정종기傳法正宗記』, 『전법정종론傳法正宗論』을 대장경에 입장入藏하였다. 가우嘉祐 4년 명교대사明教大師라는 호와 가사를 황제로부터 하사받았는데, 당시 계숭 선사의 조야에 대한 영향력을 알 수 있다. 계숭 선사가 지은 『보교편輔教編』은 유불융합과 유불일치설을 강조한 저작이다. 그는 불교의 오계五戒를 유가의 오상五常에 대입시켜 당시 북송 유가들의 배불론에 대해 강력히 반박하였다. 동시에 『원교효론原教孝論』을 통해서 유불儒佛이

---

158 『冷齋夜話』: "契嵩 …… 上讀至 '呂固爲道不爲名, 爲法不爲身' 歎愛其誠. 旌以 '明教大師', 賜其書入藏書院. 旣送中書, 時魏國韓公琦覽之, 以示歐陽文忠公. …… 見其文, 謂魏公曰: '不意僧中有此郎耶! 黎明當一識之.' 公同往見. 文忠與語終日, 遂大喜. 由是公名振海內. 遂買舟東下, 居永安精舍而歸老焉." 『宋詩話全編』, 江蘇古籍出版社, 1998, pp.2474~2475.

서로 상통하다는 뜻을 강조하며, 한유韓愈의 배불排佛을 이론적으로 반박하였다. 신유학에 위기의식을 느낀 불교계에 있어 융합과 통섭이라는 시대적인 사조 아래서 '불교의 유가화'를 지향한 북송의 대표적인 저작이라고 평할 수 있다. 계숭의 문장을 읽은 구양수는 그의 유불융합이라는 논리에 찬탄을 금치 못하면서 계숭 선사의 인품과 학식을 좋아하였다. 그러므로 만년에 이른 구양수는 "명교 선사를 존경하고 원통거눌 선사를 따르며, 거사라 칭하고 『화엄경』을 읽었다."[159]라고 기록하고 있다.

5) 화엄수옹華嚴脩顒

누카리야 카이텐(忽滑穀快天)의 『중국선학사상사中國禪學思想史』와 『불조강목佛祖綱目』 권36에 보면 구양수와 화엄수옹華嚴脩顒 선사가 서로 만나게 된 과정에 대한 서술[160]과 만년의 구양수가 돈독하게 불교를 받아들이는 상황에 대해서 기록하고 있다. 여기서는 『중국선학사상사』의 기록을 통하여 구양수와 수옹 선사와의 관계에 대해서 간략하게 소개하고자 한다.

> (구양수는) 후에 태자소사太子少師 벼슬로 영주潁州(지금의 안휘성 영천부)에 거주하였다. 영주태수가 『화엄경』을 찬송하고, 수옹脩顒 선사가 덕업을 갖추었다고 칭송하여, 구양수는 음식을 마련해서

---

159 "敬明教服圓通, 稱居士, 讀『華嚴』", 『佛祖統紀』 卷45.

160 이 부분은 이미 본장의 제3절인 "구양수의 반불과 친불"에서 언급하고 있기에 여기서는 생략한다.

수옹 선사를 초청하였다. 구양수는 수옹 선사에게 "부처의 가르침이 궁극적으로 무엇입니까?"라며 질문하였다. 수옹 선사는 화엄법계 경계의 자유자재함과 제석천 내 휘황찬란함에서 여유로운 불법의 미묘함을 알려주었다. 이에 구양수는 송연히 말하기를 "저는 애초에 불서의 오묘함이 여기까지 이른 줄 몰랐습니다." 하였다. 구양수는 영주에서 술과 고기를 끊고, 여색을 멀리하고, 고요한 마음으로 참선을 수행하였다. 임종 때 늙은 병사를 부근 사찰에 보내 『화엄경』을 빌려와 8권까지 읽고, 고요히 생을 마감하였다.[161]

만년의 구양수가 독실하게 불법을 수용한 태도와 관점을 설명하고 있다. 특히 덕입을 갖춘 수옹 선사와의 담론을 통해서 화엄사상 등을 포함한 불법에 대한 설명을 듣고, 불서의 오묘함을 깨쳤다는 것이다. 아울러 술과 육식을 끊고, 여색을 멀리하고, 마지막으로 절연히 고요한 마음으로 묵좌 참선하면서 『화엄』으로 인생을 마무리하는 태도는 진정한 불교도의 모습과 별반 다른 점이 없다.

『불조강목佛祖綱目』의 기록도 누카리야 카이텐의 『중국선학사상사』와 비슷한 내용으로 구성되어 있다. 다만 『불조강목』에는 구양수가 아들을 훈계하는 내용이 첨가되어 있는데, 그 내용을 소개하면 다음과 같다. "임종의 때 아들을 불러 모아서 간곡하게 훈계하였다. 나는

161 "(歐陽修)後以太子少師致仕, 居潁州(安徽潁川府), 以潁州太守贊『華嚴』, 脩顒德業便備饌招顒. 脩問云: 浮圖之敎何爲者? 顒乃揮微指妙, 使優游於華嚴法界之都, 從容于帝網明珠之內, 脩竦然云: 吾初不知佛書, 其妙至此. 脩在潁州捐酒肉, 徹聲色, 灰心默坐, 臨終時, 令老兵就近寺借『華嚴經』, 傳讀至八卷, 安然而逝." 忽滑穀快天著, 朱謙之譯, 『中國禪學思想史』, 上海古籍出版社, 1994, p.430.

평생 문장으로 유명해지고, 세상에 임하여 힘껏 부처를 헐뜯었다. 지금 이렇게 쇠잔해졌는데, 갑자기 오묘한 뜻을 들어서 연구하려고 해도 생명을 어찌할 수 없구나. 너희들은 힘을 다해서 후회할 길을 밟지 마라."[162]라고 기록하고 있다. 이 기록에 대한 정확한 진위여부는 현재로서는 파악할 방법이 없다. 다만 불교입장에서 다소 주관성이 개입되어 정치적인 논리로 배불과 반불을 강력히 주장한 구양수의 관점에 대해 후회하는 과정을 상세히 서술하기 위한 목적으로 보충한 것이 아닌가 하고 잠정적으로 추정할 수 있다.

6) 기타

『육일시화六一詩話』에는 승려 찬녕에 대해서도 매우 높이 평가하고 있다.

> 오승 찬녕은 초기에 승적을 관할하는 관리를 맡았다. 찬녕승이 유가 경전을 비롯해서 백가의 서적에 통달하였고, 능히 문장력에도 뛰어나며 말재주도 막힘이 없어 사람들이 그를 굴복시킬 수 없었다. 당시 안홍점安鴻漸이라는 뛰어난 문사가 있었는데, 특히 풍자하기를 좋아하였다. 일찍이 찬녕승과 함께 무리를 지어가는 승려들을 보고는 "관직도 좋아하지 않는 무리들은 자주 떼를 지어서 돌아다닌다." 라고 비웃었다. 이에 대해 찬녕승은 바로 "진시황이 땅에 묻지 않은 인간들도 자주 무리를 이룬다."라며 매우 민첩하면서도 유효적절하게 반박을 하였다. 안홍점이 말한 것은 정곡시鄭穀詩의 "승려는

162 『佛祖綱目』 卷36.

좋아하지만 귀족(관직)승려는 싫어한다."의 뜻이다.[163]

백가의 서적에 통달하고 문장력과 말재주에 막힘이 없어 그를 이길 수 없다는 서술에서 찬녕승에 대한 구양수의 평가를 확인할 수 있다. 『불조통기佛祖統紀』에도 다음과 같은 기록이 있다. 낙양의 사문인 감율 법사鑒聿法師가 음운학 방면으로 매우 심후한 학식을 가지고 있어 그가 지은 「역술운易述韻」 5편에 대해 구양수가 직접 서문을 써주었다는 것이다. 서문에서 구양수는 감율 법사가 "이전 유가의 오류를 고증하고, 오방지와五方之訛를 변증하였다."라고 칭찬하면서 유가들이 그를 따라갈 수 없다고 극찬하고 있다.[164]

이외 『취옹정기醉翁亭記』에도 다음과 같이 기록하고 있다.

> 취옹정은 누가 정자를 만들었는가? 산중의 승려 지선이다. 누가 이름을 지었는가? 태수 스스로 지은 것이다. 취옹의 뜻은 술에 있는 것이 아니라, 산수의 사이에 있다. 산수의 즐거움은 마음을 얻고 그것을 술에 기탁하는 데 있다.[165]

---

163 『六一詩話』: "吳僧贊宁, 國初爲僧彔.頗讀儒書, 博覽强記, 亦自能撰述, 而辭辯縱橫, 人莫能屈. 時有安鴻漸者, 文詞雋敏, 尤好嘲咏.嘗街行遇贊宁与數僧相隨, 鴻漸指而嘲曰: '鄭都官不愛之徒, 時時作隊.' 贊宁應聲答曰: '秦始皇未坑之輩, 往往成群.' 時皆善其捷對. 鴻漸所道, 乃鄭穀詩云: '愛僧不愛紫衣僧也.'" 清·何文煥輯, 『歷代詩話』上, 中華書局, 2011, p.265.

164 「法運通塞志」 十七之十二: "洛陽沙門鑒聿, 深於易述韻總五篇. 歐陽修爲之序曰, 推子母輕重之法, 以定四聲. 考求前儒之失, 辨正五方之訛, 儒之學者莫能難也." 『佛祖統紀』 卷45, 『卍新纂續藏經』 第88冊.

이 문장은 경력慶曆 6년(1046)에 지은 것으로, 당시 구양수의 나이 40세였다. 승려 지선과 합작하여 취옹정을 만들고 이름을 명명했다는 것을 기록하고 있다. 실의에 빠진 사대부의 자연산수에 기탁하며 승려와 교유하고 있는 정서가 잘 드러난 문장이다.

젊은 시절부터 만년에 이르기까지 구양수는 확실히 적지 않은 승려들과 밀접한 교류가 있었음을 알 수 있다. 『구양수전집』의 작품에 언급된 승려는 최소한 16인이다.[166] 청의 사유휘謝有煇는 다음과 같이 말한다. "한유와 구양수 모두 배불을 자임하였으나, 승려들을 위해서 서문을 써주는 것을 면할 수 없었다. …… 한유가 문창文暢 승려에게 보낸 것은 유자후의 도움으로 인한 것이다. 구양수는 유엄과 비연에게 서문을 써주었고, 석만경이 이끌어준 것이다."[167]

이로 보아 두 가지 사항은 분명해 보인다. 첫째, 당시 승려들이 시문 창작에 적극적이었으며, 문필도 뛰어나 문인 사대부들과 교유할 수 있는 뛰어난 조건을 구비하였다고 할 수 있다. 둘째, 당시 문단과 시단에서 활약하던 불교 승려들의 영향력이 점진적으로 확대되었다는 점이다. 사회적인 영향을 갖춘 우수한 승려들이 적극적인 입세화의 참여로 인하여 보폭을 넓히는 계기가 되었다. 구양수와 고승대덕들과

---

165 "醉翁亭也, 作亭者誰? 山之僧智仙也. 名之者誰? 太守自謂也 …… 醉翁之意不在酒, 在乎山水之間也. 山水之樂, 得之心而寓之酒也."(『全宋文』 卷739)

166 『歐陽修全集』 작품에 언급된 승려는 曇穎, 慧勤, 惠覺, 惟晤, 智蟾, 惟嚴, 秘演, 知白, 淨慧, 居訥, 淨照, 明因, 贊甯, 修頤, 瑞新, 法遠 등 모두 16인이다.

167 謝有煇, 「釋秘演詩集序」, 洪本健編, 『歐陽修資料匯編』, 中華書局, 1995, p.775. 재인용.

의 교류도 이러한 배경에서 이루어진 것이다.

앞의 설명을 통해서도 알 수 있듯이 배불을 주장하는 구양수는 적어도 젊은 시절부터 불문과 꾸준히 교류를 해왔음을 알 수 있다. 그러므로 정치·사상적으로는 유가의 도통을 강조하기 위해 배불이라는 구호를 언급하지 않을 수 없었지만, 동시에 친불親佛의 정서도 공존하고 있었다. 이것은 앞서 언급한 바처럼 구양수의 생활 시기는 회통과 융합의 시대로 이학과 선종, 유학과 불학이 적극적으로 통섭을 추구하는 시기인 것과 밀접한 관계가 있다. 당연히 송대 '송고'와 '대별' 창작중심의 문자선의 유행도 상당한 영향을 미친 것으로 보인다. 특히 산림불교가 도시불교를 지향하면서 나타나는 불교와 선종의 '입세화'라는 시대적인 특징과도 관계가 있다. 적지 않은 사대부들이 '외유내불'의 길을 걸어갔듯이, 벼슬길에서 부침을 거듭하는 사대부들에게 있어서 불교와 선종의 사유는 하나의 정신적인 안식처와 기탁처가 될 수 있었다.

5. 구양수 시가와 선종

"불법을 중국의 화근"으로 논박한 적이 있던 구양수는 개인적으로 이릉夷陵과 제주滁州로 좌천되는 등 벼슬길에서의 고난, 경력신정慶曆新政의 추진과 실패, 두 명의 부인을 먼저 저승으로 떠나보낸 것과 사랑하는 딸의 요절 등의 비통한 가족사, 이러한 요인들은 그로 하여금 인생무상이라는 감회와 더불어 불교를 가까이하기에 충분한 객관적 요인이 될 수 있었다. 예를 들면 경력 4년(1044)에 구양수는 개보사開寶寺의 영감탑靈感塔을 중수하는 것을 반대하였다. 다음 해, 구양수의 외손녀인 장張씨가 한 사건에 연루되어 감옥에 수감되었고, 이 일로 인하여 구양수는 탄핵을 받아서 제주滁州로 좌천되었다. 앞서 언급한 대로, 제주에서 조인祖印 선사를 만났던 그는 "평소에 가졌던 불교를 배척하는 마음이 사라졌다."고 기록하고 있을 정도로 불교에 대한 인식에 변화가 있었다. 구양수는 당시에 「백로(鷺鷥)」라는 작품을 통해서 다음의 내용을 남기고 있다.

激石灘聲如戰鼓　　여울의 바위 치는 물소리 전쟁터의 북소리 같고
翻天浪色似銀山　　하늘을 뒤덮은 물보라는 은색 산과 같다네
灘驚浪打風兼雨　　여울의 파도는 바람과 비를 함께 때리지만
獨立亭亭意愈閑　　홀로 서 있는 백로의 마음은 갈수록 한가롭네

이 시는 시인의 나이 38세인 경력 5년(1045)에 창작한 것이다. 여울에서 몰아치는 물보라의 모습을 생동감 있게 묘사하고 있다. 파도가 바위를 치는 소리는 전쟁터 북소리처럼 크고, 치솟아 오르는 물보라는 마치 은색으로 뒤덮은 산처럼 웅장하다는 설명이다. 이러한 웅장하고 성난 파도는 바람도 치고 비도 때리고 있지만, 그 옆에 있는 한 마리의 백로는 그러한 주위환경에 아랑곳하지 않고 고아한 자태로 홀로 우뚝 서서 한가롭게 자신의 의지대로 행동하고 있다. 이 시에서 묘사한 백로의 모습은 바로 시인 자신의 모습으로 보인다. 조정에서의 이전투구, 주위의 탄핵과 좌천에도 아랑곳하지 않고, 세속의 모든 풍진을 벗어나 홀로 고고하게 인연을 자기의 길을 가겠다는 의미를 투영시키고 있다.

경력 6년(1046), 당시 39세의 나이로 불혹에도 이르지 않았던 구양수는 스스로를 취옹이라고 하며, 「취옹정기醉翁亭記」를 지어 다음과 같이 말하고 있다. "취옹의 뜻은 술에 있는 것이 아니다. 자연 산수 사이에 있는 것이다(醉翁之意不在酒, 在乎山水之間也)." 날이 갈수록 담박하고 유유자적한 시인의 정서와 생활태도는 시인이 겪은 인생역정과 벼슬길에 있었던 충격에 대한 스스로의 보상으로 보인다. 다음 해인 경력 7년(1047)에 시인은 제주서 「무위군 이 도사에게 보내다(贈無爲軍李道士)」(其一)를 지었다.

無爲道士三尺琴　무위 도사에게 석 자의 거문고가 있으니
中有萬古無窮音　그 속에는 만고의 무궁한 음이 있다네
音如石上瀉流水　음은 돌 위를 빠르게 흐르는 물과 같고
瀉之不盡由源深　수원지가 깊어 물은 끝없이 흐른다네
彈雖在指聲在意　타는 것은 손이나 소리는 마음에 있으니
聽不以耳而以心　귀로써 듣지 않고 마음으로 듣는다네
心意旣得形骸忘　마음을 얻은 후 몸의 형체 잊어버렸으니
不覺天地白日愁雲陰　천지 사이의 태양과 슬픈 구름 보이지 않네

이 시는 표면적으로 보면 무위無爲 도사에게 지어준 것이다. 그러나 선의 경지에 대한 시인의 체험을 함축하고 있다. 앞부분에서는 비유수법을 활용하여 무위 도사의 거문고에는 조화로운 무궁무진한 소리가 있고, 연주하는 거문고의 소리는 물이 흐르는 듯 매끄럽다고 하였다. 거문고는 비록 손가락으로 타는 것이지만, 귀로 듣는 것이 아니라

마음으로 느껴야 함을 강조하고 있다. 이것은 바로 선종의 심성론, 내심의 깨우침(悟證)과 일맥상통한다. 선종에는 개인 스스로의 자오自悟를 중시한다. "사람이 물을 마실 때 따뜻함과 차가움을 스스로가 느껴야 한다."[168]는 것이다. 깨우침의 경계를 비유하는 것으로, 학습에 있어서의 깨우침의 깊이는 단지 본인 자신만이 인지할 수 있다. 마지막 연에서는 깨달은 경지에 이른 후, 하늘의 밝은 해와 구름에 대한 차별이 없는 경지, 몸도 보이지 않고 태양, 구름도 보이지 않는 공의 경계에 이르렀음을 묘사하고 있다. 가우嘉祐 5년(1060)에 쓴 「사계 보석원에 적다(寄題沙溪寶錫院)」라는 작품은 아래와 같다.

為愛江西物物佳　강서의 물건마다 뛰어남을 좋아하여
作詩嘗向北人誇　시를 지어 중원사람들에 자랑하였네
青林霜日換楓葉　푸른 숲은 가을 맞아 단풍으로 바뀌고
白水秋風吹稻花　맑은 물, 가을바람에 벼꽃이 떨어진다
釀酒烹雞留醉客　술을 빚고 닭을 삶아 취객을 붙들고
鳴機織苧遍山家　모시풀로 베 짜는 소리 산촌에 들려온다
野僧獨得無生樂　야승은 홀로 깨우침의 즐거움을 얻어
終日焚香坐結跏　종일토록 향 피우고 가부좌로 참선하네

사계沙溪는 강서 길주용강吉州瀧崗으로 구양수의 고향이다. 고향에 대한 향수에 대한 묘사로 시를 시작하고 있다. 아름다운 단풍과 맑은 물로 가득한 고향의 산천, 벼꽃이 떨어지는 가을들판을 묘사하고 있다.

---

168 "如人飲水, 冷暖自知", 『古尊宿語錄』 卷2, CBETA, X68, No.1315, p.16, a19-20.

음식과 술을 준비하여 객에게 권하고, 베를 짜며 생활을 영위하는 농촌 생활의 평화스럽고 소박한 모습을 인간미로 엮어, 평담함 속에 심후한 정서를 나타내고 있다. '무생無生'이란 바로 무생무멸無生無滅의 경지, 생사의 차별에서 벗어난 깨우침의 경지를 가리킨다. 마지막 구절은 무명의 승려가 생사를 초월한 깨우침의 삼매에 빠져서, 종일토록 향 피우고 가부좌를 틀어 참선을 수행하고 있음을 말하고 있다. 전반적으로 이 시는 아름다운 산천의 경치와 가을들판, 소박하고 후덕한 민심, 베틀소리 울려 퍼지는 산골마을, 여기에 머물지 않고, 생사의 번뇌를 벗어난 보석원寶錫院 승려의 참선수행이 모두 한 폭의 산수화처럼 다가온다. 이 시가도 경력신정의 실패 후에 창작한 작품이다. 선열禪悅의 기쁨이 넘치며 세속의 티끌을 깨끗이 씻어낸 선종의 세계를 묘사하고 있다. 『섭몽득시화葉夢得詩話』에서는 다음과 같이 말하고 있다.

> 구양 문충공歐陽文忠公은 평생에 불교와 도교를 비판하여, 젊은 시절 「본론」 3편을 지었다. 그러므로 두 종교에 있어서 일찍이 차별을 두지 않았다. 만년에 정사를 그만두고 호주태수를 맡아서 노년을 보낼 생각이었으나, 다시 우환을 만나게 되어 결국은 세속적인 것에 구애받지 않는 초연한 마음을 가지게 되었다. 그래서 군의 일에 다시는 사사건건 간여하지 않았고, 한가로이 음주로 즐거움을 삼았다. 그때 육자리陸子履가 영주지부潁州知府를 맡고 있었는데, 구양수는 객으로 영주潁州에 거처할 곳을 정하고 시를 주고받으면서 그러한 의미를 담았다. 마지막 구절에 '영주로 말을 기탁하고 객은 돌아오지 아니하니, 취옹은 이미 신선옹이 되었네.'라고 기록하고

있다. 이것이 비록 농담이지만 신神과 선仙은 모두 노자의 용어가 아닌가?[169]

이것은 구양수가 만년에 도불의 경계를 넘나들은 기록이다. 이때 그는 불교를 배척하는 마음이 사라졌을 뿐만 아니라, 세속적인 것에 구애받지 않는 초연한 뜻(超然物外之志)'을 가지고 있었기에 취옹은 이미 신성옹이 되었다는 구절이 나올 수 있는 것이다. 이미 절반의 신선이 되었다는 것이다.

시인 자신이 세속의 명리를 벗어나서 세속에 구애받지 않는 초연한 뜻을 가지고 있었기에 대자연과 함께 더불어 사는 삶을 지향하였고, 당연히 이런 개인적인 흥취와 애호는 그의 문학적인 심미관에 영향을 미칠 수밖에 없었다. 승려에 대해 칭찬한 시도 있다. 구양수가 거눌 선사에게 증여한 「여산승 거눌에게 보내다(贈廬山僧居訥)」란 시를 보면 배불을 주장한 학자답지 않게 거눌 선사를 극찬하고 있으며, 이 시를 통해서 구양수와 거눌 선사 두 사람의 관계를 이해할 수 있다.

方瞳如水衲披肩　　해맑은 네모 눈에 가사 걸친 선사
邂逅相逢爲灑然　　헤어졌다 상봉하니 흔연히 즐겁구나

---

169 『葉夢得詩話』: "歐陽文忠公平生詆佛老, 少作本論三篇, 于二氏蓋未嘗有別. 晚罷政事, 守亳, 將老矣, 更罹優患, 遂有超然物外之志. 在郡不復事事, 每以閒適飮酒爲樂. 時陸子履知潁州, 公客也. 潁且其所卜居, 嘗以詩寄之, 頗道其意, 末云: '寄語瀛洲未歸客, 醉翁今已作仙翁.' 此雖戲言, 然神仙非老氏說乎." 『避暑錄話』 卷上, 『宋詩話全編』三, 江蘇古籍出版社, 1998, p.2717.

五百僧中得一士　　오백 승 가운데에서 한 선비를 얻었으니
始知林下有遺賢　　산림에도 현인 있다는 걸 비로소 알았네

오백 승 사이에서 한 명의 선비를 얻고, 산림에서도 현인이 있다는 걸 비로소 알았다는 두 구절이 거눌 선사의 유가경전에 대한 박식함, 거눌 선사의 학식과 인품에 대한 구양수의 칭송을 엿볼 수 있는 충분한 단서가 된다. 『냉재야화冷齋夜話』에 의하면, 구양수는 당나라 상건常建의 「파산사 뒤 선원에 제하다(題破山寺後禪院)」라는 시를 매우 좋아했다고 한다.

당시에 '대숲 길 유심한 곳으로 통하고, 선방 주위 꽃과 나무가 무성하다(竹徑通幽處, 禪房花木深)'라는 구절이 있는데, 구양수는 이 구절을 매우 좋아하였다. 매번 객에게 이르기를 "옛사람이 앞의 두 구절을 매우 잘 지었다. 마음으로는 이해가 되지만, 재능으로 이를 수가 없다. 내가 이 두 구절을 모방하고 싶었지만, 결국에는 이를 수가 없었다."라고 말하고 있다. 문충공의 능력으로도 할 수 없었다니 시도 쉽게 이해할 수 있는 것이 아니다.[170]

주지하고 있듯이, 상건의 「파산사 뒤 선원에 적다」라는 시는 선취가 충만한 것으로 유명하며, 역대로 적지 않은 시인 묵객들이 이 시를

170 『冷齋夜話』 卷3: "唐詩有 '竹徑通幽處, 禪房花木深'之句, 歐陽文忠公愛之, 每以語客曰: '古人工爲發端. 心雖曉之而才莫逮, 欲仿此爲一聯, 終莫之能.' 以文忠公之才而謂不能, 詩蓋未易識也." 『宋詩話全編』, 江蘇古籍出版社, 1998, p.2439.

애호해왔다. 평담한 풍격과 선취가 농후했던 상건의 시구를 좋아했던 구양수도 스스로가 이 작품을 모방하려 노력했지만 결국 이룰 수 없었다는 것이다.

여기에서 그 시 전체를 감상해보자.

清晨入古寺　　맑은 새벽에 고찰로 들어서니
初日照高林　　아침 해가 높은 나무를 비춘다
竹徑通幽處　　대숲 길은 유심한 곳으로 통하고
禪房花木深　　선방 주위 꽃과 나무 무성하다
山光悅鳥性　　산 빛은 새의 본성을 즐겁게 하고
潭影空人心　　비친 그림자 사람마음 비우게 한다
萬籟此俱寂　　세상의 온갖 소리 모두 적막한데
惟餘鐘磬音　　오직 종소리만 이곳에 남아 있네

대나무 숲속에 있는 작은 길은 유심한 곳으로 통하고, 선방 주위에는 꽃과 나무로 무성하다. 새들은 대자연과 함께 어우러져 즐겁고, 연못에 비친 그림자는 우리의 마음을 비우게 해준다. 이 세상 모든 소리가 사라진 곳, 고요함과 적막함이 이어져 세상이 정적에 빠져 있다. 이때 산사에서 예불을 알리는 종소리와 평경소리는 오히려 대자연에 표현된 정적의 깊이를 더욱 한 차원 높이는 역할을 해준다. 적막한 대자연을 더욱 두드러지게 표현하여 청정한 선열禪悅의 경계로 이끌어주고 있는 것이다. 이로 보아 구양수도 적막한 대자연을 평담한 풍격으로 표현한, 선취가 넘치는 시 구절과 그러한 경계를 표현한 심미적인 정취를 좋아했음을 알 수 있다. 구양수는 또 장계張繼의 시 「풍교야박楓橋夜泊」에서 표현된 종소리에 대해서도 깊은 관심을 표명하였다. 그가 종소리에 대해 관심을 가지는 이유는 아마 위의 내용과 유사한 것으로 추정된다. 『석림화권石林話卷』의 기록을 살펴보자.

> "고소성 밖에 있는 한산사, 밤중의 종소리가 객선에까지 이른다네." 시구는 장계가 소주성의 서쪽에 있는 풍교사에서 쓴 시이다. 구양수는 일찍이 한밤중에는 종을 치는 시간이 아니라고 지적하였다. 아마도 구양수는 오중에 가보지 않았던 것 같다. 현재 오중의 산사에서는 사실 한밤중에도 종을 치고 있다. 장계 시는 30여 편이 있으며, 내가 그것들을 가지고 있는데, 자주 좋은 시구를 만난다.[171]

장계의 「풍교야박」 시도 위 상건의 작품과 마찬가지로 역대로 수많은 시인들이 애호하던 작품이다. '진종모고晨鐘暮鼓'라는 말이 있다. 산사에서 아침저녁으로 치는 종과 북을 가리킨다. 아침에는 종을 치는 것으로 시작하여, 북을 두드리는 것으로 이어진다. 저녁에는 먼저 북을 두드리고, 다시 종을 침으로써 밤의 고요함을 열어간다. 고요함을 깨트리는 한산사의 종소리는 대자연에 표현된 정적의 깊이를 한 차원 높이는 역할을 한다. 동시에 산사의 종소리는 잠시나마 우리들로 하여

---

171 『石林話卷』中: "'姑蘇城外寒山寺, 夜半鐘聲到客船', 此唐張繼題城西楓橋寺詩也. 歐陽文忠公嘗病其夜半非打鐘時, 蓋公未嘗至吳中, 今吳中山寺, 實以夜半打鐘. 繼詩三十余篇, 余家有之, 往往多佳句." 『宋詩話全編』, 江蘇古籍出版社, 1998, p.2704.

금 세속의 집착에서 초연하게 만들어주는 구실을 한다. 한산사의 종소리가 객선에 도착한다는 표현도 이러한 의미와 상통한다.

이 시도 역대로 많은 문인들의 애호한 작품이다. 구양수가 비록 이 작품에 대해 직접적으로 호불호를 표현한 것은 아니다. 다만 이 시에 대한 시평을 통해서 그가 종소리에 대해 관심을 많이 가지고 있었다는 것과 아울러 그가 좋아했다는 상건이 지은 작품의 경계와도 유사하다는 것을 알 수 있다.

비록 구양수는 일생 동안 정치적으로 배불을 주장했지만, 본인은 적지 않은 사원을 방문하였고, 아울러 사원과 관련된 시작품을 적지 않게 남기고 있다. 아래 「금산사에 적다(題金山寺)」라는 시에서도 역시 산사의 종소리를 묘사하고 있다.

海國盜牙爭起塔　바닷가엔 사리 훔쳐 앞 다투어 탑 세우고
河童施缽但驚沙　하백에게 보시하나 모래톱이 휘몰아친다
春蘿攀倚難成去　봄날 넝쿨이 기어오르나 의지하기가 어렵고
山谷疏鐘落暮霞　계곡에 성기는 종소리에 저녁노을 져가네

강소성에 있는 금산사의 모습을 그리고 있다. 강가 혹은 바닷가 지역에 사리탑을 앞 다투어 세우고, 동시에 하백에게 제사를 지냈지만, 여전히 광풍이 몰아친다는 말을 통해서 장난기가 발동한 시인의 모습을 엿보는 듯하다. 석양이 질 때 계곡 사이로 드문드문 들려오는 청명한 산사의 종소리가 듣는 사람의 마음을 초연하게 만든다. 역시 금산사의 종소리를 통해서 대자연에 표현된 정적과 세속과의 단절을 나타내어

마치 한 폭의 그림을 보는 듯하다. 「경애사慶愛寺」란 시에서도 역시 종소리를 표현하고 있다.

都人布金地　경도 사람들 금지를 안배하니
紺宇巋然存　사원이 높고 크게 우뚝 서 있네
山氣蒸經閣　산의 기운은 장경각으로 오르고
鐘聲出國門　종소리는 도성문을 벗어나네

이 시는 오언율시의 앞부분이다. 이로 보아 구양수는 산사의 종소리에 대한 묘사를 무척 즐겼던 것 같다. 구양수 작품들의 내용을 보면 자주 사원을 묘사하고 있지만, 불교의 신앙심에 대한 고백이나 승려와의 대담을 통한 철리에 대한 묘사는 거의 없다. 단지 고요한 산사의 풍광을 즐기는 시인의 적막한 마음을 느낄 수 있다. 매요신과 함께 하남성의 숭산을 유람하면서 지었다는 「숭산십이수嵩山十二首」 중의 제11수 「준극사峻極寺」도 마찬가지다.

路入石門見　길 입구에 들어서니 석문이 보이고
蒼蒼深靄間　푸르름은 깊은 안개 사이로 드러난다
雲生石砌潤　구름이 이는 곳에 돌계단 반들거리고
木老天風寒　나무가 늙어가는 곳 바람이 차갑다
客來依返照　오는 손님 석양에 따라 의지하고
徙倚聽山蟬　배회하며 산중의 매미소리 듣는다

이 시도 석양이 질 때의 적막한 사원의 모습을 묘사하고 있다. 세속과는 단절된 준극사, 그 안을 거니는 나그네의 고적孤寂한 모습을 통해 대자연과 함께 소요하는 시인의 여유로움이 느껴진다. 늙은 나무, 차가운 바람, 기울어가는 석양, 산중의 매미소리에 대한 묘사는 세속의 번뇌를 초월한 초연한 선사와 같은 시인의 정서를 느낄 수 있게 해준다. 구름은 돌계단, 나무는 바람, 손님은 석양에 의지하는 등 각각 걸림이 없이 자적한다. 아무런 모순이나 갈등이 없다. 매미소리는 산중의 고요함을 더욱 두드러지게 만든다.

구양수와 불교와의 관계는 불교경전 이외에 『시화』를 통해서도 찾아볼 수 있다. 그만큼 보편화되었다는 것을 증명하는 것이다. 예를 들면 갈입방葛立方의 『운어양추韻語陽秋』에 다음과 같이 말하고 있다.

> 구양영숙은 본래 부처의 말을 믿지 않았다. …… 어느 날 병이 났는데, 잠을 자다 꿈에 한 곳에 이르렀다. 10인이 단정히 둘러앉아 있는 것을 보았다. 한 사람이 이르기를 "참정은 어찌하여 이곳에 이르렀습니까? 마땅히 급히 숙소로 돌아가시오." 공이 문을 나와 몇 걸음을 가다가 다시 와서 묻기를 "당신들은 불교에서 소위 말하는 시왕十王이 아닙니까?" 그렇다고 대답하자, 이에 다시 질문하였다. "세상 사람은 공양을 보시하고 경을 만듭니다. 죽은 사람을 위해 복을 추구하는데, 과연 도움이 있습니까?" 대답하길 "어찌 도움이 없겠습니까?" 잠에서 깬 후에 구양수는 병이 다 나았다. 이로부터 불법을 믿기 시작하였다. …… 엽소온이 여음에 있을 때 영숙의 아들 구양비를 알현했는데, 오랫동안 나오지 않았다. 구양비가 몇 개의 염주를

가지고 나와 감사를 표하면서 말하기를 "오늘 집사람과 함께 불사를 하는 것이 적합합니다." 엽이 그 이유를 물었다. 구양비가 대답하였다. "선공 때 아무런 탈이 없을 때에도 설부인이 그렇게 불사를 하였으나, 공은 그것을 금하지 않았습니다."[172]

이 글은 구양수의 배불관점에서부터 불교에 대한 믿음을 가지기까지의 과정에 대해서 설명하고 있다. 구양수는 처음 한유의 배불관점을 계승하여 유가의 사상만이 구세의 길이라는 주장을 견지하였다. 그러나 어느 날 병이 난 후, 우연히 명계冥界의 시왕十王을 꿈에서 만나게 되었고,[173] 꿈에서 이들과 불법에 대해 토론한 후 구양수의 병이 치유되었다는 것이다. 이로부터 구양수가 불법에 대해 믿음을 가지게 되었다

---

172 『韻語陽秋』 卷12: "歐陽永叔素不信釋氏之說 …… 一日被病亟, 夢至一所, 見十人端冕環坐, 一人云: '參政安得至此, 宜速反舍.' 公出門數步, 複往問之, 曰: '公等豈非釋氏所謂十王者乎?' 曰然. 因問: '世人飯僧造經, 爲亡人追福, 果有益乎?' 答云: '安得無益.' 既寤, 病良已. 自是遂信佛法 …… 葉少蘊守汝陰, 謁見永叔之子棐, 久之不出. 已而棐持數珠出, 謝曰: '今日適與家人共爲佛事.' 葉問其所以, 棐曰: '先公無恙時, 薛夫人已如此, 公弗之禁也.'" 清·何文煥輯, 『歷代詩話』上, 中華書局, 2011, pp.577~578.

173 『佛光大辭典』: "閻羅十殿" 條解釋爲 "冥界十王之信仰, 約起于唐末五代. 然關於十王之起源, 則有諸多異說. 據『釋門正統』 卷四, 『佛祖統紀』 卷三十等載, 唐代道明和尙神游地府時, 見十殿之冥王分別審判亡者之罪業, 寤後遂一一釋述之, 此信仰因而流傳於世間. 然據地藏菩薩像靈驗記所載 '清泰寺沙門知(智)祐感應地藏記'事蹟, 謂於後晉天福年中, 有西印度人知祐來華, 攜來地藏菩薩之圖相及本願功德經, 圖相上中央畫有地藏菩薩像, 左右兩旁卽爲十王之像. 依此而言, 十王恐系印度所傳; 但文中所用十王之名稱多爲我國之稱呼, 且其形象亦多穿我國古代之道服, 由此推測, 印度所傳之說似不足采信." 『佛光大辭典』 第1冊, p.406.

는 고사이다.

여기에서 두 가지 사항을 파악할 수 있다. 첫째, 구양수에 대한 승려와 선사들의 감화 이외, 구양수 개인적으로도 불교에 대해 관심을 가지고 본인 스스로가 불교를 가까이했다는 점이다. 둘째, 한유의 배불론을 계승하여 조정에서는 강력하게 배불론을 주장했지만, 그의 가족들이 불사를 봉행하는 면에 대해서 반대하지 않았다는 것을 알 수 있다. 이것은 한유와는 다른 비교적 유연한 배불관점을 가지고 있었기에 가능했던 것으로 보인다.[174] 특히 만년에 이를수록 구양수의 불교관은 적지 않은 변화가 있었다. 예컨대 희녕 3년(1070), 구양수는 채주蔡州에서 호를 육일거사라 칭하며, 불교사상을 담은 『육일거사전六一居士傳』을 지었다. 그 다음 해(1071) 영주潁州에서 고승들과 자주 왕래하면서 홀로 앉아 참선을 수행하였고, 세상을 하직하기 전에는 사원에서 『화엄경』을 빌려서 읽었다는 점에서도 그러한 변화를 알 수 있다.

구양수는 일찍이 이런 말을 한 적이 있다. "현세에 유명한 명사들은 젊었을 때 다른 사상을 적극 배척하였다. 늙어 병이 들어 죽음이 두렵게 느껴졌을 때는 곧 불교와 노장에 귀의하고, 오히려 늦게 그것을 얻었음

---

174 한유는 「原道」에서 "불교와 도교를 믿는 사람들을 보통사람으로 만들고, 그 불교와 도교경전을 불태워 없애고, 그들이 사는 사원을 일반주택으로 개조하여야 하며, 선왕의 도를 밝혀 그들을 인도하여야 한다(人其人, 火其書, 廬其居, 明先王之道以道之)."라고 강조하고 있다. 한유는 강제적인 조치를 취한 뒤 선왕의 도를 강조한 것에 비해, 구양수는 "예의가 불교를 이기는 근본이다(然則禮義者, 勝佛之本也)."(『歐陽修全集·居士集』 卷17, p.122)라며 유가의 근본을 닦는 것으로 불교를 이기는 근본으로 보았다.

을 후회하였다."[175] 구양수가 만년에 불교를 가까이한 이유가 바로 이러한 평범한 이유 때문이 아닐까?

6. 범중엄과 유불융합

송대 이학의 탄생은 새로운 왕조의 건립과 밀접한 관계가 있다. 다시 말해서 새 왕조의 성립은 그것을 강화하려는 새로운 통치이념이나 사상적인 토대가 필요하였고, 이학이 송 왕조 이데올로기의 중심에 서게 되었다. 당연히 이학은 송대 사대부들의 정치적인 이념형성에 지대한 영향을 미쳤다. 이학과 송초의 상황에 대해 주희는 다음과 같이 말하고 있다.

> 나라의 초기 사람들은 이미 예의를 숭상하였고, 경전과 유술을 존숭하였다. 요순 두 임금과 하·상·주 삼대를 회복하길 원하여 이미 스스로 당나라를 넘어서게 되었으나, 그러나 말함이 투철하지 못하였다. 정이와 정호가 나온 이후에 이 도리가 비로소 명쾌하게 말하여지게 되었다.[176]

이렇게 전통적인 유가의 윤리규범과 도덕수양을 강조하는 이학은

---

175 『集古錄跋尾』 卷7: "當世知名士, 方少壯時力排異說, 及老病畏死, 則歸心釋老, 反恨得之晩者." 『歐陽修全集』, 中華書局, 2001, p.1172.

176 "國初人便已崇禮義, 尊經術, 欲復二帝三代, 已自勝如唐人, 但說未透在, 直至二程出, 此理始說得透." 『朱子語類』 卷129, 1986, p.3085.

새로운 왕조의 통치 이데올로기의 확립과 관계가 깊었다. 사회제도적인 면에 있어서 당시의 사대부들은 지배계급의 계층 확립을 지향하는 논리를 강조하였고, 당연히 충군애국의 사대부들의 절개를 높이 숭상하면서, 고고한 인품에 대한 추앙과 국가사회에 대한 책임감을 적극적으로 강조하였다.

범중엄이 「악양루기岳陽樓記」에서 강조한 "사물로 인하여 기뻐하지 말고, 스스로의 비극으로 인하여 슬퍼하지 말라(不以物喜, 不以己悲)", "천하의 사람들이 근심하기에 앞서서 나라를 걱정하고, 천하의 사람들이 즐거워한 이후에 즐거워하라(先天下之憂而憂, 後天下之樂而樂)"라는 당찬 포부도 사회적인 책임감을 중시하는 송대 이학의 사상적인 흐름과 분위기 아래서 나온 것이다.

이러한 측면에서 보면 범중엄은 당시 사대부들의 표상이었다. 주희는 수차에 걸쳐 범중엄의 인품을 매우 높이 평가하였다. "범문정공과 같은 사람은 스스로가 수재가 되었을 때 곧 바로 천하의 일을 자기의 일로 삼고, 상관하지 않는 일이 없었다. 인종이 그를 크게 등용한 이후, 곧 수많은 사업을 해내었다."[177] "유명한 절조는 사기를 진작시키는데, (범중엄은) 사대부들을 진작시킨 공로가 매우 많다(大厲名節, 振作士氣, 故振作士大夫之功爲多)."[178] 이러한 한 시대 유가의 표상이었던 범중엄도 다른 유불도 삼가의 융합론자 및 외유내불의 경향을 가진 사대부들과 마찬가지로 불교와 불가분의 관계를 유지하고 있다.

---

177 "且如一個范文正公, 自做秀才時便以天下爲己任, 無一事不理會過. 一旦仁宗大用之, 便做出許多事業." 『朱子語類』 卷129. 中華書局, 1986.

178 『朱子語類』 卷129, 中華書局, 1986, p.3086.

앞서 언급한 양억, 이준욱, 장방평뿐만 아니다. 앞 장에서 언급한 구양수, 일세의 개혁가 왕안석도 역시 유불교유라는 시대적인 조류에 대해 긍정적인 시각을 가지고 만년에 자신의 집을 불교에 희사하여 사원으로 바꾸면서 스스로를 '반산노인'이라고 칭하였다. 이외에 소식을 비롯하여 당시 시대를 대표하는 문인들 상당수가 삼교융합과 유불통섭에 대해 긍정적인 견해를 가지고 있었다.[179]

유학의 이데올로기를 바탕으로 사대부의 절조와 책임감을 중시하던 범중엄范仲淹도 임제종의 낭야혜각瑯琊慧覺 선사의 제자로 기록되고 있다. 유불융합이라는 당시의 시대풍조의 반영으로 판단된다. 『불조강목佛祖綱目』에 범중엄과 낭야혜각 선사와의 관계에 대해 다음과 같이 기록하고 있다.

> 범중엄의 자는 희문이고 오군 사람이다. 인종 때 관직이 추밀참지정사가 되어 송나라 최고의 직위에 올랐다. 오 지방에 있을 때 혜각 선사가 방문하여 며칠을 머물렀다. 범중엄은 혜각 선사의 말을

179 예를 들면 소식도 다음과 같이 유불도 통섭의 견해를 가지고 있었다. "관리는 세간법을 행하고, 승려는 출세간법을 행한다. 세간이 출세간이며, 동등하며 둘이 아니다(宰宦行世間法, 沙門行出世間法. 世間卽出世間, 等無有二)." (「南華長老題名記」) 孔凡禮點校, 『蘇軾文集』 卷12, (北京)中華書局, 1990, p393. 또한 말하기를 "공자와 노자가 다르고, 유가와 불교가 다르다. 또한 그 사이에 선율이 서로 공격한다. 내가 큰 바다를 보니 북과 남동이 있다. 장강과 황하가 비록 다르나 그 이르는 곳은 같다(孔, 老異門, 儒, 釋分宮, 又於其間, 禪律相攻. 我見大海, 有北南東, 江河雖殊, 其至則同)." (「祭龍井辯才文」), 孔凡禮點校, 『蘇軾文集』 卷63, (北京)中華書局, 1990, p1961.

통해 돌아가야 함을 깨닫고 혜각 선사에게 게송을 주었다. "수일간 대화하니 의혹됨이 사라지고, 덧없는 인생이 반나절의 휴식이 아니겠는가? 선사와 함께 한가로이 늙기를 바라며, 천성을 거둬들여 선의 관문까지 가리라."[180]

범중엄은 수일 동안 혜각 선사와 불법과 인생에 대한 토론을 통해 깨우침을 얻고, 그 뒤에 느낀 감정을 게송을 통해서 묘사하고 있다. 견성해서 돌아갈 마음이 어디인지(回歸心源)를 깨닫게 되었다는 설명이다. 선사와 함께 선의 관문까지 늙어가기를 바라는 희망을 통해서 관직생활에 염증을 느낀 범중엄의 고뇌를 인지할 수 있다. 『불조통기佛祖統紀』에도 다음과 같이 기록하고 있다.

범중엄이 하동의 선무로 있을 때, 기숙하던 보덕전사에서 옛날 경전 한 권을 얻었다. 「십육나한인과식견송」이었는데, 대장경에는 수록되지 않았다. 범중엄이 서문을 지어 이르길 "송문의 일 존자 일곱 수는 모두 깨우침에 이르는 성불의 말이다. 내가 읽어보았는데, 하나의 송문을 읽으니, 하나의 깨달음을 얻었다. 비로소 세속에 끝이 없는 불법이 있다는 것을 알게 되었다. 대장경에 원문이 일실되어, 이로 인하여 강릉으로 전하여 사문 혜철로 하여금 세상에 보급하게 하였다.[181]

---

180 「楚圓禪師住福嚴」: "范仲淹, 字希文, 吳郡人. 仁宗朝, 累官樞密參知政, 爲宋朝人物第一. 守吳日, 慧覺來謁, 留數日. 淹於言下知歸, 贈覺偈曰: '連朝共話釋疑團, 豈謂浮生半日閑. 直欲與師閑到老, 盡收識性到玄關.'" 『佛祖綱目』 卷36.

소위 「십육나한인과식견송」은 모두 성불에 이르는 송문으로 범중엄이 그것을 읽고 속세에 무변한 불법이 있다는 것을 알게 되었다는 것이다. 이를 위해서 서문을 써주었을 뿐만 아니라, 그것을 세상에 보급하는 데에도 일조하였음을 알 수 있다. 당연히 범중엄에게도 승려와 주고받은 창화시도 있다.

「승려 장길의 호거 오제인 호산에 화답하다(和僧長吉湖居五題湖山)」라는 시를 감상해본다.

湖山滿淸氣	호산에 맑은 기운이 가득하니
賞心甲吳越	유쾌함이 오월에서 제일이네
晴嵐起片雲	맑은 안개 조각구름 일으키고
晩水連初月	저녁 물은 새로운 달로 이어진다
漁父得意歸	어부는 만족하여 돌아가고
歌詩等閒發	노랫소리 한가로이 들려오네

오월 지방 호숫가의 풍경을 적나라하게 묘사하고 있다. 맑은 기운이 가득한 호숫가에 살고 있는 스님은 즐거움이 가득하다. 맑은 날 안개는 조각구름을 일으키고, 저녁 조수는 새로운 달로 이어진다. 시인은 노래를 부르며 유유자적하게 돌아가는 어부의 멋진 정경을 떠올리면서

181 「法運通塞志」 十七之十二: "范仲淹宣撫河東, 寓宿保德傳舍獲故經一卷, 名十六羅漢因果識見頌, 藏經所未錄也, 仲淹遂爲之序云: 此頌文一尊者七首, 皆悟本成佛之言也. 余讀之, 一頌一悟, 方知塵世有無邊聖法. 大藏有遺落眞文, 因以傳江陵, 沙門慧哲, 俾行於世." 『佛祖統紀』 卷45.

자기도 모르게 찬탄을 쏟아낸다. "어부에 대한 묘사는 선법에 대해 깊은 깨우침을 얻은 한 명의 고승을 말하는 것이다."[182]라는 해석처럼, 위의 시가 속의 어부는 말 그대로 깨우침을 얻은 사람이다. 어디에도 걸림이 없이 유유자적하게 노래하며 나아가는 모습이 바로 세속에 초탈한 승려의 모습에 비견된다.

범중엄과 관련된 직접적인 내용은 아니지만, 『불조강목佛祖綱目』에는 당시 철저한 유가 신봉자이자, 범중엄의 친한 벗인 윤수에 관한 내용을 수록하고 있다. 불교를 적극적으로 수용하고 있는 상황에 대한 묘사이다.

> 윤수의 자는 사로이며, 관직이 기거사인에 이르렀다. 그는 법안 선사에게서 불법을 배웠다. 임종을 앞두고 친필편지로 먼저 범중엄과 이별하였고, 때마침 종사관 주염이 도착하였다. 윤수가 주염에게 이르길 "나는 원래 법안 선사에게서 불법을 배웠는데, 마침내 오늘날까지 자산이 되었다." 범중엄이 급히 달려와서 통곡하였다. 윤수가 눈을 떠서 말하기를 "이미 공과는 이별했는데, 어찌 또 왔습니까? 게다가 생사의 도리를 희문(범중엄)은 모르시지 않을 텐데요?" 말을 마치고, 단정히 앉아서 세상을 떠났다.[183]

---

182 張培鋒은 송시 속의 어부의 이미지에 대해 매우 흥미롭게 해석하고 있다. "송시에서 어부에 대한 묘사는 선법에 대해 깊은 깨우침을 얻은 한 명의 고승을 말하는 것이다. 승려가 지은 작품이나 혹은 사대부의 작품을 막론하고 거의 대부분 어부에 대해 높은 찬양을 하고 있다." 『宋詩與禪』, (北京)中華書局, 2009, p.39.

183 「慧南禪師開法同安」: "尹洙, 字師魯, 官起居舍人, 得法於法眼禪師. 臨終日, 先以手書別范仲淹, 適朱從事炎至. 洙謂炎曰: 吾素學佛於禪師法眼者, 乃今資此也.

윤수는 송초 유개柳開와 목수穆修를 계승한 북송 고문운동의 선구자이다. 그는 구양수, 매요신과 함께 한유의 고문운동을 높이 받들어 송초 문단의 화려한 형식을 중시하는 기운을 일소하고, 유가도통 중심의 새로운 문학의 전통을 확립하였다. 하지만 그도 역시 불문과의 밀접한 교유가 있었음을 알 수 있다. 법안 선사에게서 불법을 배웠는데, 그것이 세상을 떠나기 전까지 스스로의 커다란 자산이 되었다고 말하고 있다. 그러므로 그는 "부처의 주장을 좋아한다(樂於佛氏之說)", "인과응보는 취하지 않지만, 불교의 박애를 좋아할 뿐이다(非取其所謂報施因果, 樂其博愛而已)."(「送李侍禁序」)라고 말하고 있다. 다시 말해서 석가모니의 '자비'를 '박애'로 해석하여 공맹이 주창하는 '인의'와 다르지 않음을 주장하고 있음을 알 수 있다. 전형적인 북송 초기의 '삼가합일'적인 사유를 바탕으로 하고 있다. 윤수는 북송의 이러한 사상을 기초로 임종에 임해서도 매우 초연한 입장을 가지고, 오히려 슬퍼하는 범중엄을 위로하고 있는 것이다.

及仲淹馳至, 慟哭之, 洙張目曰: 已與公別, 何用復來? 且死生常理, 希文豈不曉乎? 言訖, 端坐而逝."『佛祖綱目』卷36.

Ⅱ 문자선의 성행과 북송 중기 시단

제3장 북송 중후기 시단과 문자선

1. 문자선의 연원

육조혜능(六祖慧能, 638~713)은 중국 선종사禪宗史에 있어서 기념비적인 인물로 평가할 수 있다. 만약 그의 존재가 없었다면 오늘날 선종의 존재 여부도 다시 생각해봐야 할 정도로 중국 선종사상 핵심인물로 선종의 중국화를 통해서 중국 선풍을 크게 진작시킨 장본인이다. 그는 "보리의 자성은 본래 청정하며, 오직 이 마음을 사용해야만 곧 성불에 이를 수 있다."[184]는 선종의 심성론心性論을 바탕으로 '자성을 깨달아야만 견성하여 성불에 이를 수 있다(頓悟自性, 見性成佛)'며 돈오성불頓悟成佛의 사상을 주창하면서 남종선南宗禪을 중국 선종의 대표 종파로 발전시켰다.

---

184 『六祖壇經·行由第一』: "菩提自性, 本來淸淨. 但用此心, 直了成佛." 『六祖大師法寶壇經』, CBETA, T48, No.2008, p.347, c28-29.

혜능의 심성론을 크게 진작시킨 사람이 바로 "종문宗門의 천리마"라고 불리는 마조도일馬祖道一이다. 마조도일의 핵심사상은 "평상심이 바로 도이다(平常心是道)"에 있다. 평상심이란, 일상생활의 일반적인 마음을 말하는 것이 아니라, 조작造作이 없고 시비是非가 없고 취사取捨가 없고 범성凡聖이 없고 단상斷常이 없는 경지를 가리킨다. 생멸심을 벗어난 중도가 평상심이라는 의미이다. 이런 경지에 이르면 행주좌와行住坐臥와 응기접물應機接物할 때의 모든 것이 전부 도道의 행위인 것이다. 그러므로 일체만법이 다 심법心法이요 모든 이름이 심명心名이니 만법이 마음을 따라서 생겨나게 되며, 마음은 만법의 근원이라는 것이다.

이러한 육조의 심성론을 바탕으로 한 선종은 당말 오대 사이에 조동종曹洞宗·운문종雲門宗·법안종法眼宗·임제종臨濟宗·위앙종潙仰宗 등의 오종으로, 송에 이르러 임제종臨濟宗이 흥성하면서 다시 황룡黃龍과 양기楊岐로 나뉘어져, 소위 말하는 "오가칠종"으로 발전하게 된 것이다. 그런데 당대 중기부터 생활방식의 변화, 경제적인 이유 등의 요인으로 정좌하여 고요히 참선하는 선법은 점차 사라진다. 오히려 전국 각지를 다니면서 선사를 방문하여 토론과 문답, 교류를 통하여 깨우침을 추구하는 '행각참선'의 풍조가 크게 유행하기 시작하였다. 특히 당말 오대에 이르러서는 문답이나 대화 중에서 기봉機鋒이나 방할棒喝을 사용하는 기풍이 성행하였다. 왜냐하면 혜능의 남종선이 강조하는 스스로의 마음이 불성(자심불성)의 주장, 이것은 학문적으로나 혹은 언어문자로서는 입증할 수가 없는 것이다. 단지 자심의 증오證悟나 스스로의 자득에 의해서만 증명할 수 있었기에 선사들이 기봉과 방할로써 수행자의 증오나 자득을 깨우치도록 도와준 것이다. 깨우침을 도와주기 위한 일시적이고 임시방편적인 수단인 기봉과 방할이 점차 깨우침을 추구하는 중요한 방법으로 인식하기 시작하면서 제자들에 의해서 문자로 기록되기 시작했는데, 이것을 『어록語錄』이라고 칭한다. 『어록』 중에서 저명한 선사들의 언행을 모아서 깨우침을 판단하는 법어를 공안公案 혹은 화두話頭라고 한다.

2. 문자선의 내용

일반적으로 문자선의 본격적인 출발을 북송으로 보고 있다. 고칙古則과 공안公案에 대하여, 염고(拈古, 산문체 해설), 송고(頌古, 운문체 해설), 대별(代語와 別語), 평창(評唱, 산문체의 염송 해설), 게송이나 착어(着語, 짧은 촌평) 등의 주석이 출현하기 시작한 시기이다. 이 중에서 송고頌古는 북송대에 성행했는데, 임제종 계열의 분양선소(汾陽善昭, 947~1024)가 처음 개창한 것으로 선문학의 백미라고 평가받는 『송고백칙頌古百則』[185]이 있다. 이전 조사들이 행한 기봉機鋒과 문답問答을 백칙百則으로 모아 각 칙則마다 뒷부분에 게송형식으로 해석을 첨가한 것으로, 화려한 운문형식으로 선의 의미를 나타낸 새로운 형태였다. 이밖에도 대어代語와 별어別語 103칙을 모아서 편찬한 『공안대별백칙公案代別百則』과 『힐문백칙詰問百則』[186] 등도 남기고 있는데, 그 가운데 『송고백칙』이

185 楊曾文: "『頌古百則』, 是善昭選擇自唐代以來流傳於叢林間的公案語錄一百則, 然後加上自己寫的帶有轉述, 讚頌, 評論性質的詩偈100首." 『中華佛學學報』 第15期, (臺北)中華佛學研究所, 2002, p.227.

가장 유명하다. 송고의 이러한 형태는 송대 선문으로 급속히 전파되었고, 이로 인하여 송대 선풍이 문자선으로 급변하게 된다. 분양선소의 주장에 따르면 조사들은 언어문자로써 선의 경지를 표시하고, 학습자들은 언어문자를 통해서 깨우침을 득해야 한다는 것이다. 언어문자를 선의 경지와 깨우침을 표시하는 매개체로 본 것이다.

이러한 송고형식은 북송 초기에 극성하게 된다. 분양선소 이외에 굉지정각, 설두중현, 단하자순 등이 모두 이런 기풍을 따랐는데, 그중에서도 운문종의 3대 제자인 설두중현(雪竇重顯, 980~1052)이 지은 『송고백칙』은 질량 면으로 한층 발전된 면모를 보여주고 있다. 한편 남송의 대혜종고(大慧宗杲, 1089~1163)와 죽암사규(竹庵士珪, 1083~1146)가 지은 『선림보훈禪林寶訓』에는 『송고백칙』의 유행에 관해 다음과 같이 설명하고 있다.

> "천희연간에 설두 선사는 박학다능한 선변의 재능으로써 아름답고 새로움을 추구하고, 정교함과 교묘함을 추구하였다. 분양선소의 「송고」를 계승하여 당시 배우는 자들의 마음을 농락하니, 종풍이 이로 인하여 일변하게 되었다. 송 휘종 정화, 선화연간에 이르러

---

186 분양선소는 『頌古百則』, 『公案代別百則』, 『詰問百則』 등의 저작을 통하여 공안에 대해 새롭게 통일된 형식과 답안을 제시함으로써 이른바 '요로설선繞路說禪'의 방법이 성행하게 된다. 그를 이어 설두중현 등 수많은 선사들이 모두 송고를 지었으며, 최종적으로 원오극근의 『벽암록』에 이르러 문자선은 극성 단계에 이르게 된다. 이후 선은 언어문자에 얽매이게 되고, 동시에 문인 사대부들에 의해서 언어적 유희로 활용되게 되자, 이러한 문자선을 탈피하려는 경향이 나타났는데, 묵조선과 간화선이 대표적이다.

원오극근이 스스로의 견해를 추가하여 『벽암집』으로 분리하였다. 당시 훌륭하면서도 순수한 도를 갖춘 불문의 인사, 예를 들면 개복도녕, 사심오신, 영원유청, 불감혜근 등의 여러 노승들은 그러한 변화를 따르지 못하였다. 그리하여 후세 선문의 신진들이 그 언어를 귀중히 여기고 아침저녁으로 암송하고 학습하면서 최고의 학문으로 일컬었으니, 그것의 잘못을 깨우치는 자가 없었다."[187]

천희天禧연간이면 진종眞宗의 연호(1017~1021)이다. 설두중현이 『전등록傳燈錄』에서 전하는 조사들의 공안 1,700칙則에서 100칙을 선별했는데, 이것이 본칙本則이다. 분양선소와 마찬가지로 설두중현이 이 본칙에 대해 읊은 게송형식의 선시를 『송고백칙』이라 한 것이다. 『선림보훈』의 기록대로 설두중현은 화려한 어휘와 아름다운 구절로 이루어진 송고형식을 최고의 성숙된 경지로 끌어올려 문자선의 선풍에 지대한 영향을 미쳤다. 설두중현의 『송고백칙』은 뒷날 임제종 계열의 원오극근(圜悟克勤, 1063~1135)에 의해 『벽암록碧巖錄』으로 재편되었다. 그러므로 『벽암록』은 설두중현을 빼놓고는 설명할 수 없다. 문자선의 발전에 따라서 중현의 『송고백칙』에 대해 다시 평창(評唱, 산문체의 염송해설)이라는 주해를 다는 방식으로 발전한 것이기에 사실상 『벽암록』은 원오극근과 설두중현의 공저라고 보는 시각도 있다. 이외에도

187 『禪林寶訓·心聞曇賁禪師』 卷4: "天禧間, 雪竇以辯博之才, 美意變弄, 求新琢巧, 繼汾陽爲「頌古」, 籠絡當世學者, 宗風由此一變矣. 逮宣政間, 圓悟又出己意, 離之爲碧巖集, 彼時邁古淳全之士, 如寧道者, 死心, 靈源, 佛鑒諸老, 皆莫能迴其說. 於是新進後生珍重其語, 朝誦暮習, 謂之至學, 莫有悟其非者." 藍吉富編, 『禪宗全書』 32冊, (臺北)文殊出版社, 1988, p.762.

서문에 해당하는 수시垂示와 단평으로 보는 착어着語를 붙이고 있는데, 이러한 『벽암록』의 형식에 대해 홍수평은 『중국선학사상사』에서 다음과 같은 평가하고 있다.

> 반복적인 주해와 평창을 통해서 '공안'의 요점과 주지主旨가 드러나게 되었다. 따라서 말로써 표현할 수 없는 선리와 선의도 갈수록 문자에 의지해서 더욱더 상세히 표현되었다. 『벽암록』의 출현은 당시 선승들과 사대부들의 큰 환영을 받았으며 '선문제일서禪門第一書'라는 칭호가 있다.[188]

요로설선繞路說禪, 즉 '에둘러 선을 말하는 것'을 핵심으로 하는 『벽암록』은 문학성이 뛰어나 선문학의 백미, 혹은 문자선의 극치라고 평가받아왔다. 이후 이런 종류의 송고頌古를 평창評唱하는 체재는 상당 기간 유행하였다.[189] 이러한 문학성이 뛰어난 선종의 학습서는 많은 사대부 문인들의 환영을 받을 수밖에 없었다. 특히 선시로서 평가하는 방식이나 산문체의 염송해설 등은 북송 때부터 유행하기 시작한 송대 시화의 흥성과도 직간접적인 관계가 있다. 『선림보훈』에서 언급한 바와 같이

---

188 洪修平, 『中國禪學思想史』, 中國人民大學出版社, 2007, p.294.

189 楊曾文: "北宋臨濟宗汾陽下五世圜悟克勤(1063~1135)對雪竇重顯的頌古百則進行評釋, 唱頌, 以「繞路說禪」, 撰成『碧岩錄』十卷. 此後, 這種評唱頌古的體裁相當流行. 元代曹洞宗僧萬松行秀(1166~1246)評唱天童正覺的頌古百則, 撰『從容錄』六卷; 又評唱其拈古百則, 撰『請益錄』二卷. 其弟子林泉從倫評唱投子義青的頌古百則, 撰『空谷集』六卷; 又評唱丹霞子淳的頌古百則, 撰『虛空集』六卷." 『中華佛學學報』 第15期, (臺北)中華佛學研究所, 2002, p.252.

후생들이 그 언어를 매우 중시하여 아침저녁으로 암송하고 학습하였으며, 최고의 학문이라고 말하고 있다는 것에서 중시한 정도를 이해할 수 있다. 그만큼 『벽암록』은 불후의 명저로 평가받았다. 수많은 사람들이 『벽암록』을 추종하였기에 선의 수행은 문자를 통한 문자선의 방향으로 흐르게 되고, 점차 사대부 문인들과의 언어적 유희로 전락하게 되었다. 이에 원오극근의 제자인 대혜종고가 "선림의 배우는 자들이 이러한 분위기에 빠져 하루 종일 이것(언어유희)에만 집착하니 총림의 큰 폐단이 되었고"[190] 그러한 폐해를 고치고자 간화선을 강조하면서 『벽암록』을 불태웠던 것이다. 이렇게 해서 초간본은 사라지게 되었다.

이상의 분석에 근거하면, 송대에 광범위하게 유행한 '문자선'은 공안과 화두, 기봉과 문답을 모은 고칙古則에 운문형식의 송고와 산문체 형식의 염고, 다른 언어로 표현하는 대어와 별어 등의 형식으로 주석을 첨가한 형태이다. 대표적인 문자선의 저작을 남겼고, 시단과 불교계에 가장 큰 영향을 미친 승려로는 임제종의 분양선소, 운문종의 설두중현, 그리고 『벽암록』을 저술한 임제 양기파 승려인 원오극근을 들 수 있다. 문자선의 유행은 선종 각 파의 승려들이 공동으로 노력한 결과인 것이다. 분양선소가 「송고」의 출발을 열었다면, 설두중현은 「송고」를 최고로 끌어올려 성숙한 형태로 발전시켰던 것이다. 다시 원오극근의 노력으로 북송의 문자선은 극성의 단계에 이른다. 위도유魏道儒는 설두중현의 송문頌文이 분양선소 것에 비해 두 개의 다른 특징을 가지고 있다고 분석하고 있다. 하나는 다량의 전고를 활용했다는 점이다. 설두중현의

190 『禪林寶訓·心聞曇賁禪師』 卷4: "學者牽之不返, 日馳月騖, 浸漬成弊.", 藍吉富編, 『禪宗全書』32冊, (臺北)文殊出版社, 1988, p.762.

『송고백칙』은 총림의 불학에다가 경론, 유가 및 문학과 역사까지도 포함하고 있기에 문자선 선풍은 전통불교의 토대 위에서 유가사상까지도 포함하는 융합의 경향을 나타내고 있다는 것이다. 또 다른 하나는 문학의 색채가 농후하며, 아름다운 어구를 추구한다는 점이다. 특히 중현의 송문頌文은 생동적이며 이미지의 문자를 추구하고 있는데, 이는 송대 문자선의 큰 특색이라고 분석하고 있다.[191] 조사들이 화려한 어휘와 아름다운 구절의 운문형식으로 해설에 치중하여 언어문자로써 선의 경지를 표시하고 학습자들이 그것을 추종하여 언어문자를 깨우침의 매개체로 활용하고 있다는 것이다. 이 두 가지의 특징을 한마디로 정의하면 송고頌古의 운문체인 문자선은 시가의 창작과정과 유사하다는 점이다. 글을 쓰는 것을 직업으로 하는 문인 사대부들에게 있어서 익숙한 형태이며, 그들의 환영을 받는 것은 당연한 현상이다.

3. 문자선과 북송 시단

본래 선禪은 '문자로 설명할 수 없고, 언어가 끊어진 경지이다(不立文字, 言語道斷).' 언어와 문자의 집착을 벗어나, '마음에서 마음으로 전하고, 당하심에서 체득(以心傳心, 直指人心)'하여 깨우침의 경지에 이르는 것이다. 언어적, 학문적인 탐구를 통하여 체득할 수 있는 대상이 아니라는 것이다. 하지만 깨우침에 다다르는 표현 방법과 수단으로 공안, 화두, 게송, 착어, 선시 등 문학성이 뛰어난 운문형식의 언어문자를

191 魏道儒, 『宋代禪宗文化』, 中州古籍出版社, 1993, p.89.

사용해야 하기에 불리문자不離文字로 변질될 수밖에 없었다. 그리하여 선종 '공안' 해석에 대한 통일된 형식과 답안을 제시함으로써 이른바 '불설파不說破'의 '간접적으로 선을 암시하는 것(繞路說禪)'이라는 에둘러 표현하는 방식이 성행하게 되었다. 다시 말해서 이러한 북송 시기 문자선의 극성은 전통적으로 '외유내불外儒內佛'의 경향을 가지고 있던 송대 문인 사대부와 지식층들에게까지 상당한 영향을 미친다. 특히 개인의 정서를 표현함에 있어서 시라는 운문형식과 궁극적 깨우침의 경지를 추구하는 선오禪悟가 모두 순간적인 개인 영감에 의지해서 표현된다는 측면과 똑같이 화려한 운문형식으로의 창작을 추구한다는 표현방식에 있어서의 유사성, 그리고 당시 '선승들의 유가화(禪者儒化)', '유가들의 선종화(儒者禪化)'라는 융합사조 흐름의 영향으로 서로 깊게 교유하면서 문인 사대부도 문자선에 깊이 매료되어 송대 선종은 새로운 기풍을 꽃피웠던 것이다. 동시에 시단에서는 이선입시以禪入詩와 이선유시以禪喩詩의 풍조가 광범위하게 유행하게 되었다. 선종과 시단이 서로 간의 교류와 융합으로 상호 영향을 미치며 새로운 풍조를 만들었다.

위도유는 문자선의 발전과 송대 사대부와의 관계에 대해 다음과 같이 설명하고 있다. 송대 사대부들의 선종에 대한 애호는 오히려 북송 초기 문자선을 더욱 흥성시키는 작용을 하였다. 송대 사대부들이 문자선을 좋아한 이유로 첫째, 사대부들은 선종 공안에 대해 해박한 지식을 가지고 있었고, 선종의 인생관에 대해 깊은 공명을 하고 있었다는 것이다. 특히 선종의 공사상, 생사무별의 논리, 수연자적과 임운자재의 철학이 사대부들의 공명을 불러일으켜 사대부들을 선종으로 끌어들이는 새로운 선봉이 되었다는 것이다.[192] 둘째, 송 왕조는 관료권력을 약화시키고 권력을 분산하기 위해서 많은 기구를 설치하여 관직이 지나치게 비대하고 팽창되었다는 것이다. 자연히 업무에 비해서 관원의 숫자가 많았고, 비대해진 관료계층은 관직에 있어서 변화와 부침이 심했다는 것이다. 이러한 요인으로 사대부들은 자신의 정신적인 기탁처를 찾았는데, 이러한 특징은 송대 관료들의 보편적인 심리라고 주장하고 있다.[193]

이밖에 송대의 종교정책, 즉 불교에 대한 황권의 보호와 육성으로 대도시와 명산승지에 있던 사원들이 경제적으로 발전하면서 문자선이 발전할 수 있는 토대를 갖추게 되었다. 선종에 대한 풍부한 지식을 지니고 '외유내불'을 추구하던 사대부계층에서 선종을 받아들일 준비가 되어 있었고, 그렇기 때문에 문화적인 소양이 뛰어난 송대 사대부들은 선시와 송고 등을 수록한 선종어록과 선종등록의 편수와 수정에 적극적으로 참여하였다. 예를 들면 앞서 언급한 양억이 『경덕전등록』, 이준욱의 『천성광등록』 등을 편수한 것이 좋은 예이다. 또한 "왕안석, 장상영 등이 선승들을 모방해서 송고를 지어 선에 대한 깨달음을 표현하였다. 더욱이 게송을 지어서 선리에 대한 이해를 표현하는 것도 사대부들이 좋아하면서 표현하는 참선의 방식이다."[194]

---

192 魏道儒, 『宋代禪宗文化』, 中州古籍出版社, 1993, p.47, p.50.

193 앞의 책, p.51.

194 앞의 책, pp.47~48.

1) 임제종의 문자선

중요한 점은 문자선의 흥성 시기가 바로 북송 초기를 거쳐서 북송 중기 시단의 흐름과 맥을 같이한다는 사실이다.[195] 특히 「송고」 중심의 문자선의 흥성 시기는 왕안석, 소식, 황정견, 강서시파 등 북송 시단을 대표하는 시인들과 직간접적인 관계가 있다. 예를 들면 분양선소(947~1024)가 선문학의 백미라고 일컫는 『송고백칙』을 만들어 문자선을 처음 성행시킨 시기는 송 태조연간(960~976)에서 진종연간(997~1022)까지이다. 본래 임제종은 오대를 지나 송초로 들어올 시기에 쇠락의 기미를 보였지만, 이런 형국을 뒤집고 임제종을 중흥시킨 중요한 원인은 바로 분양선소가 주장한 '공안', '송고'를 중시하는 문자선의 흥성과 밀접한 관련이 있다.

여기에서 문자선의 흥성과 소식, 황정견과의 직접적인 관계를 살펴보자. 『송고백칙』을 만든 것은 분양선소의 제자인 석상초원(石霜楚圓, 986~1039)인데, 석상초원에게는 황룡혜남(1002~1069)과 양기방회(992~1049)라는 걸출한 제자가 있었다. 이들이 스승이 만든 『송고백칙』의 문자선을 중시하는 것은 당연한 것이다. 황룡혜남의 문하에는 황룡조심(1025~1100)과 동림상총(1025~1091), 보봉극문(寶峰克文, 1025~1102)의 뛰어난 제자 3인이 있었다.

---

195 주유개周裕鍇의 분석에 의하면, 송대의 문자선을 크게 네 부류의 영역으로 나누고 있다. 첫 번째는 독송讀誦과 불경을 주소註疏하는 것, 두 번째는 전등어록을 편찬하는 것, 세 번째는 송고頌古와 염고拈古를 만드는 것, 네 번째는 세속의 시문을 음송하는 것으로 분류하고 있다. 周裕鍇, 『文字禪與宋代詩學』, (北京)高等教育出版社, 1998, pp.31~42.

흥미로운 사실은 소식이 동림상총의 속가제자라는 사실이다. 황정견은 황룡조심의 제자, 그리고 송대에서 문자선을 가장 추존하고 『석문문자선石門文字禪』을 지은 청량혜홍(淸涼慧洪 혹은 惠洪, 1071~1128)은 보봉극문寶峰克文의 제자이다. 다시 말해서 소식과 황정견, 혜홍은 모두 문자선을 선양한 분양선소의 4대 제자이자 속가로 보면 서로 사촌인 셈이다. 왕안석과 동생 왕안리도 보봉극문을 추종하면서 매우 밀접한 관계를 유지하고 있다.

그러므로 소식이 "누각과 산림이 본래 다름이 없으니, 문자가 선을 떠날 수 없는 것이네,"[196] 또한 "문자언어로부터 깨우침의 경지에 들어가니, 오늘날 붓과 벼루로써 불사를 행하네."[197]라고 문자선에 대한 의견을 피력하고 있다. 황정견도 역시 "혜원의 백련결사와 팽성 유유민의 문자선이네,"[198] 혜홍도 『석문문자선』에서 "높은 곳에 임하여 멀리 바라보며 정감을 잊지 않은 시가 문자선이다(以臨高眺遠未忘情之詩爲文字禪)."[199]라며 문자선을 강조하고 있다. 이들 3인이 문자선을 강조한 것은 결코 우연이 아닌 것이다. 황정견이 「혜홍에게 주다(贈惠洪)」이라는 시를 창작한 것과 혜홍이 문자선을 강조한 이유가 소식과 황정견의 영향과 관계가 있다는 연구도 있다.[200]

---

196 「書辯才次韻參寥詩」: "臺閣山林本無異, 故應文字不離禪." 孔凡禮點校, 『蘇軾文集』 卷68, (北京)中華書局, 1990, p.2144.

197 "秀州本覺寺一長老, 少蓋有名進士, 自文字言語悟入, 至今以筆研作佛事, 所與游皆一時文人." 蘇軾, 『東坡志林』卷2, (北京)中華書局, p.40.

198 "遠公香火社, 遺民文字禪."(黃庭堅 「題伯時畫松下淵明」)

199 周裕鍇 『文字禪與宋代詩學』, (北京)高等教育出版社, 1998, pp.31~42.

200 蕭麗華, 「蘇軾詩禪合一論對惠洪「文字禪」的影響」(2003년도 4월, 타이완 玄奘大學

2) 운문종의 문자선

송대의 송고, 평창형식 등 문자선의 유행은 단순히 임제종과 양기, 황룡 두 파에만 제한된 것은 아니었다. 운문종과 조동종에서도 문자선의 보급에 중요한 역할을 하였다. 다시 말해서 송대에는 종파의 차이를 뛰어넘어 다수의 선사와 선승들이 광범위하고 보편적으로 송고, 염고, 평창 등의 문자선을 활용하여 깨우침의 경지를 추구했음을 알 수 있다. 송대에서 가장 성행한 선종의 종파는 임제종과 운문종이다. 소식, 황정견과 임제종과의 관계에 대해서는 앞에서 이미 언급하였기에 소략하고, 운문종과의 관계에 관해서 간략히 소개하면 다음과 같다. 불교사료에 근거하면 운문종의 뛰어난 제자들로 송대에 활약한 인물들은 대부분 운문문언雲門文偃의 4세 혹은 5세의 문하들이다. 예를 들면 『송고백칙』으로 문자선을 크게 성행시킨 설두중현은 문언 선사의 4세 문하이다. 문언의 5세 제자인 원통거눌(圓通居訥, 1010~1071)과 불인요원(佛印了元, 1032~1098)은 각각 절강성 영파寧波와 강서江西에서 불법을 크게 떨쳤으며, 삼교합일 주장으로 유명한 명교계숭(明教契嵩, 1007~1072)은 항주에서 주석하였다. 이들 중에서 원통거눌과 명교계숭은 구양수와 밀접한 관계가 있다. 특히 구양수가 송초의 대표적인 유가로서 정치적으로 배불론을 견지하고 있었지만, 구양수의 불교수용에 가장 많은 영향을 끼친 사람이 문자선과 관련 있는 거눌 선사이다.[201] 소식도 원통거눌과 불인요원과 친분이 있다. 특히 민간에서는

에서 개최한 "佛學與文學學術硏討會"에서 발표)

201 구양수가 거눌 선사에게 증여한 「여산승 거눌에게 보내다(贈廬山僧居訥)」라는 시를 보면, 두 사람의 관계를 이해할 수 있다. "제2장 유불융합과 구양수, 범중엄"

소식과 불인요원과의 여러 고사가 전해져 오는데, 소식이 호북湖北 황주黃州에 유배되었을 때 여산廬山에 있던 불인 선사와 자주 왕래하였다.

화려한 어휘와 아름다운 구절을 사용하여 '송고'형식을 최고로 성숙된 경지로 끌어올려 선종의 기풍을 변화시켰다는 평가를 받으면서 당시 문자선의 흥행에 결정적인 역할을 한 운문종 설두중현(980~1052)의 생존 시기는 바로 북송 중기 왕안석(1021~1086), 소식(1037~1101), 황정견(1045~1105) 등이 활동하기 시작한 시기와 중첩된다. 왕안석과 소식이 시단에서 왕성한 활동을 하던 시기가 설두중현이 입적한 후 운문종 계열의 문자선이 크게 기풍을 떨치고 있던 시기였다.

양증문 교수는 송대의 송고, 평창형식 등 문자선의 발전에 대해 당시 임제종과 운문종 계열뿐만 아니라, 조동종도 문자선의 보급에 적지 않은 역할을 했다고 밝히고 있다.

분양선소 이후 유명한 선사들은 거의 송고를 남겼는데, 북송과 남송 때 송고 50칙 이상을 남긴 선사로는 운문종의 설두중현雪竇重顯, 임제종의 원오극근圜悟克勤, 대혜종고大慧宗杲, 용문청원龍門淸遠, 허당지우虛堂智愚, 그리고 조동종의 투자의청投子義靑, 단하자순丹霞子淳, 천동정각天童正覺 등이 있다. 그중에서 운문종의 설두중현(980~1052)은 운문 아래의 3세 제자로 『송고백칙』을 남겼다. 대혜종고(1089~1163)는 분양선소의 6세 제자로 『송고117칙』을 남겼다. 지우(智愚, 1185~1269)는 분양 11세의 제자로 『송고백칙』을 남겼

참고.

다. 조동종의 의청(義靑, 1032~1083)은 동산 아래 7세 제자이며, 자순(子淳, 1064~1117)은 의청의 2세 제자로 각각 『송고백칙』을 남겼다. 정각(正覺, 1091~1157)은 자순의 제자로 공안 200칙을 선정해서 송고와 염고 각 100칙을 남겼다. 이 중에서 중현, 의청, 자순, 정각 4인의 송고가 가장 유명하였다.[202]

요약한다면, 송대 문자선의 성행은 임제종, 운문종, 조동종 등 선종 각 파의 승려들이 공동으로 노력한 결과이다. 당시 선문에서는 어록들을 통해서 선을 가르치거나 혹은 문자로 선을 학습하고 깨우치는 중요한 자료로써 활용하였다. '불립문자'의 선이 '불리문자'의 선으로 변환되어 가는 과정의 표시이다. 문자선의 흥기는 당연히 북송 선종의 흥성을 가져왔지만, 선종이 본래 가진 활발한 생동감, 기봉이나 방할 등에서 표현되는 일촉즉발의 생기가 사라지게 되었다. 물극필반物極必反, 하나의 사물이 극에 다다르면 다시 되돌아가려는 본질이 있는 것이다. 『벽암록』에 이르러서 문자선은 극성의 단계에 이르게 되고, 언어문자에 얽매여 선의 본질인 깨우침을 등한시하게 되었다. 이에 따라 남송 때 대혜종고에 의해 『벽암록』은 불타는 운명이 되었고, 수행과정을 중시하지 않는(無修)의 특징을 지닌 '서 있는 곳이 모두 참된 것'이라는 '입처개진立處皆眞'의 돈오頓悟를 중시하는 '간화선'이 다시 대두하게 되었다.

---

202 楊曾文, 「汾陽善昭及其禪法」, 『中華佛學學報』 第15期, (臺北)中華佛學研究所, 2002, pp.251~252.

4. 결론

북송 문자선의 흥기는 문인 사대부들이 선종을 쉽게 수용하는 하나의 중요한 통로가 되었다. 문자선에 대한 사대부들의 적극적인 참여는 임제종, 운문종의 종파가 송대에서 재중흥하는 데 일정한 도움을 주었다는 것이 일반적인 견해다. 북송 초기 승려 도원이 편찬하고 양억이 간삭한 『경덕전등록』, 이준욱의 『천성광등록』 등의 출현도 문자선과 사대부와의 관계를 나타내주는 대표적인 사례이다. 혜홍惠洪과 장상영張商英이 『법화경』에 주석을 단 『법화합론法華合論』도 송대 문자선 성행이라는 분위기 아래서 탄생한 것으로 볼 수 있다. 『총림성사叢林盛事』에도 다음과 같은 기록이 있다. “현 왕조의 사대부들은 당대 고승들의 어록을 위해 서문을 지었는데, 어구가 뛰어난 것으로 산곡(山谷, 黃庭堅), 무위(無爲, 楊傑), 무진(無盡, 張商英) 등 삼대가가 있다.”[203] 이 모두가 문자를 매개체로 한 시단과 선종과의 교유와 융합을 표현하는 대표적인 사례로 볼 수 있다.

당연히 문자선의 유행으로 선종의 어록과 등록은 광범위하게 유행하였고, 따라서 선종의 독특한 사유방식은 시인들의 시가 창작에 영향을 주게 된다. 소위 말하는 “시는 강서에 이르러서 또 다른 선이다(詩到江西別是禪).”라는 말이 그것을 대변해준다. 이에 대해서 장고평張高評 선생은 조동종의 ‘불범정위不犯正位’의 사유가 송대 시학에 미친 영향을 예로 들어서 설명하고 있다. 그에 따르면 ‘불범정위’는 본래 조동종에서

203 洪修平, 『中國禪學思想史』, 中國人民大學出版社, 2007, p.291.

학승들을 이끌어주며 깨우침으로 인도해주는 언어기교인데, 단도직입적 혹은 정면으로 뜻을 표현하는 것을 피하는 것이 특징이라는 것이다. 간접적으로 측면에서 해석해주는 방식을 따른다는 것이다. 다시 말해서 말을 통해 직접적으로 명확히 깨우쳐주는 것을 피하고, 배우는 자로 하여금 생각할 여지를 주며 스스로 깨우침에 이르도록 하는 방식인데, 이러한 조동종의 함축적인 표현수법을 강서시파의 시인인 황정견과 진사도가 시가 창작에 원용하였다는 분석이다. 따라서 송대 시인들이 이것을 자주 활용하여 송대 시화詩話와 필기筆記에도 자주 언급이 있다고 분석하고 있다.[204] 요컨대 선의 사유는 시의 사유에 영향을 주게 되었고, 결국 송대 시학의 중요한 연구과제가 되었다는 것이다.

문자선으로 표현된 선가의 '기봉'도 시인들의 마음에 따른 표현의 임의적인 연상이나 수기응변식의 표현방식에 영향을 주었다. 강서시파가 강조하는 '활구', '활참', '활법'의 용어들은 거의 모두 선가의 '기봉'에서 연변된 것이다. 시인들에게 선이라는 '절옥도'가 있었기에 이선입시以禪入詩, 이선유시以禪喩詩로 원용할 수 있었고, 이로써 선적인 사유로 지혜로움이 원활해져 상규에 얽매이지 않고 무궁무진한 변화가 있어 당시唐詩와는 다른 새로운 송시의 특징을 만들어내는 데 일조하였던 것이다.

이와 같이 송대 문자선의 유행은 송시에 일정한 변화를 가져왔다. 문자선 '송고'의 유행은 선사와 시인들의 거리를 좁히게 되었고, '송고'의 창작방식과 사유는 '선승들의 유가화(禪者儒化)'와 '유가들의 선종화

---

204 張高評, 『會通化成與宋代詩學』, 國立成功大學出版社, 2000, p.313.

(儒者禪化)'의 통로역할을 하게 되었다. 결론적으로 보아, 문자선의 사유방식은 북송 중기의 왕안석, 소식, 황정견과 후기의 강서시파에 이르기까지 이선입시以禪入詩의 방식이나 혹은 이선유시以禪喩詩의 방식으로 영향을 미치고 있다. 특히 송고頌古, 염고拈古, 대별代別, 평창評唱 등 선승들이 시문언사詩文言辭로 표현한 각종 문자선은 비유가 기발하며, 상징적인 의미가 깊고 사고의 폭이 넓어 일반상식의 사고관념을 뛰어넘는 데 도움이 되었다고 할 수 있다. 북송 시단의 대표적인 시인들은 선종어록에 나타나는 문자선의 사유와 표현기교 및 언어를 빌어서 송시를 한층 더 원숙한 표현방식으로 발전시켰다.

제4장 개혁가 왕안석과 유불융합

1. 서론

서기 960년, 진교병변陳橋兵變으로 후주의 정권을 찬탈한 송태조 조광윤趙匡胤이 북송을 건립한 지 약 100년이 지났지만, 송초 시단은 여전히 만당의 여운에서 완전히 탈피하지 못하였다. 만당의 이상은李商隱의 시풍을 추구하는 서곤체西崑體로부터 백거이의 현실적인 시풍을 추구하는 백체파白體派 시인, 그리고 중당의 가도賈島, 요합姚合의 시풍을 추구하는 만당체晚唐體 시인들이 바로 그들이다. 이들에게는 하나의 공통점이 있는데, 이들 모두가 불교나 선종과 밀접한 관련이 있다는 점이다.[205]

---

205 제1장의 "유불융합과 서곤체, 백체, 만당체" 단락 참조. 謝思煒도 『禪宗與中國文學』에서 서곤체, 만당체, 백체시파 등 송대 초기 시파와 선종과의 상관관계를 규명하고 있다. 中國社會科學出版社, 1993, pp.131~133.

한 시대를 풍미한 개혁가 왕안석(1021~1086)도 불교에 대한 깊은 지식을 갖추었고, 동시에 불교에 의지해서 만년을 소일하였다. 『송사·예문지』의 기록에 의거하면, 왕안석이 재상에서 물러난 뒤 『능엄경해楞嚴經解』 10권과 『유마힐경주維摩詰經注』 3권을 지었을 뿐만 아니라, 만년에 자기가 살던 집을 사원으로 개수하여 당시의 고승 보봉극문(寶峰克文, 1025~1102)을 주지로 초빙하였다.[206]

앞서 상술한 바와 같이 사실 송대 초기에도 불교와 선종은 문학계를 비롯하여 정치와 사회 등 다방면으로 광범위한 영향을 미치고 있었다. 비록 인종仁宗 때에 시문혁신운동으로 인한 유학의 부흥과 시가의 현실반영을 강조하며 불교에 대한 배척을 주장하였다. 하지만 시문혁신운동의 영수였던, 구양수조차도 만년에 불교와 밀접한 관계를 유지하였으며, 시대를 혁신하고자 했던 진보적인 개혁가 왕안석, 정치적으로 보수적인 관점을 유지하였던 소식 등 보수와 진보를 막론하고 송대의 대표적인 문인들은 선종과 불가분의 관계를 유지하였다.

북송 초기 통치자들의 불교 보호시책에 힘입어 북송 중기에 들어 전국 각지 사원의 건립과 이에 따른 대형토목공사, 상당수 청장년들의 출가와 이로 인한 농업경작에 대한 부정적인 영향으로 국가재정에 부담을 주게 된다. 다른 한편으로 만당 이후 선종세력의 확대에 따라 여러 유학자들도 불교에 귀의하고, 사상적으로 불교는 유교의 통치적인

---

206 "희녕연간에 재상에 임명되어 형공에 봉해졌다. 후에 재상에 물러나 건강으로 돌아와 옛집을 선종사찰로 시주하였으며, 사문극문을 주지로 초빙하였다(熙寧間拜相, 封荊公. 後罷相歸建康, 奏施舊第爲禪寺, 請沙門克文住持)." 『佛法金湯編』, CBETA, X87, No.1628, p.420, c13-14.

지위에까지 영향을 미치게 되었다.[207]

위기의식을 느낀 유자들, 특히 송초의 호원胡瑗, 석개石介 등의 유학자와 구양수는 반불의 시책을 적극 주장하였다. 이러한 유학자들의 불교 공격에 대해 불교적인 관점에서는 당연히 생존을 위해 다른 전략을 수립할 수밖에 없었다. 계숭契嵩이 『보교편輔教篇』 등을 지어 삼교합일 사상을 바탕으로 유불이 다름이 아님을 강조한 것도 같은 맥락이다. "불교의 법은 제왕의 도덕에 도움이 되는 것"[208]이라는 원유위불援儒衛佛, 다시 말해서 '유학을 빌어 불교를 보호하는 시책'을 추구한 것이 바로 전형적인 사례이다. 또한 "유학이 담박하여 수습이 불가하기에 모두 불문에 귀의하였다."[209]는 비판에서 벗어나기 위해 당시 성리학자들은 불교사상을 빌어서 유학의 이론을 더욱 심화시키기 위해 노력하였다. 불교와 선종을 통해 성리학의 이론을 강화하는 '원선입유援禪入儒'의 관점을 견지하였던 것이다.

그러므로 북송 중기의 불교와 선종에 대한 배척이 오히려 불교계와 유학계를 막론하고 모두 유불융합을 촉진시키는 계기가 되었다. 왕안석의 사례도 예외가 아니다. 등광밍(鄧廣銘) 교수는 왕안석의 불교수용에 대해 다음과 같이 설명하고 있다. "왕안석은 백가의 학설 중에서 의리義理에 부합하는 부분을 유학에 대입시켰다. 특히 불교와 도가 양가의 학설 중에서 의리에 부합되는 부분을 유학에 대입시켰는데,

207 張文利, 『理禪融會與宋詩硏究』, 中國社會科學出版社, 2004, p.214.

208 "佛之法有益於帝王之道德", 「萬言上仁宗皇帝書」, 『鐔津文集』 卷8.

209 "儒門淡泊, 收拾不住, 皆歸釋氏." 『佛法金湯編』, CBETA, X87, No.1628, p.420, c21-22.

이것은 바로 유가학설 중의 의리를 더욱 풍부하고 충실하게 만들었다. 이로써 유가의 지위는 불교와 도가의 위에 위치하게 되었다."[210] 왕안석이 불교를 수용한 이유를 또 다른 측면을 설명해주고 있는 것이다.

이로 보아 반불이나 친불적인 문인들을 막론하고, 혹은 원유위선援儒衛禪이나 원불입유援佛入儒의 입장을 떠나 북송 사대부들은 선종과 불가분의 관계를 유지하였다. 이에 따라 시문 속에 선적 사유를 대입하면서 이선유시以禪喩詩와 이선입시以禪入詩의 풍조도 유행하기 시작하였다. 그 대표적인 인사로 왕안석을 들 수가 있겠는데, 여기에서 왕안석의 일생과 불교와의 관계, 그리고 불교사상이 왕안석의 불교시 및 선시의 창작에 어떠한 영향을 주고 있는지에 대해 살펴보고자 한다.

2. 왕안석의 불교관

송대의 대표적인 시인이자 산문가, 당송팔대가의 일원인 왕안석은 문학가로서보다는 북송의 정치가이자 개혁가로서 더 유명하다. 비록 고희를 넘기지 못한 길지 않은 인생이었지만[211] 그가 남긴 여운은 북송의 운명을 움직이기에 충분하였고, 문학사적인 측면에서도 적지 않은 반향을 불러일으켰다.

송 인종 경력慶曆 2년(1042), 20세에 진사에 급제한 왕안석은 양주절도판관揚州節度判官 등 17년 동안 지방관을 역임하였고, 가우嘉祐 3년

---

210 鄧廣銘,『鄧廣銘治史叢稿』, 北京大學出版社, 1997, p.189.

211 왕안석은 북송 진종眞宗 천희天禧 5년(1021)에 출생하여 신종神宗 원풍元豊 8년(1086) 66세의 나이로 세상을 떠났다.

(1058) 경성에 도지판관度支判官으로 부임하여 조정의 재정을 관장하였다. 당시 북송 사회의 각종 정책의 폐해와 사회모순을 적은 「만언서萬言書」를 인종황제에게 올리면서 강력한 개혁을 주장한 것도 이 시기다. 하지만 인종은 왕안석의 주장을 받아들이지 않았고, 영종(英宗, 1063~1067)의 뒤를 이어 즉위한 신종(神宗, 1067~1085)은 왕안석을 신뢰하고, 한림학사를 거쳐서 다시 참지정사에 제수한다. 점차 쇠약해져가는 송의 국력을 만회하기 위해 왕안석의 「만언서」를 수용하여 신법新法을 적극적으로 추진했던 것이다. 희녕熙寧 2년(1069)부터 희녕 7년(1074)까지 왕안석은 유가의 경세치용의 사상에 입각하여 소위 말하는 희녕변법을 5년간 강력히 추진하였다. 이 수년간이 바로 왕안석에 대한 논쟁이 제일 많았던 시기이기도 하다. 왕안석이 당시의 상황을 묘사한 「겸병兼幷」 시 뒷부분을 보자.

俗吏不知方　　속된 관리들 방법은 모르고
掊克乃爲材　　수탈에는 재능이 있다네
俗儒不知變　　속된 유가들 변화를 모르고
兼併可無摧　　겸병은 깨트릴 방법이 없네
利孔至百出　　이익에는 온갖 수단 나오고
小人私闔開　　소인배들 매점매석 행하네
有司與之爭　　관리들 그들과 다투니
民愈可憐哉　　백성들은 갈수록 불쌍하네

희녕 7년(1074)에 이르러 왕안석의 개혁정책은 사마광을 중심으로 한 보수파의 완강한 반발에 부딪히게 되었다. 이 해에 심한 가뭄이 들었는데, "가뭄은 왕안석 때문에 생긴 것이고, 왕안석이 재상에서 물러나면 하늘은 반드시 비를 내릴 것"[212]이라는 상소가 있었다. 게다가 자성慈聖, 선인宣仁 두 태후는 눈물을 흘리며 "왕안석이 천하를 어지럽혔다."[213]라고 신법을 반대하자, 강력한 후원자였던 신종황제조차도 개혁의 효과에 대해 의심하기 시작하였다. 마침내 신종은 왕안석을 관문전대학사觀文殿大學士 겸 강녕부사江寧府事로 좌천시킨다. 재상의 직위에서 물러난 왕안석은 고향인 강녕부(江寧府, 남경)로 돌아갈 수밖에 없었다. 다음 해인 희녕 8년(1075) 신종은 왕안석을 다시 재상으로 임명하였지만, 신종은 이미 변법을 통한 개혁정책의 시행을 원하지 않았기에 왕안석은 그 다음 해(1076)에 벼슬에서 물러나 다시 강녕부江寧府로 돌아간다. 희녕 10년(1077)에 완전히 벼슬을 사직하고, 종산에서 은거하면서 신법을 완성하지 못한 울분을 불교에 귀의하여 달래면서 다시는 조정으로 돌아오지 못하고 세상을 하직하였다.

그러므로 왕안석의 일생에 있어서 조정에서 적극적으로 신법을 실행하던 시기와 희녕 9년(1076) 재상에서 물러나 종산에 은거하면서부터 세상을 하직할 때까지의 10년간은 여러 방면으로 차이가 있다. 사상적인 측면에서 보면, 유가사상의 위정지도와 경세제도에 입각해 신법과 혁신을 강조하던 그는 "천명을 두려워할 필요 없고, 조상의 법도도 따를 필요 없으며, 사람의 말도 두려워할 필요가 없다."[214]라며 적극적인

212 『王安石傳』: "旱由安石所致, 去安石, 天必雨."(『宋史列傳』 卷86)

213 『王安石傳』: "安石亂天下."(『宋史列傳』 卷86)

214 『王安石傳』: "天變不足畏, 祖宗不足法, 人言不足恤."(『宋史列傳』 卷86)

개혁의지를 피력했었다. 하지만 재상에서 물러나 은거한 이후인 생애 마지막 10년 동안에는 불교선종에 침잠하며 불교경전을 읽고 주석을 달았다. 사찰을 유람하면서 고승대덕들과의 교유를 진행하였고, 기행문을 지으면서 스스로 호를 반산노인半山老人이라고 칭하였다.[215]

여기에서 잠시 왕안석의 불교관에 대해서 간략히 살펴보자. 여러 자료를 통해서 살펴보건대 왕안석도 젊은 시기부터 불교와의 교유를 이어온 것으로 보인다. 불교에 대해 비교적 긍정적인 시각을 가지고 있었던 것으로 판단된다. '원불입유援佛入儒'의 관점과 유불의 회통과 융합을 강조하는 측면에서 특히 그러하다.

1) 원불입유의 운용

'원불입유援佛入儒'란, 불교와 선종사상을 빌어서 유학의 학문적인 깊이를 심화시키는 데 활용하거나, 고승대덕의 고고한 인품과 능력을 통해서 유학자들의 수양과 심성에 도움이 될 수 있도록 차용하는 것을 가리킨다. 왕안석의 「양주용흥사시방강원기揚州龍興寺十方講院記」의 기록에 의하면, 일찍부터 그는 불문과 교유하였다. 이 문장을 크게 두 부분으로 나누어 분석해보면, 앞부분에서는 혜리 승려와의 교유상황과 그의 능력에 대해 평가하고 있다.

> 내가 어렸을 때 금릉을 유람했는데, 승려 혜리도 나를 따라 유람하였다. 내가 회남 지방으로 부임한 이후, 혜리는 용흥사에 있으면서

215 周裕鍇, 『中國禪宗與詩歌』, 上海人民出版社, 1992, p.80.

> 도반들과 함께 매일 스승의 학설을 수강하였다. 일찍이 내가 그곳을 지난 적이 있었는데, 낮은 방이 수십 칸이 있었는데 위쪽으로는 파괴가 되었으며, 아래쪽으로도 구멍이 나 있었다. 측면에서 나와 뒤를 가보니 가시나무가 자라 있어 담장이 보이지 않았다. 혜리 승려는 후원을 가리키며 나에게 말하였다. "내가 장차 이곳을 없애고 건물을 지을 것입니다. 비록 완성되더라도 내 후대를 위해 사사로이 사용하지 않을 것입니다. 반드시 나의 의발을 계승하려는 사람을 찾아 그에게 부탁할 것입니다." …… 4년 후에 혜리 승려가 나에게 와서 말하기를 "이전에 건설하려 했던 건물 120칸 모두를 완공했는데, 주에 살고 있는 장씨의 도움으로 인해 완성할 수 있었습니다. 어찌 기록하지 않겠습니까?" 아! 그는 어떻게 이런 (뛰어난) 능력을 가지고 있는 것인가?[216]

어렸을 때 금릉을 유람하면서 만난 두 사람은 이후에도 지속적으로 교류를 해왔음을 알 수 있다. 혜리 승려가 사는 곳이 누추해서 건물을 짓겠다는 발원과 건물을 완성하더라도 절대로 사유화하지 않겠다는 그의 결심을 들은 왕안석이 감동한 것이다. 더욱 놀라운 것은 4년 뒤에 120칸의 건물을 모두 완성하였고, 유학에 의지하여 경세제도를 추구하던 개혁가 왕안석은 불문에 귀의한 혜리 승려의 능력에 크게

216 "予少時, 客游金陵, 浮屠慧禮者從予遊. 予旣吏淮南, 而慧禮得龍興佛舍, 與其徒日講其師之說. 嘗出而過焉, 庳屋數十椽, 上破而旁穿, 側出而視後, 則榛棘出入, 不見垣端. 指以語予曰: '吾將除此而宮之. 雖然, 其成也, 不以私吾後, 必求時之能行吾道者付之.' …… 後四年, 來曰: '昔之所欲爲, 凡百二十楹, 賴州人蔣氏之力, 旣皆成, 盍有述焉?' 噫! 何其能也!"(「揚州龍興寺十方講院記」)

탄복하고 있다. 아래 문장에는 혜리 승려의 능력과 인품에 대해 직접적으로 칭찬하고 있다.

> 혜리 승려를 나는 잘 알고 있다. 그의 품행이 고상하고 순수하며, 박학하면서 재능이 민첩한 사람이다. 또한 마지막까지 사사로움이 없으니, 마땅히 완성함에 어려움이 없었다. 세상에서는 부처가 화와 복을 천하에 알려준다고 여긴다. 그리하여 불교가 융성하게 되었으며, 이것은 결코 우연한 것이 아니다. 불교를 배우는 인재들은 자주 불학으로 현세에 자주 운용하려고 하였다. 오늘날 의관을 갖춘 사대부들은 스스로가 유가에서 나왔다고 말한다. 공자의 도는 쉽게 행할 수 있는데, 자신을 힘들게 하는 결심이 없고 본성을 벗어나는 금욕이 없이 일을 잘 해낸다는 것은 어렵다. 그러므로 품행이 한 마을에서 칭찬받을 정도의 사람도 말단벼슬을 충분히 맡을 정도의 능력을 가지는 경우는 드물다. 그러나 불교의 사원이 천하에 있고 그들이 말하는 능력 있는 승려가 설마 단지 혜리만 있는 것은 아닐 것이다. 그들의 재능에 의지하여, 불학의 도를 통하여 지난한 어려움을 제거하고 일을 성취하는 것은 매우 쉬운 것이다. 이것은 마땅히 그들의 재능인 것이다.[217]

---

217 "蓋慧禮者, 予知之, 其行謹潔, 學博而才敏, 而又卒之以不私, 宜成此不難也. 世既言佛能以禍福語傾天下, 故其隆向之如此, 非徒然也. 蓋其學者之材, 亦多有以動世耳. 今夫衣冠而學者, 必曰自孔氏. 孔氏之道易行也, 非有苦身窘形, 離性禁欲, 若彼之難也. 而士之行可一鄕, 才足一官者常少. 而浮屠之寺廟被四海, 則彼其所謂材者, 寧獨禮耶? 以彼之材, 由此之道去至難而就甚易, 宜其能也."(「揚州龍興寺十方講院記」)

덕행이 뛰어나며, 박학하면서 재능이 있는 혜리 같은 능력 있는 승려들이 불문에서는 적지 않다는 것이다. 또한 불교에서는 승려들이 사사로움에 치우치지 않고, 자기의 도를 세상을 위해 활용하려 한다고 칭찬하고 있다. 하지만 유학자들은 자신을 어렵게 하는 수행이 없고, 본성을 떠나게 하는 금욕이 없어도 일에 있어서 승려들처럼 일을 잘 해낼 수 있는 선비가 매우 적다는 설명이다. 그러므로 유가에 있어서 혜리 같은 사사로움이 없이 뛰어난 능력을 갖추고 현실정치를 위해 적극 참여하는 인재가 필요하다는 주장이다. 그러므로 유학의 발전과 학문적인 심화에 도움이 된다는 측면에서 불교를 긍정적으로 바라보는 왕안석의 '원불입유'의 관점을 이해할 수 있다. 그는 개혁가의 관점에서 세상에 이로움을 줄 수 있는 이기나 학문에 대해서는 가급적 포용하려는 비교적 폭넓은 사유의식을 가지고 있었다.

2) 유불회통儒佛會通과 융합

역시 신종 때 참지정사를 지낸 장방평(張方平, 1007~1091)은 신법을 지적하며 왕안석의 개혁을 극력 반대하였다. 불문佛門의 서적에 보면 이러한 장방평과 왕안석이 불교에 대해 토론한 부분이 있다.

> 공(왕안석)이 일찍이 장방평에게 말하였다. "공자가 세상을 떠난 지 백년 만에 맹자가 나타났으나, 그 뒤에는 뒤를 잇는 사람이 없었습니다. 혹시 있었다고 하더라도 순수한 유가가 아닙니다." 방평이 대답하였다. "어찌 사람이 없다고 하십니까? 맹자를 뛰어넘는 사람들이 있습니다." 왕안석이 말하였다. "누구입니까?" 방평이

대답한다. "마조와 분양, 설봉, 암두, 단하, 운문 선사 등이 그들입니다." 왕안석이 그 뜻을 이해하지 못하자, 방평이 다시 말하였다. "유문이 담박하여 수용할 수 없어 모두 불교로 귀의하였습니다." 그때서야 왕안석이 비로소 탄복하였다. 이후 장상영에게 수차례나 탄복하며 "최고의 이론이다."라고 말하였다.[218]

위의 대화를 통해서 두 가지 관점을 이해할 수 있다. 하나는 유학의 한계에 관한 설명이다. 한대 경학 위주의 유학은 훈고학을 중심으로 언어문자의 학문에 치중하였고, 당대에 이르러서도 철학적으로 깊이 있는 발전을 이루지 못해 뛰어난 인재들을 수용하지 못했다는 것이다. 둘째, 당시 유행한 삼교합일의 사조와 더불어서 선종의 철학과 사상이 당시 사대부들에게서도 커다란 인기를 끌었음을 알 수 있다. 마조와 분양, 설봉, 암두, 단하, 운문 선사 등 불문의 대표적인 인사들이 모두 공맹의 계승자라는 인식을 통해서 당시 사대부들의 불교에 대한 긍정적인 시각을 볼 수 있다. 장방평의 불교에 대한 이러한 인식에 대해 왕안석도 적극 찬동하면서 긍정적으로 평가하고 있는 것에서 왕안석도 역시 유불융합의 시대적인 조류를 수용하는 긍정적인 시각을 가지고 있음을 알 수 있다. 뿐만 아니라 소식과 황정견 등 당시 시대를

218 公(王安石)問張方平曰: "孔子去世百年生孟子, 後絶無人, 或有之而非醇儒." 方平曰: "豈爲無人, 亦有過孟子者." 公曰: "何人?" 方平曰: "馬祖, 汾陽, 雪峰, 岩頭, 丹霞, 雲門." 王公意未解. 平曰: "儒門淡薄, 收拾不住, 皆歸釋氏." 公欣然嘆服. 後以語張商英, 商英撫几賞之曰: "至哉, 此論也." 『佛法金湯編』, CBETA, X87, No.1628, p.420, c18-23.

대표하는 문인들은 상당수가 유사한 견해를 가지고 있었다.[219]

왕안석은 증공과 매우 친밀한 관계를 유지한 벗이었다. "그(증공)는 일반인들이 말하는 단순한 현인이 아니라, 내가 흠모해서 벗으로 사귄 사람이다."[220]는 평가를 통해서도 두 사람의 친밀했던 정도를 이해할 수 있다. 하지만 보수적인 관점에서 불교를 싫어했던 증공은 불서를 좋아하는 왕안석에 대해 불만이 있었던 것으로 보인다. 송나라 승려 혜홍惠洪이 지은 『냉재야화冷齋夜話』 권6에 보면 증공과 왕안석 사이에 다음과 같은 대화가 있다.

> 왕안석이 불서를 좋아하자, 일찍이 증공이 그를 풍자하려 하였다. …… 왕안석이 말하였다. "자고(증공)가 실언한 것입니다. 배움을 좋아하는 자가 책을 읽음에 있어 오직 도리를 추구해야 하며, 나의 마음과 같음이 있으면 나무꾼과 목동의 말이라도 무시해서는 안 됩니다. 말에 도리가 없다면 주공이나 공자라고 할지라도 감히 따르지 못할 것입니다."[221]

서적의 내용이 자기가 추구하는 도리에 부합된다면 무엇이든지 포용

---

219 "관리는 세간법을 행하고, 승려는 출세간법을 행한다. 세간이 출세간이며, 동등하며 둘이 아니다(宰官行世間法, 沙門行出世間法. 世間卽出世間, 等無有二)."(「南華長老題名記」) 孔凡禮點校, 『蘇軾文集』 卷12, (北京)中華書局, 1990, p393.

220 「同學一首別子固」: "江之南有賢人焉, 字子固, 非今所謂賢人者, 予慕而友之." (『臨川先生文集』 卷71)

221 "舒王嗜佛書, 曾子固欲諷之 …… 舒王曰: "子固失言也. 善學者讀其書, 惟理之求, 有合吾心者, 則樵牧之言猶不廢, 言而無理, 周孔所不敢從."(『冷齋夜話』 卷6)

할 수 있다는 왕안석의 열린 마음과 사상적인 포용성이 잘 드러난 대화이다. 「증자고의 편지에 답하다(答曾子固書)」에서도 유사한 관점을 말하고 있다. 증공이 유가경전 이외의 서적을 읽을 시간이 없다고 한 것에 대해 "단지 성인의 경전만 읽는다면 어찌 성인의 경전과 기타 경전의 차이점을 분별할 수 있겠는가?"[222]라며 비판하면서 불경도 수용할 수 있음을 강조한다. 아울러 "스스로 백가의 여러 서적에서 『난경難經』, 『소문素問』, 『본초本草』와 여러 소설을 읽지 않음이 없으며, 농부와 여공에 이르기까지 묻지 않음이 없다."[223]며 다른 사대부와는 달리 왕안석은 사상적인 스펙트럼이 폭넓은 것을 알 수 있다. 일세를 풍미한 개혁가답게 실용적인 측면에서 적극적으로 사고하고 있다. 불교의 경전이 세속을 어지럽힌다는 증공의 견해에 대해서는 다음과 같이 반박하고 있다.

> 오늘날 세속이 어지러운 이유는 불교에 있는 것이 아니다. 사대부들이 스스로의 이욕만을 추구하는 것을 배우고, 말로써 서로를 치켜세우며 스스로를 다스리는 것을 모르기 때문이다.[224]

난세의 탓이 불교와 관계가 있는 것이 아니라, 개인의 수양을 경시하

---

222 "某但言讀經, 則何以別于中國聖人之經?"(「答曾子固書」)

223 "某自百家諸子之書至於『難經』, 『素問』, 『本草』, 諸小說無所不讀, 農夫女工無所不問."(「答曾子固書」)

224 "方今亂俗, 不在於佛, 乃在於學士大夫沉沒利欲, 以言相尙, 不知自治而已."(「答曾子固書」)

고 스스로를 받들며 개인의 이익에 매몰하는 난세의 학문에 있다는 것이다. 사대부들이 불교경전에 대해 오해를 하는 주된 이유는 "세상 사람들이 완정한 경전을 보지 못한 지가 오래되었고, 단지 경전만 읽으니, 경전에 대해 충분히 알 수가 없다."[225] 그렇게 때문에 '읽지 않음이 없어야 한다(無所不讀)'라고 비판하고 있다. 이런 논점에서 불교에 대한 왕안석의 비교적 객관적인 태도와 유불융합이라는 관점에 적극적으로 찬동하고 있다. 아래의 신종과의 대화를 통해서도 그의 이러한 통합적인 불교관을 엿볼 수 있다.

> 신이 불교의 서적을 보니 경전과 부합됨이 있으며, 이치 또한 그러합니다. 비록 서로 다른 것 같지만, 부합됨이 부절을 맞춘 것과 같습니다. 황제가 이르기를 "부처는 서역사람으로 언어는 다르지만, 도리가 다르겠는가?" 안석이 말하길 "신의 생각으로는 만약 이치에 부합이 되는 면이 있으면, 비록 귀신이 다르다고 하더라도 핵심은 바뀌지 않습니다." 황제가 이르기를 "진실로 그러하오."[226]

이를 통해서 당시의 사상적인 기조에 있어서 유불통합적인 사조가 황제에서부터 사대부들에 이르기까지 광범위하게 유행했음을 알 수 있다. 다만 일부 보수적인 인사들과 이학가들이 유학의 지위를 제고하

225 "世之不見全經久矣. 讀經而已, 則不足以知經."(「答曾子固書」)

226 安石曰: "…… 臣觀佛書, 乃與經合, 蓋理如此, 則雖相去遠, 其合猶符節也." 上曰: "佛, 西域人, 言語卽異, 道理何緣異?" 安石曰: "臣愚以爲苟合於理, 雖鬼神異趣, 要無以易." 上曰: "誠如此."『續資治通鑑長編』 卷233, 熙寧五年(壬子, 1072).

기 위해서 불교에 대해 지속적인 폄하와 배척을 시도했던 것이다. 재상까지 역임하면서 개혁을 적극 추진했던 왕안석은 불교사상의 긍정적인 면을 강조하면서 핵심적인 부분에 있어 유가경전의 가르침과 다르지 않음을 강조하고 있었다. 비록 유가사상에 기반을 둔 개혁가이었지만, 불교와 선종의 사상도 경제經世와 치국治國에 적극적으로 활용하려 했음을 알 수 있다. 그러므로 전조망은 다음과 같이 말하고 있다. "형공은 성학을 밝히려 하면서 선을 뒤섞었다. 소씨(소식)는 종횡지학에서 나와 역시 선을 뒤섞었다. 심각하도다. 서축은 능히 그 영역을 확장하였네."[227] 개방적인 왕안석의 사상관, 그와 교류한 승려의 수도 적지 않다.[228] 그러기에 그의 시가에는 이선입시以禪入詩의 작품들이 적지 않다. 특히 만년에 지은 선시에는 선종의 정관사유靜觀思惟와 무심경지無心境地, 반야공관般若空觀의 표현이 두드러진다. 개혁가로서 은퇴 이후의 관직과 세태에 대한 염증을 초월하여 세속을 달관하는 듯한 그의 정신적인 경지를 표현하고 있다.

---

227 全祖望, 『宋元學案·荊公新學略序錄』: "荊公欲明聖學而雜于禪, 蘇氏出於縱橫之學而亦雜於禪. 甚矣, 西竺之能張其軍也!"

228 그와 교분이 있는 당시의 고승들은 자주 그의 시문 중에 나타나고 있다. 대표적인 승려들로는 慧禮, 懷璉, 覺海, 寶覺, 道升, 道原, 道光 등 35인이 있다. 유영표 저, 『왕안석시가문학연구』, 법인문화사, p.381.

3. 왕안석의 이선입시以禪入詩

경세치용을 중시하던 왕안석은 종산에 은거하는 시점을 기준으로 세상을 바라보는 관점에 적지 않은 변화가 있었다. 문학적인 관점에서 보면 시풍이 크게 바뀌었다. 은거한 이후에는 시의 풍격뿐만 아니라 시의 체재까지도 완전히 바뀌었다. 소식과 황정견, 그리고 남송의 양만리는 다음과 같이 왕안석의 시풍의 변화에 대해 평하고 있다.

> 형공의 시는 노년에야 비로소 합당한 점이 보인다. 오언시가 가장 뛰어나고 절구가 그 다음이며, 칠언시에는 결국 만당의 맛이 있다.[229]

> 노년의 작은 시들은 아름답고 정밀하기 짝이 없으며, 세속에서 벗어났으니, 일반적인 도리로 대해서는 안 된다.[230]

> 5, 7자 절구는 제일 적지만 짓기가 어렵다. 비록 작가라 할지라도 4구 전체를 전부 잘 짓기는 매우 어려운데, 만당인과 왕안석이 이것에 가장 뛰어나다.[231]

---

229 "荊公暮年詩, 始有合處, 五字最勝, 二韻小詩次之, 七言詩終有晚唐氣味."『全宋文』 卷1943, 「蘇軾」95. 上海辭書出版社.

230 "「荊公」 暮年小詩, 雅麗精絶, 脫去流俗, 不可以常理待之也." 黃庭堅 「跋荊公禪簡」(『豫章黃先生文集』 卷30)

231 "五七字絶句, 最少而難工. 雖作者亦難得四句全好者, 晚唐人於介甫最工於此."『誠齋詩話』, 『續歷代詩話』 1冊, (臺北)藝文印書館, 1977, p.4.

다시 말해서 초기와 중기는 비교적 자유롭고 활달한 묘사를 통해 의론에 능한 고체시를 창작하다가 만년에 오언과 칠언의 절구시로 바뀌었다는 설명이다. 아울러 "세속에서 벗어났으니, 일반적인 도리로 대해서는 안 된다"는 평가는 왕안석 만년에 창작한 소시들은 대부분 세속을 초월한 고요하고 한적한 심미적인 선의 정취를 추구하고 있다는 의미로 파악된다. 주유개周裕鍇는 시인이 어떠한 시가체제를 선택한다는 것은 바로 일종의 심미적인 정취를 선택하는 것을 의미하는 것이라고 설명하고 있다. 왕안석 시가가 고체시에서 절구로의 변화는 바로 그의 심미정취가 웅건굉부雄建宏富에서 함축응련含蓄凝煉으로 바뀌었음을 나타내는 것이며, 후인들이 높이 평가하는 작품들은 바로 선어禪悟의 영향을 받은 만년의 절구시라고 설명하고 있다.[232] 시체詩體의 선택과 시인 심미관이 깊은 관계에 있다는 설명이다.

송시의 특징을 일반적으로 '의론화', '산문화'라고 규정짓고 있다. 최근 송시의 이러한 특징을 선적인 사유나 철리 등과 연결시켜 논하는 경우가 있다.[233] 예를 들면 왕안석 시가가 '번안翻案'에 능했으며, 그의 번안시는 '의론화'의 전범이라는 평가다. 왕수해王樹海는 왕안석이 '번

232 周裕鍇, 『中國禪宗與詩歌』, 上海人民出版社, 1992, p.83. 본인도 주유개의 주장에 적극적으로 동의한다. 왜냐하면 오언절구 등의 소시들은 함축적이면서도 언외지의言外之意, 운외지치韻外之致를 추구하기에 비교적 편리한 시형식이기 때문이다. 둘째, 위에서 언급한 바와 같이 왕안석의 시풍과 시체의 변화는 바로 그가 종산에 은거한 뒤의 사상적인 변화와도 밀접한 관계가 있기 때문이다.

233 『소식선시연구蘇軾禪詩研究』(中國社會科學出版社, 1994년)에서 필자는 선종사상 등 불교의 철리가 송시와 결합함으로써 송시의 의론화, 산문화, 이지적理智的인 특징에 직접적인 영향을 주었다고 설명한 적이 있다.

안'에 능할 수밖에 없었던 이유를 다음과 같이 다섯 가지로 분석하면서, 왕안석 시가의 특징과 선종과의 관련성을 강조하고 있다.

> 첫째, 박학다문하기 때문이다. 둘째, 비범한 경력을 가지고 있다. 셋째, 강인한 의지를 가지고 있다. 넷째, 풍부한 정감이 있다. 다섯째, 불리佛理와 선지禪旨에 대한 정묘한 이해와 비범한 총명함이 있다. 다섯째 항목은 그 시대에 반드시 이르러야 하는 최고의 이론적 수양이며, 동시에 일종의 인격적 함양이다. 만약 이러한 중요한 핵심을 놓쳐버린다면 왕안석 현상은 하나의 의심이 되고, 많은 의혹이 생긴다. 심지어 학자이자 시인이었던 주자청도 후일 다음과 같은 깨우침을 얻었다. '반산(왕안석)은 본래 한공(한유)을 배웠으나, 오늘날 보니 마힐(왕유)을 배웠다. 이러한 뜻을 세상 사람들은 이해하지 못한다.' 만약 왕유의 각도에서 왕안석을 연구하지 않으면 왕안석 시가의 핵심을 얻지 못한다.[234]

여기에서 왕안석 시가가 번안에 능하고, 이것은 송시의 '의론화' 부분과 관계된다는 설명이다. 번안에 능한 이유로 가장 중요한 것은 불리佛理와 선지禪旨에 대한 왕안석의 이해와 수양이 커다란 역할을 하고 있다는 것이다. 주자청의 견해를 인용하여 왕안석 시가는 당의 왕유 시가의 특징을 계승하고 있다는 주장이다. 결론적으로 말해서 왕안석의 시에는 선의 정취를 충분히 느낄 수 있는 작품이 적지 않다. 여기에서 선사상을 반영한 시를 중심으로 왕안석의 시와 선사상과의

234 王樹海著, 『禪魄詩魂』, (北京)知識出版社, 2000, p.379.

관계 및 왕유 시가와의 관계에 대해서 살펴보고자 한다.

1) 정관사유靜觀思惟의 표현

역대 평론가들은 일반적으로 당시와 송시 중에서 선취와 선의가 가장 풍부한 시로 왕유의 산수시를 꼽고 있다. 왜냐하면 왕유는 선종의 무심자연의 경계를 통해서 산수자연을 깨달음의 경지로 능숙하게 묘사해내고 있기 때문이다. 이러한 깨달음에 이르는 길을 갈조광葛兆光은 이렇게 설명하고 있다.

> '자아(本心)'가 '사물(外界事物)'에 대한 직각直覺적인 관조觀照를 통해서 '자아'의 청정한 본성이 '자아' 정감의 색채色彩인 대천세계大千世界를 물들이는 왕복의 교류를 통하여 '자아'가 청정한 것임을 깨닫고 일체의 모든 것이 공空이라는 궁극적인 진리에 이른다.[235]

깨달음에 이르는 방법으로는 남종선南宗禪이 추구하는 돈오頓悟와 북종선北宗禪이 중시하는 점오漸悟 등 종파에 따라 다르지만, 최종적으로 추구하는 목적은 똑같이 본심이 청정하다는 이치를 깨닫는 데 있다. 이러한 선종의 사유방식은 위진남북조 이래로 불교가 흥성한 당대부터 선종이 발전한 송대 및 그 이후에 이르기까지 수많은 시인 등 여러 작가들의 창작사유에 영향을 주었다. 왕유는 선종의 수행방식을 산림에서의 은둔생활과 결부시킴으로써 자신의 산수자연시에 강렬하게

---

235 葛兆光著, 『禪宗與中國文化』, (臺北)東華書局, 1989, p.145.

반영하고 있어,[236] 그 작품들은 주로 "시를 읽음으로써 스스로와 세상을 잊게 되고, 온갖 생각이 모두 적막함에 이른다(讀之身世兩忘, 萬念皆寂)"[237]는 무아지경, 물아일체의 경계를 나타내고 있다.

왕유의 경우와 마찬가지로 왕안석도 만년에 이르러서는 선종의 정관靜觀과 묵상默想의 사유방식으로 자연경물을 직접 체오體悟한다. 이로써 그의 시에는 언어문자의 논리를 초월하는 무중유인無中有人, 유중무인有中無人의 특징, 즉 사람을 묘사하지 않았지만 사람이 드러나 있으며, 사람을 직접적으로 묘사하고 있는 것 같지만 사람이 보이지 않는 특징을 나타내어 역시 '물아양망'의 경지를 나타내고 있다. 동시에 그의 시 속에는 자주 의인화 수법을 사용하여 대자연의 경계를 나타내고 있는데, 이것도 그의 선시의 또 하나의 특징이다. 우선 「오진원悟眞院」 시를 보자.

野水縱橫漱屋除　　개울물 제멋대로 섬돌을 씻어내고
午窗殘夢鳥相呼　　창가의 새소리 낮잠을 깨우네
春風日日吹香草　　봄바람은 날마다 향초로 불어와
山北山南路欲無　　산의 남북 쪽 길을 없앤다네

시인이 종산에 은거한 이후 오진원 산사를 거닐면서 지은 시이다. 1, 2구에서는 오진원이 위치한 곳의 청정한 풍광과 그윽함을 노래하고 있다. 시냇물이 섬돌을 씻어내며 제멋대로 흘러내린다. 어디에도 얽매

236 陳允吉著, 一指譯, 『중국문학과 선』, 민족사, p.83.

237 明·胡應麟, 『詩藪·內編下·絶句』 卷6.

이지 않고, 세속의 더러움과 티끌에서 벗어난 오진원의 진정한 모습을 묘사한 것이라 할 수 있다. 2구에서는 아무것도 없는 산사에 오직 새들만이 벗이 되어주고 있다는 것이다. 시인에 대한 직접 묘사는 아니지만, 새소리에 대한 묘사를 통해서 주인공의 존재를 드러내고 있는 동시에 자유자재한 시인의 모습을 묘사하고 있다. 후반부에서는 오진원이 위치한 곳의 풍광을 묘사하고 있다. 찾아오는 사람이 없고, 오직 봄바람만이 향기로운 풀의 향기를 몰고 오는 곳, 세속과는 완전히 단절된, 어떤 번뇌도 존재하지 않는 청정한 세계를 말하고 있다. 1구와 4구에서 각각 '섬돌을 씻어낸다'와 '길을 없앤다'라는 의인화 수법의 사용을 통해서 대자연과 하나가 된 시인의 모습이 보인다. 이 작품은 왕유의 "깊은 숲 사람이 없는 길, 심산 어디에서 들려오는 종소리(古木無人徑, 深山何處鐘?)"〔「향적사를 지나며(過香積寺)」〕의 무인지경 경계와 흡사하다. 다시 「세모(歲晩)」 시를 살펴보자.

月映林塘澹	달은 숲속의 연못을 조용히 비추고
風含笑語涼	바람은 미소를 머금고 서늘하게 불어온다
俯窺憐綠淨	어여쁘게 맑은 녹색물결 굽어보다가
小立擰幽香	잠시 서서 그윽한 향기에 젖어든다

이 시는 마치 담담하게 달이 비치는 연못의 풍경을 그린 한 폭의 풍경화를 보는 듯하다. 고요한 밤에 연못을 비추는 달빛, 저 멀리서 시원하게 불어오는 바람은 미소를 머금은 듯 상쾌하다. 경치에 도취되어 아래 연못 속의 푸른 녹색의 물줄기를 보다가 아름다운 연꽃향기에

취했음을 말하고 있다. 2구에서 의인화 수법을 사용하여 서늘하고 상쾌한 바람의 모습을 묘사하고 있다. 3, 4구에서는 녹색으로 덮인 물결을 굽어보던 시인은 연꽃향기에 취해 서 있음으로써 시인과 대자연이 하나가 된 물아일체의 경계를 나타내고 있다. 다시 「종산에서의 일(鍾山卽事)」 시를 보면,

澗水無聲繞竹流　시냇물은 소리 없이 대나무를 감싸 흐르고
竹石花木弄春柔　대나무, 돌, 꽃, 나무는 봄의 부드러움 드러낸다
茅簷終日相對坐　초가 처마 아래 앉아 종일 종산을 마주하는데
一鳥不鳴山更幽　한 마리의 새도 울지 않으니 산은 더욱 고요하다

소리 없는 시냇물의 흐름과 대나무, 돌, 꽃, 나무들은 부드럽게 봄소식을 전해준다. 첫 두 구절은 시인이 거처하는 곳에 대한 묘사이다. 아무 소리도 들리지 않는 적막한 환경임을 말하고 있다. 새도 울지 않고, 시냇물 소리도 없는 그윽하고 고요한 심산유곡에 앉아 종산을 고요히 관조하는 시인의 모습은 마치 청정한 선경에 들어간 선사의 모습과 다를 바 없다. 첫 구의 '소리 없는 시냇물'과 네 번째 구의 '새 울음소리조차도 없다'는 것은 바로 속세와 단절된 시인이 거처한 곳의 위치를 설명해주고 있다. 시 전체를 보면 '움직임 속에 고요함이 있고, 고요함 속에 청유함이 있다(動中有靜, 靜中淸幽)'는 경계를 설명하는 듯하다. 아울러 속세와의 단절 속에 주변의 경치와 하나가 된 시인의 모습을 볼 수 있다. 왕유의 「신이오辛夷塢」의 "산 계곡엔 사람 없어 적막하고, 꽃은 분분하게 피었다 떨어지네(澗戶寂無人, 紛紛開且

落)"의 경계와 흡사함을 알 수 있다. 고요한 무인지경, 그러나 대자연의 조화와 흐름은 우주의 섭리에 따라 계속되는 것이 바로 위의 시와 비슷하다. 「종산을 유람하다(游鍾山)」에도 비슷한 경계를 나타내고 있다.

終日看山不厭山　　종일토록 산을 보나 싫증이 나지 않고
買山終待老山間　　산을 사서 노년을 산속에서 보내고 싶네
山花落盡山長在　　산의 꽃이 다 떨어져도 산은 여전하고
山水空流山自閑　　계곡물이 절로 흐르니 산도 저절로 한가하네

시인이 종일토록 산을 바라보나 산이 싫증이 나지 않는다. 오히려 산을 사서 노년을 그곳에서 보내고 싶다는 바람을 첫 두 구절에서 드러내고 있다. 뒤의 두 구절에서 그 이유를 밝히는 것이자, 동시에 시인이 산을 고요히 정관하는 사유를 밝히고 있다. 산의 꽃이 다 떨어져도 산은 여전히 산이다. 게다가 계곡물은 자연의 섭리대로 저절로 흘러간다. 마치 유유자적하게 노는 듯 한가롭게 존재하고 있다. 우주와 대자연의 자유자재로움을 말하고 있다. 여기에서의 산은 바로 불성佛性이요, 고요한 선심禪心의 상징인 것이다. 시인의 산에 대한 사랑은 바로 산과 같이 유유자적하게 정심靜心을 수양하는 마음인 것이다.

이렇게 고요함과 청유淸幽한 심미적인 정취, 대자연과 시인이 하나가 된 듯한 물아양망物我兩忘의 경계의 추구는 바로 왕유와 맹호연 산수시의 심미경계와 유사하다. 앞에서 서술한 바와 같이 사물을 선종의 정관靜觀과 묵상默想의 사유방식으로 관조하는 것과 밀접한 관계가

있다. 마치 선가에서 오묘한 '진심직설'을 직설적으로 말하지 않는 것과 유사하다. 문자나 언어로는 오묘한 도리나 깨우침의 경지를 나타내지 못하기 때문이다. 대부분 상징이나 비유의 수법을 통해서 묘사하면서 그것을 읽는 사람이 마음으로 직접 깨우침을 추구하는 방식이다. 외계사물에 대해 나의 마음이 언어문자의 논리를 초월하는 직각적인 관조를 통하여 나의 청정한 본성이 정감색채인 대천세계를 물들이는 체험을 하게 된다. 이러한 외계사물과의 왕복되는 교류를 통하여 청정한 본심의 세계와 깨우침에 이르는 궁극적인 진리를 묘사해내고 있다.

2) 반야공관般若空觀을 체현

두 차례의 재상 역임과 파직으로 낙향했던 왕안석의 파란만장한 관직 경험은 만년의 그로 하여금 많은 것을 생각하게 하였을 것이다. 왕안석에 대해 다음과 같은 평가가 있다. "만년 재상에서 파직당하고 금릉에 머물 때, 매일 불경을 봉독하였고, 승방을 찾아서 한담하고, 호를 반산노인으로 칭하였다. 이것은 한 명의 개혁가의 비극이다. 그러나 심미적인 각도에서 보면 이로 인하여 반산노인의 참선이 그의 시로 하여금 초기와 중기의 공리주의와 실용주의 제약으로부터 탈피하게 만들었고, 더욱 초공리주의 심미로 전향하게 하여 예술상으로는 매우 큰 성공을 이루었다."[238] 파직당한 후, 만년에 10년간 종산에 은거하면서 개인적으로 불교 및 고승대덕들과 친밀한 관계를 유지했다는 설명이다. 예를 들어 한산과 습득의 선시를 좋아하여 「한산·습득 시를 모방하다

238 周裕鍇, 『中國禪宗與詩歌』, 上海人民出版社, 1992, p.80.

(擬寒山拾得詩)」 20수를 창작하는 등 이 기간에 적지 않은 선시를 창작하였다. 물론 불교경전에 대해서도 체계적으로 학습하고 연구한 정황도 보인다. 예를 들면 왕안석 자신이 『금강경金剛經』과 『유마힐경維摩詰經』에 주를 달아서 신종황제에게 바쳤다.

> 신이 은혜를 입어 일의 번잡함을 면하고, 질병을 치료하는 시간을 틈타 불경에 대해 깊이 생각할 수 있었습니다. 『금강반야경』과 『유마힐소설경』을 살펴보니 사령운과 승조의 주석서가 본래의 종지를 잃어버렸습니다. 또한 세상에서 전하는 세친보살, 구마라집, 혜능 등의 주해가 이름을 도용함이 의심이 되어, 곧 바로 저의 견해에 근거하여 훈고와 주석을 달았습니다.[239]

그가 불교경전에 주석을 달았던 이유를 알 수 있다. 선종의 핵심경전인 두 경전에 대한 앞 사람들의 오류를 수정하기 위함이라는 설명이다. 그만큼 왕안석이 불경에 대해 해박한 지식을 가졌다는 방증이다. 육조 혜능이 『금강경』에 의해 깨우침을 얻었기 때문에 『금강경』은 『능가경楞伽經』과 함께 선종의 중요한 경전으로 취급되어져 왔다. 본래의 명칭은 『금강반야경金剛般若經』이며, 핵심사상은 공空사상이다. 다시 말해서 『금강경』에서는 세상만물 모두는 실질적으로 실체가 존재하지 않는 것으로 보고 있다. 자성自性이 없고 실체實體가 없는 '공'이라는

---

239 「進二經箚子」: "臣蒙恩免於事累, 因得以疾病之餘日, 覃思內典. 切觀『金剛般若』, 『維摩詰所說經』, 謝靈運, 僧肇等注多失其旨, 又疑世所傳天親菩薩, 鳩摩羅什, 慧能等所解, 特妄人竊藉其名, 輒以己見, 爲之訓釋."(『王文公文集』 卷20)

것이다. 눈에 보이는 사물은 일시적으로 존재하는 '가유假有'이며 '환유幻有'이다. 심지어 부처의 설법도 공空이라고 집착에서 벗어나야 함을 강조하고 있다. 단지 방편적인 병의 약으로만 간주하라는 설명이다.

『금강경』에 주석을 단 왕안석으로서는 당연히 『금강경』의 핵심사상인 반야공관을 꿰뚫고 있었을 것이다. 그가 종산에 은거하며 지은 시에는 『금강경』의 '공'사상을 자주 표현하고 있다. 신법의 실행을 통해서 강한 국가를 만들고자 했던 개혁이라는 대명제 앞에서 두 차례의 파직으로 실패를 경험한 시인으로서는 어찌할 수 없는 무력감과 좌절감, 이를 "개혁가의 실패와 비극의 표출"이라고도 볼 수 있겠으나, 결과론적으로 시인 자신의 인생체험에서 깨달은 하나의 인생철리가 바로 인생무상人生無常과 만법개공萬法皆空의 '공空'이었던 것이다. 그러므로 그의 적지 않은 시가에는 이러한 객관적인 실체를 인정하지 않는 선종 공사상이 투영되어 있다. 만년에 이른 시인의 정신적인 고뇌로부터의 탈출이라고도 할 수 있겠으나, 오히려 선종의 깨달음의 방식, 궁극적으로는 물아物我를 모두 잊고 하나가 되는 청정한 깨달음의 경지를 추구하였다고 하는 편이 더 적절하리라 생각된다. 왜냐하면 그의 시에는 달관을 추구하는 공의 경계가 그의 시 여러 작품에서 묘사하고 있기 때문이다. 「유마경을 읽은 후의 느낌(讀維摩經有感)」 시를 보자.

身如泡沫亦如風　　몸은 물거품 또한 바람과도 같은 것
刀割香塗共一空　　칼로 자르고 단향으로 칠해도 모두가 공이네
宴坐世間觀此理　　세간에서 참선하며 이 도리를 관조하니

維摩雖病有神通　　유마힐은 병들었지만 신통함이 있다네

불교의 경전 중에서도 『유마경』은 재가신앙의 사상적 근거와 재가자의 이상상理想像을 제시한 경전이라고 할 수 있다. 특히 유마힐을 모델로 반야의 공사상을 실천적으로 체득하려는 대승보살 정신을 강조하고 있다. 이를 통해서 세속에서의 불도의 실천과 완성을 표현한 것이 주된 내용이다. 『유마힐경維摩詰經』의 주된 내용은 유마힐 거사와 문수보살이 함께 불법을 토론하는 내용으로 구성되어 있다. 즉 개인적인 수양을 통하여 부처의 경지에 이를 수만 있다면 굳이 출가라는 형식을 빌리지 않아도 충분히 정신적인 해탈을 가져올 수 있음을 말하고 있다. 『유마힐경』을 읽은 후의 시인의 느낌을 적은 것인데, 인생은 마치 물거품이나 바람과 같은 것이기에 칼로 자른다거나 혹은 단향으로 칠하든 간에 근본적으로 즐거움과 고통의 차이가 존재하지 않는다는 것이다. 바꾸어 말하면, 인생에 있어서 고통이나 즐거움 등은 모두 꿈과 같은 것이기에 결국에는 모든 것이 공空으로 귀결된다는 설명이다. 유마힐이 비록 병을 얻은 몸이었지만, 신통함에 이르러 해탈의 법문에 이른 것과도 마찬가지로 우리도 몸은 비록 세간에 있지만 이런 도리를 관조하면 유마힐처럼 깨우침의 경지에 이를 수 있다는 설명이다. 칠언절구의 네 구절이 모두 선리로 이루어져 있으나, 딱딱하다거나 생경하다는 느낌이 없다. 오히려 전반적으로 쉽고 명백하게 이해할 수 있다는 점이 특징이다.

이외 출가한 딸이 타지에서 부모를 그리워하며 눈물을 흘린다는 내용의 시를 받아보고, 왕안석은 『능엄신석楞嚴新釋』이라는 불경을 딸에게 보내며 불법을 배워서 정신적인 해탈을 추구하기를 권한다.[240] 「다시 전운에 차운하다(再次前韻)」라는 시에 그러한 내용을 나타내고 있다.

秋燈一點映籠紗	가을날 등불이 사등롱에서 비추어 나오니
好讀楞嚴莫憶家	능엄경 읽음을 좋아하며 집 생각 마세요
能了諸緣如夢事	모든 인연이 꿈임을 이해할 수 있다면
世間唯有妙蓮花	세간엔 오직 청정한 불법만 존재하네

만약 우리들이 인생의 허무함과 인연이 무상無常한 것임을 깨닫는다면, 바로 인생의 고해苦海에서 벗어날 수 있다고 불교에서는 주장한다. 천리타향에서 부모를 그리워하며 눈물을 흘린다는 딸의 시를 받아 본 시인은, 인간 세상의 모든 인연은 꿈과 같은 것임을 이해해야 한다고 말하고 있다. 인지상정으로 인한 딸의 아픔은 집착으로부터 시작되는 것이고, 이것을 벗어나기 위한 가장 좋은 방법은 『능엄경』을 배우는 것에 있다. 그렇게 할 수 있다면 모든 인연의 덧없음을 깨닫는 동시에 세상에는 청정한 불법만이 존재한다는 설명이다. 『능엄경』은 선의 수행을 통해서 인간의 감각작용에서 생기기 쉬운 온갖 번뇌로부터 벗어나 해탈의 경지에 이를 수 있는 불법의 이치를 설법한 대승불교의 경전이다. 왕안석은 이 경전을 중시하였던 것으로 보인다. 『능엄경』에 대해 본인이 직접 교정을 하였고, 게다가 『능엄경요지』도 저술하였기

---

240 徐文明, 『王安石與佛禪』, 河南人民出版社, 2001, p.247.

때문이다.[241] 『능엄경』은 모두 10권으로 이루어져 있는데, 제3권에서는 세간의 만법萬法이 여래장묘진여성如來藏妙眞如性이라 하여 마음의 영원불멸성을 깨우치고 있다. 그러므로 시인은 이 구절을 인용하여 제4구에서 "세간에는 오직 청정한 불법만 존재한다."라고 설하고 있다. 왕안석의 불교이론에 대한 깊은 연구를 엿볼 수 있는 동시에 만년에 선종에 심취한 시인의 모습을 이해할 수 있다. 같은 경지를 묘사한 「꿈(夢)」을 보자.

知世如夢無所求	세상이 꿈임을 알면 추구할 것이 없고
無所求心普空寂	추구함이 없으면 청정 공적한 마음에 이른다
還似夢中隨夢境	마치 꿈속에서 꿈의 경지를 좇는 것이니
成就河沙夢功德	성취는 강가 모래 위 꿈의 공덕이라네

위의 시도 역시 꿈과 구름, 안개 등을 인생 및 세상사에 비유하고 있다. 만약 세상만물이 모두 한바탕 헛된 꿈인 것을 안다면 그것에 집착하고 추구하지 않는다. 이른바 '추구하지 않는 마음'은 집착에서 벗어난 마음이자, 수연자적의 마음이고, 깨우침의 마음이라는 설명이

---

241 왕안석王安石은 「능엄경요지를 자서한 후에 제하다(題自書楞嚴經要旨後)」에서 다음과 같이 말하고 있다. "내가 종산에 은거한 후, 도원본을 빌어서 친히 교정을 하고 사원에서 판각하여 책을 만들었다. 때는 원풍 8년 4월 21일, 임천 왕안석 계수하고 삼가 쓴다(余歸鐘山, 假道原本, 手自校正, 刻書寺中. 時元豐八年四月十一日, 臨川王安石稽首敬書)."(『全宋文』 卷1398) 또한 왕안석이 『능엄경해楞嚴經解』 10권을 지었다는 기록이 보이지만, 오늘날 전해지지 않고 있다.(晁公武, 『郡齋讀書志』 卷5)

다. 이러한 주장 역시 불교에서 항상 주장하는 것으로 결코 새로운 것은 아니다. 하지만 3, 4구에서 반전이 있다. 세상만물이 이미 꿈이고 환상이라면 수행하여 쌓은 공덕도 아무 소용이 없는 부질없는 것이라는 설명이다. 수행을 통해 쌓아온 모든 공덕도 역시 다름 아닌 모두 꿈속의 일이라는 것이다. 객관적인 현실과 집착을 부정하는 동시에 심지어 불교의 깨우침에 이르는 수행의 경지조차도 선종 자체의 논리로 철저히 부정하는 시인의 깨우침의 경지를 알 수 있다. 「한산 습득의 시 20수를 모방하다(擬寒山拾得詩二十)」의 세 번째 시에서도 역시 유사한 철학을 담고 있다.

凡夫當夢時	보통 범부가 꿈을 꿀 때에
眼見種種色	눈에는 여러 색이 나타난다네
此非作故有	이것은 만들어 있는 것이 아니고
亦非求故獲	또한 구해도 얻을 수 없다네
不知今是夢	오늘이 꿈인 것을 알지 못하면
道我能蓄積	능히 축적할 수 있다고 여기네
貪求復守護	탐하여 구하고 지키려 한다면
嘗怕水或賊	일찍 물과 도적을 두려워한다
旣覺方自悟	이미 스스로 깨우침을 느꼈다면
本空無所得	본래가 공이며 얻음도 없는 것
死生如覺夢	생사도 마치 꿈의 깨침과 같으니
此理甚明白	이 도리는 매우 명백한 것

'한산 습득의 시를 모방하다'라는 시제에서도 알 수 있듯이 실제로 왕안석은 이 시에서 통속적이며 쉬운 언어, 그리고 구어를 활용했음을 알 수 있다. 주제는 세상의 모든 만법이 공한 것이며, 꿈이요, 허환虛幻이며 무실無實하다는 것으로 보고 있다. 눈에 보이는 모든 것은 실질적으로는 있지 않은 것이다. 그것은 만들어도 생겨나는 것이 아니고, 추구해도 얻을 수 없는 것이다. 만약 범부가 세속의 모든 것이 꿈인 것임을 모르고, 그것을 축적하여 모을 수 있는 것으로 생각하고, 또한 집착해서 지키려 한다면 그것을 잃지 않으려는 두려움으로 가득 차게 된다는 주장이다. 하지만 스스로 꿈임을 깨우친다면 세상의 모든 것이 공이고 무소득임을 명백히 깨닫게 된다는 논리이다. 생사의 도리도 역시 꿈과 같으며, 일체의 모든 것이 공이라는 도리가 명확한 것임을 강조한다. 이러한 한산과 습득의 시가 모방을 통한 공의 경계 묘사는 두 차례 재상을 역임한 시인의 관직생활의 무상함, 그에 따라 만년에 깨우친 '본래가 공이며 얻음도 없는 것', 즉 '만법개공'이라는 인생철리의 증오證悟를 통한 내심의 평안 추구와 관계가 있다. 「왕택주부에게 보이다(示王鐸主簿)」 시를 보면,

君正忙時我正閑	그대 바쁠 때 나는 한가로우니
如何同得到鐘山	어찌하면 함께 종산에 이르겠는가?
夷門二十年前事	이십 년 전의 서울(변량)에서의 일들을
回首黃塵一夢間	생각하니 세속의 한바탕 꿈이었네

세속의 풍진에서 벗어나 은거하던 시인은 가끔 옛 친구 왕탁과 함께

종산에 오르고 싶어 했던 것 같다. 그 옛날 20년이 지난 이전의 일을 생각하니 모든 것이 부질없는 한바탕의 꿈이요, 아련한 환상이었던 것이다. 사실 재상으로 임명되어 개혁을 추구하기 이전부터 시인은 '인생여몽'을 노래하고 있었다. 예를 들면 그의 나이 40대 초중반인 치평治平연간(1064~1067)에 한림학사로 있을 때 종산을 그리워하며 지은 「종산을 그리며(懷鍾山)」 시를 보자.

投老歸來供奉班　늘그막에 조정에서 천자를 모시려니
塵埃無復見鐘山　세속에서 다시는 종산을 볼 수 없네
何須更待黃粱熱　어찌하여 황량이 익기를 기다려서
始覺人間是夢間　비로소 세상이 꿈이라고 깨닫는지

아무래도 이 시기 시인의 주된 관심사는 경세사상에 입각하여 개혁의 실천과 부국강병을 추구하는 것이 주된 목적으로 보인다. 하지만 인간 세상사 모두를 꿈으로 돌리고 있다. 이러한 경향을 치평연간에 왕안석이 『노자老子』의 사상을 새롭게 해석하여 주해서를 남긴 것과 연관지어 보는 시각도 있다.[242] 앞서 언급하였지만, 왕안석은 젊은 시절부터 불문과의 교유가 있었고, 유불도 삼가의 회통과 융합의 관점, 그리고 '원불입유援佛入儒'의 측면에서 불교에 대해 비교적 긍정적인 시각을 가지고 있었던 것과도 관계가 있을 것이다. '황량이 익기를 기다려서 세상이 꿈이라 깨달을 필요가 없다'는 구절에서 시인의 인생에 대한

242 유영표, 『왕안석 시가 연구』, 법인문화사, p.267.

근본적인 태도를 읽을 수 있다.

위에서 언급한 바와 같이 짧은 오언과 칠언의 절구로 이루어진 작품에는 선종의 핵심사상인 공사상을 담고 있다. 만년에 이른 시인이 변법개혁의 실패와 이에 따른 신당과 구당의 치열한 당파싸움, 그 틈 사이에서 어찌할 수 없는 시인의 절망감, 먼저 세상을 떠나보낸 자식으로 인한 천륜의 아픔, 그러기에 유가의 입신양명이나 경세제민이라는 치국의 도를 고수하기보다는 선종의 일체여몽一切如夢과 만법개공萬法皆空을 통하여 세속에 대한 고뇌를 탈피하고 마음에서의 해탈경지를 추구하였다. 이는 핵심사상이 공사상인 『금강반야경』, 『유마힐소설경』에 대한 시인의 애호를 통해서도 이해할 수 있다. 주유개 교수의 말대로 '한 명의 개혁가의 실패와 비극의 표출'이라 할 수도 있겠으나, 그보다는 다양한 인생사를 경험한 시인으로서 만년에 세상사에 달관하고, 불선에 의지한 시인의 깨우침이라고도 할 수 있을 것이다.

3) 무심경지無心境地를 추구

불교나 선종의 관점에서 보면 제법諸法은 모두 인연이 화합하여 생겨나는 것으로 모든 본성은 '무無'로 보고 있다. 즉 공무자성空無自性이란 의미이다. 그러기에 '무無'를 존재하지 않는다는 의미로 일컫기도 하지만, 동시에 차별법인 제법諸法, 삼라만상의 거짓된 실체를 철저히 끊고 단절하는 것도 '무無'라고 한다.[243] 그러므로 불교에서는 일반인들이 자주 범하는 병을 시비是非와 호오好惡에 의한 분별심이라고 말하고

---

243 『佛光大辭典』, (高雄)佛光出版社, 1989, p.5074.

있다. 만약 시비가 있으면 바로 안정된 마음을 잃게 되고, 증오憎惡가 생기면 마음의 안녕을 깨트린다는 것이다. 그러므로 망상과 분별은 바로 윤회의 근원이고 번뇌의 원인이라고 규정하고 있다. 이러한 연유로 선종에서는 무분별심인 무심無心을 강조하고 있다.[244] '무無'와 '공空'의 개념 모두 객관적으로 존재하는 실체를 부정하는 것이지만, '공'을 실천한 결과 얻어지는 마음 상태가 바로 '무심'이다. 자성自性이 청정하다는 깨달음을 가리키고 있음을 알 수 있다. 이러한 '무'를 응용한 것으로 '무심' 이외에 '무념無念'이나 '무유無有'도 있다. 어떠한 인연에도 얽매이지 않고, 막힘과 걸림이 없는 청정한 마음의 경지를 가리키는 것이다. 왕안석은 위에서 언급한 '공' 이외에도 '무심'[245]의 운용을 통하여 색色과 심心에 걸친 차별법인 만법을 뛰어넘는 깨우침의 경지를 묘사하고 있다. 수연자적하는 은거생활 속에서 어디에도 속박되지 않는 시인의 주관적인 깨달음의 마음을 표현하고자 했던 것이다. 우선 「스님에게 보내다(贈僧)」 시를 보자.

---

244 "승려가 묻는다: '무엇이 부처입니까?' 스승이 대답한다: '마음이 부처이고, 무심이 도이다.'(問: '如何是佛?', 師云: '卽心是佛, 無心是道'.)", 『古尊宿語錄』 卷3, CBETA, X68, No.1315, p.0016, b23.

245 타이완에서 편찬한 『佛光大辭典』에서는 '無心'을 다음과 같이 설명하고 있다. 무심이란 모든 망념을 벗어난 청정한 진심을 가리킨다. 즉 범인凡人과 성인聖人, 선과 악, 아름다움과 추함, 크고 작음 등 분별의식을 벗어나 어디에도 집착하지 않고 막힘이 없는 자유자재의 경계를 가리킨다. 이것은 바로 일체의 객관사물의 존재를 부정함으로써 다다르는 청정한 마음의 경계를 말하는 것이다. 『佛光大辭典』, (高雄)佛光出版社, 1989, p.5075.

紛紛擾擾十年間　분분하고 어지러웠던 십여 년의 세월
世事何嘗不强顔　세상사 어떤 일이 억지웃음 아니던가?
亦欲心如秋水靜　마음이 가을 물처럼 고요하길 원한다면
應須身似嶺雲閑　몸은 언덕 위 구름처럼 한가해야 한다네

은거 이전, 세속의 관직생활에서 겪은 십여 년의 행적에 대한 묘사로 시작하고 있다. 전반부에서 세상사 모든 것이 억지웃음이라는 말에서 본인의 의지와는 상관없는 힘든 관직생활을 표현한다. 후반부에서는 망념을 벗어난 고요한 무심無心의 경지에 이르려면 몸도 하늘의 구름처럼 수연자적隨緣自適의 경지에 이르러야 한다는 것이다. 다시 말해서 '번뇌 없는 마음 상태(無煩惱心)', '집착 없는 마음 상태(無執著心)', '망념이 없는 마음 상태(無妄心)'에 이르러야 한다는 것이다. 인위적인 상태를 탈피해 분별을 벗어난 마음 상태에 이르러야 비로소 '추수秋水' 같은 고요한 무심의 경지에 다다를 수 있음을 강조한다. 제목으로 보아 이 시는 만년에 이른 시인이 스스로의 일생에 대한 감개를 담백한 정서로 표현하여 승려에게 준 것으로 판단된다. '억지웃음(强顔)'과 '한가로운 구름(雲閑)'이라는 절묘한 대비를 통해 세속과 깨우침의 경계를 표현하고 있는 것이 두드러진다. 다시 「정림에 거주하며(定林所居)」 시를 보자.

屋繞灣溪竹繞山　계곡은 집을, 대나무는 산을 둘러싸고
溪山卻在白雲間　산과 계곡 흰 구름 사이에 놓여 있네
臨溪放杖依山坐　계곡에 지팡이 두고 산 기대어 앉으니

溪鳥山花共我閑　　계곡의 새, 산의 꽃 나와 함께 한가롭네

시인이 거처하는 정림 부근의 한적한 경치와 세속을 떠난 시인의 모습을 통하여 대자연에서 은거하는 시인의 탈속적인 정서를 읽을 수 있다. 집 주위의 수려한 풍광에 대한 묘사로 시가 시작된다. 맑은 계곡은 집을 둘러싸고, 울창한 대나무는 산을 둘러싸고 있다. 그 계곡과 산은 또다시 흰 구름 사이로 아련하게 놓여 있다. 그야말로 심원深遠하고 청유淸幽하며, 청려淸麗하고 탈속적인 거처를 생동감 있게 묘사하고 있다. 후반부에서는 계곡에 임하여 지팡이를 두고 산에 기대어 앉아 있는 시인의 모습을 묘사하고 있다. 계곡의 새와 산꽃, 그리고 산이 모두 시인과 일체가 되었다. 새소리도 없고, 분별심도 없다. 새, 꽃, 산, 그리고 자신이 하나가 되어 함께 소요하고 있다. 모든 집착에서 탈피한 주객을 잊어버리고 대자연과 더불어 함께하는 물아일체의 경지를 표시하고 있다. 「눈앞의 일(卽事)」 첫째 시를 보자.

雲從鐘山起　　구름은 종산에서 일어나
卻入鐘山去　　도리어 종산으로 들어갔네
借問山中人　　산속의 사람에게 묻노니
雲今在何處　　구름은 지금 어느 곳에 있는가?

선종에서는 종종 구름을 세상의 모든 번뇌에서 벗어난 '무심'의 경지에 비유하고 있다. 어디에도 걸림이 없이 수연자적하기 때문이다. 동시에 '무심'의 경지는 깨우침의 경지이다. 여기에서도 구름은 '무심'의

경지를 나타낸다. 모든 분별심을 떠난 경지에 있기에 대자연의 동서남북 어느 곳이든 자유롭게 움직일 수 있는 것이다. 그러므로 대자연 속 분별심을 벗어난 깨우침의 경지에서 왔다가 다시 산하대지로 돌아간다. 그렇다면 이 구름은 지금 어느 곳에 있는가? 역시 분별심이 떠난 무심의 경지에 있다. 두 번째 시에서는 다음과 같이 말한다.

雲從無心來　구름은 무심에서 와서는
還向無心去　다시 무심으로 가버린다
無心無處尋　무심은 찾을 곳이 없으니
莫覓無心處　무심이 있는 곳을 찾지 마시오

우주만물, 삼라만상 모두가 바로 '무심'(깨우침의 경지)에서 나온 것이며, 종국에도 '무심'으로 돌아간다고 보고 있다. 그렇다면 '무심'이란 도대체 어디에 있는가? 그 대답은 바로 "무심이 있는 곳을 찾지 마시오."이다. 다시 말해서 원래 무심은 있는 곳이 없다. 원래 무심은 유(존재)와 무(부존재)의 분별심에서 벗어난 경지이기 때문이다. 만약 '무심'을 찾으려고 한다면, 그 자체가 망상을 짓는 무명無明이니 번뇌의 업장에 빠져들게 된다. 그러므로 '무심'은 분별심이 존재하지 않는 청정한 깨우침의 경지인 것이다. 다시 「처하 적조암 승려 운묘에 화답하다(和棲霞寂照庵僧雲渺)」 시를 보자.

蕭然一世外　고요히 세상 밖에 있으니
所樂有誰同　그 즐거움 누구와 같겠는가

宴坐能忘老	참선에 늙는 줄 모르고
齋蔬不過中	먹는 채식도 중간을 넘지 않는다.
無心爲佛事	무심을 불사로 삼으니
有客問家風	객이 와 가풍을 묻는다
笑謂西來意	웃으며 서쪽으로 온 뜻 말하니
雖空亦不空	공이면서 또한 공이 아니라네

세속과 단절된 곳에서 초연하게 인생을 향유하는 선사의 즐거움을 수련首聯에서 묘사하고 있다. 다음 연에서는 시간이 흐르는 줄도 모를 만큼 참선 삼매경에 빠져 있는 모습, 먹는 음식도 채소밖에 없으며, 그것조차도 소량으로 적게 먹는다. 소박한 생활을 영위하는 스님의 일상모습을 그리고 있다. 일체의 번뇌와 분별심을 벗어나 있으니 불사가 따로 없다. '무심'의 생활자체가 불심이라는 설명이다. 다시 말해서 평상심이 도이다. 그런데 사람들이 찾아와서 깨우침의 법을 묻는다. 미련에서는 '달마 대사가 서쪽에서 온 까닭'을 웃으며 말한다. 대답은 '공이면서 또한 공이 아니다', 즉 시비是非와 유무有無의 분별심에서 벗어난, 일체 무심無心의 경계, 무차별의 깨우침 경지를 설명해주고 있다.

이와 같이 왕안석의 적지 않은 작품 속에는 우주만물과 삼라만상에 대한 조용한 관조에서 깨달은 무심의 경지를 나타내고 있다. 일체의 속박과 얽매임이 없는 고요하고 한적한 무심의 경지는 바로 선종이 추구하는 선열禪悅의 경지이자, 만년의 왕안석이 추구하는 자유자재하며 수연자적의 달관된 심경의 표현이라고 할 수 있다. 여기에는 모든 차별심도 뛰어넘는다. 대자연과 함께 소요하며 세속의 모든 기심機心과 단절한다. 이것이 진정한 깨우침의 경계이다.

4. 결론

중국의 대표적인 개혁가 중의 한 사람인 왕안석은 정치적인 면에서도 걸출한 개혁가이었지만, 시인이며 산문가로, 특히 당송팔대가 중의 한 사람으로 송대 시단과 문단에도 적지 않은 영향을 미쳤다. 만년에 벼슬에 물러나 종산에 은거하면서부터 세상을 떠날 때까지 10년간은 문학적인 면에서 중요한 의미가 있는 시기이다. 은거 이전, 성현의 위정지도와 경세제민 중심의 유가적인 이상과 부국강병의 원대한 정치 포부를 실현하려 노력했다면, 그가 종산으로 은거한 후에는 세속의 명리와 가치를 초월하여 불교와 선종을 적극적으로 수용하였다. 심지어 불교경전에 대한 오류를 지적하고, 주석서를 편찬할 정도로 불법에 대해 상당한 지식을 갖추고 있었고, 게다가 고승대덕들과 폭넓은 교유를 통하여 불교의 장점을 활용하려고 노력하였다. 다른 한편으로 관직 생활에 대한 고뇌와 인생무상이라는 내심의 모순에서 탈피하려는 관점에서 불교와 선종을 수용하였다. 만년에 그의 집을 사원으로 개조하여 기증하고, 고승 보봉극문寶峰克文을 초청하여 주지를 삼은 것에서도 그런 마음을 엿볼 수 있다.

왕안석은 비록 경세제민과 부국강병을 추구한 개혁가이었지만, 당시 문자선의 흥성으로 인한 선종의 발전과 유불도 삼가 사상의 융합이라는 시대적 조류, 원불입유援佛入儒라는 유가 중심의 실용적 관점에서 불교사상까지도 적극적으로 수용하였던 것이다. 게다가 유가경전과 동일하게 불교경전의 효용성도 강조했는데, 특히 '부처의 가르침이 비록 다른 언어로 기록되어 있지만, (치세의) 도리라는 부분에서는 일치한다.'는 신종神宗과 진행한 군신간의 대화는 경세치용의 실용적인 관점과 유불도 삼가의 융합이라는 사조를 반영한 것으로 보인다. 송대 초기부터 있어온 유학자와 이학가의 배불관점을 벗어나고 있다는 점에 있어서 개혁가의 폭넓은 사상적인 스펙트럼은 의미가 있다.[246] 왕안석의 개방적이며 실용적인 사상의 토대 아래 그가 창작한 시가도 선종의 핵심사상을 내포하고 있다.

첫째, 왕안석은 왕유와 마찬가지로 만년에 선종의 정관靜觀과 묵상默想의 사유방식으로 자연경물에 대한 직접적인 체오體悟를 통하여 그의 시에는 고요함과 청유淸幽한 심미적인 정취, 대자연과 시인이 하나가 되는 '물아합일物我合一'의 경계를 묘사하고 있다. 여기에 선어禪語는 없으나 선의禪意와 선취禪趣가 무궁무진하고, 비록 선리禪理를 내포하고 있지만, 그 흔적이 없는 자연스럽고 평담한 시적 경계에 도달하고 있다. 이 부분에 있어서 왕유의 선취시와 일정한 계승관계가 있으며, 후일 소식과 황정견의 선시와는 차이점이 있다.[247]

---

246 비록 자신들이 불교사상을 수용하고 있었지만, 표면적으로는 배불적인 관점을 견지한 정이, 정호 형제 등의 이학가들을 비롯하여 손복과 석개 등도 불교에 대해 극렬하게 배척하였다. 이런 조류 속에서 신종과 왕안석의 다원적인 관점은 문자선의 성행과 연계된 유불도 삼가 융합 및 이학과 선종의 융합이라는 관점을 수용한 절충적인 견해라고 판단된다.

247 조제평趙齊平 선생은 송시는 매요신과 소순흠의 노력을 거쳐 구양수에 이르러서 기초를 다지게 되었고, 소식과 황정견에 이르러 독특한 면모로 당시와는 다른

둘째, 만년에 개혁의 실패와 이에 따른 신당과 구당의 당파싸움, 그 틈 사이에서 어찌할 수 없는 시인의 절망감, 그러기에 남은 생의 희망과 기대를 불교와 선종에 기탁하지 않을 수 없었다. 『금강경』, 『유마힐경』, 『능엄경』에 대한 주해와 애호를 통해서 볼 때 선종에 대한 그의 해박한 지식을 알 수 있다. 그러므로 만년 그의 시가에는 유가의 입신양명立身揚名이나 치국지도治國之道보다는 선종의 일체여몽一切如夢과 만법개공萬法皆空을 묘사하고 있다. 두 차례나 재상에서 파직당하며 신법을 완성할 수 없었던 관직에서의 고뇌를 탈피하고 마음의 안위를 얻고자 노력하였던 시인의 내심세계를 표현한 것이다. 다양한 인생사를 경험한 시인으로서 만년에 불선에 의지하였던 시인 자신의 깨우침의 표현이라고 할 수 있다.

마지막으로 불교선종의 측면에서 보면 세상의 모든 객관사물은 환유幻有로 본래 존재하지 않는 것이다. 우리의 눈에 보이는 모든 것은 인연에 의하여 명멸明滅하는 것이다. 육조혜능, 위산영우, 황벽희운 등, 역대 조사들은 자주 '무심'을 강조하였다. 만약 분별하여 이견二見이 생기면 망념이 일어나 실상을 파악하지 못하게 된다는 것이다. 은거 이후, 우주만물과 삼라만상에 대한 관조를 통하여 깨달은 시인의 임운자재하며 달관된 '무심'의 경지를 시가에 체현해내고 있다. 이러한

송시의 특징을 만들었다고 주장하였다. 그러므로 왕안석의 시가는 구양수와 소식, 황정견 사이를 이어주는 과도기적 단계라고 주장하였다. 다시 말해서 왕안석의 시풍은 소식, 황정견 시풍과는 다른 당시唐詩의 여풍을 가지고 있다는 것을 강조한 것으로 보인다. 趙齊平, 『宋詩臆說』, 北京大學出版社, 1993, pp.114~115.

고요하고 적정寂靜하며, 구속과 얽매임이 없는 '무심'의 경지는 바로 선종이 추구하는 깨우침의 경지인 동시에 만년에 이른 개혁가의 생활 심경이라고 할 수 있다.

제5장 동파거사 소식과 문자선

1. 서론

중국의 대표적인 문학가이자 선학가, 사상가인 소식(蘇軾, 1036~1101)의 자字은 자첨子瞻이고, 호는 동파東坡이며, 중국 쓰촨성(四川省) 메이산(眉山) 사람이다. 중국 역대 최고 문인 중의 한 사람으로 중국문단과 시단 및 주변국가에 끼친 영향력은 상당하다. 문장에 있어서 소식은 그의 아버지 소순, 동생 소철과 함께 당송팔대가의 한 사람으로 중국 산문의 전범을 확립하는 데 크게 공헌하였다. 시가에 있어서는 2,700여 수의 시를 남김으로써 송시의 기풍을 새롭게 열어서 황정견黃庭堅과 함께 송시를 대표하면서 소·황으로 칭해지고 있다. 400여 수의 사詞 작품 중에서 수많은 호방사豪放詞와 철리사哲理詞를 남김으로써 신기질辛棄疾과 함께 송대의 호방사의 기풍을 개척했다는 평가를 받고 있다. 또 서법書法에 있어서 행서行書와 해서楷書에 뛰어나 황정견·미불米芾·

채양蔡襄과 함께 북송사대가로 알려졌고, 회화에서는 문동文同과 함께 송대 문인화文人畵의 창시자로 알려졌다. 한마디로 소식은 다재다능한 문학예술 재능과 호방한 성정, 풍부한 상상력, 사상의 다양성을 토대로 자유로운 정신세계를 펼친 중국 최고의 문인이라고 평가할 수 있다. 그 무엇보다도 그의 이러한 뛰어난 성취는 동시대의 이학가들이 걸었던 길과는 다른 사상적인 길을 걸었기 때문이다. 즉 유불도의 경계를 넘나드는 다양한 사상적인 스펙트럼, 풍부한 인문학적인 상상력, 문학예술의 과장 수법을 잘 활용해서 자유로운 정신세계를 펼쳤기에 가능한 것이었다. 특히 수차례의 폄적과 유배로 "치국평천하治國平天下"의 유가적인 이상을 실행할 수 없는 회재불우懷才不遇의 상황에서 불교선종의 사유와 도가사상은 그의 일평생에 지대한 영향을 미치면서 그의 인생관에 핵심적인 역할을 한다. 특히 그와 직접 교유를 한 승려가 100여 명이 넘었으며, 선종어록과 불교문헌에 대해서도 매우 정통하였다. 그의 시문을 보면 '반야般若', '유마힐維摩詰', '능가楞伽', '원각圓覺' 등의 경전들을 능수능란하게 활용하였음을 알 수 있다.

특히 오대시안烏臺詩案이라는 필화사건으로 겨우 죽음의 문턱을 비켜난 소식은 황주로 유배된 이후, 아침에 안국사安國寺에 와서 참선하고 저녁에 돌아가는 생활을 5년 동안 수행하기도 하였다. 만년에 혜주惠州와 작은 섬 담주(儋州, 지금의 하이난다오, 海南島)로 유배된 이후에 그는 더욱 선종사상에 침잠한다. 어떠한 상황이든지를 막론하고 불법의 인연으로 간주하거나, 일체개공一切皆空으로 대할 수 있었기에 어떤 사물에도 초연할 수 있었다. 더욱이 『오등회원』에서는 소식을 송대 황룡파黃龍派 황룡혜남黃龍慧南의 제자인 동림상총東林常總의 법사法嗣

로 등록하고 있다. 원풍元豐 3년(1080) 동림東林 흥룡사興龍寺에 묵으면서 상총 선사常總禪師와 무정無情에 관해 논하다가 깨우침이 있어 새벽에 상총 선사에게 한 수의 게송을 지어서 바쳤다.[248]

溪聲便是廣長舌　시냇물 소리가 바로 부처의 설법이요
山色豈非淸淨身　산색은 어디 부처의 법신이 아니겠는가
夜來八万四千偈　밤사이에 들려온 팔만사천의 법문을
他日如何擧似人　다른 날 어떻게 다른 사람에게 알려주리

선종에서는 일체의 모든 경계에 불법이 편재하고 있다고 주장한다. 무정無情하든 유정有情하든, 삼라만상 우주의 대천세계가 모두 불법의 표현이라는 것이다. "푸른 대나무가 모두 부처의 법신이요, 울창한 국화꽃은 반야가 아님이 없다(靑靑翠竹, 盡是法身; 鬱鬱黃花, 無非般若)."(『指月錄』)와 같은 경지이다. 그러므로 『경덕전등록景德傳燈錄』에 보면 남양혜충국사는 "무정한 것에도 불성이 있다(無情有佛性)."[249]고 말하고 있다. 위의 소식의 시구도 같은 의미로 무정설법을 말하는 것이다. 이것만 보아도 소식은 일생 동안 외유내불外儒內佛의 정신적인 구도자의 길을 걸어왔다고 해도 과언이 아니다.

소식에게 있어서 무엇보다도 소중한 것은 수많은 역경 속에서도 굴하지 않고, 그것을 초월하거나 혹은 철저하게 비우는 자세로 일관해

---

248 "東坡居士蘇軾, 字子瞻. 因宿東林,與照覺論無情話. 有省, 黎明獻偈曰." 『五燈會元』 卷17, CBETA, X80, No.1565, p.0364, b20-b22.

249 『大正藏』 卷51冊, p.438上.

소극적인 불교관의 운용이라는 인식을 뛰어넘는다는 점이다. 그는 당시 이학가들의 설교적인 작품에 비해 오히려 불교사상을 적극적으로 운용함으로써 자신의 작품 속에 광달과 여유, 해학과 달관의 자세를 견지하고 있다. 또한 인생의 고난을 창작으로 승화시켜 상상력이 풍부하고 예술성이 뛰어난 작품을 남기고 있다. 그러므로 소식의 작품을 통해서 볼 때 대승공관, 수연자적 등 인연을 따르는 인생관, 만년에 이르러서는 원융무애한 정신적인 해탈의 추구가 중요한 작용을 하고 있다. 본문에서는 우선 가정적인 배경을 통해서 소식 불교의 연원淵源에 대해서 살펴본다. 그 다음으로 소식 일생의 족적을 따라서 소식이 불법을 수용하는 과정에 대해 살펴본다. 세 번째, 동파거사의 일생에 있어 불교와 선종이 어떠한 역할을 했는지를 그의 시문에 나타난 선종사상을 수연자적과 일체개공의 측면에서 분석해본다. 마지막으로 소식의 문학론과 선종과의 상관관계를 소식의 창작론과 풍격론의 두 측면에서 살펴봄으로써 불교와 선종의 송대 문학이론에 대한 영향을 소식을 통해서 개괄적으로 살펴보고자 한다.

2. 소식 불교의 연원

소식의 고향 쓰촨성(四川省) 메이산(眉山)은 역사적으로 불교와 매우 밀접한 관련이 있는 곳이다. 중국 최초의 목판 대장경판이자 중국과 우리나라 대장경판의 효시인 소위 촉판蜀版대장경[250]이 바로 송나라

250 촉판대장경은 또한 勅版大藏經, 開寶勅大藏經, 官版大藏經이라고도 한다.

태조 때 메이산 바로 옆에 위치한 익주(益州, 오늘날 쓰촨성 청두시)에서 완성된 것이다. 또한 메이산 서남쪽에는 중국불교 4대 명산 중의 하나이자 산세가 수려하기로 이름난 어메이산(峨眉山)이 있다. 예부터 보현보살의 도량으로 알려져 수많은 민중들의 발걸음이 끊이지 않던 곳이다. 어메이산 바로 옆에는 세계에서 가장 큰 좌불상인 유명한 러산(樂山)대불이 있다. 소식은 바로 이러한 불교성지에서 성장하였기에 당연히 불교적인 환경에 매우 익숙하고 자연스러웠을 것으로 추정할 수 있다.

소식의 부친 소순蘇洵도 역시 다른 문인들과 마찬가지로 유가를 종주로 삼았지만, 그러나 그는 불교와도 매우 밀접한 관계를 유지하였을 뿐만 아니라, 촉 지방 출신의 명승인 운문종雲門宗의 원통거눌圓通居訥과 보월대사寶月大師 유간惟簡과 교유가 깊었다. 『송고승전宋高僧傳』에는 소순을 거눌의 법사法嗣로 기록하고 있다. 소식의 나이 22세에 진사에 급제하였으나 모친상으로 3년간 거상居喪하고, 가우 4년(1059) 24세에 온 가족이 경사京師로 이사할 때 당시 소순은 부인과 친인척들의 부고에 가슴 아파하면서 부인을 추념하기 위해서 육보살을 조성하였다.

> 아! 삼십 년 사이에 가족들이 세상을 하직하고 몇 명이 남지 않았구나. 장차 남으로 떠나 형초를 지나고, 대량을 거쳐서 이후에 다시 오월을 지나고, 연조에 이르러 사방을 유람하면서 늙음을 소일할 생각이다. 장차 떠나려 함에 묘를 보니 감개무량하여 망자를 추념한다. 그 상쾌한 영혼이 쓸쓸한 유명 사이에 머물러 다시는 고향을 이리저리 소요하지 못할까 두려워하여 육보살과 감좌 두 곳을 건조

하였다. 불교에서 말하는 관음보살, 세지보살, 천장왕, 지장왕, 해원왕解寃結과 인로왕을 극락전의 아미타여래당에 안치하였다. 그대의 영혼이 감지한다면 어떤 때에는 하늘로, 어떤 때에는 사방으로, 아래위 어느 곳이든지 마음대로 다니기를 바라오. 마치 내가 사방을 마음대로 유람하는 것처럼.[251]

부인의 영혼이 마음대로 소요하고 유람하기를 바라는 마음에서 여섯 보살과 두 곳의 감좌를 조성한 소순의 지극한 정성으로 보아 소순과 불교가 단편적인 일회성의 교류관계가 아니라, 매우 돈독한 불심을 가지고 있었음을 알 수 있다. 소식의 모친 정씨 부인과 불교와의 관계에 대해서는 소식의 「십팔대아라한송十八大阿羅漢頌」 문장을 통해서 간접적으로 알 수 있다.

소식의 외조부 정공이 어릴 때 경사를 유람하였다. 돌아오는 길에 촉에서 난을 만나, 양식이 떨어져 돌아올 수가 없어 여관에 갇히었다. 승려 16인이 그를 찾아와서 이르기를 "공과 같은 고향사람입니다."라고 하며 각각 돈 200전을 빌려주었다. 외조부는 이로써 무사히 돌아왔는데 나중에 승려들의 소재지를 결국 찾지 못하였다. 외조부께서 이르시기를 "이것은 바로 아라한들이다."라며 이 해에 4차례 제사를 모셨고, 외조부가 90세에 이르기까지 모두 200여 차례 제사를 지냈다.[252]

---

251 『三蘇全集·嘉祐集』 卷18, 「極樂院造六菩薩記」, (香港)中文出版社, p.113.
252 蘇軾, 孔凡禮點校, 『蘇軾文集』 卷20, (北京)中華書局, 1990, p.586.

이 문장을 통해서 소식 모친 정씨 부인 집안의 불교적인 분위기를 알 수 있다. 고대에는 부모가 정성스럽게 불교를 믿는다면 대부분의 자녀들도 자연적으로 부모를 따를 수밖에 없는 환경이었다. 후에 소식도 「진상석가사리탑명眞相釋迦舍利塔銘」 서문에서 부모들의 불교의 믿음에 대해서 다음과 같이 말하고 있다.

> 옛날 문안 주부를 지내신 돌아가신 아버지와 무창태군인 어머니 정씨는 두 분 다 본성이 어질고 행동이 청렴하셨다. 불법승 삼보를 높이 받드셨는데, 돌아가신 후에 남기신 뜻을 이어받아 귀중한 물건을 바쳐서 불공을 드려왔다. 비록 힘이 다하여 그치긴 했으나 마음은 끝이 없다.[253]

이뿐만이 아니다. "소식의 집에는 십육나한상을 모셔놓고 매 번 차로써 공양을 올리면 흰 우유가 되었다(軾家藏十六羅漢像, 每設茶供, 則化爲白乳)"[254]는 기록을 통해서도 소식의 부모는 매우 신심이 돈독한 불교도였음을 알 수 있다. 그러므로 부친이 세상을 떠난 지 6년이 되던 해, 소식의 나이 37세 때 모친이 일평생 아끼면서 가지고 있던 패물들을 불사에 기부하여 아미타불상을 그린 뒤, 「아미타불송阿彌陀佛頌」을 지어서 다음과 같이 말하고 있다.

---

253 「眞相釋迦舍利塔銘一首并序」: "昔余先君文安主簿贈中大夫諱洵, 先夫人武昌太君程氏, 皆性仁行廉, 崇信三寶. 捐館之日, 追述遺意, 捨所愛作佛事. 雖力有所止而志則無盡." 『蘇軾文集』 卷19, p.578.

254 『蘇軾文集』 卷20, 「十八大阿羅漢頌結尾」, p.591.

미산의 소식이 망모 촉군 태군 정씨의 비녀와 패물 등 유물을 희사하여 호석胡錫으로 하여금 아미타불상을 그리게 하고 명복을 빌면서 게송을 지었다. 이르기를 "부처님의 큰 깨우침은 시방세계에 충만한데, 내가 거꾸로 된 망상으로 생사 겁에 출몰하였네. 묻노니 어떠한 생각이면 왕생정토를 얻을 수 있겠는가. 내가 지은 무시無始 업業은 본래 일념에서 생겨난 것이다. 일념에서 생겨난 것이라면 오히려 일념에서 멸해지는 것이니, 생과 멸이 모두 다 사라진 곳에서는 나와 부처가 같다네. 바다 가운데에 물을 던지는 듯하고, 바람으로 북을 치는 듯하여, 비록 큰 지혜가 있다고 하더라도 분별할 수가 없다네. 원하옵건대 돌아가신 부모님과 모든 중생들이 서방세계에 이르러 극락세계를 만나 모두가 무량수無量壽가 되어 가는 것도 없고 오는 것도 없기를 바랍니다."[255]

부모가 서방정토에 극락왕생하기를 간절히 기원하는 내용이다. 소식의 일생을 돌아보면 선종사상을 적극적으로 운용하면서 정토사상에 대해서는 비판적인 입장을 견지하고 있는 것이 주류이다. 그럼에도 불구하고 그의 기록을 살펴보면 상황에 따라서 가끔씩 정토사상을 수용하고 있음을 알 수 있다. 이것은 아마도 어려서부터 부모와 가정의

---

255 "眉山蘇軾, 敬舍亡母蜀郡太君程氏遺留簪珥, 命工胡錫采畫佛像, 以薦父母冥福. 謹再拜稽首而獻頌曰: 佛以大圓覺, 充滿河沙界. 我以顚倒想, 出沒生死中. 云何以一念, 得往生淨土. 我造無始業, 本從一念生. 旣從一念生, 還從一念滅. 生滅滅盡處, 則我與佛同. 如投水海中, 如風中鼓橐. 雖有大聖智, 亦不能分別. 願我先父母, 與一切衆生, 在處爲西方, 所遇皆極樂. 人人無量壽, 無往亦無來." 『蘇軾文集』 卷20, p.585.

불교적인 분위기에 영향을 받았기 때문이라고 할 수 있다. 이런 과정으로 보아 불교의 정토사상은 소식의 성장과정에 있어서 상당한 영향력을 끼쳤음을 알 수 있다. 그러기에 그의 나이 58세 때에 부인 왕씨가 세상을 떠나자 그도 그의 아버지 소순처럼 망처를 위해 석가모니불과 십대제자의 화상을 그려 왕생극락을 기원하였다.

> 단명전학사端明殿學士 겸 한림시독학사翰林侍讀學士 소식은 망처亡妻인 동안군군同安郡君 왕씨 윤지閏之를 위해서 봉의랑奉議郎 이공린李公麟을 청하여 석가문불 및 십대제자를 그려달라고 청하였습니다. 원우 8년 11월 11일, 수륙법회를 열어서 영혼을 천도하는 공양을 부처님 전에 바쳤습니다. 소식이 두 손을 땅에 대고 공손히 절하면서 송頌을 지어 말하였습니다.[256]

소식의 후첩인 왕조운王朝雲도 독실한 불교신자였다. 그녀는 일찍이 사상泗上의 비구인 의충義沖에게서 불법에 대해 배운 적이 있었다. 후일 소식을 따라서 혜주 유배지로 함께 갔는데, 자주 염불을 독송하였다고 전한다. 1096년, 그녀의 나이 34세에 전염병에 감염되어 세상을 떠나게 되었는데, 임종 전에 "일체의 유위법은 꿈같고, 허깨비 같고, 물거품 같고, 그림자 같고, 이슬 같고, 번갯불 같으니, 응당 이렇게 보아야 한다."라는 게송(『금강경』 '육여게六如偈')을 독송하였다고 한다.

---

256 「釋迦文佛頌」: "端明殿學士兼翰林侍讀學士蘇軾, 爲亡妻同安郡君王氏閏之, 請奉議郎李公麟敬畫釋迦文佛及十大弟子. 元祐八年十一月十一日, 設水陸道場供養. 軾拜手稽首而作頌曰." 『蘇軾文集』 卷20, p.586.

나중에 소식이 그녀를 혜주의 고산에 묻고 그녀를 위해서 육여정六如亭이라는 정자를 지어 주었다. 또한 묘지명에서도 "부도를 바라보며 가람에 의지하네. 당신의 본심이 부처님께 귀의함과 같네."[257]라고 위로하였다.

동생 소철도 상당히 불법에 정통하였음을 소식이 쓴 「황벽 선사를 대신하여 자유에게 대답하는 송(代黃檗答子由頌)」을 통해서 알 수 있다.

> 동생(자유)이 황벽장로에게 질병에 관하여 묻기를 "오온은 모두 실체가 없고 사대가 공한 것이다. 몸과 마음, 산하가 모두 원융무애하다. 병의 근원이 어느 다른 곳에 용납하겠는가, 밤낮으로 여전히 약석藥石으로 공격한다." 이것을 황벽 선사가 어떻게 답할지 모르겠다. 동파노승이 대신 이르기를 "병이 있으면 반드시 약藥으로 공격해야 하고, 추운 날에는 화촉으로 따뜻한 바람을 불러야 한다. 병의 뿌리를 이미 용납할 곳 없으면, 약석(약과 침)도 사대가 공인 것과 같은 것이다."[258]

마치 신수와 육조혜능 사이의 게송을 보는 듯하다. 두 형제 모두가 불교사상에 상당한 조예와 연구가 있었음을 알 수 있다. 소철 스스로도

---

257 「朝雲墓志銘」: "浮屠是瞻, 伽藍是依, 如汝宿心, 惟佛之歸." 『蘇軾文集』 卷15, p.473.

258 「代黃檗答子由頌」: "子由問黃檗長老疾云: 五蘊皆非四大空, 身心河嶽盡圓融. 病根何處容他住, 夜還將藥石攻. 不知黃檗如何答? 東坡老僧代云, 有病宜須藥石攻, 寒時火燭熱時風. 病根旣是無容處, 藥石還同四大空." 『蘇軾文集』 卷20, p.592.

"형은 스스로 불교를 논함에 있어 동생에 미치지 못함을 자각하였다(兄自覺談佛不如弟)"[259]라고 기록하고 있다. 또한 소식과 주고받은 시 중에서 "노쇠하여 집에 있으니 출가함과 같고, 『능가경』 4권이 바로 생애이라네(老去在家同出家, 楞伽四卷卽生涯)"라고 말하고 있다. 이렇게 소식은 어린 시절부터 불교적인 가정환경 속에서 성장해왔음을 알 수 있다. 더욱이 부모뿐만 아니라, 동생 소철, 부인들의 불교적인 분위기 속에 소식은 선종사상뿐만 아니라, 정토사상도 상당 부분 수용하였음을 알 수 있다. 이러한 어린 시절의 불교적인 영향 아래 후일 소식은 100여 명의 고승들과 교유하면서 때로는 그들의 불교를 날카롭게 비판하기도 하고, 동시에 그들과 함께 선문답을 주고받으면서 선종사상을 자각적으로 운용함으로써, 그의 창작품 속에는 수많은 선종의 사상을 내포하고 있을 뿐만 아니라, 다양한 선승들과 교유한 기록도 남기고 있다.

3. 불법의 수용과정

소식이 생활한 북송은 표면적으로는 이학理學의 흥성으로 불교가 쇠락해가는 추세였지만, 실질적으로는 유·불·도 삼교의 사상이 더욱 합류하는 시대였다. 당시의 통치자들도 삼교융합을 적극 지지하고 있었다. 북송의 진종眞宗은 "또한 일찍이 『석씨론』을 지어 석가모니의 계율을 담은 책과 주공, 공자, 순자, 맹자는 길은 다르지만 도는 같은 것이라고

---

259 『蘇軾文集·蘇軾佚文匯編』 卷4, 「與子由6首」, p.2514.

생각하였다."[260]소식의 정적이었던 개혁가 왕안석王安石도 역시 같은 견해를 가지고 있었다. 왕안석과 신종의 대화를 보자. "신이 불교의 서적을 보니 경전과 부합됨이 있으며, 이치 또한 그러합니다. 비록 서로 먼 것 같지만, 부합됨이 부절을 맞춘 것과 같습니다."[261] 소식도 역시 삼교융합을 적극적으로 주장하고 있다. "공자와 노자가 다른 문이며, 유가와 불교는 서로 다른 집이다. 또한 그 사이에 선과 율이 서로 공격한다. 내가 큰 바다를 보니, 북과 남과 동이 있으며, 강과 하천이 비록 다르나 그 지향하는 바는 같은 곳이다"[262]라며 삼교융합의 종지를 설명하고 있다.

이로 보아 삼교융합이라는 당시의 사조가 당시 통치계층과 사대부들 사이에 광범위한 영향을 주었음을 알 수 있다. 이러한 사조 아래 사대부들은 불교를 유교사상과 함께 매우 자연스럽게 받아들일 수 있었고, 고승대덕들과 광범위한 교유를 할 수 있었다. 그러므로 당시 사대부들은 벼슬길로 나아가서 경세제민經世濟民의 실천을 강조하는 동시에 선종사상의 수용과 선사들과의 교유를 통하여 담박한 유문의 단점을 보완하여 유자선화儒者禪化의 길을 걸어 풍부한 정신세계를 추구하였다고 할 수 있다. 마찬가지로 선사들도 사대부들과의 교유를 통하여

---

260 李燾著, 『續資治通鑑長編』 卷23: "又嘗著『釋氏論』以爲釋氏戒律之書, 與周孔荀孟跡異道同."

261 李燾著, 『續資治通鑑長編』 卷233, 熙寧五年五月甲午. "安石曰: 臣觀佛書, 乃與經合, 蓋理如此, 則雖相去遠, 其合猶符節也."

262 「祭龍井辯才文」: "孔老異門, 儒釋分宮. 又於其間, 禪律相攻. 我見大海, 有北南東. 江河雖殊, 其至則同." 孔凡禮點校, 『蘇軾文集』 卷63, (北京)中華書局, 1990, p.1961.

불교선종의 깨우침을 설법하면서 선종의 지위를 제고하는 동시에 세속의 잘잘못에 직접 참여하여 비판하는 선자유화禪者儒化의 길을 걸어갔다. 여기에서는 소식이 어떠한 과정을 통해서 불법을 수용하게 되었는지 그 과정에 대해서 살펴보자.

소식의 나이 26세인 가우嘉祐 6년(1061)은 소식에게 있어서 여러 방면으로 의미가 있는 해이다. 우선 동년 8월에 전시殿試에 참가하여 3등의 영광을 얻었고, 동생 소철은 4등을 차지하였다. 그리하여 동년 11월 대리평사大理評事, 첨서봉상부판관簽書鳳翔府判官으로 임명되어 동생과 정주鄭州 서문에서 이별하고 봉상鳳翔으로 부임하였다. 소식의 문헌 기록에 근거하면, 소식이 직접 불법에 대해서 배운 시기가 바로 이 무렵이다. 당시 봉상부 첨판직 재임 시기에 왕팽王彭으로부터 불법을 배웠고, 동시에 불서를 좋아하게 되었다고 「왕대년애사王大年哀辭」에 기록되어 있다.

> 가우嘉祐 말, 나는 기산 아래에서 종사했는데, 태원왕군의 이름은 팽이고, 자字는 대년으로 감부제군이었다. …… 나는 처음에 불법을 알지 못했는데 그가 대략적인 것을 말해주었다. 하나하나 세밀한 곳까지 보며 스스로 증명해주어서 사람으로 하여금 의심나지 않게 하였다. 내가 불서를 좋아하게 된 것은 대개 그에게서 비롯되었다.[263]

263 「王大年哀辭」: "嘉祐末, 予從事岐下, 而太原王君諱彭, 字大年, 監府諸軍. …… 予始未知佛法, 君爲言大略, 皆推見至隱以自証耳, 使人不疑. 予之喜佛書, 蓋自君發之." 『蘇軾文集』 卷63.

왕팽은 무관이었지만 "박학다식하며 정련된 핵심을 파악하였고, 통하지 않은 책이 없을 정도였으며 특히 문장을 좋아하였다."(「王大年哀辭」)고 기록한 것으로 보아 불교교리뿐만 아니라, 문무를 겸비한 뛰어난 인재로 소식의 불법 수용에 상당한 역할을 하였음을 알 수 있다.

하지만 소식이 직접 불교를 접촉한 것은 이보다 이른 시기로 보인다. 소식의 나이 20세 때 이미 사천의 유도惟度 화상과 유간惟簡 화상과 깊이 교유하여, 소식은 "내가 모두 좋아하는 두 스님(二僧皆吾之所愛)"[264]이라고 평가할 정도였다. 게다가 소식의 시에 "그대 어렸을 때 나와 함께 유가경전을 배우며, 그 외 노자와 석가모니의 문장도 읽었다네"[265]라는 구절이 있음으로 보아서 소식은 왕대년을 만나기 이전부터 광범위하게 불교와 접촉하였음을 알 수 있다. 다만 본격적인 정치생활을 시작하고 여러 가지 인생에 대한 성찰을 하면서 왕팽으로부터 불교철학에 대해서 문답을 나누면서 개략적으로 불교사상을 배웠을 것으로 추정할 수 있다.

그래서일까? 문헌 기록에 남아 있는 작품을 분석해보면 시작詩作 중에서 최초로 불교를 소재로 지은 작품이 바로 이 시기에 지은 「봉상팔관鳳翔八觀」의 네 번째 작품인 「당나라의 양혜지가 만든 천주사의 유마힐상(維摩像唐楊惠之塑在天柱寺)」이다. 이 작품은 소식이 유마힐을 소재로 한 첫 번째 시작으로, 유마힐 거사의 인품에 대한 시인의

---

264 『蘇軾文集』 卷12, 「中和勝相院記」

265 「子由生日以檀香觀音像及新合印香銀篆盤爲壽」 詩. "君少與我師皇墳, 旁資老聃釋迦文." 淸·王文誥, 馮應榴輯注, 『蘇軾詩集』 卷37, (臺灣)學海出版社, 1985.

흠모하는 마음을 절절히 표현하고 있다. 외모가 깡마르고 볼품은 없지만 생사를 초월한 동시에 어디에도 얽매이지 않는 수연자적의 지인至人의 행보를 높이 평가하고 있다. 또한 지금도 여전히 살아 있을 때와 마찬가지로 불법을 널리 선양하고 있지만, 사람들이 그 존재 가치를 알지 못하고 있음을 한탄하고 있다. 이후에 소식은 그의 시문에서 유마힐의 전고를 자주 등장시켜 자신과 비교하고 있는 것에서도 그의 불교에 대한 해박한 지식과 유마힐을 추종하는 마음을 이해할 수 있다.

어쨌든, 가우 6년(1061)은 막 벼슬길로 들어선 26세의 소식에게 있어서 인생의 새로운 시발점으로 경세제민의 포부를 실천하기 위해 출사하던 비교적 순탄한 시기라고 할 수 있다. 하지만 이 시기에 처음으로 불법에 대해서 배우고, 처음으로 불교를 소재로 시를 창작하였다. 게다가 같은 시기에 지은 작품인 「자유가 민지에서 회고한 것에 화답하다(和子由澠池懷舊)」를 보면 인생에 대해 깊이 있는 고민을 한 흔적이 드러나고 있다.

人生到處知何似	정처 없는 우리 인생 무엇과 같은지 아시는가?
應似飛鴻踏雪泥	날아가는 기러기가 남긴 눈 위의 발자국 같겠지
泥上偶然留指爪	진흙 위에 우연히 발자국을 남기지만
鴻飛那復計東西	날아가는 기러기의 행방을 어찌 알겠는가?
老僧已死成新塔	노스님은 세상 떠나 이미 새 탑 세워졌고
壞壁無由見舊題	허물어진 벽에서는 옛 시를 볼 수 없네
往日崎嶇還記否	지난날의 고달픈 길 아직도 기억하는가?
路長人困蹇驢嘶	길은 멀고, 사람은 지치고, 당나귀는 울어댔지

소식이 봉상부 첨판으로 부임하였을 때 동생 소철의 시 「민지를 그리며 자첨 형에게 부치다(懷澠池寄子瞻兄)」를 받았는데, 이후 소철에게 화답시로 이 시를 쓴 것이다. 선종의 전적인 『전등록傳燈錄』을 인용하여 인생의 역정을 '눈 위에 남긴 기러기의 발자국'[266]에 비유하고 있다. 제5구부터는 구체적인 예를 들어서 인생의 실체에 대해서 부연 설명하고 있다. 5년 전 동생 소철과 과거 보러 갈 때 묵었던 민지를 이번에 다시 지났지만, 이제는 그곳의 노승도 이미 열반에 들었고, 당시에 자기가 시를 남겼던 벽도 무너져 없다는 것이다. 이것이 바로 '눈 위에 남긴 기러기의 발자국'과 같이 본래 실체가 없다는 것이다. 그러므로 사람의 일생이란 우연히 흔적을 남기지만, 이것은 실체가 아니라 인연에 의하여 잠시 드러난 것에 불과하다. 시간이 지남에 따라 결국은 사라지게 된다는 것이다. 마지막 두 구절에서도 또 다른 하나의 '눈 위의 기러기 발자국'을 설명하고 있다. 즉 '가야 할 길은 멀고, 사람은 지치고, 당나귀는 울어댔던 지난날의 고달픈 인생역정', 이러한 발자국은 비록 우리들의 뇌리 속에 남아 있지만, 그러나 실질적으로 시공간 속에 사라진 지가 오래되었음을 암시하고 있다. 이로 보아 소식은 동생과 같이 겪었던 인생역정과 자기가 겪은 사실로써 "눈 위에 남긴 기러기의 발자국" 같은 인생의 철리를 증명하는 동시에 한 치 앞도

---

266 『蘇軾詩集』 卷3, 『傳燈錄』: "天衣義懷禪師가 이르기를 '기러기가 넓은 하늘을 지날 때 차가운 물속에 그 그림자를 드리웠네. 기러기는 발자취를 남기려는 뜻이 없었고, 물도 그림자를 남기려는 마음은 없었다. 만약 이와 같이 할 수 있으면 비로소 다른 무리들 속에서 살아가는 방법을 깨달았다고 할 수 있다'라고 하였다(天衣義懷禪師曰: 雁過長空, 影沈寒水, 雁無遺迹之意, 水無留影之心, 苟能如是, 方解異類中行)."

내다볼 수 없는 무상한 인생의 실체에 대해 설명하고 있다. 인생에 대해서 여러 가지 생각이 깊었던 시기로 보인다.

1064년 2월, 소식의 나이 30세에 봉상에서의 임기를 마치고 조정으로 돌아온다. 하지만 그의 앞에 기다리는 것은 청천벽력 같은 슬픔의 연속이었다. 5월에 처 왕불이 세상을 떠나고, 이듬해 4월인 소식 나이 31세에 부친 소순이 병으로 세상을 떠났던 것이다. 1069년 삼년상을 마친 이후 조정으로 돌아왔지만 신법당과의 충돌로 결국 모함을 받게 되고, 소식은 결국 항주 통판으로 외임을 자청하였다. 항주에 도착한 그는 "인생에 있어서 진정한 행복이 무엇인가? 나의 방법이 참으로 잘못되었구나(人生安爲樂, 吾策殊未良)"(「湖上夜歸」)라고 철저히 참회한다. 그리하여 그는 동남불국東南佛國이라고 칭하는 항주에서 여러 산사를 유람하면서 혜근惠勤, 참요參寥 등 당시 오월 지방의 수많은 고승들과 교유를 시작하였다. 「서호를 그리며 조미숙 동년에게 부치다(懷西湖寄晁美叔同年)」라는 시를 보자.

三白六拾寺	삼백육십 개의 사찰을
幽尋遂窮年	유유히 찾다보면 한 해도 모자라네
所至得其妙	이르는 곳마다 그 오묘함을 얻지마는
心知口難傳	마음은 알아도 입으로는 전하기 어렵구나
至今淸夜夢	지금에 이르도록 맑은 꿈을 꾸며
耳目餘芳鮮	눈과 귀에 향기로움 생생하게 넘치네

사찰에 이르는 곳마다 불법의 오묘함을 얻지만, 그것을 말로 전하기

가 어렵다는 것이다. 너무 생생하기에 꿈에서도 향기롭게 눈과 귀에 아른거리고 있다고 말한다. 앞서 언급하였던 소식의 나이 37세 때에 부모의 극락왕생을 위해서 지었다던 「아미타불송」을 바로 이 시기에 지은 것이다. "내가 거꾸로 된 망상으로 생사 겁에 출몰하였네. 묻노니 어떠한 생각이면 왕생정토를 얻을 수 있겠는가. 내가 지은 무시無始업業은 본래 일념에서 생겨난 것이다. 일념에서 생겨난 것이라면 오히려 일념에서 멸하여지는 것이니, 생과 멸이 모두 다 사라진 곳에서는 나와 부처가 같다네."라는 구절에서 볼 수 있듯이, 이 시기에는 정치적인 번뇌와 충돌을 선종의 사상과 불교의 철리로써 보완하고 있음을 알 수 있다. 생활 속에 불법과 선리를 운용하면서 담박하면서도 단조로운 유가의 단점을 보완하였다. 이런 상태에서 고승대덕들과 시를 논하고 그들의 설법을 들으면서 교유하는 즐거움을 "백 가지의 근심이 녹아 사라지고, 정신과 몸이 편안하게 되었네."[267]라고 이 시기의 심리상태를 표현하고 있다.

소식의 나이 44세에 유명한 오대시안烏臺詩案이 발생한다. 하마터면 인생을 영원히 하직할 뻔했던 소식으로서는 황주로 유배된 이후 더욱 불교에 침잠하였다. 역시 당나라 때 불교와 매우 가까웠던 시인 백거이白居易의 충주 동파를 모방하여 스스로를 동파거사東坡居士라고 칭하였다.[268] 황주 이전 시기가 정치적인 모순과 충돌을 피해서 불교를 배우면서 논하고 단순히 교류하는 단계였다면, 황주 이후에는 스스로의 고뇌로부터 벗어나기 위하여 본인 스스로가 더욱 불교의 선종사상에 더욱

---

267 『蘇軾文集』 卷22, 「海月辯公眞贊」: "百憂氷解, 形神俱泰."

268 『宋史·蘇軾傳』, (臺灣)鼎文書局, p.2893.

침잠하였다. 즉 "황주에 처음 도착한 후에 태수를 한 번 만나고, 그로부터 두문불출하였다. 고요히 은거하면서 책을 볼 수밖에 없었는데 오직 불경으로써 세월을 보냈다."[269] 불경으로 소일하면서 느낀 바가 있었기에 그는 "향을 태우고 묵좌를 하면서 깊이 자아를 성찰했는데, 즉 사물과 나를 서로 잊어버리고, 마음과 몸이 모두 공空함을 알았다."[270] 라는 경지에까지 이르렀다. 황주 유배 시기는 그의 나이 50세까지 이어진다.

이후에 50세에 등주登州 지방의 지주知州를 거쳐서 잠시 조정으로 돌아갔다가, 나이 54세에 다시 항주杭州, 영주潁州, 양주揚州로 부임하였다가, 그의 나이 59세에는 혜주惠州, 63세에는 담주儋州로 유배를 당하였다. 66세에 유배지에서 벗어나 북으로 돌아오는 도중에 상주常州에서 세상을 하직한다. 비록 잠시 조정에서 회재불우를 만회할 기회가 있었지만, 전반적으로 그의 만년은 선종사상에 의지하여 정치상의 실의와 정신적인 충격, 생활상의 곤궁함을 해결하려 하였다. 그러므로 육조혜능이 전법한 유명한 조계 남화사를 지나면서 "내가 본래 수행인이기에 삼세의 정련을 쌓고 있다네(我本修行人, 三世積精煉)"(「南華寺」) 라고 감개하고 있다. 즉 인생의 허무함, 운명의 기구함은 결국에 자기 스스로가 수행인이기 때문이라는 것이다. 이러한 불교에 대한 관점이 영남 생활의 기조를 이루고 있다. 그러므로 이 시기가 황주 시기에 비하여 더욱 불교와 선종에 침잠하였음을 알 수 있다. 후일 그는 남화사

---

269 『蘇軾文集』 卷49, 「與章子厚參政書二首」: "初到(黃州), 一見太守, 自余杜門不出. 閑居未免看書, 惟佛經以遣日."

270 『蘇軾文集』 卷12, 「黃州安國寺記」: "焚香默坐, 深自省察, 則物我相忘, 身心皆空."

육조혜능의 탑 아래에서 예를 차리고 감사를 표하면서 다음과 같이 말하고 있다.

> 전생에 죄업이 있어 당연히 악한 길로 떨어진 까닭에 일생 동안 우환을 겪었습니다. …… 나의 인생이 얼마 남지 않을 것을 생각하시어, 이렇게 편안하고 한가로움을 하사하셨습니다. 소식이 감히 스스로 본심을 구하지는 못했으나 영원히 모든 업장을 벗어나 도과道果를 이루기를 바라오니, 이로써 부처님의 은혜에 보답합니다.[271]

자신을 돌보아 준 부처님의 은혜에 대한 감사를 표하고 있다. 한편, 담주儋州에 유배되었다가 돌아오는 길에서 "7년간의 왕래를 어찌 참을 수 있었는가. 다시 조계사의 감로수를 맛보네. 마치 꿈속에서 바다를 건넌 것 같고, 취중에 생각 없이 강남에 이르렀네(七年來往我何堪, 又試曹溪勺甘. 夢裏似曾遷海外, 醉中不覺到江南)"(「過嶺二首」 其二), 또한 "세상일이 한바탕의 큰 꿈(世事一場大夢)"(「西江月·黃州中秋」), "세상일이 결국에는 모두가 꿈(世事到頭都是夢)"(「南鄉子」)이라고 하는 등 일생을 돌아본 소식의 결론은 인생무상이었던 것이다.

이러한 수연자적과 인생무상이라는 그의 인생관은 오히려 그로 하여금 더욱더 적극적이고 낙관적인 삶을 살게 하는 데 도움이 되었다. 고난으로 점철된 인생역정을 불교선종사상의 운용으로 더욱더 높은 경지의 정신적 가치를 추구하였다고 할 수 있다. 그러기에 공명과

---

271 『蘇軾文集』 卷62, 「南華寺六祖塔功德疏」: "以前世惡業, 應墮惡道, 故一生憂患. …… 念餘年之無幾, 賜以安閑. 蘇軾不自求本心, 永離諸障, 期成道果, 以報佛恩."

부귀에 대한 욕망을 뛰어넘어 역경 속에서도 수많은 작품창작을 통하여 즐거움을 노래하고 행복을 노래하였던 것이다. 또한 2,700여 수라는 방대한 시작을 남겼고, 당송팔대가의 한 사람이자 송사를 개척한 문인으로, 그리고 다양한 불교관과 선종관을 설파한 사상가로서 높이 평가받을 수 있는 것은 바로 그가 이러한 정신적 가치를 추구하였기 때문으로 보인다. 아래에서는 소식의 선시를 통해서 역경을 헤쳐 나가는 그의 행복한 마음을 찾아보기로 한다.

4. 소식 선시를 통해서 본 행복

1) 수연자적隨緣自適

불교선종에서 가장 중시하는 것 중의 하나가 인연이다. 세상 모든 사람은 태어나면서부터 운명적으로 인연을 벗어날 수 없다. 보통사람들은 인연을 찾고 인연을 놓치지 않으려고 집착한다. 하지만 선가의 사람들은 모든 것을 인연대로 받아들이길 원하고 인연에 따른다. 인연이 온다고 집착하지 않고, 떠난다고 붙잡지 않아야 한다. 마치 한 조각의 구름이 인연에 따라 이리저리 얽매임 없이 흘러가는 것처럼 구속됨이 없고 집착이 없어야 비로소 선심을 깨닫는다는 것이다.

젊어서부터 순탄하지 못한 출사의 길을 걸었던 소식은 인생의 불우함이 깊어질수록 오히려 거부하지 않고 담담하게 인연으로 포용하였다. 소식의 일생을 살펴보면, 마치 선가의 선승처럼 고요한 마음으로 자기의 운명을 받아들였던 것이다. 특히 오대시안 이후 황주, 혜주의 유배시기나, 혹은 당시로서는 가장 황량했던 섬인 해남도 등지로 유배

온 소식은 이 모든 불행을 인연으로 간주한다. 그러기에 그는 "나의 일생의 공덕이 어디 있느냐고 묻는다면 바로 황주, 혜주, 담주에 있었네."라고 담담하게 말할 수 있었던 것이다. 세속의 모든 삶을 인연으로 간주하며 따랐기에 소식은 힘든 역경 속에서도 그렇게 담담하고 즐거운 삶을 영위할 수가 있었다. 아래의 선시를 통해서 수연자적隨緣自適하는 소식의 삶을 살펴보기로 한다.

왕안석의 개혁을 반대하던 소식은 신법당과의 충돌로 무고를 당하게 된다. 조정에서의 벼슬살이에 염증을 느낀 소식은 외임을 자청하여 그의 나이 36세인 희녕 4년(1071)에 항주 통판으로 부임한다. 조정을 떠나기 전 구양수로부터 항주 고산에 있는 혜근 스님이 문장과 시에 뛰어난 분이라고 소개받고는 부임한 지 3일 만에 혜근과 혜사 두 스님을 방문하고 수연자적하는 즐거움을 「납일에 고산을 유람하며 혜근과 혜사 스님을 방문하다(臘日遊孤山訪惠勤惠思二僧)」란 시로 남기고 있다.

天欲雪, 雲滿湖　　하늘에는 눈이 내릴 듯, 호수에는 안개가 가득
樓臺明滅山有無　　누대에는 산이 가물가물 보이다 말다 하네
水淸石出魚可數　　물이 맑아 돌이 보이고 고기도 헤아릴 만하고
林深無人鳥相呼　　숲이 깊어 사람은 없고 새만 서로 지저귄다
臘日不歸對妻孥　　납일인데 집에 가 처자와 함께 지내지 않고
名尋道人實自娛　　도인을 방문하는 핑계로 스스로 즐긴다네
道人之居在何許　　도인은 어느 곳에 거처하는가?
寶雲山前路盤紆　　보운산 앞길이 굽어진 그곳이라네

孤山孤絶誰肯廬	고산이 외로워서 누가 살려고 하겠냐만
道人有道山不孤	도인은 도가 있어 외롭지가 않다네
紙窗竹屋深自暖	종이창, 대나무집 아늑하여 따뜻하고
擁褐坐睡依團蒲	돗자리에 앉아서 털옷을 안고 잔다네
(중략)	
玆遊淡泊歡有餘	초연했던 이번 여행 기쁨이 넘치고
到家恍如夢蘧蘧	집에 오니 아른아른 꿈을 꾸듯 아득하네
作詩火急追亡逋	화급하게 시를 지어 놓치지 말아야지
淸景一失後難摹	좋은 경치 놓치면 다시 그리기 어렵다네

솔직 담박하고 낙천적인 시인의 성격이 그대로 드러나는 시이다. 그믐인데 집으로 돌아가지 않고서 도인을 방문한다는 핑계로 산수를 유람하면서 즐기는 유유자적함과 수연자적의 기쁨이 가득하다. 아울러 외로운 고산孤山에서 생활하는 두 스님의 역량을 높이 평가하고 있다. 특히 종이창, 대나무집, 돗자리에 앉아서 자는 모습을 통하여 소박하면서도 임운자재任運自在하는 선사의 모습을 "도인은 도가 있어 외롭지가 않다."고 재밌게 표현하고 있다. 세속의 욕망을 비우고 수연자적하던 여행의 즐거움을 창작하기 위해 노력하는 모습을 마지막 시구에서 나타내고 있다. 같은 경계를 노래한 「쌍죽사 담사의 방에 쓰다(書雙竹湛師房)」 두 수(二首) 중 첫 번째 시를 보자.

我本江湖一釣舟	나는 본래 강호에 낚시하는 작은 배
意嫌高屋冷颼颼	높은 집의 차갑고 쓸쓸한 바람 싫어하네

羨師此室才方丈　　스님의 작은 방장실을 흠모하니
一柱清香盡日留　　한 자루의 맑은 향은 하루 종일 남아 있네

시인 스스로가 자신을 인연 따라 흘러가는 강호의 작은 배라고 말하고 있다. 강호의 물길 따라 정처 없이 유랑하는 작은 배는 조정에 있는 높은 누각과 인연이 없는 것은 너무나 당연하다. 오히려 대자연 속에 있는, 맑은 향내음이 그윽한 스님의 작은 방장실과 인연이 깊다는 것이다. 「서호를 그리며 조미숙 동년에게 부치다(懷西湖寄晁美叔同年)」에서도 아름다운 항주의 모습과 그것을 즐기는 시인의 유유자적한 마음을 묘사하고 있다.

三百六十寺　　삼백육십 개의 사찰을
幽尋遂窮年　　유유히 다니면 한 해도 모자란다
所至得其妙　　이르는 곳마다 그 오묘함을 얻지만
心知口難傳　　마음은 알아도 입으로 전하기가 어렵네
至今清夜夢　　지금까지 맑은 저녁의 꿈속에서
耳目餘芳鮮　　향기롭고 생생하게 귓가를 맴도네
君持使者節　　그대는 사자의 부절을 가지고
風采爍雲煙　　풍채는 구름과 연기 속에서 빛난다
清流與碧巘　　맑게 흐르는 물과 푸른 산봉우리인들
安肯爲君姸　　왜 그대의 자태와 겨누려 하겠는가?
胡不屛騎從　　어찌 말을 탄 시종을 물리치고
暫借僧榻眠　　스님 의자를 빌어 잠을 청하지 않는가?

讀我壁間詩　　내 방의 벽 사이에 있는 시를 읊조리면
清涼洗煩煎　　청량함이 모든 번뇌를 씻어낸다
策杖無道路　　대나무 지팡이 짚고 갈 길도 없으니
直造意所使　　다만 마음 편한 곳으로 갈 따름이다

항주에 있는 모든 사찰을 유유자적하게 다닌다면 일 년 동안에도 다 방문할 수 없다는 것이다. 사찰을 다니면서 오묘함을 얻지만 마음으로는 알아도 입으로 전하기가 힘들고, 그 오묘함이 꿈속에서 생생하게 나타난다. 여기에서도 시인의 수연자적하는 즐거움을 충분히 느낄 수 있다. 하지만 이뿐만이 아니다. 속세의 일을 물리치고 잠시 스님의 의자를 빌려 잠을 청하고, 유유자적하게 벽 사이에 있는 시를 읊조린다. 당연히 청량함에 모든 번뇌와 근심이 눈 녹듯이 사라진다. 그렇기 때문에 대나무 지팡이를 짚고 갈 길도 없지만, 인연 따라 마음 편한 곳으로 임운자재할 것임을 강조하고 있다. 세속의 일을 벗어난 시인의 유유자적한 즐거움이 두드러지는 시이다.

시인의 나이 37세에 임안에 있는 정토사에 묵으면서 지은 「임안의 정토사에 묵다(宿臨安淨土寺)」에서도 동일한 수연의 즐거움을 나타내고 있다.

雞鳴發余杭　　닭이 울 때 여항을 출발했는데
到寺已亭午　　절에 도착하니 이미 정오라네
參禪固未暇　　참선할 여가는 원래 없었고
飽食良先務　　배불리 먹는 것이 급선무라네

平生睡不足　평소에 항상 잠이 부족했기에
急掃淸風宇　급히 청풍이 머무는 집을 청소하였네
閉門群動息　문을 닫은 채 모든 행동을 멈추었는데
香篆起煙縷　향에서 연기가 가늘게 피어오르네
(중략)
相攜石橋上　돌다리 위에서 서로 손을 잡고서
夜與故人語　밤중에 친구와 서로 이야기하네
明朝入山房　내일 아침 산방에 들어갈 때면
石鏡烱當路　돌 거울이 길을 막고 빛나겠지
昔照熊虎姿　옛날에는 곰과 범의 자태를 비추었는데
今爲猿鳥顧　지금에는 원숭이와 새가 돌아볼 뿐이네
廢興何足吊　망하고 흥함이야 무엇이 슬프겠는가?
萬世一仰俯　만고의 세월도 잠시 잠깐인 것을

정토사에 도착해서 임운자재하는 즐거움을 묘사하고 있다. 특히 배고프면 먹고, 졸리면 잠을 잔다. 행동을 멈추고 향이 피어오르는 모습을 고요히 주시하는 것에서 어디에도 속박되지 않고 수연자적하는 시인의 마음이 잘 묘사되어 있다. 하단에서 석경산에 서식하는 짐승의 종류가 세월의 흐름에 따라 다르다는 것에서 자연의 무궁무진함과 동시에 우리 인생의 무상함을 나타내고 있다. 하지만 "망하고 흥함이야 무엇이 슬프랴, 만고의 세월도 잠깐인 것을"에서는 속세의 흥망성쇠를 뛰어넘은 시인의 초연하고 초탈한 경계를 느낄 수 있다.

시인의 나이 39세인 희녕 7년(1074)에 지은 「후기국부後杞菊賦」에서도 이러한 수연자적의 정서가 가득하다.

> 선생이 듣고 흔쾌히 웃으면서 대답하였다. "우리 인생의 한평생은 마치 팔을 굽혔다가 펴는 것처럼 짧은 것이니 무엇이 빈곤한 것이며, 무엇이 부유한 것이며, 무엇이 아름다운 것이며, 무엇이 누추한 것인가? …… 많고 적음을 따지는 것은 꿈속의 약속과 같으니, 결국 죽으면 다 썩는 것이다. 나는 구기자를 양식으로 삼고 감국을 밥으로 삼는다. 봄에는 싹을 먹고, 여름에는 잎을 먹고, 가을에는 열매를 먹고, 겨울에는 뿌리를 먹으니, 서하와 남양처럼 장수할 것이다."[272]

우리의 짧은 인생 속에서 이것저것 따질 필요가 없다는 것이다. 단지 인연에 따라서 살고 먹는다. 훗날 죽으면 모두 똑같이 흙으로 변한다. 고로 많고 적음도 따지지 말고 봄에는 봄대로, 여름에는 여름대로, 가을에는 가을대로, 겨울에는 겨울대로 인연에 따라 수연하면서 먹고 살아도 충분히 백년 장수한다는 것이다. 소식이 40세에 지은 「초연대기超然臺記」란 문장에서도 같은 경계를 말한다.

> 무릇 만물은 모두 감상할 만한 가치가 있다. 만약 감상할 가치가 있는 것이라면 모두가 즐거울 만한 것이 있는 것이지, 굳이 괴이하고

---

272 "先生聽然而笑曰: '人生一世, 如屈伸肘. 何者爲貧? 何者爲富? 何者爲美? 何者爲陋? …… 較豐約於夢寐, 卒同歸於一朽. 吾方以杞爲糧, 以菊爲糗. 春食苗, 夏食葉. 秋食花實而冬食根, 庶幾乎西河南陽之壽.'" 孔凡禮點校, 『蘇軾文集』 卷1, (北京)中華書局, 1990, p.4.

빼어날 필요는 없다. 지게미를 먹거나 멀건 술을 먹어도 모두 취할 수 있다. 과일이나 채소, 화초, 초목을 먹어도 다 배부를 수 있다. 이것을 미루어 보아 내가 어디에 간들 즐겁지 않겠는가?[273]

수연자적과 낙관, 광달한 소식의 사상적인 특징을 잘 나타내고 있다. "무엇을 먹어도 배부를 수 있고, 어디를 간들 즐겁지 않겠는가?"에서 어떠한 상황 아래서도 초연하고 달관할 수 있는 소식의 넓은 경계를 느낄 수 있다.

오대시안으로 다시 태어나다시피 한 소식은 황주 단련부사로 좌천되어 갔다. 말이 단련부사이지 실지로는 아무런 공직에 참여할 수 없어 유배된 것과 다름이 없었다. 경제적인 어려움 때문에 그는 친구의 도움을 받아서 성에 있는 버려진 땅을 신청, 개간하여 식솔들의 의식주를 해결하였다. 소식은 이 땅에 동파라는 이름을 붙이고 이때부터 스스로도 동파거사라고 칭하였다. 당시 소식은 동파에서 농사짓는 즐거움을 「동파8수」에서 노래하고 있다. 비록 유배지에서 농사를 지으면서 어렵게 지냈지만, 시인 스스로는 그것이 고생이 아니라 오히려 즐거움이었다. 「동파東坡」라는 시에서 그는 이렇게 노래하고 있다.

雨洗東坡月色淸　　비가 동쪽 언덕을 씻어 달빛 맑은데
市人行盡野人行　　도시사람은 다 떠나고, 촌사람만 다니네
莫嫌犖确坡頭路　　산기슭에 있는 길이 험하다고 탓하지 마오

---

273 "凡物皆有可觀, 苟有可觀, 皆有可樂, 非必怪奇瑋麗者也. 哺糟啜醨, 皆可以醉; 果蔬草木, 皆可以飽. 推此類也, 吾安往而不樂." 『蘇軾文集』 卷11.

自愛鏗然曳杖聲　　스스로 지팡이 끄는 맑은소리 좋아한다네

어디에서도 유배지에서 고생하는 모습은 보이지 않는다. 오히려 생활의 여유로움이 넘친다. 비온 뒤의 청청하고 고요한 달빛, 그 빛 아래로 산길을 다니는 시골사람들, "산기슭의 길이 험하다고 탓하지 말라"고 하는 것에서 시인의 수연자적한 성격을 나타내고 있다. 그러기에 험한 산길을 가면서 들려오는 지팡이 끄는 소리조차도 사랑할 수 있는 여유가 있는 것이다. 이 시를 보면 그 누구도 유배지에서 먹을 것을 걱정하는 사람이 지은 것이라고 생각할 수 없을 것이다. 진정한 임운자재의 체현이기에 가능한 것이라고 할 수 있다. 그러므로 소식은 어느 곳에 가든지 간에 인연을 거스르지 않았기에 스스로 즐겁고 홍겨운 생활을 영위할 수 있었다.

소성紹聖 4년(1097), 소식이 62세 되던 해에 혜주의 유배지에서 중국의 최남단인 황량한 담주의 섬으로 유배지를 옮기라는 명을 받는다. 어린 아들 소과蘇過가 같이 바다를 건너는 책임을 맡았다. 자손들 모두는 이번의 이별이 사별이 될 것이라고 생각하고, 이별에 앞서 모두 강변에서 통곡을 하였다. 게다가 당시 담주는 거의 소수민족들이 거주하는 곳이었고, 소수의 한인들만이 섬의 북쪽에서 거주하고 있는 매우 척박하고 황량한 곳이었다. 소식 자신도 당연히 여러 가지 감회가 있었음을 추측할 수 있다. 하지만 그는 이러한 고난에도 조금도 아랑곳하지 않는다. 「유월 이십 일 바다를 건너다(六月二十日夜渡海)」라는 시를 보자.

九死南荒吾不悔　황량한 남방에서 아홉 번 죽어도 후회 않고
玆遊奇絶冠平生　기이한 절경을 유람하니 내 인생의 최고라네

인생의 아픔과 고통, 심지어 죽음조차도 초월한 광달하면서도 낙관적인 면을 나타내고 있다. 누구도 가기 싫어하는 황량한 유배지조차도 시인은 최고의 절경으로 평하고 있다. 이것은 그가 말년에 이를수록 더욱 적극적으로 불교선종을 사상적인 의지처로 삼았기 때문이라고 할 수 있다. 그러기에 해남도에서의 소식의 행적을 살펴보면 수연자적의 인생관과 광달하면서도 해학적인 인생관이 더욱 두드러지고 있다.

철종哲宗 소성紹聖 4년(1097) 4월, 소식은 해남도의 경주瓊州로 유배지를 옮기라는 명을 받고, 가족들을 광동 혜주에 남겨두고 아들 소과蘇過만을 데리고 유배지인 해남도 경주로 향하면서 아래 시를 지었다. 시의 제목이 길다. 「내가 해남으로 폄적되었고, 자유는 뇌주에 있었다. 즉시 옮기라는 명을 받았는데 서로 간에 알지 못하였다. 오주에 이르러서 동생 자유가 아직 등주에 있다는 것을 알게 되었다. 머지않아 만날 수 있기에 이 시로써 나타낸다(吾謫海南, 子由雷州, 被命卽行, 了不相知, 至梧乃聞其尙在藤也, 旦夕當追及, 作此詩示之).」

平生學道眞實意　평생 도를 배우는 참된 뜻이
豈與窮達俱存亡　어찌 궁달에 따라 있고 없어지랴?
天其以我爲箕子　하늘이 나를 이 시대의 기자로 삼으니
要使此意留要荒　요컨대 이 뜻 먼 변방에 남기리
他年誰作輿地志　훗날 누가 지리서를 쓸 것인가?

海南萬里眞吾鄕　　만리 먼 이곳 해남도가 진정 나의 고향

위의 제목으로 보아서 소식이 오주(梧州, 광서)에 도착하였을 때 동생 자유는 등주(藤州, 광서)에 있다는 것을 알게 되었고, 이에 곧 만날 수 있다는 기대감에 이 시를 창작한 것으로 보인다. 소식이 보기엔 도를 배우는 진정한 뜻은 주위환경의 곤궁함과 아무 상관이 없다. 해남도가 진정 시인의 고향이라는 것이다. 여기에는 무슨 원망도 없고 미움도 없다. 단지 하늘이 정해준 인연 따라 편안히 수연자적하는 시인의 유유함과 초탈함을 느낄 수 있다.

> 이곳 음식에는 고기가 없고 병에 걸려도 약이 없으며, 거처함에 방이 없고 밖에 나가도 벗이 없으며, 겨울에는 석탄이 없고 여름에는 찬 샘물이 없습니다. …… 근래 아들 과過와 함께 띠풀과 서까래를 엮어 초가집을 지어 사는데, 단지 비바람만을 피할 수 있을 뿐입니다. 그러나 노력과 경비는 이미 헤아릴 수 없을 정도입니다. 십수 명 학생들의 도움에 근거하고, 몸소 흙탕물 속에서 일하니 부끄럽기가 말할 수 없을 정도입니다. 그래도 이 몸이 있어 조물주에게 부치어 자연적인 흐름에 따라 가다가 구덩이를 만나게 되면 멈추니, 안 될 것은 없습니다. 벗이 이것을 알아준다면 근심을 면할 수 있겠지요.[274]

---

274 『蘇軾文集』 卷55, 「與程秀才三首(其一)」: “此間食無肉 病無藥 居無室 出無友 冬無炭 夏無寒泉. …… 近與小兒子結茅數椽居之, 僅庇風雨, 然勞費已不貲矣. 賴十數學生助工作, 躬泥水之役, 愧之不可言也. 尙有此身, 付與造物, 聽其運轉,

당시 해남도의 어려운 환경을 알 수 있는 문장이다. “조물주에게 부치어 자연적인 흐름에 따라 가다가 구덩이를 만나게 되면 멈추니, 안 될 것이 없다”에서 수연자적의 인생관을 엿볼 수 있다. 「9일 동안 한거하며 도연명에 화답하다(和陶九日閑居)」에서도 같은 경지를 노래하고 있다. “귀양 온 것은 진실로 하늘의 뜻, 여기서 인정의 따뜻함을 본다네(坎坷識天意, 淹留見人情)” 해남도를 떠나면서 지은 시 「해남의 여민들과 이별하면서(別海南黎民表)」에는 다음과 같이 기록하고 있다.

我本海南民	나는 본래 해남도 사람인데
寄生西蜀州	서촉주에 부쳐 살았다네
忽然跨海去	갑자기 바다를 건넜으니
譬如事遠遊	먼 여행 떠난 것에 비유할 수 있네

편벽한 해남도를 떠나 중원으로 향하게 된 시인은 고생했던 날들에 대한 원망은커녕, 오히려 자신이 해남도 사람이었는데 잠시 서촉에 부쳐 살았노라고 뒤집어서 말하고 있다. 그러면서 바다를 건너 중원으로 돌아가는 것을 먼 여행을 떠나는 것에 비유하고 있는 것이다. 해학적인 면과 더불어서 어떠한 역경에서도 수연자적하려는 시인의 마음을 엿볼 수 있다.

「장기를 보다(觀棋)」란 시에서도 같은 경지를 묘사하고 있다.

流行坎止 無不可者. 故人知之, 免憂.”

勝固欣然	이기면 진실로 기쁘고
敗亦可喜	져도 또한 즐겁다
優哉遊哉	여유 있게 노닐 듯이
聊復爾耳	이럭저럭 다시 한 판 둔다

이기고 지는 것에 연연하지 않는다고 강조하면서 이겨도 기쁘고 져도 즐겁다는 것이다. 철저한 수연자적의 경지에까지 이르렀음을 알 수 있다.

정국靖國 원년(1101) 7월 28일, 소식의 나이 66세 때 지은 「금산사에 있는 초상화에 스스로 적다(自題金山畫像)」라는 시는 불가의 게송과 비슷하다. 이 시를 지은 지 2개월 후에 세상을 떠났는데, 만년에 이른 시인의 심경을 잘 묘사하고 있다.

心似已灰之木	마음은 이미 재가 된 나무와 같고
身如不繫之舟	몸은 마치 묶이지 않은 배와 같다네
問汝平生功業	평생 동안 쌓은 공덕이 무엇이냐고 묻는다면
黃州惠州儋州	황주와 혜주, 담주에 있다고 말하겠네

제목에서 알 수 있듯이 옛날 이용면李龍眠이 그린 소식의 초상화를 금산사에서 보관했는데, 후일 소식이 금산사를 지나면서 자기의 초상화를 보고 이 시를 읊은 것이다. 선종에는 '고목枯木'이란 용어가 있는데 이것은 무심의 상태를 비유한 것으로, 즉 일체의 망념과 망상을 끊고 멸한 상태를 말한다.[275] 시인 스스로 자신을 돌아보니 몸은 마치 작은

배처럼 일생 동안 수연자적하였으며, 스스로의 마음도 이미 모든 분별심을 초월한 무심의 경계에 이르렀다는 것이다. 그러기에 자신에게 평생 쌓은 공덕이 무엇이냐고 누가 묻는다면 바로 자기의 일생에서 제일 힘들게 생활한 황주와 혜주, 담주라고 말하는 것이다. 이 말의 의미는 비록 황주, 혜주, 담주가 시인이 가장 힘들게 생활한 유배지이지만, 시인은 수연자적하면서 세속의 일체 번뇌와 애증의 분별심에서 벗어나 생활해왔기에 오히려 그곳에서의 생활이 시인에게 가장 많은 영향을 미쳤다는 것이다. 임운자재의 인생관과 무심의 경지를 통해서 마치 해탈의 경지에 이른 선사의 깨우침의 경지를 보는 듯하다.

2) 일체개공一切皆空

불교에는 '여래장如來藏'사상이 있다. 일체중생의 번뇌 속에 숨겨진 본래의 청정한 여래법신如來法身을 가리키는 것이다. 즉 여래장은 비록 번뇌 속에 뒤덮여 있지만, 오히려 번뇌에 오염되지 않아서 본래 절대적인 청정함과 영원히 변하지 않는 본성을 갖추고 있다는 것이다. 북종선을 대표하는 신수神秀는 사람의 심성은 본래 맑은 것인데, 이후 환경에 의해서 본래의 청정한 자성심이 오염된다는 것이다. 그러기에 오염되지 않도록 자주 수행을 통하여 자성의 청정심을 유지해야 한다고 주장한다. 그러나 육조혜능은 사람의 본심이 본래 청정한 것이니, 오로지 본성 혹은 본심을 직접 깨우칠 수만 있다면 모든 것이 해결된다고 주장한다. 게다가 모든 사람들은 언제나 성불의 근기를 가지고 있기

275 『佛光大辭典』, (高雄)佛光出版社, 1989, p.3844.

때문에 언제 어디서나 성불을 이룰 수 있다고 주장한다. 남종선과 북종선을 불문하고 중국불교에서 모두 강조하는 것은 심성心性의 깨우침이다.

소식의 인생에 있어서 수연자적하는 인생관의 체현과 더불어서 가장 두드러진 특징 중의 하나는 초연하게 모든 것을 비우는 달관적인 태도를 나타내고 있다는 점이다. 이는 본인의 성정과도 깊은 관계가 있겠지만, 젊어서부터 유불도 등 다양한 사상을 수용하였기에 더욱 두드러졌던 것이라 할 수 있다. 그러기에 동파의 시문 속에는 자주 낙관적이면서도 모든 것을 비우고, 인생을 달관한 듯한 모습을 보이고 있다. 그는 시가 속에서 자주 청정심과 더불어서 고요한 정심靜心의 경계를 추구한다. 예를 들어 소식은 진사 급제 후 충주 지역을 지나면서 굴원의 탑을 보고 느낀 감개를 「굴원탑屈原塔」에서 다음과 같이 읊조리고 있다.

楚人悲屈原　　초나라 사람들이 굴원을 슬퍼함이
千歲意未歇　　천년을 지나도 변함이 없다네
(중략)
屈原古壯士　　굴원은 옛날의 뛰어난 인물이니
就死意甚烈　　죽음의 의미도 매우 장렬했었네
世俗安得知　　세속의 사람들은 어찌 알겠는가
眷眷不忍決　　안타깝고 아쉬워하는 그의 결심을
南賓舊屬楚　　남빈은 옛날 초나라에 속했는데
山上有遺塔　　산 위에는 탑이 남아 있었네

應是奉佛人　　이것은 응당 불법을 받드는 사람이
恐子就淪滅　　그의 자취 사라질까 두려워 세웠으리
此事雖無憑　　이 일은 비록 고증할 수 없지만
此意固已切　　그 뜻이야말로 진실로 간절하다
古人誰不死　　옛사람 중에 죽지 않는 이가 없으니
何必較考折　　장수와 요절을 따질 필요가 있겠는가?
名聲實無窮　　명성은 실로 무궁무진하고
富貴亦暫熱　　부귀는 일시적으로 뜨거울 뿐
大夫知此理　　대부는 이 뜻을 잘 알았기에
所以持死節　　죽음으로 절개를 지켰다네

초나라 지역에 사는 불교도들이 굴원의 망혼을 위해서 세운 굴원탑을 보고 느낀 감회를 적고 있다. 이 세상에서 죽지 않는 사람이 없기에 장수와 단명을 따질 필요가 없다. 모든 사람들이 추구하는 세속의 부귀영화도 영원한 것이 아니고 순간적이고 일시적이라는 것이다. 이는 세속의 욕망을 버리고 내면의 청정심을 추구하는 불법과 일맥상통한다. 다시 말해서 장수와 부귀 같은 우리의 욕망을 버리고 오염되지 않은 담박한 마음을 추구하는 것이 불법에 부합되는 것이다. 비움으로써 낙관과 달관을 추구하는 젊은 시인의 형상을 잘 나타낸 시이다.

원풍元豊 원년(1078), 서주徐州에서 「왕정로가 퇴거하여 부친 것에 차운하다(次韻王廷老退居見寄)」란 시를 지어 직접적으로 인생몽환, 즉 사람의 인생은 본래 실체가 없는 꿈과 같음을 노래하고 있다.

浪蕊浮花不辨春	흔들리는 꽃봉오리에 봄을 분별 못하고
歸來方識歲寒人	돌아와서 비로소 굳은 사람 알았네
回頭自笑風波地	생각하니 스스로 풍파 겪은 곳 우습고
閉眼聊觀夢幻身	눈을 감고 잠시 보니 꿈, 환상의 인생이네

이 시에서 소식 자신은 온갖 풍파를 겪은 후에야 비로소 인생이 꿈이요, 환상임을 깨달았다는 것이다. 그러므로 비록 그 당시에는 힘들었지만, 그러나 지금 깨달은 후에 달관된 마음으로 그 풍파를 생각하니 웃음이 나온다는 것이다. 여기서 시인은 세상 사람들이 자기의 어려운 환경에 집착하거나 혹은 부귀영화에 대한 환상과 명리를 추구하는 행위가 바로 뜬구름과 같은 것임을 드러내고 있다. 이는 세상의 모든 사물은 어떠한 흔적을 남기는 실상이 아니고 눈 깜짝할 사이에 사라지는 한바탕의 꿈, 환상, 거품이라는 선리와 일맥상통함을 알 수 있다. 이러한 그의 인생관은 오대시안(1079)을 겪은 후에도 계속 지속될 뿐만 아니라 더욱 심화되고 있는데, 이것은 앞서 언급한 바와 같이 정치적인 고뇌와 정신적인 충격에서 벗어나기 위해서 선종사상의 적극적인 수용과 운용 때문이라고 할 수 있다.

소식은 선종의 공空사상을 시속에 주입시키고 있을 뿐만 아니라, 이러한 선종의 깨달음에 이르는 사유방식을 시의 창작론에도 운용하고 있다.[276] 신종神宗 원풍元豊 원년(1078)인 43세에 지은 「참요 선사를 떠나보내고(送參寥師)」란 시는 첫 구절부터 불교의 공사상을 말하고 있다. "선사는 일체가 공함을 배워 모든 상념이 차가운 재로 변하였네(上

276 『소식의 문학이론과 선종』 단락 참조.

人學苦空, 百念已灰冷)." 여기서 참요 선사의 뛰어난 인품과 경지를 칭찬하고 있다. 다음 부분에서는 당나라 한유의 주장을 인용하며 한유의 주장을 반박하고 있다. 한유는 고한高閑이 승려의 신분이기에 마음이 고요하고 담백하여 장욱張旭이 초서草書에 함축한 우수의 기운과 호방하고 맹렬한 기세를 표현할 수 없다는 것이다.[277] 소식은 한유의 이러한 주장을 정면으로 반박하면서 고요하고 담박한 마음은 오히려 만물을 포용할 수 있음을 주장하고 있다.

細思乃不然	자세히 생각하면 그렇지 아니하고
眞巧非幻影	진정한 교묘함은 환영이 아니라네
欲令詩語妙	좋은 시어를 오묘하게 만들려면
不厭空且靜	공과 정을 싫어하지 않아야 하네
靜故了群動	고요함은 모든 움직임을 관찰하고
空故納萬境	공이기에 모든 우주 포용한다네

'공空과 정靜'의 고요한 사유가 좋은 시를 쓸 수 있는 가장 좋은 처방이다. 시법과 불법이 서로 상통하는 곳은 '공과 정'에 있다는 것이다. 사물에 집착하지 않고 모든 망념을 제거해야 비로소 공허함과 고요함의 경계에 이를 수 있다. 시와 선이 서로 상통하기에 마음의

277 "한유가 (장욱의) 초서를 논했는데, 마음에 만사가 걸림이 없었다네. 우수와 불평기운 일으켜 세워, 모두를 붓 끝에 실어 내달렸다(했네). 승려 고한의 글씨는 이상하게 여기며, 몸과 마음을 마른 우물같이 보았네. 담박한 마음에 의기소침해져, 누가 호기로움 발할 수 있는가(했네). (退之論草書, 萬事未嘗屛. 憂愁不平氣, 一寓筆所騁. 頗怪浮屠人, 視身如丘井. 頹然寄淡泊, 誰與發豪猛?)"

공허함으로 온 우주를 포용하며, 고요한 마음으로 사물의 움직임을 사유하면 우주의 본질을 반영할 수 있기에 의미가 무궁무진한 좋은 시를 창작할 수 있다는 것이다. 소식이 참요 선사를 칭찬한 "도인의 가슴 속의 물은 거울처럼 맑고, 만상이 생기고 사라져도 본체는 달아나지 않는다(道人胸中水鏡清, 萬象起滅無逃形)"(「次韻僧潛見贈」)라는 것도 이러한 의미임을 알 수 있다. 그러므로 결론은 "시법과 불법이 서로 방해되지 않는다(詩法不相妨)"는 것이다. 선종 공空의 사유방식을 그의 시론에 운용하고 있음을 볼 때, 소식의 불교선종에 대한 해박한 지식을 가늠해볼 수 있다.

원풍元豊 5년(1082), 시인의 나이 47세에 황주黃州에서 지은 「촉승명조가 고향으로 돌아가고 싶어 하여 용구자벽에 쓰다(蜀僧明操思歸書龍丘子壁)」 시는 황주에서의 유배생활 속에 나타나는 작가의 고통을 선종 무심無心을 통하여 해결하려 했음을 알 수 있다.

久厭勞生能幾日	오랜 시간 괴롭고 힘든 인생 얼마나 남았는가?
莫將歸思擾衰年	고향 생각으로 노년의 인생 어지럽히지 말라
片雲會得無心否	한 조각 구름은 무심을 깨닫지 않았겠는가?
南北東西只一天	남북과 동서가 모두 한 하늘에 있다네

첫 구에서는 소식이 황주에서의 힘든 생활로 인하여 나타나는 자기의 괴로운 심정을 직접적으로 서술하고 있다. 소식은 본래 촉 지방에 있는 자기의 고향을 매우 그리워했지만, 그러나 지금은 죄인 된 몸으로서 돌아가고 싶어도 돌아갈 수 없는 몸인 것이다. 그러므로 2구에서

해학적으로 촉 지방의 스님 명조에게 다시는 자기 앞에서 고향으로 돌아가고 싶다는 말을 꺼내지 못하도록 하고 있다. 그러나 3, 4구에서 선종의 '무심'[278] 사상을 인용하여 심적인 고통으로부터 벗어나고 있음을 알 수 있다. 『전등록』에 의하면, 당나라 숙종 때 "혜충국사가 마음의 인가를 받고, 숙종肅宗 상원上元 2년에 장안으로 돌아왔다. 황제가 묻기를 '스님은 조계사에서 어떤 법을 얻었습니까?' 이에 혜충국사는 '폐하께서는 공중에 한 조각의 구름이 보입니까?'라고 말하였다."[279] 선종의 화두에는 종종 구름으로 마음을 비유하고 있다. 즉 어느 곳에도 묶여 있지 않고 자유자재로 움직이는 구름과 같이 사람의 마음도 어디에도 얽매이지 않아야 함을 설명하고 있는 것이다. 혜충국사는 숙종의 '어떤 법'이라는 물음에 직접적으로 대답하지 않고, 선사들의 선문답과 같이 '공중의 한 조각의 구름'으로 숙종을 깨우쳐주려 한 것이다. '어떤 법'을 추구하고 알려고 한다는 자체가 바로 집착이요 얽매인 것이며, 오직 무념, 무심의 경지에 이르러야만 일체의 번뇌에서 벗어날 수 있다는 선리를 설명해주고 있다. 소식은 선가의 기봉으로 촉 지방으로 돌아가려는 명조 스님을 일깨워주고 있다. 한 조각의 구름은 하나의 하늘 위에서 마음대로, 인연이 흐르는 대로 움직인다. 마찬가지로 사람

---

278 '無心'이란 모든 망념을 벗어난 청정한 진심을 가리킨다. 즉 凡人과 聖人, 선과 악, 아름다움과 추함, 크고 작음 등 분별의식을 벗어나 어디에도 집착하지 않고 막힘이 없는 자유의 경계를 가리킨다. 이것은 바로 일체의 객관적인 사물의 존재를 부정함으로써 다다르는 청정한 마음의 경계를 말하는 것이다. 『佛光大辭典』, p.5075.

279 『景德傳燈錄』 卷28: "惠忠國師, 自受心印. 肅宗上元二年赴京, 帝問師在曹溪寺得何法? 師曰: '陛下見空中一片雲麽?'"

도 모든 것을 비우고 무심의 경지에서 동서남북 어디에든지 인연에 따라갈 수 있어야 한다.

시인의 나이 51세인 원우元祐 원년(1086), 구법당의 집권으로 잠시 조정으로 돌아온 소식은 왕진경과 조정에서 만나 시를 받고 「왕진경에 화답하다(和王晉卿)」란 답시를 지었다.

吾生如寄耳　　나의 인생은 잠시 기탁한 것일 뿐
何者爲禍福　　무엇이 화이고 또한 복이 되는가!
不如兩相忘　　둘 모두를 잊어버림만 못하니
昨夢那可逐　　어젯밤 꿈을 어찌 좇아가겠는가?

우리 인생 자체가 잠시 기탁한 허상이기에 화와 복을 구분할 필요가 없다. 세상이라는 객관적인 현실세계를 부정하고 있다. 우리 인생에서의 화와 복, 득과 실의 구별 모두를 넘어서야 한다는 것이다. 그러기 위해서는 철저히 수연자적하면서 분별심을 초월해야 한다. 만약 이에 집착한다면 어젯밤 꿈을 좇는 허상과 같은 것이라고 설명하고 있다. 수연자적의 중요성을 짧은 화답시로 간결하게 표현하고 있다.

「조양군의 오자야가 세속을 떠나 출가한다는 것을 듣고(聞潮陽吳子野出家)」란 시를 지어서 자기의 일생 동안 겪은 과정과 오자야의 출가를 대비하며 달관한 인생관을 나타내고 있다.

妻孥眞敝屣　　처와 자식을 진정 낡은 신발처럼
脫棄何足惜　　벗어던지며 애석해할 필요가 없다네

四大猶空幻　사대가 모두 공하며 헛된 것인데
衣冠矧外物　의관은 하물며 외물에 불과하다네
一朝發無上　하루아침에 불법의 길로 들어섰다면
願老靈山宅　원하건대 오랫동안 영취산에 머물기를
世事子如何　그대는 세상사를 어떻게 생각하는지
禪心久空寂　선심은 오래도록 공적에 이르렀네

여기에 기재하지 않은 시의 전 8구에서는 시인이 젊은 날의 포부를 실현하기 위해 노력하였으나, 수차례의 정치적인 좌절을 겪으면서 결국은 경세제민의 유가적인 이상이 물거품처럼 사라졌음을 말하고 있다. 유가사상 속에서 인생의 답안을 찾지 못한 시인은 결국 불교선종에 심취하게 되었고, 마침내 사대四大로 이루어진 사람의 몸과 인생이 모두 환상이고 공허한 것임을 깨달았다고 말하고 있다.[280] 인생이 그러할진대 하물며 벼슬은 '신외지물身外之物'이기에 조금도 애석하지 않다는 것이다. 그러한 인생의 철리를 깨달아서 불법에 귀의한 오자야도 오랫동안 선원에 머물기를 바란다는 것이다. 여기에서 '무상無上'이란 바로 불법의 길을 가리키고, 영산이란 불교의 명산 영취산을 이른다. 마지막 구절에서 오자야에게 세상사에 대하여 어떠한 태도를 가지고 있느냐고 묻고는, 오자야의 선심이 이미 오랫동안 공적空寂의 경계에 이르러

280 불교와 선종에서는 바로 세계만물과 사람의 몸이 모두 地·水·火·風의 四大가 화합하여 이루어져 모두가 허망한 형상으로 본다. 그래서 만약 이 사대의 본질이 空한 것이고, 가짜라는 것을 깨우칠 수 있다면 바로 空寂의 경계로 들어간다고 설명하고 있다. 『佛光大辭典』, p.1654.

세상 만물에 대한 실체를 파악하고 있음을 말하고 있다. 이렇게 표면적으로는 오자야의 출가에 대한 감회를 노래하고 있지만, 실질적으로는 시인 스스로가 철저하게 비우는 달관한 인생의 즐거움을 노래하고 있다. 이러한 선종 공관空觀사상의 운용은 시인의 번뇌를 해결해주는 데 중요한 역할을 하고 있음을 알 수 있다. 「왕정국이 소장하고 있는 왕진경의 그림 착색산에 적다(書王定國所藏王晉卿畵著色山)」란 첫째 시에서도 선가의 청정심에 대해서 말하고 있다.

煩君紙上影　　그대 종이 위 그림자가 산란하게
照我胸中山　　내 마음속의 산을 비춘다네
山中亦何有　　산중에는 또한 무엇이 있는가?
木老土石頑　　나무는 늙고 흙과 돌이 무디다네
正賴天日光　　마침 하늘에 의지한 태양 빛 비추니
澗穀紛爛斑　　계곡 사이에 여러 빛깔이 흩날리네
我心空無物　　나의 마음이 공하고 물이 없으니
斯文何足關　　이 무늬와 어떠한 관계가 있는가
君看古井水　　그대는 옛 우물을 보았는가?
萬象自往還　　삼라만상이 스스로 왕래한다네

이 시는 원우元祐 4년(1089), 시인이 54세에 항주로 부임하라는 명령을 받았을 때 지은 작품이다. 당시 왕진경이 그린 「저색산」이란 그림을 왕정국이 소장하고 있었는데, 시인이 이 그림을 보고 느낀 것을 시로써 나타낸 것이다. 이 시는 마치 그림과 소식의 마음이 물아일체가 된 듯한 경지를 묘사하고 있다. 그림 속의 산의 형상이 작가의 마음을 비추고 마음속에는 흙과 돌, 늙은 나무, 태양 등 삼라만상이 들어 있음을 이야기하고 있다. 그러나 마지막 4구에서는 나의 마음이 옛 우물물같이 고요하고 공허하여 아무런 사물이 없다고 말하고 있다. 이것이 바로 위의 「참요 스님에게 보내며(送參寥師)」란 시에서 말하고 있는 "고요하기에 온 세상의 움직임을 관찰하고, 공허하기에 온 우주를 용납할 수 있다네"와 같은 경계를 말하고 있는 것이다. 그러므로 마지막 구절에서 "그대는 옛 우물을 보았는가? 삼라만상이 스스로 왕래한다네"라고 말하고 있다. 여기의 고정수古井水는 백거이의 "잔잔한 옛 우물물에, 마디 있는 가을 대나무가 범하네(無波古井水, 有節秋竹竿)"(「贈元稹」)라는 시에서 그 의미를 취하고 있다. '고정수古井水'는 바로 선가의 청정지심을 가리키고 있다. 깊은 옛 우물물은 오랫동안 사용하지 않아 세상 사람들이 그 존재조차도 잊어버려, 그 물이 맑고 고요하며 이미 오랫동안 파문이 일지 않았음을 말하고 있다. 즉 모든 것을 벗어난 청정한 마음을 조금의 움직임도 없는 고요한 옛 우물에 비유하고 있는 것이다. 그러므로 3년 뒤에 지은 "마음을 어찌하면 병을 없애 편안함을 얻는가, 근년 이래 옛 우물물은 물결 일지 않았네(心有何求遣病安, 年來古井不生瀾)"(「臂痛謁告, 作三絶句詩四君子」 其二)라는 시도 같은 전고를 사용하여 같은 경지를 묘사하고 있음을 알 수 있다. 그러므로 '본심本心'을 깨달으면 온 세계가 공하다는 것을 알게 되며, 또한 물아物我가 합일合一이 되어 나의 마음이 바로 우주만물과 같다는 것이다. 그리하여 나의 마음속에는 산하대지가 있고, 해와 달과 별 등 온갖 만물이 있으며, 나의 본심이 바로 부처이고 부처가 바로 나의 마음이라는 진리를 시를 통하여 설명하고 있음을 알 수 있다. 한편, 「전도인이 지은 "직수인취주인옹直須認取主人翁" 구절에 대해 두 절구를 지어서 그를 놀려주다(錢道人有詩云 "直須認取主人翁" 作兩絶戲之)」의 두 번째 시는 육조혜능의 오도송을 인용하여 선종의 공관을 나타내고 있다.

有主還須更有賓	주인이 있으면 반드시 손님이 있어야 하니
不如無鏡自無塵	거울이 없으면 먼지가 없는 것보다 못하네
只從半夜安心後	오로지 한밤중에 안심의 경지에 이른 후부터
失卻當前覺痛人	바로 앞의 통증을 느끼는 이를 잊어버렸네

이 시의 제목에서 알 수 있는 바와 같이 첫 구절은 전錢도인이 지은 "바로 주인공을 취하여 인지해야 한다(直須認取主人翁)"는 구절을 겨누어서 지은 것이다. 여기에서의 주인공은 선종에서 말하는 불성을 이야기하고 있다. 소식은 전도인의 이 구절을 완전히 부정하면서 "주인이 있으면 반드시 손님이 있어야 한다"고 반박하고 있다. 즉 만약 주인의 존재를 인정하면 반드시 객의 존재를 인정하지 않을 수 없다는 논리이다. 그러나 부처는 본래 하나도 없는 것인데, 주와 객의 나눔이 마음속에 있다는 것은 바로 나와 사물을 구분 짓게 되는 분별심으로 인하여 깨우침에 이를 수 없다는 것이다. 그러므로 2구에서 육조혜능의 오도송을 인용하고 있다. "보리는 원래 나무가 아니며, 맑은 거울도 역시 대가 아니다. 본래 하나의 물건이 없는데, 어디에 털을 먼지가 있겠는가?(菩提本無樹, 明鏡亦非臺. 本來無一物, 何處惹塵埃?)" 마음속에는 본래 주인과 객, 거울과 먼지 등 모든 관념이 없어야 한다는 것이다.

그러므로 3, 4구에서는 『능엄경』을 인용하며[281] 스스로 청정심에 들어간다면 어떤 아픔이나, 고통을 느낄 수 없다는 것을 강조하고 있다. 즉 마음에 아무런 막힘이 없으니 안심(모든 번뇌를 벗어난 경지)의 경지에 이를 수 있고, 이런 안심의 경지에 이르니 어떠한 바깥 사물도 나의 깨달음을 방해하지 못한다는 의미인 것이다.

시인의 나이 60세인 1095년, 유배지 혜주에서 지은 「사월 십일 처음 여지를 먹다(四月十日初食荔支)」란 시에서도 역시 역경 속에서 임운자재하며 살아가는 시인의 달관한 모습을 볼 수 있다.

我生涉世本爲口　내 인생 벼슬길로 든 것은 원래 입 때문
一官久已輕蓴鱸　관직은 전부터 순채, 농어보다 가볍게 여겼네
人間何者非夢幻　인간사 어떤 것이 꿈과 환상이 아니던가?
南來萬里眞良圖　남쪽 만리 온 것이 정말 좋은 방법이라네

속세의 생활이 싫었지만, 어쩔 수 없이 벼슬길로 들어선 것은 생활고

---

281 『楞嚴經』 卷5: "내가 처음 발심하여 부처를 따라 수도를 행하였다. 항상 여래로부터 세간의 모든 일은 모두 고통, 공, 무상이며 진정한 즐거움은 없는 것이라는 것을 들었다. 어느 날 성에 들어가 걸식을 할 때 마음으로 (고제苦諦의) 법문을 생각하다가 나도 모르게 발에 독가시에 찔려 온몸이 아픈 것 같았다. 지각이 있으니 이러한 깊은 고통을 느낀다고 생각하였다. 고통을 느끼는 지각이 있을지라도 청정심을 깨우친다면 고통도 느끼지 않고, 또한 고통의 감각도 없을 것이다(我初發心, 從佛入道, 數聞如來說諸世間不可樂事. 乞食城中, 心思法門. 不覺路中毒刺傷足, 擧身疼痛! 我念有知, 知此深痛, 雖覺覺痛, 覺淸淨, 無痛痛覺)." CBETA, X12, No.0272, 5卷, 0046a01.

를 해결해야 했기 때문이라는 것이다. 그러므로 이미 오래 전부터 벼슬을 나물과 생선보다도 가볍게 여겼다고 말하고 있다. 이뿐만 아니다. 인간사 모든 것이 꿈과 환상이 아닌 것이 없다고 말하고 있다. 시인은 선종의 공관을 활용하여 인생의 모든 것을 꿈이라고 여기고, 벼슬길은 나물보다 가볍다고 여겨 철저히 버리고 비우고 있다. 이것이 바로 달관한 인생관을 유지하는 비결이다. 그러므로 마지막 구절에서 비록 자신이 황량한 남쪽으로 만리나 유배되어 왔지만, 이곳의 풍경이 너무 아름답고 좋아서 남쪽 만리로 유배 온 것이 오히려 전화위복이 되었다는 낙관적이고 광달한 면모를 나타내고 있다. 역경을 헤쳐 나가는 불교사상의 진수를 보여주는 듯하다.

이렇게 소식은 일상생활 속에서의 사소한 일을 즐거움으로 승화시켜 시를 통해 잘 표현하고 있다. 「종필縱筆」 또한 그 대표적인 예이다.

白髮蕭散滿霜風　흰머리 날림 속에 풍상이 가득하고
小閣滕床寄病容　작은 누각 등나무 침대에 병든 몸을 기댔네
報道先生春睡足　선생의 봄잠이 달콤하다는 말을 듣고
道人輕打五更鐘　도인은 오경을 알리는 종을 조용히 친다네

어디에서도 유배지에서의 쓸쓸함을 찾아볼 수 없다. 오히려 생활을 여유롭게 즐기는 시인의 초연하고 달관한 정서가 가득하다. 소식은 사소한 일상생활의 모습을 자주 즐거움으로 승화시켜 묘사했는데, 이는 불교선종의 수연자적과 임운자재, 철저한 무소유의 정신을 가지고 있었기에 가능한 것이었다. 전하는 바에 의하면 이 시가 조정으로

전해지자 정적들은 소식의 유유자적한 모습에 분노하여 그를 해남도로 유배시키기로 결정하였다고 한다.

시인의 나이 62세에 혜주에서 해남도로 떠나며 동생 소철에게 보낸 「앞의 운에 차운하여 자유에게 보내다(次前韻寄子由)」란 시에서도 불교선종의 공사상을 통하여 달관되고 낙관적인 시인의 모습을 보이고 있음을 알 수 있다.

我少卽多難	나 젊었을 때 고난도 많았지
邅回一生中	일생을 머뭇거리며 살아왔다네
百年不易滿	백년의 세월 채우기가 쉽게 않고
寸寸彎强弓	갈수록 강한 활을 당긴다네
老矣復何言	늙었으니 다시 무슨 말을 하랴!
榮辱今兩空	지금 보니 영과 욕이 모두 공허하네
泥洹尙一路	열반의 한 길만을 바라보니
所向餘皆窮	가는 곳마다 여유가 무궁무진하네

첫 두 구절에서는 젊은 시절의 험난한 길을 회고하며 많은 고난의 길을 걸어왔음을 설명하고 있다. 3, 4구에서도 이러한 세월 속에서 자기 멋대로 마음 내키는 대로 행동하였음을 말하고 있으며, 5, 6구에서는 지금 이 순간 자기의 인생을 되돌아보니 몸은 늙었으나 할 말이 없다는 것이다. 그것은 바로 여태까지 자기 인생의 모든 영화와 욕됨은 바로 하나의 실체도 없는 공허한 것임을 깨달았기 때문이다. 생사의 윤회를 초월하는 깨달음의 경계를 추구하고 있다. '니원泥洹'이란 바로

불교의 열반涅槃을 일컫는 말이다. 열반은 일반적으로 두 가지의 의미를 가지고 있다. 하나는 우리가 보편적으로 알고 있는 세상을 떠난다는 의미인 죽음을 말하고, 다른 하나는 생사윤회를 초월한 깨달음의 경계로 불교 수행의 최고 이상 경지를 말한다. 그러므로 소식은 오로지 모든 생사와 번뇌를 초월하여 부처의 지혜를 얻어 깨우침에 이르는 길만을 바라보고 있으니, 자기가 가는 길이 아무리 험하고 힘들다고 할지라도 여유가 넘치고 있음을 묘사하고 있다. 즉 불교선종의 공관의 운용을 통하여 이를 자기의 정신적인 의지처로 삼아 광달함을 추구하고 있음을 알 수 있다.

모든 것을 초월한 낙관 자득한 경지를 소식의 시문 곳곳에서 볼 수 있다. 시인의 나이 64세, 담주에서 유배 중일 때 「상원절 밤에 노는 것을 적다(書上元夜遊)」에서 자기의 경험을 이렇게 기록하고 있다.

> 1099년 1월 15일 상원절上元節, 내가 담주에서 살고 있는데, 몇몇 늙은 서생들이 나를 찾아와서 이르기를 "밝은 달 좋은 밤에 선생께서 나와서 같이 놀러 가시지요?"라고 하여, 나는 기꺼이 그들을 따라나섰다. 서쪽 성문을 나와서 절로 들어갔다가 작은 골목을 지나니 여러 민족이 뒤섞여 있고, 술을 파는 곳도 여럿 있었다. 숙소로 돌아오니 이미 삼경이 지났고, 숙소에 같이 있는 사람은 이미 코를 골고 있었다. 내가 지팡이를 내려놓으며 누가 얻고 누가 잃었는지를 생각하며 큰소리로 웃었다. (아들이) 나에게 왜 웃느냐고 물었다. 내가 "내 스스로 나를 웃고, 또한 한유가 고기를 잡지 못해서 더욱

먼 곳에 갔음을 웃은 것이지. 낚시하는 사람은 다른 곳으로 간다 해도 반드시 큰 고기를 잡을 수 없는 것을 모르는 것이지."라고 말하였다.[282]

마치 모든 것을 달관한 선사의 모습처럼 보인다. 이 세상을 돌아보아도 얻은 사람도 없고 잃은 사람도 없다. 다른 곳으로 옮긴다고 해도 큰 고기를 잡을 수 없거늘, 한유가 고기를 잡기 위해 옮겨간 것과 아등바등 살아가는 사람들이 우습다.

시인의 나이 65세인 1100년, 휘종이 즉위한 후 담주에서 육지로 옮기라는 명을 받고 6월 20일에 바다를 건너면서 시를 지었다. 고난의 연속인 인생길에 있어서도 "구사일생한 황량한 남쪽 원망하지 않으며, 이러한 기이한 절경은 평생에 최고라네(九死南荒吾不悔, 玆遊奇絶冠平生.)"(「六月二十日夜渡海」)라고 읊어, 모든 것을 포용하고 세속의 잣대를 뛰어넘는 낙관적이고 광달한 면을 나타내고 있다.

아래의 시는 마치 인생을 달관한 선사의 해학적인 면을 보는 듯하다. 「기지器之가 선을 논하는 것을 좋아하나, 산을 유람하는 것을 좋아하지 않았다. 산중에 죽순이 나오니, 농담으로 기지에게 함께 옥판장로를 참배하러 가자고 하고 이 시를 지었다(器之好談禪, 不喜遊山, 山中筍出, 戲語器之, 可同參玉版長老, 作此詩)」를 보자.

---

282 「書上元夜遊」: "己卯上元, 余在儋耳, 有老書生數人來過, 曰: '良月佳夜, 先生能一出乎?' 予欣然從之. 步城西, 入僧舍, 曆小巷, 民夷雜揉, 屠酤紛然, 歸舍已三鼓矣. 舍中掩關熟寢, 已再鼾矣. 放杖而笑, 孰爲得失? 問先生何笑; 蓋自笑也, 然亦笑韓退之釣魚無得, 更欲遠去. 不知釣者 未必得大魚也."『蘇軾文集』卷71.

叢林眞百丈　총림叢林은 진정한 백장百丈이며
法嗣有横枝　법통의 계승은 뻗은 나뭇가지라네
不怕石頭路　석두石頭의 길을 두려워하지 않고
來參玉版師　옥판장로를 참배하러 왔노라
聊憑柏樹子　잠시 정원 앞의 잣나무에 의지하고
與問籜龍兒　죽순 껍질인 용아에게 질문한다
瓦礫猶能說　기와와 벽돌도 설법을 하는데
此君那不知　죽순인들 어찌 모르겠는가?

제목에서도 알 수 있듯이 이 시에는 해학이 넘치는 흥미로운 전고가 있다. 해남도에서 인생의 고비를 넘기고 겨우 육지로 돌아온 소식은 사면을 받아 북으로 돌아간다. 당시에 벗 유기지와 만나서 유람을 했는데, 유기지는 산을 좋아하지 않았다. 소식은 고의로 기지를 놀려주기 위해서 옥판장로를 만나러 산에 가자고 한다. 어렵게 산길을 걸어서 절에 도착은 했는데, 옥판 화상은 보이지 않고 소식이 주방에 가서 죽순 한 접시를 가지고 나왔다. 기지가 소식에게 옥판 화상의 거처를 물으니, 소식이 바로 죽순을 가리키며 이분이 바로 옥판장로라고 말하였다. 따라서 이 시 속에는 다양한 선종의 공안뿐만 아니라, 바로 인생을 달관한 시인의 여유로움과 행복을 느낄 수 있다. 백장은 백장회해百丈懷海 선사나 혹은 홍주의 백장산을 가리킨다. 석두는 석두희천石頭希遷 선사를 말하며, 시문의 '석두로石頭路'는 마조도일 선사가 말한 "석두의 길은 미끄럽다"에서 온 것이다.[283] 옥판장로는 바로 죽순을

283 『傳燈錄·馬祖道一』 卷6: "鄧隱峰辭師. 師云, 什處去. 對云, 石頭去. 師云, 石頭路

가리키고, 잣나무는 조주 화상의 선문답에서 나오는 '정전백수'를 말한다. "기와와 벽돌도 설법한다"는 조동종의 창시자인 동산양개 선사의 오도송인 "정말 기이하고, 기이하도다. 무정이 법을 말하니 불가사의하도다. 만약 귀로 들으면 끝내 이해하기 어렵고, 눈으로 들어야만 알 수가 있다네(也大奇, 也大奇! 無情說法不思議. 若將耳聽終難會, 眼處聞時方可知)"에서 나온 것이다. 잣나무와 기와, 그리고 벽돌도 설법을 하므로 죽순도 당연히 설법을 할 수 있다는 것이다. 다양한 선종의 공안들을 능수능란하게 운용하고 있는 것에서 소식의 선종에 대한 해박한 지식을 알 수 있다. 동시에 소식의 기지와 해학, 달관한 모습을 시 구절에서 느낄 수 있다.

휘종徽宗 정국靖國 원년(1101) 7월, 소식이 임종하기 이틀 전에 그의 옛 친우이며, 옛날 항주에 있을 때 경산사徑山寺의 주지였던 유림승維琳僧이 불원천리하고 병문안 차 상주常州에 있는 소식을 방문하였다. 유림승은 소식에게 「동파의 병을 문안하다(與東坡問疾)」란 시를 지어 "나의 입에 문수보살을 삼키고, 천리를 와서 병문안하네(我口吞文殊, 千里來問疾)"라며 소식의 마지막을 위로해주었고, 동시에 소식에게 주문을 외울 것을 요청하였다. 이에 소식은 아래의 「경산의 유림장로에게 답하다(答徑山琳長老)」란 시로 유림승에게 답하였다.

與君皆丙子　　그대와 나는 같은 병자생
各已三萬日　　각각 이미 삼만 일을 살았네

滑. 對云, 竿木隨身逢場作戱."

一日一千偈	하루에 천 개의 게송 외워도
電往那容詰	찰나 속에 무엇을 말하겠는가
大患緣有身	큰 우환은 몸에서 연유한 것이니
無身則無疾	몸이 없어지면 병도 없으리라
平生笑羅什	평생 구마라집을 비웃은 건
神呪眞浪出	신통한 주문으로 파도를 일으킨다기에

첫 두 구절에서 소식과 유림승이 같은 나이이며, 매우 오랫동안 살았음을 3만 일로 표현하고 있다. 3구는 『진서晉書』에 의하면 구마라집鳩摩羅什은 스승에게 경을 배울 때 하루에 천 개의 게송을 외웠다고 전한다. 따라서 3, 4구에서는 시인 자신도 구마라집과 같이 하루에 많은 게송을 외운다면 날이 갈수록 그 숫자가 많아질 것이나, 죽음을 눈앞에 둔 인생의 마지막 짧은 순간에 있어서 그 게송이 무슨 소용이 있겠느냐는 것이다. 그러므로 5, 6구에서는 근심과 병이라는 것은 몸의 인연에 의하여 생기는 것이니, 자기 몸의 존재조차도 뛰어넘는다면 당연히 병도 근심도 존재하지 않는다는 것이다. 즉 "본래 하나의 사물도 없는데, 어디에 닦을 먼지가 있겠는가?(本來無一物, 何處惹塵埃?)"라는 혜능의 오도송悟道頌을 인용하여 유림승에게 자기를 위해 주문을 외울 필요가 없음을 말하고 있다. 그러므로 마지막 두 구절에서 진리를 깨닫지 못한 구마라집을 비판하고 있다. 즉 소식은 구마라집이 임종 전에 자기의 병을 낫게 하려고 외국 제자에게 신통한 주문을 외우라고 하였으나 결국은 효험을 보지 못하고 입적했다는 것을 예로 들어 비웃고 있는 것이다. 다시 말해서 생과 사는 필연적인 규율이며,

눈에 보이는 사물은 모두 인연에 의하여 명멸明滅하기 때문에 사람이 어떤 방법을 사용하더라도 아무 소용이 없다는 것이다. 이 시를 통해서도 소식은 생사에도 초연할 수 있는 선종의 큰 깨우침의 경지에 이른 것임을 알 수 있다.

5. 소식의 문학이론과 선종

1) 소식의 창작론

소식은 물아양망物我兩忘의 깨달음의 경지를 그의 시문을 통하여 자주 언급하고 있다. 그는 황주로 유배된 이후 "황주黃州에 두문불출하면서 불경佛經으로써 세월을 보냈으며"[284] 「황주안국사기黃州安國寺記」에서 다음과 같이 논하고 있다.

> 향을 사르고 고요히 앉아서 깊이 자아성찰을 하니 곧 물物과 아我를 서로 잊고, 몸과 마음이 모두 공空한 경지에 이르렀다. 죄와 허물이 생겨난 곳을 구하려 해도 찾을 수가 없었다. 청정함만을 생각하니 더러움이 저절로 없어지고, 안팎으로 얽매이지 않고 자유로워 맺히는 곳이 없었다.[285]

---

284 「與章子厚參政書二首」: "初到(黃州), 一見太守, 自余杜門不出. 閑居未免看書, 惟佛經以遣日." 『蘇軾文集』 卷49.

285 「黃州安國寺記」: "焚香默坐, 深自省察, 則物我相忘, 身心皆空. 求罪垢所從生而不可得, 一念清淨, 染汚自落, 表裏翛然, 無所附麗." 『蘇軾文集』 卷12.

분향焚香과 묵좌默坐를 통하여 자아성찰을 행하니(觀照) 마음이 청정해져 사물과 나를 잊고 하나가 되는 물아양망物我兩忘의 경지에 도달했다는 것이다. 세속의 번뇌가 사라지고, 안팎(나와 바깥사물)이 서로 자유로이 교류하여 맺히는 곳이 없는 경지임을 말하고 있다.

이러한 선종의 깨달음의 특징은 비이성적이고 직각적인 체험을 근거로 어떠한 개념이나 판단, 추리 등을 벗어나고 있는 점이다. 둘째로 순간적인 찰나의 깨달음을 거치며, 이것은 말이나 언어로 표현하기 힘든 신비한 느낌이다. 마지막으로 이것이 활참活參에 의한 깨달음으로 나타나고 있는 것이다.[286]

문학작품의 창작도 일종의 개인적이고 창조적인 정신활동으로 주관적인 영감(靈感, 깨우침)을 중요시하고 있다. 만약 이것을 통하지 않고 단지 전인의 작품만을 학습한다면 모방에만 이르고, 주관적이고 독창적인 창작을 해낼 수 없다. 이런 점에서 보면 소식의 아래의 창작론은 선종적인 사유와 연계하고 있어 적지 않은 의미를 가지고 있다고 할 수 있다.

소식의 창작이론은 여러 가지가 있으나, 그중에서 흉유성죽胸有成竹이 선종의 물아양망物我兩忘의 경지를 대비시킨 대표적인 이론이라고 할 수 있다. 즉

286 葛兆光, 「禪宗與中國士大夫的藝術思惟」, 『禪宗與中國文化』, 臺灣東華書局, pp.144~149, 1989. 또한 깨달음에 대해서 "나(本心)가 물(物, 外界事物)에 대하여 직각直覺적인 관조觀照로써 '나'의 청정한 본성이 '나'의 정감情感의 색채色彩인 대천세계大千世界를 물들이는 왕복의 교류를 통하여 본심이 청정한 것을 깨달아 일체의 모든 것이 공空이라는 궁극적인 진리에 이른다."라고 설명하고 있다.

> 지금의 화가들은 마디마디 그것을 만들고 잎사귀만을 더하고 있으니, 어찌 대나무라고 하겠는가! 고로 대나무를 그리려면 반드시 먼저 마음속에서 대나무의 모습을 이루어야 한다. 붓을 잡고 오랫동안 숙시熟視하다가 그 그리고자 하는 바를 보았을 때, 급히 일어나 그것을 좇아서 붓을 휘둘러서 완성해야 하니, 그 본 것을 좇아가는 것이 마치 솔개가 뛰어가는 토끼를 덮치듯이 해야지 조금이라도 방종하면 바로 놓쳐버리게 된다.[287]

여기에서 소식은 객관적인 창작 대상을 마음을 통하여 숙시熟視하다가, 어느 순간 가슴속에서 사물에 대한 주관적인 창작영감創作靈感이 떠올랐을 때(胸有成竹) 순간적으로 그 대상을 묘사해야 한다(物我兩忘)는 주장이다. 다시 말해서 작가는 청정하고 공허한 마음으로 대나무를 관조觀照(熟視)하다가 자신과 대나무가 하나가 되어 서로 자유롭게 서로 교류하는 물아양망의 경지에 이르렀을 때 순간적으로 그 대상을 묘사해야 한다는 것이다. 이러한 경지가 바로 「아미타불송阿彌陀佛頌」의 "이미 일념에서 생겨난 것이라면, 일념에서 멸하여지는 것이다. 생과 멸이 모두 다 없어진 곳이, 나와 부처가 바로 하나라네(旣從一念生, 還從一念滅. 生滅滅盡處, 則我與佛同.)"의 경지처럼, 모든 분별심이 사라져 내가 부처이고 부처가 나인 것처럼, 마찬가지로 내가 대나무이며,

---

287 「文與可畫篔簹谷偃竹記」: "今畫者乃節節而爲之, 葉葉而累之, 豈復有竹乎! 故畫竹必先得成竹於胸中, 執筆熟視, 乃見其所欲畫者, 急起從之, 振筆直遂, 以追其所見, 如兎起鶻落, 少縱則逝矣." 孔凡禮點校, 『蘇軾文集』 卷11, (北京)中華書局, 1990, p.365.

대나무가 바로 내가 되는 것이다. 이러한 그의 주장은 「화수기畵水記」 문장에서도 여실히 나타나고 있다.

> 처음에 손지미孫知微가 대자사大慈寺 수녕원壽寧院에 흘러가는 물과 돌들을 사면 벽에 그리려고 하였다. 그 구상을 하면서 한 해를 넘기고도 손을 대려고 하지 않았다. 어느 날 그는 황급히 절로 달려와 매우 급히 필묵을 찾더니 소매를 놀리는 것이 마치 바람같이 순식간에 그림을 완성시켰다. 그 물이 쏟아지고 튀어 오르는 기세가 너무 거세어서 마치 집을 삼킬 것 같았다.[288]

한 해를 넘기는 관조觀照(熟視, 熟參)의 기간을 거쳐, 어느 날 청정하고 적정寂靜한 마음에서 홀연히 그 대상을 얻어(胸有成竹), 분별심이 사라지고 나와 그 대상(흐르는 물)이 서로 하나가 된 경지에 이르렀을 때(物我兩忘) 순식간에 절로 달려가 바람같이 그것을 완성했다는 것이다. 그리려는 대상과 하나가 된 경지에서 그렸기에 물의 기세가 집을 삼킬 것 같이 거세었다는 설명이다.

이와 같이 불교선종의 깨달음의 사유의식과 소식의 흉유성죽胸有成竹의 창작론을 대비시켜보면 비슷한 공통점이 있음을 알 수 있다. 모두가 개인의 주관적이고 독창적인 창작활동이며, 객관적인 대상을 숙시熟視(觀照)하는 과정을 지나 어느 한순간 비이성적인 직각적인

---

288 「畵水記」: "始知微欲於大慈寺壽寧院壁, 作胡灘水石四堵, 營度經歲, 終不肯下筆.一日倉皇入寺, 索紙墨甚急, 奮袂如風, 須臾而成, 作輪寫跳蹙之勢, 洶洶欲奔屋也." 『蘇軾文集』 卷12.

체험을 거친 후, 가슴속에 순간적으로 사물과 내가 일체가 되는 경지에 이른다는 것이다. 사람과 우주가 함께 영원한 경지에 이르는 과정인 것이다. 이것은 어떠한 말이나 언어로 표현하기 힘든 것이지만, 이를 통하여 비로소 무궁무진한 시적 경계(活參에 의한 깨달음)를 창조해낸다. 이러한 선종의 깨달음의 경지에 대해 갈조광葛兆光은 다음과 같이 설명하고 있다. "이러한 비이성적인 사유 활동은 어느 한 점에서 돌연히 촉발을 받아 승화하는데, 이때 머릿속에는 하나의 공백이 나타난다. 이리하여 바로 '물아양망物我兩忘'과 무념무상, 본심이 청정한 최고의 경계에 도달하여 한 찰나 간에 일체의 시공과 물아, 인과를 초월하여 세계가 분별함이 없는 한 조각이며, 스스로가 어디에 있는지도 모르고 어디에서 온 지도 모른다. 이것은 마치 노장의 '멍하니 나를 잊어버린 상태(嗒焉喪我)'와 비슷하여, 사람과 우주가 똑같이 영원한 것이다. 그러나 이러한 느낌은 순간적인 돈오로서 그것은 마치 전광석화와 불꽃같아 조금 있다가 바로 사라져버려, 단지 순간적인 깨달음에 이른(頓悟) 본인만이 느낄 수 있는 것이다."[289]

소식이 위에서 말한 "솔개가 뛰어가는 토끼를 덮치듯이", "손지미孫知微가 황급히 절로 달려와 매우 급히 필묵을 찾더니, 소매를 놀리는 것이 마치 바람같이 순식간에 그림을 완성"한 이유가 순간적인 깨달음의 경지이기 때문이다. 이는 선종 개오開悟의 경지이며, 동시에 노장의 자신을 잊은 경지이다. "물아양망物我兩忘"의 경지이며, 모든 시공과 세계를 초월한 경지인 것이다. 그러므로 이렇게 매우 순간적이라는

289 葛兆光, 『禪宗與中國文化』 p.146.

시간상의 특징도 역시 선종의 사유의식과 소식의 창작론의 공통점이라고 할 수 있다.

이러한 깨달음의 사유의식과 창작론에 관하여 조금 더 구체적으로 살펴보면, 소식은 「사무사재명思無邪齋銘」에서 깨달음의 경로에 대하여 상세하면서도 구체적으로 설명하고 있다.

> 동파거사가 자유子由에게 법을 물으니, 자유가 불교의 언어(佛語)로써 대답하여 이르기를 "깨달으면 통달하여, 결국 공空임을 깨우친다."[290] 거사가 흔연히 공자의 말에서 느끼는 바가 있어 이르기를 "시삼백은 한마디로 말하면 생각함에 사악함이 없다." 무릇 생각에는 모두 사악함이 있으며, 생각이 없으면 흙과 나무와 같다. 내가 어찌하면 도를 얻어서 생각함이 있으면서도 생각한 바가 없게 하겠는가? 이리하여 옷깃을 단정히 하고 앉아서 눈을 밝혀 똑바로 보니 보이는 바가 없었으며, 마음을 한 곳에 모으고 일심으로 몰입하니 느끼는 바가 없어서 도를 얻게 되었다. 이리하여 그 집을 사무사재思無邪齋라 하고, 이것을 새겨서 이르되 "큰 근심은 그 몸이 있음에서 연유하니 몸이 없으니 병도 없다. 확연하게 저절로 통달하게 되니 마음은 마음인데 나 본연의 마음이 아니다. 물로 물을 씻는 것과 같으니 두 물이 하나로 깨끗하니. 아득한 천지간에 나 홀로 바르다

290 무명명無明明이란 불교에서 말하는 "삼명三明" 중의 하나이다. 즉 보살명菩薩明, 제불명諸佛明, 무명명無明明임을 일컫는데, 보살명이란 반야바라밀을 가리키고, 제불명이란 부처의 눈(佛眼)을 가리키고, 무명명이란 바로 필경공畢竟空임을 말한다. 『佛光大辭典』, 臺灣佛光出版社, p.569.

네."[291]

이것은 마치 소식이 유가儒家의 "사무사思無邪"를 화두로 삼아서 관조觀照(熟視, 熟參)한 끝에 깨달음의 경지에 이른 것을 설명하고 있는 것 같다. "생각함이 있으면서도 생각한 바가 없게 하는" 깨달음의 경지에 도달하기 위하여 "옷깃을 여미고 단정히 앉고", 또한 "마음을 가다듬고 바르게 생각"하였으나 깨우침의 경지에는 이르지 못했는데, 홀연히 "병이 있는 것은 바로 이 몸이 있기 때문이고, 몸이 없으면 병도 없다"는 깨우침의 경지에 도달했다는 것이다. 이것은 「경산 임장로에 답하다(答徑山琳長老)」 시에서 "큰 우환은 몸에서 연유한 것이니, 몸이 없어지면 병도 없으리라(大患緣有身, 無身則無疾)"라는 것과 같은 경지를 논하고 있다. 이것은 바로 "본래 하나의 사물도 없다(本來無一物)"는 혜능의 오도송悟道頌을 인용한 것이다. 사람은 분별심 때문에 명明과 무명無明을 나누고, 사邪와 무사無邪를 나눈다는 것이다. 본질적으로 이것은 하나로 바로 "물로 물을 씻는 것과 같은 것"이라고 말하고 있다. 이러한 경지가 바로 물아양망物我兩忘의 경지이며 세속의 모든 분별심을 초월한 경지인 것이다.

그러므로 소식은 「사사민의 문장에 답하다(答謝師民書)」에서 예술

---

291 "東玻居士問法於子由. 子由報以佛語. 曰: '本覺必明, 無明明覺' 居士欣然有得於孔子之言曰: '詩三百, 一言蔽之, 曰思無邪.' 夫有思皆邪也, 無思則土木也, 吾何自得道, 其有思而無所思乎? 於是幅巾危坐. 明目直視, 而無所見, 攝心正念, 而無所覺, 於是得道, 乃銘其齊曰, 思無邪, 而銘之曰: 大患緣由身, 無身則無病, 廓然自圓明, 鏡鏡非我鏡, 如以水洗水, 二水同一淨, 浩然天地間, 惟我獨也正."『蘇軾文集』卷19.

창작에 있어서의 깨달음의 사유방식에 대해서 다음과 같이 설명하고 있다.

> 사물의 오묘함을 찾는 것은 마치 바람을 잡고 그림자를 잡는 것과 같으니, 이런 사물의 이치를 마음속에서 분명히 드러내는 사람은 아마 천만인 중에서 한 명도 만나기 어려울 것이다. 하물며 이를 말과 글로 분명하게 표현할 수 있는 사람은 말할 필요가 있겠는가![292]

사물의 오묘한 이치는 자기 자신의 내면의 깨달음을 통해야만 깨달을 수 있기에 소식은 이것을 "바람과 그림자를 잡는 것"에 비유하고 있는 것이다. "이치를 마음속에서 분명히 드러내는 것"은 바로 모든 분별심을 초월하여 청정한 물아양망의 깨달음의 경지이고, "말과 글로 분명하게 표현하는 것"은 예술 창작 행위, 즉 선종의 활참活參에 의한 깨달음으로 나타나는 것을 말하는 것이다. 고로 손창무孫昌武는 소식의 이 말을 "불교의 언어를 사용하지 않고 선가의 깨달음의 진리를 말하고 있다"고 정의하면서, "이러한 마음에서 분명히 드러내는 것과 말과 글로써 이것을 표현해내는 것을 일종의 깨달음(悟)"[293]이라고 설명하고 있다. 소식은 이러한 창작의 경지를 「조보지가 소장한 문여가의 대나무 그림에 3수를 적다(書晁補之所藏與可畫竹三首)」에서 더욱 분명하고 직설적

---

292 「答謝師民書」: "求物之妙, 如系風捕影, 能使是物了然於心者, 蓋千萬人而不一遇也, 而況能使然於口與手者乎!"

293 這樣 "了然於心" 并用口與手表達出來就是一種 "悟". 『佛教與中國文學』, 臺灣東華書局, p.370.

으로 설명하고 있다.

與可畫竹時	여가가 대나무를 그릴 때
見竹不見人	나무만 보고 사람은 보지 않네
豈獨不見人	어찌 사람만을 보지 않겠는가
嗒然遺其身	멍하니 자신마저 버려버렸네
其身與竹化	그 몸이 나무와 하나가 되니
無窮出淸新	청신함이 끝없이 솟아오르네
庄周世無有	장자가 세상에 있지 않으니
誰知此疑神	누가 입신의 경지를 알겠는가?

장자의 사상을 운용하여 예술 창작에 관하여 논하고 있다. 여가與可가 그림을 그릴 때 이미 대나무와 일체가 된 경지, 즉 마음과 사물이 하나가 된 장자의 응신좌망凝神坐忘 경지에 이르러 훌륭한 작품을 창작해내고 있다. 불교선종의 각도에서 논한다면 제2구의 "나무만 보고 사람은 보지 않는 것"은 바로 숙시熟視(觀照)의 상태이다. "멍하니 자신마저 버리고, 몸이 나무와 하나가 된 상태"는 흉유성죽胸有成竹, 물아일체物我一體의 경지로, 나와 대나무가 서로 교류하는 비이성적인 직각적인 체험으로 몰입한 경지를 말한다. "청신함이 끝없이 솟아오르는 것"은 언어로 표현하기 힘든 신비한 느낌이 활참活參의 깨달음, 즉 청신함으로 나타나고 있다고 할 수 있다.[294]

---

294 물론 전통적인 유가의 외물外物에 대한 체험(感物而動)과 내향적 반조(仁遠乎哉? 我欲仁, 斯仁至也)는 이러한 선종의 깨달음의 사유의식과 어느 정도 관련이 있지

소식은 한 걸음 더 나아가서 선종의 깨달음에 이르는 사유방식을 시의 창작론에 직접 운용하고 있다. 신종神宗 원풍 원년元豊元年(1078) 소식의 나이 43세에 지은 「참요 선사를 떠나보내고(送參寥師)」의 시 전문은 소식이 창작론을 선의 관점에서 상세하게 표현한 시가이다.

上人學苦空	상인이 고와 공함을 배워
百念已灰冷	온갖 상념 차가운 재로 변하였네
劍頭唯一吷	칼끝에 부는 것은 작은 바람소리요
焦谷無新穎	불에 탄 알곡에는 새싹이 돋지 않네
胡爲逐吾輩	그런데 어찌하여 우리네를 따르시어
文字爭蔚炳	문장의 뛰어남이 앞을 다투는가
新詩如玉屑	새로 지은 시들 옥구슬처럼 아름답고
出語便淸警	하시는 말씀마다 맑은 가르침 있네
退之論草書	한유가 일찍이 (장욱)초서를 논했는데
萬事未嘗屛	만사를 마음에서 버리지 않았다 하네

만, 그러나 주관적인 창조 작용을 무시하거나(饑者歌食, 勞者歌事), 혹은 그 지향하는 바가 모두 윤리를 기준으로 하고 있다는 점이다. 고로 갈조광은 선종과 유가의 사유의식의 차이점을 아래와 같이 설명하고 있다. "(선종의 사유의식은) 중국 전통의 내부 폐쇄적인 직관적 외향추연(直觀外推)과 내향적 반조(內向反思)의 왕복추연하는 사유방식과 일정한 관련이 있다. 그러나 선종의 핵심은 윤리가 아닌 내심의 해탈이며, 선종의 객관사물에 대한 고찰의 방식도 직각적인 관찰이지 직관적인 관찰이 아니다. 선종의 연상의 방식도 비이성적이며 도약적이지, 논리적이 아니어서 더욱 신비주의적인 오성悟性을 돌출시키고 있다. 그러므로 선종은 중국 전통적인 유가의 사유방식과 비교적 거리가 멀고, 노장의 사유의식과 비교적 가깝다." 앞의 책, p.148.

憂愁不平氣	우수와 불평 기운 일으켜 세워
一寓筆所騁	모두를 붓끝에 실어 내달렸다 하네
頗怪浮屠人	승려 고한의 글씨는 이상하게 여기며
視身如丘井	몸으로 보면 마른 우물같이 보았네
頹然寄淡泊	담박한 마음 때문에 의기소침해지니
誰與發豪猛	누가 호기로움 발할 수 있겠는가?
細思乃不然	자세히 생각하면 그렇지 아니하고
眞巧非幻影	진정한 교묘함은 환영이 아니라네
欲令詩語妙	오묘하게 좋은 시어를 만들려면
不厭空且靜	공과 정을 싫어하지 않아야 하네
靜故了群動	고요하기에 모든 움직임을 이해하고
空故納萬境	공이기에 모든 경계를 포용한다네
閱世走人間	속세에서 세상사를 겪어오다가
觀身臥雲嶺	구름 쌓인 준령에 누운 자신을 보았네
鹹酸雜中好	짜고 신맛 모두 잘 뒤섞여야
中有至味永	그중에 지극한 맛이 영원하다네
詩法不相妨	시작과 불법이 서로 방해되지 않으니
此語當更請	이 말을 마땅히 다시 청해야 하리라

전 8구는 참요參寥 선사에 대한 칭찬이다. 첫 연에서 『유마힐경』을 원용하여 참요 선사의 인품을 극찬하고 있다. 『유마힐·제자품』에 보면 "오음五陰을 통달한다면 공空하여 인연 따라 일어나는 것이 없으니 이것이 고苦의 뜻이며, 세상의 모든 법은 필경에는 아무것도 일어남이

없으니 이것이 공空의 뜻이다."[295] 제3구에서는 『장자·칙양』을 원용하고 있다. "혜자가 말하기를 '피리를 불면 큰소리가 나지만, 검 끝의 구멍을 불면 작은 바람소리가 날 뿐입니다. 요·순임금을 사람들이 칭찬하지만, 대진인 앞에서 둘을 비유하자면 작은 바람소리를 내는 것과 같습니다.'"[296] 제4구에서는 다시 『유마경·관중생품』을 인용하고 있다. "마치 불에 탄 알곡의 싹과 같고, 석녀의 아들과 같다."[297] 여기서 『장자』와 『유마힐경』을 인용하여 승려가 공적함을 추구하고 그러한 경계에 이르는 것은 당연한 것이라는 것을 설명하고 있다. 그런데 참요 선사는 세속의 인사들처럼 시를 노래하고 문장을 짓는데, 작품마다 모두 뛰어나다는 설명이다. 다음 연에서는 한유韓愈의 주장을 인용하고 있다. 한유는 「고한 상인 서문에 부치다」에서 장욱張旭의 초서草書를 높이 평가하면서 "맑음(淡)과 고요함(泊)이 서로 만나면 의기소침하고 무기력해져서 무너진 것을 수습할 수 없으니 글씨에서는 형상을 얻을 수 없지 않겠는가?"[298]라고 고한高閑 승려를 폄하하고 있다. 즉 장욱張旭의 초서草書가 매우 호방하며 맹렬하게 달리는 듯한 기운을 함축하고 있는 것은 바로 그의 가슴속에 있는 우수에 잠긴 불평 때문이며, 또한 승려 고한은 생사를 초월한 고요하고 청정한 마음을 가지고, 환영幻影을 좋아하기에 그의 초서는 호방함과 맹렬함을 찾아볼 수

---

295 『維摩經·弟子品』: "五受陰洞達空無所起是苦義, 諸法究竟無所有是空義."

296 "惠子曰: 夫吹筦也, 猶有嗃也; 吹劍首者, 吷而已矣. 堯·舜, 人之所譽也; 道堯·舜於戴晉人之前, 譬猶一吷也."(『莊子·則陽』)

297 『維摩經·觀衆生品』: "如焦谷芽, 如石女兒."

298 「送高閑上人序」: "泊與淡相遭, 頹墮委靡, 潰敗不可收拾, 則其於書, 得無象之然乎." 『昌黎先生集』 卷21.

없다고 주장하고 있다. 선적인 평온함이 예술적 감정을 불러일으키는 것에서는 오히려 장애가 된다고 본 것이다. 이에 대해 소식은 한유의 주장에 대해 반대하면서 선과 시가 서로에게 방해가 되지 않으며 서로 상통할 수 있음을 반박하고 있다. "공허함과 고요함"이 좋은 시를 창작할 수 있는 가장 좋은 처방이라고 말하고 있다. 앞에서 언급하였듯이 불교선종에서는 사물에 집착하지 않고 모든 망념을 제거해야만 비로소 공허함과 고요함의 경계, 사물과 내가 서로 자유롭게 교류하는 범아일체梵我一體의 경지에 이를 수 있다는 것이다. 마찬가지로 시의 창작도 이러한 공空과 정靜의 경지에 이르러야만 텅 빈 공허한 마음으로 온 우주를 내포하고, 고요한 마음으로 온 세상의 본질을 반영하여 의미가 무궁무진한 좋은 시를 창작할 수 있다는 것이다. 소식이 참요 선사를 칭찬한 "도인의 흉중에는 물이 맑고 고요하니, 만상이 생기고 사라져도 본체가 달아나지 않는다(道人胸中水鏡淸, 萬象起滅無逃形)"[299]는 것도 고요하고 청정한 마음이 만물과 자유자재롭게 교류하는 깨달음의 경지에 있다는 의미임을 알 수 있다. 그러므로 "시작詩作과 불법佛法은 서로 방해되지 않는다."라고 결론을 짓고 있다. 시선합일詩禪合一을 강조한 소식의 창작론이다. 같은 관점을 나타내고 있는 「왕정국이 소장한 왕진경의 그림 착색산에 적다(書王定國所藏王晉卿畵著色山)」(其一)를 보면,

煩君紙上影　　그대 종이 위 그림자가 산란하게

299「次韻僧潛見贈」,『蘇軾詩集』 卷17.

照我胸中山　내 마음속의 산을 비춘다네
山中亦何有　산중에는 무엇이 있는가?
木老土石頑　나무는 늙고 흙과 돌이 무디다네
正賴天日光　하늘의 태양 빛이 비추니
澗穀紛斕斑　계곡의 시냇물 어지럽게 반짝이네
我心空無物　나의 마음 텅 비어 무엇도 없으니
斯文何足關　이 무늬와 어떠한 관계가 있는가
君看古井水　그대는 옛 우물을 보았는가
萬象自往還　삼라만상이 스스로 왕래한다네

이 시는 원우元祐 4년(1089) 작자 54세 때의 작품이다. 당시 왕진경王晉卿이 그린 「저색산著色山」이란 그림을 왕정국王定國이 소장하고 있었는데, 시인이 그림을 보고 느낀 감정을 시를 통해서 표현하고 있다. 먼저 그림과 소식의 마음이 물아일체가 된 경지임을 묘사하고 있다. 흉유성죽胸有成竹이 아니라, 흉유성산胸有成山이다. 당연히 마음에는 흙과 돌, 늙은 나무, 태양 등 삼라만상을 포용하고 있다. 마지막 4구에서 나의 마음이 텅 비어, 옛 우물물같이 고요하고 공허하여 아무런 사물이 없다. 하지만 동시에 삼라만상이 왕래한다. 위의 시에서 말하고 있는 "고요하기에 온 세상의 움직임을 관찰하고, 공허하기에 온 우주를 용납할 수 있다"와 같은 경계를 말하고 있다. 말 그대로 불교용어로 색즉시공色卽是空이고, 공즉시색空卽是色의 경계이며, 물아합일物我合一의 경지이다. 마지막 구절의 고정수古井水는 바로 선가의 청정지심清淨之心을 가리키고 있다. 깊은 옛 우물물은 오랫동안 사용하지 않았기에 세상 사람들이 그 존재조차도 잊어버렸다. 당연히 맑고 고요한 물은 오랫동안 파문이 일지 않았던 것이다. 모든 것을 초월한 청정한 깨우침의 마음을 조금의 움직임도 없는 고요한 옛 우물에 비유하고 있다.

그러므로 "본심本心"을 깨달으면 온 세계가 공空하다는 것을 알게 되며, 또한 물아物我가 합일合一이 되어 나의 마음에는 우주만물을 포용하고 있다는 것이다. 나의 마음속에는 산하대지가 있고, 해와 달과 별 등 온갖 만물이 있다. 나의 본심이 바로 부처이고, 부처가 나의 마음이라는 진리를 시를 통하여 강조하고 있다. 물아物我를 모두 초월하여 나의 마음속에는 산하대지와 우주만물 등 세상의 본질을 반영할 수 있다. 이러한 경지에서는 모든 것을 자유자재로 창작해낼 수 있으며, 나의 마음이 우주만물이고 우주만물이 바로 나라는 창작론을 말하고 있다.

이와 같이 소식은 불교선종의 깨달음의 사유방식을 그의 창작론에 운용하고 있는데, 이 방식은 후대에 큰 영향을 미치고 있다. 예를 들면 송대宋代 이지의李之儀도 「여이거언與李去言」에서 이르기를 "선을 말하고 시를 지음은 본래 차별이 없는 것이다. 그러나 이를 깨치는 사람은 매우 적다(說禪作詩本無差別, 但打得過者絶少)"(『姑溪居士集』 卷29)라고 하였고, 소식을 본받고 따르던 오가吳可도 "무릇 시를 지음은 참선과 같이, 반드시 깨달음의 문이 있어야 한다(凡作詩如參禪, 須有悟門)"(『藏海詩話』)라고 하였다. 특히 엄우嚴羽의 『창랑시화滄浪詩話』 속의 "숙참설熟參說"은 바로 소식의 "숙시熟視"를 계승한 것이며, "대저 선도는 오로지 묘오에 있으며, 시도도 역시 묘오에 있다(大抵禪道唯在妙悟, 詩道亦在妙悟)"는 것과 "시를 논하는 것은 선을 논하는 것과 같다

(論詩如論禪)"는 주장도 소식의 이선유시以禪喩詩를 계승 발전시키고 있음을 알 수 있다. 또한 청대 시선일치설詩禪一致說을 주장한 왕사정王士禎의 "신운설神韻說" 등도 소식의 창작론의 주장과 적지 않은 관계가 있다고 할 수 있다.

2) 소식의 풍격론

불교와 선종의 영향 아래 송대에서 풍격의 평담화를 강력히 주장한 문인 중의 한 사람이 소식이다.[300] 소식은 송대에서 이선입시以禪入詩와 이선유시以禪喩詩를 가장 적극적으로 실행한 시인이며, 또한 "시작詩作과 불법佛法은 서로 상통하는 것"이라고 주장한 만큼 그는 청정하고 담백하며, 자연스럽고 함축적인 특징을 지닌 선종의 심미정취에 심취하지 않을 수 없었을 것이다. "도인의 마음은 마치 물과 같아, 꽃의 아름다움 비춤에 걸림이 없네."[301]라고 청순淸順 승려의 시를 찬양하고, "마음

---

300 소식 이전에 평담 풍격을 주장한 사람은 북송 초기 매요신梅堯臣이다. 그는 "시의 창작에는 고금이 없으나, 오직 평담을 창조하기 어렵다(作詩無古今, 唯造平淡難)."라며 평담함을 강조하였다. 그렇지만 매요신의 평담과 소식이 추구하는 평담은 창작과정의 차이가 있다. 구양수는 매요신의 시에 대해 다음과 같이 평한다. "매요신은 평생 공을 들여서 시를 읊고, 고요한 고담으로 뜻을 삼기에 고로 그 구상함이 매우 어렵다(聖兪平生苦於吟詠, 以閑遠古淡爲意, 故其構思極艱)."(『六一詩話』) 다시 말해 매요신은 고음苦吟과 조탁으로 고풍스런 평담한 시풍을 창조한다는 것이다. 이에 비하여 소식은 고음苦吟과 조탁彫琢을 통하지 않는, 즉 깨우침에 의한 자연스러운 시적 감흥을 통한 평담을 주장한다. 그러므로 매요신 스스로가 "오직 평담을 창조하기 어렵다."고 실토하고 있다.

301 「臥病彌月聞垂雲花開順闍黎以詩見招次韻答之」: "道人心似水, 不礙照花姸." 『蘇軾詩集』 卷32.

이 한가로우니 시가 절로 이루어진다."[302]라며 물과 같이 고요하고 담박한 마음을 유지해야 함을 강조한다. 이는 위에서 언급한 "도인의 마음은 마치 가을 물같이 맑고 고요하며, 청정무위하며 담박하고 고요하여 걸림이 없으면 그를 불러 도인으로 삼는다."는 『경덕전등록』의 경지인 것이다. 같은 경지를 「도연명의 도화원에 화답하다(和陶桃花源)」에서 묘사하고 있다.

凡聖無異居	범인과 성인은 다른 곳에 있지 않고
淸濁共此世	청과 탁은 이 세상에 함께 있네
心閑偶自見	마음이 한가로우면 스스로 볼 수 있고
念起忽已逝	잡념이 일어나도 홀연히 사라지네
欲知眞一處	진실로 그곳을 알려 한다면
要使六用廢	육용을 반드시 없애야 한다네
桃源信不遠	도화원은 실지로 멀리 있지 않고
杖藜可小憩	지팡이 짚고 쉴 수 있는 곳이라네

범인凡人이 바로 성인聖人이고, 청淸함이 바로 탁濁함이다. 모든 것이 사람의 분별심 때문이지, 원래는 차이가 없는 하나라는 것이다. 육용, 즉 불교에서 말하는 육근六根인 안眼·이耳·비鼻·설舌·신身·의意를 폐하여야 비로소 분별심이 사라지고 잡념이 사라진, 마음이 한가로운(心閑) 도화원(깨달음)의 평담한 경지를 볼 수 있다는 것이다. 소식은 이러한 평담平淡함을 시의 최고의 예술경계로 삼아 이전의 시가들을

302 「廣倅蕭大夫借前韻見贈復和答之」: "心閑詩自放."(『蘇軾詩集』 卷44)

평가하고 있다. 「황자사의 시집후에 적다(書黃子思詩集後)」에 보면,

소식蘇武과 이릉李陵의 자연스러움, 조식曹植과 유정劉楨의 자득함, 도연명陶淵明과 사령운謝靈運의 초연함은 모두 지극함에 이르렀다. 그러나 이백과 두보의 빼어남은 백대를 능가하여 고금의 시인들을 모두 폐하게 하였으나, 위진魏晉 이래의 고상하고 초연함도 조금 쇠퇴하게 되었다. 이백과 두보 뒤의 시인들이 계승하여 간혹 유원悠遠한 운미韻味가 있었지만, 그러나 재능이 뜻에 미치지 못했는데 유독 위응물韋應物과 유종원柳宗元만이 간략하고 고풍스러움 속에 섬세하고 무성함을 펼쳤고, 담박함 속에 지극한 맛을 기탁하였으니 다른 사람들이 미치지 못할 바이다. 당말의 사공도司空圖는 병란과 어려움 속에 살았지만, 그러나 시문이 고아하여 태평성대의 유풍을 계승하였다. 그가 시를 논하며 "매실은 단지 신맛이고, 소금은 단지 짠맛이다. 음식 속에는 매실과 소금이 들어가지 않을 수 없으나, 그 좋은 맛은 짜고 신맛의 밖에 있다."라고 하였다. 그리하여 스스로 문자 밖으로 의미를 내포한 시 24연을 나누어 열거하였다. 한스럽게도 당시에는 그 오묘함을 알지 못했는데, 나는 그것을 세 번 반복하고서 슬픔을 느꼈다.[303]

---

303 "蘇, 李之天成, 曹, 李之自得, 陶, 謝之超然, 蓋亦至矣. 而李太白, 杜子美以英瑋絶世之姿, 凌跨百代, 古今詩人盡廢, 然魏晉以來高風絶塵亦少衰矣. 李, 杜之後, 詩人繼作, 雖間有遠韻, 而才不逮意, 獨韋應物, 柳宗元發纖穠於簡古, 寄至味於澹泊, 非餘子所及也. 唐末司空圖崎嶇兵亂之間, 而詩文高雅, 猶有承平之遺風. 其論詩曰: '梅止於酸, 鹽之於咸, 飮食不可無鹽梅, 而其美常在鹹酸之外.' 蓋自列其詩之有得於文字之表著二十四韻, 恨當時不識其妙, 與三復其言而悲之." 『蘇

여기에서 소식은 이백과 두보의 예술적 성취를 높이 평가하고 있는 듯하다. 하지만 '천성(天成, 자연스러움)', '자득自得', '초연'과 '유원悠遠한 운미韻味', '담박함 속에 지극한 맛' 등에 대한 평가가 더 높다. 이는 평이하고 함축적인 언어로써 풍부하고도 심오한 사상을 표현해내어 독자로 하여금 무궁무진한 운치를 느끼게 하는 것에 대한 평가이다. 의미는 언어 밖에 있으며, 언어는 간략하나 의미는 심오한 평담한 예술풍격을 높이 평하고 있다. 시의 창작과 감상 태도에 대하여 소식은 "오랜만에 좋은 시집 빌려 밤을 지새운다. 좋은 구절 만나는 곳이 언제나 참선이네(暫借好詩消永夜, 每至佳處輒參禪)"라고 말하고 있다. 이것은 바로 좋은 시구를 감상할 때마다 마치 참선의 경지에 이른 것 같다는 설명이다. 참선하는 태도와 방법으로 시를 창작하고 감상하라는 것이다. 고요함과 담박하며, 함축적이면서 운치가 무궁무진한 시를 창작하고 감상해야 한다는 것이다.[304] 사공도의 "좋은 맛은 바로

軾文集』 卷67.

304 남송의 호자胡仔는 소식의 시구를 참선오도의 경계와 비슷하다고 강조한 적이 있다. 예를 들면 『苕溪漁隱叢話』에서 "뒷날 (대유령大庾嶺) 밖에서 돌아오며 「강회숙 시에 차운하다」에 이르기를 '뜬구름은 세상사를 바꾸고, 외로운 달은 마음을 밝혀주네'의 시어가 높고 오묘하여 마치 참선오도한 사람과 같다. 흉금을 토로하니 조금의 막힘도 없다(後自嶺外歸, 「次韻江晦叔詩」云: '浮雲時事改, 孤月此心明.' 語意高妙, 有如參禪悟道之人, 吐露胸襟, 無一毫窒礙也)."(『苕溪漁隱叢話後集』 卷26)라고 말하고 있다. 주유개周裕鍇와 진신웅陳新雄은 위의 두 구절과 「6월 20일 밤에 바다를 건너다(六月二十日夜渡海)」의 '구름 사라지고 달이 밝으니 누구의 장식인가, 하늘과 바다 본색은 본래 청정한 것이네(雲散月明誰點綴, 天容海色本澄淸)'의 구절을 동일한 경계로 보고 있다. 다시 말해서 모두 참선오도參禪悟道의 경계로 간주해도 무방하다. 陳新雄, 『東坡詩選析』, 五南圖書出版股份有限公

짜고 신맛의 밖에 있다."는 시론을 극찬하는 이유가 여기에 있다. 담박함 속에 지극한 맛을 기탁한 평담平淡한 풍격을 강조한 표현이다. 같은 관점에서 쓴 「평한유시評韓柳詩」를 보면,

유자후의 시는 도연명의 아래이고, 위소주의 위에 있다. 퇴지의 호방기험한 것은 이것을 뛰어넘지만, 온려하고 정심한 면에서는 그에게 미치지 못한다. 고담한 것을 귀하게 여기는 것은 겉쪽은 메마르지만, 안쪽은 기름져서 마치 담담한 것 같지만 실질적으로는 수려하기 때문이니, 연명淵明과 자후子厚 같은 사람이 이러하다. 만약 겉쪽과 안쪽이 모두 고담하다면 설사 풍격이 평담한들 무슨 가치가 있겠는가? 부처가 이르기를 '사람이 꿀을 먹는 것 같이 안과 밖이 모두 달다.' 사람이 다섯 가지 맛을 먹으면 달고 쓰고 한 것을 아는 사람은 모두이지만, 안과 밖을 구별할 수 있는 사람은 백에 한둘이다.[305]

여기에서 두 가지 측면으로 소식의 주장을 파악할 수 있다. 하나는 평담함이 예술창작으로 나타날 때 어떠한 맛을 지녀야 하는가이다. 다시 말해서 언어는 간략하고 메말라 담담하지만, 그러나 내면적으로 무궁무진한 수려한 여운을 창출해내는 평담한 풍격을 추구하고 있다.

司, 2003, p.534; 周裕鍇, 『中國禪宗與詩歌』, 上海人民出版社, 1992, p.86.

305 "柳子厚詩在陶淵明下, 韋蘇州上. 退之豪放奇險則過之, 而溫麗精深不及也. 所貴乎枯澹者, 謂其外枯而中膏, 似澹而實美, 淵明子厚之流是也, 若中邊皆枯澹, 亦何足道. 佛云: '如人食蜜, 中邊皆甛.' 人食五味, 知其甘苦者皆是, 能分別其中邊者, 百無一二也." 『蘇軾文集』 卷67.

다른 하나는 바로 이불론시以佛論詩이다. 다시 말해서 소식이 불교의 중변론中邊論[306]을 예로 들어서 평담한 풍격을 강조하고 있다. 이는 그의 창작이론이 불교선종의 사유와 밀접한 관계를 유지하고 있다는 반증인 것이다. 그의 이러한 주장은 역시 선종의 추종자인 사공도의 "언외지미言外之味"와도 깊은 관계가 있음을 알 수 있다. 위와 같은 관점에서 소식은 평담의 풍격에 대하여 아래와 같은 정의를 내리고 있다.

> 무릇 글이란 어려서 잠시는 기상이 솟구쳐야(崢嶸) 하며, 색깔이 현란絢爛해야 한다. 늙어갈수록 무르익어 마침내 평담平淡을 창조하는데, 사실 이것은 단순한 평담이 아니며, 현란의 극치인 것이다.[307]

유희재劉熙載는 "지극한 정련함은 바로 정련되지 않은 것이고, 본색을 벗어난 것이 바로 본색이며, 사람의 소리는 모두 자연의 소리로 귀결된다."[308]라고 말하고 있다. 소식의 위의 주장과 일치하는 것으로, 평담平淡이라는 것은 일반적이고 단순한 평담이 아니라 그 이면에는 현란함의 극치가 내재되어 있다는 것이다. 앞서 소식이 언급한 "겉쪽은 메마르면서 안쪽은 기름져서 마치 담담한 것 같지만 실질적으로는

---

306 학계에서는 이러한 소식의 주장을 여러 차례 불교 중변론의 측면에서 설명하고 있다. 대표적인 것은 차주환車柱環의 주장이다. 『中國詩論』, 서울대학교출판부, pp.155~160.

307 「與二郎姪」: "凡文字, 少小時須令氣象崢嶸, 采色絢爛, 漸老漸熟乃造平淡, 其實不是平淡, 絢爛之極也." 『蘇軾文集』 卷4.

308 "極煉而不煉, 出色而本色, 人籟悉歸天籟."(『藝概·詞曲概』)

수려하기 때문이다."의 주장과 서로 호응하고 있다. 뛰어난 시는 표면적으로 단순하고 평범한 것 같지만, 실질적으로는 보면 볼수록 무궁무진한 운치가 쏟아져 나오는 "언외지미言外之味"의 경지에 이른 작품이라는 것이다. 그러므로 소식은 도연명의 시를 특별히 애호했는데, 만년에는 적지 않은 화도시和陶詩를 지었다. 그 이유도 바로 도연명 시가가 평담함에 출중하기 때문이었다.

> 연명은 시를 지은 것이 많지 않다. 그러나 그 시는 질박하지만 사실은 수려하며, 말랐지만 사실은 살쪄 있다. 조식曹植, 유정劉楨, 포조鮑照, 사조謝脁, 이백李白, 두보杜甫 등 여러 사람들은 모두 그에게 미치지 못한다.[309]

도연명의 시가 "질박하지만 수려하며, 말랐지만 살쪄 있다."는 평가는 그가 「참요 선사를 떠나보내고(送參寥師)」의 시에서 주장한 담박함과 호방 맹렬함이 서로 다른 것 같지만 실질적으로는 서로 상통한다는 주장과 일치하는 것이다.

細思乃不然	자세히 생각하면 그렇지 아니하고
眞巧非幻影	진정한 교묘함은 환영이 아니라네
欲令詩語妙	오묘하게 좋은 시어를 만들려면
不厭空且靜	공과 정을 싫어하지 않아야 하네

---

309 「與子由六首」: "淵明作詩不多, 然其詩質而實綺, 癯而實腴, 自曹, 劉, 鮑, 謝, 李, 杜諸人, 皆莫及也." 『蘇軾文集』 卷4.

靜故了群動　　고요하기에 모든 움직임을 이해하고
空故納萬境　　공이기에 모든 경계를 포용한다네

소식은 승려들이 온갖 잡념을 없애고 담박한 마음으로 세상의 만물을 보면서 마음의 청정함을 유지하는 것은 사실 호방하고 맹렬함을 포용할 수 있는 가장 좋은 무기라는 주장이다. 담박함과 호맹함이 서로 상반되는 것 같지만 실질적으로는 서로 상통하는 것이다. 마찬가지로 "질박함과 아름다움", "마른 것과 살쪄 있음", "평담함과 현란함"도 서로 상반되는 것 같지만 실제로는 서로 통하는 것과 같은 이치인 것이다. 이것이 바로 "신맛과 짠맛이 뒤섞이어 그 사이에 지극한 맛"이 영원히 나타나는 경지인 것이다. 담박함 속에서도 호맹함을 느끼고, 질박함 속에서 아름다움을 느끼며, 마른 것 속에서도 살찐 것을 느끼고, 평담함 속에서도 현란함을 느끼는 작품이 진정 뛰어난 작품이라는 설명이다. 그러므로 「혜산을 유람하며(遊惠山)」의 "허명한 가운데 색이 있으며, 청정한 가운데 향기가 생긴다(虛明中有色, 淸淨自生香)"도 역시 같은 경지의 표현이다. 결론적으로 말해서 시작詩作과 불법佛法은 모두 같은 이치라는 이선논시以禪論詩의 주장이다.

정치적 역정에 있어서의 수차례 폄적과 좌절, 그 와중에 겪은 부인과의 사별 등 개인적인 불우함, 고승대덕들과의 다양한 교유, 60여 년의 인생에 있어서 겪은 다양한 어려움이 소식으로 하여금 불문에 의지하게 하였다. 특히 오대시안烏臺詩案이라는 문자옥 사건으로 인생 최대의 고비를 넘긴 소식은 황주로 유배되며 불교에 더욱 침잠하게 된다.

이때부터 스스로를 동파거사東坡居士라고 칭하였다. 황주 이전이 불교를 배우는 단계였다면, 황주 이후에는 스스로의 안위와 고뇌로부터 벗어나기 위하여 더욱 불교와 선종사상을 적극 활용하였음을 그의 시문을 통하여 알 수 있다. 평담을 강력히 주장한 그의 대표적인 문장인 「한유와 유종원 시를 평하다(評韓柳詩條)」, 「황자사 시집후에 적다(書黃子思詩集後)」 등은 모두 만년의 작품이다. 만년에 이를수록 평담한 시풍을 적극 애호하였으며, 그러한 경지를 추앙한 적지 않은 화도시和陶詩도 모두 이 시기에 남기고 있다.

진량운은 소식의 평담시풍의 추구에 대해 다음과 같이 설명하고 있다. "이러한(평담) 심미경계는 소식이 만년에 깨달은 것이다. 그는 마치 얼마의 비애를 느낀 듯했는데, 사실 여기에는 생활역정과 심미와 취미, 창작실천의 변화 과정이 있었다. 그는 만년에 정치의 중심에서 멀어져 시비와 공리의 생각이 대자연의 품속에서 점차 사라지게 되었다. …… 또한 만년에 더욱 불교와 도교에 경도되어 '정靜'과 '공空' 중에서 모든 움직임을 깨닫고, 만경萬境을 용납할 수 있게 되어 사공도의 24시품詩品의 오묘함을 능히 알 수 있었다. 만약 '간략하고 고풍스러움 속에 섬세하고 무성함을 펼치는 것'이 일생의 문학예술 실천의 나아갈 방향이었다면, '담박함 속에 지극한 맛을 기탁한 것'은 바로 그의 미학 왕국에 있어서 마지막으로 돌아갈 곳이다."[310] 소식이 만년에 평담시풍을 추구한 이유를 설명하고 있다. 정치의 중심에서부터 멀어져

---

310 진량운陳良運은 『중국시학비평사中國詩學批評史』에서 불교와 도교의 사상이 소식의 평담한 시풍의 추구에 미친 영향에 대해 언급하고 있다. 江西人民出版社, p.331.

있었기 때문이며, 동시에 불교와 도교의 영향이 직접적이었음을 설명하고 있다. 이선논시以禪論詩의 관점에서 소식이 추구한 평담 풍격을 설명하고 있다.

제6장 황정견과 강서선종

1. 서론

황정견(黃庭堅, 1045~1105)의 고향은 홍주洪州 분녕分寧이다.[311] 당·송 양대에 걸쳐 혜능의 남종선이 가장 활짝 꽃을 피운 곳이라고 할 수 있다. 육조혜능의 남종선은 혜능의 제자인 남악회양南嶽懷讓 선사를 거쳐 마조도일馬祖道一에 이르러 독특한 선풍禪風으로 크게 영향을 떨쳤다. 마조도일은 바로 홍주洪州에서 그의 선법禪法을 크게 선양하고 그의 제자인 백장회해百丈懷海의 노력으로 홍주선洪州禪을 건립하였다. 회해懷海의 제자인 황벽희운黃蘗希運이 분녕현分寧縣 남쪽의 황벽산에서 수행을 하며, 홍주선의 선법을 홍양하여 다시 임제의현臨濟義玄에게 전하니, 이에 오가선五家禪 중에서 가장 선풍이 활달하고 분명한 임제종臨濟宗을 형성하게 되었다. 임제종은 송대에 이르러 황룡혜남

311 현재의 강서성江西省 수수현脩水縣이다.

(黃龍慧南, 1002~1069) 선사가 황룡산에서 창건한 황룡파黃龍派와 양기방회(楊岐方會, 992~1046) 선사가 양기산에서 창건한 양기파楊岐派로 나누어지는데, 이 두 사람의 고향은 모두 강서江西이다. 또한 황룡산은 황정견의 고향인 강서江西 수수脩水 부근에 있다. 그러므로 황정견의 고향은 그야말로 선종禪宗의 성지聖地라고 칭할 만하다.

선종의 흥성이라는 요소 이외, 황정견은 당시 끊임없는 당쟁과 계속되는 주변 이민족의 침입, 그리고 농민들의 봉기 등 불안한 정치와 사회적인 환경뿐만 아니라 개인적인 결혼의 실패 및 벼슬길에 있어서의 좌절과 실의 등이 그로 하여금 적극적으로 불교와 선종의 사상을 수용하게 하였을 것이다. 게다가 송초에 유행한 삼교융합의 조류와 원불입유援佛入儒의 특징은 황정견뿐만 아니라 북송 시기의 시단과 문단을 대표한다고 할 수 있는 구양수歐陽修, 왕안석王安石, 소식蘇軾 등에게서도 나타나는 보편적인 현상이었다. 외유내불外儒內佛의 사조가 당시 사대부들에게 유행한 정도를 짐작할 수 있다.

황정견은 선종의 사유방식을 자각적으로 문학 창작에 운용하는 동시에 선종어록에서도 시의 소재를 찾았기에, 그의 시속에는 선리禪理와 선취禪趣 등이 농후하다. 그의 선시禪詩는 '자성청정自性淸淨', '평상심시도平常心是道', '임운자재任運自在'라는 선종의 심성론뿐만 아니라, '인생여몽人生如夢', '만법개공萬法皆空'이라는 불교이론을 주제로 삼고 있다. 이런 범주의 주제는 그의 고향에서 흥성한 홍주선洪州禪의 핵심사상과도 밀접한 관계를 가지고 있다. 이로 보아 그는 단순히 표피적으로 선종사상을 이해하고 있는 것이 아니라, 선종의 핵심사상과 내면세계를 통달한 기초 위에 자유자재로 선종의 사유를 시가의 창작에 운용하고 있음을 알 수 있다. 그러므로 주희는 황정견의 학문과 창작을 "불교로부터 많이 얻었다."[312]고 평하고 있다.

본문에서는 황정견과 강서선종과의 관계, 황정견의 선종 수용 과정, 황정견 선시에 나타난 주제 및 선시의 내용을 분석하고자 한다. 아울러 송대 선종의 발전맥락과 황정견과의 관계, 중국문화의 심층구조에 대한 이해를 도모하고자 한다.

2. 황정견과 강서선종의 관계

황정견과 선종과의 관계에 관하여 남송의 양만리楊萬里는 일찍이 다음과 같은 논평을 하고 있다. "시객이 강서에 참배함을 알려한다면, 선객이 조계에 참배함과 같은 것이다. 남화와 수수에 이르지 않고 어치 법과 의발을 전하겠는가."[313] 조계曹溪의 남화사南華寺는 혜능慧能이 법을 전한 남종선南宗禪의 근원이며, 강서의 수수脩水는 황정견의 고향이다. 비록 이 말은 하나의 비유이지만, 그러나 황정견이 개창한 강서시파가 남종선과 밀접한 관계를 맺고 있음을 말하고 있다. 아울러 남송 시단에서 차지하는 황정견의 확고한 지위에 관한 설명인 것이다. 이러한 황정견과 선종과의 관계는 바로 황정견의 성장배경 및 거주환경과도 매우 밀접한 관계가 있다고 할 것이다.

---

312 「評黃」: "多得之釋氏", 『山谷全書』 卷3.

313 「분녕주부 나홍재가 임기를 채우고 경성으로 올라감에 보내다(送分寧主薄羅宏材秩滿入京)」: "要知詩客參江西, 正似禪客參曹溪. 不到南華與脩水, 於何傳法更傳衣."(『全宋詩』 卷2312, 北京大學出版社, p.26599)

황정견의 고향인 수수脩水 부근은 고대의 홍주洪州로, 이곳은 마조도일이 홍주선洪州禪을 일으킨 곳이다. 백장회해百丈懷海, 서당지장西堂智藏, 남전보원南泉普願이 홍주법맥을 계승했는데, 특히 백장회해가 제정한 '선문청규'는 당연히 중국선종의 역사에 지대한 영향을 미쳤을 뿐만 아니라, 현대 한국불교에 이르기까지 직접적인 영향을 미치고 있다. 홍주종은 후대 오가칠종에서 오가선의 근원이자, 오가선의 핵심이라고 할 수 있는 임제선, 그 아래의 황룡파와 양기파로 발전에까지 영향을 미쳤다. 당연히 황정견은 홍주선의 법맥인 남종선과 쉽게 접촉할 수밖에 없는 환경이었던 것이다.

황정견은 임제종 황룡파의 조심 선사祖心禪師의 입실제자로 등록되어 있으며, 『오등회원』에서도 그를 조심 선사의 법사로 등록하고, 그를 위해서 하나의 전傳을 세워 기록하고 있다.

고향 부근에서 지은 「오봉에 머무는 밀로密老를 전송하며(送密老住五峰)」 시를 보면, 주위환경의 이해에 도움이 된다.

我穿高安過萍鄉	고안을 지나 평향으로 가면서
七十二渡繞羊腸	일흔두 차례 꼬부랑길 돌아갔네
水邊林下逢衲子	물가 나무 아래서 납자를 만나니
南北東西古道場	동서와 남북에 옛 도량이 있다네

고안에서 평향으로 가는 길이 매우 험준하다는 설명이다. 마치 양창자처럼 비좁은 산길을 지나, 평지에 있는 물가에 이르자 만나는 사람은 바로 승려들이라는 것이다. 자세히 보니 동서와 남북, 도처에

옛날 불교도량들이 존재하고 있다. 환경적인 면에 있어서 선종문화와 황정견과의 직접적인 관련성을 추정할 수 있다. 특히 불교의 심성론을 강조하는 남종선의 핵심이 황정견의 고향인 강서에서 번성하였다는 점에서 주목할 필요가 있다.

앞선 언급한 대로 송대 선종에서 가장 홍성한 종파는 바로 임제종 계열의 황룡黃龍과 양기楊岐인데, 이 두 파는 모두 강서江西 경내에서 탄생하였다.[314] 장상영張商英의 「황룡숭은선원기黃龍崇恩禪院記」 기록을 보면 당시 황룡파의 면모를 파악할 수 있다.

> 치평중에 광록光祿 정공맹程公孟이 홍주태수가 되었다. 이때 총림에 혜남慧南이라는 자가 있었는데 석상石霜의 법인을 전하며 임제의 법을 행하였다. …… 정공맹은 황룡의 명찰에 혜남을 정중히 초청하여 주석하게 하였다. 그리하여 황룡종파가 천하에 유행하게 되었다.[315]

---

314 남종선은 육조혜능 아래의 남악회양南嶽懷讓을 지나, 다시 마조도일馬祖道一로 이어진다. 당나라 중후기 '임운자재'와 '평상심'을 강조한 마조도일의 법맥은 황정견 고향인 강서 지방에서 홍주선으로 크게 종풍을 떨치는데, 백장회해와 황벽희운을 거쳐 임제의현臨濟義玄에 이르러 임제종을 창종하게 된다. 임제종은 조동종과 더불어 중국 선종의 2대 법맥 중의 하나로 송대에 이르러 종풍을 크게 선양하면서 사실상 중국 선종의 주봉이 된다. 7대조인 자명초원慈明楚圓이 호남湖南에서 널리 전법하였고, 그의 제자인 황룡혜남黃龍慧南과 양기방회楊岐方會 등의 노력으로 황정견의 고향인 강서江西에서 다시 크게 종풍을 진작시킨다. 특히 이전의 산림불교를 도시불교로 이끌어내면서 오대와 송대 사대부들을 광범위하게 접촉하면서 선종의 대중화에 기여하였다.

315 閻孟祥, 『宋代臨濟禪發展演變』, (北京)宗教文化出版社, 2006, p.103 재인용.

최근의 고증에 의하면 장상영이 이 문장을 지은 시기는 약 1098년으로 황룡2세와 3세가 거주하던 시기로 파악하고 있다.[316] 이 시기는 황정견의 나이가 50대 초중반이다. 그런데 임제9세이자, 동시에 황룡2세로 칭해지는 황룡조심(1025~1100)이 바로 황정견의 스승이다. 이로 보아서 당시 황룡파의 성행 정도, 그리고 황정견과 황룡파와의 밀접한 관계를 이해할 수 있다. 다음과 같은 설명도 있다.

> 혜남慧南은 당나라 중기 마조도일馬祖道一이 시작한 홍주종洪州宗의 정통으로, 임제의 선禪을 역사화 하였고, 『사가록四家錄』을 편집해서 마조의 도량이었던 장시(江西) 북부에 교세를 폈는데, 특히 명공名公의 참선을 얻는 것과 문자선文字禪의 선양에 힘썼다.[317]

여기에서 두 가지 사항을 파악할 수 있다. 첫째, 마조도일(709~788)의 홍주선 법맥을 계승한 황룡혜남이 강서 지방에서 크게 흥성한 이유는 '임제선의 역사화'와 '선종어록의 편집'에 근거하였다는 설명이다. 기존의 '불립문자不立文字'를 강조하던 남종선의 기풍이 이 시기에 이르러서는 '불리문자不離文字'를 통해 종풍이 크게 진작되었다는 것이다. 둘째, 문자에 의지하는 선종이 크게 유행하면서 '명공의 참선을 얻는 것'과 '문자선의 선양'에 노력했다는 점이다. 황정견이 생활한 시기에 남종선의 깨우침을 추구하는 방식의 변화와 세속에 대한 태도 변화, 적극적인 입세 태도와 문자선의 대외적인 선양이 매우 적극적으로 이루어진

---

316 위의 책, p.104.

317 『임제종·불교용어사전』 http://studybuddha.tistory.com/5

시기였음을 알 수 있다.

다른 한 가지 주목해야 할 점은 북송 시기 문자선의 성행과 이들의 송시에 대한 영향이다. 앞서 언급한 바와 같이 분양선소, 석상초원, 황룡혜남(1002~1069)은 문자선의 발전에 크게 기여하였다.

깨우침만을 중시하던 선종은 문자선이 성행하면서 『어록』과 『공안』, 『등록』에는 「송고」, 「염고」, 「대별」 등의 언어형식이 존재하게 된다. 특히 문학성이 강한 「송고」, 「평창」 등의 문자선 형식은 황정견 등의 문인 사대부들이 쉽게 활용할 수 있는 방식이었다. 이로 인하여 선종은 사대부들과 직접 소통할 수 있는 하나의 소통구조를 확보하게 된다. 다시 말해서 왕안석, 소식, 황정견 등 문인 사대부들이 스스로의 장기인 문자를 매개체로 불교나 선종에 용이하게 접근할 수 있는 통로를 만들었던 것이다.

예를 들면 황정견은 소식이 지은 「마조방공진찬馬祖龐公眞贊」을 보고 난 뒤에 다음과 같은 시를 지었다. 「한림 소공이 마조와 방옹에 대한 찬문을 지은 것을 보고 재미로 쓴다(見翰林蘇公馬祖龐翁贊戲書)」

一口吸盡西江水　　한 입으로 서강의 물을 다 마시고
磨卻馬師三尺嘴　　벽돌로써 마조 석 자의 입 물리쳤다[318]

---

318 남악회양 선사를 찾아온 마조도일이 어느 날 혼자 좌선을 행하였다. 그의 모습을 본 회양 선사는 아무런 말없이 벽돌 하나를 가지고 와서 묵묵히 갈고 있었다. 이에 마조가 회양 선사에게 묻는다. "스님, 무엇을 하시려고 벽돌을 갈고 계십니까?" 대답하길 "벽돌을 갈아서 거울을 만들려고 한다네." 마조가 다시 물었다. "벽돌을 간다고 거울이 됩니까?" 회양 선사가 대답하길 "벽돌을 갈아서 거울이 될 수 없다면, 좌선을 한다고 부처가 되느냐?"라며 "선은 앉거나 눕는 것에

馬駒蹋殺天下人	망아지가 천하의 사람 밟아 죽이고
驚雷破浪非凡鱗	천둥소리에 파도 헤치니 비범한 물고기네
馬祖龐公	마조와 방 거사는
水泄不通	물샐 틈이 없는 사람
遊儵方樂	헤엄치는 곤이가 즐거워하고
科鬥生角	올챙이가 뿔이 생긴다

소식이 작성한 것은 마조도일 선사와 방 거사에 대한 찬문이다. 방 거사가 마조를 찾아가서 "만법과 더불어 짝하지 않은 것은 그 어떤 사람입니까?(不與萬法爲侶者是什麽人?)"라고 질문을 한다. 일반적으로 세상의 모든 존재에는 반드시 상대되는 물건이나 개념이 있다고 생각한다. 천지, 음양, 고저, 강약, 장단, 대소 등등. 그렇지만 대부분은 우리들의 경직된 이분법적인 사고에 의하여 구별되어진 것이다. 진리에는 구별이 없다. 사사事事가 무애無碍한 것이다. 모든 차별과 분별이 끊어진 경지가 바로 깨우침의 경지이자, '참된 자아'의 경지인 것이다. 방 거사의 질문에 마조는 "한 입으로 서강의 물을 다 마신다"면 그때서야 도를 가르쳐주겠다고 말한다. 서강의 그 많은 물을 어찌 마실 수 있다는 말인가? 다소多少와 대소大小, 고저高低라는 분별심에 얽매여서는 깨우침에 이르지 못한다는 것을 설파하고 있다. 두 번째 구절에서는 남악회양 선사와 마조도일 선사 사이에 일어난 유명한 마경磨鏡고사를 활용하

있지 않다. 부처 또한 결코 불변의 형상을 가진 것은 아니다. 좌상에 집착하면 불교의 이치를 통달할 수 없다."라고 깨우쳐주었다. 좌선에 집착하여 분별심이 생기면 오히려 깨달음의 경지에 이를 수 없음을 강조하고 있는 것이다.

고 있다. 좌선에 집착한다고 해서 깨달음의 경지에 이를 수 있는 것은 아니라는 설명이다. 1, 2구 모두 망상이나 분별심을 뛰어넘는 '참된 나'로 돌아가야 함을 강조한 것이다.

이성적인 측면에서는 물고기 배 안에 있는 곤이가 어떻게 즐겁게 헤엄을 치고, 올챙이에 어떻게 뿔이 생길 수 있겠는가? 그러나 불교와 선종에서는 사사무애事事無碍, 즉 현상계 만유의 낱낱 사물이 서로 장애되지 않고 서로 상융相融한다. 동시에 낱낱 사물 가운데 우주의 연기緣起가 표현된다, 그러므로 대소가 서로 원융할 수 있는 것이다. 겨자씨에도 수미산을 받아들일 수 있다. 이런 경지는 당연히 곤이가 즐겁게 헤엄치고 올챙이에도 뿔이 생기는 경지, 다시 말해서 모든 망상과 분별심을 뛰어넘은 깨우침의 경지라는 설명이다.

이로 보아 황정견은 선종공안에 대한 해박한 지식뿐만 아니라, 문자선에 드러난 선적 사유를 자유자재롭게 운용하고 있다.[319] 황정견은 선종어록에 나타나는 문자선의 사유와 표현기교 및 언어를 빌어서 송시를 한층 더 원숙한 표현방식으로 발전시켰다. 소위 말하는 '시는 강서에 이르러서 또 다른 선이다(詩到江西別是禪)'라는 말이 그것을 대변해준다.

---

319 「문자선의 황정견 시가에 대한 적극적인 영향을 논하다(論文子禪對黃庭堅詩歌的積極影響)」라는 논문은 당시 사회의 객관적인 배경에 의한 필연적인 결과, 즉 문자선이 유행했던 북송의 현실적인 측면, 그리고 '이문위시以文爲詩'로 바뀌는 송시의 변형이라는 측면, 황정견 개인에 대한 선학의 영향, 세 가지 측면에서 황정견 시가에 대한 문자선의 영향이라는 면에서 분석하고 있다. 王眞眞 외 1인, 「論文子禪對黃庭堅詩歌的積極影響」『安徽文學』, 2007년, 제4기, pp.61~62.

3. 황정견의 선종 수용 과정

위에서 살펴본 것처럼 강서 지역을 비롯한 송나라 각지에서의 문자선 유행은 황정견 등 대표적인 문인들과 당시 선승들과의 직접적인 교유를 촉진시켰다. 황정견이 가졌던 개방적인 불교관도 그와 불교와의 관계를 밀접하게 유지하는 데 도움이 되었다. 예를 들어보자.

> 불법과 『논어』, 『주역』의 주된 요지는 서로 멀지 않다. 『논어』의 요지는 자기의 잘못을 개정하는 데 있다.[320]

불법과 유가의 경전이 다름이 아니라는 유불회통의 주장이다. 유가와 불가 모두는 자기의 잘못을 개정하는 것이 핵심이라는 것이다.

> 『열자』의 책도 불교와 합치되는 부분이 있다. 심오한 선종의 뛰어난 구절을 읽으면 세 차례나 감탄하게 만든다.[321]

유가 이외 제자백가 중 '열자'의 사상도 불교사상과 부합되는 부분이 있다는 설명이다. 아울러 선종의 뛰어난 구절이 세 차례나 감탄하게 만든다는 설명도 인상적이다.

이에 따라 고승대덕들과 적극적인 교유관계를 맺고 있는데, 황정견의 시문에는 적어도 60여 명의 승려들이 기록된 것으로 판단된다.

---

320 「與王雍提擧」: "佛法與『論語』, 『周易』意旨不遠. 『論語』大旨不過遷善改過."

321 「跋亡弟嗣功(列子)冊」: "『列子』書時有合於釋氏, 至於深禪妙句, 使人讀之三歎."

이러한 고승들과의 교유를 통하여 불교와 선종에 관한 지식을 습득하였고, 아울러 인생에 있어서의 고뇌를 해결하는 데 도움이 되었을 것으로 추정할 수 있다. 황정견과 비교적 친밀했던 선사들은 황룡파의 승려들이 비교적 많은 편이다. 교유가 깊은 대표적인 승려들로는 원통법수圓通法秀 선사, 회당조심晦堂祖心 선사, 사심오심死心悟心 선사, 영원유청靈源惟淸 선사 등을 들 수 있는데, 이들 모두 덕성과 재능과 지혜, 학식을 겸비한 고승들로 평가된다.

유불회통의 시대적인 배경에 의한 고승대덕들과의 빈번한 교유 이외, 황정견의 가족 배경을 살펴보더라도 불교와 인연이 매우 깊다. 그의 조모인 선원군仙源君은 불학을 좋아하여, 수차례 황정견에 대해 가르침을 주었다. 그의 형인 황운명과 동생인 황지명도 어려서부터 불학의 영향을 받았다고 기록하고 있다.[322] 아버지를 대신하여 황정견을 양육해준 외삼촌 이상李常도 불교와 친밀한 관계를 가지고 있었다. 그는 소식의 벗이기도 했는데, 소식에 의하면 이상이 젊은 시절에 공부했던 사원에 자기 도서를 기증했다고 한다.[323]

---

322 胡仔,『苕溪漁隱叢話後集』卷31.

323 소식은「이씨산방장서기李氏山房藏書記」에서 다음과 같이 말하고 있다. "나의 친구 이공택이 어려서 여산 오로봉 아래의 백석암의 승사에서 공부하였다. 공택이 이미 떠났지만, 그러나 산중의 사람들이 그를 그리워하여 그 건물을 가리켜 이씨산방이라고 하였다. 장서가 구천여 권이 되었다. …… 장서를 집에 두지 않고, 그가 거주하였던 승사에 두었으니, 이것이 바로 인자의 마음이다(余友李公擇, 少時讀書於廬山五老峰下白石庵之僧舍. 公擇旣去, 而山中之人思之, 指其所居爲李氏山房.藏書凡九千餘卷. …… 是以不藏於家, 而藏於其故所居之僧舍, 此仁者之心也)."(『蘇軾文集』卷11) 이외『송사宋史·이상전李常傳』에도 유사한 기록이 있다. "이상의 자는 공택이며, 남강 건창인이다. 어려서 여산의 백석승사에서 공부하였

이러한 그의 성장배경이나 주위환경 이외에 그의 일생에 있어서 결코 순탄하다고 할 수 없는 사도仕途에서의 좌절과 개인적인 불행은 그로 하여금 불교와 선종에 경도되게 하였다. 왕수해는 황정견의 관직생활과 선종과의 관계에 대해 다음과 같이 설명하고 있다.

> 시인은 불교와 선종에 정통하며, 진정으로 수행하며 학습하였다. 격렬한 신구당쟁 속에서 그는 모순을 해결할 방법이 없다는 것을 자각하였고, 이에 따라 선의 고향인 불교에 은거하게 되었으며, 시와 문, 서화에 자기의 정신을 기탁하였고, 자신의 지향점과 정취를 놓아두었다.[324]

예를 들면 왕안석이 두 번째 재상에서 물러난 시기인 원풍元豐 2년(1079), 정치적 입장을 달리한 치열한 신구당쟁으로 인하여 구양수와 소식은 지방관으로 폄적된 상태였다. 동년 7월에 오대시안烏臺詩案이 발생하여 황정견의 스승이자 친구인 소식蘇軾이 8월에 어사대에 하옥되었다. 소식과의 시문으로 왕래했다는 죄로 황정견도 이 사건에 연루되어 태화太和로 좌천되게 된다. 개인적으로는 재혼한 부인인 사씨謝氏가 동년 2월에 병환으로 세상을 떠나게 된다. 일찍이 26세 때인 희녕 3년(1070)에 첫 부인 손씨를 첫 임지인 엽현叶縣에서 떠나보냈던 그는,

---

다. 급제한 이후, 서적 구천여 권을 베껴서 남기고 있으며, 이 건물(백석승사)을 이씨산방이라고 불렀다(李常, 字公擇, 南康建昌人. 少讀書廬山白石僧舍. 既擢第, 留所抄書九千卷, 名舍曰李氏山房)."『宋史·李常傳』 卷344.

324 王樹海,『禪魄詩魂』, (北京)知識出版社, 2000년, p.574.

35세의 중년에 다시 둘째 부인과도 북경임지에서 사별하게 된 것이다. 동년에 연이어진 두 비극은 황정견에게 적지 않은 충격을 주었을 것으로 추정할 수 있다. 인생의 평생 반려자였던 두 부인의 연이은 사망으로 인한 인생 무상함, 한치 앞을 내다볼 수 없는 관직에서의 고뇌와 좌절, 그리고 당쟁으로 인한 경세와 입신에 대한 실망과 낙심을 생각해볼 수 있다. 당시 황정견은 「절구絶句」라는 작품을 통해서 다음과 같은 심정을 묘사하고 있다.

富貴功名繭一盆	부귀공명은 한 그릇의 누에고치고
繅車頭緒正紛紛	물레의 두서는 때마침 어수선하네

입신양명과 부귀공명을 비롯한 세상사가 모두 보잘 것 없는 하찮은 것이다. 아울러 물레처럼 돌아가는 인생사는 매우 어수선하고 번잡한 것임을 깨달았다는 것이다. 역시 같은 해에 지었던 작품 「개낭중이 곽낭중을 따라서 휴직함에 차운하다(次韻蓋郎中率郭郎中休官)」의 두 번째 시를 보자.

世態已更千變盡	세태가 바뀌어 일천 번을 변할지라도
心源不受一塵侵	마음에는 티끌도 침범하지 못하네
青春白日無公事	푸른 봄날 대낮에도 공무가 없으니
紫燕黃鸝俱好音	자연과 꾀꼬리의 아름다운 소리 들린다
付與兒孫知伏臘	자손에게 제사를 관심 갖게 맡겨놓고
聽教魚鳥逐飛沈	새와 물고기 비상과 헤엄 가르침 좇는다

黃公壚下曾知味　술 파는 주점에서 일찍이 맛을 알았기에
定是逃禪入少林　반드시 참선하러 소림사에 들어가리

『불설사십이장경』에 보면 다음과 같은 가르침이 있다. "욕심을 끊고 애정을 버려, 스스로 마음의 근원을 알고, 불도의 깊은 이치를 알아, 무위법을 깨닫고 안으로는 얻은 바도 없고, 밖으로도 구하는 것이 없다. 마음은 도에도 얽매이지 않고, 업도 짓지 않으매, 생각도 없고 시작도 없다."[325] 수련首聯에서 개낭중과 곽낭중, 두 사람이 무념·무상·무위의 티끌도 침범할 수 없는 경지에 이르렀다는 설명이다. 모든 속박에서 벗어나 자유로운 경지에 이르러 어떠한 외부의 간섭에도 흔들림이 없다는 것이다. 자연히 관직에서 벗어나 공무가 없으니 제비와 꾀꼬리 등 대자연의 소리를 들을 수 있다. 번잡한 일은 자손들에게 맡기고, 본인들은 대자연의 섭리에 따라서 마치 새나 물고기의 자유로운 경지, '임운자재'의 경지를 따른다. '술 파는 주점에서의 맛'은 바로 예측 불가한 '사도仕途에서의 무상함과 교유, 인생의 만남과 이별 등 인간 세상의 맛'을 가리킨다. 세속의 부질없음을 이미 간파하였기에 이를 벗어나 참선의 경지로 나아가고 싶다는 것이다. 다음 해인 원풍 3년(1080), 임지인 태화로 부임하던 중 서주舒州 회녕懷寧을 지나며 삼조산三祖山 산곡사山谷寺를 유람하고, 스스로를 '산곡도인山谷道人'이라고 칭하였다.

원풍 6년(1083) 겨울, 불혹을 눈앞에 두었던 황정견은 덕주德州의

---

325 "(佛言, 出家沙門者) 斷欲去愛. 識自心源, 達佛深理, 悟無爲法, 內無所得, 外無所求. 心不繫道, 亦不結業, 無念無作."(「佛說四十二章經」)

덕평진德平鎭으로 옮기라는 명을 받고 홀로 떠나가며 많은 생각에 잠기었다. 특히 20년 가까이의 관직생활이었지만, 여전히 외지의 현령으로 지낼 수밖에 없는 불우함과 인생의 감개가 그로 하여금 불교에 의탁하게 하였다. 그는 덕평으로 부임하던 중 사주승가탑泗州僧伽塔을 참배한 뒤 부처를 모시기로 결심하고, 술과 여자, 그리고 육식을 끊고 청정한 육신을 만들겠다는 발원을 한다.[326] 덕평으로 부임한 후에는 「고풍으로 화보에 차운하여 답하다(古風次韻答初和甫)」[327] 제2수에서 다음과 같은 감개를 발하고 있다.

道人四十心如水　도인 나이 40세 마음은 물과 같고
那得夢爲胡蝶狂　어찌하면 꿈에 호접광이 되겠는가!

산곡도인이 물처럼 인연 따라 세상만물과 임운자재하며, 유유자적하게 자유롭게 생활하고 있다며, 스스로를 안위하고 있다. 장자의 호접몽을 인용하여 분별심을 초월한 경지를 강조하고 있다. 같은 시기에 지은 작품 속에 유사한 시인의 심정이 보인다.

---

326 「발원문發願文」: "오늘 부처님 앞에서 큰 맹세를 발원합니다. 원하옵건대 오늘부터 미래세에 이르기까지 다시는 음욕을 하지 않겠습니다. 원하옵건대 오늘부터 미래세에 이르기까지 다시는 음주를 하지 않겠습니다. 원하옵건대 오늘부터 미래세에 이르기까지 다시는 식육을 하지 않겠습니다(今者對佛發大誓願: 願從今日盡未來世, 不復婬欲. 願從今日盡未來世, 不復飮酒. 願從今日盡未來世, 不復食肉)." 劉維崇, 『黃庭堅評傳』, (臺灣)黎明文化事業公司, p.47 재인용.

327 화보和甫는 왕안석의 동생인 왕안예(王安禮, 1034~1095)의 자字이다.

人言陋如何　사람이 누추하다고 한들 어떠하리
我自適其適　스스로 편안한 곳에 자적한다
白眼對俗徒　속세의 무리들을 백안시하고
醉帽坐攲側　취한 자는 모자 비뚤게 앉았네
人知愛酒耳　사람들은 술 좋아하는 것만 알지
不解心得得　마음의 자유로움 이해하지 못하네
　(중략)
陰雨打葉時　장맛비가 낙엽 위에 내릴 때
曲肱自宴息　팔을 베고 스스로 쉰다네
心遊萬物初　마음이 만물의 시초를 유람하니
何處尋轍跡　어디에서 그 흔적을 찾겠는가
從來脩竹林　옛날부터 긴 대나무 숲은
乃是逸民國　바로 은자들이 쉬는 곳이네[328]

얽매임이 없는 유유자적함과 여유로움, 세속을 떠나 은거하고 싶은 시인의 정감이 잘 드러난 작품이다. "군자가 사는데 어디 누추함이 있겠는가?(君子居之, 何陋之有)"는 「누실명」이 떠오른다. 다른 사람들이 뭐라고 한들 개의할 필요가 없다. 마지막 6구에서 세속을 벗어나 수연자적隨緣自適을 원하는 시인의 정감이 두드러진다. 아래의 「방언放言」 작품도 유유자적하는 즐거움을 묘사하고 있다.

---

328 「화보가 대나무 몇 그루를 주한에게 얻어 기뻐하니 시를 지어 그에게 화답한다(和甫得竹數本於周翰喜而作詩和之)」

短生憂不足　　짧은 인생 근심하기에 부족하나
此道樂有餘　　도의 즐거움에는 여유가 넘친다

임운자재하는 생활 속에서 인생의 고통과 번뇌를 떨쳐버린 시인의 자유자재로운 경지를 표현한다. 육욕六欲을 끊고, 완전히 삼매三昧의 경지에 이른 듯한 느낌을 주고 있다.

원풍 8년(1085), 41세의 시인은 비서성교서랑秘書省校書郎이라는 직책을 제수받고 조정으로 돌아오게 된다. 이로부터 원우 6년(1091)까지 조정에 있는 6년 동안은 황정견의 정치인생에 있어서 가장 행복했던 시기였다. 중앙에서 관직을 역임한 면도 있었지만, 소식을 비롯하여 소위 '소문사학사蘇門四學士'라 일컫는 벗들이 조정에서 함께 지냈기 때문이다. 개인적인 교유관계에 있어서도 유쾌했던 시기로 보인다. 하지만 이 시기는 소위 말하는 '원우당쟁元祐黨爭'이 치열하게 전개된 시기이기도 하였다. 어린 철종이 즉위하자 태황태후가 섭정을 하면서 신법을 반대하는 보수파들이 조정으로 돌아오게 된다. 당시 소식은 신법에 대해 비교적 실용적인 관점을 가지고 있었고, 이에 따라 신법에 대해 전면적으로 부정하는 입장을 가진 보수파들의 정치적인 관점에 대해 반대 입장을 취하였다. 당시 황정견도 소식과 같은 정치 입장을 취하면서 구당 주류파들의 집중적인 공격을 받게 되었고, 관직에 있어서도 순조롭지 못한 역정을 겪게 된다. 예를 들면 원우元祐 원년(1086)은 한림학사에서 물러난 소식이 자기 후임으로 황정견을 추천하자, 조정지趙挺之는 황정견의 승진을 반대하면서 소식을 신랄하게 비난하였다.[329] 원우 2년에 저작좌랑著作佐郎으로 제수되고, 다음 해에 새로이 저작랑著作郎으로 승진하는 조서를 내렸으나, 조정지의 반대로 결국 승진은 취소되고 이전의 저작좌랑著作佐郎의 직위만 유지하게 된다.[330] 원우 6년에 그가 참여하여 편찬한 『신종실록』이 완성되자, 조정에서는 이 공로로 황정견을 저작좌랑에서 기거사인起居舍人으로 승진시키려고 하였으나, 중서사인中書舍人 한천韓川 등의 반대로 승진하지 못하였다. 『황정견 평전』에서는 당시의 상황에 대해 다음과 같이 분석하고 있다.

> 험악한 정치풍파 중에서 황정견은 승진할 마음이 없었다. 이리하여 그는 먼저 「사면전관장辭免轉官狀」이라는 상소문을 올렸으나, 윤허를 얻지 못하였고, 다시 「걸회수은명장乞回授恩命狀」을 올려 장차 황제의 은총이 72세의 모친에 이를 수 있기를 청하였다. 그 결과 그의 모친은 안강군태군으로 봉해졌다.[331]

---

329 "(황)정견의 죄악이 특히 큽니다. …… 소식의 마음은 불충하고 부정하며, 성은을 배반하였습니다. 만약 소식의 뜻대로 된다면, 장차 무소불위의 행위를 할 것입니다.(庭堅罪惡尤大 …… 軾設心不忠不正, 辜負圣恩. 使軾得志, 將无所不爲矣!)"(『續資治通鑑長編』 卷407)

330 黃寶華, 『黃庭堅評傳』, 남경대학출판사, 2011, p.62

331 黃寶華, 『黃庭堅評傳』, 남경대학출판사, 2011, p.63. 이에 따라서 원우 8년, 비록 당시 재상인 여대방이 『神宗皇帝正史』의 편수에 황정견을 추천했지만, 황정견 본인은 참여하지 않고 조정을 떠날 것을 결심한다. "조정을 떠난 지 3년이 되었는데, 백 가지 근심이 몰려오고, 모든 포부는 사라졌고, 수염과 머리카락은 반백이 되었습니다(去國三年, 百憂所萃, 志氣凋零, 鬚髮半白)."(「服闋辭免史院編脩狀」)라는 말을 통해서 시인의 마음은 이미 조정을 떠나 있음을 알 수 있다.

이러한 자료를 통해서 보더라도 황정견의 순조롭지 못한 관직생활은 당쟁의 필연적인 결과로 파악된다. 소식조차도 당시 대간의 탄핵을 견디지 못하고 수차 외임을 자청하다가, 결국 원우 4년(1089) 3월 항주로 부임하게 된다. 소문사학사 중의 일원인 황정견도 당연히 당쟁의 공격으로부터 벗어날 수 없었다. 정치적인 진영논리에 의한 다툼과 치열한 정쟁, 불안한 정국의 변화와 학파간의 소모적인 논쟁, 게다가 사관의 임무를 완성했지만 오히려 그것으로 인한 소인배들의 끈질긴 탄핵, 이런 요소들은 시인으로 하여금 몸은 조정에 있었지만, 마음은 조정을 떠나 이미 불교와 소통하고 있었다. 예를 들면 원우시기에 불교와 선종관련 저작이나 찬문을 적지 않게 남기고 있는데, 예를 들면 원우 3년(1088)에 「태평흥국사욕실원제명太平興國寺浴室院題名」, 「발정조선사진찬跋淨照禪師眞贊」, 「기노암부寄老庵賦」 등을 남기고 있다. 불교경전과 관련된 것으로는 원우 4년에 『금강경金剛經』을, 원우 5년에는 『화엄소華嚴疏』를 남겼으며, 원우 6년에 「칠불게七佛偈」를 지었다. 원우 7년에 황룡파 승려인 회당 선사晦堂禪師를 따라서 각 지역을 유람하였고, 원우 8년에는 「제황룡청선사회당찬題黃龍淸禪師晦堂贊」을 지었다.

관직에 있어서의 당쟁이라는 갈등 요소 이외, 가족사에 있어서도 원우연간은 황정견에 있어서는 매우 힘든 시기였다. 원우 5년(1090) 2월, 그를 친히 양육하고 가르쳐준 외삼촌 이상李常이 세상을 떠나고, 얼마 뒤 장인 손각孫覺이 세상을 하직한다. 연이은 슬픔이 완전히 가시기 전 다음 해 6월에는 그의 모친과도 영구히 이별하게 된다. 이어지는 비통한 사건을 통하여 황정견은 인생의 영허盈虛를 깨닫게 된다. 하남성河南省 진유현陳留縣에 있는 동사東寺의 정토원淨土院에 머물 때 장자莊子의 호접몽胡蝶夢을 원용하여 지은 「적주각寂住閣」을 보자.

莊周夢爲蝴蝶　　장주가 꿈에 나비가 되었지만
蝴蝶不知莊周　　나비는 장주를 모른다네
當處出生隨意　　본래 출생은 조화를 따르지만
急流水上不流　　급류의 윗부분 흐름이 없다네

인생은 마치 일순간의 꿈의 세계와 같다는 설명이다. 『금강경』에서도 "모든 유위한 법은 꿈이며, 환상, 거품, 그림자이며, 이슬 같고 또한 번개 같은 것(一切有爲法, 如夢幻泡影, 如露亦如電)"이라고 말하고 있다. 불가에서는 사람이 생사를 초월하여 생명현상의 본질인 조화에 맡김으로써 왕생할 수 있다고 말하고 있다. 강물은 급하게 흘러가나 그러나 윗부분은 마치 흘러가지 않는 것처럼 보인다. 꿈속에서 본 것은 깨고 나면 보이지 않는다. 마찬가지로 우리가 꿈속의 일에까지 얽매여 살 필요가 없다는 것이다. 표피적인 세상사의 현상만을 보고 우리의 인생을 판단할 수 없다는 철리를 깨닫고 있다.

이와 같이 황정견은 개인적인 인생사로 인한 슬픔, 아울러 유배와 좌천을 거듭하는 벼슬길에서의 정신적인 고통, 신구당쟁으로 인한 실망과 낙심, 이러한 번뇌를 벗어나기 위해 스스로 선종사상의 운용을 통한 자아해탈을 추구한다. 비교적 낙관적이고 광달한 심정으로 자기의 인생을 대하고자 노력하였다. 이러한 정신적인 경계를 만년에 다가 갈수록 그의 시문에 자주 드러낸다. 특히 철종 소성紹聖 원년(1094) 시인의 나이 50세, 재상인 장돈章惇 등이 황정견이 편수한 『신종실록』을 트집 잡아, 결국 황정견은 배주涪州 별가別駕로 유배를 당하고, 검남黔南[332]에 안치된다. 이후부터 61세 사망 때까지 10여 년 동안 유배지를 전전하게 된다. 원부 원년(1098)에 융주戎州에 안치되었다가, 휘종 숭녕 2년(1103)에 생활이 제한되어 이주宜州에서 사실상 구금되는 생활을 하다가 숭녕 4년(1105)에 이주에서 세상을 하직하게 된다. 당연히 만년에 이를수록 불교의 깨우침을 추구하는 시편을 자주 읊조리고 있다. 「양명숙에게 차운하다(次韻楊明叔)」(四首)의 첫 번째 시를 보자.

魚去遊濠上　물고기는 호수 위를 유람하고
鴞來止坐隅　올빼미는 좌석 모서리에 앉는다
吉凶終我在　길흉은 결국 나에게 있는 것
憂樂與生俱　근심과 즐거움 삶과 함께 하네
決定不是物　결정함이 외물이 아니어야
方名大丈夫　비로소 대장부라 할 수 있네

본래 오언율시인데, 여기에선 앞의 6구만 가져왔다. 모든 길흉과 근심걱정은 바로 내가 존재하기에 생겨나는 것이다. 외물에 의지하여 일희일비해서는 안 된다는 것이다. 스스로가 '무아無我'의 경지, 즉 깨우침의 경지에 이른다면 길흉이나 즐거움, 근심이 생겨날 수 없는 것이다. 우리 마음이 외물의 구속을 받지 않고, 스스로가 행위를 주재해

332 현재 사천성 중경시 동남부.

야 비로소 대장부라고 명할 수 있다는 것이다. 「양명숙에게 차운하다(次韻楊明叔)」의 두 번째 시에서도 같은 경지를 묘사하고 있다.

道常無一物	도에는 하나의 사물도 없으나
學要反三隅	배우면 세 개를 알아야 한다
喜與嗔同本	기쁨과 화는 본래 같은 뿌리
嗔時喜自俱	화를 낼 때 기쁨도 같이 하네
心隨物作宰	마음이 외물에 따라 주재하니
人謂我非夫	사람들은 나를 장부라 하지 않네

이 시도 전 6구만 가지고 왔다. 도의 경지는 공의 경지이고, 무심의 경지이다. 분별심을 초월한 경지이기에 어떠한 사물도 존재하지 않는다. 육조혜능의 오도송인 “보리는 본래 나무가 아니요, 명경도 본래는 대가 아니다. 본래 하나의 물건도 없는데 어디에 털을 먼지가 있는가(菩提本非樹, 明鏡亦非臺. 本來無一物, 何處惹塵矣?)”라는 것과 마찬가지로, 사람의 마음은 본래 비어 있는 것이고, 자연히 바깥 사물의 유혹을 받지 않아야 한다는 것이다. 기쁨(喜)과 화(嗔)는 본래 다른 것이 아니다. 같은 뿌리라는 것이다. 중생들은 외물에 따라서 기쁨과 화를 나타낸다. 이것이 일반적인 삶이다. 그러므로 대장부가 되지 못하는 것이다. 하지만 도의 경지는 기쁨과 화를 초월한다. 기쁨에 대한 애착도 버리고, 당연히 화에 대한 애착도 버려야 한다. 심지어 부처조차도 버려야 한다. 그래야만 진정한 자비심이 우러나 대장부가 될 수 있는 것이다. 만약 마음이 사물에 의해 주재된다면 바로 이것은 대장부가

아니라고 이야기하고 있다. 이러한 것이 바로 불교선종에서 이야기하는 "일체유심조一切唯心造"로 바깥 사물의 구속을 받지 않는 경계를 말하고 있다.

황정견의 일생을 돌아보면, 비록 당쟁으로 인하여 유배와 좌천으로 점철된 불우한 관직생활을 거듭하였다고 할 수 있다. 하지만 개인적인 인생사의 슬픔을 뛰어넘기 위해 불교와 선종을 도구로 번뇌와 망상의 경계를 초월하고자 노력하였다. 그러므로 작품에서 자주 분별심을 초월하는 "무아無我"의 경지를 강조하거나, 혹은 자신 스스로를 "승려와 같으나 머리카락이 있으며, 속인과 같으나 속세에 물들지 않았고, 꿈속의 꿈을 꾸고, 몸 밖의 몸을 본다(似僧有髮, 似俗無塵, 作夢中夢, 見身外身)"〔「사진을 보고 스스로 찬하다(寫眞自讚)」〕라고 선종의 사유에 근거하여 스스로를 안위하고 있다. 게다가 불교선종의 사유방식을 자각적으로 문학 창작에 운용하여 그의 적지 않은 시에는 선리禪理와 선취禪趣 등이 스며들어 있다. 뿐만 아니라, 심지어 그는 선종어록에서도 시의 제재를 찾고 있다. 이러한 그의 시작 태도는 송시宋詩로 하여금 당시唐詩와 구별되는 송시의 특징인 철리, 의론, 산문성을 갖추게 하는 중요한 요인 중의 하나라고 할 수 있다.

4. 황정견 선시의 유형

남송 유극장劉克莊은 황정견 시에 대해 다음과 같이 평가하였다. "(황정견은) 백가 시인들의 시구와 시율의 장점을 모으고, 역대 시가체제의 변화를 궁구하였다. 온갖 기서를 섭렵하고, 모든 이문을 관통하여 고시와 율시를 삼아 일가를 이루었다. 한 글자, 반 구절도 쉽게 짓지 않아 결국 본 왕조 시가의 종조가 되었다."[333] 여기에서 황정견 시가의 '점철성금點綴成金', '탈태환골脫胎換骨', '무일자부래처無一字無來處' 등의 특징을 엿볼 수 있다.[334] 이러한 황시의 특징이 송시의 종조가 되는 중요한 이유이다. "백가 시인들의 시구와 시율의 장점을 모으고, 역대 시가체제의 변화를 궁구한다"는 것에서 황정견 시가의 융합성과 소재의 다양성을 이해할 수 있다.

불교와 선종의 주요 경전에 비교적 익숙했던 황정견으로서는 이러한 시학적인 관점에서도 경전을 적극 활용하였을 것으로 추정할 수 있다. 아울러 시와 선의 결합체인 문자선에 대한 적극적인 활용도 매우 당연한 현상이라고 할 수 있다. 앞서 언급한 바와 같이 선승들의 각종 문자선, 즉 송고頌古, 공안公案, 기봉機鋒, 혹은 어록語錄이나 시문 등은 비유가 매우 기발하다. 상징적인 의미도 폭넓고, 깊이도 심오하며, 상식의 사고관념을 뛰어넘고 상상력도 매우 풍부하다. 따라서 이러한 선적인

---

333 劉克莊「江西詩派小序」: "薈萃百家句律之長, 究極歷代體制之變, 蒐獵奇書, 穿穴異聞, 作爲古律, 自成一家. 雖隻字半句不輕出, 遂爲本朝詩家宗祖."『後村先生大全集』卷95.

334 혜홍에 의하면 황정견 자신도 다음과 같은 말을 하였다. "시의는 무궁무진한데, 시인의 재능은 유한하다. 유한한 재능으로써 무궁무진한 시의를 좇는 것은 비록 도연명과 두보일지라도 교묘함을 얻지 못한다. 그러나 그 의미를 바꾸지 않고 그 말을 만드는 것을 환골법이라고 하며, 그 뜻을 본보기로 하여 그것을 형용하는 것을 탈태법이라고 한다(詩意無窮, 而人之才有限. 以有限之才, 追無窮之意, 雖淵明少陵不得工也. 然不易其意而造其語, 謂之換骨法; 規模其意形容之, 謂之奪胎法)." 惠洪,『冷齋夜話』卷一.

사유의 활용은 시인들의 시가언어를 확대하고 송시의 특징을 형성하는 데 일조를 하였을 것이다.

본 장에서는 황정견의 선시를 위와 같은 선적인 특징에 근거하여 다음과 같이 "선전시禪典詩", "선법시禪法詩", "선리시禪理詩", "선취시禪趣詩"[335] 등 네 부류로 귀납하여 분석하고자 한다. 이로써 강서시파의 종주이자 송대 대표적인 시인으로 평가받는 황정견이 불교경전과 선종 사상을 시작을 통해서 구체적으로 어떻게 운용하고 있는지를 살펴보는 동시에 그의 선시가 가지고 있는 문학적인 의의도 함께 살펴본다.

1) 선전시禪典詩

선종이 흥성한 당대부터 많은 사대부 문인들과 시인들은 선종의 사상에 심취하여 선학과 선리를 배우고 익히면서 자연스럽게 선종에 관한 이해를 넓혀갔다. 시가 창작에 있어서 그들은 불교경전이나 선종언어를 작품 속에 운용하면서 개인적인 서정을 표현하였다. 앞에서 언급한 바와 같이 황정견은 선학과 선리에 매우 정통한 문인이다. 그의 시문 곳곳에는 선종과 관련된 어휘나 표현을 어렵사리 찾아볼 수 있다. 특히 본인 스스로가 "한 글자도 내력이 없는 글자가 없다(無一字無來歷)"라는 시학 주장을 펼치고 있는 것에서 다양한 용사用事를 활용하고 있다는 것을 파악할 수 있다. 특히 불교의 주요 경전인 『금강경』, 『법화경』, 『능엄경』, 『유마경』, 『화엄경』, 『열반경』, 『반야경』 및 어록인 『전등록』 등은 그가 자주 활용하는 불전이다. 그중에서 『능엄

335 이러한 분류법은 타이완 杜松柏의 『禪學與唐宋詩學』에서 분류한 방법을 따른 것이다.

경』을 가장 많이 활용하고 있다는 연구결과도 흥미롭다.[336]

그러나 이러한 선전禪典이나 선어禪語를 시에 주입시키는 방식에 대해 역대로 적지 않은 문인들이 반대의견을 나타내었다. 예를 들면 심덕잠沈德潛은 “시의 귀중함은 선리와 선취에 있는 것이지, 선어에 있는 것은 아니다(詩貴有禪理禪趣, 不貴有禪語)”[337] 또한 기윤紀昀도 “시는 마땅히 참선의 맛이 있어야 하며, 선어를 지어서는 안 된다(詩宜參禪味, 不宜作禪語)”[338] 그리고 조익趙翼은 “(蘇軾이) 불경을 모방하고 선어로써 희롱하여 이것을 시에 주입시켜 매우 싫증을 느끼게 한다.”[339]고 직접적으로 시가에 선전과 선어를 주입시키고 있다며 소식의 시가를 비판하고 있다. 그러나 장점도 적지 않다. 선전과 선어의 활용은 시의 창작에 있어서 새로운 제재가 되어 시의 내용을 확대해주고, 또한 소재의 다양성 확보에 도움이 된다. 시어를 풍부하게 하는 언어학적인 측면에서도 도움을 준다. 아울러 선전이나 선어 등에 정통함으로써 선종의 사유방식을 자유롭게 운용할 수 있다는 장점도 있다. 사물을 관찰하는 능력이 더욱 뛰어나 창작활동에 있어 적지 않은 도움을 줄 수 있다. 그러므로 황정견은 선전禪典과 선어禪語를 자유자재롭게 시의 창작에 운용하여 당시와 다른 송시의 특징을 형성하는 데 일조를 하고 있다.

---

336 龍延, 「『楞嚴經』與黃庭堅－以典故爲中心」 『中國典籍與文化』 第4期, 2002, p.30.

337 「虞山釋律然息影齋詩鈔序」

338 『瀛奎律髓』 卷47.

339 “東坡旁通佛老 …… 至於摹倣佛經, 掉弄禪語, 以之入詩, 殊覺可厭.”(『甌北詩話』 卷5)

平生脊骨硬如鐵	평생 등뼈의 강함은 마치 철과 같고
聽風聽雨隨宜說	비바람에 소리 내듯 인연 따라 말한다
百尺竿頭放步行	백척간두에서 한 걸음을 내딛으니
更向脚根參一節	뿌리를 향하여 한 절을 더하네

-「죽존자헌에 제하다(題竹尊者軒)」

본래 죽존자竹尊者란 대나무 중에서 가장 길고 큰 대나무를 가리킨다. 여기에서 죽존자헌竹尊者軒이란 바로 광혜 선사의 도량을 지칭하는 것이다. 첫 구에서는 죽간竹竿이 매우 견고하고 강함을 이야기하고 있다. 2구에서는 대나무가 바람과 비를 맞으면 각기 다른 소리를 내는 것처럼 선사의 설법도 인연이나 근기에 따라서 말하는 것이라는 설명이다. 여기에서 '수의설隨宜說'이란 『법화경·방편품』에 나오는 언어로 사람과 때, 장소에 따라서 각기 다르게 말한다는, 즉 인연을 따른다는 의미이다.[340] 제3구는 『경덕전등록景德傳燈錄』(권10)에서 인용한 것이다. 장사경잠長沙景岑 선사가 이르기를 "백척간두에서 움직이지 않으면 비록 땅을 얻을 수 있으나 진리를 얻지 못한다. 백척간두에서 내딛는다면 시방세계가 바로 나 자신(全身)인 것이다."[341] 마지막 구에서는 비록 대나무가 위로 성장하지만, 뿌리로부터 한 절을 더해 온몸이 나아간다는 의미이다. 이 시는 표면적으로는 죽존자竹尊者를 위하여 지은 것이다.

---

340 『法華經·方便品』: "佛曾親近百千萬億無數諸佛 …… 成就甚深未曾有法, 隨宜所說, 意趣難解."〔『佛光大辭典』(七), (臺灣)佛光出版社 p.6348〕

341 『傳燈錄』: "百尺竿頭不動人, 雖然得地未爲眞, 百尺竿頭須進步, 十方世界是全身." 『公案禪語』, 臺灣東大圖書公司, p.83 재인용.

구절마다 대나무를 이야기하며 인격화하고 있지만, 실지로는 광혜 선사를 말하고 있다. 시인은 『법화경』과 선종의 『전등록』 불전을 시작에 활용하여 구절마다 죽존자(광혜 선사)의 고고한 절개를 찬양하고 있으며, 각고의 수행을 거쳐 뛰어난 법력을 갖춘 선사라고 암묵적으로 비유하며 칭송하고 있다.

1101년은 건중정국建中靖國 원년元年, 당시에 휘종이 즉위한 뒤 신구 양당의 당파간의 모순을 완화시키고 정치적인 안정을 추구하기 위하여 조정에서 쫓겨난 "원우당인元祐黨人"들을 조정으로 불러들였다. 그러나 당시 소식蘇軾은 조정으로 돌아오던 도중 8월에 상주常州에서 세상을 하직하였다. 소문사학사 중에서 진관秦觀도 이미 등주藤州 유배지에서 세상을 떠났고, 진사도陳師道만이 조정에서 작은 관리로 남아 있었던 시기였다. 당시에 황정견은 병 때문에 형강荊江에 머무르면서 느낀 소회를 「병이 나아 형강정에서 바로 짓다(病起荊江亭卽事)」 시를 통해 나타내고 있다.

翰墨場中老伏波　필묵의 전장에 늙은 복파장군이 있고
菩提坊呈病維摩　보리의 도량에 병든 유마힐 살고 있네
近人積水無鷗鷺　강가에는 사람 있어 갈매기 백로는 없고
惟見歸牛浮鼻過　오직 돌아가는 소의 코만 물 위로 보이네

시인의 나이 57세 때 호북성湖北省 강릉江陵에 있는 형강정荊江亭에서 지은 10수 중의 첫 번째 시이다. 연표를 보면 4월에 강릉에 도착하고,

5월에 「복파신사시를 지나며(經伏波神祠詩)」라는 붓글씨를 쓴다. 이로 보아 이 시는 이 시기를 전후로 지은 것으로 추정된다.

첫 구에서 동한東漢의 복파장군伏波將軍 마원馬援[342]을 스스로에 비유하여 자신은 아직도 문단의 노장으로 쓸 만한 재목이라고 말하고 있다. 나라를 위하여 봉사할 마음이 남아 있음을 표현한 것이다. 2구의 보리菩提란 범어梵語의 음역으로 세속의 번뇌를 끊어 '해탈의 지혜를 얻음(覺悟)'을 말하는 것이다. 보리방菩提坊이란 보리의 도량道場을 가리킨다. 유마維摩란 '정명淨名'이라 칭하기도 하는데 유마힐維摩詰 거사를 지칭하는 것이다. 여기에서는 선전禪典을 인용하여 시인 스스로를 병든 유마힐에 비유하고 있다.[343]

3, 4구에서 표면적으론 형강정荊江亭에서 바라본 풍경을 묘사하고 있다. 하지만 내면으로는 불교와 선종의 경전을 인용하여 만년에 병든 시인의 출사出仕와 은거隱居에 대한 복잡한 마음을 나타내고 있다. 마지막 구에서는 집으로 돌아가는 소의 모습을 묘사하고 있다. 몸은 물에 잠기고 큰 코만 물 위에 떠서 간다고 묘사하고 있다. 선종에서는 종종 소를 불성에 비유한다. 『경덕전등록』 卷6 「무주석공혜장선사撫州石鞏慧藏禪師」에 보면 다음과 같은 기록이 있다.

---

342 『후한서後漢書』 卷24, 「마원전馬援傳」에는 마원이 62세의 늙은 나이에 자청하여 출정하기를 원했으나 황제가 늙은 그의 모습을 보고 허락하지 않으니, 말을 타고 말안장에 기대어 아직도 애국할 수 있음을 나타내었다고 기록하고 있다. 鼎文書局, p.842.

343 『유마경』은 유마힐과 문수보살의 문답행진이 주축이다. 문수보살이 질문하고 유마 거사가 답변하는 형식을 취하고 있다. 대화를 통해서 문수보살은 대승의 깊은 교리인 '불이不二법문'을 깨닫게 된다.

> 하루는 석공혜장 선사가 주방에서 밥을 하고 있었다. 마조 선사가 와서 질문을 하였다. "무엇을 하고 있느냐?" 혜장 선사가 대답하였다. "소를 키우고 있습니다." 마조가 다시 물었다. "어떻게 키우느냐?" 혜장 선사가 대답하였다. "소를 한 차례 수풀 속으로 데리고 갔다, 바로 코에 끼운 고삐를 잡아당겨 돌아옵니다." 마조가 칭찬하여 말한다. "정말 소를 잘 키우는구나."

회양 선사와 마조도일 선사와 관련된 '마경磨鏡' 고사에서 '수레를 때리지 말고, 소를 때려야 한다'는 전고 이후, 마조도일 계통은 자주 소로써 깨우침(불성)에 비유하고 있다. 혜장 선사가 말한 '소를 키우고 있다'는 말은 이미 스스로가 견성을 하였음을 말하고 있다. 고삐를 끌어당긴다는 것은 스스로 끊임없이 수행하면서 깨우침에도 자신이 있음을 비유하고 있다. 주방에서 소를 키운다는 것은 평상시에도 열심히 불성의 깨우침을 체험한다는 비유로 '평상심이 도'라는 마조도일의 가르침을 따르고 있다. 그러므로 마조 선사는 소를 잘 키운다고 칭찬하고 있는 것이다.[344] "소의 코가 물 위에 떠서 물을 건넌다."고 함은 바로 시인 스스로가 세상의 번뇌 망상을 잊고 깨달음의 경지, 즉 불성을 추구하고 있음을 일컫는 것이다. 다시 말해 조정의 변화 속에 다시 세속과의 인연을 맺고 싶지만, 그러나 깨달음에 대한 시인의 즐거움은

344 선종에서는 "기우멱우騎牛覓牛"란 말이 있다. 『경덕전등록景德傳燈錄』에 "학인이 부처를 알기를 원하는데, 어떤 것이 부처입니까? 백장 선사가 대답하기를 '마치 소를 타고 소를 찾고 있는 것 같구나.'(學人欲求識佛, 何者卽是? 百丈曰: 大似騎牛覓牛.)"라고 기록하고 있다. 이는 불성이 스스로에게 있는데, 범부들은 그것을 깨치지 못하고 외부에서 깨우침을 추구함을 비판하고 있는 것이다.

또 다시 그로 하여금 세속으로 나아가지 못하게 한다는 것이다. 고로 이 시는 전형적으로 선전禪典과 선어禪語를 활용한 선시로 시인은 이를 통하여 자신의 복잡한 정감을 솔직하게 묘사하고 있다. 「황룡의 청로에게 보내다(寄黃龍淸老)」(其一) 시를 보자.

萬山不隔中秋月　　중추의 밝은 달 온천지를 두루 비추고
一雁能傳寄遠書　　한 마리 기러기는 먼 곳으로 편지 전하네
深密伽陀枯戰筆　　오묘한 게송과 부드럽고 앙상한 필체
眞成相見問何如　　진정으로 서로 만나 어떤지를 묻고 싶네

황룡산은 황정견의 고향인 강서江西 수수脩水에 위치하고 있으며 송대의 혜남慧南 선사가 이곳에서 황룡파黃龍派를 건립한 곳이다. 청로淸老는 바로 영원유청靈源惟淸 선사를 가리킨다. 그는 황정견과 함께 황룡조심黃龍祖心 선사의 법사法嗣다. 당연히 두 사람은 매우 돈독한 우의를 유지하였던 것으로 보인다. 황정견은 그의 작품 「황룡청화상진찬黃龍淸和尙眞贊」 등에서 유청惟淸 선사를 높이 받들어 찬양하고 있다.

중추절을 맞이하여 하늘의 밝고 둥근 달이 온 천하를 두루 비춘다. 비록 산들이 서로 단절되어 있지만, 달빛은 두루 비추지 않음이 없다. 달빛을 언제나 여여한 깨우침에 비유하고 있다. 기러기가 멀리 서신을 보내주듯이 참선자도 게송을 운용하여 깨우침을 추구한다. 하지만 게송이나 공안에 얽매여서는 안 된다. 선종에서는 자주 기러기를 깨우침의 도구로 활용하고 있다. 예를 들면 소식의 시 「자유가 민지에서 회고한 것에 화답하다(和子由澠池懷舊)」를 보면 다음과 같이 말하고

있다.

人生到處知何似	정처 없는 우리 인생 무엇과 같은지 아시는가?
應似飛鴻踏雪泥	날아가는 기러기가 남긴 눈 위의 발자국 같겠지
泥上偶然留指爪	진흙 위에 우연히 발자국을 남기지만
鴻飛那復計東西	날아가는 기러기의 행방을 어찌 알겠는가?

소식이 봉상부 첨판으로 부임했을 때 소철에게 화답시한 시다. 선종의 전적인 『전등록傳燈錄』을 인용하여 인생의 역정을 '눈 위에 남긴 기러기의 발자국'에 비유하고 있다.[345]

황정견의 시에서는 기러기가 전해주는 서신을 '게송'이나 '공안'에 비유하고 있다. 하지만 견성의 깨우침은 밝은 달처럼 스스로에 있는 것이지, 아무리 '오묘한 게송'과 '뛰어난 필체'에 구속되어서는 깨우침의 경지에 이를 수 없다는 것이다. 불성의 깨우침을 밖에서 추구하지 말고 내심에서 추구해야 함을 강조한다. 이 시는 시인이 선전禪典과 선어禪語를 사용하여 유청 선사의 고고한 인품과 뛰어난 필체를 찬양하면서도 진정한 깨우침의 경지는 뛰어난 필체나 게송에 있지 않고, 스스로의 내심에 있다는 것을 강조하고 있는 것으로 앞의 시가 경계와 유사하다. 마지막 구절에 선사와의 해후를 바라는 시인의 정서도 엿보인다.

---

345 "제5장 동파거사 소식과 문자선" 참조.

2) 선법시禪法詩

선법禪法이라 함은 바로 선종의 종지宗旨인 참선의 깨달음(悟)의 경지, 선정禪定을 지칭하는 것으로, '직지인심'과 '견성성불'의 선의 깨우침의 법이 시속에 주입된 것을 '선법시禪法詩'라고 정의한다. 선종에 있어서 이러한 깨달음을 마음(心)의 깨달음(悟)라고 정의하고 있다. 선종의 핵심이자 동시에 가장 중요한 것이다. 일본 선학의 대가인 스즈키 다이세츠(鈴木大拙)는 "만약 선의 깨우침이 없으면 바로 선이 없는 것으로, 깨달음은 바로 선학의 근본인 것이다. 선에서 만약 깨우침이 없으면 곧 태양에 빛과 열이 없는 것과 같다. 선은 가지고 있는 모든 문헌을 잃어버릴 수 있고, 모든 사원과 모든 행위를 잃어버릴 수도 있다. 그러나 단지 그 속에 있는 깨우침만 있으면 곧 영원히 존재할 수 있다."[346]라고 '깨우침(悟)'의 중요성을 역설하고 있다. 확실히 선종은 깨달음으로부터 시작하여 깨달음으로 끝난다고 해도 과언이 아니다. 부처가 영산회상靈山會上에서 꽃을 들어 대중에게 보일 때 백만의 사람들이 그 뜻을 이해하지 못했지만, 오직 마하가섭摩訶迦葉만이 부처의 가르침을 깨닫고 빙그레 웃었다. 그러므로 부처는 "내가 너에게 열반의 묘심을 주겠다(我付汝以涅槃之妙心)"라고 말한 것이다. 여기서의 열반涅槃이란 바로 모든 번뇌가 사라지고 타버린 깨달음의 경지를 완성한 것을 말하고 있다. 고로 깨달음의 경지란 모든 번뇌가 망상이 사라진 경지, 몸과 마음을 모두 잊어버린 상태(身心兩忘)와 사물도

346 鈴木大拙, 『禪與生活』: "沒有禪悟就沒有禪, 悟確是禪學的根本. 禪如果沒有悟, 就像太陽沒有光和熱一樣. 禪可以失去它所有的文獻, 所有的寺廟以及所有的行頭, 但是, 只要其中有悟, 就會永遠存在."(臺灣)志文出版社, 1993, p.95.

없고 나도 없는(無物無我) 깨달음의 상태인 것이다. 황정견의 선시 중 선법禪法, 선정禪定을 시에 활용한 경우를 보자.

君不居郎省　그대는 낭관의 지위에 있지 않고
還應上諫坡　마땅히 간원의 직위로 올라야 하리
才高殊未識　재능은 뛰어나나 알아주는 이 없고
晚歲喜無它　늦은 나이에 재난이 없음도 기뻐하네
櫪馬羸難出　갇힌 천리마는 여위어 나오기 힘들고
鄰鷄凍不歌　옆쪽의 닭은 추워서 울지 못하네
寒爐餘幾火　차가운 난로에 얼마의 불씨 남았는가
灰裏拔陰何　재 속에서 음견과 하손을 찾아낸다
-「고자면에 차운하다(次韻高子勉)」(其四)

고자면高子勉의 이름은 하荷이며, 강릉 형주荊州 사람으로 호를 환환선생還還先生이라 칭한다. 그는 황정견에게 시를 배웠다. 첫째 연에서 시인은 고자면의 재능을 보면 당연히 중요한 관직을 맡아야 한다고 칭찬하고 있다. 둘째 연에서는 그가 비록 재능과 학식을 갖추고 있으나 중용되지 못하였고, 그나마 다른 나쁜 일도 없었기에 이것으로 위안을 삼고 있다는 것이다. 셋째 연에서도 고자면을 천리마 등에 비유하여, 회재불우의 상황을 묘사하고 있다. 여기까지는 고자면의 재능에 대한 찬양과 불우함에 대한 탄식인 동시에, 또한 시인 자신의 생애에 대한 묘사라고도 할 수 있다.

마지막 연에서 시인은 『오등회원』에 기록된 선법禪法으로써 시론을 개괄하고 있다. 당의 백장회해(百丈懷海, 720~814) 선사가 제자인 위산영우(潙山靈祐, 771~853) 선사에게 "난로에 불씨가 있는지 후벼보아라?"라고 말한다. 영우 선사는 난로를 후비면서 "(불씨가) 없습니다."라고 대답하였다. 이에 백장 선사가 직접 일어나서 친히 난로 깊숙한 곳에서 작은 불씨를 찾아 들고서 "너는 없다고 했는데 이것은 무엇이냐?"라고 다시 물었다. 마침내 영우 선사는 깨달음을 얻게 되었다.[347] 백장은 모든 일에 있어서 단순히 표면적인 면만 보고 판단함을 비판하면서, 위산 선사에게 스스로의 내면적인 체득을 강조하고 있는 것이다.

선가에서는 사람의 자성自性은 본래 청정淸淨하고, 자심自心이 바로 부처이기에 망념妄念을 제거하고 내심을 향하여 자연스럽게 노력을 하면, 어느 순간 공명空明하고 청정淸淨한 선정禪定에 도달하게 되어, 마침내 스스로의 마음에서 불성을 찾을 수 있다고 말한다. 그러므로 위의 공안公案은 단순히 참선이라는 형식만을 통해서는 깨우침에 이를 수 없으며, 실질적으로 자기 내면에 있는 스스로의 청정한 본심을 확인하는 것이 진정한 깨우침의 경지에 이를 수 있다는 것이다.

여기에서 시인은 이러한 깨우침에 이르는 선법을 시의 창작과 학습에 원용하고 있다. 예를 들어 시의 창작 혹은 전대의 선인들을 학습함에 있어서, 단순하게 이전의 작법이나 관습 등 낡은 틀에만 얽매여서는 한 단계 높은 경지에 이를 수 없다는 것이다. 다시 말해서 오직 스스로의 내심에 의한 활참活參을 통하여 시의 경지와 전인들의 가르침을 스스로

347 「潙山靈祐禪師」: "丈問 '誰師?' 曰 '某甲'. 丈曰 '汝撥爐中有火否?' 師撥之曰 '無火.' 丈躬起深撥得少火, 擧以示之曰 '汝道無這箇' 師由是發悟, 禮謝陳其所解." 『五燈會元·百丈海禪師法嗣』 卷9, (臺灣)中華書局 p.520.

마음속으로 체득하여 가슴에서 스스로의 학문으로 만들어야 함을 강조하고 있다. 이렇게 함으로써 깨우침에 이르는 순간에 공명하고 청정한 돈오頓悟의 경지에 도달하게 되어, 비로소 마음으로 만물을 받아들여 생동감 있게 자유스러운 창작의 경지에 들어가게 된다는 것이다.

시인은 백장 선사가 난로 속에서 불씨를 찾아내어 영우 선사가 깨달음에 이르도록 한 것과 마찬가지로, 시인도 차가운 난로 속에서 음갱陰鏗과 하손何遜[348]등의 창작 경험을 뽑아내어 고자면이 스스로 내심에서 체득하는 방법을 깨닫도록 하여, 궁극적으로 시작詩作의 깨우침에 이르게 하겠다는 것이다.

騎驢覓驢但可笑　　당나귀를 타고 당나귀를 찾으니 오직 가소롭고
非馬喩馬亦成癡　　말도 아닌데 말에 비유함도 어리석음이리라
一天月色爲誰好　　한 하늘의 달빛은 누굴 위해 아름다운가
二老風流只自知　　두 늙은이의 풍류는 단지 스스로만 알리라
-「황룡의 청로에게 보내다(寄黃龍淸老)」(其三)

이 시는 작가가 옛 선사의 고사를 빌어서 스스로의 깨달은 바를 시로써 적고 있다. 첫 두 구절에서 선종의 깨달음에 관하여 언급하고 있다. 선종에서는 '자성自性'을 버리고 밖을 향하여 깨달음을 추구하는 것을 "당나귀를 타고 당나귀를 찾는다(騎驢覓驢)"에 비유하고 있다.

348 음갱陰鏗과 하손何遜은 육조六朝 시대의 시인이다. 시성詩聖 두보는 일찍이 「답답함을 해소하다(解悶)」 시에서 "음갱과 하손의 고심을 배워야 하네(頗學陰何苦用心)"라며, 그들의 작품을 높이 칭찬한 적이 있다.

『전등록』에 "마음이 곧 부처임을 이해하지 못하면, 마치 당나귀를 타고 당나귀를 찾음과 같다. 일체의 증오와 사랑이 없는 곳, 이곳이 바로 번뇌가 사라진 곳이다."[349]고 기록하고 있다. 다시 말해서 깨우침에 이른 해탈의 경지(悟)가 곧 마음(心)에 있음을 모르고 밖을 향하여 추구함을 비판하고 있다. 둘째 연에서도 선종의 공안을 인용하여 깨달음의 경지를 설명하고 있다. 어느 날 저녁 마조馬祖 대사가 서당西堂, 백장百丈, 남전南泉 선사와 함께 달을 감상하고 난 뒤 마조는 각각 세 사람의 느낌을 들었다. 그중에서 마조는 서당이 달에 대해 '공양供養'을 추구한다는 대답을 듣고, 서당이 너무 경교經敎에만 치중함을 비판하였다. 백장이 달에 대해 "수행修行"을 하고 있다는 대답을 듣고 백장이 선의 수양에만 치중함을 비판하였다. 그러나 남전이 소매를 털고 가버린 행위에 대해서는 "홀로 모든 사물 밖으로 초연하였다."[350]고 칭찬하고 있다. 시인은 이러한 전고를 인용하여 시인 스스로가 선은 밖을 향하여 추구하는 것이 아니라, 오직 외물에 초연한 내심의 경지로 추구해야만 오도의 경지에 이를 수 있다는 설명이다. 이러한 경지를 마조와 남전 선사가 알고 있다는 것이다. 마조와 남전의 마음이 서로 합해진 양심상인兩心相印의 상황, 두 사람 모두 일체의 번뇌와 망상에서 벗어난 무물무아無物無我 깨우침의 경지에 이르렀다는 것이다. 동시에 이들에 빗대어

---

349 『景德傳燈錄』 卷29: "不解卽心卽佛. 眞似騎驢覓驢. 一切不憎不愛. 遮箇煩惱須除."

350 「江西馬祖道一禪師」: "一夕, 西堂, 百丈, 南泉隨侍(馬祖)玩月次. 師問: '正恁麽時如何?' 堂曰: '正好供養.' 丈說: '正好修行.' 泉拂袖便行. 師曰: '經入藏, 禪歸海, 唯有普願, 獨超物外.'"(『五燈會元·南嶽讓禪師法嗣』 卷3)

시인 자신과 유청 선사, 두 사람의 마음도 양심상인의 깨우침의 경지에 이르렀고, 우의가 깊음을 표현하고 있다.

凌波仙子生塵襪　영파 선자는 버선에 먼지를 일으키며
水上輕盈步微月　초승달 비친 물 위로 부드럽게 걸어가네
是誰招此斷腸魂?　누가 이렇게 애끓는 혼을 불렀는가?
種作寒花寄愁絶!　겨울 피는 꽃 심고서 우수를 보낸다
含香體素欲傾城　향기 품은 흰 몸 성을 기울이려 하나니
山礬是弟梅是兄　산반은 동생이고 매화는 형이로다
坐對眞成被花惱　홀로 앉아 마주하니 꽃 때문에 괴롭고
出門一笑大江橫　문을 나서 큰 강 바라보며 웃음 짓는다
-「왕도충이 수선화 50가지를 보내주어 흔연히 마음이 합해져 이를 노래한다(王道充送水仙花五十枝, 欣然會心, 爲之作詠)」

이 시도 「병이 나아 형강정에서 바로 짓다(病起荊江亭卽事)」와 마찬가지로 시인의 나이 57세 때인 휘종徽宗 건중정국建中靖國 원년(1101) 4월에 형주荊州에서 명을 기다리며 지은 시이다. 첫 연은 화분에 담긴 수선화의 자태를 표연히 물 위로 걸어가는 낙신洛神의 형상에 비유하여 읊고 있다. 둘째 연은 수선화의 내재된 정신을 낙신에 비유하여 묘사한 것이다. 전 4구는 수선화 자체에 대한 묘사이나 후 4구는 수선화로부터 시작하여 산반과 매화를 함께 비교하고 마지막에는 작가 자신의 모습을 나타내고 있다. 6구의 형과 아우라는 의미는 두 가지의 뜻을 내포하고 있다. 하나는 수선화의 품격이 매화의 아래이고 산반의 위라는 의미이다. 다른 하나는 수선화의 피는 시간이 매화보다 늦고 산반보다 빠르다는 의미이다. 마지막 두 구에서는 일종의 광활한 경계를 매우 자유스러운 필체로 묘사하고 있다. 실내에서 꽃을 바라본 시간이 너무나 오래되어 사랑함으로부터 시작하여 우수에 젖게 하는 등 많은 번뇌를 불러일으켜 밖으로 뛰쳐나오니 문 앞에서는 옆으로 도도히 흐르는 커다란 강이 놓여 있음을 말하고 있다.

시인은 본래 꽃을 묘사하는 것으로 시작하고 있으나, 마지막 구에서 기이하게 결론을 맺고 있어 읽는 독자로 하여금 많은 상상을 하게 한다. 제목에서 "왕도충이 보내준 수선화 50여 가지를 보고 흔연히 마음이 합해져서 그것을 위해 지었다"고 말하고 있는 바와 같이 여기에서의 마음이란 바로 꽃에 대한 사랑으로부터 우수와 괴로움, 궁극적으로 번뇌에까지 이르게 하는 마음을 말하는 것이다. 마지막 구에서는 집착에서 벗어나 홀연히 깨달음을 얻어 결국 흔연히 마음이 합해진 경지에 이르러서 웃음을 짓고 있다. 가섭존자迦葉尊者가 영산회상靈山會上에서 부처가 꽃을 든 의미를 파악하고 '미소微笑'로 회답한 것과 유사한 경지로 봐도 무방하다. 세속 일체의 번뇌 망상을 벗어나 '마음과 몸을 모두 잊고(身心兩忘)', 동시에 '사물도 없고 나도 없는(無物無我)' 깨우침의 경지를 말하는 선법禪法을 시속에 주입시키고 있다.

3) 선리시禪理詩

일반적으로 '선리시'라 함은 심오하고 투철한 선리禪理를 시에 운용한 것이다. 시인이 선종의 사상에 심취하여 시를 통해 자기 내면의 선리를 나타내고 있는 경우이다. 이러한 시는 선사들이 선리를 게송으로 표현하는 방식과 비슷하다고 할 수 있다. 중국 문학비평에 있어서 일반적으로 시속의 '정경情景'을 중시하고 '이의理義'를 경시한 관계로 적지 않은 비평가들은 시에 어떠한 철리가 들어가는 것을 비판하고 배척했음도 사실이다. 그들은 내면에 있는 아름다운 의상意象을 반영한 시를 좋은 시로 평가하고 있다. 예를 들면 남송의 엄우嚴羽는 『창랑시화滄浪詩話』에서 "소위 이어理語에 얽매이지 않고 말의 통발에 떨어지지 않은 것이 최상이다(所謂不涉理語, 不落言荃者, 上也)"라고 말하고 있다. 청의 심덕잠(沈德潛, 1673~1769)도 "시는 이理를 떠날 수 없지만, 그러나 귀중한 것은 이취理趣가 있는 것이지 이어理語에 얽매이는 것은 귀중한 것이 아니다(詩不能理語, 然貴有理趣, 不貴下理語)"(『청시별재집淸詩別裁集』)라고 정情을 근본으로 하는 순문학적인 입장에서 설명하고 있다. 이러한 주장들은 미감美感과 정경情景을 중시하는 데 치중하여 학문과 사상이 시속에 유입되는 것을 가로막고 있다. 그러나 선리가 시 속에 들어가 단순히 선리만을 논하는 것이 아니라, 선리를 통하여 시에 생동감을 주는 어떤 형상을 완성시킬 수 있다면, 그 시는 그것만이 가지는 나름대로의 가치를 가질 수 있는 좋은 시라고 할 수 있다. 황정견 자신이 시의 창작에 있어서 이전과는 다르게 학문의 중요성을 강조했기에 당시와는 다른 송시의 특징을 형성했고, 결과적으로 시에 적지 않은 선리를 운용했던 것이다. 이러한 시들은 비록 선리를 표현하고 있지만, 그러나 직접적으로 설교說教를 한다거나 설리說理에만 얽매이지 않고 생동적인 형상形象을 내포하여 좋은 시로 평가받는 면도 보인다. 예를 들어서 「심명각深明閣」 시를 보자.

象踏恆河徹底	코끼리는 갠지스 강을 철저히 밟아 건너가고
日行閻浮被冥	태양은 움직이며 세상의 어두움을 깨트리네
若問深明宗旨	만약 깊고 밝은 종지가 무엇이냐고 묻는다면
風花時度窓櫺	바람에 꽃잎이 창살 앞에 흩날릴 때이다

이 시는 완전히 순수하게 선리를 논한 작품으로 보인다. 만약 선종의 종지를 투철하게 밝힐 수 있다면 곳곳이 불성佛性이고 진여眞如라는 선리禪理를 설명하고 있다. 『법화경』에는 코끼리와 말, 토끼가 강을 건넘에 있어서 토끼와 말은 강의 바닥에 이르지 못하고 물 위에 떠서 건너고, 코끼리는 철저하게 강바닥을 딛고 반대편의 언덕에 도달한다고 기록하고 있다.[351] 이것은 보살의 깨우침이 코끼리같이 가장 철저하며, 그 다음으로 연각緣覺의 깨우침이 말과 같고, 성문聲聞의 깨우침이 토끼와 같이 가장 얕다는 것을 설명한 것이다.[352] 제1구에서는 『법화

351 『법화경현의法華經玄義』 卷8(大三三·七八一下): "세 동물이 강을 건너며, 같이 물에 들어간다. 세 동물은 (힘의) 강약이 있고, 강물에는 바닥과 강의 기슭이 있다. 토끼와 말은 힘이 미약해 비록 강을 건너 피안에 도착하지만, 물에 떠서 깊이가 없고, 또한 바닥에 이르지 못한다. 큰 코끼리는 힘이 강해 깊은 바닥과 강의 언덕에 모두 이른다(三獸渡河, 同入於水, 三獸有强弱, 河水有底岸, 兎馬力弱, 雖濟彼岸, 浮淺不深, 又不到底. 大象力强, 俱得底岸)."

352 『열반경涅槃經』에서도 다음과 같은 유사한 기록이 있다. "성문연각 및 대보살들이 부처님 전에 모여 부처님의 설법을 들었는데, 각기 그것을 증명함에 각각 깊고 얕음이 있었다. 예를 들어 코끼리와 말, 토끼가 강을 건넘에 있어 토끼는 물 위에 떠서 건너고 말은 반만 잠기어 건너고, 오직 코끼리만 철저히 물의 흐름을 막으면서 건넌다(聲聞緣覺及大菩薩在佛所, 聞佛說一味之法. 然其所證, 各有深淺. 譬象馬兎三獸渡河, 兎渡則浮, 馬渡及半, 唯大香象徹底截流)." 『佛光大辭典』, p.696

경』을 인용하여 참선을 하려면 반드시 보살과 같이 철저하고 투철히 행해야만 그 안의 요지를 깊이 체득할 수 있다는 선리를 설명하고 있다. 제2구의 '염부閻浮'는 범어로 '염부제閻浮提'라고도 칭하는데, 본래는 인도를 가리켰으나 현재는 인간세계를 지칭하는 말로 바뀌었다.[353] 여기에서는 철저히 참선을 행하면 스스로의 마음이 밝아지게 되어 마치 태양이 공중에서 움직이며 일체의 어두움을 깨트리는 것과 같다는 것이다. 선종禪宗에서 말하는 불성佛性은 주로 항상편재恆常遍在하고 있는 진심眞心을 가리킨다. 이 진심은 일체만물에 모두에 편재하고 있어 세상만물의 모든 개체가 모두 부처라고 말한다. 3, 4구에서 만약 심오하고 밝은 부처의 종지宗旨가 무엇이냐고 물으면, 일상적인 생활에서 볼 수 있는, 즉 바람에 의해 꽃잎이 자유자재하게 창살 앞으로 흩날릴 때가 바로 종지라는 것이다. 평상심平常心이 바로 도道의 경지인 것과 마찬가지다.

이 시는 심명각을 주제로 첫 구에서는 참선할 때의 심오한 깊이(深)를 비유하고, 이어서 2구에서는 깨친 이후의 밝음(明)을 비유하며, 마지막 구에서는 심명각 창살 앞에서 흩날리는 꽃을 가리키고 있다. 매 구절마다 선리를 설명하고 있지만, 동시에 심명각의 형상과 의미를 교묘하면서도 선명하게 묘사하고 있다. 고로 전종서錢鍾書 선생은 『담예록談藝錄』에서 "볼수록 교묘함이 생겨난다(以生見巧)"라며 매우 높이 평가하고 있다. 「괴안각에 제하다(題槐安閣)」 시를 보자.

참조.

353 『佛光大辭典』, p.6337.

曲閣深房古屋頭　누각의 깊숙한 방은 옛집 위에 있고
病僧枯幾過春秋　병든 승려는 얼마의 세월을 보냈는가
垣衣蛛網蒙窓牖　이끼와 거미줄이 가득한 창문
萬象縱横不系留　만물을 종횡해도 흔적이 없다네
白蟻戰酣千里血　개미굴 전쟁에 흘린 천리의 피
黃粱炊熟百年休　황량이 익으니 백년이 지나갔네
功成事遂人間事　공 세우고 일 이룸이 인간사이지만
欲夢槐安向此遊　이곳에 유람 와 괴안의 꿈 꾸고 싶네

이 시는 시인이 원풍元豊 4년(1081) 태화현太和縣의 임지로 부임할 때 건주虔州에 묵으면서 지은 작품이다. 이 시에는 서언序言이 있다. 진문進文 승려가 침실 동쪽에 하나의 작은 누각을 지었고, 황정견이 이 누각을 '괴안각槐安閣'이라고 명명해준 뒤에 이 작품을 지었다고 기록하고 있다. 시의 전 4구에서는 진문進文 승려가 누각에서 생활하는 환경과 그의 심리를 나타내고 있다. 오래된 건물 깊숙한 곳에 진문 승려가 거처하는 방이 위치하고 있다. 담장 위에는 이끼가 끼고 창문에는 거미줄로 가득 차 있다. 이곳에서 세월을 보낸 병든 승려는 외부와의 왕래가 거의 없었음을 나타내고 있다. 누각의 주인은 삼라만상을 자유로이 종횡하면서 얽매임 없고, 흔적을 남기지 않는 자유로운 수행의 삶을 살아왔음을 묘사하고 있다. 5, 6구에는 각각 당의 전기傳奇인 『남가태수전南柯太守傳』과 『침중기枕中記』의 고사를 인용하고 있다. 불교에서 강조하는 '일체의 모든 법은 바로 꿈, 환상, 거품과 같다'[354]는 선리의 경지이기도 하다. 인간 세상의 모든 명리名利와 일체의 부귀영화는 하나의 환상이나, 일장춘몽에 불과한 것이다. 마지막 연에서는 앞 연을 계승하여 인간 세상에서 명리를 다투는 것보다 차라리 이곳 괴안각槐安閣에 와서 인생이 꿈이라는 것을 깨닫고 여생을 보내고 싶다는 시인의 희망을 드러내고 있다.

이 시에는 두 가지의 의미를 내포하고 있다. 첫 번째는 승려 진문이 세속을 초월하여 얽매임이 없는 자유자재로운 담박淡泊한 생활을 누리고 있는 것에 대한 찬양이다. 두 번째로, 세속에서 추구하는 영화나 부귀에 대한 환상과 명리는 바로 뜬구름과 같은 것임을 강조하고 있다. 진문 승려가 지은 누각도 '일체의 모든 법은 바로 꿈, 환상'이라는 선리를 반영해 '괴안각'으로 명명했다는 것이다. 세속을 초월한 진문 승려의 삶을 반영하는 명칭이자, 세속의 관직을 벗어나 자유롭게 괴안각에서 삶을 보내고 싶다는 시인의 정서를 반영한 작품이다. 위의 시와 유사한 주제로 지은 「의첩도蟻蝶圖」를 살펴보자.

蝴蝶雙飛得意	나비가 짝을 이뤄 의기양양하게 날다가
偶然畢命網羅	우연히 거미줄에 걸려 목숨을 잃었다네
群蟻爭收墜翼	개미 무리들이 떨어진 날개를 다투며
策勛歸去南柯	공을 따지지만 모두가 남가일몽이라네

이 시의 창작연대에 대해 두 가지 주장이 있다. 하나는 소성紹聖 2년(1095)에 시인의 나이 51세에 검주黔州에 유배되었을 때 병풍의

354 『金剛經』: "一切有爲法, 如夢幻泡影, 如露亦如電, 應作如是觀."

그림을 보고 지었다는 것이다. 그림 위쪽에는 날아가던 나비가 거미줄에 걸려 있고 밑에는 한 무리의 개미들이 기어가고 있었는데, 시인은 이 그림을 보고 그 위에 쓴 제화시라는 주장이다. 다른 하나의 주장은 숭녕 원년崇寧元年(1102) 58세의 나이로 지은 작품으로 전하고 있다. 어느 시기에 창작했든지 간에 이 두 시기의 공통된 특징은 황정견의 불우한 인생역정과 깊은 상관관계를 가지고 있다. 즉 1095년은 시인이 검주에서의 3년 유배생활의 시작이었다. 1101년 7월에 스승이자 벗이었던 소식이 세상을 떠나고, 그해 12월에서야 비로소 그의 죽음을 알고 크게 상심한다. 벗인 진관도 유배생활을 하다가 사면되어 북으로 돌아오는 중, 1100년에 등주에서 세상을 떠났다. 진사도도 당쟁의 파고로 유배를 갔다가 나중에 태주교수棣州教授로 기용되었고, 부임도중에 비서성정자秘書省正字로 임명을 받는다. 하지만 부임 전인 건중정국 원년 12월 29일, 즉 1102년 초에 세상을 하직하였다. 그러므로 이 시기의 그의 시는 "여생에 대한 근심과 인생에서의 처량한 감개를 내포하고 있었다."[355]

이러한 "여생에 대한 근심과 처량한 감개" 등 객관적인 우리의 현실을 탈피하는 가장 좋은 방법은 바로 그것을 '여몽如夢'이나 '여환如幻'으로 보는 것이다. 시인은 위의 「괴안각에 제하다(題槐安閣)」 시와 마찬가지로 이 시에서도 『남가태수전南柯太守傳』을 인용하여 '인생여몽人生如夢'의 허무함을 강조하고 있다. 한 쌍의 나비처럼 득의양양하게 날아다니다 우연히 거미줄에 걸려 몸이 구속되고, 결국에는 땅에 떨어져 개미에

355 『황정견평전』, 앞의 책, p.88.

게 끌려가는 인생이 될 수 있다는 것이다. 재미있는 것은 개미들도 나비의 날개를 가지고 다투면서 논공행상을 행하지만, 이 또한 남가일몽의 한바탕 꿈에 불과하다는 것이다. 나비와 개미의 비유를 통하여 세상만사가 모두 실상實相이 아니라 꿈과 같이 아무런 흔적도 남기지 않음을 강조하고 있다. 선종에서 말하는 '상성常性'이 없는 '무상無常'의 선리를 설명하고 있다.[356] 좌천과 폄적으로 점철된 벼슬길에 있어서의 시인 좌절, 인생에서의 혈육 간의 이별 등이 노쇠해가는 그로 하여금 공명과 부귀에 대한 관념을 점점 엷게 하였고, 시를 통해 '인생여몽人生如夢'의 선리禪理를 노래하였다.

4) 선취시禪趣詩

소위 말하는 "선취시"란, 비록 선어禪語는 없으나 선의禪意와 선취禪趣가 풍부하고, 또한 풍부한 선리禪理가 있으나 그러한 흔적이 없는 시를 일컫는 것이다. 이러한 작품들은 "말은 다했으나 그 의미가 무궁무진한(言有盡而意無窮)"[357] 경계와 비슷한데, 역대의 평론가들은 이러한 시를 높이 평가하고 있다. 예를 들면 엄우는 "시에는 별취別趣가 있어 이理에 간혀서는 안 된다(詩有別趣, 非關理也)."[358] 심덕잠도 "시의 귀중

---

356 이 작품을 도가의 청정무욕 사상을 내포한 작품이라고 규정한 주장도 있다. 사실 도가의 청정무욕淸淨無慾과 불가의 고요하고 청정한 마음(安閑平靜)과 맑고도 담박한 마음(淸虛澹泊)은 서로 상통한다. 특히 당대 이후 유·불·도의 사상적 합류는 더욱 그 경계를 모호하게 만들어 어느 한쪽의 사상으로만 판단하는 것은 의미가 없다. 황정견이 검주黔州로 유배된 이후 더욱 불교와 선종에 경도되었음을 볼 때 이 시를 선리를 선양한 시라고 보아도 무방하다.

357 嚴羽, 『滄浪詩話·詩辯』.

함은 선리선취에 있는 것이지 선어에 귀중함이 있는 것은 아니다(詩貴有禪理禪趣, 不貴有禪語)."[359] 또한 왕어양王漁洋도 "언어 속에 언어가 있는 것을 사구라 이르고, 언어 속에 언어가 없는 것을 활구라고 일컫는다(語中有語, 名爲死句; 語中無語, 名爲活句)."(『居易錄』) 여기에서의 "언어 속에 언어가 없는 것"이란 바로 "운치 밖의 운치(味外有味)"를 가리키는 것이다. 그러므로 선취시의 내용은 대부분 사람의 정감과 사물의 본성에 대한 체득으로부터 나오는 것으로 시인의 성숙되고 깨달음의 힘을 내포하고 있어, 시들은 불교적인 언어는 없으나 그러나 선취가 무궁무진하다고 할 수 있다. 「지구에서 비바람을 만나 삼일을 머무르다(池口風雨留三日)」 시를 보자.

孤城三日風吹雨	외로운 성에 삼 일 동안 비바람 몰아치고
小市人家自菜蔬	작은 도시 사람들 채소로 생활하네
水遠山長雙屬玉	산과 물 이어지는 곳 한 쌍의 물새 같고
身閑心苦一舂鋤	몸은 한가하나 마음 아픈 한 마리의 백로
翁從旁舍來收網	늙은 어부 옆집에서 나와 그물을 거두고
我適臨淵不羨魚	물가에 있는 나는 고기를 탐하지 않네
俯仰之間已陳跡	눈 깜짝할 사이에 이미 옛일이 되었으니
暮窓歸了讀殘書	돌아가 저녁 창 아래서 독서하고 싶다네

이 시는 시인이 매우 담담한 필치로 마치 일상생활에 대한 느낌을

358 앞의 책.

359 「虞山釋律然息影齋詩鈔序」

서술하고 있는 것 같지만, 사실 작품 내면에는 무궁무진한 함의가 내포되어 있다.[360] 황정견이 처음 벼슬길로 들어선 뒤 북경 국자감교수를 역임하다 1079년 오대시안烏臺詩案 발생 후 36세에 태화太和로 좌천되었다. 이 시는 바로 태화로 부임하던 도중에 비바람으로 인하여 안휘성安徽省 지구池口에서 3일을 머물면서 느낀 소회를 서술한 것이다. 고립된 외로운 성이 비바람에 휩싸이고 사람의 행렬이 거의 보이지 않는 길거리, 이 작은 도시 사람들은 겨우 채소로 연명을 하고 있음을 첫째 연에서 서술하고 있다. 둘째 연에서는 성 밖의 풍경을 묘사하고 있다. 커다란 강물이 흘러가는 먼 곳에는 큰 산이 끝없이 이어지고 있다. 산의 모습이 마치 한 쌍의 물새 모양과 같다. 그곳에 있는 한 마리의 백로를 통하여 몸은 한가하나 마음은 괴로운 자신의 마음을 숨기지 않고 있다. 여기의 '고통(苦)'은 바로 오대시안烏臺詩案 이후 소식蘇軾의 유배와 이로 인한 불안감, 태화로 좌천된 본인의 복잡한 감정을 내포하고 있다. 후 4구는 주로 시인의 서정을 나타내고 있다. 『회남자淮南子·설림훈說林訓』에 보면 "물가에서 고기를 부러워하기보다는 차라리 집으로 돌아가 그물을 짜는 것이 낫다(臨河而羨魚, 不如歸家織網)"고 기록하고 있다. 『한서漢書·동중서전董仲舒傳』에도 "물가에서 고기를 탐하기보다는 차라리 물러나서 망을 짜는 편이 낫다(臨淵羨魚, 不如退而結網)"고 말하고 있다. 모두 입세를 향한 개인의 욕망을 적극적으로 나타내고

---

360 이 시에서도 도가의 청정무욕을 나타낸 시로 판단하는 주장도 있다. 그러나 시에서 나타내고 있는 작가의 마음은 바로 모든 것을 놓아두고 일상생활로 돌아가고 싶다고 하는 것을 볼 때 바로 선종의 '방하착放下著'과 '평상심'을 강조한다고 해도 무방하다.

있다. 황정견은 이러한 전고를 번안飜案하고 있다. 노인이 그물을 거두는 모습을 보면서, 자신은 비록 물가에 임해 있으나 물고기를 탐하는 마음이 없음을 강조하고 있다. 스스로 영달을 추구하지 않고 벼슬길에서의 욕심과 집착을 끊어버린 담담한 심경을 나타내고 있다.

이런 경지를 잘 설명해주는 선종의 공안이 있다. 어느 날 수행을 행하던 엄존자嚴尊者가 조주 화상(趙州和尙, 778~897)에게 물었다. "일체의 모든 것을 포기하여 두 손에는 아무것도 없는데 어떻게 하면 좋겠습니까?" 조주 화상이 답하였다. "모든 것을 놓아버려라(放下著)!" 이에 엄존자가 다시 물었다. "당신은 나에게 모든 것을 포기하라고 했습니다. 지금 나의 두 손에는 아무것도 없는데, 또 다시 무엇을 포기하란 말 입니까?" 조주 화상이 다시 대답하였다. "그러면 모든 것을 다시 짊어져 보아라!" 이 말은 바로 '방하착'했다는 마음을 더욱 철두철미하게 포기하라는 설명이다. 즉 '모든 것을 놓아버리고(방하착), 가지고 있지 않다는 마음(단서)조차도 포기하라는 것이다.' 여기에서 시인이 '물가에서 고기를 탐하지 않는다.'고 하는 것은 공명과 명리 등 세속의 모든 욕망을 떨쳐버린 선종의 경계와 일맥상통하고 있다. 마지막 연에서는 왕희지의 「난정집서蘭亭集序」를 인용하여 세상사의 무상함을 강조한다. 세상사가 무상하다면 세상의 욕망과 집착에서 벗어나, 저녁에 집으로 돌아가 창문 아래서 평상심으로 독서하는 것이 최고라고 말하고 있다. 이것은 선가禪家에서 말하는 평상심인 것이다. 모든 것을 떨쳐버리고 놓아버린 방하착放下著의 평상심으로 돌아가자는 의미이다.[361] 여기에는 어떠한 불교 언어가 명확히 돌출되지 않았어도 얽매임을 벗어난 탈속적인 선종의 사상경계를 명확하게 나타내고 있어 풍부한 선취를 내포하고 있다. 시인의 나이 7세에 창작하였다는 「목동牧童」 시를 보자.

騎牛遠遠過前村　소를 타고 천천히 마을 앞 지나가니
吹笛風斜隔壟聞　피리소리 바람 따라 언덕 너머 들려오네
多少長安名利客　장안에서 명리를 추구하는 많은 사람들
機關用盡不如君　온갖 짓 다해도 그대만 못하네

옛날부터 적지 않은 문인들은 목동을 소재로 하는 시가 창작을 좋아하였다. 대부분의 내용들은 목동의 한가롭고 여유로움, 대자연과 함께 소요하며 속박되지 않은 생활정취를 묘사한 것이다. 황정견은 여기에서 한 걸음 더 나아가 "장안에서 명리를 추구하는 많은 사람들"과 대비시켜, 세상과 다툼이 없고 세속을 초월한 수연자적하는 목동의 생활을 농후한 선취를 통해서 묘사하고 있다. 특히, 저녁 무렵 석양이 기울 때 소를 탄 목동은 천천히 마을 앞을 지나간다. 목동의 피리소리는

361 평상심시도平常心是道가 무엇인지, 마조馬祖의 어록을 통해서 살펴보면 다음과 같다. "도는 닦을 필요가 없다, 단지 오염되지 않게 해야 한다. 무엇을 오염이라 하는가? 생사의 마음이 있으면 작위적으로 향하는 경향이 있는데, 이것이 모두 오염인 것이다. 만약 직접적으로 그 도를 만나려 한다면, 평상심이 바로 도이다. 무엇이 평상심인가? 인위적인 작위가 없고, 시비가 없고, 취하고 버림도 없으며, 끊어짐과 이어짐도 없고, 범인과 성인도 없는 것이다. (중략) 지금과 같이 가거나 멈추고, 눕고 앉는 것을 행하면 반드시 만물을 접하게 되니, 이것이 도인 것이다(道佛用修, 但莫汚染. 何爲汚染? 但有生死心, 造作趣向, 皆是汚染. 若欲直會其道, 平常心是道. 何謂平常心? 無造作, 無是非, 無取捨, 無斷常, 無凡無聖. (中略) 只如今行往坐臥, 應機接物, 盡是道)."(『景德傳燈錄』 卷10)

바람 따라 저 멀리서 은은히 들려온다. 속세의 온갖 풍상을 벗어난 듯, 자유자재하게 걸림이 없는 목동은, 오직 명리를 좇아가며 세속의 울타리 속에서 아옹다옹 생활하는 장안의 객들과 명확한 대비를 이루고 있다. 선종에서는 자연의 섭리를 따르며, 수연자적하는 걸림이 없는 수행과 마음이 있으면 비로소 본심이 청정한 경지에 이를 수가 있다는 것이다. 세속의 공명과 명리를 추구하는 것이 곧 바로 청정한 본심을 가로막는 업장이다. 그러므로 장안에서 세속의 명리를 추구하는 많은 객들이 비록 수단과 방법을 가리지 않고 동원하더라도, 자연스럽게 대자연과 함께 호흡하는 목동의 정취와 즐거움을 따라갈 수 없다. 목동이 처한 유유자적하는 환경과 삶, 세속의 명리와 다툼을 벗어나 적정寂靜한 대자연과 더불어 소요하는 것은 선종의 정취와 일맥상통하는 것이다. 「악주의 남루에서 일을 적다(鄂州南樓書事)」(其一)를 보자.

四顧山光接水光　　사방을 바라보니 산의 경치 물에 접하고
憑欄十里芰荷香　　난간에 기대니 십리에서 연꽃 향기 전해오네
淸風明月無人管　　맑은 바람과 밝은 달은 상관하는 이가 없고
幷作南風一味涼　　남풍까지 아울러 청량함을 만든다네

이 시는 작가의 나이 59세 악주鄂州에 유배되었을 때 지은 말년의 작품이다. 앞의 두 구절은 남루에서 바라본 사방의 풍경을 묘사하고 있다. 남루의 난간에 기대어 사방을 바라보니 산색과 강물이 서로 접해 있다. 난간에 기대니 저 멀리서 연꽃 향기가 전해온다. 시각과 촉각의 감각을 적절하게 혼용하여 한 폭의 그림 같은 풍경을 묘사하고

있다. 제3구에서 시인의 광달함이 대자연 속에서 소요하고 있다. "강 위의 맑은 바람과 산 위의 밝은 달을 상관하는 사람이 없다."는 것은 바로 아무런 구애도 받지 않고 마음대로 취하고 감상할 수 있다는 뜻이다. 만물과 나 자신이 일체가 되고, 천지와 내가 서로 함께 하는 물아일체의 정신 경계를 말하고 있다. 이것은 소식蘇軾「전적벽부前赤壁賦」의 "그것을 취함에 금함이 없고, 그것을 사용함에 끝이 없다."[362]는 말과 일맥상통하고 있다. 마지막 구에서 앞 3구에서 이야기한 산의 풍광, 물빛과 십리 밖의 연꽃 향기, 청풍명월과 남풍을 모두 아우르니 일종의 청량함을 준다고 말하고 있다. 이러한 "량凉"이 주는 감각은 단순한 형식적인 청량함이 아니다. 여기에는 불도사상을 함축하고 있는 의미심장한 단어이다. 즉 선종에서는 온갖 잡념을 버리고 모든 번뇌가 없는 경지에 이름을 칭하여 '청량淸凉'이라고 한다. 『대집경大集經』에 이르기를 "삼매가 있으매 청량이라고 이르는데, 애증을 끊어 버릴 수 있기 때문이다(有三昧, 名曰淸凉, 能斷離憎愛故)"[363] 『화엄경華嚴經·이세간품離世間品』에서도 "보살은 청량한 달로 하늘 끝으로 유람한다(菩薩淸凉月, 遊於畢竟空)"[364] 육조혜능이 말한 "애증이 생기지 않고, 머무름을 취함도(취함과 버림도) 없으며, 어떠한 이익이나 성공과 실패의 일도 생각하지 않고 편안하고 고요하며 한적하고 비어 있고 화합하며 고요한 경지에 이르는 것"[365]이 바로 청량계淸凉界인 것이다. 이 시에서

---

362 「前赤壁賦」: "惟江上之淸風, 與山間之明月, 耳得之而爲聲, 目遇之而成色, 取之無禁, 用之不竭, 是造物者之無盡藏也." 『蘇軾文集』 권1, (北京)中華書局, p.5.

363 『大方等大集經』 卷16, CBETA T13, No.0397, p.113, a18.

364 『大方廣佛華嚴經·離世間品』 卷43, CBETA T09, No.0278, p.669, c10.

의 "청풍명월" 등 모든 자연물상을 합하여 하나의 청량한 맛으로 만든다는 것은 시인이 바라본 세계가 마치 청정하면서 세속을 초월하였다는 의미를 내포하고 있다. 시인의 마음이 어디에도 얽매여 있지 않은 청량한 경지에 이르렀음을 강조한 것이다.

5. 황정견 선시禪詩의 주제

1) 자성청정自性淸淨

선종에서는 특히 남종선에서는 심성론을 매우 중시한다. 홍주선의 핵심사상도 심성론과 깊은 관계가 있는 여래장사상[366]과 공사상이다. 그러므로 『육조단경』에서는 '자성'에 대해 다음과 같이 정의하고 있다. 자성은 본래 청정한 것이고, 생멸이 없는 것, 완전한 것이며, 흔들림이 없는 것, 만물을 창조해내는 것[367]이라는 설명이다. 선종에서는 모든 사람은 본래 불성을 갖추고 있다고 주장하고 있다. 사람 모두가 불성을

---

365 『六祖壇經·附屬品』: "不生憎愛, 亦無取捨, 不念利益, 成壞等事, 安閑恬靜, 虛融澹泊."

366 모든 중생은 불성을 가지고 있으며, 그것은 원래 청정무구하다는 것이 '여래장사상'이다. 다시 말해서 모든 중생은 부처님과 같은 본성을 갖고 있으므로 해탈과 열반도 가능하다는 것이 바로 여래장사상이다.

367 『六祖壇經·行由品』: "자성이 본래 스스로 청정한 것임을 어찌 생각이나 했겠습니까? 자성이 본래 스스로 생멸이 없는 것임을 어찌 생각이나 했겠습니까? 자성이 본래 스스로 완전하게 갖추어져 있는 것임을 어찌 생각이나 했겠습니까? 자성이 본래 스스로 흔들림이 없는 것임을 어찌 생각이나 했겠습니까? 자성이 세상 모든 현상을 창조해 내는 것임을 어찌 생각이나 했겠습니까?(何期自性, 本自淸淨? 何期自性, 本不生滅? 何期自性, 本自具足? 何期自性, 本無動搖? 何期自性, 能生萬法?)"

가지고 있기에 본성은 원래 맑고 깨끗하다는 것이다. 육조혜능은 "세상 사람의 본성은 맑기가 마치 푸른 하늘과 같다(世人性淨, 猶如青天)", 하지만 "망념의 뜬구름에 덮여 있기에, 자성이 밝지 못한 것이다(妄念浮雲蓋覆, 自性不能明)"라고 주장하고 있다. 또한 "세상 사람의 본성은 원래 맑으며, 만법이 자성에 있다(世人性本自淨, 萬法在自性)"고 하였으니, 사람들이 번뇌와 미혹, 오염으로 가려진 본성을 찾아낸다면 깨우침에 이를 수 있다는 것이다. 그러므로 "자성은 본래의 깨달음(自性本覺)"이기에 중생들에게 "스스로 본심을 인식하여, 스스로 본성을 볼 수 있다(自識本心, 自見本性)"는 경계에 도달하기를 요구한다. 또한 "부처는 본성 속에서 작용하는 것인데, 몸 밖에서 구해서는 아니 된다(佛是性中作, 莫向身外求)"라고 주장하며, "자성을 깨우치면 바로 이것이 부처(自性覺, 卽是佛)"로 중생과 부처의 차이는 바로 "깨우치지 못함"과 "깨우침"의 차이라는 것이다.

선종에서 말하는 "명심견성明心見性"이란 스스로의 마음속에 있는 불성을 찾아내면 바로 부처가 된다는 주장이다. 이렇게 자성청정自性清淨에서 출발한 혜능慧能의 이론은 마조도일馬祖道一에 이르러 더욱더 전통적인 참선을 통한 수행을 백안시하고, 성불의 근본은 바로 자심自心에 있음을 주장하고 있다. 스스로의 마음이 바로 불성이기에 자성의 청정함을 더욱 강조한다. 수행과 고행을 통한 성불로의 접근방식을 부정하고 오로지 마음속에서 자신의 불성을 인식하고 찾아내기를 주장하였던 것이다. 마조의 2대제자인 황벽희운黃蘗希運도 『전심법요傳心法要』에서 "이 마음이 바로 부처이다(卽心卽佛)", "이 마음은 맑고 청정한데, 마치 빈 허공에 한 점의 상이나 모양이 없는 것 같다"[368] 하여 모든 중생이 청정심을 가지고 있음을 긍정하고 있다.

이러한 주장은 수행의 방법을 중시하는 북종선北宗禪과는 달리, 번잡하고 어려운 수행을 그다지 중시하지 않았기에 당시 외유내불外儒內佛의 습성을 가진 많은 사대부들로부터 적극적인 환영을 받았다. 당연히 수많은 문인들 사이에 광범위하게 유행하였고, 동시에 중국 선종의 맥을 지속적으로 이어가는 데 적지 않은 공헌을 하였다.

황정견 역시 혜능의 남종선南宗禪, 선종의 자성본체론自性本體論 사상이 활짝 꽃을 피운 강서江西 지방에서 태어나 성장하였으며, 순탄치 못한 관직생활과 붕당으로 인한 당쟁 속에서 홍주선洪州禪의 사상을 적극 활용한다. 황정견의 시에는 '바깥에서 깨우침을 구하지 않고, 자성청정自性清淨을 주제로 한, 자심自心의 깨우침을 강조하는' 작품을 적지 않게 남기고 있다.

황정견의 나이 50세인 철종哲宗 소성紹聖 원년(1094)에 고태후高太后가 세상을 떠나고 철종이 친정을 시작하면서 다시 신당이 득세한다. 소식蘇軾은 영남嶺南의 영주英州로 유배되고, 황정견도 검주黔州에 안치安置하라는 명을 받았다. 이후 두 사람은 다시 만날 수 없었다. 당시 시인은 사원에 머물면서 「적주각寂住閣」을 지어 인생무상을 노래하였고, 「심명각深明閣」을 지어 평상심시도平常心是道라는 홍주선의 사상을 강조한다. 또한 「대운창의 달관대에 제하다(題大云倉達觀臺)」에서도 '청정법신'의 선리禪理를 선양하고 있다. 당시 황정견과 선종과

368 "此心明淨, 猶如虛空無一點相貌." 袁賓編著, 『中國禪宗語錄大觀』, 百花洲文藝出版社, p.135.

의 깊은 관계를 유추해볼 수 있다. 이때부터 철종哲宗 원부元符 원년(1098)까지 4년 동안 검주黔州에 머물다가, 동년 3월 융주戎州에 안치安置되었다. 이때에도 역시 「의첩도蟻蝶圖」를 지어 인생무상과 덧없음을 노래했으며, 다음 해인 원부元符 2년(1099) 시인의 나이 55세에 융주戎州에서 황빈노黃斌老와 자주 시를 창화唱和했는데, 아래의 시가 이 시기에 지은 것이다. 「또한 황빈노의 병이 완쾌되고 고민을 해소함에 답하다(又答斌老病愈遣悶)」(其一)이다.

百痾從中來	모든 병은 마음에서 오니
悟罷本誰病	깨달으면 무슨 병이 있겠는가?
西風將小雨	서풍 사이로 이슬비 날아드니
涼入居士徑	청량함이 거사에게 밀려온다
苦竹繞蓮塘	푸른 대나무 연못을 둘러싸고
自悅魚鳥性	물고기와 새 본성에 희열한다
紅粧倚翠蓋	연꽃은 푸른 잎에 기대어 있고
不點禪心淨	선심은 맑아서 물들지 않는다

『육조단경』에서 다음과 같이 말하고 있다. "보살계경에서 '나의 본래 근원인 자성이 청정하다.'라고 하였으니, 만약 마음을 깨달아 자심을 얻고, 본성이 명백해진다면 스스로 성불을 이룰 수 있다. 마치 『유마경』에서 말하는 것처럼 당장 활연히 본래의 마음을 도로 찾아야 한다." (『육조단경·돈교설법』) 자성이 청정하니, 모두가 청정하다. 마음에 병이 있으니, 병이 오는 것이다. 첫 연에서 『유마힐경』을 인용하여

모든 병은 마음에서 오는 것으로, 깨달음에 이르면 어떠한 병도 모두 사라진다고 말하고 있다.[369] 다시 주위의 환경에 대한 묘사로 이어진다. 서풍 사이로 날아드는 이슬비가 청량함을 더해주고 있다. 셋째 연에서는 청정한 본성을 지닌 연못 속의 연꽃, 그리고 그 주위를 둘러싼 푸른 대나무를 묘사하고 있다. 어디에도 얽매임이 없이 자유자재로 노닐고 있는 물고기와 새들의 청정淸淨한 본성本性, 그러기에 자신들도 스스로 희열을 숨기지 않는다. 선종에서는 진여불성眞如佛性이라 하여, 세상의 만물 모두에 불성이 있다고 주장하고 있다. 시인도 연꽃과 대나무, 물고기와 새들 모두가 불성을 가지고 있다는 것을 전제로 하며, 그들의 자성自性이 청정함을 암시적으로 설명하고 있다. 마지막 연에서도 『유마힐경』을 인용하여 진여불성眞如佛性을 깨우친 선심禪心이 청명하기에 어떠한 상황에서도 오염되지 않고(不點禪心淨)[370], 오히려 선의 희열을 느끼고 있다. 시인이 친구인 황빈로黃斌老에 대한 위문을 통하여, 자성이 청정함을 알면 모든 미혹에서 벗어날 수 있음을 강조하고 있다. 「호일로의 치허암에 제하다(題胡逸老致虛庵)」 시를 보자.

藏書萬卷可教子　　장서 만 권은 후손을 가르칠 수 있으나
遺金滿籯常作災　　바구니에 가득한 황금은 재앙을 만든다

---

369 『維摩詰經·問疾品』에 보면 "일체중생이 병이 있기에 나도 병이 생기며, 일체중생이 병이 없으면 나의 병도 없다. 병이 생기는 원인은 바로 마음속의 무명에서 비롯된다."라고 기록하고 있다. 陳慧劍譯註, 『維摩詰經』, (臺灣)東大圖書公司, p.194.

370 『維摩詰經·觀衆生品』, 앞의 책, p.243.

能與貧人共年穀　빈한한 사람과 함께 수확을 향유한다면
必有明月生蚌胎　반드시 조개 속에 진주가 생기리라
山隨宴座畵圖出　참선하는 곳에 산은 그림으로 나타나고
水作夜窗風雨來　밤 창 너머 물소리 비바람으로 들려온다
觀山觀水皆得妙　산과 물을 본 후에 오묘함을 얻으니
要將何物汚靈臺?　어떠한 사물이 마음을 더럽히겠는가?

이 시는 시인의 나이 58세인 휘종徽宗 숭녕崇寧 원년(1102)에 지은 시이다.[371] 초야에 은거하는 호일로胡逸老가 거주하는 치허암致虛庵을 읊은 것이다. 앞의 두 연에서 금전을 경시하고 장서를 중시하며 가난한 사람을 도와주는 호일로의 인품을 찬양하고 있다. 제5구의 '안좌宴坐'는 선종의 '좌선'이나 '정좌靜坐'를 말한다.[372] 대낮에 치허암에서 청산을 마주하며 참선을 행하면 눈앞에는 한 폭의 그림이 나타난다. 밤에 참선을 행하면 계곡의 물소리가 마치 비바람소리처럼 창 밖에서 전해진다는 것이다. 이렇게 고요한 산과 맑은 물이 있는 곳에서 참선하며 한적하고도 담박함을 즐기는 호일로의 생활정취를 묘사하고 있다. '영대靈臺'란 선종에서는 '본심', 즉 '청정한 불성'을 말한다.[373] 고로 과욕

---

371 鄭永曉著, 『黃庭堅年譜新編』, 社會科學文獻出版社, 1997, p.381.

372 『維摩詰經·弟子品』 "마음이 안에도 머무르지 않고, 또한 밖에도 있지 않으면 이것이 연좌이다(心不住內, 亦不在外, 是爲宴坐)." 陳慧劍譯註, 『維摩詰經今譯』, (臺灣)東大圖書公司, p.103.

373 우리에게 익숙한 육조혜능의 오도송悟道頌에 '대臺'가 나온다. "보리는 본래 나무가 아니요, 명경도 본래는 대가 아니다. 본래 하나의 물건도 없는데 어디에 털을 먼지가 있는가(菩提本非樹, 明鏡亦非臺. 本來無一物, 何處惹塵埃)." 즉 '대'는

寡慾한 청심淸心으로 산과 물을 바라보니 오묘함이 마음에 가득 차 마음이 청정하고 오염됨이 없다는 것이다. 표면적으로는 호일로의 생활 모습, 즉 그윽한 자연환경 속에 살면서 청정한 본성을 깨달아 세속의 부귀와 공명을 초월하고 있음을 말하고 있다. 실질적으로는 시인 자신이 추구하는 세속의 모든 번뇌를 초월하는 청정한 자성을 견지하고 있음을 말한다. 같은 해에 지은 「대운창의 달관대에 제하다(題大雲倉達觀台)」(其一) 시도 자성청정自性淸淨의 사상을 주제로 하고 있다.

戴郎臺上鏡面平	대랑대 위쪽은 거울처럼 평평하며
達人大觀因我名	달인의 대관대는 나에 의해 명명되네
何時燕爵賀新屋	제비와 참새 언제 새집 축하하고
喚取竹枝歌月明	죽지가로써 밝은 달을 부르는가?

'대운창大雲倉'이란 종양진樅陽鎭을 가리킨다. '대랑대戴郎臺'라는 기록은 없고, 민간의 명칭을 그대로 사용한 것으로 보이며, 달관대는 종양진의 동영리사東永利寺에 있다고 기록하고 있다.[374] 다시 말해 영리사永利寺의 동편에 있는 높은 누대가 달관대라는 것이다. 황산곡이

마음을 가리키고 있다. 「南岳懶瓚和尙歌」에 보면, "오묘한 본성과 청정한 본심, 언제 물든 적이 있었던가? 마음은 아무것도 없는 마음이요, 얼굴은 어머니가 낳으신 얼굴이다(妙性及靈臺, 何曾受熏煉. 心是無事心, 面是娘生面)."(『景德傳燈錄』 卷13)

374 『黃庭堅詩集注』, (北京)中華書局, 2003, p.1385.

쓴 석각의 발문을 보면, 달관대 위에 대기지戴器之가 건물을 건축하였다고 기록하고 있다. 달관대에 오른 시인이 시를 통해서 자신의 정감을 묘사하고 있다. 선종에서는 자신의 청정한 자성을 자주 해와 달에 비유한다. 일체의 법은 자성에 있으니, 청정법신이라고 일컫는다. "밝은 달을 부르는가?"라는 말은 "청정한 법신을 찾는다."는 비유의 의미로 봐도 무방하다. 선가에서는 사람의 자성은 본래 청정하고, 자심自心이 바로 부처이다. 그러므로 망념을 제거하고 내심에서 청정함을 자연스럽게 추구한다면, 어느 순간 공명空明하고 청정한 선정禪定에 도달하여 불성을 찾을 수 있다는 것이다.

2) 인생여몽人生如夢

불교의 핵심적인 교의教義와 이론의 기초는 연기론緣起論으로, 불교의 기본적인 세계관이다. 연기론이란 바로 세상에 존재하는 만사와 만물(인생도 포함)은 모두 인연(조건)의 화합, 즉 "인연이 화합하여 생겨나고, 인연이 흩어지면 바로 사라지는 것(緣合卽起, 緣散卽離)"이며, 독립적으로 존재하는 실체나 주재자가 없다[375]는 것이다. 다시 말해서 세상의 모든 사물은 모두 무자성(無自性, 독립된 자성이 없음)이며, 부진실不眞實한 것으로 모두 인연에 의하여 일어난 가상假象이며 환영이라는 것이다.

이러한 이론적인 바탕 아래 불교와 선종에서는 인생을 자주 꿈,

375 불교는 본래 婆羅門教를 반대하는 과정 중에서 성립되었다. 바라문교는 梵天 등의 절대신을 신봉하였고, 불교는 創世主를 부정하고 절대적인 인격을 가진 신의 존재를 부정하였다. 고로 불교가 바라문교의 창세설을 부정하는 제일 역량 있는 사상적 도구가 바로 緣起論인 것이다.

환상 등에 비유하고 있다. 왜냐하면 만약 인생에 있어서 사람들이 외계와 자아에 집착하지 않고 모두 일종의 가상으로 본다면, 바로 탐욕을 추구하지 않게 된다. 당연히 생로병사의 고통도 생기지 않아, 번뇌를 멸하고 해탈의 경지에 이를 수 있다. 그러므로 『금강경』에서는 일체의 모든 법은 바로 꿈, 환상, 거품과 같다고 강조하고 있는데,[376] 이것은 바로 인생이 '여몽如夢'이라는 것을 설명하는 것이다. 이러한 『금강경』을 선종에서는 매우 중시하고 있다. 오조홍인五祖弘忍이 『금강경』으로 제자들을 거두어들였고, 육조혜능도 『금강경』을 통하여 도를 깨우친 것으로 보아[377] 알 수 있다. 선종의 어록에서도 '몽환공화夢幻空花'라는 어휘를 자주 사용하고 있는데, "꿈속의 환상이요, 공중의 꽃 그림자"라는 의미다. 일체의 모든 사물이 허환부실(虛幻不實, 비어 있고 존재하지 않는 것)한 가상假象이라는 뜻이다.

황정견의 작품을 살펴보면, 벼슬길로 나가기 이전부터 부귀공명에 대한 일종의 회의감을 표현하고 있다. 전형적인 사례가 7세에 창작하였다는 「목동牧童」 시이다. "소를 타고 마을 앞을 지나가니, 피리소리 바람 따라 언덕 너머 들려오네. 장안에서 명리를 추구하는 사람들, 온갖 짓 다해도 그대만 못하네(騎牛遠遠過前村, 吹笛風斜隔壟聞. 多少長安名利客, 機關用盡不如君.)"라며, 유유자적하는 목동의 생활과 장안에

---

376 『金剛經』: "一切有爲法, 如夢幻泡影, 如露亦如電, 應作如是觀." 『佛光大辭典』, (臺灣)佛光出版社, p.5776.

377 『六祖大師法寶壇經·行由』: "(慧能)出門外, 見一客誦經, 慧能一聞經語, 心卽開悟, 遂問客誦何經, 客曰『金剛經』 …… 祖(弘忍)以袈裟遮圍不令人見, 爲說『金剛經』, 至'應無所住而生其心', 慧能言下大悟'一切萬法不離自性.'" 『六祖壇經註釋』, 東方佛教學院編注, (臺灣)佛光出版社, pp.7~31.

서 명리를 추구하는 사람들과의 대비를 통해서 세속의 명리만을 좇는 명리객에 대해 비판하고 있다. 세속의 공명과 명리를 추구하는 자들이 비록 수단과 방법을 가리지 않더라도, 대자연과 함께 호흡하는 목동의 정취와 즐거움을 따라갈 수 없다는 것이다. 세상과 다툼이 없고 세속의 명리에 담박한 어린 시인의 마음이 함축된 시이다. 이외 황정견의 시에는 자주 "세속의 번뇌를 초월하여 산림에 은거하며 자연산수와 하나가 된 경지를 노래하거나"[378] 일찍부터 불교와 도가사상의 영향으로 인생의 허무함과 유한함을 노래하는 등, 그는 출세의 인생철학을 주된 사상으로 삼아 자주 인생여몽人生如夢을 노래하였다.[379]

시인의 나이 16세인 가우嘉祐 5년(1060)에도 인생의 허무함을 느끼고 "세상에서 숭상하는 명예와 절조는 흩날림이 마치 불나방 같다(在世崇名節, 飄如赴燭蛾)"는 인생의 감개를 나타내고 있다. 치평治平 1년(1064), 시인의 나이 20세 때 경사京師에서 예부시禮部試에 참가하여 낙방한다. 다음해 고향으로 돌아와 다시 학업에 정진하면서, 고향 부근의 선사禪師들과 자주 교유를 하였다. 당시에 지은 『십구 숙부 대원에 차운하다(次韻十九叔父臺源)』의 시를 보자.

人曾夢蟻穴　　인생은 개미굴 속의 꿈이고

---

378 黃寶華著, 『黃庭堅評傳』, 南京大學出版社, p.6.

379 물론 '人生如夢'의 표시는 불교와 선종의 전유물은 아니다. 장자도 「제물론」에서 호접몽胡蝶夢을 통하여 나와 만물을 잊어버린 여몽如夢의 경지를 나타내고 있다. 다만 위진남북조 이래, 특히 당에서부터 나타나는 불교와 도교사상의 융합으로 하나의 시가에서도 두 사상이 동시에 표현한 경우도 있다. 여기에서는 불교나 선종과 관련지어 노래한 작품을 선별하여 분석한다.

鶴亦怕鷄籠　　학도 닭장을 두려워하네
萬壑秋聲別　　온 골짜기 가을소리 떠나가고
千江月體同　　천 강의 달은 본래 같은 몸이네

앞에서 언급한 바와 같이 불교선종의 입장에서 보면, 세상만물은 실질적으로 존재하는 것이 아니다. 눈에 보이는 사물은 인연에 의하여 순간적으로 존재하는 것일 뿐, 우리의 인생도 꿈과 같은 것이다. 골짜기의 아름다운 가을의 형상도 순식간에 사라진다. 세상만물은 모두 하나로 귀결된다. 강물 위에 비친 달과 같이 실제로 있지 아니한 허환虛幻이다. 체體라는 것은 불교용어로 실체實體 혹은 체성體性의 의미이다. 즉 법의 본질과 법이 존립하는 근본조건을 가리키는 것이다. 불교와 선종에서는 세상만물의 법은 그 본체가 하나(一)이며, 그것을 『대승기신론大乘起信論』에서는 '진여眞如', '공空'으로 보고 있다. 세상 사물의 현상과 제법諸法의 실체는 바로 '진여眞如'인 것이다.

중년 이후 벼슬길에 있어서의 불행, 두 번의 결혼 모두 일찍 사별하는 순조롭지 못한 결혼생활, 이러한 인생역정이 시인으로 하여금 선종에 의탁하게 하였으리라 추정할 수 있다. 특히 소식과 마찬가지로 신구당쟁의 격렬한 회오리 속에서 유배와 좌천으로 점철되었고, 이로 인한 인생에 대한 회의와 회재불우懷才不遇의 정신적인 공허함을 선종에 의탁하면서 직·간접적으로 선종사상을 수용하였던 것이다.

원풍元豊 3년(1080), 시인의 나이 36세 때 8년 동안 재직하던 북경교수北京敎授에서 물러나 경사이부京師吏部에 부임을 하였다, 다시 태화현太和縣으로 부임을 하게 된다.[380] 이 해에 시인은 인생과 벼슬길에 대한 회의를 느끼고 인생여몽人生如夢의 감개를 시를 통해 자주 표현하고 있다. 즉 "스승에게 배운 도는 물고기가 천리를 간 것이며, 세속에서의 공명이란 황량의 꿈에 불과하네(從師學道魚千里, 蓋世成功黍一炊)"(「戲贈王稚川」)라고 한 것이 그 예이다. 또한 태화현으로 가는 도중에 잠산현潛山縣 완공계구皖公溪口에서 우연히 외삼촌을 만났다. 당시 비바람이 몰아쳐 배를 띄울 수 없어 두 사람은 배에서 환담을 나누면서 시를 주고받았다. 여기에서도 역시 벼슬살이에 대한 허무함과 부귀공명에 대한 회의를 나타냈다. 「공택 외삼촌에 차운하다(次韻公擇舅)」 시를 보면,

昨夢黃粱半熟	어젯밤 황량이 반 익는 꿈을 꾸었고
立談白璧一雙	담소 중에 한 쌍의 흰 옥을 얻었네
驚鹿要須野草	놀란 사슴은 들판의 풀이 필요하고
鳴鷗本自秋江	우는 갈매기 본래 가을 강서 왔다네

당나라 전기소설인 『침중기枕中記』 고사를 인용하여 시를 시작하고 있다. 노생盧生이 우연히 잠을 자다가 꿈을 꾸었는데, 꿈속에서 높은 관직을 얻고, 부귀영화를 누리고 자손도 크게 번창하였다. 문득 잠에서 깨어나 보니 잠들기 전 주인이 앉힌 기장이 아직 반도 익지 않았음을 보고 인생여몽人生如夢을 깨달았다는 고사이다. 시인은 이를 원용하여 지나온 과거의 시간이 마치 꿈과 같다고 말하고 있다. 제2구에서는

---

380 鄭永曉著, 『黃庭堅年譜新編』, 社會科學文獻出版社, p.93.

『사기史記』의 고사를 인용하였다. 우경虞慶이 우연히 조趙나라 효성왕孝成王을 만나 이야기를 나누다 뜻밖에 한 쌍의 백벽과 황금을 하사받고, 상경上卿 관직에 봉해진 고사를 말하고 있다.[381] 시인은 부귀공명과 이해득실은 모두 우연한 것임을 강조하고 있다. 우리의 인생에서 추구하는 모든 것은 영원히 존재하는 것이 아닌, 잠시 존재하다 반드시 사라지는 실체가 없는 꿈과 같은 것, 즉 세상만물 일체가 공空한 것임을 말하고 있다. 그러므로 다음 연에서 깨우침의 본성으로 돌아갈 것을 강조하고 있다. 불교에서는 사슴을 부처에 비유하고 있다. 불교경전인 『비내야잡사毘奈耶雜事』권38에 의하면, 부처는 과거세상에서 사슴의 왕이었고, 사슴무리를 구하기 위하여 목숨을 잃었다고 기록하고 있다.[382] 또한 갈매기는 암암리에 공사상을 핵심으로 삼는 『반야경般若經』을 지칭한다. 그러므로 『반야경』을 『백로지경白鷺池經』이라 칭하기도 한다. 사슴이 풀을 먹는 것은 사슴의 본성이고, 갈매기의 고향은 강이므로 본래의 고향, 공空으로 돌아갈 것을 주장하고 있다. 이로 보아 첫 연의 인생여몽人生如夢에 대한 본질을 둘째 연, 즉 사슴(부처)과 갈매기(空)를 통하여 구체적으로 적시하고 있음을 알 수 있다.

다음 해인 원풍元豊 4년(1081), 태화현의 임지로 부임할 때 건주虔州에 묵으면서 「괴안각에 제하다(題槐安閣)」을 지어 "이끼와 거미줄이

---

381 『史記·虞卿列傳』: "虞慶, 戰國時人, 因進見趙孝成王, 談得投機, 立卽被賜黃金百鎰, 白璧一雙, 封爲上卿."

382 또한 부처가 출가하여 도를 깨친 후에 鹿苑에서 처음으로 四諦法輪 등에 관하여 설법을 행하여, 사슴을 轉法輪의 三昧耶形(入定의 形相)으로 삼고 있다. 그러므로 부처의 본생에 관한 이야기를 담은 책인 『鹿母經』 이외에 鹿戒, 鹿車, 鹿足王 등 사슴과 관련된 불교용어가 적지 않다. 『佛光大辭典』 p.583, pp.4846~4847.

가득한 창문, 만물을 종횡해도 흔적이 없다네. 개미굴 전쟁에 흘린 천리의 피, 황량이 익으니 백년이 지나갔네. 공 세우고 일 이룸이 인간사이지만, 이곳에 유람와 괴안의 꿈꾸고 싶네."라며 인간 세상에서 명리를 다투는 것보다 차라리 이곳 괴안각槐安閣에 와서 인생이 꿈이라는 것을 깨닫고 싶다는 시인의 희망을 표현하고 있다.

철종哲宗 소성紹聖 4년(1097), 시인의 나이 53세 때 양호楊皓(字明叔)에게 준 시에도 이러한 사상을 나타내고 있다.[383] 「명숙에게 혜시해주다(明叔惠示, 其二)」 시의 경련과 미련을 살펴보면,

身爲廊廟宰　　몸은 조정의 관리이나
夢作種田夫　　꿈은 농사짓는 농부를 꿈꾸네
欲辨身兼夢　　몸과 꿈을 분별하려 하나
還如鼓與桴　　이 또한 북과 북채와 같다네

첫 부분에서 모순된 심정을 반영하고 있다. 사대부들은 항상 출세와 입세의 모순 사이에서 방황하고 있음을 묘사한 것이다. 몸은 조정의 높은 관직에 있으나, 마음은 오히려 자연산수 속에 은거하면서 자유스러운 삶을 추구한다. 그러나 선종에서는 이러한 고뇌를 자연스럽게 해결해준다. 즉 세상만사가 실질적으로 존재하지 않은 것으로, 인연에 의해 잠시 존재하는 것이다. 당연히 바깥사물에 매달릴 필요가 없다. 사물에 대한 집착심을 버려야만 우리 인생이 바로 꿈이라는 것을 깨달을

383 鄭永曉著, 『黃庭堅年譜新編』, 社會科學文獻出版社, p.286.

수 있다. 나의 몸이 바로 꿈이요, 꿈이 바로 나의 몸이다. 북과 북채의 관계처럼 두 개가 합하여 하나가 되는 것과 같이 분리할 수 없는 관계라는 것이다. 여기에서 시인은 명숙明叔이 인생여몽人生如夢을 깨우친다면, 자기의 본심을 발견하여 궁극적으로는 진정한 깨달음에 이를 수 있음을 설명해주고 있다. 선종사상의 훈도薰陶 속에 시작을 통해 인생여몽人生如夢을 노래하고 있음을 알 수 있다.

3) 평상심이 도(平常心是道)

앞서 언급한 바와 같이, 홍주선의 근본 핵심은 '공사상'이다. 육조혜능은 『금강경』의 '응무소주이생기심應無所住而生其心'이라는 구절을 보고 깨달음을 얻었다고 전한다. '마땅히 머무는 바 없는 그 마음을 일으켜라'라고 해석할 수 있다. 세상의 일체 모든 것이 공하기 때문에 집착할 필요가 없다. 마땅히 머무는 바 없는 그 마음, '일체의 모든 것에 집착함이 없는 그 마음을 활용하라'는 의미이다. 집착하지 않는 마음의 상태, 마조 대사의 주장대로 '가고 머물고 앉고 눕거나, 시기에 따라 사물을 대하는 것은 바로 도이다(行住坐臥, 應機接物盡是道)'라는 그 마음을 운용하라는 것이다. 이것이 바로 '평상심'인 것이다.

'평상심이 도(平常心是道)'란, 황정견의 고향인 수수脩水에서 흥기한 홍주선洪州禪의 특색을 단적으로 나타낸 것이다. 이 사상은 남종선南宗禪을 크게 흥성시킨 마조도일(馬祖道一, 709~788)이 혜능慧能의 '즉심즉불卽心卽佛' 사상을 계승 발전시킨 것이다. 선禪의 학습자들이 수행을 행함에 있어서 현실의 행위와 결부시켜 실행해야 함을 강조한 것이다. 수행자에 있어서 어떠한 마음이 생기는 것과 일거수일투족의 모든 행위는 생명의 현상이고, 불성의 표현이라는 것이다. 그러면 무엇을 '평상심이 도'라고 정의하는지 마조의 어록을 통해서 살펴보자.

> 도는 닦을 필요가 없다. 단지 오염되지 않게 해야 한다. 무엇을 오염이라 하는가? 생사의 마음이 있으면 작위적으로 향하는 경향이 있는데, 이것이 모두 오염인 것이다. 만약 직접적으로 그 도를 만나려 한다면, 평상심이 바로 도이다. 무엇이 평상심인가? 인위적인 작위가 없고, 시비가 없고, 취하고 버림도 없으며, 끊어짐과 이어짐도 없고, 범인과 성인도 없는 것이다. (중략) 지금과 같이 가거나 멈추고, 눕고 앉는 것을 행하면 반드시 만물을 접하게 되니, 이것이 도인 것이다.[384]

평상심平常心이란 일상생활과 직접적으로 상관관계가 있는 현실의 마음(現實之心)을 가리킨다. 마조도일은 현실의 마음 전체를 직접적으로 불성佛性 작용의 발휘로 연결시키고 있다. 수행의 초점인 불성을 현실의 마음으로 전향시키고 있는 것이다. 사실 평상심은 혜능의 "모든 인연을 끊고, 일념도 생겨나지 않게 하며, 선함도 생각 않고, 악함도 생각하지 않는 본래의 면목", 즉 본심本心을 가리키는 것이다. 본심은 바로 청정하고 오염됨이 없고, 시비가 없으며, 취함도 버림도 없는 진정한 진여불성眞如佛性이라는 것이다. 마조는 진여불성이 다른 곳에

---

384 "道佛用修, 但莫汚染. 何爲汚染? 但有生死心, 造作趨向, 皆是汚染. 若欲直會其道, 平常心是道. 何謂平常心? 無造作, 無是非, 無取捨, 無斷常, 無凡無聖. (中略) 只如今行往坐臥, 應機接物, 盡是道."(『景德傳燈錄』 卷10)

있는 것이 아니라, 사람의 일상생활 속에 갖추고 있는 근본심根本心이라고 주장하고 있는 것이다.

마조도일에 의한 '평상심이 도'의 제기는 선종사상사에 있어서 큰 의미를 가지고 있다. 현실생활 속의 사람 마음에 의한 모든 행위 활동을 불성의 체현으로 보고 있다는 것은 바로 부처와 사람 간의 거리를 없앤다는 것을 의미한다. 적어도 거리를 단축시키고 있는 것은 분명한 사실이다. 인도의 달마達摩로부터 전해진 선禪이 혜능을 거쳐 중국화된 선학 사상체계를 확립하는 계기가 된 것이다.[385]

마조에 이르러 수행의 형식에 있어 그다지 제한을 가하지 않고, 비교적으로 자유로운 방식의 중국화 된 선종은 당송대 문인들에게 상당한 영향을 미쳤다. 특히 당대부터 남종선의 본류인 홍주선의 본거지가 바로 황정견의 고향인 수수脩水였고, 송에 이르러서 문자선을 중시하는 남종선이 크게 발전을 이루었다. 따라서 황정견도 '평상심이 도'라는 홍주선의 핵심사상의 성행과 직간접적인 관계가 있었음을 예측할 수 있다. 「명숙에게 혜시해주다(明叔惠示)」 중의 첫 번째 시를 살펴보자.

山川圍宴坐　　산천이 참선하는 곳 둘러싸고

---

385 호적胡適은 『선종사의 강령을 논하다(論禪宗史的綱領)』에서 달마의 종파도 역시 과도 시기의 선으로 파악하였다. 반은 중국적이고 반은 인도적인 선은 진나라와 수나라 사이에 성행하기 시작하여, 당의 혜능을 거쳐, 마조도일이 선의 정통이 됨으로써 비로소 진정한 중국선이 시작되었다고 보고 있는 것이다. 葛兆光, 「仍在胡適的延長線上: 有關中國學界中古禪史硏究之反思」, 『嶺南學報』 7집, 2017, p.13 재인용.

日月轉庭隅　일월이 번갈아 선방을 비춘다
般若尋常事　반야는 언제나 일상의 일이요
如來臥起俱　여래는 눕고 일어남에 있도다
多聞成外道　자주 배워 외도를 이루니
只是受凡夫　단지 범부로 있을 뿐이다
欲聽虛空敎　선의 가르침을 깨달으려면
須彌作鼓桴　수미산을 북채로 삼아야 하네

수련首聯에서 주위환경에 대한 묘사를 하고 있다. 산천이 둘러싼 곳에서 좌선을 행하고, 이때 해와 달이 번갈아 선방을 비추고 있다. 참선하는 환경의 그윽함과 참선 시간이 오랫동안 지속됨을 나타내고 있다. 하지만 선종의 최종 목적은 좌선에 있는 것이 아니다. 불성을 찾는 데 있다. 그러므로 함련頷聯에서 좌선의 수행방식에 얽매이지 말 것을 주장하고 있다. '반야般若'는 범어로 '지혜'라는 의미이며, '여래如來'는 범어로 '깨달음(覺悟)'을 지칭하고 있다. 반야와 여래는 다른 곳에 있는 것이 아니라, 눕고 일어나는 일상사에 있다는 것이다. '평상심이 도'라는 설명이다. 경련頸聯에서는 언어나 좌선 등의 외도外道에 얽매이면 일생 동안 깨우치지 못하고 범부로 남을 수밖에 없음을 말하고 있다. '허공교虛空敎'는 선종을 가리키고, '수미산須彌山'은 인도 신화 속의 산으로, 불교의 우주관에서는 우주의 중앙에 솟아 있는 하나의 거대한 산으로, 고대 인도인들의 세계관을 표현하고 있다. 미련尾聯에서는 깨달음의 북을 울리려면, 수미산을 북채로 삼아서 울릴 수 있어야 한다는 것이다. 누가 대신하여 깨달음의 북을 울리는 것이 아니라,

자신 스스로가 깨우쳐야 함을 말하고 있는 것이다. 시인은 이 시를 통하여 명숙明叔이 좌선이나 언어에 집착하지 말고, '평상심이 도'라는 것을 알고, 일상생활에서 스스로 깨우쳐야 함을 말해주고 있다.

원부元符 3년(1100), 시인의 나이 56세 때 지은 「왕 거사가 소장하고 있는 왕우가 그린 도행화에 제하다(題王居士所藏王友畫桃杏花)」 첫째 시에도 같은 주제를 표현하고 있다.

凌雲一笑見桃花　　도화를 보고 큰소리로 웃는 것은
三十年來始到家　　삼십 년 만에 비로소 깨우쳤기 때문
從此春風春雨後　　봄바람 불고 봄비가 내린 후에는
亂隨流水到天涯　　흐르는 물 따라 하늘 끝까지 간다네

제목에서도 알 수 있듯이 이 시는 제화시題畵詩이다. 이 시는 영운지근靈雲志勤 선사의 게송을 원용하고 있다.

三十年來尋劍客　　삼십 년간 검을 찾던 검객은
幾逢落葉幾抽枝　　떨어지는 낙엽과 가지를 몇 차례 만났는가?
自從一見桃花後　　한 차례 도화 꽃을 본 후부터
直到如今更不疑　　지금까지 더욱 의심스러움이 없다네

원래 대자연계가 내포하는 모든 자연생기가 바로 도의 현신인 것이다. 봄이 오면 꽃이 피는 것이 도이고, 가을이 오면 낙엽이 지는 것도 도라는 것이다. 지금 선사는 30년간 깨우침을 얻지 못했는데, 갑자기

도화 꽃을 본 후부터 깨우침을 얻었다는 것이다. 종일토록 참선을 해도 깨우침을 얻지 못하다가, 우연히 도화를 목도한 이후 하늘을 꿰뚫는 듯한 깨우침을 얻게 되었다. 마치 새장의 새가 새장 밖으로 나와 절대의 자유를 얻은 것과 같은 것이다.

위의 황정견의 시도 이 게송을 원용하여, 30년간 참선을 하였지만 깨우침을 얻지 못하다가, 문득 도화를 보고 깨달음에 이르러 하늘을 향해 큰소리로 웃었다는 것이다. 둘째 연에서는 깨달음의 희열을 평상심이 도라는 것을 통하여 설명하고 있다. 일상생활 속의 작은 사물이나, 대자연 속의 자연만물이 모두 불성을 갖추고 있으며, 이러한 자연무위自然無爲의 작용, 혹은 생명활동의 자연스러운 발로 모두가 바로 도道의 깨달음이다. 예를 들면 봄바람이나 봄비에 떨어진 꽃잎과 낙엽이 맑은 물을 따라 자유자재로 하늘 끝까지 흘러가는 대자연의 활동이 바로 도의 체현이라는 것이다. 이 시는 시인이 우주만물의 진제眞諦를 깨닫고 해탈의 경지에 이른 희열을 묘사하고 있다. 시적 분위기는 평화스러움과 희열의 기쁨이 마치 물길 따라 흘러가는 듯하며, 또한 시인 내심에 있는 고요하고 맑은 정취가 있는 그대로 작품 속에 투영되고 있다고 할 수 있다. 「왕 거사가 소장하고 있는 왕우가 그린 도행화에 제하다(題王居士所藏王友畫桃杏花)」 둘째 시에도 유사한 경지를 묘사하고 있다.

凌雲見桃萬事無	영운에서 도화 꽃을 보니 만사가 없는 듯
我見杏花心亦如	행화 꽃을 보니 마음 또한 그러하네
從此華山圖籍上	이로부터 화산의 그림책 위에는
更添潘閬倒騎驢	번랑이 거꾸로 나귀 타는 모습이 더해졌다네

도화 꽃을 보니 만사가 공이라는 것을 깨우쳤다는 것이다. 번랑이 거꾸로 나귀 타는 모습은 도가 혹은 불교에서 자주 인용하는 전고이다. 세상사에 완전히 초탈한 깨우침의 원융의 경계에 들어간 경지를 가리킨다.

6. 결론

황정견이 성장했던 홍주洪州는 마조도일이 창안한 홍주선이 발흥한 남종선의 중심지역으로 당송대 선종사에 지대한 영향을 끼친 곳이다. 황정견은 태어나면서부터 환경적으로 선종과 불가분의 관계를 가졌다. 젊은 시절 두 부인과의 사별 등 가족사의 불행, 벼슬길로 들어서면서 겪었던 격렬한 신구당쟁의 소용돌이, 자신의 모순을 해결할 방법으로 선종과 도교를 적극 활용할 수밖에 없다는 것을 자각한 점도 환경적 요인이 상당히 작용하였을 것으로 보인다. 이에 따라 조심祖心·법수法秀·유청惟淸·오신悟信 등 당시의 고승대덕들과 광범위한 교유를 하였으며, 시와 문, 그리고 서화에 자기의 지향점과 정취를 기탁하였다.

홍주선의 핵심사상은 여래장사상과 공사상이다. 『육조단경』에서는 '자성'에 대해 다음과 같이 정의하고 있다. "세상 사람의 본성은 맑기가 마치 푸른 하늘과 같다(世人性淨, 猶如靑天)", 하지만 "망념의 뜬구름에 덮여 있기에 자성이 밝지 못한 것이다(妄念浮雲蓋覆, 自性不能明)." 이렇게 청정한 자성에서 출발한 혜능의 이론은 마조도일에 이르러 성불의 근본은 바로 자심自心에 있다고 주장하고 있다. 마조의 2대제자인 황벽희운도 "이 마음이 바로 부처이다(卽心卽佛)"라며 모든 중생이 가진 본래의 청정심을 긍정하고 있다. 황정견 역시 선종의 자성본체론自性本體論 사상이 활짝 꽃을 피운 강서 지방에서 자랐기에 홍주선洪州禪의 사상을 시작에 적극 활용한다. 바깥에서 깨우침을 구하지 않고 '자심自心의 깨우침을 강조'하는 '자성청정自性淸淨'을 드러내는 작품을 시작을 통해서 남기고 있다.

홍주선의 또 다른 핵심은 '공사상'이다. 육조혜능은 『금강경』의 '응무소주이생기심應無所住而生其心', 즉 '마땅히 머무는 바 없고 집착이 없는 마음을 내어라'는 구절을 통해서 깨우침을 얻었다. 마조는 이것을 '가고 머물고 앉고 눕거나, 시기에 따라 사물을 대하는 것이 바로 도이다(行住坐臥, 應機接物盡是道)'라며 깨우침의 경지를 현실의 평상심과 연결시켜 논하였다. 황정견의 시에도 '평상심이 도(平常心是道)'라는 홍주선의 대표 사상을 주제로 창작하거나 혹은 선종 공관을 활용하여 '연생여몽人生如夢'을 묘사하고 있음을 알 수 있다. 개인적인 불운과 실의, 불안한 정치 사회적인 환경, 벼슬길에 있어서의 좌천과 좌절, 그리고 만년의 유배가 시인으로 하여금 심적인 공허함을 선종을 통해 충족하였기 때문으로 판단된다.

특히 철종 소성 원년인 50세에 검남黔南으로 유배를 당한 이후에는 선종에 의탁하는 면이 더욱 두드러졌다. 스스로를 선종에 기탁하여 '인생여몽'을 자주 노래하였고, 심지어는 "그 속에 적막한 사람이 있으니, 깨달음 본성 스스로 안다(中有寂寞人, 自知圓覺性)"[386], "물고기는 깨우침의 망에서 놀고, 새들은 선의 경지를 말하네(魚遊悟世網, 鳥語入

386 「次韻答斌老病起獨遊東園」(其二).

禪味)"[387]라며, 스스로가 선의 경지를 자주 노래하였다. 또한 자신을 유마힐維摩詰로 칭하는 등[388] 마치 불교에 귀의한 선승처럼 탈속적인 경계를 종종 시작을 통해 묘사하였다. 심지어 자신을 되돌아보며 "승려와 같으나 머리카락이 있으며, 속인과 같으나 속세에 물들지 않았고, 꿈속의 꿈을 꾸며, 몸 밖의 몸을 본다(似僧有髮, 似俗無塵, 作夢中夢, 見身外身)"(「寫眞自讚」)고 자찬하고 있다. 원부元符 원년(1098) 시인의 나이 54세에 융주에 안치된 후, 당시 남사南寺에 거주하며 방의 이름을 '고목암槁木庵', '사회료死灰寮'로 명명하였고, 성의 남쪽으로 이주한 후에는 '임운당任運堂'이라는 명칭으로 명명하였다. 거주하는 장소를 모두 선종의 명칭으로 명명한 것에 대해 혹자는 "(개인적인) 상황의 악화는 그로 하여금 더욱더 자각하여 일심으로 선을 향하게 하였고, 또한 선학의 광달함은 험난한 역경 속에서 유유자득한 생활을 하도록 하였다."[389]고 황정견에 대한 선종의 효용에 대해 설명하고 있다.

당대에는 선종이 귀족화한 시대라면, 송대에는 선종이 세속화된 시기로 많은 문인 학자들이 선종에 심취할 수 있는 기반이 되었다. 또한 선종의 사유방식을 시의 창작방법에 비유하고 운용하는 이선유시以禪喻詩와 이선입시以禪入詩가 송대에 들어와서 크게 성행하였다. 당연히 문자선의 유행도 송대 사대부들의 친불적인 경향에 일조를 하였

---

387 「又答斌老病癒遺悶」(其二).

388 「病起荊江亭卽事」: "禪典詩" 참고. 또한 「病起荊江亭」의 시에서도 "유마 노인 57세, 태성 천자 초원년이네(維摩老子五十七, 太聖天子初元年)."라고 말하고 있다.

389 何勁松, 「論黃庭堅書法思想的禪學基礎」: "無論是槁木, 死灰, 還是任, 其含義都是取自禪宗, 可見處境的惡化便黃氏更加自覺地一心向禪, 而禪學的放曠也使得黃氏在艱難的逆境中能怡然自得." 『普門學報』 第35期(2006년 9월), p.6.

다. 이전의 왕유王維와 맹호연孟浩然을 필두로 한 당의 선시는 자연과 산수의 묘사를 통한 선의 정취를 표현하거나 대자연과 사람과의 융합을 나타낸 시가가 대부분이었다. 반면에 황정견과 그의 스승인 소식의 선시禪詩는 대자연을 묘사한 시뿐만 아니라 일상생활을 나타내는 시에서도 광범위한 선사상의 운용으로 인생의 철리를 표현한 선시가 많은 것이 두드러진 특징이라고 할 수 있다.

이에 따라서 황정견은 불교와 선종의 대표경전인 『법화경』·『능엄경』·『원각경』·『화엄경』·『금강경』 등의 사상에 매우 익숙하였고, 또한 이를 시작에 자주 원용하였다. 그리고 『경덕전등록』, 『오등회원』 등의 불전의 내용도 시작에 자유자재하게 활용하고 있었다. 그의 선시는 선리禪理·선전禪典·선취禪趣·선법禪法 등이 시 속에 녹아들어, 이러한 선禪과 시詩의 일상적인 결합이 당시唐詩와 다른 송시宋詩의 특징을 형성하게 되는 주요한 원인 중의 하나가 되었던 것이다.

그러므로 황정견 시가에서의 다양한 선사상의 운용은 송시로 하여금 더욱 더 철리적인 특성을 가지게 하였고, 다양한 철리를 묘사함에 따라 시가 의론議論의 경향으로 띄게 된다. 또한 선시는 색채의 청담淸淡함과 감정의 담백淡白함, 그리고 언어의 평담平淡함을 가져와 전체적으로 평담한 풍격을 이루고 있다. 이러한 철리, 의론, 평담이 송시의 중요한 특징으로 형성되어, 이전의 당시와는 확연히 구별된다. 이런 특징은 이후의 시단에 큰 영향을 미쳤고, 동시에 명청의 종송파宗宋派들에 의해 높이 평가받게 되었다. 고로 송시의 특징을 형성함에 있어서 황정견 선시의 영향도 적지 않았다고 할 수 있다.

이러한 황정견의 친선종적인 사상경향은 시론에 있어서도 그대로 적용되고 있다. 선종의 공안 속에 화두를 탐구하는 사유방식을 작품창작에 운용하고 있다. 예를 들면 황정견의 학생인 범온範溫은 황정견의 말은 인용하여 다음과 같이 말하고 있다.

학자는 먼저 '식識'을 위주로 해야 한다. 이것은 마치 선가에서 말하는 정법안과 같다. 직접적으로 이 안목을 갖추고 있어야만 비로소 도에 들어갈 수 있다.[390]

또한 「강서시사종파도江西詩社宗派圖」를 지은 여본중呂本中도 다음과 같이 말하고 있다.

작문에는 반드시 오입悟入하는 곳이 있어야 한다. 오입이란 스스로의 공부 중에서 오는 것이지 요행으로 얻을 수 있는 것은 아니다. 마치 소식의 문장과 황정견의 시가 이러한 이치를 다함과 같다.[391]

이것은 바로 대혜종고大慧宗杲가 제창한 '간화선看話禪'의 탐구과정과 매우 유사함을 알 수 있다.[392] 다시 말해서 그의 시는, 그리고 선종의

---

390 「潛溪詩案」: "故學者要先以識爲主, 如禪家所謂正法眼者. 直須具此眼目, 方可入道." 郭紹虞, 『宋詩話輯佚』 上卷, (北京)中華書局, p.317.

391 呂本中, 『童蒙詩訓』: "作文必要悟入處, 悟入必自工夫中來, 非僥倖可得也. 如老蘇之於文, 魯直之於詩, 蓋盡此理也."

392 '간看'이라 함은 바로 '읽는다(閱讀)'는 의미이고, '화話'라는 것은 '공안'의 뜻이다. 다시 말해 전적으로 옛사람의 화두話頭를 오랫동안 진실되게 탐구하면 결국에는 깨달음(開悟)을 얻을 수 있는데, 이것을 바로 '간화선看話禪'이라고 한다. 똑같은

공안 속에서 화두를 탐색하는 사유방식을 시의 창작에 운용하는 방식이다. 이것은 북송 초기부터 유행하던 문자선이 북송 중후기로 들어서면서 간화선으로 넘어가는 과도기에 진입하였음을 나타내는 것이다.

황정견의 이러한 선시는 강서시파의 시인들에게 영향을 미쳐 그들의 작품 속에도 농후한 선리와 선취가 들어 있을 뿐만 아니라, 그들의 시론에도 영향을 주고 있다. 즉 진사도陳師道·양만리楊萬里 등도 시작詩作을 선종의 사상에 비유하면서 동시에 시의 '활법活法'을 중시하는 것이나, 한구韓駒나 여본중呂本中 등이 참선하는 방법으로 시를 배우기를 강조하면서, "좋은 시는 유전함이 원만하고 아름다워 마치 탄환과 같다(好詩流轉圓美如彈丸)"(『後村先生大全集』 卷95)라고 주장하는 것이 대표적인 예라고 할 수 있다.

남송南宋의 양만리는 일찍이 황정견과 선종의 관계에 대하여 다음과 같이 개괄하였다. "시객이 강서에 참배함을 알려 한다면, 마치 선객이 조계에 참배함과 같은 것이다. 남화와 수수脩水에 이르지 않고 어찌 법과 의발을 전하겠는가."[393] 조계曹溪의 남화사南華寺는 육조혜능이 전법傳法한 남종선南宗禪의 근원이며, 강서江西의 수수脩水는 황정견의 고향이다. 다시 말해서 황정견이 개창한 강서시파와 선종의 밀접한 관계를 생동감 있게 잘 설명해주고 있다.

방식으로 시인이 좋은 시를 써내는 전제조건은 바로 '식識'과 '공부工夫'를 갖추어야 한다는 것이다. 그리고 옛사람의 시가를 공부하면 어떠한 식견을 얻을 수 있고, 이후에 오랫동안 진실되게 탐구하면 결국에는 좋은 구절을 얻을 수 있다는 것이다.

393 「送分寧主薄羅宏材秩滿入京」: "要知詩客參江西, 正似禪客參曹溪. 不到南華與脩水, 於何傳法更傳衣." 『全宋詩』 卷2312, 北京大學出版社, p.26599.

Ⅲ 강서시파와 문자선, 간화선

제7장 강서시파의 선시와 이선유시 이론

1. 서론

북송 시단은 구양수·매요신·소순흠 등 송시의 형성기를 지나, 소식과 황정견에 이르러 당시와는 다른 송시의 특징이 정립되었다는 것이 일반적인 견해이다.[394] 소식과 황정견 이후, 송대 시단은 그 대를 잇는 대가의 출현 대신 두보와 황정견을 각각 조祖와 종宗으로 추앙하는 강서시파가 등장한다. 이들은 남송의 육유와 양만리 등의 남송중흥 사대가가 등장하기 이전까지 약 50년 가까이 송대 시단을 지배하였다. 시단 자체의 변화도 있었지만, 금金의 침략으로 북쪽 영토를 빼앗긴 정강지변靖康之變의 굴욕도 시풍의 변화에 일정한 영향을 미쳤을 것이

394 『滄浪詩話·詩辨』: "國初之詩尙沿襲唐人, 王黃州學白樂天, 楊文公劉中山學李商隱, 盛文肅學韋蘇州, 歐陽公學韓退之古詩, 梅聖兪學唐人平澹處, 至東坡山谷始自出己意以爲詩. 唐人之風變矣."

다. 그러므로 강서시파는 북송 시풍에서 남송 시풍으로의 변천하는 과정 중에서 탄생된 시파로, 북송 후기부터 시단에 대한 그들의 영향력은 매우 두드러졌다. 남송에 이르러서도 여전히 영향력을 유지하고 있었는데, 육유나 양만리 등 남송 중흥의 핵심구성원들도 강서시파의 영향력 아래에서 성장하였을 정도였다.

여기에 하나의 의문점이 있다. 왜 소식의 시풍이 아니고, 황정견 시풍이 이어지게 되었을까? 소식 시가는 후천적인 노력보다는 개인의 천부적인 시적 재능에 의거한 것이기에 일반 시인들이 학습하기 어렵다는 것이 일반적이 평가이다. 반면에 황정견의 시는 개인의 지식 역량에 근거하면서 배우는 대상이 명확하며, 게다가 황정견 자신이 가르치는 것을 좋아했기 때문에 배우는 시인들이 많아졌다는 것이 일반적인 견해이다. 사실 점철성금點綴成金이나 환골탈태換骨奪胎 등 언어와 자구에 노력하는 시법이 황정견 시가의 특징이다. 그러므로 엄우는 황정견 시가에 대해 "산곡의 시는 언어문자 등 자구에 더욱 힘을 기울여, 이후에 그의 시법이 성행하게 되면서 강서종파라고 칭하였다."[395]라고 말하고 있다. 이밖에도 강서시파의 유행은 당시 문자선의 성행과도 밀접한 관련이 있다.

다시 말해서 언어와 문자에 노력을 기울인다는 특징은 바로 형식과 자구를 중시하는 문자선의 특징과 유사하다. 특히 황정견의 고향인 강서 지방은 문자선을 성행시킨 임제종 황룡파의 본거지이다. 오형吳炯이 소식과 황정견의 시가를 '소식은 운문종에 가깝고, 황정견을 임제종

---

395 『滄浪詩話·詩辨』: "山谷用工尤爲深刻, 其後法席盛行海內, 稱爲江西宗派."

에 비유한 것'[396]에서도 선종의 주류를 학습한 황정견의 특징을 단적으로 설명한 것으로 보인다. 당시 주류 선종에 대한 황정견의 학습은 자신의 시가에 대한 영향과 더불어서 강서시파 일원들에게도 상당한 영향을 주었을 것이다.[397] 당연히 강서시파 일원들은 모두가 선종과 불가분의 관계를 가지고 있다. 본고에서는 황정견의 시법을 계승한 강서시파와 선종과의 관계, 그들의 이선유시 이론, 그들의 시가와 선종과의 관계에 대해서 살펴보고자 한다.

---

396 吳炯, 『五總志』云: "故後之學者因生分別, 師坡者萃于浙右, 師谷者萃于江左. 以余觀之, 大是雲門盛于吳, 臨濟盛于楚. 雲門老婆心切, 接人易與, 人人自得, 以爲得法, 而于衆中求脚跟點地者, 百無二三焉. 臨濟棒喝分明, 堪辯極峻, 雖得法者少, 往往嶄然見頭角." 명나라의 원육파袁㣧坡도 『정위잡록庭幃雜錄』 卷下 아래에서 비슷한 평가를 하고 있다. "황정견과 소식이 모두 선을 좋아했는 바 논자들은 소식은 사대부 선이며, 황정견은 조사선이기에 황이 앞서고 소식이 열세인 형국이다(黃, 蘇皆好禪, 談者謂子瞻是大夫禪, 魯直是祖師禪, 蓋優黃而劣蘇也)." 여기서 말하는 '사대부 선'은 사대부들이 추구하는 참선, 다시 말해서 일반적인 선을 지칭하는 것이라고 볼 수 있다. '조사선'이란, '여래선'보다는 한 단계 높은, 다시 말해서 이치나 일에 다 걸림이 없이 깨우침의 경계에 이르는 방법을 지칭하는 것으로 볼 수 있다. 孫昌武, 『禪思與詩情』, (北京)中華書局, 1997, p.480 재인용.

397 손창무 선생도 "선종 발전의 역사를 보건대 황정견은 확실히 당시 주된 사조를 추종하였다. 그러나 이것은 언구화言句化, 형식화의 조류이다. 시에 대한 영향에 있어서 바로 이 방면으로 그는 어느 정도 공헌이 있었을 것이다. 어떤 사람들이 그를 추종하여 '구법이 특히 높고, 필법이 자유분방하다.'…… 은연히 그를 소식의 위로 높인 것은 바로 이 점을 본 것이다."라며 선종 사조의 황정견 시가에 대한 영향과 공헌을 설명하고 있다. 孫昌武, 『禪思與詩情』, (北京)中華書局, p.481.

2. 강서시파와 이선유시 이론

먼저 '강서시파江西時派'라는 명칭의 유래에 대해서 간단히 살펴보자. 송 휘종 숭녕崇寧 4년(1105) 9월 30일 황정견이 세상을 떠난 이후, 젊은 시인 여본중(呂本中, 1084~1145)이 한 장의 「강서시사종파도江西詩社宗派圖」를 만들었다. 여기에 황정견을 종파의 종조로 삼고, 그 아래 25인의 시인을 나열했는데, '강서시파'라는 명칭은 바로 이로부터 얻어진 것이다. 이에 관해서 남송의 호자胡仔는 다음과 같이 말하였다.

> 여거인(여본중)이 최근에 시로써 이름을 얻기 시작했는데, 스스로 강서의 의발을 전한다고 말하였다. 일찍이 「종파도」를 만들었는데, 예장(황정견) 이후로 진사도, 반대림, 사일 등 …… 모두 25인을 나열하고 법통으로 삼았다. 그 원류를 말하면 바로 예장(황정견)부터 나온 것이다.[398]

언급된 시파의 구성원들이 대부분 황정견 시풍의 영향을 받은 시인들이거나 혹은 황정견과 직간접적으로 관련이 있는 자들이었다. 하지만 강서시파의 25인 중에서 강서 출신은 10여 명에 불과하다.[399] 이로

---

398 胡仔, 『苕溪漁隱叢話』前集 卷48: "呂居仁近時以詩得名, 自言傳衣江西, 嘗作「宗派圖」, 自豫章以降, 列陳師道, 潘大臨, 謝逸 …… 合二十五人, 以爲法嗣, 謂其源流皆出豫章也." 傅璇琮編, 『黃庭堅與江西詩派資料彙編』下, (北京)中華書局, 2003, p.445.

399 周裕鍇, 『中國禪宗與詩歌』: "其(二十五位詩人)中可考的江西籍詩人共占十來個: 徐俯, 洪朋, 洪芻, 洪炎, 謝逸, 謝過, 汪革, 李彭, 饒節, 善權此外, 韓駒, 潘大林兄弟,

보아 '강서시파'의 모든 구성원은 한 지역 출신만을 중심으로 해서 형성된 것이 아니라, 황정견에 대한 관계 및 그들이 추종하는 시풍에 근거해서 판단한 것으로 보인다. 그러므로 이들은 지역을 기반으로 하는 집회의 성격이 아닌, 하나의 동일한 시법과 시풍을 추종하는 관념적인 시파의 성격을 가지고 있다고 말할 수 있다.

1) 강서시파의 시인과 선종

남송의 양만리는 일찍이 다음과 같이 말한 적이 있다. "시객이 강서에 참배함을 이해하려면, 이는 마치 선객이 조계를 참배하는 것과 같다. 남화와 수수에 이르지 않고서, 어찌 법을 전하고 의발을 전하겠는가!"[400]

이 말에는 두 가지 의미를 담고 있다. 하나는 당시 시단에서 황정견의 지위와 영향력을 추정할 수 있는 말이다. 선종에 비견한다면, 남종선의 육조에 비견할 정도로 확고한 지위에 있다는 것이다. 둘째로 조계 남화사는 육조혜능이 전법한 남종선의 핵심 도량이다. 강서 수수修水는 황정견의 고향이자, 문자선을 유행시킨 황룡파의 본거지이다. 비록 이 말은 하나의 비유이지만, 황정견을 종주로 개창한 강서시파는 선종과 불가분의 관계임을 말해주는 것이다. 다시 말해서 강서시파 시인에 대한 선종의 영향력이 지대하다는 것을 상징한다.

강서시파의 형성에 관해서 손창무 선생은 다음과 같이 말하고 있다.

祖可等人, 也常在江西活動."『中國禪宗與詩歌』, p.88.

400 「送分甯主簿羅宏材秩滿入京」: "要知詩客參江西, 正似禪客參曹溪. 不到南華與脩水, 于何傳法更傳衣."『全宋詩』卷2312, 北京大學出版社, p.26599.

"사회적인 배경이나 작자군의 계급기반 등 여러 방면에서 고찰해보았을 때 여기에 두 가지 점을 강조할 수 있다. 하나는 사상적인 면에서 선종의 영향과 추동을 들 수가 있다. 둘째로는 황정견이 지시한 방향에는 따를 만한 '법'이 있는데, 이 두 가지는 서로 관련이 있는 것이다."[401]

역시 강서시파와 선종과의 관련성, 황정견이 강조한 시법의 중요성, 그리고 이 두 가지가 서로 관련성이 있다는 설명이다. 강조하는 '시법'이 선종의 영향 때문이라는 것도 그러하지만, 시파의 가장 중요한 특징이자 공통점인 시학과 선학의 연원이 모두 강서인 점도 흥미롭다. 그러므로 강서시파 대부분의 구성원들은 선승과 친밀한 교유관계를 맺고 있다. 게다가 시가 창작론에 있어서 선종의 깨우침의 법문을 자주 운용하고 있다. 예를 들면 한구韓駒, 이팽李彭, 여본중呂本中 등은 모두 '간화선看話禪'을 주창한 대혜종고大慧宗杲와 밀접한 교유관계를 유지하고 있었다.[402]

---

401 孫昌武, 『禪思與詩情』, (北京)中華書局, p.490.

402 장구성, 이병, 여본중은 모두 대혜종고의 방외도우로서 친밀한 관계를 유지하였다. 『叢林盛事』 卷2: "近世, 張無垢侍郎, 李漢老參政, 呂居仁學士, 皆見妙喜老人(卽大慧宗杲), 登堂入室, 謂之方外道友."(『卍續經藏』 冊148, p.35, c) 이와 별도로 양혜남 선생은 장준(張浚, 1097~1164)과 강서시파의 일원인 서부徐俯, 종고 선사 3인이 모두 원오극근 선사(1062~1135)의 문하라고 고증하고 있다. 또한 『대혜보각선사연보大慧普覺禪師年譜』의 기록에 의하면, 이팽李彭은 종고의 스승인 임제종 황룡파의 담당문준湛堂文準 선사의 재가제자라는 것이다. 이팽이 종고 선사와 함께 문준 선사의 탑 건립에 대해 의논한 기록을 분석한 내용도 보인다. 明·朱時恩, 『居士分燈錄·張浚傳』 卷下; 楊惠南, 「看話禪和南宋主戰派之間的交涉」, 『中

그중에서 한구韓駒는 영원유청靈源惟淸 선사와의 관계가 깊었는데, 한구에 대한 "본색이 산에 살 사람이네(本色住山人)"라는 유청 선사의 평가를 통해서 선종에 대한 지식을 알 수 있다.[403]

유극장은 『강서시파-왕신민江西詩派-汪信民』에서 다음과 같이 말하고 있다.

> 자미공(여본중)은 특히 왕신민汪信民을 추존하였다. 그의 시에는 "부귀는 공중의 업이며, 문장은 나무 위의 영癭이다. 진실한 면을 알려면, 오직 화엄경만이 있을 뿐."이라고 말하고 있다. 여씨 가문이 본래 선을 논하는 것을 좋아했는데, 아울러 여본중과 왕신민도 선학을 숭상하였다.[404]

사일謝逸도 "출가를 할 인재(有出世之才)", "한거하며 납자를 따라서 유람하였다(閒居多從衲子遊)"[405]라고 평가받고 있으며, 왕혁汪革도 사일을 마조의 제자인 방온 거사에 비유하고 있다.[406] 사매謝邁도 요절饒節에게 준 작품에서 자신을 다음과 같이 묘사한다.

華佛學學報』 第7期, (臺北)中華佛學研究所, 1994, pp.192~193.

403 惠洪, 『石門文字禪』 卷26.

404 『後村先生大全集』 卷95: "紫微公(呂本中)尤推尊信民其詩曰: '富貴空中業, 文章木上癭. 要知眞實地, 惟有華嚴境.' 蓋呂氏家世本喜談禪, 而紫微與信民(汪革)皆尙禪學." 傅璇琮著, 『黃庭堅與江西詩派卷』, (北京)中華書局, 1978, p.716.

405 惠洪, 『石門文字禪』 卷27, 『冷齋夜話』 卷10, 傅璇琮著, 『黃庭堅與江西詩派卷』, p.688.

406 孫昌武, 『禪思與詩情』, (北京)中華書局, p.492.

每憶詩人賈閬仙	매번 시인 가도를 회고할 때면
投冠去學祖師禪	관직을 버리고 조사선을 배우고 싶네
塵埃不染心如鏡	세속 세계에 물들지 않아 마음 거울 같으니
妙句何妨與世傳	묘구를 세상에 전함에 어찌 방해가 되리

그러므로 여본중呂本中은 요절饒節, 사일謝逸, 왕혁汪革 등을 평가하여 "세속에 조금도 오염되지 않으니, 후진들의 스승이다(不爲世俗毫髮汚染, 故後進之師也)"[407]라고 평하고 있다.

여본중은 또한 조충지晁沖之를 칭하여 "박주로 도가 아닌 곳에 안주하고, 마음은 차가운 재라 선과 만나네(薄酒寧非道, 寒灰卻會禪)"[408]라고 평가하고 있다. 황정견의 생질이자 강서江西 삼홍三洪 중의 한 사람인 홍붕洪朋도 "선심은 원래 조예가 깊은 것이니, 세상사에 더욱 담박해지네(禪心元詣絶, 世事更忘機)"[409]라고 말한다. 진사도陳師道도 "잠시 삼지를 논하지 않고, 이조의 선에 다시 참선한다(暫息三支論, 重參二祖禪)"[410]라고 말하고 있다. 여기에서 '삼지三支'란 삼국시대 중국에 홍법하러 온 월씨의 고승 지참支讖, 지량支亮, 지겸支謙을 가리킨다. 당시에 "천하의 해박한 지식은 삼지를 벗어나지 못한다(天下博知, 不出三支)"[411]는 말이 있었다. 방회方回는 이 시에 대해서 다음과 같이 해석하고 있다.

---

407 「呂本中序」, 『謝幼槃文集』 卷首, 『黃庭堅與江西詩派卷』, p.925.

408 「同叔用宿子之家」, 呂本中, 『東萊先生詩集』 卷8, 『黃庭堅與江西詩派卷』, (北京) 中華書局, 1978, p.704.

409 「懷黃太史」, 『洪龜父集』 卷下.

410 「別寶江主」.

411 『宗統編年』 卷6, CBETA, X86, No.1600, p.0113, b04.

"천하의 해박한 지식은 삼지를 벗어나지 못한다. 오늘 후산(진사도)이 해박함을 버리고 찬란함을 가까이하고, 말하는 것을 버리고 선을 깨우친다."[412] 임연任淵도 그의 시를 평해서 "후산의 시를 읽으면, 마치 조동선을 참선하는 것 같다."[413]고 말하고 있다. 진사도가 호를 '후산거사後山居士'라고 칭한 이유를 어렵사리 알 수 있다. 또한 유학을 버리고 출가하여 승려가 된 요절饒節, 조가祖可, 선권善權 등 '강서삼승江西三僧'도 강서시파에 편입하고 있다.[414] 이처럼 강서시파의 시인들은 당시 유행하던 문자선 혹은 간화선, 조동선의 사유를 직접 수용하고 있었던 것이다.

2) 강서시파의 이선유시

이밖에도 강서시파의 시인들은 이선유시以禪喩詩로써 작시의 방법, 혹은 시론을 제시하고 있다. 원오극근이 『벽암록』을 편찬한 이후, 문자선이 북송 후기에 극성함에 따라 공안과 화두 등 언어문자를 참구하는 선풍이 유행하게 된다. 동시에 언어문자에 대한 집착에서 벗어날 것을 주장하는 대혜종고가 등장하여 화두話頭를 참구하는 방식의 간화선을 주창한다. 비록 그는 언어문자를 벗어날 것을 강조하였지만, 그도 역시 공안公案의 화두를 선택하여 참구할 것을 주장하였기에

---

412 "天下博知, 無過三支, 今後山欲其捨博而就約, 棄講而悟禪." 『黃庭堅與江西詩派卷』, (北京)中華書局, 1978, p.538.

413 「後山陳先生集記」: "讀後山詩, 大似參曹洞禪.", 『後山集』 卷首.

414 강서시파 구성원들과 선종과의 관계에 대해서는 孫昌武의 『禪思與詩情』, (北京)中華書局, 1997, pp.480~483에서 상론하고 있다.

참구하는 표면적인 방식에 있어서는 문자선과 큰 차이가 없다.

①포참, 숙참, 편참

예를 들면 종고 선사는 화두를 참구하는 방법에 대해 다음과 같이 말하고 있다. "언제나 화두의 끈을 놓지 않고, 평소에 이리저리 굴리면, 생소한 곳은 자연히 익게 되고, 익은 곳은 저절로 생소하게 된다."[415] 화두나 공안을 참구하는 방법에 관한 것으로 내적인 '숙참熟參'에 관한 설명이다. 이전 선사들의 공안을 숙참한다면 생소한 것은 점차 자연스럽게 익숙하게 되고, 익숙한 것은 다시 생소하게 만드는, 즉 내적으로 끊임없는 부단한 성찰(숙참) 과정을 통해서 궁극적으로 깨침의 단계, 다시 말해서 익은 것들이 이미 생소하게 되면 '진여불성'의 단계를 깨우쳐 옛 선사가 의도한 핵심을 만날 수 있게 된다는 논리다. 이에 따라서 강서시파의 시인들도 시의 학습에 있어서 선가의 화두를 참구하는 방식이나 혹은 공안, 화두를 참구하는 방식과 마찬가지로 이전 대가들의 시구를 참구할 것을 주장하였다. 이것을 통해서 시 창작의 지혜를 얻을 것을 강조하였다. 증계리曾季貍는 다음과 같이 말하고 있다.

> 진사도는 시를 논하면서 환골을 말하고, 서부는 시를 논하면서 핵심을 찌를 것(中的)을 말한다. 여본중도 시를 논하면서 활법을 말하며, 한구는 시를 논하면서 포참飽參을 말하고 있다. 들어가는

415 「황지현에 답하다(答黃知縣)」: "時時提撕話頭, 提撕來提撕去, 生處自熟, 熟處自生矣." 『大慧普覺禪師語錄』 卷29, CBETA, T47, No.1998, p.936, c20-21.

> 곳은 모두 다를 수 있으나, 그러나 모두를 하나의 핵심으로 귀납할 수 있는데, 이를 이해하려면 '깨우침으로 들어가지 않으면(悟入)' 안 된다.[416]

증계리曾季貍의 강서시파의 시론에 대한 이와 같은 개괄은 중요하다. 여기서 언급하고 있는 포참飽參, 오입悟入, 활법活法, 환골換骨, 중적中的 등의 시론과 관계되는 용어들은 거의 선종에서 온 것이다. 이것은 황정견의 탈태환골과 점철성금 주장의 연장선상에 있는 것으로 볼 수 있다. 이 중에서 깨우침으로 들어가는 관건은 바로 이전 시인들의 작품에 대한 '포참'에 있다. 여본중은 『동몽시훈童蒙詩訓』에서 깨우침에 들어가는 방법에 대해서 말하고 있다.

> 작문은 반드시 깨우침으로 들어가야 한다. 깨우침으로 들어가는 것은 반드시 공부에서 오는 것이지, 요행으로 얻을 수 있는 것은 아니다. 예를 들면 소식의 문장과 황정견의 시는 이 도리를 다한 것이다.[417]

깨우침은 요행에서 오는 것이 아니라 '공부에서 온다'는 것은 전인들

---

416 『艇齋詩話』: "後山論詩說換骨, 東胡(徐俯)論詩說中的, 東萊(呂本中)論詩說活法, 子蒼(韓駒)論詩說飽參入處雖不同, 然其實皆一關捩, 要知非悟入不可." 傅璇琮 編, 『黃庭堅與江西詩派資料彙編』下, (北京)中華書局, 2003, p.446.

417 呂本中, 『童蒙詩訓』: "作文〔必〕要悟入處, 悟入必自工夫中來, 非僥幸可得. 如老蘇之於文, 魯直之於詩, 蓋盡此理也.", 郭紹虞, 『宋詩話輯佚』, 華正書局, 1981, p.594.

의 작품을 참구하는 것, 광범위하게 '포참', '숙참'하는 것 등을 가리킨다. 그러므로 "시를 배움에 반드시 두보, 소식, 황정견을 숙참해야 한다. 또한 먼저 체제와 형식을 보고, 이후에 다른 시를 편참하면 자연적으로 공부는 다른 사람을 뛰어넘게 된다."[418] 깨우침으로 들어가는 '공부'는 바로 '숙참'과 '편참'에서 오는 것임을 알 수 있다. 여본중이 말한 "배우는 자가 만약 이전의 작품을 참구한다면 자연히 같은 부류의 사람을 뛰어넘을 수 있다."[419]는 것도 같은 내용이다.

사실 시론에서 '포참'을 주장한 이는 한구만이 아니다. 진사도도 "세간의 동량들을 취하지 말고, 구절 속 종풍宗風을 포참해야 한다네."[420] 라고 말한 적이 있다. 시구에 대한 포참을 통해서 종풍의 이치를 깨우쳐야 한다는 주장이다. 이러한 포참설에 대해 주유개는 다음과 같이 주장하고 있다.

> '포참' 두 글자는 송대 선종의 용어로 문자선이 유행한 시기에 유행한 것이다. 이는 선종이 숭상하는 '전형典刑'의 정신을 체현한 것으로 선리와 공안을 다방면으로 참구하여 가슴속에서 익숙하게 숙성시켜야 한다는 것이다. …… 한구가 말한 포참설은 바로 편참설과 같은 것으로 모두 이전의 작품을 포람飽覽하여 이로부터 시성지혜詩性智

---

418 呂本中,『童蒙詩訓』: "學詩須熟看老杜, 蘇, 黃, 亦先見體式, 然後遍考他詩, 自然工夫度越過人.", 郭紹虞,『宋詩話輯佚』, 華正書局, 1981, p.603.

419 呂本中,『童蒙詩訓』: "學者若能遍考前作, 自然度越流輩.", 郭紹虞,『宋詩話輯佚』, 華正書局, 1981, p.586.

420「答顔生」: "世間公器毋多取, 句裏宗風卻飽參",『後山詩注』卷6.

慧를 얻어야 한다. 한구의 논시를 논한 구절을 보면, 포참飽參은 바로 편참遍參을 말하는 것이다.[421]

이전의 작품을 포람飽覽하여 이로부터 시성詩性과 시적인 지혜를 얻어야 한다는 말은 앞의 대혜종고의 숙참설과 비슷한 것이다. 이전 사람의 공안(혹은 좋은 작품)에 대한 참구, 이것이 숙참이며, 포참이며, 동시에 편참인 것이다. 그러므로 한구韓駒는 「조백어에 증여하다(贈趙伯魚)」[422]에서 다음과 같이 말한다.

學詩當如初學禪	시를 배우는 것은 처음 선을 배우는 것과 같네
未悟且遍參諸方	깨치지 못했을 경우 여러 방면을 편참해야 하네
一朝悟罷正法眼	어느 날 깨우침에 이르러 정법안을 얻으면
信手拈出皆成章	손이 가는 대로 문장이 이루어진다네

선을 처음 배울 때 여러 선사의 공안을 참구(편참, 포참, 숙참) 과정을 거치다보면, 정법안을 얻는 경지에 이르게 되어 결국에는 깨우침을 얻게 되는 것과 마찬가지로, 시를 배울 때도 여러 대가의 시구를 편참해야 한다는 것이다. 이전의 시구를 참구(편참과 숙참)하다보면 정법안을 얻게 되는데, 이 경지에 이르면 손이 가는 대로 막힘없이 시가 이루어진다는 설명이다. 그러므로 편참, 포참, 숙참은 모두 언어문자에 대한

---

421 周裕鍇, 「宋代詩學術語的禪學語源」, 『文藝理論硏究』, 1998, 6期, p.75. 여기서 '전형典刑'이란 '진실한 불법', 혹은 '모범模範(舊法)', '정법正法'의 의미로 파악된다.

422 『陵陽先生詩』 卷1.

참구과정의 긍정이라는 토대위에서 이루어진 논리이다. 참구의 대상은 이전 시인들의 창작경험과 예술법칙이다. 이전 예술작품에 대한 참구를 통해서 스스로의 창작기교와 창작법칙을 파악해내는 경지, 즉 '정법안'의 경지에 다다르면 손이 가는 대로 뛰어난 작품을 창조해낸다는 주장이다. 이로 보아 문자선의 영향 아래 강서시파의 이선유시 시학 이론이 태동한 것임을 알 수 있다.

주유개의 고증에 의하면 한구韓駒의 '편참遍參설'은 두 가지 방면에서 계시를 받았다고 말하고 있다. 하나는 강서시파 이전의 시인인 '고하高荷와 황정견黃庭堅'이라는 것이고, 다른 하나는 대혜종고 선사로부터 배웠다는 것이다. 실제로 『오등회원』 권19에 근거하면, 종고宗杲 선사는 젊었을 때 여러 종파를 뛰어넘어 다양한 선사상에 대해 참구하였다. 먼저 조동종의 투자의청投子義青의 제자인 원수좌元首座와 현수좌堅首座, 부용도해芙蓉道楷의 제자인 동산미洞山微 찾아가서 불법을 배웠다. 다시 임제종으로 건너와 진정극문眞淨克文의 제자인 담당문준湛堂文准과 낭야혜각琅邪慧覺의 법통인 명적정明寂理 선사, 그리고 마지막으로는 원오극근圜悟克勤 아래에서 깨우침을 얻었던 것이다.[423] 이로 보아 종고 선사는 장기간에 걸쳐 종파를 초월하여 여러 선사들에게 가르침을 청하였다. 각 종파의 핵심사상을 참구하는 '편참'과 '포참', 그리고 '숙참'의 실천을 통해서 깨우침의 경지를 추구하였음을 알 수 있다.

---

423 「臨安府徑山宗杲大慧普覺禪師」, 『五燈會元』 卷19, CBETA, X80, No.1565, p.0402, c05-17.

②활구, 활법, 활참

'편참'설과 '포참'설 이외, '활구活句', '활법活法'도 강서시파의 대표적인 이선유시의 문학주장이다. 종고 선사는 다음과 같이 말하고 있다. "무릇 배움을 참구하는 사람은 반드시 활구를 참구해야 한다. 사구를 참구해서는 안 된다. 활구 아래서 얻는다면 영원히 잊지 않고, 사구 아래서 얻는다면 스스로도 구할 수 없다."[424] 표면적인 의미로 문구를 이해해서는 안 된다는 의미이다. 이러한 '간화선'의 사고패턴은 직접적으로 '활구活句', '활참活參', '활법活法' 등의 시학 이론에 영향을 주었다. 예컨대 여본중은 활법活法과 시학의 관계를 다음과 같이 규정하고 있다.

> 시를 배울 때는 마땅히 활법을 알아야 한다. 소위 말하는 활법은 규정을 갖추어야 하지만, 규정을 능히 벗어날 수 있어야 한다. 변화를 예측할 수 없으나, 규정을 위배해서는 안 된다. 이 도는 고정된 법이 있는 듯하지만 그러나 고정된 법이 없고, 고정된 법이 없는 듯하나 또한 고정된 법이 있다. 이것을 아는 자는 활법을 말할 수 있다.[425]

이외에도 여본중은 "붓끝에서 활법이 전해지고, 가슴에서 원만하게

---

424 "夫參學者, 須參活句, 莫參死句, 活句下薦得, 永劫不忘, 死句下薦得, 自救不了.", 『大慧普覺禪師語錄』 卷14, CBETA, T47, No.1998A, p.0870, b04-06.

425 呂本中, 「夏均父集序」: "學詩當識活法. 所謂活法者, 規矩備具, 而能出於規矩之外; 變化不測, 而亦不背於規矩也. 是道也, 蓋有定法而無定法, 無定法而有定法. 知是者, 則可以與語活法矣."

이루어진다(筆頭傳活法, 胸次卽圓成)"(「別後寄舍第卅韶」)라고 주장하는 등 시 창작에서의 '활법'을 중요시하고 있음을 알 수 있다. 육유의 스승인 증기曾幾도 "시를 배움은 참선과 같다. 사구를 참구하면 안 된다."[426]라며 활구를 주장하였다. 이로 보아 여본중呂本中이 주장한 '활법活法'과 후일 양만리楊萬里가 주장한 '활구', '활법', '투탈透脫' 등 이론의 기반은 종고 선사의 간화선看話禪과 밀접한 관계가 있다는 것을 알 수 있다.[427]

3. 강서시파의 선시

1) 진사도陳師道의 선시

방회는 진사도(1053~1102)의 시를 평하면서 다음과 같이 말한 적이 있다. "오늘 진사도가 해박함을 버리고, 현란함을 가까이하고, 말하는 것을 버리고 선을 깨우친다."[428] 임연任淵도 진사도의 시를 평해서 "후산의 시를 읽으면 마치 조동선을 참선하는 것 같다."[429]고 말한 적이 있다. 진사도의 시가와 선종사상과의 상관성을 설명하는 것이다. 그러므로 적지 않은 시가에서는 선리와 선취가 농후함을 어렵사리 발견할 수 있다. 「원징 선사와 이별하면서(別園澄禪師)」 뒤의 12구는 다음과

426 「讀呂居仁舊詩有懷其人作詩寄之」: "學詩如參禪, 愼勿參死句."

427 이 부분에 대해서는 다음 장인 "남송 시단과 간화선"에서 상론하기로 한다.

428 "今後山欲其捨博而就約, 棄講而悟禪.", 『黃庭堅與江西詩派卷』, (北京)中華書局, 1978, p.538.

429 「後山陳先生集記」: "讀後山詩, 大似參曹洞禪." 『後山集』 卷首.

같다.

法施老人臥不出	지혜를 베푸는 노인이 누워 나오지 못해
呼我取別行問疾	나를 불러 고별하며 '문질'을 행하네
(중략)	
早年著眼覷文字	일찍이 눈을 돌려 문자를 추구했으나
萬卷初無一言契	만 권을 보아도 한마디도 부합됨이 없네
多生綺語未經懺	다생으로 한 어지러운 말을 참회하지 않고
半世虛名足爲累	반생에 허명을 추구했으니 충분히 위태롭네
此去它來尙有緣	이번 헤어졌다 다시 오면 인연이 있겠지만
頭童齒豁恐無年	몸이 노쇠하니 아마 다시 만나기 어렵네
殷勤三請久住世	부디 오랫동안 사시길 세 번 청하오며
弊惡可念未可捐	옛 친구를 생각하며 버리지 마시길
平生準擬西行計	평생에 구법행을 준비만 하다가
老著人間此何意	속세에서 늙어가니 무슨 의미 있겠는가?
他生佛會見頭陀	내세에 부처로 행각승을 만나거든
知是當年老居士	이 사람이 왕년의 노거사인 줄 아시오

제목에서도 알 수 있듯이 이 시는 시인이 원징圓澄 선사와 이별하면서 지은 작품이다. 이별 때의 정경을 불경과 선전禪典을 원용하여 묘사하고 있다. '행문질行問疾'은 『유마힐경』의 문수사리보살의 '문질問疾'에 대한 전고를 인용한 것이다.[430] 원징 선사가 병으로 인하여 산문으로

430 『維摩詰經·文殊師利問疾品』: "爾時佛言文殊師利, 汝行詣維摩詰問疾?", 『維摩詰

나오지 못하고 특별히 시인을 절로 불러서 이별을 하였다는 설명이다. 일찍이 눈을 돌려 문자를 추구하였으나, 만 권을 보아도 한마디도 부합됨이 없다는 구절도 역시 『전등록』의 위산영우와 향엄 선사의 전고를 활용한 것이다.

> "내가 너의 평생 학업과 경전 책자에서 얻은 것은 묻지 않겠다. 네가 태아에서 나오지 않고 물건을 분별하지 못했을 때 본분의 일을 한 구절을 말해 보거라. 나는 너를 기억하기를 원한다." 스님은 멍하니 대답이 없었다. 오랫동안 신음을 하다가, 몇 마디를 올리고 해석을 하였으나, 영우 선사가 허락하지 않았다. 스님이 말하였다. "그렇다면 화상께서 말해주시길 청합니다." 영우 선사는 "내가 말하면 나의 견해이지, 너의 안목에 무슨 도움이 되겠는가?"라고 대답하였다.[431]

남종선의 법맥은 혜능에서 남악회양, 마조도일, 백장회해, 위산영우, 향엄지한으로 이어진다. 위산영우 화상이 향엄 선사에게 태어나지 않고 어머니 뱃속에 있을 때의 본분의 일 한마디를 말해보라는 질문에 향엄 선사는 응대할 수 있는 말 한 구절도 찾지 못했다는 전고이다. 시인은 향엄 선사의 전고를 빌어서 일찍이 눈을 돌려서 불법을 추구했지

所說經』, CBETA, T14, No.0475, p0544, a26.

431 「前潙山靈祐禪師法嗣」: "吾不問汝平生學解及經卷冊子上記得者, 汝未出胞胎未辨東西時, 本分事試道一句來. 吾要記汝, 師懵然無對. 沈吟久之, 進數語陳其所解, 祐皆不許. 師曰, 却請和尙爲說. 祐曰: '吾說得是吾之見解, 於汝眼目何有益乎.'" 『景德傳燈錄』 卷11, CBETA, T51, No.2076, p.0284, a01-05.

만, 만 권을 보았어도 한마디도 부합됨이 없다는 말로써 스스로가 불법을 깨우칠 수 있는 천부적인 자질이 부족함을 강조하고 있다. '다생多生'이란 불교의 윤회를 가리키는 말이다. '기어綺語'란 불교에서 욕망을 묘사하는 부염하고 잡다한 모든 언어를 가리키는 말이다. 수많은 윤회를 통해서 태어나 부염하고 잡다한 욕망의 언어를 내뱉고, 불법을 깨우치는 근기도 없이 허명만을 추구했으니 그 죄가 적지 않다는 설명이다. 매 구마다 거의 불전과 불리를 인용하여 시인의 원징 선사에 대한 경외심과 이별에 대한 아쉬움을 나타내고 있다

진사도의 아래 「재거齋居」 시를 보면 물아일체物我一體, 진공무아眞空無我의 자유로운 경지를 묘사하고 있다.

青奴白牯靜相宜	목동은 흰 소 타고 조용히 서로 어울리는데
老罷形骸不自持	늙고 지치니 몸과 마음 조화를 못 이루네
一枕西窗深閉閣	굳게 문 닫힌 누각의 서쪽 창가에 누웠으니
臥聽叢竹雨來時	대나무 밭에 비 내리는 소리 들리어온다

'청노青奴'라 함은 푸른 옷을 입은 목동을 가리키고, '백고白牯'는 흰색의 소를 가리킨다. 시는 방안에서 바라본 밖의 풍경에 대한 묘사로 시작한다. 한 명의 목동이 소를 타고 유유자적이 좁은 길을 걸어가는 모습이다. 전반부에서 시인은 스스로 인생에 대한 체험을 깨우치고 있다. 목동과 소는 조용히 조화롭게 어울리지만, 시인은 몸이 늙어가면서 마음과 조화를 이루지 못한다는 설명이다. 선종에서는 '물아物我'가 구별되는 경계를 탈피하여 반드시 물物도 잊고, 나(我)도 잊는, 그리하

여 '물아'가 서로 합일되는 경계를 추구하고 있다. 나의 모든 정감을 대자연, 산하대지에 투영해서 나와 산하대지가 하나가 되어야 한다. 나도 없고, 사물도 없는, 오직 나와 사물(대자연)이 '물아합일物我合一'이 되어 오로지 빗소리만 들리는 경지, 이것이 바로 선이라는 것이다. 진사도가 서주徐州에서 창작했다는 「절구絶句」의 네 번째 칠언절구 시는 다음과 같다.

書當快意讀易盡	책은 마음 편하고 즐거우니 모두 다 읽고
客有可人期不來	객지에 있는 친한 벗은 기다려도 오지 않네
世事相違每如此	세상사 모두가 스스로 위배됨이 이러할진대
好懷百歲幾回開	좋은 흥취는 백 년에 몇 차례나 있겠는가?

소식 문하의 여섯 군자 중 한 사람인 진사도는 일생을 명리를 추구하지 않고, 담박하게 시구를 찾는 것에만 몰두하여 "문을 닫고 구절을 찾으니 스스로도 없다(閉門覓句陳無己)"는 평가도 있다. 전종서에 의하면 이 시와 같은 시기에 창작했다는 「황원에게 부치다(寄黃元)」에서 "세상사가 매번 이러하니, 내 인생에 무슨 즐거움이 있겠는가."[432]라는 한탄을 하였다고 한다. 위의 작품에서도 세상사와 위배되는 시인의 부자득한 정서를 어느 정도 반영하고 있다. 세상사 모두가 나의 뜻대로만 되지 않고, 친한 벗들은 모두 객지에 머물러 자주 볼 수도 없다. 오직 독서만이 스스로의 즐거움이다. 마음을 즐겁게 해주는 독서를

432 「황원에 보내다(寄黃元)」: "俗子推不去, 可人費招呼, 世事每如此, 我生亦何娛."
錢鐘書選注, 『宋詩選注』, (北京)人民文學出版社, 2005, p.104.

통해서 시인의 답답한 심정을 풀어내고 있다. 하지만 세상사가 순조롭지 않다고 해서 일부러 번뇌 속에서 방황을 추구할 필요는 없다. 넓은 가슴으로 인생을 받아들이며 인연을 따르는 방법을 생각한 것이다. 세상사는 본래 위배됨이 많은 것이다. 우리 인생에서 좋은 흥취는 일백 년에 몇 차례나 있겠는가? 그러므로 슬퍼할 필요가 없다는 주장이다. 일상적인 평범한 생활 속에서 철리성을 가미하여 시가는 평담함 속에서 이취理趣가 풍부하다. 집착을 벗어나 수연자적함을 추구하는 시인의 정감을 느낄 수 있다. 「병에서 일어나서(病起)」라는 시를 보자.

今日秋風裏	오늘 가을바람 속에서
何鄉一病翁	병든 늙은이는 어디에 있는가?
力微須杖起	힘이 부쳐 지팡이에 기대 일어서고
心在與誰同	이 마음은 누구와 같겠는가?
災疾資千悟	질병은 천 번의 깨우침을 도와주고
冤親並一空	원수와 친구는 모두 하나라네
百年先得老	인생 백 년에 점점 늙어가지만
三敗未爲窮	세 차례나 패해도 궁하지 않다네

전반부에서 방금 병에서 건강을 회복한 시인의 모습을 그리고 있다. 신체가 쇠약해져 겨우 지팡이를 짚고 일어설 정도라는 것이다. 이때의 마음은 누구와 같다고 할 수 있는지? 자문자답을 해본다. 그 대답은 아래 두 구절, 인생길에 있어서의 질병 같은 어려움은 오히려 수많은 깨우침으로 인도했고, 그 결과 원수와 친구는 모두 하나라는 깨우침을

얻었다는 것이다. 불교에서는 "원수와 친구가 동등하다"[433]라고 말하고 있다. 이것이 바로 분별심을 뛰어넘어, 시비의 관념을 깨트리고, 번뇌를 벗어나서, 청정한 본심을 유지하게 하는 관건인 것이다. 마지막 두 구절에서는 『사기史記』의 관중과 포숙아의 전고를 활용하고 있다. 백 년이 못되는 인생, 친함과 원망을 뛰어넘는 청정심이 필요하다는 것이다. 이 모두가 바로 인생의 고난에서부터 얻어진 깨우침으로 보인다. 다른 시 「정호부의 보집장실에 화답하다(和鄭戶部寶集丈室)」의 첫째 시를 보자.

遠遊遊則遠	원유라는 것은 멀리 유람한다는 것이고
安心心已安	안심이라는 것은 마음이 이미 평안하다는 것
茅茨更何事	초가집에 무슨 일이 있겠는가
一坐五年寬	한 차례 묵으니 오 년이나 넓어졌네
客來問法要	객이 와서 부처의 가르침 질문하나
示以無所還	대답이 없는 것으로 답을 하네
勿云空生默	수보리의 침묵을 말하지 마세요
聽者不勝言	듣는 자는 말을 이길 수가 없다네

소위 말하는 '안심'이란, 달마 대사와 이조 혜가慧可 간에 이루어진 유명한 '안심'법문을 말한다. "혜가가 달마 대사에게 '스님, 제 마음이

433 "보살의 보시는 원수와 친구는 하나이며, 구악을 생각 말고, 악인을 미워하지 않는다(菩薩布施, 等念寃親, 不念舊惡, 不憎惡人)." 『大正藏』 第17冊, No.0779, 『佛說八大人覺經』.

안정되지 않으니, 스님께서 편하게 해주십시오.'라고 질문하자, 달마 대사는 '너의 마음을 가지고 오면 편하게 해주겠네.'라고 대답한다. 혜가는 '마음을 찾으나 찾을 수가 없습니다.'라고 대답하자, 달마 대사는 '나는 이미 너에게 안심의 경지를 주었다.'로 말하였다."[434]는 전고이다. '안심'의 경계는 스스로의 마음에 있는 것이며, 밖에서 추구함이 아니라는 것을 강조한 것이다. 시인은 이곳의 주인이 이미 안심의 경계에 이르렀다는 것을 강조하고 있다. 제5, 6구에서 불법의 핵심에 대해서 질문하자, 주인은 아무런 대답이 없는 '무소환無所還'으로 응대하고 있다. '돌려줌이 없다(無所還)'이란, 선종의 삼대경전 중의 하나라 불리는 『능엄경楞嚴經』에서 나온 말이다.[435] 세속의 모든 일이나 사물에 오염되지 않고, 청정본심을 유지하면서 세상 모든 이치가 '공'임을 깨달아야 한다는 것이다. 마지막 두 구절은 유마힐의 전고를 활용하여, 장실 주인의 불법이 출중함에 대해서 찬양하고 있다. 아래는 진사도의 「지팡이를 인산주에게 제공하다(以拄杖供仁山主)」의 시이다.

洗足投笻只坐禪　발 씻고 지팡이 짚고서 참선을 행하고
厭尋歧路費行纏　갈림길을 찾으면서 각반을 소모하네
老來不復人間事　늙어서 다시 인간사를 추구하지 않으니

---

434 「第二十八祖菩提達磨」: "僧神光(二祖慧可)向達磨求法. '光曰: 我心未甯, 乞師與安.' 師曰: '將心來與汝安.' 曰: '覓心了不可得.' 師曰: '我與汝安心竟'." 『景德傳燈錄』 卷3, CBETA, T51, No.2076, p.0219, b21-23.

435 『楞嚴經』: "阿難言我心性, 各有所還, 則如來說妙明元心云何無還? …… 汝應諦聽 今當示汝無所還地.", 『大佛頂如來密因修證了義諸菩薩萬行首楞嚴經』, CBETA, T19, No.0945, p.0111, a22-26.

不用山公更削圓　　산공이 필요 없으니 더욱 둥글게 깎네

시인이 지팡이를 짚고서 발을 씻은 후에 오로지 참선만을 수행한다. 부처의 진리를 좇기 위해서 오늘에 이르기까지 수많은 노력을 기울였음을 전반부에서 설명한다. 하지만 이제 나이가 들어갈수록 인간 세상의 만사에 싫증을 느끼고, 다시는 시비를 대상으로 고뇌할 필요가 없음을 말하고 있다. 이제는 지팡이를 짚고서 분주히 돌아다닐 필요가 없으니 지팡이를 인산주에게 제공하겠다는 의미를 전하고 있다. 짧은 네 구절이지만, 인간 세상의 다양한 면을 떠올리게 만드는 구절이다.

2) 한구韓駒의 선시

한구(1080~1135)는 사천 출신이지만, 여본중은 그를 「강서시사종파도江西詩社宗派圖」에 포함시키고 있다. 이에 대해 유극장은 『후촌시화後村詩話』에서 다음과 같이 말하고 있다. "여공呂公이 억지로 넣은 이후에 자창(한구의 자)은 특히나 즐거워하지 않았다."[436] 그러나 육유는 한구에 대해서 "선생의 시명이 천하를 진동시켰다. 그러나 반복적으로 퇴고하고 다듬었으니, 갈고 편벽한 언어가 바로 그 속에서 나온 것이다."[437]라고 평하고 있다. 이로 보아 한구는 강서시파의 주된 특징이라 할 수 있는 '모든 글자에 유래가 있다(字字有來歷)'는 황정견의 주장을 적극적으로 실천하여 시구를 완성했음을 알 수 있다. 전형적인 강서시

436 「江西詩派小序」: "呂公强之入派, 子蒼(韓駒字)殊不樂." (宋)劉克莊, 『後村詩話』.

437 「跋陵陽先生詩草」: "先生詩名擅天下, 然反復塗乙, 又曆疏語所從來." 陸游, 『渭南文集』 卷27.

풍의 특징을 말하고 있는 것이다. 아울러 이선유시以禪喩詩와 참오參悟를 중시하는 것도 또한 강서시파의 공통점이다. 이 부분은 아래 시를 통해서 증명된다.

한구韓駒의 「동림의 규로 선사를 송별하며 민 지방을 유람하다(送東林圭老遊閩)」 시를 보면 다음과 같다.

直自三湘到七閩　호남에서 민 지방에 이르기까지
無人不道竹庵名　죽암의 이름을 모르는 이가 없다네
詩如雪竇加奇峭　시는 마치 설두 선사처럼 속되지 않고
禪似雲居更妙明　선은 운거 선사처럼 더욱 묘명하도다

이 시는 규로 선사를 송별하며 민 지방을 유람하면서 지은 시이다. '삼상三湘'이란 호남지방의 상향湘鄕, 상담湘潭, 상음湘陰(혹은 상원湘源)을 가리키지만, 일반적으로 상강 유역과 동정호 지역 등 호남 지역을 지칭한다. '칠민七閩'이란 복건성 일대를 가리키는데, 고대 민 지방에는 7개 부족이 있는 것에서 비롯된 것이다. '죽암竹庵'이란 규로 선사의 호를 말하는 것으로 보인다. '설두雪竇'란 북송의 설두중현(雪竇重顯, 980~1052) 선사를 지칭한다. 설두 선사는 일찍이 『설두명각선사어록雪竇明覺禪師語錄』을 편찬했는데, 권5, 6에는 『조당집祖堂集』이라는 시문집이 있다. '운거雲居'는 천태운거(天台雲居智) 선사를 가리키는 것으로 보인다. 운거 선사도 선종 초기의 개척자 중의 한 명으로 『오등회원』 권2에 의하면, 그가 논하는 선은 매우 명쾌明快하며 투철透徹하기로 유명하여 세상에 널리 알려졌다고 한다.[438]

그러므로 위의 시에서 시인은 규로 선사의 시와 선에 대한 깊은 조예를 찬양하기 위해 설두와 운거 선사를 비유한 것으로 보인다. 아울러 상강 유역, 즉 호남 일대와 복건성 일대에서 '죽암竹庵'이라는 규로 선사를 모르는 사람이 없을 정도로 유명하다는 설명이다. 후반부에서는 규로 선사 시가의 '기초奇峭'함, 다시 말해서 강건하지만 통속적이지 않은 시풍과 오묘하면서도 명쾌한 선풍을 찬양하고 있다. 아래는 한구의 「참료에 차운하다(次韻參寥)」의 두 시 중에서 둘째 시이다.

且向家山一笑歡 고향을 향해서 한차례 웃는다
從來烈士直如弦 절개가 곧은 선비는 인품도 정직하네
君今振錫歸千傾 그대는 지팡이에 기대어 전원으로 돌아갔고
我亦收身入兩川 나 또한 은퇴하여 고향 사천으로 돌아가네
短世驚人如掣電 짧은 인생 놀랍게도 마치 번개 같고
浮雲過眼亦飛煙 뜬구름 눈앞 지나는데 날아가는 연기라네
何當與子超塵域 언제 그대와 함께 세속의 번잡함을 벗어나서
下視紛紛蟻磨旋 개미같이 돌아가는 인간 세상 내려다볼까

참료參寥는 도잠道潛을 가리킨다. 소식과 매우 밀접한 관계를 유지하였고, 소식이 시문을 통해서 자주 칭송한 승려였다. 그중에서도 「참료

---

438 『五燈會元』 卷2: "天台雲居智禪師, 嘗有華嚴院僧繼宗問: '見性成佛, 其義云何?' 師曰: '清淨之性, 本來然, 無有動搖, 不屬有無, 淨穢, 長短, 取捨, 體自然如是明見, 乃名見性' 性卽佛, 佛卽性故曰見性成佛." 宋普濟著, 『五燈會元』, (北京)中華書局, 1990, p.69.

에게 보내는 시(送參寥詩)」가 대표적인 작품이다. 위의 시의 내용으로 보아 한구도 도잠승과 두터운 친분관계를 유지한 것으로 보인다. 절개가 곧은 선비 등등을 말함으로 보아 자신과 참료승의 인품을 말하는 듯하다. 특히 이것은 신법의 반대편에 선 소식 등을 중심으로 한 원우당元祐黨이 조정에서 배제되어 쫓겨남을 비유하는 것으로 보인다. 참료승이 지팡이를 짚고 전원으로 돌아가듯이 시인도 물러나서 고향인 사천으로 돌아간다. 하지만 짧은 인생이 마치 번개 같고, 뜬구름이 눈앞에서 날아가 듯하다. 인생무상을 절감하고 있다. 불교에서는 자주 인생을 체전掣電, 부운浮雲, 비연飛煙 등으로 비유하고 있는데, 특히 『금강경』에서 그러하다. 이런 어휘를 통해서 보아 시인이 느끼는 인생무상의 정감이 마치 있는 그대로 생동감 있게 전해지는 듯하다. 마지막 두 구절에서 언제 참료승과 함께 인간 세상 밖에서 마치 개미가 쳇바퀴 돌듯 살아가는 세속을 굽어보는 날이 있을지, 기대를 하면서 마무리를 짓고 있다.

「밤에 영릉에 도착하다(夜泊寧陵)」 시의 내용으로 보아 시인은 아득하고 망망한 하늘의 달과 강물에 비친 달의 모습을 통해서 일신상의 깨우침을 표현하고 있다.

汴水日馳三百里	변수에서 하루에 삼백 리를 달리며
扁舟東下更開帆	작은 배는 동을 향해서 달려간다
旦辭杞國風微北	새벽녘 하남을 떠날 때 미풍은 북으로 불고
夜泊寧陵月正南	밤에 영릉에 도착하니 달은 정남에 있다네
老樹挾霜鳴窣窣	노목에 내린 서리는 솨솨 하며 울어대고

寒花垂露落毿毿　　국화에 내린 이슬은 흰털이 되어 있네
茫然不悟身何處　　망연히 내 몸이 어딘지 깨닫지 못한 순간
水色天光共蔚藍　　강물과 하늘빛이 모두 울창한 남색이네

하남 변수에서 새벽에 출발한 배가 동쪽으로 하루 종일 달려서 저녁에 영릉에 도착하였음을 전반부에서 설명하고 있다. 제5구에서는 청각적인 느낌을 표현하고, 제6구에서는 시각적인 느낌을 표현하고 있다. 두 구절 모두 깊은 가을의 차가운 풍광을 통하여 인생길에 있어서의 막연한 시인의 감개를 표현하고 있다. 마지막 두 구절에서 인생길에 있어서의 곡절 많은 부침과 푸르른 대자연을 대면한 뒤 느껴지는 작가의 정감을 망망한 우주에 대한 묘사를 통해 표현하고 있다. 눈앞의 도도히 흐르는 강물과 달빛, 그것을 바라보는 작가의 청정한 마음, '내 몸이 어딘지 깨닫지 못한 순간' 돌연히 온 우주가 맑고 투철한 하나의 짙은 남색으로 뒤덮인다. 하늘과 강물이 하나가 되고, 나의 몸과 대자연이 하나가 되는 여기에서 시인은 자기의 몸이 어디 있는지를 잊어버렸을 뿐만 아니라, 세속의 모든 번뇌와 시비의 관념에서 벗어난 경지를 말하고 있다. 마치 물아양망, 물아합일의 경계에 도달한 듯, 대자연에 대한 도야와 감상으로부터 철저히 세속을 초월하는 시인의 경계를 묘사한 작품이다.

한구의 「조백어에게 증여하다(贈趙伯魚)」의 작품을 보면 다음과 같다.

學詩當如初學禪　　시를 배우는 것은 마치 처음 선을 배우는 것과

	같으며
未悟且遍參諸方	깨우치지 못했을 경우에는 여러 방면을 참구해야 하네
一朝悟罷正法眼	어느 날 깨우침에 이르러 정법안을 얻으면
信手拈出皆成章	손이 가는 대로 자연스레 문장을 이룰 수 있다네

이 시의 본래 12구절인데, 전반부 8구는 주로 시인이 후학인 조백어와의 만난 과정에 대한 묘사이다. 이 부분은 후 4구인데, 전형적인 이시담선以詩談禪, 이선유시를 표현한 구절이다. 송대에는 일반적으로 승려들이 깨우침을 얻기 위해서 여러 고승들을 찾아다니면서 선을 참구한다. 그리하여 스스로의 경험한 체험을 스스로 느끼기 위해서 노력하는 것이다. 그러다 일단 돈오의 경지에 이르면 바로 '정법안'을 얻을 수 있다. 다시 말해서 명심견성의 경지에 도달했음을 말한다. '정법안'이란 참선을 행하는 자가 사물을 관찰할 때 인식한 진리의 지혜로운 안광을 가리키는 것이다. 한구는 시를 배우는 사람은 반드시 선을 배우는 선승처럼 종합적으로 각종 창작 경험을 학습하여 광범위하게 여러 시인들의 장점을 취할 필요성을 강조한다. 정법안의 경계에 이르면 작시의 법문을 깨닫게 되고, 마음이 가는 대로 창작할 수 있는 경지에 이른다는 주장이다. 여기에서 시인은 "어느 날 아침의 깨우침"을 매우 강조하는 동시에 그것의 전제조건으로 '여러 시인들의 장점을 참구(遍參諸方)'해야 함을 강조한다. 이러한 참선오도參禪悟道의 비유와 선종에 대한 해박한 지식을 운용하여 시인은 시 창작에 있어서의 광범위한 공부(학습)의 중요성을 강조하고 있다.

3) 요절饒節의 선시

요절(1065~1129)은 강서시파 삼승三僧 중의 한 명으로 정화연간에 불가로 귀의한 유생이다. 법명을 '여벽如壁'이라고 칭하고,[439] 자호를 의송도인倚松道人이라 칭하였다. 요절의 적지 않은 시들은 탈속적이면서도 거주하는 유벽幽僻한 환경에 대한 묘사 및 고요하고 쾌적한 생활에서의 심경을 담담하게 그리고 있어, 한적하면서도 담박淡泊하고 소탈하면서도 자연自然한 풍격을 나타낸다. 남송의 육유는 "근래 승려 중의 최고(近時僧中之冠)"[440]라면서 요절의 시가에 대한 조예를 칭찬하였다. 「우연히 이루다(偶成)」도 한적하고 평담한 풍격을 묘사하고 있다.

松下柴門閉綠苔	소나무 아래 닫힌 사립문에 이끼 돋아나고
只有蝴蝶雙飛來	한 쌍의 나비가 짝을 지어 날아오른다
蜜蜂兩股大如繭	두 갈래의 꿀벌 크기가 누에고치 같으니
應是前山花已開	응당히 앞산의 꽃은 이미 피었으리라

평담한 어조로 각기 다른 측면에서 탈속적인 승려의 거주환경을 반영하고 있다. 소나무 그늘 아래의 "닫힌 사립문", "이끼"는 바로 세속과의 단절된 모습을 묘사하고 있다. 그런데 오직 한 쌍의 나비만이 짝을 지어 날아오르고 있다. 탈속적이며 유벽하지만, 동시에 대자연의 왕성하고 생기발랄한 무한한 생명력을 담은 선취를 체현해내고 있다. 나비

---

439 "政和間裂儒衣爲釋氏, 名如壁無何, 朝廷建議以僧爲德士, 使加冠中."(『感山雲臥紀談』 卷下)

440 『老學庵筆記』 卷2.

뿐만이 아니다. 꿀벌들도 있다. 이 모든 것이 여래법신이요, 청정법신인 것이다. 꿀벌다리의 꽃가루를 통해서 앞산의 꽃들이 이미 만개하였음을, 다시 말해서 나비와 꿀벌에 대한 묘사를 통해서 대자연의 섭리를 강조하고 있다. 이 모두가 완정한 자생자멸의 청정법신의 세계인 것이다. 평상심으로 대자연에 대한 관조를 통하여 유幽와 여麗, 동動과 정靜이 서로 교차하는 봄의 정취가 물씬 풍기는 생기발랄한 청정법신의 세계를 나타내고 있다. 간략한 언어로 평담, 자연의 풍격을 묘사한 선시이지만, 그 속에는 무궁무진한 우주만물의 이치와 섭리를 담고 있다.

요절의 「면석眠石」 시도 세속을 벗어난 작가의 안심자득한 심경을 표현한 작품이다.

靜中與世不相關	고요함 속에 세속을 떠났으니
草木無情亦自閑	무정한 초목도 스스로 한가하네
挽石枕頭眠落葉	돌을 베고 낙엽 위에 누워 자니
更無魂夢到人間	꿈이라도 속세로 갈 영혼은 더욱 없다네

첫째 구에서 세속과 단절되고, 모든 인연을 단절한 고요한 시인의 심경을 표현하고 있다. '세상과 상관이 없다(與世不相關)'는 것은 속세와의 단절을 추구하는 시인의 정서를 표현한 구절이다. 둘째 구에서는 대자연 속의 초목을 인격화시키고 있다. 세속을 떠난 시인의 마음이 대자연의 무정한 초목조차도 세속의 명리에서 벗어나게 만들고 있다. 여유롭고 자유자재함 속에 세속의 애증을 탈피하고자 하는 시인 내면의

경계를 그리고 있다. 셋째 구에서 시인이 돌을 베개로 삼고, 낙엽을 이불로 삼는다는 묘사는 스스로를 대자연 속에 놓아두는, 즉 대자연과 일체가 되는 경계를 나타내고 있다. 깨어 있을 때도 그러하지만, 꿈에서라도 속세의 모든 인연과의 단절을 추구하는 시인의 탈속적인 면이 돋보인다. 초목, 돌, 낙엽과 함께 소요하며, 대자연과 하나가 되는 물아일체의 경계, 그 속에서 임운자재하는 시인의 생활정취를 엿볼 수 있는 작품이다. 선리와 선취가 풍부한 선승의 정취가 돋보이는 작품이다.

「늦게 일어나다(晩起)」 시를 보면 다음과 같다.

月落庵前夢未回　암자 앞 달이 사라지나 꿈에서 깨어나지 못하고
松間無限鳥聲催　소나무 사이로 무한한 새소리 들려온다
莫言春色無人賞　봄날의 풍경 감상하는 이 없다고 말하지 마세요
野菜花開蝶也來　들판의 풀들이 꽃 피우면 나비가 돌아온다

암자 앞에 떠 있던 새벽달은 이미 사라지고, 태양이 동쪽에서 떠오르는 순간이지만, 나그네는 아직 꿈속에 빠져 있다. 이른 아침 소나무 숲 사이로 들려오는 무한한 새소리가 사람의 잠을 깨운다. 고요한 봄날 상춘을 즐기는 사람이 없다고 절대로 말하지 마세요. 왜냐하면 들꽃이 피면 대자연의 섭리에 따라 나비들이 날아와 대자연의 생명을 이어가고 있기 때문에. 표면적으로 보면 마치 이 시는 그냥 하나의 봄날의 풍경을 묘사하고 있는 듯하다. 그러나 시인의 의도는 다른 곳에 있다. 대자연 자체는 바로 하나의 완정한 자생자멸의 깨우침이

충만한 세계라는 것이다. 선종에서는 법신이 일체의 모든 경계를 모두 섭렵한다고 말한다. 그러므로 들판의 이름 모를 꽃, 그것을 따르는 벌, 나비를 통해서 우리는 대자연의 섭리를 깨우칠 수 있는 것이다. 앞서 언급한 것처럼 '청정법신'이라는 말이 있다. 나의 몸이나 대자연의 모든 사물을 '여래법신'으로 보는 것이다. 그러므로 나의 몸, 대자연의 모든 사물은 청정한 자성이 있어, 일체의 제법諸法을 만들어낼 수 있다. 탈속적이며 유벽하고, 적정하면서도 생동감이 넘치는 생기발랄한 대자연의 무한한 생명력을 통해서 세속을 벗어난 선승의 담박한 선취를 체현해내고 있다.

4) 조충지晁沖之 및 기타

조충지(1072~?)의 자는 숙용叔用이며, 제주濟州 거야巨野 사람이다. 사촌형인 보지補之, 설지說之, 영지永之 모두가 당시 유명한 문학가들이다. 철종哲宗 소성紹聖 원년(1094)에 원우당적元祐黨籍에 가입했는데, 당쟁으로 조씨 형제들은 모두 폄적되거나 유배되었다. 조충지도 구자산具茨山 아래서 은거하면서 선종에 심취하게 된다. 약 10여 년 후, 휘종 때 등용하려 했으나 본인이 출사하지 않았다. 일찍이 그는 진사도에게서 학문을 배웠고, 여본중 등과 교유했는데, 여본중이 그를 「강서시사종파도江西詩社宗派圖」에 넣었다. 조충지도 성격이 비교적 강직하고 청정과욕한 성품을 가진 시인이었다고 전한다.

아래의 시는 은거생활을 하면서 지은 것으로 주로 승사의 유벽함과 실의한 내심의 감정을 담담하게 드러내고 있다. 「승사소산僧舍小山」 첫째 시를 보자.

此老絶瀟灑	이 노인(석불)은 완전히 초탈하여
久參曹洞禪	오랫동안 조동선을 참구하였네
胸中有丘壑	가슴에는 심원한 포부를 가지고
左手取山川	왼손에는 산천을 취하였네
樹小風聲細	작은 바람과 고요한 소리 들리고
岩深日影圓	산은 깊고 해 그림자는 둥글다네
江湖不歸客	돌아가지 않은 강호의 나그네
相對一茫然	마주보며 하나 되어 망연히 서 있네

"이 노인(此老)"은 석불을 가리킨다. "조동선曹洞禪"은 동산양개洞山良價가 개창한 "조동종曹洞宗"을 말한다. 3, 4구에서는 석불의 모습을 묘사하고 있다. 가볍게 왼쪽 손을 들고 있는 모습이 산천을 취한 모습이다. 표면적인 이유는 석불의 모습을 가리키는 것 같지만, 실질적으로는 『유마힐경維摩詰經·불사의품不思議品』을 인용하고 있다. "사리불이여, 불가사의한 해탈에 머무는 보살은 삼천대천세계三千大千世界를 움켜쥐기를 마치 도공이 흙덩이를 오른쪽 손바닥에 움켜쥐고 항하恆河의 세계 밖으로 던져버리는 것과 같습니다. 그 안에 사는 중생은 자기가 어디로 가는지 깨닫지도 알지도 못하며, 다시 제자리에 돌아와도 그 사람들에게는 갔다 왔다는 생각을 일으키게 하지 않고, 이 세계의 본래 모습은 예전과 같습니다."[441] 다시 말해서 깨우침에 이른 부처의

441 『維摩詰經·不思議品』: "又舍利弗! 住不可思議解脫菩薩, 斷取三千大千世界, 如陶家輪著右掌中, 擲過恆沙世界之外其中衆生不覺, 不知己之所往, 又複還置本處, 都不使人有往來想, 而此世界本相如故." 『維摩詰經今譯』, 陳慧劍譯注, 東大

심원한 경계와 삼천대천세계를 움켜쥐고 서 있는 석불에 대한 생동감 있는 묘사를 통해서 선종의 오묘한 진리를 설명하고 있다. 후반부에서는 사원이 위치한 지리적인 환경, 유벽幽僻하고 정막감이 감도는 탈속적인 환경에 위치하고 있다. 미련에서 돌이킬 수 없는 스스로의 인생항로를 떠올리며 고요히 조동선을 참구하는 선승처럼 석불과 하나가 되어 고요히 서 있는 시인 자신을 묘사하고 있다. 다시 「이십일형의 운에 차운하다(次二十一兄韻)」 시를 보면,

憶在長安最少年　장안에서의 젊은 시절을 회고해보면
酒酣到處一欣然　도처에서 마음껏 마시며 즐거워하였네
獵回漢苑秋高夜　한원에 사냥 갔다 돌아오니 맑은 가을 저녁
飮罷秦臺雪作天　음주를 마치니 누각은 눈으로 뒤덮였네
不擬伊優陪殿下　전하를 모시고 아첨함을 바라지 않고
相隨于蔿過樓前　벗들과 「우위」를 노래하며 누대 앞을 지났다네
如今白髮山城裏　현재에는 백발이 되어 산성 속에서
宴坐觀空習斷緣　좌선하여 공을 관조하며 인연 끊음을 배우리라

위의 칠언율시는 황혼에 이르러 젊은 시절 장안(개봉)에 있을 때를 회고하면서 지은 작품이다. 수련과 함련은 자유분방했던 젊은 시절의 생활상에 대한 묘사이다. 경련에서 시인은 과거를 회고하며 자신이 세속에 영합하는 구차한 일생을 보낸 것이 아니라, 굳은 절개와 충정으로 나라와 황제에게 도움이 되려고 노력했었음을 강조하고 있다. 「우위

圖書公司, p.232.

가于蔿歌」는 당나라의 원덕수元德秀가 지었다고 전하는데, 군은 절개로써 군왕의 잘못을 풍간하는 내용을 담고 있다. 미련은 늙은 시인의 현재의 마음을 담고 있다. 젊은 시절의 호방함은 사라지고, 현재 백발이 되어 산성에 은거하는 늙은이로 남아 있다. 마지막 구절은 평담한 언어로써 시인 내면의 정감을 담고 있다. 조용히 좌선하며 선종의 공사상에 대한 학습을 통해서 세속 인연과 단절하고자 하는 마음을 평담한 언어로 묘사하고 있다. "습習"자를 통해서 그것의 실행이 쉽지 않음을 함축적으로 표현하고 있다.

이팽李彭의 「희광 선사에 부친다(寄希廣禪師)」 시를 보면 다음과 같다.

已透雲庵向上關　구름 위의 암자에서 수행하면서
熏爐茗碗且開顔　향 피우고 차 마시며 미소 짓는다
頭顱無意掃殘雪　무의식중 머리 위의 잔설을 쓸어내고
毳衲從來著環山　모직으로 만든 납의로 항상 둘러싸네
瘦節直疑靑嶂立　수척한 뼈마디는 푸른 봉우리 서 있는 듯
道心長與白鷗閑　도심이 증가하니 흰 갈매기와 노닌다
歸來天末一回首　하늘 끝에 돌아와 고개를 돌려보니
疑在孤峰煙靄間　외로운 봉우리 자욱한 구름 사이 서 있는 듯

이 칠언율시는 속세의 인연과 단절하고, 구름 위의 암자에서 수행정진 하는 희광希廣 선사의 탈속적인 풍모를 생동감 있게 묘사하고 있다. 차를 마시고 향을 피우며 검소한 생활을 실천하는 선사의 모습을 시의 전반부를 통해 알 수 있다. 속세의 명리를 단절한 선사의 고고한 모습,

갈매기와 함께 소요하는 선사, 그가 돌아가 거주하는 곳은 자욱한 구름 사이의 외로운 봉우리임을 말하고 있다. 속세와는 완전히 단절된 거주지 위치와 소박한 일상생활에 대한 묘사를 통해 선사의 인품을 찬양하고 있다. 향과 차, 암자, 갈매기, 수척한 노승, 산봉우리, 자욱한 구름 등의 언어는 적정寂靜하고 담박淡泊한 선종의 심미관을 표현하기에 충분하다. 전반적으로 선전과 선어를 인용하지 않았지만, 평상심으로 선사의 일거수일투족, 개인적인 특징에 대한 관조를 통해서 선취가 충만한 선시로 탈바꿈하였다. 특히 한적하면서도 담박한, 세속을 초탈한 정서의 표현은 강서시파 일원의 시가 특징으로 봐도 무방하다.

4. 결론

강서시파의 구성원들 대부분은 구당의 소속이거나 혹은 구당을 동정하는 세력으로, 신당과의 당쟁에 의하여 유배되거나 폄적된 시인들이다. 소식의 오대시안 사건으로 인하여 황정견을 비롯한 적지 않은 강서시파 시인들이 유배되면서, 그들은 정치현실을 시가 작품을 통해서 묘사하거나 풍자할 여건이 되지 못했고, 이에 따라 명철보신을 지향할 수밖에 없는 환경에 있었다. 그중에서 어떤 시인들은 벼슬길을 떠나 대자연 속에서 은거하기도 하고, 어떤 시인들은 현실 문제에서 벗어나 유배지에서 포의로써 소탈한 일생을 추구하기도 하였다. 당시 대부분의 강서시파 시인들은 정신적인 고민과 번뇌에서 벗어나기 위해서 정치적인 이상 대신, 내심의 청정함과 세속과는 괴리된 초탈한 삶을 추구하면서 이를 시작을 통해서 표현하였다.

한편, 북송대에 이르러 선종은 문자선으로 변모하게 된다. 따라서 다량의 『등록燈錄』과 『어록語錄』들이 출현하였고, 불립문자의 선은 불리문자不離文字화되면서 사대부들과도 밀접한 관계를 유지하였다. 소식과 황정견이 송대의 문자선과 깊은 관련이 있다고 할 수 있었는데, 특히 황정견은 시가 창작에 있어서 선종공안의 화두를 참구하는 사유방식을 수용함으로써 강서시파의 시학 이론 정립과 시가 창작의 활용에 영향을 미친다. 황정견의 학생인 범온이 시가 이론을 논하면서 다음과 같이 말하고 있다. "산곡이 말하기를 배우는 자가 만약 옛사람이 의도한 바를 알지 못하고, 오직 표면적인 것만 얻는다면 갈수록 멀어지는 것이다. …… 고로 배우는 자는 우선 '식識'을 위주로 해야 한다. 마치 선사들이 소위 말하는 정법안처럼, 직접 이 안목을 갖추어야 비로소 도에 들어갈 수 있는 것이다."[442] 다시 말해서 강서시파의 시인들은 시작에 있어서 지식의 중요성을 강조한다. 시가 창작에 지식을 습득하는 방안으로 '포참', '편참', '숙참'이라는 방식을 제시하고 있다. '활구'와 '활법'도 그들의 중요한 시가 주장이다. 증계리曾季貍는 "진사도는 시를 논하면서 환골을 말하고, 서부는 시를 논하면서 핵심을 찌를 것(中的)을 말한다. 여본중도 시를 논하면서 활법을 말하며, 한구는 시를 논하면서 포참飽參을 말하고 있다. 들어가는 곳은 모두 다를 수 있으나, 그러나 모두를 하나의 핵심부분으로 귀납할 수 있는데, '깨우침으로 들어가지 않으면(悟入)' 안 된다."(『艇齋詩話』)고 주장하였다.

'포참', '편참', '활구'와 '활법'을 통하여 궁극적으로는 깨우침으로

---

442 "山谷言學者若不見古人用意處, 但得其皮毛, 所以去之更遠 …… 故學者要先以識爲主, 如禪家所謂正法眼者直須具此眼目, 方可入道."(『潛溪詩案』)

들어가야 한다는 주장이다. 언어문자에 대한 편참, 포참, 숙참은 모두 언어문자에 대한 참구과정의 긍정이라는 토대 위에서 이루어진 논리이다. 참구의 대상은 이전 시인들의 창작경험과 예술법칙이다. 이전 예술작품에 대한 참구를 통해서 스스로의 창작기교와 창작법칙을 파악해내는 경지, 즉 '정법안'의 경지에 다다르면, 손이 가는대로 자연스럽게 뛰어난 작품을 창조해낸다는 주장이다. 이로 보아 문자선의 영향 아래 강서시파의 이선유시 시학 이론이 태동한 것임을 알 수 있다. 이러한 주장은 양만리의 활법과 엄우의 묘오설, 후대의 이시담선以詩談禪과 이선유시以禪喻詩 주장에 적지 않은 영향을 끼쳤음을 어렵사리 추정할 수 있다.

강서시파 시인 중에서 한구韓駒, 이팽李彭, 여본중呂本中 등은 모두 대혜종고 선사와 밀접한 왕래가 있었다. "세속에 조금도 오염되지 않아서 후진의 스승이라네(不爲世俗毫髮汚染, 故後進之師也)"[443]라고 평가받은 요절饒節, 사일謝逸, 왕혁汪革 등은 시가 창작에 있어서 스스로 일가를 이루었다. 아울러 "차가운 재가 되니 오히려 선을 만난다(寒灰卻會禪)"는 조충지晁沖之, "말함을 버리고 선을 깨친다(棄講而悟禪)"는 진사도, 그리고 요절饒節, 조가祖可, 선권善權 등의 강서삼승江西三僧도 모두 선종과 밀접한 관련이 있다. 이러한 강서시파 시인들의 선종과의 불가분의 관계는 그들의 작품 속에 다양한 선적 사유와 선종의 심미관을 투영시켰다. 인생여몽, 수연자적, 청정본심, 자아해탈을 반영하는 인생관을 묘사하거나, 혹은 세속 인연과의 단절을 추구하면서 대자연

443 呂本中,『謝幼槃文集跋』, 謝薖『謝幼槃文集』卷尾,『叢書集成初編』本.

속의 자유자재한 삶을 읊조리기도 하였다.

결론적으로 말해서 황정견을 비롯한 강서시파의 구성원들은 자각적으로 선종적인 사유를 빌어서 창작활동을 하였고, 작품 속에서도 선학의 영향이 곳곳에 투영되고 있음을 알 수 있다. 그중에서도 이취와 선취가 풍부한 시가, 유머감각과 해취諧趣가 넘치는 시가들, 이런 시가들도 송시의 특징을 대표하는 것이다. 상론했듯이 강서시파의 형성과 영향은 '불리문자'의 문자선 및 간화선의 유행과 밀접한 관련이 있음을 알 수 있다. 예컨대 문학과 예술의 창작활동이 그 시대의 종교나 학술사상 등 시대성을 반영하는 사유의식과 중요한 상관관계가 있다는 것이다. 하지만 언어문자 등 자구에 대한 지나친 강조와 집착은 시적인 낭만성을 감소시키는 결과를 초래했는데, 이것이 강서시파의 말류에서 나타나는 주된 단점이었다.

Ⅳ 간화선과 남송 시단

제8장 간화선의 유행과 남송삼대가

1. 서론

앞에서 살펴보았듯이 선종사적 흐름으로 보아 북송은 시대적으로 이른바 '불립문자不立文字'에서 '불리문자不離文字'로 전환되는 시기였다. 때문에 이 시대 선종의 주된 흐름으로 '문자선'을 먼저 내세운다. 당시에는 선승뿐만 아니라, 문인 사대부들도 시나 게송, 염송 등 문자선으로 선종의 깨우침의 경지를 표출했기에 이 시기는 송고문학頌古文學의 르네상스 시대라고도 불린다. 이러한 문자선으로부터 나타나는 폐해를 극복하고자 묵조선과 간화선이 나타났다고 보는 것이 일반적인 견해이다. 수행방법과 사상적인 면에서 묵조선과 간화선 사이에는 적지 않은 차이가 있다. 하지만 선 수행에 있어서 심리적인 각오覺悟를 중시한다는 면은 동일하다. 문자선과 비교했을 때 이 두 가지 선법은 마음의 직관적인 증오證悟를 중시하는 것이고, 문자선은 지성적 사유의

해오解悟를 중시하는 것이다. 경전과 게송 등 문자에 대한 이해와 이를 통하여 깨우침으로의 인식전환을 강조한 것이다.

그러므로 송대 선종의 특징을 한마디로 강조한다면 문자선, 간화선, 묵조선으로 개괄할 수 있다. 결국 문자선은 선의 이치를 나타내는 데 힘쓰기보다는 문학적인 수사修辭나 기교, 시작詩作 등에 치중하게 되었고, 사대부와 선승들의 언어적 유희라는 비판을 낳게 되었다. 또 선어禪語의 표면적인 뜻에만 집착하여 정작 본래 추구할 오묘한 진리를 보지 못한다거나, 지나친 언어적 풀이나 문자적 해석으로 말미암아 선의 본질과 멀어지게 되었다는 비판을 받게 되었다. 북송대부터 성행하던 문자선에 대해 적지 않은 선승들이 비판에 동참했지만, 가장 신랄하게 그 폐해를 지적한 사람은 간화선의 거장 대혜종고(大慧宗杲, 1089~1163) 선사이다.

만약 북송에 송고를 제창하면서 문자선을 강조하는 분양선소, 설두중현 선사가 있었다면, 남송에서도 송고頌古를 중시한 원오극근의 출현으로 문자선은 극성하게 된다. 아울러 북송에 이선理禪합일과 삼교융합을 강조하는 계숭契嵩 선사가 있었다면, 남송에는 "충군애국"을 강조하면서 세간법과 불법의 일치를 강조한 대혜종고 선사가 있었다. 물론 북송과 남송의 선종이 확연히 다른 점도 있다. 북송에서는 발전을 이루지 못했던 간화선과 묵조선이 남송에서는 대혜종고 선사와 굉지정각 선사의 주창 아래 진일보 발전했다는 점이 그러하다. 남송 선종의 이러한 특징은 이선입시以禪入詩와 이선유시以禪喩詩를 통하여 남송 시단에 직접적인 영향을 주게 된다. 출가자인 대혜종고 선사가 일관되게 '충군애국'을 강조했듯이, 애국시인 육유가 "시가삼매"를 강조해도 조금도 이상할 것이 없었던 시기였다. 성재체誠齋體를 만들어 일가를 이룬 양만리가 제기한 활법活法, 투탈透脫 등의 이론은 남송대 간화선의 발전과 밀접한 관련을 가지고 있다. 남송사대가의 일원인 범성대 역시 "불교로써 마음의 수양(以佛修心)"을 주창하면서 "삼교융합三教融合"을 적극 강조하였다. 만년에 그는 귀은생활을 통해서 그것을 직접 체현하기도 하였다. 남송 말기의 영가사령의 시풍은 묘妙, 영靈, 신神, 조照를 중심으로 하는 조동종의 묵조선 특징과 연관성이 있다고 판단된다. 이처럼 남송 선송의 특징과 발전 맥락은 남송 시단의 흐름과도 일정한 관련이 있다고 할 수 있다.

사실 북송과 남송의 교체기의 선종은 송대 선종의 제2단계라고 할 수 있다. 일찍이 휘황찬란하게 빛을 발하던 임제종의 황룡파 및 운문종은 전성기를 지나면서 점차 쇠락의 길을 걷기 시작한다. 이때 임제종의 양기파가 점점 황룡파를 대신하여 임제종의 정통적인 위치를 차지하기 시작하였다. 동시에 조동종도 나날이 세력을 형성하면서 소위 "임제천하, 조동일각(臨天下, 曹一角)"이라는 형세가 형성되었다. 당시 양기파의 대표적인 인물은 유명한 원오극근(1063~1135)과 그의 제자인 대혜종고(1089~1163)를 들 수 있다. 극근의 『벽암록』은 총림의 필독서가 되었고, 대혜종고 선사는 "간화선"을 주창하면서 이전 선사들의 선문답과 기어機語를 모으고, 사이사이에 '염제(拈提: 古則이나 公案, 機語를 평하는 것)'로 해석을 첨가하여 『정법안장』 6권을 만들었다. 이들의 노력에 의하여 마침내 양기파는 임제종 정통의 지위를 확보하면서 남송 선종을 이끌어갔다. 종고와 비슷한 시기에 조동종 굉지정각(宏智正覺, 1091~1157)은 묵조선을 주창하면서 체계를 완성시켜 나갔다.

위도유는 북송과 남송 시기의 선종에 대해 다음과 같이 말하고 있다.

> 양송 시기에 조동종의 승려인 굉지정각은 묵조선을 창도하여 민 지역 사대부들의 환영을 얻었으며, 묵조선의 유행을 촉진하여 조동종의 사회적인 영향을 확대하였다. 임제 승려인 대혜종고는 완정한 간화선을 창도하여 더욱 많은 사대부들의 신봉을 얻었다. 이 두 부류는 송대 선종에서 주류의 선법체계로 각기 다른 정도로 사대부의 주목을 받았다.[444]

대혜종고의 간화선과 굉지정각의 묵조선은 당시 선종의 2대 감로문二大甘露門이라고 평가받을 정도로 유행하였다. 여기에서 남송 선종의 특징을 다음 세 항목으로 개괄할 수 있다.

첫째, 북송의 상황과 비슷한 점은 초기에 문자선이 크게 유행했다는 사실이다. 대표적인 인물은 『벽암록』을 지은 양기파의 원오극근(圜悟克勤, 1063~1135)이다. 그는 선종어록과 불교의 경륜經綸을 매우 중시하고, 선종에서 통행하는 기용機用을 중시하였다. 이러한 기초 위에서 그는 종문 '제일의 책'이라는 『벽암록』을 만들었다. 『벽암록』은 송고頌古를 중시하는 선종의 환경 아래서 형성된 것이다. 그러므로 그는 공안, 송문, 경교 등 삼자를 결합해서 문자를 사용하여 불립문자의 선을 설명하고 있다. 『등록』의 간행과 송고, 평창으로 해설을 진행하여 독자들로 하여금 쉽게 이해하도록 한 것이다. 이것은 선종 발전의 필요성에 의하여 탄생한 것으로 중국의 선학이 총림에서 벗어나 이미

444 魏道儒, 『宋代禪宗文化』, 中州古籍出版社, p.49.

사회 각계각층으로 유입되기 시작했음을 상징하는 것이다. 당연히 당시 문인과 지식인들의 지지와 호응을 얻어서 강력히 성행할 수 있는 바탕이 되었다.

다시 말해서 선리에 정통하고 문장력을 갖춘 선승들이 문인들의 시작詩作에 영향을 끼쳤다고 할 수 있다. 선종의 공안, 기봉, 어록과 선승들이 활용하는 시문언사들 등 각종 문자선의 비유가 신선하고 기이하며, 풍부한 상상력을 갖추고 있다. 아울러 상징적인 의미가 깊어 일반적인 상식의 사고를 깨뜨리고, 시인들의 시가언어의 영역을 확대하고, 언어의 특징을 강화하는 데 도움을 주었다. 시인들은 선종어록을 통해서 언어적인 표현기교를 빌리고, 시가언어의 표현예술을 발전시켰던 것이다. 앞에서 언급한 바와 같이 송대 시가의 의론위시議論爲詩, 이속위아以俗爲雅, 설리說理와 이취理趣, 해취諧趣를 추구하고 문자를 강구하는 것을 습관적으로 좋아하는 것도 당시에 유행하는 문자선의 유행과 상당한 인과관계가 있다고 할 수 있다.

둘째, 이 시기는 원오극근의 제자인 대혜종고(大慧宗杲, 1089~1163)가 주창한 간화선이 크게 유행하기 시작한 시기다. '간화선'이란, 공안公案 중에서 어떠한 어구를 선택하여 화두로 삼고 참구하면서 일체의 사량思量이나 지식을 없애고, 언어문자와 논리, 추리를 뛰어넘어 진정한 선의 깨우침을 추구함을 말한다. 사실 '간화선'의 성행은 '문자선'의 반대에서 나온 것이지만, 역설적으로 말하면 문자선과 밀접한 관계가 있다. 송대 선승들이 평소 학습하고 가르친 경전은 전통의 불교경전이 아니라, 『등록』과 『어록』이 위주였다. 이 속에는 비교적 완정한 독립된 고사, 즉 '공안公案'들이 있는데, 주로 선사와 학습자 간의 간략한 대화문답을 기록한 것이다. '공안'에 대한 각기 다른 태도와 다른 연구방식은 이후에 각종 선학의 형식으로 형성되었다. 운문으로 '공안'을 해석한 것이 '송고頌古'를 이루었고, '송고'와 연계해서 경교經教로 '공안'을 해석한 것이 '평창評唱'을 이루었다. 종고 선사가 '공안' 속의 화두에 대한 참구를 중시함으로 인하여 그가 강조하는 '간화선'을 이루게 된 것이다. 이러한 화두에 대한 참구를 처음 주창한 사람은 황벽희운(?~855)이다. 그는 조주 화상의 공안을 인용하여 '무無'자 화두의 참구를 주장하였다. 이후 북송 때 오조법연(五祖法演, ?~1104) 선사가 희운의 뒤를 이어서 '공안'을 중시함으로써 화두를 참구할 것을 강조한 것이다. 그러므로 종고는 이들을 계승하여 '활구'를 화두로 삼고, '사구'를 버릴 것을 요구하는 간화선을 강조한 것이다.[445]

종고의 간화선은 선승들만 대상으로 말한 것이 아니다. 사대부들에게도 강조한다. 세간법과 불법의 동일성을 일관되게 강조하기 때문이다. 예를 보면, "갑자기 부지불식간에 '노露'자가 위로 올라와 모든 소식을 끊고서 삼교 성인께서 설한 법을 하나하나 묻지도 않아도 자연히 사람마다 다 밝고 사물마다 또렷이 드러나게 되는 것이다."[446] 하나의 '화두'를 참투參透하면 선리를 깨칠 수 있다. 뿐만 아니라 사대부들에게 있어서 화두에 대한 참투는 삼교 성인들의 모든 교리와 사대부가 필요한 모든 학문을 증오證悟하게 된다는 것이다. 그러므로 종고 선사는 충군

---

445 魏道儒, 『宋代禪宗文化』, 中州古籍出版社, pp.115~116.

446 『大慧普覺禪師法語』 卷24: "驀然不知不覺, 向露字上絶卻消息, 三教聖人所說之法, 不著一一問人, 自然頭頭上明, 物物上顯矣.", CBETA, T47, No.1998, p.911, c25.

애국사상을 극력 강조하면서 세간법과 불법이 다름이 없다고 주장하며, 유불도는 서로 하나가 될 수 있다고 강조하였다.[447] 이 점에 있어서는 북송의 계숭 선사가 강조한 "유불융합"의 주장과 일맥상통한다. 사실 종고의 이런 주장의 연원은 임제 선사가 주장하고 양기방회가 계승하면서 강조한 '수처작주隨處作主, 입처개진立處皆眞', 즉 '어느 곳에 있든지 스스로 주인이 된다면 임하는 모든 곳이 참이 된다.'는 사유에서 출발하고 있다. 이러한 이론체계는 대혜종고 선사로 하여금 실상진여實相眞如가 현상계를 떠나 있는 것이 아님을 깨닫게 했던 것이다. 일상생활 속에 진여眞如가 나타난다는 것으로 일체가 현실에서 출현한다는 것이다. 그렇게 할 수 있다면 참선자는 언제나 마음의 끈을 놓치지 않고(提撕), 항상 깨우침을 추구해야 한다. "입처개진(임하는 모든 곳이 참이 된다)" 주장과 일상생활 속에 진여가 있어 "일체의 법은 모두가 불법(一切法皆是佛法)"이라는 이론은 서로 상통하는 것이다. 이것은 바로 선종의 세속화, 대중화(普世化)의 표현으로 마조 이래로 홍주선에서 주장하는 "평상심시도"의 경지와도 일맥상통하는 주장이다. 북송의 문자선이 주로 문자의 측면에서 사회 속으로 파고들었다는 의미는 바로 기존의 농경 선에서 사대부 선으로 진입하였음을 의미한다고 할 수 있다. 이에 비하여 대혜종고가 강조하는 '간화선'은 다시 신분상의 차이를 뛰어넘는 것을 강조한 것이다. 선사 혹은 고관대작을 막론하고 모두 일상생활에서 수행을 할 수 있는 것이다. 그러므로 종고는 수행은 반드시 생활 속에서 이루어져야 한다고 주장한다. 사람들이 세속을

---

447 『大慧普覺禪師法語』 卷24: "菩提心則忠義心也, 名異而體同. 但此心與義相遇, 則世出世間, 一網打就, 無少無剩矣." CBETA, T47, No.1998, p.912, c24-26.

떠나서 산속으로 들어가서 말도 없이 공히 참선만을 행하는 것을 반대하였던 것이다.

> 근래 이래로 총림 중에 사악한 주장을 하는 선사가 있다. 배우는 자들에게 이르기를 "오로지 고요함을 지켜야 한다." 도대체 지키려는 것이 무엇인가? 고요한 자는 또 누구인가? 고요함의 근기는 기본이라고 말하면서 오히려 깨우침의 근기를 믿지 않고, 깨우침의 근기를 지엽적인 것이라고 말한다.[448]

세속을 떠나서 조용히 참선을 수행하는 것을 반대하고 있다. 모두가 깨침의 근기가 있으니 어디서든지 오성悟性을 체현할 수 있다는 것이다. 그러므로 종고는 "세간법이 바로 불법이고, 불법이 곧 세간법이다."[449] 라고 말하고 있다. 아울러 그는 선종이 주장하는 '불성佛性'과 유가의 '천성天性'을 동일시하는 한편, 선종 속에 "정情"의 존재를 강조하면서 "부자인륜父子人倫의 정情"을 긍정하였다.[450] 대혜종고가 '유불합일'과

---

448 『大慧普覺禪師書』 卷30: "近年以來, 叢林中有一種唱邪說爲宗師者, 謂學者曰: 但只管守靜. 不知守者是何物? 靜者是何人? 卻言靜底是基本, 卻不信有悟底, 謂悟底是枝葉." CBETA, T47, No.1998, p.939, a28.

449 『大慧普覺禪師書』 卷27: "世間法則佛法, 佛法則世間法也". CBETA, T47, No.1998, p.929, b26.

450 潘桂明, 「大慧宗杲禪師的居士教育」: "父子人倫之情, 屬儒家倫理, 天性範圍, 應該得到表現; 喜笑怒罵, 出自佛性, 天眞自然, 這是禪家心性論的核心. 儒家的倫理原則與禪家的心性學說在宗杲的禪學中獲得統一, 他把入倫之情的本質天性與佛教的眞如佛性加以等同看待."(『中越佛教教育研討會』)

'충군애국'을 강조한 이유는 유가의 윤리관과 선가의 심성학설, 즉 '보리심'으로써 중국 전통의 도덕을 개괄하고 있기 때문이다.

> 보리심은 바로 충의의 마음이니, 이름이 다를 뿐 실체는 같은 것이다. 단지 이 마음이 의義와 서로 만나면 곧 세간과 출세간이 일망타진되고 부족함도 없고 괴리도 없게 되는 것이다. 나는 비록 불교를 배우지만, 그러나 애국·우국의 마음은 충의로운 사대부와 동등하다.[451]

다시 말해서 불가의 '보리심'과 유가의 '충의'가 동등하다는 논리로 '불법'과 '세간법'의 합일을 주장한 것이다. 이런 이론은 선학의 대중화 및 문인 사대부들의 선 학습에 적극적인 이론 토대가 되었을 것을 추정할 수 있다. 게다가 '유불합일' 및 '불성과 천성의 합일'을 긍정하는 토대라면, 시인들과 문인들의 문학작품 창작론과 문예이론의 주장에 있어 불선사상佛禪思想을 적극적으로 원용하는 것이나, 혹은 이시담선以詩談禪, 이선유시도 자연스럽게 받아들일 수 있었을 것이다. 예를 들면 육유의 스승인 증기曾幾는 "시를 배움은 참선과 같다. 사구를 참구하면 안 된다(學詩如參禪, 愼勿參死句)"[452]라고 말한 적이 있다. 이런 토대 위에서 애국시인 육유는 시작詩作을 '선의 배움(學禪)'으로

451 "菩提心則忠義心也, 名異而體同. 但此心與義相遇, 則世出世間, 一網打就, 無少無剩矣. 予雖學佛者, 然愛君憂國之心, 與忠義士大夫等."『大慧普覺禪師法語』卷24, CBETA, T47, No.1998, p.912, c24-27.

452 「讀呂居仁舊詩有懷其人作詩寄之」

간주하여 "시가삼매에 들어가니 눈앞에 나타나, 굴원과 가의가 눈앞에 분명하네."[453]라며, '시가삼매詩家三昧'의 선정禪定을 주장하면서 문학 창작에서의 선종의 운용을 강조하였다.

대혜종고大慧宗杲가 강조한 간화선看話禪(화두선)에서 소위 말하는 '간화看話'의 의미는 '화두'를 참구하는 것을 가리키는 것이다. '화두'는 공안 속에 있는 '대답의 말(答話)'을 가리키는 것이다. 따라서 종고는 다음과 같이 말하고 있다.

> 무릇 배움을 참구하는 사람은 반드시 활구를 참구해야 한다. 사구를 참구해서는 안 된다. 활구 아래서 얻는다면 영원히 잊지 않고, 사구 아래서 얻는다면 스스로도 구할 수 없다.[454]

여기에서의 화두는 '활구活句'이다. 글자를 표면적인 의미로만 이해해서는 안 된다는 의미이다. 간화선을 통한 화두의 참구를 주장하고 있다. '간화선'의 사고패턴은 직접적으로 "활구", "활참活參", "활법活法" 등의 시학 이론에 영향을 주고 있다. 종고宗杲 선사도 다음과 같이 말하고 있다.

> 안배할 필요가 없으며, 조작을 빌리지 않고, 자연스럽게 생기가

---

453 「9월 1일 저녁에 시고를 읽다가 감회가 있어 재빨리 노래를 짓는다(九月一日夜讀詩稿有感走筆作歌)」: "詩家三昧忽見前, 屈賈在眼元歷歷."

454 "夫參學者, 須參活句, 莫參死句, 活句下薦得, 永劫不忘, 死句下薦得, 自救不了." 『大慧普覺禪師普說』 卷14, CBETA, T47, No.1998, p.869, b13.

넘치는 것이 항상 눈앞에 나타나야 한다. …… 나에게도 세울 수 있고, 나에게서도 없앨 수도 있으며, 도리가 나에게 있다고 말할 수도 있고, 도리가 나에게 있다고 말하지 않을 수도 있다.[455]

종고의 친한 벗인 혜홍惠洪도 "무릇 언어 중에 언어가 있으면 활구라고 할 수 있고, 언어 중에 언어가 없으면 사구라고 할 수 있다(夫語中有語, 名爲活句; 語中無語, 名爲死句)"[456]고 활구와 사구에 대한 정의를 내리고 있다. 선문답 중에서 질문에 있는 그대로 자의에 따라서 평면적인 언어로 대답하면 그것은 바로 사구인 것이다. 하지만 물음과 다르게 대답하며, 이치에 부합되지 않는 듯하지만, 표면적인 언어적인 의미를 뛰어넘어서 반어나 은어를 활용하여 대답하는 것이 바로 활구라는 것이다. 표면적인 언어문자의 속박에서 탈피할 것을 강조하고 있다.

선종의 언어인 '활참구'를 최초로 시학에 운용한 사람은 육유의 스승인 증기曾幾이다. 그는 "시를 배움은 참선과 같다. 사구를 참구하면 안 된다(學詩如參禪, 愼勿參死句)."[457]라며 주장하였고, 육유도 이를 계승하여 "내가 다산(증기)이 전한 언어를 얻었는데, 문장은 반드시 사구를 참구해서는 안 된다(我得茶山一轉語, 文章切忌參死句)."(「응수재에게 보내다(贈應秀才)」)[458]라는 시학 이론을 주장하였던 것이다.

---

455 "不用安排, 不假造作, 自然活潑潑地, 常露現前. 正當恁麽時, 方始契得一宿覺所謂: '不見一法卽如來, 方得名爲觀自在.' …… 建立亦在我, 掃蕩亦在我, 說道理亦在我, 不說道理亦在我."『大慧普覺禪師法語』 卷19, CBETA, T47, No.1998, p.891, c20.

456 「薦福古禪師傳贊」, 惠洪, 『禪林僧寶傳』 卷12.

457 「讀呂居仁舊詩有懷其人作詩寄之」

이외에 강서시파의 여본중呂本中을 비롯한 송대 시인들도 바로 위의 논리에 따라서 시를 배움에 있어서 반드시 장악해야 할 유연하고 융통성 있는 법칙으로 '활법'을 제기하고 있다. 여본중은 "시를 배울 때는 마땅히 활법을 알아야 한다. 소위 말하는 활법은 규정을 갖추어야 하지만 규정을 능히 벗어날 수 있어야 한다. 변화를 예측할 수 없으나, 규정을 위배해서는 안 된다. 이 도는 고정된 법이 있는 듯하지만 그러나 고정된 법이 없고, 고정된 법이 없는 듯하나 또한 고정된 법이 있다. 이것을 아는 자는 활법을 말할 수 있다."[459]라고 말하고 있다. 역시 여본중이 주장한 "붓끝에서 활법이 전해지고, 가슴에서 원만하게 이루어진다(筆頭傳活法, 胸次卽圓成)."(「別後寄舍第卅韶」) 등등, 이러한 기록으로 보아서 여본중의 '활법活法' 주장과 양만리楊萬里의 "활구活句", "활법活法", "투탈透脫" 등 이론기반은 거의 모두 종고 선사의 간화선看話禪과 밀접한 관계가 있음을 알 수 있다.

셋째, 이 시기는 대혜종고 간화선의 유행과 더불어서 조동종의 굉지정각(宏智正覺, 1091~1157)이 주창한 묵조선默照禪도 크게 유행하였다. 묵조선이란, 묵묵히 정좌하며 조용히 자아의 본심을 관조하는 수행을 통하여 명심견성에 이르는 일종의 선법을 말한다. 소위 묵조선은 이전의 전통을 집대성하는 측면이 있다. 위도유는 『송대선종문

---

458 『劍南詩稿』 卷31.

459 呂本中, 「夏均父集序」: "學詩當識活法. 所謂活法者, 規矩備具, 而能出於規矩之外; 變化不測, 而亦不背於規矩也. 是道也, 蓋有定法而無定法, 無定法而有定法. 知是者, 則可以與語活法矣."

화』에서 다음과 같이 말하고 있다.

> 정각은 당 이래의 선학 발전의 성과를 흡수하고, 장자사상을 융섭한 기초 위에서 묵조선의 체계를 창도唱導하고 완비하였다. 형식상 묵조선이 북종선과 유사한 점이 있지만, 그 이론적인 기초를 보면 결코 북종선에 기대어 있지는 않다. 정각의 묵조선은 반야공관을 그 철학적인 기초로 삼고, 이론적으로는 북종과 분명한 거리를 두고 있어, 남종 선법체계 내에 존재하는 합리성을 획득하였다. 종고의 간화선이 임제종을 더욱 흥성하게 하여 송 이후의 선학 발전에 영향을 미친 것과 마찬가지로, 정각의 묵조선도 조동종을 흥성시켜서 사회적으로 광범위한 영향을 미쳤다.[460]

정각의 묵조선은 혜능 이래의 심성론과 반야공관을 흡수하고 있으며, '반관내조返觀內照'의 사유를 강조하고 있다. 동시에 한 걸음 더 나아가서 노자老子의 '허무虛無'와 장자莊子의 '좌망坐忘'과 '물화物化' 등의 사상을 융섭하고 있다는 것이다. 이러한 묵조선의 특징은 조동종을 발전시켜 남송에 상당한 영향력을 미쳤다는 것이다.

묵조선은 정좌하여 공환체험空幻體驗을 강조하고 있어, 마음이 공의 경지에 도달할 수 있다면 일체가 모두 공의 경지에 이르게 된다는 것이다. 일체가 공의 경지에 이르면 생사윤회에서 초탈하게 되어 성불에 이를 수 있다는 논리이다. 생사해탈의 관건은 바로 '심공心空'에 있음을 강조하고 있다. 고로 굉지정각 선사는 '무언무설無言無說', '망정

460 魏道儒, 『宋代禪宗文化』, pp.136~137.

묵조忘情默照'를 강조하고 있다. 묵默을 하는 이유는 조照를 하기 위함으로, 묵좌默坐는 형식인 것이다. 묵좌와 관조로써 명심견성의 경지에 이르는 이러한 관행방법을 일컫는 것임을 알 수 있다. 당시 묵조선에 대해 대혜종고가 묵조사선默照死禪이라고 비판하자, 오히려 굉지정각은 묵조명默照銘을 지어서 종고에 반박하였다.

이로 보아 남송은 문자선, 간화선, 묵조선 등이 광범위하게 유행한 시기였다. 이로써 선승과 문인 사대부들의 정서가 가일층 가까워지는 계기가 되었고, 서로 간의 교류가 빈번하게 이루어질 수 있었던 것이다. 이는 하나의 시대적인 조류로 형성되었는데, 가장 격렬하게 불교를 비판하던 정주이학의 집대성자 주희(1130~1200)조차도 종고 선사의 영향을 받았다. 주희의 나이 18세 때 그의 책꽂이에는 "오로지 『대혜어록』 한 질만이 있었다."[461] 또한 대혜종고의 제자인 도겸道謙과 주희 간에도 밀접한 왕래가 있었다. 주희가 도겸에게 보낸 편지에는 주희가 일찍이 종고의 계시를 입어서 '구자무불성狗子無佛性'의 화두를 참구했다는 내용이 있다.[462] 이렇게 종고, 주희, 도겸의 왕래에서 알 수 있듯이 남송 문인과 사대부들에 대한 종고의 영향력이 상당했음을 알 수 있다. 아래 본문에서는 남송의 문자선, 간화선, 묵조선의 연변의 상황 및 대혜종고 선사, 굉지정각 선사 등 대표적인 선사들과 육유, 양만리, 범성대, 영가사령 등 남송의 대표적인 시인들과의 관계에 대해 살펴보

461 "夫讀書不求文義, 玩索都無意見, 此正近年釋氏所謂看話頭者. 世俗書有所謂『大慧語錄』者, 其說甚詳. 試取一觀, 則其來歷見矣."(『朱子文集』 卷60)

462 楊惠南, 「看話禪和南宋主戰派之間的交涉」, 『中華佛學學報』 第7期, 1994, p.207; 何靜, 「儒佛道交融的朱熹天理論」, 『浙江社會科學』 第12期, 2009, p.63.

고자 한다. 아울러 선과 시의 회통이 남송 시단에 미친 영향 및 그 내면적인 의미에 대해서도 상론하고자 한다.

2. 애국시인 육유와 간화선

1) 육유와 대혜종고

불교는 본래 세속을 벗어나 세상의 번뇌와 인연과의 단절을 표방하며 출가라는 방법과 수행을 통해서 해탈을 추구하였다. 불교가 중국으로 유입된 이후 위진남북조 시기에 이르러 혜원慧遠에 의한 '사문불경왕자론沙門不敬王者論' 및 '신불멸논神不滅論'과 같은 논쟁이 벌어지면서, 전통 유학의 공격을 받게 된다. 당나라부터 점진적으로 유·불·도 삼교합일의 사조가 이어지고, 송에 이르러서는 불교가 왕권에 예속되게 되었다는 것이 일반적인 견해이다.

북송 계승의 삼교합일론에 이어 남송 대혜종고(大慧宗杲, 1089~1163)는 불교를 배우는 것과 충군을 논하는 것이 배치되는 것이 아님을 강조한다. "보리심이 바로 충의의 마음이다. 이름이 다를 뿐 본체가 같다(菩提心則忠義心也, 名異而體同)" 다시 말해서 불교선종의 실천과 충군애국의 유가윤리를 결합시켰다. 이는 남송의 정치·사회적인 환경, 즉 외부의 침입과 당쟁으로 인한 내부적인 갈등 등 내우외환이라는 긴박한 상황과 신유학의 흥성이라는 송의 사상적인 환경과 밀접한 관련이 있다.

선종과 세속 유학과의 융합을 적극적으로 추진하는 문제에 있어 간과할 수 없는 중요한 요인이 있다. 남종선 양기파楊岐派 이론과의 관계이다. 양기방회楊岐方會는 전통적인 수행방식을 강조하는 것이 아니라, 임제의현의 주장을 계승하여 '서 있는 곳이 곧 진리다(立處卽眞)'라는 이론으로 깨우침을 추구하였다.

> 번잡한 세속의 시끄러움을 자연스럽게 처리하니, 발걸음을 내딛는 것마다 모두 진리다. 서 있는 곳이 진리로 불리면, 진리를 떠나서는 서 있을 수 없다. 서 있는 곳 모두가 진리다. 여기서 알아야 하는 것은, 마땅히 일어나는 곳이 있으면 그곳에서 해탈해야 한다.[463]

'반흥繁興'은 웅성웅성하며 시끌벅적한 세속 세계를 가리키고, '대용大用'은 선자가 여러 가지 물질적, 정신적인 현상에 직면하였을 때 힘들이지 않고 자연스럽게 처리하며 그것의 영향과 방해를 받지 않음을 말한다. '모든 법이 불법이다(一切法皆是佛法)'라는 것이다. 만약 '서 있는 곳이 바로 진리'라면, 일상생활 어디에서든지 진여眞如가 존재하는 것은 당연한 것이다. 마찬가지로 유가·도가·불가를 불문하고, 일체의 모든 것은 현상계에서 이루어지는 대상이다. 즉 "세간법이 바로 불법이고, 불법이 곧 세간법인 것이다."[464]라는 대혜종고의 주장은 바로 '삼교의 성인들이 가르친 법은 길이 다르지만, 이르는 목적지가

---

463 『楊岐方會和尚語錄(1卷)』: "繁興大用, 擧步全眞. 既立名眞, 非離眞而立, 立處皆眞. 者裏須會, 當處發生, 隨處解脫." 『古尊宿語錄』 卷19, CBETA X68, No.1315, p.124, a02.

464 "世間法則佛法, 佛法則世間法也", 『大慧普覺禪師書』 卷27, CBETA T47, No.1998, p.929, c08.

같다'는 논리를 강조한 것이다.

이런 이론 체계는 운문종雲門宗의 "하늘과 땅을 포함한다(函蓋乾坤)", '세계의 모든 것은 진여, 즉 불성에서 파생한 것'이며, "하나가 한량이 없는 것이 되고, 한량없는 것이 하나가 된다. 적은 것 속에 큰 것을 나타내며, 큰 것 속에 적은 것을 나타낸다."[465]는 '대소함용大小含容'의 화엄사상과도 상통한다. 그래서 종고는 불교를 공부하려면 꼭 출가해야 할 필요가 없다고 말한다.[466] 이로 보아 그의 선법은 유가의 윤리관과 선가의 심성학설을 동등한 관점에서 보고 있다. 유교의 충·효·절·의를 자기의 사상체계의 구성부분으로 포함시키고 있는 것이다. 이러한 융합의 정신과 사상은 여본중, 증기, 육유(1125~1210) 등 애국시인이나 문인 사대부들뿐만 아니라 주희를 포함한 남송의 이학자들에게 큰 영향을 끼쳤다.[467]

종고는 한 걸음 더 나아가 "나는 비록 불교를 배우지만, 그러나

---

465 "一爲無量, 無量爲一, 小中現大, 大中現小. 不動道場, 遍十方界." 『楞嚴經』 卷4, CBETA, T19, No.945, p.121, a5-6.

466 "사대부가 도를 배우는 것은 우리가 출가하는 것과 아주 다르다. …… 우리의 출가는 밖에서 안으로 진입하는 것이고, 사대부는 안에서 밖으로 탈출하는 것이다. 밖에서 안으로 진입하는 것은 그 힘이 약하고, 안에서 밖으로 나아가는 것은 그 힘이 강하다. 이른바 강한 것은 순조롭지 못한 부분이 무거워, 전환하는 곳에 많은 힘을 필요로 한다. 이른바 약한 것은 순조롭지 못한 부분이 가벼워 바뀌는 곳에 적은 힘을 필요로 하는 것이다(士大夫學道, 與我出家兒大不同 …… 我出家兒在外打入, 士大夫在內打出. 在外打入者其力弱, 在內打出者其力彊; 彊者謂所乖處重, 而轉處有力, 弱者謂所乖處輕, 而轉處少力)." 『大慧普覺禪師語錄』 卷21, CBETA T47, No.1998, p.899, a19.

467 劉立夫, 「大慧宗杲與士大夫禪學」, 『覺群佛學』, 2009, p.145.

애국우국의 마음은 충의로운 사대부와 동등하다."[468]며 주장하고 있다. 비록 승려의 신분이었지만, 애국과 우국의 충정으로 무장한 그가 남송 주전파의 주장을 강력히 지지하는 것은 당연하였다. 이에 대해 양혜남은 조정(趙鼎, 1085~1147)과 장준(張浚, 1097~1164) 등 남송 주전파의 영도자를 비롯하여, 이병(李邴; 李漢老, 1085~1146)과 장구성(張九成, 無垢居士, 1092~1159), 여본중(呂本中; 呂居仁, 1084~1145) 등이 대혜종고의 주전主戰 주장에 영향을 준 인물이라고 주장하고 있다.[469] 게다가 진회秦檜 등 주화파를 비판하고 풍자하다가 결국 진회에 의해 형주衡州로 유배되고 도첩도 박탈당하게 된다.

주전파이자 애국 시인인 육유도 장준의 북벌을 적극 지지하며 왕래하였다. 예를 들면 융흥隆興 원년(1163)에 효종은 장준에게 '융흥북벌'을 명한다. 당시 진강鎭江 통판으로 재직하던 육유는 추밀사樞密使 장준에게 편지를 보내 북벌에 응원을 보내다, 다음 해에 다시 북벌계획에 관한 계책을 장준에게 올린다. 하지만 장준은 수하 장수와의 불화로 인하여 '부이지전符離之戰'에서 금나라에 대패한다. 위기의식을 느낀 남송 조정은 융흥隆興 2년(1164)에 장준을 조정으로 소환하는 동시에 강회도독부江淮都督府를 해산시키고, 금나라와 화평을 추구하였다. 결국 장준은 울분을 품고 세상을 떠나고, 금나라와 융흥화의隆興和議

---

468 "菩提心則忠義心也, 名異而體同. 但此心與義相遇, 則世出世間, 一網打就, 無少無剩矣. 予雖學佛者, 然愛君憂國之心, 與忠義士大夫等."『大慧普覺禪師法語』卷24, CBETA, T47, No.1998, p.912, c24-27.

469 楊惠南,「看話禪和南宋主戰派之間的交涉」,『中華佛學學報』第7期, (臺北)中華佛學研究所, 1994, p.193.

협정이 체결된다. 북벌이 좌절된 후, 주화파는 "대간과 결탁하고 시비를 조장하여 장준의 군사동원을 주장하였다(交結臺諫, 鼓唱是非, 力說張浚用兵)"[470]는 죄목으로 육유를 탄핵하였고, 결국 면직당한 육유는 고향인 산음현 경호로 돌아간다. 당시 소회를 「자고천鷓鴣天」에서 다음과 같이 나타내었다.

懶向青門學種瓜	장안성 청문 밖에서 농사짓기 귀찮아
只將漁釣送年華	오로지 낚시하며 세월을 보낸다네
雙雙新燕飛春岸	짝 지은 제비들은 봄 언덕을 날아가고
片片輕鷗落晚沙	경쾌한 갈매기 저녁 모래톱에 내려앉네
歌縹緲	노랫소리 점차 멀어지고
木虜嘔啞	배 위에는 떠들썩한 소리
酒如清露鮓如花	술은 청명한 이슬, 생선요리는 꽃과 같다
逢人問道歸何處	만나는 사람이 장차 돌아갈 곳 묻지만
笑指船兒此是家	웃으며 배를 가리켜 내 집이라 말하네

육유는 정치적인 입장을 같이했던 주전파 장준의 죽음을 목도하고, 자신조차도 북벌을 지지하였다는 이유로 억울하게 관직에서 쫓겨났다. 이 사건은 육유에게 있어 상당한 충격이었음을 어렵사리 추측할 수 있다. 하지만 면직된 시인은 유유자적하게 낚시로 세월을 보낸다. 만나는 사람들이 시인에게 돌아갈 곳을 물어보지만, 시인은 웃으며 배를 가리켜 자기 집이라 말한다. 억울하게 쫓겨난 울분과 원통함을

470 『宋史』 卷395, (臺北)鼎文書局, p.12058.

나타내기보다는, 일상사에 임하여 있지만 오히려 세속을 초월하고 달관한 듯한 시인의 정감을 담고 있다. 이는 마치 '깨우침은 다른 곳에 있지 않고, 일상생활 속에 진여眞如가 있다'는 경지의 문학적인 표현과 유사하다.

2) 고승대덕과의 교유와 선시

육유가 생활한 남송 시기는 금나라와 대치하던 특수한 시기이자, 중원 회복에 대한 열망을 끊임없이 추구하며 주전파와 주화파가 치열하게 대립하던 시기이기도 하다. 종교적으론 간화선과 묵조선 등의 선풍이 유행한 시기이며, 간화선의 선봉장인 대혜종고를 비롯한 양기파의 승려들이 당시 남송의 권력자들과 밀접한 관계를 유지한 시기이기도 하다.[471] 따라서 북벌과 주전主戰을 주장했던 육유로서는 양기파 승려들과 친밀한 교유관계를 유지한 것은 이상한 일이 아니었다. 예를 들면 불조덕광佛照德光을 비롯하여 송원숭악松源崇嶽, 별봉別峰 선사들이 대표적인 승려들인데, 이들은 모두 대혜종고와 친분이 두터운 승려들이다.

『오등회원속략』에 의거하면 육유는 임제종 남악 19세인 송원숭악(松源崇嶽, 1132~1202) 선사의 법사法嗣로 기록되어 있다.[472] 송원 선사는 대혜종고 선사의 제자이기도 하다. 송원과 육유의 관계에 대한 기록을 보자.

---

471 楊惠南, 「看話禪和南宋主戰派之間的交涉」, 『中華佛學學報』 第7期, (臺北)中華佛學硏究所, 1994, pp.193~195.

472 『五燈會元續略』, CBETA, X80, No.1566, p.448, c8.

"(송원 선사가) 마음으로 전하는 학문과 들리지 않는 말로써 추밀 육유를 인도하였다. 육유가 증명을 얻은 후, 경호에 은거하고 스스로를 방옹이라고 칭하였다."[473]

명나라 심태心泰가 편찬한 『불법금탕편佛法金湯編』에도 유사한 기록이 있다. 육유는 일찍이 송원 선사를 찾아가 도에 관해서 질문을 하였다.

"마음으로 전하는 학문을 들을 수 있습니까?" 이에 송원 선사는 "마음으로 전하는 것이기에, 어찌 귀로 들을 수 있겠는가?"라고 답하였다. 이에 육유는 깨우침을 얻고 게를 올렸다. "(중략) 오늘에서야 선가의 특별함을 깨우쳤네, 공을 논함에 눈으로 들어야 한다는 것을."[474]

여기에서 말하는 눈이란 일반적인 시각을 지칭하는 눈을 초월한 것이다. 공을 논한다는 것은 깨우침을 가리킨다. 깨우침은 말로 전하는 것이 아니라, 스스로의 마음으로 체득해야 한다. 송원숭악 선사가 입적한 후에 육유는 80세가 넘은 노구에도 그를 위해서 「송원선사탑명松源禪師塔銘」을 지었다.[475]

---

473 "以心學無聞語, 接陸遊樞密, 遊得證後, 隱鏡湖, 自稱放翁." 『南宋元明禪林僧寶傳』, CBETA, X79, No.1562, p.609, b19-20.

474 "嘗問松源嶽禪師云: '心傳之學可得聞乎?' 師云: '旣是心傳, 豈從聞得!' 公領解. 獻偈曰: '(중략) 今朝始覺禪家別, 說有談空要眼聽.'" 『佛法金湯編』, CBETA, X87, No.1628, p.437, a10-13.

475 「渭南文集」에는 모두 8수의 탑명이 기재되어 있다.

육유는 별봉 선사와도 매우 가까운 사이였다. 육유가 지은 「별봉선사탑명別峰禪師塔銘」을 보면 별봉 선사도 종고 선사와는 특별한 관계에 있었다.

> 마지막에 경산에 도착하여 대혜종고를 만났다. 대혜가 묻기를 "상좌는 어디에서 왔는가?" 별봉 선사가 답하였다. "서천에서 왔습니다." 대혜 선사가 말한다. "검문관을 나오지 않았으니, 너에게 30대를 때리겠다." 별봉은 대답한다. "화상을 움직이게 하는 것은 옳지 않습니다." 당시 경산사에는 무려 1,700명이 살고 있어, 작은 곳이라도 머물 곳만 있으면 다행으로 생각하였다. 그러나 대혜종고는 그에게 특별히 하나의 방을 마련해주어 사방의 수좌들을 놀라게 하였다.[476]

종고 선사가 별봉 선사를 특별히 대우하였음을 알 수 있다. 육유가 지은 탑명에는 선종의 기봉이나 화두도 언급하고 있는데, 문학적인 측면에서 관련된 불교기록을 고증할 수 있다는 점에서 소홀히 할 수 없다. 탑명 이외에 육유는 승려들을 위해서 찬문도 지었다. 문집에는 모두 12인의 승려에게 준 13수의 찬문이 기록되어 있다. 대표적인 것으로 종고 선사를 찬양한 「대혜선사진찬大慧禪師眞贊」을 비롯하여 대혜종고 선사의 수제자인 불조덕광佛照德光의 찬문이 있다.

---

476 「別峰禪師塔銘」: "最後至徑山, 見大慧杲. 大慧問曰: '上座從何處來?' 師曰: '西川來.' 大慧曰: '未出劍門關, 與汝三十棒了也.' 師曰: '不合起動和尙.' 時徑山衆千七百, 雖耆宿名衲, 以得棲笠地爲幸, 顧爲師獨掃一室, 堂中皆驚." 『渭南文集』 卷40.

삼대에 명성을 날리고, 언행으로 사해를 다녔네. 손을 털고 돌아오니, 구름 산 바뀜이 없다네. 사람들은 대각 선사와 동문이라고 말하고, 스님은 노승이 색깔을 덮었다고 말하네.[477]

묵조선의 개창자인 굉지 선사의 찬문도 지어서 법력을 높이 찬양하였다. 「굉지선사진찬宏智禪師眞贊」을 감상해보자.

死諸葛走生仲達	죽은 제갈량이 산 중달을 쫓아내었고
死姚崇賣生張說	죽은 요숭이 장열의 자손을 살렸다네
看渠臨了一著子	그들이 임종에서 놓은 한 수를 보면
諸方倒退三十里	모든 사람이 30리를 물러났네

제갈공명과 사마중달의 고사와 당나라 재상 요숭과 장열의 고사를 인용하여 굉지 선사의 뛰어난 법력을 찬양하고 있다. 이밖에도 대홍 선사에 대한 찬문은 이러하다. "대홍산 위에 도적이 있고, 대홍산 아래에 호랑이가 있다네. 날카로운 칼을 가지고 후손들을 다 죽이고, 한입으로 부처까지 집어삼킨다." 일찍이 임제의현 선사는 "부처를 만나면 부처를 죽이고(逢佛殺佛), 조사를 만나면 조사를 죽여라(逢祖殺祖)." 라고 말한 적이 있다. 부처나 조사에 집착하지 말고 그것을 초월하는 깨우침의 경지에 이르라는 의미이다. 여기선 뛰어난 법력과 호방한 선풍을 가진 대홍 선사의 영향력을 단적으로 설명하고 있다. 승려를

---

477 「佛照禪師眞贊」: "名動三朝, 話行四海. 撒手歸來, 雲山不改. 人言大覺同龕, 師云老僧掩彩." 『渭南文集』 卷22.

위해 지은 제문도 있다. 대표적인 것으로 「근수좌를 추도하는 문장(祭勤首座文)」이 있다. "나와 공은, 의로움으로 보면 스승이나 벗이고, 정으로 보면 가족과 같다. 서로 10년 동안 교유하였고, 도를 논하고 시를 지었는데, 소나무와 국화를 심는 것 같았다."[478]

일반적으로 애국시인 육유의 충군애국사상을 언급하면서 대부분의 연구논저가 단순히 유가사상과 결부시켜서 논하고 있다. 하지만 "보리심이 곧 충의심"이며, "유학이 바로 불학"이라는 당시 시대의 명제 앞에서 사상적으로 유교와 불교를 구분한다는 것은 별로 의미가 없다. 육유의 입장에서는 불교를 가까이하며 참선을 배우는 것도 유가의 충의심에 위반되는 것이 아니기 때문이다. 이런 상황에서 육유가 접촉하거나 왕래한 승려들은 간화선을 주장하는 양기파 선사들뿐만 아니라, 묵조선의 개창자인 굉지 선사(宏智禪師, 1091~1157) 및 천태종 승려 등 당시 고승대덕들과 광범위한 교유가 있었던 것으로 보인다. 당연히 시가에는 다양한 불교사상을 담은 시가들이 적지 않다.

浮世不堪供把玩　　덧없는 세상 차마 놀이로 보낼 수 없고
安心隨處是脩行　　안심에 이르면 가는 곳마다 수행이네
尙嫌未到無爲地　　무위의 경지에 이르지 못함이 불만이라
酷愛朝鐘暮磬聲　　아침의 종소리, 저녁의 경쇠소리 즐긴다네
-「도원에서 흥겨워하다(道院遣興)」

---

478 「祭勤首座文」: "我之與公, 義則師友, 情骨肉也. 相從十年, 談道賦詩, 蓺松菊也." 『全宋文』 卷4953.

위의 시는 칠언절구이다. 수련과 함련을 생략하고, 경련과 미련만 가져왔다. 덧없는 우리 인생을 놀이와 감상으로 헛되이 보낼 수는 없다. '안심'의 경지에 이르면 이르는 곳마다 수행과 깨우침의 경지이지만, 아직 시인은 그러한 경지에 이르지 못했다는 것이다 그래서 무위하지만 무불위한 경지, 다시 말해서 '행하는 것도 없고, 행하지 않음이 없는 경지'에 이르지 못해서 불만이다. 어쩔 수 없이 유위의 경지에서 아침저녁으로 들려오는 종소리와 경쇠소리를 즐긴다.

육유는 우적사禹蹟寺의 남쪽에 있는 심씨의 정원에서 그의 전처였던 당씨唐氏를 만났다. 부모의 반대로 어쩔 수 없이 헤어졌던 두 사람은 우연한 만남을 계기로 느낀 감정을 사詞로 지어 벽에 적어 놓았다. 당씨가 세상을 떠나고 40년 후, 다시 그곳을 방문한 시인은 인생무상의 소회를 「우적사 남쪽에 있는 심씨 작은 정원(禹蹟寺南沈氏小園)」[479]이라는 시를 통해서 다음과 같이 표현하고 있다.

壞壁醉題塵漠漠	부서진 벽 희미한 제목은 먼지로 덮이고
斷雲幽夢事茫茫	조각구름 슬픈 꿈속에 지난 일 아득하다
年來妄念消除盡	최근 들어 망념이 사라지고 단절되니
回向蒲龕一炷香	법당에서 한 가닥의 향으로 회향한다네

479 시제에는 다음과 같은 설명이 있다. "우적사 남쪽에 있는 심씨의 작은 정원이 있다. 40년 전 일찍이 작은 사를 벽에 기록하였다. 우연히 다시 오니 정원의 주인은 세 번이나 바뀌었고, 사를 읽으니 아쉬움에 빠진다(禹跡寺南有沈氏小園. 四十年前嘗題小詞一闋壁間, 偶複一到, 而園已三易主, 讀之悵然)."

칠언율시지만 후 4구만 가져왔다. 불교에서는 자신이 쌓은 공덕이나 결실을 다른 사람이나 대상에게 돌리어 자타 모두가 불과佛果를 성취하기를 바라는 것을 회향이라고 한다. 근년 이래의 망념을 물리치기 위해 대웅전에서 향을 사르며 공덕을 빌었다. 여러 선사들을 찾아 참배하고 참선의 정수를 얻었던 육유가 망념을 없애기 위해 사원을 찾아서 회향하는 것은 당연한 것일 수도 있다. 「남당잡흥南堂雜興」의 다섯째 시를 보자.

奔走當年一念差	옛날 일념의 차이로 분주히 달리다
歸休別覺是生涯	은거한 후에야 비로소 인생을 느꼈네
茅簷喚客家常飯	초가집에 객을 불러 일상음식 먹고
竹院隨僧自在茶	사원에서 스님 따라 자재차를 마신다
禪公遍參寧得髓	선사를 두루 참선하나 정수를 얻지 못했고
詩緣獨學不名家	시연 없어 독학하니 명가 이루지 못하네
如今百事無能解	현재의 모든 일마다 깨우침이 없어
只擬淸秋上釣槎	오직 맑은 가을 낚싯배에 오른다네

시인이 본인의 일생을 회고하며 창작한 시이다. 일념의 차이로 벼슬길로 잘못 들었다가, 세속을 벗어나 은거한 후에야 비로소 인생에 대한 깨우침을 느끼고 있다는 것이다. 누추한 초가집에서 손님과 일상적인 음식을 먹고, 사원에서 선사와 함께 자유롭게 차를 즐긴다. 평상심이 도이고, 일상생활에 진여가 있다는 것을 강조하고 있다. 경연에서 참선과 시작에 대해 함께 논하고 있다. 여러 선사를 참배했으나 정수를

얻지 못했고, 시는 혼자 배워 이름을 알리지 못했다는 것이다. 하는 일마다 깨우침을 느낄 수 없어, 맑은 가을 낚시하러 갈 생각이라고 말한다. 구속됨과 얽매임을 벗어나 수연자적, 임운자재를 추구하는 시인의 담담한 심정과 경계를 느낄 수 있다.

3) 이선유시와 시가삼매

종고 선사를 비롯한 당시 주류 선종인 양기파는 한결같이 '충군애국'을 제창하면서 금나라와의 항쟁을 주장하였다. "세간법이 바로 불법이고, 불법이 곧 세간법이다"[480]라는 면에서 보면, '충군애국'의 마음과 수행하는 참선의 마음이 다르지 않다는 것이다. 시인의 입장에서 보면, 문학작품의 창작이 바로 참선이요, 참선이 바로 시가의 창작인 셈이다. 왕수조 선생은 강서시파의 자각적인 성립은 당시 선종의 영향이라고 주장하고 있다.

선종은 남북종의 투쟁 이후 북종이 쇠퇴하고, 남종은 당·오대를 거치면서 위앙, 법안, 임제, 운문, 조동의 오가가 형성되었다. 송대에 이르러 위앙·법안이 맥이 끊기고, 기타 삼가는 각각 법을 전하였다. 임제는 또 황룡과 양기 두 지류로 분화되었다. 여러 종파들은 비록 남북 양종처럼 그렇게 대립하지는 않았지만, 그러나 각 조사의 문중 조직이 다르고 종지가 달라 스스로를 정통이라고 주장하였다. 이러한 분위기는 문학에 영향을 미쳐 문학사상 최초의 자각적인

480 "世間法則佛法, 佛法則世間法也", 『大慧普覺禪師書』 卷27, CBETA T47, No.1998, p.929, c08.

시파인 강서시파가 출현하였다.[481]

강서시파의 성립과 출현이 선종 종파의 영향, 특히 황룡과 양기파의 출현과 밀접한 관계가 있다는 것이다. 분명한 사실은 선종 양기파의 대혜종고 선사와 황정견을 종조로 받드는 강서시파의 주요 핵심인사들이 매우 밀접한 관계를 유지하고 있다는 것이다.[482] 예를 들면 '두보를 일조一祖로 황정견과 진사도를 이종二宗'으로 하여, 「강서시사종파도」를 만들었던 여본중은 대혜종고 선사의 제자이다.

① 활구活句와 사구死句

최근의 고증에 의하면 『대혜보각선사연보大慧普覺禪師年譜』 등의 문헌을 근거로 종고 선사와 교유한 사대부를 친밀도에 따라서 세 부류로 분석하고 있다. 첫째, 종고 선사를 따라 참선을 수행하고, 친히 증명을 받은 사대부 제자가 18인인데, 참지정사 이병李邴과 시랑 장구성張九成, 중서사인 여본중呂本中 등이 그러하다. 둘째, 정식 제자는 아니지만, 종고 선사에게 불법을 문의하며 교류한 사대부들을 21인으로 파악하고 있다. 참지정사 이광李光, 한림학사 왕조汪藻, 예부시랑 증기曾幾 등이 이에 속한다. 이외에 『대혜보각선사서大慧普覺禪師書』에는 종고 선사에게 참선에 대해 문의하며 서신으로 왕래한 사대부의 서신 62편이

481 王水照, 『宋代文學通論』, 河南大學出版社, 1997, p.329.

482 양기파의 선사들이 당시 권문세가와 밀접한 관계를 유지하고 있다는 점에 대해서는 양혜남 선생이 「看話禪和南宋主戰派之間的交涉」(『中華佛學學報』 第7期)에서 논증하고 있다.

수록되어 있다고 분석하고 있다. 이 중에서 위에서 언급한 중복된 인사를 제외하면 22인이 있다고 주장하고 있다.[483] 이러한 문헌 기록으로 보면, 대혜종고 선사는 모두 61인의 사대부와 불법에 대해 토론하며 교류하였다.

이와 별도로 양혜남 선생은 장준(張浚, 1097~1164)과 강서시파의 일원인 서부徐俯, 종고 선사 3인이 모두 원오극근(圜悟克勤, 1062~1135)의 문하라고 고증하고 있다. 또한 『대혜보각선사연보大慧普覺禪師年譜』의 기록에 의하면, 역시 강서시파의 일원인 이팽李彭은 종고의 스승인 임제종 황룡파의 담당문준湛堂文準 선사의 재가제자이며, 이팽이 종고 선사와 함께 문준 선사의 탑 건립에 대해 의논한 기록에 대해서도 언급하고 있다.[484]

여기서 눈여겨볼 부분이 있다. 대혜종고가 여본중, 서부, 증기, 이팽 등 강서시파의 핵심 인물들과 친밀한 관계를 유지했다는 사실이다. 서부와 이팽은 종고 선사와 함께 동문의 관계이고, 여본중은 종고 선사의 제자이다. 강서시파의 성립 자체가 당시 유행하던 선종과 밀접한 관계가 있고, 강서시파의 핵심구성원들이 종고 선사와 친분관계가 있었음을 알 수 있다. 더욱이 육유의 스승인 증기도 종고 선사에게 선학에 대해 가르침을 청하면서 교류했던 사이였다. 이러한 관계 때문일까? 강서시파 시인들은 시를 논함에 있어 종종 선적인 사유, 혹은 선종의 수행방식과 연결시켜 논하고 있다. 예를 들면 시가의 계승관계

---

483 劉立夫, 「大慧宗杲與士大夫禪學」, 『覺群佛學』, 2009, pp.144~145.

484 明·朱時恩 『居士分燈錄·張浚傳』 卷下. 楊惠南, 「看話禪和南宋主戰派之間的交涉」, 『中華佛學學報』 第7期, (臺北)中華佛學研究所, 1994, pp.192~193.

를 선종 법맥의 '전등'에 종종 비유하고 있다. 종고 선사와 선법에 관해 토론과 교유를 하였다는 증기와 조번(趙蕃, 1143~1229)은 이렇게 말하고 있다.

> 두보는 시가에서 시조이고, 배옹(황정견)의 구법에서 조계이다.[485]

> 시가의 시조는 두보이고, 배옹(황정견)은 강서의 등을 이어갔다.[486]

선종에서는 불법의 법맥을 전승하는 것을 '전등'이라고 한다. 예를 들면 "조사 대대로 법을 전승하고, 등과 등이 대대로 이어진다(祖祖遞傳, 燈燈相續)."[487] 혹은 "만 개의 등은 하나의 등이 모인 것이다(萬燈原聚一燈)."[488]라고 말하고 있다. 마찬가지로 증기와 조번 등 강서시파는 시가의 전통을 잇는 것을 전등에 비유하고 있다. 이들은 두보가 시가의 시조라는 것이다. 시가 구법의 측면에서 황정견은 선종의 육조혜능에 비길 만큼 시 창작에 중요한 역할을 해왔다는 것이 증기의 주장이다. 조번도 시가사의 흐름에서 보면, 황정견이 강서시파라는 법등을 전등한 주역이라는 설명이다. 전형적인 이선유시以禪喻詩의 비유로 그만큼 두보와 황정견의 역할이 중요함을 역설하고 있다. 남송 후기 유극장(劉

---

485 曾幾, 「李商叟秀才求齋名於王元渤以養源名之求詩」(其二): "老杜詩家初祖, 涪翁句法曹溪"

486 趙蕃, 「書紫微集後」: "詩家初祖杜少陵, 涪翁再續江西燈."

487 『居士分燈錄敘』, CBETA, X86, No.1607, p.573, b5.

488 『居士分燈錄敘』, CBETA, X86, No.1607, p.573, c6.

克莊, 1187~1269)도 이렇게 말하고 있다.

> 선학에 비유하면, 산곡(황정견)은 시조始祖이고, 여본중과 증기는 남종과 북종의 종주宗主다. 조금 후에 나타난 성재(양만리)는 임제와 덕산이다.[489]

> (황정견은) 본 왕조 시가의 시조가 되며, 선학에 있어서는 달마에 비유할 수 있다.[490]

강서시파에서는 두보의 시를 참구할 것을 강조했지만, 남송의 유극장은 황정견부터 학습해야 함을 강조하고 있다는 점이 흥미롭다. 이처럼 이선유시의 풍조가 남송 시단에 광범위하게 유행했는데, 당시 시단의 대표 시인들과 선사들과의 친밀했던 관계를 보면 필연적인 현상이다.

이러한 이선유시의 유행은 단순한 형식적인 비교에만 머무른 것은 아니다. 선종의 사유와 방법을 시가 창작론에 운용하고 있다. 앞서 언급한 바와 같이 종고는 "무릇 배움을 참구하는 사람은 반드시 활구를 참구해야 한다. 사구를 참구해서는 안 된다. 활구 아래서 얻는다면 영원히 잊지 않고, 사구 아래서 얻는다면 스스로도 구할 수 없다."[491]며

---

489 「茶山誠齋詩選序」: "比之禪學, 山谷初祖也, 呂曾南北二宗也. 誠齋稍後出, 臨濟德山也." 劉克莊, 『後村先生大全集』 卷97, 四部叢刊.

490 劉克莊, 「江西詩派小序」: "爲本朝詩家宗祖, 在禪學中比得達摩." 『後村集』, 『四庫全書本』, 上海古籍出版社, 1987, 卷24, p.253.

491 "夫參學者, 須參活句, 莫參死句, 活句下薦得, 永劫不忘, 死句下薦得, 自救不了." (『大慧普覺禪師普說』 卷14)

수행방법에 있어서 언어문자의 속박에서 탈피할 것을 주장하며 '활구'의 중요성을 강조하고 있다. 육유의 스승인 증기曾幾도 시작의 활동을 참선에 비유하고, '활구'를 활용하여 '참활구參活句'라는 시학 이론을 세웠다.

> 공부(두보)는 대대손손의 시조이요, 배옹(황정견)은 하나의 등을 전한다. 한가로이 무위의 마음에 처하여, 이것을 참구함이 참선과 같다.[492]

> 시를 배우는 것은 참선과 같다. 신중하며 사구를 참구해서는 안 된다. 종횡하며 걸림이 없어야 바로 커다란 기쁨이 있는 곳이다.[493]

한가로운 무위의 마음으로 두보의 시구와 황정견의 시작 방법을 참구해야 한다는 논리다. 평면적으로 표면에 나타난 시구만을 학습해서는 좋은 시를 지을 수 없다는 것이다. 육유도 스승인 증기의 논리를 계승한다. 승려에게 준 찬문에서 이렇게 말한다.

> 하나하나를 집어 올리니 하나하나가 살아 있고, 어떤 때는 주고 어떤 때는 빼앗으니, 살아서 펄떡임을 눈앞에서 누린다네.[494]

---

492 曾幾「東軒小室卽事」, "工部百世祖, 涪翁一燈傳. 閑無用心處, 參此如參禪."

493「讀呂居仁舊詩有懷其人作詩寄之」: "學詩如學禪, 愼勿參死句. 縱橫無不可, 乃在歡喜處."

494 "頭頭拈起頭頭活. 有時與, 有時奪, 受用現前活鱍鱍."(「敷淨人求僧贊」)

'어떤 때는 주고 어떤 때는 빼앗는다'는 것은 '언제나 마음의 끈을 놓치지 않는(提撕)', 깨우침(悟)에 이르는 방식으로, 간화선에서 주장하는 참선의 심리활동을 지칭하는 것이다. 만약 '사구'를 학습한다면 이러한 심리적인 활동이 이루어질 수 없는 것이다. 그러므로 육유는 반드시 활구를 참구할 것을 주장한다.

> 내가 다산(증기)이 전한 활구를 얻었는데, 문장은 반드시 사구를 참구해서는 안 된다.[495]

스승인 증기로부터 시어를 얻었는데, 그대로 자의에 따라서 평면적인 언어로 학습하면 아무런 효과가 없다는 것이다. 언어문자의 속박에서 탈피하여 내면의 정신을 학습할 것을 강조하고 있다. 송시와 강서시파를 신랄하게 비판한 엄우도 시론에서만큼은 강서시파의 이론을 계승하고 있다. 『창랑시화』에서 같은 말을 하고 있다. "반드시 활구를 참구해야지, 사구를 참구해서는 안 된다."[496]

이처럼 남송에 이르러서는 활구, 사구, 활법 등, 깨우침(悟)을 매개체로 하는 이선유시의 시학 이론이 매우 광범위하게 유행했음을 알 수 있다. 특히 간화선의 유행이라는 사조 아래, 대혜종고의 '간화선' 사고

---

495 「응수재에게 보내다(贈應秀才)」: "我得茶山一轉語, 文章切忌參死句", 『劍南詩稿』 卷31. 선종에서는 참선할 때 한마디의 말로써 "깨우침을 주는 살아 있는 언어(기봉)"으로 전환하는데 이를 "一轉語"라고 한다. 예를 들면 『景德傳燈錄·洪州百丈山淮海禪師』: "今請和尙代一轉語, 貴脫野狐身." 蘇軾의 「塵外亭」 시에서도 "戲留一轉語, 千載起攘袂."라고 말하고 있다.

496 『滄浪詩話·詩法』: "須參活句, 勿參死句."

패턴이 직접적으로 증기 등 강서시파와 육유의 '활구活句', '활참活參', '활법活法' 등의 남송의 시학 이론 정립에 적지 않은 영향을 주었다.

② 시가삼매詩歌三昧

실상진여實相眞如는 불생불멸하다. 대혜종고는 이러한 실상진여가 현상계를 떠나 있는 것이 아니고, 일상생활 속에 존재하는 것이기에 현실에서 추구해야 함을 주장하였다. 그러므로 참선하는 이는 항상 마음의 끈을 놓치지 않고(提撕), 화두에 대한 참구를 통해 깨우침을 추구해야 한다는 것이다. 이것이 바로 소위 말하는 '간화선看話禪'이다.

'간看'이라 함은 바로 '읽는다(閱讀)'는 의미이고, '화話'라는 것은 '공안公案'의 뜻이다. 다시 말해 전적으로 옛사람의 화두話頭, 즉 '공안의 핵심'을 탐구하면, 결국에는 깨달음(開悟)을 얻을 수 있는데, 이것이 바로 '간화선'이라는 것이다. 여본중의 외삼촌인 범온范溫은 황정견의 말은 인용하여 다음과 같이 말하고 있다.

> 학자는 먼저 '식識'을 위주로 해야 한다. 이것은 마치 선가에서 말하는 정법안과 같다. 직접적으로 이 안목을 갖추어야 비로소 도에 들어갈 수 있다.[497]

선종에서는 '철저하게 진리를 보는 지혜안'을 '정법안장', 혹은 '정법안'이라고 한다. 가장 심오한 지혜를 가리킨다. '식識'이란 '시의 핵심을

---

497 「潛溪詩案」"故學者要先以識爲主, 如禪家所謂正法眼者. 直須具此眼目, 方可入道." 郭紹虞, 『宋詩話輯佚』 上卷, (北京)中華書局, p.317.

알아보는 식견'을 말한다. 이것을 정법안에 비유하고 있다. 정법안을 갖추어야 불법의 깨우침에 들어갈 수 있는 것처럼, '식識'을 갖추어야 시가(깨우침)의 도에 들어갈 수 있다는 것이다.

종고 선사의 제자이자, 「강서시사종파도江西詩社宗派圖」를 지은 여본중呂本中도 다음과 같이 말하고 있다.

> 작문에는 반드시 오입悟入하는 곳이 있어야 한다. 오입이란 스스로의 공부 중에서 오는 것이지 요행으로 얻을 수 있는 것은 아니다. 마치 소식의 문장과 황정견의 시가 이러한 이치를 다함과 같다.[498]

'오입悟入'이란 '깨달음의 경지에 드는 것'을 가리킨다. 불가에서 '깨달음의 경지'는 요행으로 오지 않는다. 반드시 옛사람의 화두話頭에 대한 참구를 통하여, 깨달음(開悟)을 얻을 수 있다. 마찬가지로 (작문을 잘하기 위한) 깨달음 경지에 들어가려면 '공부工夫'를 해야 한다는 것이다. 여기에서 '공부'란 간화선의 '화두에 대한 참구'란 의미와 유사하다. 선종 공안公案의 화두話頭를 참구하여 깨달음에 이르는 사유방식을 시의 창작에 운용하는 방식이다. 옛사람들의 작품에 대한 '공부'를 통해 '식'의 경지에 이르러야 좋은 작품을 창작할 수 있다는 논리다.

앞서 인용한 「남당잡흥南堂雜興」의 다섯째 시를 보자.

茅簷喚客家常飯　　초가집에 객을 불러 일상음식 먹고

---

498 呂本中, 『童蒙詩訓』, "作文必要悟入處, 悟入必自工夫中來, 非僥倖可得也. 如老蘇之於文, 魯直之於詩, 蓋盡此理也."

竹院隨僧自在茶　사원에서 스님 따라 자재차를 마신다
禪公遍參寧得髓　두루 선사를 참선하나 정수를 얻지 못하고
詩緣獨學不名家　시연 없어 독학하니 명가 이루지 못하네

선사를 따라서 두루 참선을 행해도 선종의 정수를 얻지 못하였다. 시연도 없어 홀로 독학하나 명가를 이루지 못하였다. 여기서 두 가지 측면에서 이해할 수 있다. 하나는 시인이 광범위하게 여러 선사를 통해서 참선을 추구했다는 점이고, 또 다른 하나는 강서시파와 마찬가지로 이시담선以詩談禪, 즉 시와 선을 함께 논하고 있다는 점이다.

이런 이시담선, 이선유시의 배경을 토대로 육유는 '시가삼매詩家三昧'를 제기하였다. 삼매三昧란 마음을 한곳에 모아 움직이지 않게 하여 망념妄念에서 벗어나는 것으로 선정禪定이라고도 한다. 수행에 몰두하여 흔들림이 없는 평등심에 다다른 경지를 말한다. 예를 들어 「9월 1일 밤에 시고를 읽다가 감흥이 있어 시를 짓는다(九月一日夜讀詩稿,有感走筆作歌)」 시를 보면 다음과 같다.

詩家三昧忽見前　삼매의 경지로 드니 눈앞에 홀연히
屈賈在眼元曆曆　굴원과 가의 경계가 선명하게 나타난다
天機雲錦用在我　아름다운 글귀는 내 마음에 따르니
剪裁妙處非刀尺　재단하는 오묘한 것 칼과 자가 아니라네

불가에서 말하는 이른바 '삼매三昧'는 마음을 통일하여 번뇌와 망념에서 벗어나 마음이 하나가 되는 경지, 다시 말하면 차별이 없는 모든

것이 자유자재한 깨달음의 경지를 말한다.[499] 시가의 차원에서 말하면 시가 창작의 최고경지에 이른 것이다. 시가삼매의 경지에 드니 홀연히 앞에 나타나는 것은 애국시인 굴원과 가의이다. 시인의 조국에 대한 근심과 걱정을 나타내는 시어임을 알 수 있다. 시가삼매의 경지에 들어가니 굴원과 가의의 뛰어난 시 구절이 용솟음친다는 설명이다. 그러므로 오묘한 시어는 칼과 자로써 비단을 자르는 것처럼 만들어내는 것이 아니다. 시인의 마음, 시적인 깨달음에서 저절로 우러러 나오는 것이다. 이것이 시가삼매의 경지인 것이다.

그러면 어떻게 하면 '시가삼매'의 경지에 이를 수 있는가? 육유는 다음과 같이 말한다. 「밤에 읊조리다(夜吟)」 시를 보자.

六十餘年妄學詩	육십여 년을 멋대로 시를 배우니
工夫深處獨心知	공부가 깊은 곳에 홀로 지혜롭다네
夜來一笑寒燈下	밤사이 차가운 등불 아래 한번 웃을 때가
始是金丹換骨時	비로소 조에 깊은 돈오 경지라네

60년 넘게 멋대로 시를 배웠다. 하지만 60년의 생활과 노력을 통해 공부가 깊어지니 스스로도 점점 지혜로워진다. 역시 60년간 풍부한 생활과 마음을 체득하기 위한 노력의 중요성을 강조하고 있다. 그 결과 차가운 등불 아래 한번 웃을 때, 즉 시가삼매에 들어가 깨우침에 이를 때가 돈오의 경지에 이르렀을 때라는 것이다. 「왕백장주부에게

499 『大智度論』: '善心一處住不動,是名三昧.' 又: '一切禪定,亦名定,亦名三昧.'

증여하다(贈王伯長主簿)」의 수련을 보자.

學詩大略似學禪　　시를 배움이 대략 선을 배움과 같고
且下工夫二十年　　게다가 20년의 공부를 해야 한다네

시를 배움이 마치 선과 같은데, 20년간의 노력을 강조하고 있다. 이처럼 육유는 공부, 노력의 중요성을 강조하고 있다. 여기서 육유가 제기한 '시가삼매'는 바로 남송 시단에 나타난 '시선詩禪'이 회통會通한 전형적인 예로 볼 수 있다.

이러한 논리는 앞서 여본중과 범온范溫이 언급한 "작문에는 반드시 오입悟入하는 곳이 있어야 한다. 오입悟入이란 스스로의 공부 중에서 오는 것이지 요행으로 얻을 수 있는 것은 아니다."[500]와 "학자는 먼저 '식識'을 위주로 해야 한다. 이것은 마치 선가에서 말하는 정법안과 같다. 직접적으로 이 안목을 갖추어야 비로소 도에 들어갈 수 있다."[501]는 논리와 같다. '오입悟入(깨우침)'에 들어가고, '식識(정법안)'을 갖추기 위한 공부와 노력이 필요하다는 것이다.

결론적으로 말해서 육유도 처음 시를 배움에 있어서 강서시파를 통해서 배웠기에 육유의 시학 이론도 당연히 강서시파와 직접적인 관계가 있다. 이들의 주장은 시가의 창작이 선종의 수행방식, 혹은 이론체계와 어떠한 상호관계가 있다는 것을 의미하며, 종고와 직간접

500 呂本中, 『童蒙詩訓』.

501 「潛溪詩案」 "故學者要先以識爲主, 如禪家所謂正法眼者. 直須具此眼目, 方可入道." 郭紹虞, 『宋詩話輯佚』 上卷, (北京)中華書局, p.317.

적인 관계가 있음을 알 수 있다.

아울러 육유는 선종의 유행과 삼교합일의 당시 사조의 영향으로 종고 선사와 관련 있는 양기파의 선사뿐만 아니라, 굉지정각 등 당시 조동종을 비롯한 여러 종파의 고승대덕들과 광범위한 관계를 유지하였음을 알 수 있다. 이외, '사대부 선'이라 불리던 간화선에 대한 매력과 중원 회복이 요원해짐에 따라 시국에 대한 실망감과 울분, 정치적인 포부가 실현될 수 없는 상황에서 만들어진 마음의 상처를 고승대덕들과의 교유를 통해서 안위를 추구하였다. 이런 정서를 토대로 육유의 '이선유시以禪喩詩', '이시담선以詩談禪'의 주장이 나오게 된 것이다.

3. 양만리의 성재체誠齋體와 선종

남송 사대 시인 중의 한 명인 양만리(楊萬里, 1127~1206)의 자는 정수廷秀이며 호는 성재誠齋이고, 길주吉州 길수吉水 사람이다. 동시에 그는 『성재역전誠齋易傳』, 『심학론心學論』을 남긴 성리학자이기도 하다. 특히 송대 시론에 있어서 그는 '활법活法' 이론으로 유명하다. 활법론에 근거한 그의 시 창작은 결국 '성재체誠齋體'라는 일가를 이루게 된다. 엄우嚴羽는 『창랑시화滄浪詩話』에서 양만리의 시를 '성재체'라고 명명하며 이렇게 해석하고 있다.

> 처음에는 왕안석과 진여의를 배우다가, 마지막에는 당나라 시인들의 절구도 학습하였다. 스스로 여러 시인들의 시를 모두 버리고서 새로운 체재와 풍격을 열었다.[502]

같은 남송사대가인 육유도 "성재노인이 시단의 맹주 되어, 몇 글자 허락하니 천하가 탄복하네."[503], 남송 항안세項安世도 "시단을 삼킨 자가 이전에 없었는데, 문장의 창신은 혼자뿐이라네."[504]라고 양만리 시가를 극찬하였다. 양만리는 시법을 지나치게 강조하여 모방으로 흐른 강서시파의 말류를 비판하면서 청신, 자연, 활발, 해학적인 시풍을 추구하여, 예술적인 독창성을 갖추어 남송 시단에서 '성재체'라는 일가를 이룰 수 있었다.

1) 양만리 시가 이론의 배경

주지하다시피 송대에는 시인들이 『시화』나 시가를 통해 시를 평론하는 것이 하나의 유행이었다. 양만리도 예외는 아니다. 『성재시화誠齋詩話』 이외에도 시작을 통해서도 광범위하게 시를 논하고 있다. 대표적인 주장으로 활법活法, 구법句法, 참투參透, 활참活參, 오悟, 투탈透脫 등을 들 수 있다. 여기에서 사상적인 측면에서 양만리의 시가 이론의 배경을 간략하게 살펴보고자 한다. 『송사宋史』는 양만리를 「유림전儒林傳」에 안배하고 있다. 『송사·양만리전』에 보면, 다음과 같은 기록이 있다.

(양만리가) 영주의 영릉승零陵丞으로 부임하였을 때 당시 영주에

---

502 "其初學半山後山, 最後亦學絶句於唐人. 已而盡棄諸家之體, 而別出機杼."(『滄浪詩話·詩體』)

503 "誠齋老子主詩盟, 片言許可天下服."〔「사정지 수재에게 주다(贈謝正之秀才)」〕

504 "雄呑詩界前無古, 新創文機獨有今."〔「유도간이 소장한 양만리의 시권에 제하다(題劉都干所藏楊密監詩卷)」〕

> 좌천되어 있던 장준은 외부인들과 교류를 하지 않았다. 양만리가 세 차례나 찾아갔지만 만나지 못하고, 편지로써 만나길 청하여 비로소 만날 수 있었다. 장준은 정심성의正心誠意의 학문으로 나아갈 것을 격려하였고, 만리는 그 가르침을 평생 동안 받들 것을 다짐하고, 독서재를 '성재誠齋'라고 명명하였다. 장준이 재상이 된 뒤, 양만리를 임안부교수로 추천하였다.[505]

앞 장에서 살펴보았듯이 장준(張浚, 1097~1164)은 이학가이자, 대혜종고 선사와 함께 원오극근(圜悟克勤, 1062~1135) 선사의 문하이다.[506] 게다가 장준 등의 남송 주전파와 장구성張九成 등이 대혜종고의 주전主戰 주장에 영향을 준 인물이라고 소개한 적이 있다.[507] 그러한 장준의 문하에 양만리가 들어간 셈이다. 양만리와 당시 대표적인 선종 주류인 대혜종고 선사와의 간접적인 관계를 이해할 수 있다. 또한 이런 기록도 있다.

> (고종이 붕어한 후) 한림학사 홍매가 공동의 논의를 기다리지 않고 혼자 배향할 공신으로 여신호 등의 이름을 올렸다. 양만리는 상소를

505 『宋史·楊萬里傳』卷433: "(楊萬里)調永州零陵丞, 時張浚謫永, 杜門謝客, 萬里三往不得見, 以書力請, 始見之. 浚勉以正心誠意之學, 萬里服其教終身, 乃名讀書之室曰誠齋. 浚入相, 薦之朝, 除臨安府教授."

506 楊惠南, 「看話禪和南宋主戰派之間的交涉」, 『中華佛學學報』 第7期, (臺北)中華佛學研究所, 1994, pp.192~193.

507 楊惠南, 「看話禪和南宋主戰派之間的交涉」, 『中華佛學學報』 第7期, (臺北)中華佛學研究所, 1994, p.193.

올려 홍매를 비판하면서 장준을 배향해야 할 것을 극력 주장하며, 홍매의 이러한 행위는 지록위마와 같은 것이라고 말하였다.[508]

장준에 대한 양만리의 추앙하는 마음이 드러나는 기록이다. 장준이 세상을 떠난 이후에 양만리는 장준의 아들인 장식張栻과 밀접한 관계를 유지하였고, 그러므로 그의 이학은 남헌학파南軒學派와 밀접한 관계가 있다. 게다가 양만리는 "내가 불서佛書를 알지 못하고, 게다가 복전福田에 이익 되는 일을 이해하지 못하며, 아는 것은 유서儒書뿐이다."[509]라고 유학중심의 사상체계를 갖추었음을 말하고 있다.

양만리는 비록 일생 동안 성리학을 궁구했지만, 동시에 불교와 도교도 배척하지 않았다. 최근의 고증에 의하면 양만리는 광범위하게 방외의 승려들과 교유를 하였다. 대표적인 불문의 인사로 귀종도현歸宗道賢, 개선서開先序 선사, 만삼대련萬杉大璉, 여청 장로如淸長老, 부 선사溥禪師, 덕린德璘, 조 상인照上人, 정부 장로正孚長老, 법재 장로法才長老[510] 등의 적지 않은 승려들과의 교유가 있었다. 이러한 양만리의 불교 승려와의 교유, 유불도 삼교융합의 시대적인 조류, 당시 유행한 간화선과의 접촉과 수용, 이선논시以禪論詩와 이선유시以禪喩詩의 풍조 등이 그의 시작詩作 및 시론에도 영향을 끼쳤다.

종고 선사가 주창한 '간화선'의 남송 시학에 대한 영향을 주유개는

---

508 『宋史·楊萬里傳』 卷433: "高宗未葬, 翰林學士洪邁不俟集議, 配饗獨以呂頤浩等姓名上. 万里上疏詆之, 力言張浚当預, 且謂邁无异指鹿爲馬."

509 『誠齋集』 卷73: "予不知佛書, 且不解福田利益事也, 所知者儒書耳."

510 楊理論, 『中興四大家詩學研究』, (北京)中華書局, 2012, p.57.

다음과 같이 설명하고 있다.

> 남송의 시인들과 이학자들은 모두 '활법活法'에 대해 말하기를 좋아하였다. 이것은 당연히 당시 유행했던 '간화선'이 영향을 끼친 결과이다. '활법'을 처음 제창한 여본중呂本中은 대혜종고와의 관계가 매우 밀접했는데, 자주 종고로부터 계발과 도움을 받았다. 조금 뒤의 이학가인 주희(朱熹, 1130~1200)도 청년 시절에 『대혜어록大慧語錄』 읽기를 좋아하였으며, 항상 '생기와 활력이 넘치는(活潑潑地)' 것을 유가 심성학설의 방법으로 삼았다.[511]

여기에서 두 가지 측면을 말하고 있다. 첫째, 시학 이론으로서의 '활법'은 여본중이 먼저 제기했는데, 이는 종고 선사의 간화선 영향이라는 것이다. 둘째, 당시 주희를 비롯한 성리학자들도 종고 선사의 영향이 컸던 바, 성리학의 어떠한 심성학설의 방법은 종고 선사가 제기한 '참활구參活句', '불참사구不參死句' 이론, 즉 '생기와 활력이 넘치는(活潑潑地)' 주장의 영향을 받았다는 설명이다. 종고 선사가 주창한 '간화선'과 '활구活句' 이론이 송대의 시학과 성리학에 영향을 미쳤음을 설명하고 있다. 시가의 창작을 강서시파로부터 학습한 양만리로서는 '활법活法' 이론을 여본중으로부터 수용한 것은 조금도 이상한 현상이 아니다.

이로 보아 종고 선사와 양만리의 관계는 두 가지 측면에서 볼 수 있다. 하나는 성리학적인 관점에서 장준(장식)을 매개체로 종고 선사와 양만리의 간접적인 관계가 이어진다. 다른 하나는 시학의 관점에서

---

511 周裕鍇, 『中國禪宗與詩歌』, p.211.

종고 선사의 간화선과 '활구' 이론은 다시 여본중의 '활법'으로, 이것은 다시 양만리의 '활법' 이론으로 계승되고 있다. 엄우가 양만리를 평가한 "여러 시풍을 모두 버리고, 새로운 참신한 시풍을 열다(已而盡棄諸家之體, 而別出機杼)"가 의미하는 것은 활법 이론에 근거하여 이루어진 양만리의 새로운 시풍을 가리키는 것이다. 40년간의 관직생활에서 사귄 승려들과의 교유관계 및 '활법', '투탈', '묘오'라는 그의 시가이론 용어가 당시 유불도 삼가의 융합이라는 시대적인 조류를 그대로 수용하고 있었다. 아울러 시가에 표현된 다양한 선적인 심미관과 사유 등을 보았을 때, 그도 유학을 중심에 두고서 광범위하게 불교와 도가의 핵심사상을 수용한 사상체계를 구성하고 있었다고 할 수 있다.

2) 양만리의 이선유시以禪喩詩 시론

'간화선'을 주창하며 '문자선'과 '공안선'에 반대하였던 대혜종고는 조용히 정좌하여 참선하는 것을 반대하지 않았으며, 조사의 어록을 읽는 것도 반대하지 않았다. 하지만 이는 병을 치료하는 약과 같은 방편의 법문으로 인식할 것을 요구한 것이지, 그것에 정당성을 부여하고 집착하고 얽매이는 것은 부정하고 있다. 최선의 방법은 선의 학습자들이 조주 선사의 무자화두無字話頭를 참구하기를 강조한다.[512] 학습자들이 이러한 공안이나 화두를 참구할 때 반드시 의심을 일으킬 것을 요구하며, 의심에 대한 스스로의 해결을 통해 깨우침의 경지에 이르도록

512 『大覺普慧禪師語錄·示妙心居士』 卷22: "僧問趙州, 狗子還有佛性也無? 州云: '無.' 只這一字, 便是斷生死路頭底刀子也. 妄念起時, 但擧箇無字. 擧來擧去, 驀地絶消息, 便是歸家穩坐處也. 此外別無奇特, 前所云難進底一步."

격려하고 있다. 하나의 화두를 타파하면 백억 가지 법문을 뛰어넘어 직접 깨달음에 이를 수 있기에 '무無'자를 참구한 결과 얻어지는 신비하고 말할 수 없는 경계, 이것이 바로 생사와 모순갈등, 고민에서 벗어나 해방의 자유로움을 얻는 것이라고 말하고 있다. 이런 경지를 『임제록』에서는 다음과 같이 기록하고 있다.

> 도를 배우는 도반들이여, 여법한 견해를 터득하려면, 오직 남에게 미혹을 당하지 말고, 안이나 밖에서나 만나는 대로 죽여라. 부처를 만나면 부처를 죽이고, 조사를 만나면 조사를 죽이고, 나한을 만나면 나한을 죽이고, 부모를 만나면 부모를 죽이고, 친속을 만나면 친속을 죽여라. 그래야 비로소 해탈하여 사물에 구애되지 않고 투철한 자유자재로움에 이른다.[513]

여기에서 키워드는 "투탈자재透脫自在"이다. 어디에도 얽매이지 않고, 구애되지 않는 경지, 생사와 모순갈등 및 모든 번뇌에서 벗어난 경지, 이러한 경지에 이르려면 부처도 초월하고, 조사, 나한, 부모, 친속 등등 모든 분별심을 뛰어넘는다. 이것은 '어떠한 사물에도 구애되지 않고 자유자재한 경지'이자, '자유무애한 깨달음의 경지'이다.[514]

---

513 "道流, 儞欲得, 如法見解. 但莫受人惑. 向裏向外, 逢著便殺, 逢佛殺佛, 逢祖殺祖, 逢羅漢殺羅漢, 逢父母殺父母, 逢親眷殺親眷. 始得解脫, 不與物拘, 透脫自在." 『天聖廣燈錄』 卷11, CBETA, X78, No.1553, p.0471, b21-24.

514 '透脫'이란 얽매임이 없는 절대자유, 투철한 깨달음의 경지를 의미하는 것으로 불가에서 자주 활용하는 용어이다. 예를 들면 『古尊宿語錄·題「南泉和尚語要」』에서 다음과 같이 말하고 있다. "왕노사는 진정한 도를 체득한 자이다.

①투탈透脫을 중시

이러한 선종의 '자유무애한 깨달음(透脫)'의 경지를 양만리는 그의 시가 이론에서 원용하고 있는데, 사실 이러한 의도는 강서시파 여본중과 증기 등이 강조한 '오입悟入'과 '활법活法' 이론 등 이선논시以禪論詩 전통의 계승이다. 그러므로 "여본중이 강조한 활법 이론에 근거하여 남송사대가가 강서시파의 말류에서 벗어나는 성취를 이룰 수 있었으며, 활법론은 송시가 성숙한 발전을 이룬 단계의 산물이자, 동시에 송시의 흐름이 전환되는 중요한 이론적인 근거"[515]라는 견해도 있다.

「이천린李天麟에게 화답하다」 두 수의 시는 양만리 '활법' 시가이론의 핵심을 담고 있는 시가이다. 첫째 시에서 다음과 같이 말한다.

學詩須透脫　시를 배울 때 자유자재한 경지 이르러야
信手自孤高　손이 가는 대로 저절로 고고함에 이른다
衣鉢無千古　의발은 천고에 전해지지 않으니
丘山只一毛　언덕과 산은 단지 깃털에 불과하다
句中池有草　시어는 청신하고 자연스러워야 하나
字外目俱蒿　언어 밖으로 우국우민을 담아야 하네.
可口端何似　맛의 단서는 어떤 것과 같은 것인가?
霜螯略帶糟　가을철의 게는 술맛을 가져오네.

말하는 모든 것이 자유자재한 경지에 이르러 조금의 지견이나 해석의 차이가 없다(王老師眞體道者也, 所言皆透脫, 無毫髮知見解路)."

515 張毅, 『宋代文學思想史』, (北京)中華書局, 1995, p.208.

'투탈透脫'이라는 두 글자가 관건이자 핵심이다. 어디에도 기대지 않고 얽매임이 없는 창작의 독창성을 강조하고 있다. 자유자재하게 자신만의 창의성에 의지한 경지, 걸림이 없는 투철한 깨우침의 경지에 이른다면 손이 가는 대로 창작해도 뛰어난 시가를 창작할 수 있다는 설명이다. 마치 참선하는 사람이 자유자재한 깨침의 경지에 이르게 되면 종횡무진 거침없이 자유스럽다. 행위마다 도에 이르는 경지와 같은 것이라는 의미이다. '자유무애한 깨우침(透脫)'으로써 활법活法을 강조하고 있다. '의발'은 불문에서 전하는 법통의 상징이다. 선가에서는 육조혜능 이후 의발을 전하지 않는다. 깨우침을 '의발'에 의지하거나 집착할 필요가 없다는 것이다. 마찬가지로 시단에서도 '의발', 즉 스승의 '시법'이나 '구법'에 의지할 필요가 없다. 법통을 상징하는 선종의 '의발'을 여기서는 '시파의 전승과 시 작법의 법통(강서시파)'에 비유하고 있다. '의발'에 집착하지 않는 작시의 전통이란, 이전의 대가나 법통(강서시파)에 의지하지 않고, 개인의 '철저한 깨우침(투탈)'에 의지하는 시작詩作의 전통을 말한다. 그러므로 시가를 학습함에 있어서 산이나 언덕 같은 뛰어난 스승이 있다고 하더라도 기댈 필요가 없다. 스승을 깃털처럼 가볍게 여겨야 한다는 것이다. 스스로의 창의력에 의거한 시가의 창신創新 정신을 강조한 것이다. 이렇게 해야만 비로소 무궁무진한 시어를 만들어낼 수 있다. 그러므로 '투탈透脫'은 기존의 규칙과 구속에 얽매이지 않다는 것을 가리킨다. 또한 '생동감과 활력(靈活)'이 있고, '판에 박힌 듯 단조롭지 않음(不呆板)'을 가리킨다. 양만리가 강조하는 '투탈'은 시가를 창작할 때의 창신의 심리상태이자, 창작과정 중에서 반드시 활용해야 하는 시학 기교이며, 하나의 시학 범주가 되었다. 이는 시가 창작의 최종 목표이기도 하다. 이것은 종고 선사가 강조하는 언설문자言說文字, 선악의 분별善惡分別에 구속되지 않고, 자유자재하고 무궁무진하게 변하는 선종의 직관적인 훈련을 강화시켜야 한다는 '간화선"의 주장과 일치하고 있다.

후 4구에서는 사령운의 시구를 빌어서 투탈透脫함이 있어야 비로소 청신하고 자연스러운 시어를 만들어낼 수 있으며,[516] 이러한 시어는 직설적인 표현보다는 함축적인 깊은 사상을 담아야 한다[517]는 주장이다. 아울러 시에는 현실에 대한 신랄한 풍자를 담아야 하나, 직설적으로 표현해서는 안 된다. 가을철에 먹는 게의 맛은 단순한 게 맛이 아니다. 맛의 즐거움이 유별나다. 다시 말해서 단순한 게 맛을 뛰어넘어 게 맛을 생각함으로써 술의 맛도 함께 불러오는, 즉 '맛 너머의 맛(味外之味)'이 있다. 결론으로 말해서 '의지함도 얽매임도 없는 자유자재한 경지'이자, '자유무애自由無碍한 시심詩心'인 투탈에 이르면 청신 자연하면서도 함축적이며, 아름다우면서도 감칠맛이 있는 시구를 창작할 수 있다는 것이다. '자유무애한 시심(투탈)'이 좋은 시어를 창작하는 전제조건인 것이다. 이러한 경지는 '맛 너머의 맛(味外之味)'과 '운 너머의 운(韻外之致)'을 강조한 사공도의 시선일치詩禪一致 이론을 연상시킨다.

---

516 여기에서 사령운謝靈運의 「성 위의 누대에 올라(登城上樓)」 시, "연못에는 봄풀이 피어나고, 버들 정원은 새소리로 변한다네(池塘生春草, 園柳變鳴禽)."를 빌어 청신하고 자연스러운 시어를 요구한다.

517 『莊子·騈拇』에 보면 "호목이란 세상을 근심하는 두려움이다(蒿目而憂世之患)"라고 기록하고 있다.

②활참活參을 통한 증오證悟

「이천린李天麟에게 화답하다」의 둘째 시를 보자.

句法天難秘	구법은 본래 비밀스러운 것이 아니라
工夫子但加	오로지 공부한다면 더해질 수 있다네.
參時且柏樹	참구할 때 측백나무를 생각했는데
悟罷豈桃花	깨우침에 이르니 어찌하여 도화인가
要共東西玉	술로써 시를 함께 논하고 싶지만
其如南北涯	남과 북으로 서로 떨어져 있다네
肯來談個事	당신이 와서 이 일을 논하길 원하면
分坐白鷗沙	갈매기 사는 모래밭에서 같이 논하세

여기에서 시인은 강서시파가 중시하는 '구법句法'과 '시법詩法'에 대해 비판하고 있다. 양만리는 시법과 구법은 어떠한 비밀이 아니며, 오직 공부工夫를 통한 노력이 있다면 충분히 이를 수 있는 것이다. 중요한 것은 '활참活參'을 통한 '깨우침(悟)'이다. 대혜종고는 '간화看話'를 주장하며 '활참'을 강조하였다. "선을 참구하는 자는 반드시 활구活句를 참구해야 한다. 사구死句를 참구해서는 안 된다."[518] 또한 "해석을 통해서 참구할 수 있는 말은 사구이며, 해석할 수 없는 언어를 참구하는 것이 활구이다."[519]라는 주장을 펼쳤다. 양만리는 선종의 두 공안을

518 『大慧禪師語錄』 卷14: "夫參學者, 須參活句, 莫參死句. 活句下薦得, 永劫不忘, 死句下薦得, 自救不了."

519 呂澂, 『中國佛學源流略講』: "有解可參之言乃是死句, 無解之語去參才是活句."

활용해서 '활참'의 시론을 강조하고 있다. 하나는 조주종심 선사의 유명한 '정전백수자庭前栢樹子'의 공안이다. 조주 선사(778~897)에게 승려가 와서 질문하였다. "조사가 서쪽에서 온 뜻은 무엇입니까?" 조주 선사가 대답하였다. "뜰 앞에 있는 측백나무니라."[520] 바로 여기서 유래한 화두이다. 둘째 공안은 지근志勤 선사가 복숭아꽃을 보고 읊조린 오도송이다. "복숭아꽃을 한 차례 본 이후로, 오늘에 이르기까지 더욱 의심이 없네."[521] 선자가 묘오妙悟의 경지에 이르기 위해 참선할 때는 '측백나무' 혹은 '복숭아꽃' 등의 여러 공안에 의지해도 무방하다. 관건은 '활참'을 통해서 오성悟性에 이르러야 한다. 조주 선사가 질문에 '뜰 앞에 있는 측백나무'라고 대답한 이유는 어떠한 것에도 집착을 하지 마라는 깨우침을 준 것이다. 즉 참선자에게 묘오妙悟에 이르는 자유무애한 오성悟性을 깨우치라고 던진 말이다. 만약 참선자가 조주 선사의 대답에 따라 진지하게 '뜰 앞에 있는 측백나무'에만 매달려 '조사가 서쪽에서 온 이유'를 궁구한다면, 이것이야말로 '사구를 참구하는 것(參死句)'이요, 엉뚱한 집착이 되는 것이다. '복숭아꽃'의 의미도 마찬가지이다. "푸르고 푸른 대나무 모두가 법신이요, 울창한 들꽃이 반야가 아님이 없다."[522]라고 선가에서는 말한다. 측백나무든, 복숭아

(北京)中華書局, 2004, p.260.

520 『宗統編年』 卷15: "僧問: '如何是祖師西來意?' 諗曰: '庭前柏樹子.' 曰: '和尙莫將境示人.' 諗曰: '我不將境示人.' 曰: '如何是祖師西來意?' 諗曰: '庭前柏樹子.'" CBETA, X86, No.1600, p.0173, c20-23.

521 「六祖下第五世之三」: "福州靈雲志勤禪師, (嗣長慶安)初在潙山. 因見桃花悟道, 有偈曰: 三十年來尋劒客, 幾回落葉又抽枝. 自從一見桃花後, 直至如今更不疑." (『禪宗頌古聯珠通集』 卷23)

꽃이든, 대나무든, 들꽃이든, 무엇을 통해서도 모두 증오證悟할 수 있는 것이다. 어느 것에도 집착하지 않는 자유자재하고 생기가 넘치는 '활참'을 통해 무궁무진한 '투탈'의 경지에 들어가야 한다. 그리하여 분별과 차별의 양변兩邊의 상대적 경계를 떠난 증오證悟의 세계를 체득하라는 뜻이다. 만약 펄떡펄떡 뛰는 이 경지에 들어가면 수연隨緣이 변함이 없고, 손이 가는 대로 갖고 와도 모두가 깨우침의 '묘용妙用'이다. 일단 깨우침에 이르면 '측백나무' 혹은 '복숭아꽃'은 아무런 쓸모가 없다. 이것이 바로 '활참' 경지의 표현이다. 시를 배울 때도 마찬가지다. 각기 다른 시파나 다른 스승을 통해서 배워도 무방하다. 중요한 것은 활참, 다시 말해서 자유무애한 시심을 통한 창신創新에 이르는 자립의 정신이 필요하다. 스승이나 시법과 구법에 매달리는 것은 바로 '사구를 참구하는 것(參死句)'과 동일한 것이다. 후 4구는 단순히 응대하는 언어이다. 당신과 함께 술을 마시며 시를 논하고 싶지만, 각기 멀리 떨어져 있어서 어쩔 수가 없다. 만약 당신이 와서 함께 시작에 대해 논할 수 있다면, 갈매기 서식하는 백사장에 앉아서 토론을 하자는 의미이다.

이로 보아 전 4구는 전형적인 '활법' 이론을 계승한 이선유시以禪喩詩 이론이다. 양만리 시론에서 강조하는 '투탈'과 '활법', '참구', '오悟'가 의미하는 것은 무엇일까? 바로 시법은 시인의 참구와 자유무애한 깨달음에 의한 자득에 있다는 것을 말해주고 있다. 고로 주유개는 양만리의 깨우침(悟)에 대해서 다음과 같이 설명하고 있다.

---

522 『指月錄』 卷6: "靑靑翠竹, 盡是法身. 鬱鬱黃花, 無非般若." CBETA, X83, No.1578, p.0464, c19-20.

양만리의 참구한 이후의 깨우침은 전인들을 몰아내고 자아를 찾아가는 것이다. 눈과 마음을 뒤덮은 고서의 얇은 막을 벗겨내고, 스스로의 눈과 귀로 느낀 천진한 상태를 회복하여, 새롭게 신선하고 활발한 진실한 세계를 발견하는 것이다. 이것이 바로 진정 투철한 깨달음인 것이다.[523]

활참을 한 이후의 깨우침에 대한 설명이다. 자유무애한 진정한 깨달음은 어느 누구에게도 기대지 않는 시인의 주체성을 강조한 것이다. 그러므로 양만리는 「각조산 벽애 도사 감숙회가 '미명인불급美名人不及, 가구법여하佳句法如何' 열 자의 운각으로 지어서 증정한 십 수의 고풍에 응답하다」[524]의 둘째 시에서 다음과 같이 노래하고 있다.

贈我新詩字字奇　　나에게 준 새로운 시 글자마다 뛰어나고
一奩八百顆珠璣　　한 상자에 8백 개의 주옥이 들어 있네

---

523 "楊萬里的'參'後之'悟'是放逐了前人, 找回了自我, 刮掉了古書蒙在眼睛和心靈上的那層膜, 恢復了耳目觀感的天眞狀態, 重新發現新鮮活潑的眞實世界. 這才是眞正的'透徹之悟'." 周裕鍇, 『宋代詩學通論』, (成都)巴蜀書社, 1997, 239쪽.

524 「酬閣皂山碧崖道士甘叔懷贈美名人不及佳句法如何十古風, 二首」 시 제목에 대해 간단히 설명하면 다음과 같다. 제목 속에 있는 "당신의 미명은 사람들이 따를 수 없는 것, 그렇다면 작시의 구법은 어떠한가(美名人不及, 佳句法如何)"의 구절은 두보가 고적에게 준 「寄高三十五書記」 시의 두 구절이다. 감숙회는 남송의 유명한 도사이며, 『벽애시집碧崖詩集』 5권을 남기고 있다. 그는 주희朱熹, 홍매洪邁, 주필대周必大 등과도 교유가 깊다. 십고풍十古風이란 감숙회가 양만리에게 준 10수의 시가인데, 시가의 운각은 "美名人不及, 佳句法如何" 순서대로 열자가 속한 운부를 활용하여 시를 창작하였다는 것이다.

問儂佳句如何法　그대에게 좋은 구절 만든 방법 물어보니
無法無盂也沒衣　법도 없고, 바리도 없고, 의발도 없다 하네

역시 시법과 구법 등의 창작기법을 중시하는 강서시파의 말류를 비판하면서 '시법'의 굴레를 벗어나, 시인이 주체성을 가지고 걸림이 없는 시심의 경지, 즉 법과 의발에 기대지 않고, 스스로의 활참에 의지해야 뛰어난 시를 창작할 수 있음을 강조한 시이다. 참선의 역정을 시의 학습과정에 비유하고 있는 이선유시以禪喩詩이다.

그러므로 양만리는 기지가 넘치는 언어의 선택을 중시할 뿐만 아니라, 창작기법과 방식에 구애받지 않고 다양한 변화를 추구하였다. 특히 그는 대자연 속에서 영감과 천기를 취하여 흉금이 투철하고 막힘이 없는, 사유의 활발함과 자유로움을 강조하였을 뿐만 아니라, 내면세계의 성령의 발현과 예술의 독창성을 강조하였다.[525] 이러한 참구에 대해 양만리는 시를 통해서 강조하고 있다.

要知詩客參江西　시객이 강서에 참배함을 알려면
正似禪客參曹溪　마치 선객이 조계에 참배함과 같다
不到南華與修水　남화와 수수에 이르지 않고서
于何傳法更傳衣　어찌 법과 의발을 전할 수 있겠는가[526]

---

525 周裕鍇, 『中國禪宗與詩歌』, p.212.

526 「분녕주부 나홍재가 임기를 채우고 경성으로 올라감에 보내다(送分寧主薄羅宏材秩滿入京)」.

전형적인 이선유시以禪喩詩이자, 이선우시以禪寓詩이다. 참구를 하려면 근원에 대해 참구를 해야 한다. 마치 선객이 남종선의 종주인 육조혜능이 주석한 조계 남화사에 참구하듯이, 시인들도 강서시파의 종주인 황정견의 시를 참구해야 한다는 것이다.

③참투參透를 통한 시어 학습

하지만 그의 시론에는 강서시파의 영향도 보인다. 예를 들면 시를 배움에서부터 깨우치는 과정에 대해 양만리는 이렇게 말한다. 「성재시화誠齋詩話·(一卷)」: "처음 시를 배우는 자는 반드시 옛사람의 좋은 언어를 배워야 한다. 어떤 때는 두 글자, 어떤 경우에는 세 글자를 배워야 한다. …… 시를 읊조리는 것이 많아야 좋은 글자를 선택할 수 있다. 처음은 빌려서 사용하다, 오랜 기간이 지나면 스스로 폐부에서 나와 종횡으로 출몰한다."[527] 아래에도 학습을 통한 '참구'와 '깨우침'을 강조한다.

忽夢少陵談句法　　홀연히 꿈에서 두보와 구법을 논하니
勸參庾信謁陰鏗　　유신을 참구하고 음견을 청하길 권하네[528]

半山便遣能參透　　왕안석을 골라 참구하여 깨칠 수 있으니
猶有唐人是一關　　당나라 시인들과 같은 하나의 관문이네[529]

---

527 "初學詩者, 須學古人好語, 或兩字, 或三字 …… 要誦詩之多, 擇字之精, 始乎摘用, 久而自出肺腑, 縱橫出沒."(「集部」48, 『四庫全書總目提要』 卷195)

528 「왕우승의 시 뒤에 적다(書王右丞詩後)」.

參透江西社	강서시사를 참구하여 깨우친다면
無燈眼亦明	등이 없어도 눈이 밝아진다네[530]

양만리는 자신이 깨달은 선학의 요지와 시학을 연계시켜, 시가 창작과 참선의 방식이 일치함을 강조하고 있다. '참구(參)'라는 것은 선종의 수행방법이다. 대상에 대한 의심을 깨트리기 위해서나 혹은 화두 등을 꿰뚫어서 깨우치기 위해 마음을 집중함을 말한다. '참투參透'라는 것도 불교에서 자주 활용하는 용어이다. 대상에 대한 참구를 통하여 철저하게 대상을 깨우치는 것을 말한다. 양만리는 옛사람의 시가에 대한 참구를 통해서 시구를 얻을 것을 강조한다. 이처럼 시법을 토론하는 것을 좋아하고, 용전의 활용을 중시하는 것은 강서시파의 주장과 유사하다.

하지만 근본적으로 다른 점이 있다. 여본중과 증기 등이 강조한 '오입悟入'과 '활법活法'의 주장은 근본적으로 강서시풍에 연원을 두고 말한 것이다. 하지만 양만리가 강조한 '투탈'과 '활법' 이론은 본질적으로 강서시풍을 벗어난 개인의 창신創新에 중점을 두고 있다. 그러므로 강서여풍을 벗어나 새롭게 '성재체誠齋體'라는 시풍을 개창할 수 있었다.

④ 만사는 '활법'에서

그러므로 양만리는 선종의 '투탈透脫', '활참活參', '증오證悟', '활구活句',

---

529 「당나라 시와 왕안석 시를 읽고(讀唐人及半山詩)」.

530 「주중용의 봄날 두 절구시에 화답하다(和周仲容春日二絶句)」.

'참투參透'를 활용하여 '성재誠齋' 시가의 '활법活法'을 건립했다고 할 수 있다. 이에 대해 주필대周必大는 다음과 같이 말한다.

誠齋萬事悟活法　성재의 만사는 활법의 깨우침이며
誨人有功如利涉　사람을 깨친 공로는 강을 건넌 것과 같다

유극장劉克莊도 다음과 같이 말한다. "성재가 나온 후에 진정하게 활법을 얻었다. 소위 말하는 유전하고 원숙한 아름다움이 마치 탄환 같다. 단지 자미공이 보지 못함이 원망스러울 뿐."[531] 갈천민葛天民도 「양성재에게 보낸다(寄楊誠齋)」 시에서 다음과 같이 말하고 있다.

參禪學詩無兩法　참선과 시 학습은 둘이 아니며
死蛇解弄活鱍鱍　죽은 뱀 펄떡이며 생기 넘치도록 만든다
氣正心空眼自高　기가 바르고 마음을 비우면 눈은 저절로 높고
吹毛不動全生殺　취모검을 움직이지 않고서 모든 생물 죽이네
生機熟語却不俳　생기와 숙어라도 저속함에 흐르지 않는 자는
近代獨有楊誠齋　근대에 들어와 양성재뿐이네

'이선유시'의 관점에서 언어문자에 대한 해석을 뛰어넘어, 살아서 펄떡이는 생동감 있는 언어의 선택을 강조한 것이다. '참선과 시 학습이

531 劉克莊撰, 「江西詩派小序」: "誠齋出, 眞得所謂活法, 所謂流轉圓美如彈丸者, 恨紫微公不見耳." 宋의 王直方도 다음과 같이 말하고 있다. "謝朓嘗語沉約曰: 好詩圓美流轉如彈丸."(『王直方詩話』)

둘이 아니다'라는 것은 양만리의 시 창작과 그가 제기한 '활법'에 관한 시론이 선종의 사유와 밀접한 관계가 있음을 설명한다. 앞서 설명하였듯이 대혜종고는 '간화看話'를 주장하면서 "선을 참구하는 자는 반드시 활구를 참구해야 하며, 사구를 참구해서는 안 된다."라며 화두話頭의 참구를 강조하였다. 양만리도 '생기와 활력이 넘치는(活潑潑地)' 언어의 활용을 강조하고 있다. 생기가 활발하고 익숙한 용어를 사용하더라도 저속함으로 흐르지 않게 하는 사람은 양만리뿐이라는 칭찬이다. 죽은 뱀은 죽인 뱀이다. 죽은 뱀이 어떻게 펄떡일 수가 있는가? 이러한 객관적인 생사에 대한 차별을 뛰어넘는 어휘의 활용을 강조한 것이다. 모순과 대립에 대한 초월을 요구하며, '철저한 깨우침이 있는 투탈'의 세계를 체득하라는 뜻이다. 이것은 모두 성재체誠齋體의 시론이 시의 감정인 시정詩情과 선의 사유인 선사禪思가 유기적으로 결합된 것임을 강조하고 있다.

그러므로 곽소우는 다음과 같이 말하고 있다. "성재(양만리)는 선의 깨우침이라는 관계에서부터 작가 하나하나의 풍류를 깨달아 신운에서 성령으로 들어가게 하였다. 조금 뒤에 강백석(강기)이 또한 성령에서부터 신운으로 들어가게 하였다", "깨달음 이후에 법도 없고, 의발도 없다는 식의 말은 성재의 주장으로, 마침 이후 수원(원매)의 성령설의 선구가 되었다."[532]

---

532 郭紹虞, 「性靈說與楊萬里」: "誠齋從禪悟的關係, 悟到作家各自一風流, 由神韻以折入性靈. 稍後, 姜白石又從性靈以折向神韻 ……", "蓋從悟罷以後無法無衣一點言, 則誠齋之說, 又適爲以後隨園性靈說的先聲." 黃永武, 張高評編, 『宋詩論文選輯』(二), (高雄)復文圖書出版公司, 1988, p.5.

양만리의 시론이 선종 사유에서 출발하였으며, 그 영향으로 이루어진 것이라고 주장하고 있다. 동시에 이러한 시론은 후대 명청 시대의 성령설 주장의 선구가 되었다는 설명이다. 양만리 자신도 다음과 같이 말하고 있다.

> 나의 시는, 시작은 강서의 여러 군자들에게 배웠다. 또한 후산(진사도)의 오언율시, 반산노인(왕안석)의 칠언절구를 배웠고, 만년에는 당나라 시인들의 절구를 배웠다. …… 무술년에 시를 창작하면서 홀연히 깨우침을 얻은 것 같았다. 그리하여 당나라 시인들과 왕안석, 진사도 등의 시가를 멀리하였고, 강서의 여러 군자의 시를 감히 배울 수 없었다. 이후에 즐거움이 여여하였다.[533]

양만리 작품의 시작은 강서시파에서 비롯되었고, 이후에는 진사도, 왕안석, 그리고 당시唐詩를 배웠다는 것이다. 하지만 스스로 시에 대한 투탈을 통한 활법의 자각적인 운용 이후에 시가에 대한 창신創新을 만들어 '성재체'라는 해학, 익살, 활발, 자연스런 독특한 시풍을 이루었다는 설명이다. 그러므로 전종서 선생은 『담예록談藝錄』에서 양만리는 '살아 있는 것을 사로잡는 것(生擒活捉)'과 "문자를 마음대로 활용하여 임의로 농간을 부리고, 특히 5, 7자 안에서 '손을 땅 위에 짚고서 몸을 뒤집는 행위(翻筋斗)' 능력은 전체 남송 시단에서 뛰어나 큰 자재함을 얻었다."[534]고 말하고 있다. 다시 말해서 활법의 운용으로 독특한 시풍을

533 "余之詩, 始學江西諸君子. 旣又學后山五字律, 旣又學半山老人七字絶句, 晩乃學絶句于唐人 …… 戊戌作詩, 忽若有悟, 于是辭謝唐人及王, 陳, 江西諸君子皆不敢學, 而后欣如也."(「荊溪集自序」)

창조하였음을 강조하고 있다.

3) 양만리의 이선입시以禪入詩의 시가

양만리는 유불도 삼가의 융합이라는 시대적인 흐름 속에서 성리학을 중심에 두면서, 도불道佛에 대해서도 겸용과 통섭의 태도를 유지해왔음을 알 수 있다. 아울러 홍주종의 발원지이자, 남종선의 '오가칠종五家七宗' 중에서 네 종파의 건립지인 강서江西 지역에서 상당 기간 관직을 지낸 적이 있다. 당연히 귀종도현歸宗道賢을 비롯한 당시의 승려들과 광범위한 교유가 있었음을 앞서 언급한 바가 있다. 때문에 불법과 선종 공안에 대해서 상당한 지식을 가졌을 것으로 추정할 수 있는데, 특히 선종 사유를 통한 이선유시 시론의 정립을 통해서 그의 선종에 대한 해박한 지식을 가늠할 수 있다. 그러므로 "선종은 양만리의 인생관과 우주관, 심미적인 이상, 문학관 및 예술표현 수법에 이르기까지 중요한 영향을 미치고 있다."[535] 양만리가 광동에서 육조혜능이 주석했던 남종선의 성지인 조계를 방문하여 다음과 같은 시를 지었다.

「매주梅州의 도적을 잡기 위해 제군들을 독려하고, 조계에 머물며 엽경백, 진수정, 부 선사에게 바친다(督諸軍求盜梅州, 宿曹溪, 呈葉景伯·陳守正·溥禪師)」 시를 보자.

---

534 錢鍾書, 『談藝錄』: "驅遣文字, 任意搬弄, 特別是在五七字裏'翻筋斗'的功夫, 在整个南宋詩壇顯好身手, 得大自在."(北京)中華書局, 1984, pp.446~448.

535 胡建升, 文師華, 「論楊萬里詠園詩的禪學意趣」, 『南昌大學學報』, 제37권, 1기(2006년 1월) p.104.

南斗東偏第一山	남쪽의 동편에 있는 제일의 조계산
白頭初得扣禪關	백발 되어 처음 선문에 고개 숙인다
祖衣半似雲來薄	가사는 후대에 이를수록 가볍고
金鑰才開霧作團	금 열쇠로 비로소 의혹을 풀었네
一鉢可能盈尺許	바리때는 아마 한 자 남짓이지만
千年有底萬人看	천년 동안 전해오니 만인이 본다
今宵雪乳分龍焙	오늘 저녁 차를 음미하며 쉬지만
明日黃泥又馬鞍	내일 아침 황토에서 또 말을 달린다

이 시는 양만리가 순희淳熙 8년(1181) 광동 제형提刑 때 지은 작품이다. 이 해 3월 양만리는 광주에서 소주韶州로 부임하였고, 10월에서 12월 사이에 매주梅州에 도착하여 도적들을 체포하는 임무를 수행하였다.[536] 시인은 이때 육조혜능이 주석했던 남종선의 핵심 도량인 조계산에 이르러 '백발이 되어 처음 선문에 고개 숙인다'며 감개를 나타내고 있다. 만년에 이르러 선종을 대하는 시인의 인식을 추정할 수 있다. 함련은 '의발'을 전하는 선종의 전통에 대해 오조홍인과 육조혜능 대사의 공안을 인용하여 이제는 의발이 전해지지 않음을 설명하고 있다.[537] 또한 이전에는 선종에 대해 무지함이 많았는데, 오늘은 천하의 불문제자들과 사대부들이 추앙하는 불교성지에 이르자 마치 금 열쇠를 얻은

536 蕭東海, 『楊萬里年譜』, 上海三聯書店, 2007, p.171.

537 "옛날 달마 대사가 처음 왔을 때 사람들이 믿지 않아서 의발을 전하여 받은 법을 증명하였다. 오늘날 신심이 이미 익어 의발은 다툼의 시작이 되니, 너에 이르러서 멈추고 다시 전하지 말지어다(昔達磨初至, 人未知信, 故傳衣以明得法, 今信心已熟, 衣乃爭端, 止於汝身, 不復傳也)."(『景德傳燈錄』 卷3)

듯이 모든 의혹이 사라지게 되었다는 것이다. 경련도 함련을 이어서 '의발'의 전승에 대한 설명이다. 혜능이 전한 남종선이 오랜 세월을 거치면서 크게 발전하였음을 강조한 것이다. 미련에서 내일의 일상생활을 생각하면 오늘 저녁 선종의 성지에서 차를 마시며 쉬는 시간이 더욱 소중함을 강조하고 있다. 「서호에 있는 승방에 제하다(題西湖僧房)」의 칠언절구 시를 보자.

竹林深處著禪房　대나무밭 깊은 곳에 선방이 있고
下卻疏簾自炷香　주렴은 아래로 향은 절로 타오른다
書畫隨宜遮四壁　글씨와 그림 도처에 네 벽을 뒤덮고
閑欹瓦枕小藤床　비스듬히 베개 베고 작은 침대 누워 있다

대나무 깊은 곳에 고요한 승방이 있다. 창문의 주렴은 아래로 향하고, 한 가닥의 향은 스스로 타오른다. 모두가 제 인연을 따른다. 게다가 네 벽에 걸린 글씨와 그림도 수연자적하며 제멋대로 걸려 있다. 사람도 마찬가지다. 승려는 비스듬히 베개를 베고 작은 등나무 침대에 한가롭게 누워 있다. 모든 인위적인 것을 거부한다. 대자연과 일체가 된 수연자적한 경계를 네 구절에서 나타내고 있다. 대자연과 하나가 된 승방, 청정한 자성이 가득한 선방, 주렴, 한 가닥의 향, 글씨, 그림, 승려 등의 모습을 통해 선취가 넘쳐나고, 세속의 욕망과 단절된 수연자적하며 자유자재한 경계를 그리고 있다. 유사한 경계를 「저녁에 서호의 혜조사 석교 위에 서다(晚立西湖惠照寺石橋上)」 칠언절구에 묘사하고 있다.

船於鏡面入煙叢　　호수 위의 배는 안개 속으로 들어가고
寺在湖心更柳中　　호수 중심의 절은 버드나무 속에 있네
暮色欲來吾欲去　　저녁놀이 타오를 때 내가 떠나야 하고
其如南北兩高峰　　어찌하랴, 남북 양쪽의 높은 봉우리를

서호에 있는 혜조사의 석교 위에 서서 호수를 바라보며 적은 시이다. 거울 같이 맑은 호수의 배는 안개 속으로 들어간다. 저 멀리 호수 중심에 있는 버드나무가 위치한 곳에 절이 있다. 대자연 속에서 하나가 된 사원과 배의 모습을 묘사하고 있다. 저녁놀이 타오르면 모든 생물은 스스로의 귀속처로 향한다. 대자연을 감상하는 시인도 마찬가지다. 남북 양쪽에 있는 산봉우리를 아침저녁으로 오가는 태양은 대자연의 변함없는 규율이다. 여기에는 주객의 분별이 있을 수 없다. 단지 대자연이 소요하는 원융무애한 진리의 표현만이 있을 뿐이다.

또한 「동사의 시승인 조 상인이 보명사로 나를 방문하니, 시를 증여한다(東寺詩僧照上人訪予於普明寺贈以詩)」 시를 보자.

轉頭不覺三年別　　고개 돌리니 어느 듯 3년의 이별
病眼相看一笑開　　병든 눈으로 서로 보며 크게 웃는다
說似少陵眞句法　　두보의 시법으로 말한 듯하지만
未應言下更空回　　응대가 없으니 더욱 공허함이 돌아오네

시의 제목에서 알 수 있듯이, 시인은 3년 만에 보명사에서 만난 조 상인照上人에게 증정한 시이다. 병든 눈(病眼)이란 것은 선종의 언어로 세속의 업을 뒤집어쓴 깨끗하지 못한 눈을 가리킨다. 조 상인과 밀접한 관계를 유지했음을 시를 통해서 이해할 수 있다. 「담암이 자리에 앉아서 현 상인이 차를 끓이며 대접하는 것을 보다(澹庵坐上觀顯上人分茶)」 시가의 일부분이다.

紫微仙人烏角巾　오각건을 쓴 자미선인의 모습에서
喚我起看淸風生　나를 일깨워 맑은 바람 불러온다
京塵滿袖思一洗　세속의 번뇌 가득한 소매를 씻어주니
病眼生花得再明　혼탁한 병든 눈이 다시 밝게 되었네

담암澹庵은 호전胡銓의 자이다. 자미 선인은 현 상인顯上人을 말하고, 오각건은 은사들이 쓰는 두건이다. 따라서 오각건을 두른 자미선인은 탈속적인 비범한 풍모를 가진 현 상인을 가리킨다. 현 상인의 비범한 풍모는 시인을 일깨워서 맑은 바람을 느끼게 해주며, 동시에 세속의 모든 번뇌를 씻어주는 듯하다. 그리하여 원래 세속의 욕망에 물든 병든 눈을 밝게 만들어주었다는 설명이다. 선어와 도가의 언어를 통해서 현 상인의 비범하고 탈속적인 행동거지에 대한 칭찬과 그것에 감화된 시인의 감개가 어우러진 이선입시의 시가이다. 양만리가 친구인 양안세에게 보낸 「소주韶州의 사승寺丞인 양안세梁安世가 보낸 시에 화답하다(和同年梁韶州寺丞次張寄詩)」의 칠언율시의 수련과 함련을 보자.

故人一別恰三年　옛 친구와 이별하니 때마침 3년이라
誰與論詩更說禪　누구와 함께 시 논하고 선을 말하리

忽報一麾官嶺外　갑작스런 명으로 준령 밖으로 옮김에
寄來七字雪梅前　매화꽃 앞으로 칠언시를 보내오네

양만리와 소흥紹興 24년의 동년 진사인 양안세梁安世는 양안로梁安老라고도 한다. 자는 자장次張, 호는 원당遠堂이다. 매화꽃이 핀 계절에 보내온 양안세의 칠언시에 대한 화답이다. 이별에 앞서 차후 3년 동안 함께 시를 논하고 선을 말할 벗이 없음을 벗에게 하소연하고 있다. 평소 시를 통해서도 자주 지인들과 선을 논했음을 알 수 있는 부분이다.

이로 보아, 양만리는 기지機智 넘치는 영민한 언어의 선택을 중시하였다. 뿐만 아니라 "참선과 시 학습은 둘이 아님"을 그의 시작을 통해서도 강조하고 있다. 구법에 있어서도 하나의 창작 규범에서 탈피하여 "죽은 뱀을 펄떡펄떡 생기가 넘치도록 만들 것"을 요구한다. 다양한 시어의 학습을 요구하며, 무궁무진한 변화를 강조한 것이다. 특히 자유무애한 투철한 깨우침과 걸림 없는 활발한 사유를 강조하며 성령性靈의 발현과 예술의 독창을 주창하였음을 알 수 있다.

"양만리는 선의 깨우침이라는 관계에서부터 작가 하나하나의 풍류를 깨달아, 신운에서 성령으로 들어갔다."는 곽소우의 평가처럼, "시를 배우려면 깨우침의 자재함을 배워야 한다."라며 시가 창작과 참선의 방식이 일치함을 강조하였다. 양만리가 말한 '투탈透脫'이라는 것은 시를 학습할 때 문자의 여러 상(相)을 완전히 벗어나야 함을 강조한 것이다. 즉 '사구를 참구해서는 안 된다'는 의미이다. "성재의 만사는 활법의 깨우침이다."라는 평가가 있을 정도로 '활법'을 중시하였다. 문자와 언어에 노력하지 않고, 선종의 직관적인 훈련을 강화해야 한다는 종고의 '간화선'의 주장과 일치하고 있다. 따라서 그의 작품은 선적 사유의 특성처럼 종잡을 수 없이 순간적으로 느끼는 감성을 잘 포착한다는 것이다. 투철한 오성悟性과 충만한 생기, 선의禪意와 시정詩情이 가득하여 해학적, 활발, 자연한 시의 세계를 나타내고 있다. "활법活法", "투탈透脫"의 제창이 이러한 "성재체誠齋體"를 형성하게 된 주된 이유인 것이다.

4. 범성대 시가와 선종

1) 서론

북송의 분양선소汾陽善昭는 "삼교는 솥의 세 다리와 같기에, 하나라도 빠져서는 안 된다."[538]며 유불도 삼교의 동일한 중요성을 역설하였다. 남송 대혜종고도 유사한 주장을 강조한다. "삼교의 성인들은 종교를 세우는 입장은 다르지만 도는 하나의 일치로 귀결된다. 이것은 만고의 세월 동안 변하지 않는 의미이다."[539]라며 삼교가 중요한 역할이 있음을 강조하였다. 남송의 효종도 「원도변原道辯」을 지어 이렇게 주장한다. "삼교는 원래 서로 멀지 않은 것이다. …… 불교로 마음을 수양하고, 도교로 양생하고, 유교로 세상을 다스리면 되는 것이다."[540]라며 각각의

---

538 『汾陽無德禪師歌頌』 卷下: "三教鼎三足, 無令缺一物." CBETA, T47, No.1992, p.0627, a13-14.

539 『大慧普覺禪師法語』 卷22: "三教聖人立教雖異, 而其道同歸一致, 此萬古不易之義." CBETA, T47, No.1998A, p.0906, b07-08.

540 李心傳, 『建炎以來朝野雜記·乙集』 卷3, 「原道辯」 易名「三教論」: "三教本不相遠 …… 以佛修心, 以道養生, 以儒治世可也."

다른 효용성을 강조하였다.

이러한 유불도의 융합이라는 사상적인 조류와 통치계층의 운용방침에 범성대도 적극 호응하였다. 그는 효종의 「원도변」에 대해서 다음과 같이 긍정적으로 평가하였다. "이 책이 나온 후에 유학의 지위가 더욱 분명해지고, 다른 두 종교도 폐하여지지 않았다."[541] 삼교가 서로 융합되고, 상호 보완할 수 있다는 관점과 역할에 대해서 긍정적으로 판단하고 있다. 물론 시인 자신의 긍정적인 불교관 이외, 북방 이민족과 첨예하게 대치하던 남송의 특별한 역사 시기, 그리고 장기간에 걸쳐서 시인을 괴롭혔던 질병과 벼슬을 버리고 전원으로 돌아가고자 하는 귀은사상이 그의 불교 수용에 적극적인 역할을 한 것으로 보인다.

게다가 범성대는 관직을 수행하면서 민간의 불교행사와 사원활동에 적극적으로 참가하였으며, 이에 따라서 적지 않은 불교관련 시가와 기록을 남기고 있다. 예를 들면 범성대는 순희淳熙 원년(1174) 12월 "사천관내제치사四川管內制置使"라는 행정장관에 임명되어 약 2년 반 동안 사천에서 관직을 지냈다. 최근의 고증에 의하면 당시 범성대는 사천 지역, 특히 성도 주변의 불교사원에서 행했던 각종 연례행사 및 활동에 지방관으로 참가할 기회가 많았다. 동시에 개인적인 여가생활로 수많은 현지의 불교사원을 유람하면서 이와 관련된 시가와 기록을 남기고 있다.[542] 예를 들면 아래 시가는 시인이 사천에서 낙산대불을

---

541 「范石湖文」: "此書旣出儒術益明, 二氏不廢." 黃震, 『慈溪黃氏分類日抄』 卷67; 楊慧南, 「看話禪和南宋主戰派之間的交涉」, 『中華佛學學報』 第7期, (臺北)中華佛學研究所, 1994, pp.200~201.

542 游彪, 胡正偉, 「宋代地方官與佛教界之間的關係考論」, 『四川大學學報』 第3期(總

유람하면서 남긴 작품이다.

古佛臨流都坐斷　고불은 강물을 바라보며 앉아서 끊고
行人識路亦歸休　행인은 아는 길 따라 돌아가서 쉰다네
酣酣午枕眠方丈　달콤하게 오수를 방장실에서 즐기고
一笑閑身始自由　여유로운 몸 미소 지으니 비로소 자유롭네
–「능운사 구정(淩雲九頂)」

시인이 사천성에서 2년 반의 임기를 마치고 순희淳熙 4년(1178) 5월 29일 성도를 떠났다.[543] 6월 16일 가주嘉州에 도착하였고, 그 다음날 능운사淩雲寺를 유람하면서 이 작품은 지었는데, 관직에서 벗어난 홀가분한 심정을 방장실에서의 즐긴 오수를 통해서 유쾌하게 표현하고 있다. 유유자적한 시인의 신심을 적나라하게 묘사하고 있다. 이어서 아미산峨眉山을 유람한 범성대는 보현보살普賢菩薩의 도량인 보현사普賢寺에 도착하여, 송 태종이 관리를 파견하여 주조한 보현보살 동상에 참배하였다고 기록하고 있다. 또한 범성대는 송 인종이 친히 써서 보현보살상에 하사한 "홍라자수가사紅羅紫綉袈裟" 위의 발원문을 인용하여 문집에 기록하고 있는데[544] 그 내용은 다음과 같다. "불법이 오랫동안 홍성하며, 법륜은 쉬지 않고 운행하였다. 나라가 번성하고 백성이

第186期), 2013, p.118.

543 游彪, 胡正偉,「宋代地方官與佛教界之間的關係考論」,『四川大學學報』第3期(總第186期), 2013, p.121.

544 游彪, 胡正偉, 위의 글, p.125.

평안하며, 비바람이 때에 맞춰 순조롭다. 전쟁이 영원히 사라지고, 백성들이 평안하고 즐겁기를 바라며. 자손이 대대로 창성하며, 일체의 중생들이 함께 피안의 세계에 오르리라. 가우 7년 10월 17일, 복녕전어찰기."[545]

이를 통해서 조정의 황제와 당시 사대부들의 불교에 대한 친밀한 정서, 범성대와 불교계와의 밀접한 관계를 이해할 수 있다. 아울러 범성대는 고승대덕들과 시를 증답하면서 수십 년간의 교유를 이어갔을 뿐만 아니라, 그의 시에는 다양한 불교시와 선시들을 창작하고 있는데, 여기에서 불문과의 교유 현황과 범성대의 선시에 대해 간략히 살펴보고자 한다.

2) 불문과의 교유

범성대도 승려들과의 교유가 빈번했는데, 비교적 밀접한 왕래를 한 승려로는 혜거慧擧, 범로范老, 수로壽老, 현로現老, 정월淨月, 관로觀老, 근장로勤長老, 현로顯老, 불지佛智 선사 등 9인이다. 그중에서 혜거, 수로와 비교적 깊은 왕래를 하였다고 전한다.[546] 문헌 기록에 의하면 범성대(范成大, 1126~1193)가 승려들과 왕래한 시기는 청소년 시절부터이다. 순희淳熙 4년(1177), 범성대가 항주杭州에 불일정혜사佛日淨慧寺로 방문하였을 때 불일승 혜거가 소식이 불일佛日을 제명題名한 것을 돌에 새겼고, 범성대가 발문을 지었다고 전하는데, 발문에는 다음과

---

545 "佛法長興, 法輪常轉. 國泰民安, 風雨順時. 干戈永息, 人民安樂. 子孫昌盛, 一切衆生, 同登彼岸. 嘉祐七年十月十七日, 福宁殿御札記." 范成大, 『吳船錄』 卷上.

546 楊理論, 『中興四大家詩學研究』, (北京)中華書局, 2012, pp.65~66.

같은 기록이 있다. "나는 15살에 산중에 왕래했는데, 항상 거 상인擧上人과 같이 유람하여 그 아래에 거하였다."[547] 15세이면 범성대가 부친을 따라 항주에 거주한 시기다. '거 상인'은 승려 혜거를 가리키는데, 그는 시에 능하였으며 『운구초당집雲丘草堂集』이라는 시집도 남기도 있다. 현존하는 범성대의 시집에는 혜거 선사와 서로 화답한 시가 작품이 5수가 남아 있다.[548]

소흥紹興 13년(1143) 시인의 나이 18세, 부친을 여읜 범성대는 곤산昆山의 천엄사薦嚴寺에서 10년간을 독서생활로 지냈다. 이 시기에 당나라 시인의 구절을 빌려 와 스스로 '차산거사此山居士'라고 칭하였다.[549] 그의 생애에 있어서 가장 적극적으로 불교를 수용한 시기로 세상사에 벗어나 불교에 관심이 많았던 시기였다. 최근의 고증에 의하면 이 시기에 수로壽老 선사를 만나 평생 동안 교유하였다고 한다. 시인이 노년에 지었다는 「다시 수로에게 증정하다(再贈壽老)」 시를 보자.

澹齋寂莫澹菴空　담재가 적막하고 담암이 비어 있으니
玉柱金庭一夢中　아름다운 기둥과 금정은 하나의 꿈
我病君衰猶見在　병든 나와 쇠약한 그대 아직 존재하니
莫嫌俱作白頭翁　함께 백발이 된 것을 싫어하지 맙시다

547 『臨平記補遺』: "余年十五, 往來山中, 常與擧上人遊, 居其下."
548 「贈擧書記歸雲丘」 三首, 「送擧老歸廬山」, 「次韻擧老見嘲未歸石湖」 등.
549 『梅花草堂筆談』 卷2: "范文穆公成大, 昆山人也, 讀書邑之薦嚴寺, 十年不出, 嘗取唐人'只在此山中'句, 自號此山居士."

수로壽老의 생평은 미상이나, 범성대가 천복사에 은거하던 시기에 알게 되었고, 서로 수십 년간의 교유를 이어갔다. 문집에는 「두 게송을 수로에게 바치다(二偈呈似壽老)」, 「수로에게 증여하다(贈壽老)」, 「다시 수로에게 증여하다(再贈壽老)」, 「천평 수로 방장에 제하다(題天平壽老方丈)」 등의 수로와 상관된 시가를 남기고 있다.[550] 이를 통해 범성대와 수로 선사의 긴밀한 유대관계를 알 수 있다. 담재澹齋는 남송 시인 이유겸李流謙의 호이고, 담암澹菴은 남송 문인 호전胡銓의 호이다. 시인이 이 작품을 창작할 때 이미 두 사람은 세상을 떠난 것으로 보인다. 그러므로 "담재가 적막하고 담암이 비어 있다."라고 표현하고 있다. 유명한 시인과 학자들도 세상을 떠날 수밖에 없는 인간 세상의 무상함, 게다가 옥으로 다듬은 아름다운 기둥과 도교에서 말하는 신선이 산다는 복지福地인 금정金庭도 하나의 꿈에 불과하다. 나와 수로 선사 두 사람은 비록 병들고 쇠약하지만, 아직 이 세상에 남아 있으니 백발이 된 것도 싫어할 필요가 없다며 위로하고 있다. 물욕과 장수의 집착에서 벗어난 시인의 광달함과 초월의 성품이 두드러지는 내용이다. 내용으로 보아 이 시는 만년에 시인이 퇴거해서 석호에서 지은 작품으로 보인다.

29세에 왕포王褒의 권유 아래 범성대는 과거에 응시하여 진사에 급제하게 되고, 이때부터 유가사상은 범성대 인생의 중심사상으로 자리 잡게 된다. 만년에 석호에 은거하면서 다시 불교사상에 심취하게 되는데, 이러한 유불이 혼용된 사상적인 역정은 남송의 시대의 조류와 밀접한 관계가 있다. 예를 들면 범성대는 불지 선사와도 비교적 깊은

---

550 楊理論, 『中興四大家詩學硏究』, (北京)中華書局, 2012, p.66.

왕래가 있었는데, 범성대의 벗인 위경衛涇은 다음과 같이 기록하고 있다.

> 처음부터 범공은 선사와 사이가 두터웠다. 범공은 선사가 승천承天에 거주하길 원했는데, 선사가 말하기를 '공을 따르는 것은 원하지만, 승천承天에 머무는 것은 원하지 않습니다.' 범공은 선사에 대해 불문의 이름을 가졌지만, 유교적인 행위를 한다고 말하였다. 그래서 나도 범공 때문에 선사를 매우 상세히 알게 되었고, 선사를 보면 시종일관 군왕, 스승, 부모에 대해 일념으로 생각하고 있었다. 범공의 말을 믿을 수 있었다. 그러나 부친의 상을 전해 듣고, 마땅히 황망한 중에서도 오히려 깨우침에 들어가니, 불자의 위대함이 여기에 있다. 하지만 유가들은 의심을 하니, 이 또한 근심걱정이 있는 자에게서 생겨나는 것이 아니겠는가![551]

여기에서 당시 불교의 흐름을 알 수 있는 중요한 사실을 발견할 수 있다. "선사는 불문의 이름을 가졌는데, 유교적인 행위를 한다."는 것과 "선사를 보면 시종일관 군왕, 스승, 부모에 대해 일념으로 생각하고 있었다."라는 것에서 유교의 충효윤리를 적극 수용 실행하는 남송불교의 특징을 파악할 수 있다. 이것은 종고 선사가 강조한 "보리심은

---

551 「徑山蒙庵佛智禪師塔銘」: "初范公成大與師厚, 至范公欲得師住承天, 則師曰: '願從公杖屨行, 不願承天也.' 范公每謂師, 墨名而儒行, 故余因范公知師甚詳及觀師之終始一念於君師父母者, 則范公之言信矣. 然獨於聞父之喪, 當荒迷之中, 反有所悟入, 則佛者偉之, 而儒者疑之, 豈亦所謂生於憂患者歟." 衛涇, 『後樂集』 卷18.

바로 충의의 마음이니, 이름이 다를 뿐 실체는 같은 것이다. …… 나는 비록 불교를 배우지만, 그러나 애국우국의 마음은 충의로운 사대부와 동등하다."[552]는 것과 완전히 일치하는 것이다. 선종의 깨우침을 추구하는 본성과 충군애국의 유가윤리를 결합시킨 유불융합과 합일의 주장이 당시 사상계의 보편적인 주장이자, 시대적인 조류였음을 알 수 있다. 이러한 기록은 종고 선사가 주창한 간화선의 이론과 주장의 영향력이 지대하였음을 반영하는 것이다. 특히 이 글을 지은 위경도 범성대 때문에 불지 선사를 이해할 수 있게 되었다는 부분을 통해서도 범성대와 불지 선사의 두터운 관계를 이해할 수 있다. 위경의 불지 선사에 대한 높은 평가, 부친상을 당한 황망한 상황에도 깨우침에 들어간다는 구절에서 불지 선사의 인품과 도량을 엿볼 수 있게 한다. 이외, 범성대는 법조法照 교皎 선사와도 밀접한 관계를 가졌다.

> 명철明哲 법사는 사명四明 은읍鄞邑의 주周씨이며 자호는 칙암則菴이다. 꿈에서 진귀한 진주를 삼켜서 태어났다고 한다. 18살에 구족계를 받고, 각 지방을 다니면서 배움을 이어갔다. 능인能仁 법조法照 선사에 의하여 교관教觀을 받았다. …… 가르침에 대한 뜻과 의지가 하루도 헛되지 않았으니, 학습자들은 감히 휴가를 신청하지 못하였다. 군수였던 범성대가 그에게 남호南湖에서 법문하기를 청하니, 청중들은 모두 각 지역에서 온 뛰어난 인재들이었다. 참가하는

552 "菩提心則忠義心也, 名異而體同. 但此心與義相遇, 則世出世間, 一網打就, 無少無剩矣. 予雖學佛者, 然愛君憂國之心, 與忠義士大夫等."『大慧普覺禪師法語』卷24, CBETA, T47, No.1998, p.912, c24-27.

사람들은 모두 늦게 도착함을 두려워했는데, 모두가 말하길 "오늘은 바로 등용문에 오르는 날"이라고 말하였다. 선사는 날마다 소반야경小般若經을 송독했는데, 사람의 말이 조금이라도 뒤섞였으면 바로 다시 송독하였다. 평범한 말이 성스러운 경전에 뒤섞이면 안 된다고 여겼다.[553]

범성대도 다른 사대부들과 마찬가지로 유불융합이라는 남송의 사상 사조 속에서 청년 시절부터 불문과 폭넓은 교유를 하였음을 알 수 있다. 혜거 선사와 수로 선사 등 고승대덕들과 증시贈詩와 화답하면서 평생 동안 긴밀한 유대관계를 유지하였다. 당시 적극적인 삼교융합을 강조하던 사상적인 조류 아래에서 불지佛智 선사와의 교유, 덕망 있는 명철 법사를 초청하여 민심을 교화한 측면을 본다면, 그의 불법에 대한 관심은 단순한 흥미를 뛰어넘어 뿌리 깊게 범성대 사유의 일부분을 차지하고 있다. 유가적 가치를 추구하는 간화선 유행이라는 시대적인 영향력 아래 유불도 융합이 당시 사회의 보편적인 인식이자 조류인 것과도 흐름을 같이 하는 것이다. 불교와 관련이 깊은 송대 사대부들에게 나타나는 '외유내불'의 이미지가 범성대에게도 뚜렷하게 각인되고 있다.

---

553 「法照皎法師法嗣」: "法師明哲, 四明之鄞邑周氏, 自號則菴, 得夢呑寶珠而生, 十八具戒. 卽遊學諸方. 依能仁法照受教觀 …… 篤志講訓無虛日, 學者不敢以假告. 郡帥范成大, 請主南湖, 一時聽徒, 皆四方英秀, 來者唯恐其後. 咸相謂曰, 登龍門者正在今日, 師日誦小般若經, 稍涉人語便卽重誦, 謂不當以凡言雜聖典也."『佛祖統紀』卷16.

3) '입처개진立處皆眞'과 '반야공관般若空觀'

남송 시단을 대표하는 남송사대가 중의 한 명으로서, 전란 속에 도탄에 빠진 백성들의 고통과 삶에 관심이 깊었던 애국시인 범성대范成大는 다음과 같은 유명한 시구를 남기고 있다.

碧蘆青柳不宜霜　　갈대와 푸른 버들 서리 이기지 못해
染作滄洲一帶黃　　창주 일대가 황색으로 물들었네
莫把江山誇北客　　반쪽 강산을 북쪽에 자랑하지 마세요
冷煙寒水更荒涼　　한랭한 연기 차가운 강물 더욱 황량하네
-「가을날(秋日)」

州橋南北是天街　　주교의 남북에 있는 경성의 거리에서
父老年年等駕回　　백성들은 해마다 황제의 어가 기다리네
忍淚失聲詢使者　　눈물 참고 실성해서 사절에게 물어본다
幾時眞有六軍來　　진정 어느 때 천자의 군대가 오는지를
-「주교州橋」

반쪽 천하를 빼앗긴 남송 백성들의 울분을 녹아낸 시구는 오늘날에도 명구로 손꼽히고 있다. 북쪽 강산을 금나라에 빼앗기고서도 현실에 안주하는 통치자들의 몰염치한 행위에 대한 날카로운 질타와 더불어서 천자의 군대가 와서 하루빨리 빼앗긴 고향을 회복해줄 것을 기원하는 백성들의 염원을 사실적으로 반영하고 있다. 특히 금나라에 사절로 가서 지은 「주교州橋」와 「쌍묘雙廟」 등 72편의 절구는 빼앗긴 북방의

산하 풍경에 대한 묘사를 통해 기울어가는 남송의 운명을 걱정하는 시인의 애국 감정을 여과 없이 드러내고 있다.

동시에 범성대는 다량의 불교제재를 운용하여 시가를 창작하였다. 특히 고승대덕들과 왕래하면서 불전과 선전禪典을 시 창작에 활용하거나 적지 않은 게송도 창작하고 있다. 특히 남종선의 불성론과 핵심이론을 반영한 시가들도 적지 않다. 여기에서 양기파의 핵심인 '입처개진立處皆眞' 사상을 반영한 시가와 또한 남종선의 핵심인 '반야공관'의 경지를 표현한 시가에 대해 살펴보고자 한다.

① 입처개진

선종에게 있어서 세계의 본질은 '무無'이며, 이는 절대적인 '무無'(있음도 아니고 일반적인 없음도 아니다)이다. '무無'는 모든 것을 초월하는 것이며, 또한 일체의 모든 것을 포함하고 있다. 이는 선의 마지막 단계이며, 차별이 없는 동등한 마음이며, 부처의 마음이며, 진여와 같다는 것이다. '개에게 불성이 있느냐(狗子有無佛性)'의 물음에서 '무無' 대답이면, 이러한 '무無'는 이미 '있음과 없음(유무)' 속의 '무(없음)'를 초월한 경계인 것이다. 대혜종고가 말한 '간화선'은 종고와 묘정妙淨 거사의 아래 대화를 통해서 이해할 수 있다. "행行하거나, 머무르거나(住), 앉거나(坐), 눕거나(臥), 조급하거나 곤궁할 때 '오묘한 맑은 마음(妙淨明心)' 의미를 잊어서는 안 된다. 망념이 생기면 애써 배척할 필요가 없다."[554]

이러한 경지는 바로 '종문의 천리마'로 호칭되는 마조 선사의 '가고

554 "行住坐臥, 造次顚沛, 不可忘了妙淨明心之義.妄念起時, 不必用力排遣."『大慧普覺禪師語錄·示妙淨居士』卷21.

머물며 앉고 누우며 때에 따라 사물을 대함이 모두 도의 표현이다.'[555]라는 '평상심이 도(平常心是道)'라는 경지의 계승이다. 범성대도 그의 시가 작품 속에 종고 선사와 유사한 경지를 묘사하고 있다. 수로 선사에게 바친 시이다. 「두 개의 게송을 수로에게 바치다(二偈呈似壽老)」 첫 번째 시를 보자.

法法刹那无住　세상의 법은 순간이라 얽매임이 없으니
云何見在去來　어찌 과거, 미래, 현세의 분별이 있겠는가
若覓三心不見　만약 삼심을 찾았으나 보이지 않으면
便從不見打開　곧바로 보지 말고 열어야 할 것이다

이 세상의 모든 사물은 자성이 없고, 인연에 따라서 생멸한다. 따라서 사물에 대한 집착과 분별심을 가질 필요가 없다. 인연에 따라서 응무소주應無所住하듯이 모든 것을 초월하라는 의미이다. 『금강경』에서는 과거심, 현재심, 미래심을 삼심三心이라고 한다. 이것을 초월할 것을 강조하고 있다. 위의 시에서 시인이 강조하는 것은 인연에 따라서 수연자적隨緣自適하는 것이 바로 깨우침의 경지라는 것이다. 「두 개의 게송을 수로에게 바치다(二偈呈似壽老)」 두 번째 시를 보자.

孟說所過者化　맹자는 군자 지난 곳 교화 얻는다고 했으며
莊云相代乎前　장자는 밤낮이 서로 대응되어 바뀐다고 했네
何處安身立命　어디가 몸이 편하고 마음이 안정된 곳인가

---

555 『馬祖語錄』: "行住坐臥, 應機接物, 盡是道."

飢參渴飲困眠　　배고프면 먹고 목마르면 마시고 곤하면 잔다

1, 2구에서 각각 맹자와 장자의 구절을 인용하고 있다. 범성대에 있어서 '몸이 편하고 마음이 안정되는 곳(安身立命)'에 이르기 위하여 어떠한 인위적인 행동이나 대책, 혹은 방안을 찾을 필요가 없다. 단지 '안정된 곳을 추구하는' 주체와 '배고프고 목마르고 곤하면 자는' 객체를 모두 멸한 경지, 즉 사람과 법을 모두 떠나버린 경지를 추구하는 것이다. '배고프면 먹고 목마르면 마시고 곤하면 잔다(飢餐渴飲困眠)'는 것은 기회와 인연을 따라 행하는 모든 곳이 바로 '몸은 편하고 마음이 안정되는 경계'이다. 사상적으론 오묘한 절려의 깨우침의 경계이지만, 표면적인 행위는 간단하고 쉽게 실천하는 행위를 추구하고 있는 셈이다. 「근장로에 농으로 제하다(戲題勤長老)」의 시에서도 같은 경지를 묘사하고 있다.

從君揮麈演金乘　　그대 따라 담론하며 금승불을 전파하니[556]
我已無心纏葛藤　　마음은 무심으로 갈등에서 벗어났네
第一圓通三鼓夢　　첫 진여의 깨우침은 삼경의 꿈이고
大千世界一窗燈　　대천세계는 창문 앞 하나의 등불
罷參柏子庭前意　　뜰 앞의 측백나무 참구를 그만두고

---

556 '금승金乘'이란 '금승불'을 가리키는 듯하다. 明彭大翼, 『山堂肆考』 卷145: "十方佛名經有鸞步龍音佛, 金乘珠藏佛." 清 『淵鑒類函』 卷71: "金乘, 萬佛名經有金乘佛. 皮日休「昭夏歌」: '有鬱其鬯, 有儼其彝, 九變未作, 金乘來之. 既酯既酢, 爰轃小鼓, 象物既降, 金佛之去.'"

權作梅花樹下僧	잠시 매화나무 아래의 승려가 된다
飯飽閒行復閒坐	배불리 먹고 한가로이 행하고 또 여유롭게 앉으니
人間有味是無能	인간 세상의 진정한 맛은 무능함에 있다네

'원통圓通'이란 널리 두루 통함으로 방해됨이 없는 도리를 가리킨다. '대천세계大千世界'는 불교의 우주관을 반영하는 아주 넓은 세계를 표시하는 것이다. '柏子庭前意'는 '정전백수자庭前柏樹子'의 공안을 가리킨다. 어떤 승려가 "조사가 서쪽으로부터 오신 뜻이 무엇입니까?"라고 질문하자, 조주종심 선사는 "뜰 앞에 서 있는 백수자이다."[557]라고 대답한 것에서 비롯된 것이다. '대천세계가 바로 창문 앞 하나의 등불이다'라는 것은 화엄세계관을 나타낸 것이다. 집착이 필요 없다는 것이다. 당연히 뜰 앞의 측백나무 화두를 참구할 필요가 없다. "배불리 먹고 한가로이 앉아 다시 한가로움 행하는 것"은 마조가 강조한 "가고 머물며 앉고 누우며 때에 따라 사물을 대함이 모두 도의 표현이다", 즉 "서 있는 곳이 모두 깨우침", "입처개진"이라는 양기파 핵심사상의 표현이다. 일체의 인위적인 사고가 끊어진, '배고프면 먹고 목마르면 마시고 곤하면 잔다'는 '수연자적', '임운자재', '무심'의 깨우침의 경계이다. 그러므로 시인은 "인간 세상의 진정한 맛은 무능한 경지"라고 말하고 있다. 표면적으로는 간단한 행위를 추구하는 것 같지만, 사실 여기에는 주와 객, 사람과 법이 모두 명멸하는 고도의 깨우침의 경계를 묘사하고

557 『無門關』 第37.

있는 것이다. 아래의 시에서도 유사한 경지를 묘사하고 있다.

會心不在遠　깨우침은 멀리 있는 것이 아니니
頃步便得之　반걸음만 가면 곧바로 얻을 수 있네
長風吹月來　먼 바람은 달에서부터 불어오고
淸影落半池　맑은 그림자는 연못 위에 누워 있다네
屋頭見木葉　지붕 위에는 나뭇잎들이 보이고
玲瓏剪琉璃　영롱함이 투명한 옥석을 자르네
紅塵絆兩足　세속의 일이 두 발을 붙잡으나
大笑兒輩癡　어린 애들 어리석음을 크게 웃는다
老禪挽我遊　노 선사가 나를 잡고 유람을 하는데
高論方軒眉　고담준론이 창문을 아름답게 꾸민다
……
想見篇中人　작품 속의 사람 만나고 싶고
淸潤如君詩　맑은 윤기가 마치 그대의 시와 같네
笑我兩枯木　나와 두 고목을 비웃으니
獨與三冬期　홀로 삼동을 보낸다네[558]

"깨우침은 멀리 있는 것이 아니니, 반걸음만 가면 곧바로 얻을 수 있네."라는 구절에서 시인의 광달한 심경을 엿볼 수 있다. "세속의

558 「시서, 현로와 납량지 위에 있었는데, 시서가 새로운 사를 노래함에 매우 아름다웠다(與時敘現老, 納涼池上, 時敘誦新詞, 甚工)」. 여기에서 시서는 번시서潘時叙인데, 시속의 번랑潘郎을 가리킨다. 범성대가 곤산昆山 동선사東禪寺에서 공부할 시기에 사귄 벗이다. 현로는 선사의 호칭이다.

일이 두 발을 붙잡으나, 어린 애들 어리석음을 크게 웃는다."에서도 집착하지 않고, 초탈한 시인의 면모를 엿볼 수 있다. 노 선사와 함께 대자연을 유람하는 모습을 통해서 시인의 임운자재하고, 초탈, 수연자적, 속세에서 벗어난 시인의 심경을 엿볼 수 있다. 그래서 그는 일상에서의 즐거움을 매우 중시한다. 예를 들면 "졸리면 자고 배고프면 많이 먹는다. 오직 세월이 태평하게 느껴지지만, 정원의 적막함을 알지 못하네. 얼마나 수행을 하고 무엇을 했는지 부끄럽지만, 인간 세상의 유유자적한 즐거움은 잘 영위한다네. 사람이 병을 만나면, 근심하지 않을 수 없으나, 나는 그것을 싫다고 여기지 않는다네."[559] 범성대는 일상생활 속에 불교의 철리를 투영시켜 생로병사라는 삶에 집착, 구속되지 않는다. 일상에서 향유하며 근심을 초월하고 집착을 벗어나 인간사에 긍정적으로 대처하는 인생태도를 볼 수 있다. 또 「잠에서 일어나(睡起)」를 보자.

憨憨與世共兒嬉　　천진하게 세상과 함께 소꿉장난하였고
兀兀從人笑我癡　　고독하게 처신하니 어리석다 비웃는다
閑裏事忙晴曬藥　　한가함 속에 햇빛 나면 약초 말리고,
靜中機動夜爭棋　　고요함 속에 기동하여 야밤에 바둑 두네
心情詩卷無佳句　　마음을 그린 시가에는 좋은 구절이 없고

---

559 「殊不惡齋銘」: "困則佳眠, 飢(則)大嚼. 但覺日月之舒長, 不知戶庭之寂寞. 愧何修何爲, 而擅區中之閑樂. 人見其病也, 不堪其憂, 我以爲殊不惡也."(明)『永樂大典』卷2536, 中華書局影印本. 원래 이 문장은 『宋范石湖大全集』에 기재된 것이었으나 실전되었고, 현재에는 『영락대전永樂大典』에만 보인다.

時節梅花有好枝　시절 따라 매화 피니 아름다운 가지 있네
熟睡覺來何所欠　달게 자고 깨어나니 무엇이 부족한가
氈根香軟飯流匙　부드러운 양고기와 부드러운 밥이라네

수십 년간의 벼슬살이를 지내다보니 세속의 일이 모두 어리석게 겪어온 어린아이의 소꿉장난 같다. 그래서 세속의 일이 싫어 세속을 초월하는 행동으로 혼자 고고하게 처신하니 사람들이 나의 어리석음을 비웃는다. 하지만 시인은 세속의 다툼에서 벗어나니 즐겁지 않은 일이 없다. 한가함 속에 햇빛 나면 여유롭게 약초 말리고, 고요한 야밤에는 기동하여 친구와 바둑 둔다. 출세간의 선사 같은 생활을 향유한다. 눈앞의 일체 자연 만상에서 당하當下에 순간적으로 느끼는 것이다. "봄에는 백화가 만발하고 가을엔 밝은 달이 뜨고, 여름엔 시원한 바람 있고 겨울엔 눈이 있다. 한가롭다는 생각조차 마음에 두지 않으면, 모두가 인간의 좋은 시절이 아닌가?"[560] 경지의 다른 표현이다. 하지만 내 마음을 표현한 시구가 마음에 들지 않는다. 다행히도 나를 알아주는 고고한 매화가 시절에 맞춰 꽃을 피운다. 차가운 한기를 뚫고 피어나는 고고한 매화를 세속에 물들지 않는 시인 자신에 비유하고 있다. 세속을 초월한 시인의 생활에 부족함이 없다. 더욱이 달게 자고 깨어나는 생활환경 속에 무슨 부족함이 있겠는가? 오직 하나, 고관대작들이 먹는 "맛있는 양고기와 부드러운 밥"이 비록 없지만, 시인은 세속에서 벗어난 일상 속에서 여유로움과 희열을 느낀다. 바둑 두기와 시 짓기,

560 『禪宗頌古聯珠通集』 卷31: "春有百花夏有熱, 秋有涼風冬有雪. 若無閒事掛心頭, 便是人間好時節." X65n1295, p.066 8c01-c02.

꽃 감상하기, 잠자기, 나아가서는 맑은 날에 약재를 햇볕에 말리는 것도 사람을 즐겁게 만들어주는 하나의 기쁜 일이 된다. 여유로움과 인연에 따르는 시인이 '한적함'을 참구한 결과라고 할 수 있다.

② 반야공관

범성대는 시가를 통해서 불교의 반야공관般若空觀 사상을 자주 투영시키고 있다. 사실 대혜종고가 주창한 간화선과도 서로 상응하는 부분이다. 예를 들면 앞서 언급한 '무無'자 화두에 있어서, '개의 불성'에 관한 내용이 대표적인 것이다. '개에게 불성이 있느냐'는 질문에 '없다(無)'고 대답하고 있다. 그런데 이 '없음(無)'은 바로 일반적인 '있음(有)'과 '없음(無)' 속의 '없음(無)'이 가진 의미를 초월한 것일 뿐만 아니라, 절대적인 경계 속의 '없음(無)'이라고 앞에서 설명하였다. 선종의 입장에서 보면 모든 우주만물은 존재하지 않는 '허망한 상(虛幻之相)'으로 대립을 초월하는 존재라는 것이다. 우리의 생사도 이런 것으로 판단하고 있다. 만약 '허망한 상', 즉 '공空'의 경계를 보지 못한다면 해탈의 경지에 이르지 못한다는 것이다. 위도유魏道儒도 종고 간화선의 특징에 대해 다음과 같이 말한다. "종고의 간화선은 집대성의 특징을 갖추고 있다. 그것은 선종의 전통적인 이론을 계승할 뿐만 아니라, 다른 종파의 학설도 흡수한 것이다. 여기서 종고는 유식종唯識宗의 학설을 흡수하고, 아울러 그것과 반야공관을 결합해서 화두를 보는 심리적인 체험을 논술하고 있다."[561] 종고 간화선이 유식종과 반야공관을 결합한 형태,

---

561 "宗杲的看話禪具有集大成的特點, 它不僅繼承了禪宗的傳統理論, 而且吸收了其它派別的學說. 在這裡, 宗杲吸收了唯識宗的學說, 並將其與般若空觀結合起來,

집대성의 특징을 가지고 있다는 것이다. 「이자영의 방문에 차운하다(次韻李子永見訪)」 시를 보자.

混俗休超俗　　세속에 있음은 탈속을 벗어남이 아니며
居家似出家　　집에 있는 것이 바로 출가함과 같은 것
有爲皆影事　　유위한 행위는 모두 꿈과 같은 일
無念卽生涯　　무념이 바로 나의 생애라네

이른바 '영사影事'라는 것은 '세상사 모든 것이 그림자와 같이 허무한 것'을 가리키는 말이다. 선종의 대표적인 경전인 『능엄경楞嚴經』에서 나온 말로, "설령 일체의 보고, 듣고, 깨닫고, 아는 것을 없애 안으로 그윽하게 고요함을 느끼더라도 여전히 그 법法은 진塵을 분별한 것으로, 마치 그림자를 찾은 허황된 일이다."[562]라고 하고 있다. 세속의 모든 일은 인연에 따라서 사라지는 것으로 허망하여 그림자와 같은 것을 가리킨다. 그는 세상의 일체 모두가 '유위有爲(인연으로 말미암아 조작되는 모든 현상)'[563]적인 것이며 모두 '영사影事'라고 말하고 있다. 세속에서

論述看話頭的心理體驗." 魏道儒著, 『宋代禪宗文化』, p.127.

562 『楞嚴圓通疏前茅』 卷下: "縱滅一切見聞覺知, 內守幽閒, 猶爲法塵分別影事." CBETA, X14, No.0297, p.0697, a08.

563 '유위有爲'는 인연으로 말미암아 조작되는 모든 현상을 말한다. 선종의 대표적인 경전인 『금강경』에서는 '유위'를 다음과 같이 해석한다. "일체의 모든 유위법은 마치 몽환, 거품, 그림자와 같으며, 이슬과 같고 번개와 같다. 반드시 이처럼 봐야 한다." 그러므로 선종에서 말하는 '유위법'이라는 것은 인연에 따라서 생기고 변환이 무상한 현상세계를 가리키는 말이다. 『金剛般若波羅蜜經註』 卷下: "一切

사는 행위가 세속을 뛰어넘는 것이고, 집에 있는 것이 출가한 것과 같다. 이것은 화엄세계관의 표현이다.[564] 아울러 인간 세상의 일거수일투족의 행위도 모두 꿈과 같으니, 무념무상의 깨우침의 경계가 바로 일생에 있다는 설명이다. 위의 화엄세계관과 마찬가지로 시공간을 초월하는 사유, 대립되는 것 같지만 실질적으론 서로 상통하는 상태를 묘사하고 있다. 이처럼 시인의 마음이 초탈하고 심원하며, 사물에 구애받지 않는다. 결론적으로 말해 이 시는 '반야공관'과 '화엄세계관'을 집약적으로 표현하고 있다. 「무상종에 농으로 제하다(戱題無常鐘)」 시를 살펴본다.

合成四大散成空	합해지면 사람이요 흩어지면 공이라네
草木經春便有冬	초목은 봄을 지나면 곧 겨울이 있다네
生滅去來相對代	생과 멸, 가고 옴이 서로 의지해서 이어지니
爲君題作有常鐘	그대를 위해서 유상종을 제하여 시를 짓는다

有爲法, 如夢幻泡影, 如露亦如電, 應作如是觀." CBETA, X24, No.0461, p.0564, c22.

564 대혜종고도 자주 『화엄경華嚴經』 경전을 인용하고 있다. 예를 들면 '화엄세계해華藏世界海', '법계法界', '인입印入', '일진一塵' 등이 그러한데, 종고가 『화엄경』에서 깊은 영향을 받은 것임을 알 수 있다. 『화엄경』이 강조한 것은 하나와 많음이 서로 같은 것이고, 큰 것과 작은 것이 서로 수용하는 것이며, 먼 것과 가까운 것이 서로 비추는 등 시간적, 공간적으로 무애하다는 사상이다. 이런 사상도 종고의 어록에서 나타난다. 楊惠南, 「看話禪和南宋主戰派之間的交涉」, 『中華佛學學報』 第7期, (臺北)中華佛學研究所, 1994, p.199.

무상종無常鐘이란, 사원에서 죽은 사람을 저승으로 보내기 위해서 치는 종을 말한다. 불교에서는 흙(地), 물(水), 불(火), 바람(風)을 사대四大라고 칭한다. 이 네 가지는 각각 "견堅, 습濕, 난暖, 동動"의 네 종류의 기능을 가지고 있다고 보고 있다. 불교에서는 사람이 '사대'로 이루어져 있다고 보고 있다. '사대'는 역시 사람을 지칭하기도 한다. 합해지면 물질적인 것이 되어 '색色'을 이루게 되어 눈앞에 보이게 되는 것 '현상(色)'이다. 사실 이것은 실체가 없는 '공空'이다. 불교에서는 우주의 모든 존재는 연기의 법칙에 의하여 '사대'가 모여서 형성된 것이며, 언젠가는 흩어지게 되기에 '공'이라는 것이다. 영원불변한 실체는 없다는 것이다. 그러므로 인간을 포함한 모든 사물과 존재는 공의 법칙에서 벗어날 수 없다. 초목도 마찬가지인 것이다. 생과 멸, 가고 옴이 서로 의지해서 이루어진다. 즉 본질은 공의 상태이지만, 인연이 화합하면 만물이 소생하고 이를 '공즉시색'이라고 한다. 인연이 다하면 만물은 공의 상태로 바뀌는데 이를 '색즉시공'이라고 말한다. 사람의 죽음이 풀과 나무가 겨울에 시들어 떨어지는 것과 같은 것으로 보며, '색즉시공'의 '규율(常)'이라는 것을 강조한다. 아래의 시구들도 '색즉시공'과 '공즉시색'의 '반야공관'의 의미를 체현하고 있다. 「약궤짝에 제하다(題藥龕)」 시에도 유사한 내용을 묘사하고 있다.

合成四大本非眞	사대가 합성된 것은 본래 진짜가 아니니
便有千般病染身	곧 바로 각양각색의 병이 몸에 들어오네
地水火風都散後	흙과 물, 불과 바람이 모두 흩어진 후에
不知染病是何人	병에 걸린 사람이 누구인지 알 수가 없네

마치 이 시는 선사의 게송을 보는 듯하다. 우리의 몸은 바로 '사대'가 합성된 것이기에 '공'이다. 본래부터 자성이 없는 것으로 잠시 이곳에 있는 것이다. '사대'가 합성된 것이기에 모든 병이 인연 따라 들어온다. 하지만 사대가 흩어진 이후, 다시 말해서 육신이 흩어진 이후에는 누가 병에 걸리겠는가? 모든 것이 '공'의 상태이기에 누가 병에 걸리고 걸리지 않았는지를 따지는 것이 의미가 없다는 것이다. 범로의 문병을 받고 난 뒤, 「범로의 문병에 감사하다(謝范老問病)」의 시에도 같은 내용을 담고 있다.

點檢病身還一笑　　병든 몸을 살펴본 후 웃음을 보낸다
本來四大滿虛空　　본래 사대는 공허함으로 가득 찬 것을

시인은 범로가 문병을 온 후, 스스로 병든 몸을 살펴본다. 그런데 웃음이 절로 나온다. 본래 우리 몸은 '사대'로 이루어진 것이기에 본질상으로는 '공'의 상태로 실체가 없는 것이다. 업보와 세속의 인연에 의해서 잠시 이곳에 있는 것이다. 어떤 병이든 그것이 별로 중요한 것이 아니다. '법공관法空觀'의 관점에서 보면, 몸을 살펴보면서 아등바등하는 모습이 우습다는 것이다. 「영신 장교수의 무진장에 부쳐서 제하다(寄題永新張敎授無盡藏)」 시를 보자.

古來誰道四並難　　예부터 '사병'이 어려운 것이라 누가 말했는가[565]

565 사령운은 일찍이 '좋은 시절(良辰)', '아름다운 경치(美景)', '감상하는 마음(賞心)', '즐거운 일(樂事)' 네 가지가 함께 오기 힘든 것이라고 말한 적이 있다. 이후부터

對境心空著處安　'공'의 마음으로 사물을 대하면 안심에 처하네
要識見聞無盡藏　만약 광대무변하고 무궁무진한 견문을 알려면
先除夢幻有爲觀　먼저 몽환처럼 유위한 관법을 없애야 한다네

불교에서는 '법공관法空觀'이라는 말이 있다. 정신이나 물질 등 세속의 모든 것이 인연에 의하여 일시적으로 생겨진 가짜 존재이기에 실체가 없고 자성이 없는 것이라고 관찰하는 방법을 말한다. 다시 말해서 세속의 모든 상을 '공'으로 바라본다는 것이다. 이것은 불교수행의 가장 핵심적인 요소이다. 우리의 마음이 희로애락이라는 문제를 만났을 때 '법공관'의 이론으로 관찰한다면 세간의 욕망을 극복할 수 있는 것이다. 그러므로 선종에서도 학습자들로 하여금 우선 세속의 '사견邪見'을 타파하고, 모든 것이 '공'이라는 '정견正見'을 세우기를 요구한다. 시인도 사람의 생명은 흙, 물, 불, 바람 등 '사대'가 서로 조화를 이루어서 일시적으로 존재하는 것이라고 여기고 있다. 당연히 인연이 끝나면 바로 '공'으로 돌아간다. 선종의 중요한 경전인 『금강경』에서는 '유위'를 다음과 같이 해석한다. "일체의 모든 유위법은 마치 몽환, 거품, 그림자와 같으며, 이슬과 같고 번개와 같다. 반드시 이처럼 봐야 한다."[566] 그러므로 인연에 따라서 생기고 변환이 무상한 현상세계를 가리키는 차별이 있는 '유위관'으로 사물을 대하지 말고, '법공관'으로 바라보길

이 네 가지를 동시에 만나는 것을 '사병四並'이라고 한다. 謝靈運, 「擬魏太子鄴中集詩序」: "天下良辰, 美景, 賞心, 樂事, 四者難並."

566 『金剛般若波羅蜜經註』 卷下: "一切有爲法, 如夢幻泡影, 如露亦如電, 應作如是觀." CBETA, X24, No.0461, p.0564, c22.

강조한다. 만약 그렇게 할 수 있다면 광대무변하고 무궁무진한 견문을 알 수 있고, 마음은 비로소 '안심'의 경지에 이를 수 있다는 것이다. 아래의 「시월이십육일게十月二十六日偈」도 똑같이 『금강경』을 인용하여 반야공관을 나타내고 있다.

窗外塵塵事　　창밖에는 세속의 어지러운 일들
窗中夢夢身　　창안에는 불분명한 사대의 몸이 있네
旣知身是夢　　이미 이 몸이 꿈인 것을 안다면
一任事如塵　　잡다한 세속 일은 풍진과 같은 것이네

일체의 모든 유위법, 세속의 잡다한 일과 우리 몸은 마치 몽환, 거품, 그림자와 같은 것이다. 이미 이 몸이 꿈, 이슬과 같고 번개와 같은 것을 안다면, 세속의 잡다한 일은 모두 풍진에 불과한 것이니 마음에 둘 필요가 없다는 것이다. 이처럼 '반야공관'도 범성대의 시 속에 투영된 또 다른 핵심사상이라고 볼 수 있다.

4) 결론

대혜종고가 주창하는 간화선의 선법은 세 가지 특징을 가지고 있다. 첫째, 유학과의 융합을 추구한다. 둘째, 간단하고 쉽게 행하는 선법을 강조한다. 셋째, 세속의 일을 회피하지 않는다.[567] 범성대도 육유, 양만리와 마찬가지로 당시 선종의 특징을 적극적으로 수용한다. 특히 새로

567 楊惠南, 「看話禪和南宋主戰派之間的交涉」, 『中華佛學學報』 第7期, (臺北)中華佛學研究所, 1994, p.202.

운 이론체계를 정립하던 성리학은 유가의 단점인 "유문은 담박하여 (인재를)받아들일 수 없다(儒門淡薄, 收拾不住)"[568]는 점을 보완하기 위해서 불교의 유심론적인 관점을 적극 수용하였다. 불교의 입장에서는 신유학의 배척에 대한 생존과 선종의 세속화를 위해서 유불융합을 적극적으로 강조할 수밖에 없었다. 따라서 남송에서도 삼교융합의 주장은 매우 광범위하게 유행하게 된다. 특히 대혜종고의 선법은 남송 시단에서 사상적으로는 삼교회통을, 문학적인 면에서는 시와 선의 융합을 촉진시키는 데 일정한 역할을 하였다.

남송사대가의 일원이자, 뛰어난 애국시인이었던 범성대도 당시 사상사조의 영향에 따라 삼교사상의 융합을 긍정적으로 수용한다. 청년 시절부터 불교와 밀접한 관계를 유지하였고, 당시 고승대덕들과 시를 증답하면서 수십 년간 두터운 교유관계를 형성해왔던 범성대도 당연히 유·불·도가 서로 상호 보완이 가능한 것이라고 주장하였다. 그러므로 그의 시가에는 이러한 선종의 핵심사상을 반영한 시가들이 적지 않다. 예를 들면 '행주좌와行住坐臥'와 '응기접물應機接物', 즉 '인연에 따라서 사물을 받아들이는 것', '서는 곳이 모두 진리'라는 '입처개진立處皆眞'사상을 적극적으로 수용하고 있다. 또한 임운자재와 수연자적하는 경지, 그리고 세상사에 대한 초탈을 표현하고 있다. 한편 임제선은 '공'사상을 매우 중시했는데, 당시에 유행했던 간화선은 물론이고 묵조선도 '반야공관'을 중시하였다. 범성대의 시가작품 속에도 선종의 핵심인 '반야공관'을 반영한 다양한 선시들도 존재하고 있다. 특히 『금강경』을 자주

568 志磐, 『佛祖統紀』 卷45.

운용하여 "일체의 모든 유위법은 마치 몽환, 거품, 그림자와 같으며, 이슬과 같고 번개와 같다"며 인생이 자성과 실체가 없는 것임을 강조하고 있다. 젊은 시절부터 불교에 대한 접촉으로 인한 영향 이외, 북방의 이민족과 대치하던 남송이라는 특수한 시기, 그리고 장기간에 걸쳐서 시인을 괴롭혔던 질병, 그리고 전원으로의 귀은사상이 '반야공관'의 수용에 적극적인 역할을 한 것으로 보인다. 결론적으로 말해 범성대의 일생을 살펴보면, 사상적인 비중에 있어 유교와 더불어 불교가 차지하는 비중도 적지 않다. 벼슬길에 있으면서도 항상 귀은을 생각한 이유도 불교적 사유와 밀접한 관계가 있기 때문이다. 그러므로 그의 시가에도 우국우민의 정서와 경세제민의 이상이 담겨 있는 동시에 불교적인 소재와 불전佛典을 활용한 시가가 적지 않았다. 전통적인 '외유내불外儒內佛'의 길을 걸어간 전형적인 남송 시인으로 평가할 수 있다.

Throw out a brick to attract a jade(抛磚引玉)

In the late 1980s, which feels really distant when I think about it now, I studied abroad at National Cheng Kung University in Taiwan and obtained a master's degree with a paper titled "Zen poetry(禪詩) of Su Shi(蘇軾)" thanks to a tie with Professor Zhang Gaoping(張高評). This ordinary piece of paper brought me great good fortune. In the early 1990s, I entered Peking University in the dynamism of East Asia shaking with northern diplomacy thanks to one of the good fortunes brought by the paper after Director Lè Dàiyún(樂黛雲) of the Center for Comparative Literature at Peking University readily sent a letter of invitation together with a favorable comment on the paper. In 1994, beyond its deserts, this paper was published with the title "A Study of Su Shi"s Zen Poetry"(蘇軾禪詩研究) thanks to the recommendation of Professor Huang Xinchuan(黃心川) and the help of Professor Huang Xiaian(黃夏年) of the Chinese Academy of Social Sciences. At that time, Professor Ren Jiyu(任繼愈), who was the director of the National Library of China, read the paper and encouraged me with a preface together with my doctoral adviser Professor Qi Binjie(褚斌杰), which is an honor that cannot be forgotten in my life.

After coming to the Dongak in the late 1990s, the field of Buddhist literature was pushed backward for a while as I became interested in Chinese-Korean cultural exchange, Chinese culture and East Asian regional studies because of the necessity for teaching and learning. Thereafter, along with the necessity of specialized research in this field in the academic world of Chinese literature in South Korea, where few studies of Zen poetry literature have been accumulated, my personal eagerness, feeling that the study could not be postponed further, led to the writing of this book. Although I hesitated while realizing my lack of academic ability, I decided to publish the book for "pāozhuānyǐnyù"(抛磚引玉), which means throwing a brick while taking jade.

To help readers' understanding, the background of writing related to the core contents of this book can be briefly introduce in three ways as follows. The Song dynasty of China contained in this book is the age of convergence and interchange. "Borrowing Confucianism to preach Zen Buddhism"(援儒證禪), which is borrowing Confucianism to secure the legitimacy of Zen Buddhism, was popular and as a result, Text Zen(文字禪) and Testimony Zen(看話禪) emerged. In addition, the trend of thought "borrowing Zen Buddhism to deepen Confucianism"(援禪入儒) that borrowed Zen Buddhism to pursue the depth of thoughts of Confucianism, played an important role in the birth of Neo-Confucianism. The convergence and interchanges between Confucianism and Buddhism as such affected the sudden rise of Text Zen, Testimony Zen, and Shikantaza in the Song dynasty, leading to the heyday of Zen Buddhism in the Song dynasty.

There is a saying that "Everything that has been extremely changed will be inevitably return to its original state"(物極必反). This phenomenon was also prominent in Zen Buddhism at that time. For instance, the trend of Zen believing that "Zen is not established by texts"(不立文字) in the Tang dynasty changed into the trend of Zen believing that "Texts cannot be separated from Zen(不離文字)" in the Song dynasty. The trend of Zen centered on "whipping and shouting"(棒喝) and "lifting a stick" in the Tang dynasty changed into an atmosphere that put an emphasis on Text Zen that pursues enlightenment relying on texts in the Song dynasty. Thereafter, Testimony Zen flourished as repulsion against Text Zen and at the same time, Shikantaza of Caodong School emphasized traditional ways to practice asceticism while opposing the ease of Testimony Zen.

Literature contains the life of the time. Poetry in the Song dynasty reflects the characteristic of the times, which is the interchanges among Confucianism, Buddhism, and Taoism. "Confucianists' pursuit of Zen Buddhism"(儒者禪化) was prominent, and on the other hand, the "Zen monks' pursuit of Confucianism"(禪者儒化) for survival was also active. Since the poets at that time had a "knife to cut jade"(切玉刀) called Zen, they could borrow Zen "to enter poetry with Zen"(以禪入詩) or "to learn poetry with Zen"(以禪喩詩). Therefore, poetry in the Song dynasty developed while maintaining close relationships with the trends toward Confucianism and Text Zen of Zen Buddhism from the beginning of the Northern Song. It is needless to say that Su Shi and Huang Zhengjian, who were masters of convergence, also pursued the trend. Even Jù Yángshuǐ, who strongly advocated the exclusion of Buddhism, and Wang Anshi, who was the greatest reformer, did not escape the influence of the trend of Zen. Thanks to Zen-oriented thoughts as such, wisdom became smooth and they pursued new innovation without being bound by established rules so that they could make new characteristics for Song poetry, different from Tang poetry. This was also the case in the period of replacement between the Northern Song and Southern Song. Most of the members of the Jiangxi poetry school utilized the thoughts of Text Zen, Testimony Zen, or Shikantaza of Caodong Zen in their theories of poetry creation, in particular, Zong Tao Zen Master(宗杲禪師), who consistently emphasized the identity of the world law and the Buddhist law, greatly affected not only Zhu Xi, who was a master of Neo-Confucianism, but also the poetry circles of Southern Song such as Lu You and Yang Wanli and their theories of poetry creation. The effects of interchanges between Zen and poetry, that is, the expression of achievement of Zen with poetry and the creation of poetry of Zen thoughts, were universally recognized in poetry circles at that time.

While completing this poor book, I keenly felt that "I am full of will, but lack ability"(心有餘, 力不足). I resolve that I will complement this book centered on the poetry circles of Southern Song to complete it with more faithful contents. As the manuscript is being completed, I extend my profound thanks to my advisers, Professor Zhang Gaoping(張高評) and Qi Binjie(褚斌杰), who opened my way of studying, and Professors Ren Jiyu(任繼愈), Le Yunyun(樂黛雲), Huang Xinchuan(黃心川), and Sun Changwu(孫昌武), who helped me to grow up academically.

In addition, I would also like to express my heartfelt gratitude to Professor Tao Ran(陶然) of Zhejiang University, who helped the publication of this book, and Professor Li Haitao(李海濤), who corrected Chinese characters and supplemented data. I also profoundly thank Professor Kang Seokgeun, Professor Kim Hwajin, and student Kwak Mira in the doctorate course for their manuscript proofreading and Professor Hwang Ingyu, and Professor Ryu Jungil for their advice. I am deeply grateful to CEO Kim Siyeol of Unju Co., who allowed the publication of this book in the situation where the publishing industry is suffering difficulties. I sincerely wish for the development of Unju Co. I promise that I will again devote myself before the spirits of my deceased parents, who would be pleased with my publication of the book. I also would like to extend my thanks to Professor Akiko, who helped me in the long process of writing, and family members including Lina and Jina, acquaintances, and students for their encouragement and support.

Park, Younghwan

참고문헌

『저서』

(梁)釋慧皎著, 『高僧傳』, (北京)中華書局. 1992.

(宋)普濟著, 『五燈會元』, (北京)中華書局. 1984.

(宋)贊寧著, 『宋高僧傳』, (北京)中華書局. 1987.

(宋)釋道原編, 『景德傳燈錄』, (臺灣)彙文堂出版社, 1987.

(宋)蘇軾著, (淸)王文誥, 馮應榴輯注, 『蘇軾詩集』, (臺灣)學海出版社, 1985.

(宋)蘇軾著, 孔凡禮點校, 『蘇軾文集』(1-6), (北京)中華書局, 1990.

(宋)黃庭堅著, 『山谷全集』(1, 2) (臺北)中華書局, 1982.

傅璇琮主編, 『全宋詩』(1-72), (北京)北京大學出版社, 1998.

劉熙載, 『藝概』, (臺灣)廣文書局, 1969.

吉川行次郎, 『宋詩概說』, (臺北)聯經出版, 1977.

楊家駱主編, 『宋史』, (臺灣)鼎文書局, 1980.

劉維崇, 『黃庭堅評傳』 (臺北)黎明文化事業公司, 1981.

馮作民譯註, 『禪語錄』, (臺北)星光出版社, 1982.

洪瑀欽, 『蘇東坡文學의 背景』, 嶺南大出版部, 1983.

李鍾燦, 『韓國의 禪詩－高麗篇』, 이우출판사, 1985.

曾棗庄選釋, 『三蘇文藝思想』, (四川)文藝出版社, 1985.

葛兆光, 『禪宗與中國文化』, 東華書局, 1989.

孫昌武, 『佛教與中國文學』, 東華書局, 1989.

車柱環, 『中國詩論』, 서울대학교출판부, 1990.

陳慧劍譯註, 『維摩詰經今譯』, (臺北)臺灣東大圖書公司, 1990.

東方佛教學院編註, 『六祖壇經註釋』, (高雄)佛光出版社, 1991.

陳衍, 『宋詩精華錄』 (成都)巴蜀書社, 1992.

張伯偉, 『禪與詩學』, 浙江人民出版社, 1992.

周裕鍇, 『中國禪宗與詩歌』, 上海人民出版社, 1992.

杜繼文, 魏道儒著, 『中國禪宗通史』, 江蘇古籍出版社, 1993.
魏道儒, 『宋代禪宗文化』, 中州古籍出版社. 1993.
朴永煥, 『蘇軾禪詩硏究』, 中國社會科學出版社, 1994.
志磐撰, 『佛祖統紀』, (台南)湛然寺, 1995.
郭朋, 『中國佛教思想史』上下, 福建人民出版社, 1995.
張毅, 『宋代文學思想史』, 中華書局, 1995.
謝思煒, 『禪宗與中國文學』, 中國社會科學出版社, 1995.
鄭永曉, 『黃庭堅年譜新編』 (北京)社會科學文獻出版社, 1997.
孫昌武, 『禪思與詩情』, 中華書局, 1997.
蔣義斌, 『宋儒與佛教』 東大圖書公司, 1997.
周裕鍇, 『文字禪與宋代詩學』, 高等教育出版社, 1998.
何云等, 『禪宗宗派源流』, (北京)中國社會科學出版社, 1998.
姚南强, 『禪與唐宋作家』, 江西人民出版社, 1998.
楊惠南, 『禪思與禪詩』, 東大圖書公司, 1999.
周裕鍇, 『禪宗語言』, 浙江人民出版社, 1999.
王樹海, 『禪魄詩魂－佛禪與唐宋詩風的變遷』, 知識出版社, 2000.
蕭麗華, 『唐代詩歌與禪學』, 東大圖書公司, 2000.
龔雋, 『禪學發微』, (臺北)新文豊出版社, 2002.
印順, 『中國禪宗史』, 江西人民出版社, 2002.
南懷瑾, 『南懷瑾選集』(第四卷), 復旦大學出版社, 2003.
張文利, 『理禪融會與宋詩硏究』, 中國社會科學出版社, 2004.
柳種睦, 『팔방미인 소동파』, 신서원, 2005.
(宋)蘇軾, 柳種睦譯註, 『蘇軾詩集』, 서울대학교출판부, 2006.
(宋)蘇軾, 曺圭百譯, 『蘇東坡詞選』, 문학과지성사, 2007.
王樹海, 『詩禪証道』, 新星出版社, 2007.
廖肇亨, 『(中邊 詩禪 夢戲) 明末淸初佛教文化論述的呈現與展開』, 允晨文化, 2008.
馬奔騰, 『禪境與詩境』, 中華書局, 2010.
張晶, 『禪與唐宋詩學』, 新星出版社 2010.
葛兆光, 『宅茲中國: 重建有關「中國」的歷史論述』, 聯經出版公司, 2011.
黃敬家, 『(詩禪 狂禪 女禪) 中國禪宗文學與文化探論』, 學生書局, 2011.

「학술논문」

張健, 陸遊的文學理論研究」, 『國立編譯館館刊』 8:1, 民68, 6月.

歐陽炯, 「楊萬裏之思想、性情、德行與功業」, 『中華文化復興月刊』 民73, 2月.

陳義成, 「楊萬裏詩之重要內容」, 『木鐸』, 民76, 2月.

楊淳雅, 「試論楊萬裏詩風之嬗遞與蛻變」, 『中國文化月刊』 208, 民86, 7月.

段學儉, 「江湖詩人與南宋後期詞論」, 『孔孟月刊』 38:3, 民88, 11月.

胡國柱, 「禪宗與唐宋士大夫的藝術思維－以文人習禪之風爲例」, 『歷史教育』 4, 民88, 6月.

林朝成, 「禪思與審美體驗－禪宗美學的探索」, 『國文天地』 20:9, 民94, 2月.

邱怡瑄, 「味與法: 「誠齋體」在宋詩發展中的歷史意義」, 『雲漢學刊』 14, 民96, 6月.

簡彥妗, 「陸遊詩文中的哲學思想」, 『中國文化大學中文學報』 21, 民99, 10月.

張晶, 「禪與唐宋詩人心態」, 『文學評論』, 1997年, 第3期.

박영환, 「소식의 문학이론과 선종」, 『중국문학』 36집, 한국중국어문학회, 2001.

胡建次, 「宋代詩學中的活法論」, 『江西教育學院學報(社會科學)』, 2004年 4月, 第25卷 第2期.

박영환, 「楊億與禪宗」, 『국제중국학연구』 8집, 한국중국학회, 2005.

閆孟祥, 「論大慧宗杲批評默照禪的眞相」, 『河北大學學報(哲學社會科學版)』, 2006年, 第5期.

胡建升, 文師華, 「論楊萬裏詠園詩的禪學意趣」, 『南昌大學學報(人文社會科學版)』 第37卷, 第1期, 2006年 1月.

霍松林, 張小麗, 「論王安石的晚年禪詩」, 『蘭州大學學報(社會科學版)』, 2006年 6月.

劉德重, 任占文, 「“永嘉四靈”對宋初“晚唐體”的繼承與發展」, 『蘇州大學學報(哲學社會科學版)』, 2006年 1月, 第1期.

박영환, 「歐陽脩與禪宗」, 『중국학논총』 23집, 2007.

顔文武, 「論禪悟對楊萬裏詩歌創作的影響」, 『黔南民族師範學院學報』, 2007年, 第2期.

馮國棟, 車軒, 「楊億佛門交遊考」, 『宗教學研究』, 2007年, 第2期.

王眞眞, 步爲瑩, 「論文字禪對黃庭堅詩歌的積極影響」, 『安徽文學』, 2007年, 第4期.

劉洋, 王文華, 「王安石與高僧眞淨克文」, 『北京化工大學學報(社會科學版)』, 2007年, 第4期.

周裕鍇,「惠洪文字禪的理論與實踐及其對後世的影響」,『北京大學學報(哲學社會科學版)』第45卷, 2008年 7月, 第4期.
李利霞,「禪宗影響下的楊萬裏詩論」,『文史博覽(理論)』, 2008年 11月.
錢志熙, 「永嘉四靈詩學的再探討－兼論其與江西詩派的關系」, 『文藝理論研究』, 2008年, 第2期.
張煜,「宦路無機卽是禪－王禹偁與佛教」,『宗教學研究』, 2009年, 第4期.
王樹海, 宮波「蘇軾詩風及其 禪喜! 旨趣辨證」,『北方論叢』, 2009年, 第4期.
金鳳玉,「淺析王安石禪詩中的色彩運用」,『西安文理學院學報(社會科學版)』, 2009年 3月.
劉洋,「王安石的"以禪入詞"」,『北京化工大學學報(社會科學版)』. 2009年 2月.
李承貴,「王安石佛教觀研究」,『中山大學學報(社會科學版)』. 2009年 4月.
霍貴高,「二十世紀八十年代以來佛禪詩研究綜述」,『集甯師專學報』第31卷, 2009年 3月.
程宏亮,「論韓駒詩學觀」,『安徽大學學報(哲學社會科學版)』, 2009年 3月, 第2期.
魏建中,「克勤"文字禪"的理論與實踐及其對後世的影響」,『理論月刊』, 2009年, 第5期.
周裕鍇, 「"奪胎"與"轉生"的信仰－關于惠洪首創作詩"奪胎法"思想淵源旁證的考察」,『成都理工大學學報(社會科學版)』, 2010年 6月, 第2期.
陳增傑,「永嘉四靈考論四題」,『溫州大學學報(社會科學版)』, 2011年 5月.
方星移, 向亞玲,「王禹偁謫居黃州期間的思想面貌槪論」,『黃岡師範學院學報』, 2011年 8月, 第4期.
章 輝,「南宋禪法的休閑美學」,『邯鄲學院學報』第22卷, 2012年 6月, 第2期.
劉松來, 周興泰「禪宗與江西宋代散文的文化景觀」,『武漢大學學報』, 2012年 7月, 第4期.
蘭芳方,「對永嘉四靈詩歌思想的多重解讀」,『科教導刊』, 2012年 3月.
遊彪, 胡正偉,「宋代地方官與佛教界之間的關系考論－以範成大蜀地任職爲例」,『四川大學學報(哲學社會科學版)』, 2013年, 第3期.
朱維娣,「王禹偁三次貶謫及其詩歌創作探析」,『唐山學院學報』, 2013年 1月, 第1期.

박영환

현재 동국대학교 중어중문학과 교수로 재직 중이다.
베이징어언대학 객좌교수, 베이징대학 동북아연구소 객원연구원, 절강대학 한국연구소 객원연구원, 동아인문학회 부회장, 한중일 비교문화학술회의 부회장 등을 맡고 있으며, 동국대학교 국제어학원장을 역임하였다.
저서로 『蘇軾禪詩研究』·『문화한류로 본 중국과 일본』 등이, 공저로 『송대시인과 시가』·『불교와 행복』·『고전의 길』 등이, 역주로 『논어』·『삼십육계』 등이, 학술논문으로 『儒釋衝突與調和: 跨文化交流中的臺灣與韓國漢傳佛教』·『十六世紀末朝鮮士大夫在異國的佛教經驗 – 以魯認與姜沆爲中心』·『朝鮮魯認筆下的十六世紀末福建面貌: 以魯認『錦溪日記』路線考證爲中心』·『*The Dual Phenomenon of Confucian Culture in Korea and China – The Death and Resurrection of Confucius*』 등 다수가 있다.

송시의 선학적 이해

초판 1쇄 인쇄 2018년 6월 15일 | **초판 1쇄 발행** 2018년 6월 22일
지은이 박영환 | **펴낸이** 김시열
펴낸곳 도서출판 운주사
(02832) 서울시 성북구 동소문로 67-1 성심빌딩 3층
전화 (02) 926-8361 | **팩스** 0505-115-8361
ISBN 978-89-5746-519-6 93820 값 27,000원
http://cafe.daum.net/unjubooks 〈다음카페: 도서출판 운주사〉